Staread
星文文化

他们是在双向
奔赴
彼此成全
张不一

你说巧不巧

（全2册）

上

张不一 著

江苏凤凰文艺出版社
JIANGSU PHOENIX LITERATURE AND ART PUBLISHING

图书在版编目（CIP）数据

你说巧不巧：全2册 / 张不一著 .— 南京：江苏凤凰文艺出版社，2023.2

ISBN 978 7 5594 7244 1

Ⅰ．①你… Ⅱ．①张… Ⅲ．①长篇小说－中国－当代 Ⅳ．① I247.5

中国版本图书馆 CIP 数据核字（2022）第 203244 号

你说巧不巧：全 2 册

张不一 著

选题策划　澜　亭
责任编辑　王昕宁
特约编辑　澜　亭
出版发行　江苏凤凰文艺出版社
　　　　　南京市中央路 165 号，邮编：210009
网　　址　http://www.jswenyi.com
印　　刷　三河市嘉科万达彩色印刷有限公司
开　　本　700mm×1000mm 1/16
印　　张　35
字　　数　636 千字
版　　次　2023 年 2 月第 1 版
印　　次　2023 年 2 月第 1 次印刷
书　　号　ISBN 978-7-5594-7244-1
定　　价　69.80 元（全 2 册）

目　录 / CONTENTS

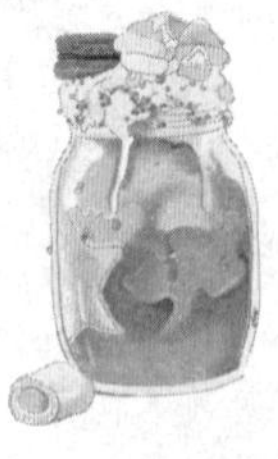

第一章

新班主任

暑假最后一天，一阵急促的电话铃声，打断了顾别冬的美梦。

在这位十四岁少年的梦中，他是一名令所有犯罪分子闻风丧胆的特警队大队长，经过一番机智且精彩的拼杀之后，他徒手缉拿穷凶极恶的歹徒，正欲上台接受组织为他颁发个人二等功勋章的时候，一串不合时宜的铃声响起，粉碎了他的春秋大梦……

顾别冬怅然若失地睁开了眼，烦躁地从枕边摸起手机，来电显示：赵胖。

他刚摁下接听键，还没来得及把手机放到耳旁，同桌赵子凯的洪亮嗓音就已经从听筒里炸出来了："你听说了没？惊天大新闻！"

顾别冬的嗓音中还带着几分困倦和慵懒："二中被炸了？"

赵胖："你这人怎么一点都不正能量呢？"

顾别冬："这还不够正能量？"

赵子凯沉默片刻，挫败不已："我竟然没法反驳你。"

顾别冬："哥就是真理。"

赵子凯也不卖关子了，开门见山："真理哥，咱换班主任了！"

顾别冬一愣，一个鲤鱼打挺从床上坐了起来，正欲开口，先打了个大大的喷嚏。

吹了一晚上的空调还在运作，始终保持在十六度的极低温——放假一个月了，他这个"留守儿童"独守家门，一天到晚没人管，空调想开多少度就开多少度——不过现在好像是有点感冒了，头还有点蒙。

顾别冬伸长了胳膊，从乱糟糟的床头柜上拿起了空调遥控器，同时对着手机发问：“‘灭绝师太’被调走了？”

“灭绝师太”是他们初一初二的班主任，本名叫李芬芳，行事“残暴无人道”，还经常“口吐芬芳”，故被大家授予了“灭绝师太”的“美称”。

伴随着空调关闭时发出的一声“嘀”响，赵胖的声音从听筒传来：“上学期的无记名投票，咱班抽调出去的那十个人里面，六个人都给她投了差评，要求换班主任。”

赵胖他小姨是教导处的老师，所以他的消息比普通学生更灵通一些。

顾别冬一直以为那十个人全都打了差评，不满地“啧”了一声：“剩下那四个人是怎么回事？”

赵胖叹息：“背叛了‘组织’，打了中评。”

顾别冬冷笑：“行啊，哈，行，真行。”

赵胖仿若劝谏暴君似的：“哎哟，我的冬哥，虽然你提前交代过他们几个人，但大家当时都深受李芬芳的‘苛政虐待’，畏惧她是正常的。我相信那四位同胞并不是真心实意地打中评，害怕被李芬芳秋后算账罢了。”他又说，“毕竟大家都不像你那样勇猛无畏啊。”

顾别冬想了想，感觉有道理，这世界上如他一样‘正直勇敢的三好少年’确实不多了。

赵胖又说：“就算十个人全给她打了好评，她也是百分百会被调走，谁让她骂了你全家呢？辱骂忠烈啊！”他愤愤不平地说，“你就应该上网曝光她，让她经受全国人民的教育和批评。”

顾别冬：“你以为我不想吗？我舅不同意。”

赵胖：“你舅为什么不同意啊？”

顾别冬：“不知道，他没跟我说。”不过他猜测了一种可能，“可能是想低调吧。”

赵胖回了句：“特警队队长这身份就已经很高调了。”

顾别冬笑了一下，语气中隐隐带上了些许自豪，补充道：“是东辅市黑豹突击队有史以来最年轻的队长。”

赵胖瞬间改了称谓：“咱舅真帅！”

顾别冬气笑：“滚，那是我舅！”

赵胖：“哎哟——咱们这关系分什么你我他啊！”

顾别冬懒得跟他闲扯：“你还有事没？没事我挂了啊。”

赵胖赶忙说：“有啊！”

顾别冬："说。"

赵胖又开始卖关子："你就不好奇咱们的新班主任？"

不提还好，这一提，顾别冬还真的有点好奇："男的女的？多大了？和李芬芳比起来怎么样？"

赵胖谴责了一句："你怎么能拿新老师和李芬芳比呢？"

顾别冬不耐烦："直接说重点。"

赵胖"哎"了一声："和咱舅一样大，二十六，研究生毕业，教化学的。"他又压低了嗓门，神秘兮兮又带着点兴奋激动地说，"我听我小姨说，咱们的新班主任是个大美女，还单身！"

顾别冬不为所动："呵，美女怎么了？那也不一定就好。"

他的语气冷冷的，带着少年特有的轻狂。

赵胖无语："你都没见过人家，就知道人家不好？说不定她和之前的那些老师都不一样呢？不搞歧视呢？不针对你呢？"

顾别冬没那么乐观，在他短暂的八年义务教育生涯中，遇到过不少针对他的老师，只因为他太过调皮捣蛋。但是吧，刚开始的时候，他也不是对每个新来的老师都带有这么大敌意，是后来在一次偶然的情况下，发现每一任老师在调岗前都会对新老师嘱咐"顾别冬这小孩不行，以后不用管他"这类话之后，他才开始针对新老师，因为是新老师先被灌输了对他的恶意，他才只能竖起铠甲保护自己。

人嘛，不就是这样吗？你尊重我我才能尊重你，你不尊重我，我就"削"你。

顾别冬冷漠又不屑地问："下午几点到校？"

初二升初三的这个暑假只放一个月的假，剩下的那一个月，用来补课。

今天是七月三十一日，学校要求初三新生今天下午去学校报到，顺便把新学期的课本给领了。

赵胖："要求是两点半进班。"

顾别冬坐在床上环顾一圈没看到表，举着手机问了句："现在几点了？"

赵胖："十二点半。"

"我晚点去。"说完，顾别冬撂了电话，正准备起床的时候，客厅里传来了轻微的响动声。

顾别冬屏息凝神，仔细聆听，确认是钥匙开门的声音，大喜过望——

一个月前，他舅被市局安排去执行任务了，具体位置和具体任务他都不清楚，因为是保密行动，所以他只知道是去了外省。

但即便不说他也能猜出来，一定是极凶险的行动，不然干吗要从全国各地抽调人手前去支援呢？而且能够藏在山区里的歹徒，八成都是穷凶极恶的悍匪，敢拿枪和警察火拼的那种。

所以呀，这一个月以来，他每天都提心吊胆的，生怕他舅光荣地牺牲在大西北。

现在，熟悉的开门声传来，说明他舅活着回来了！

顾别冬直接从床上跳了下来，连拖鞋都没穿，光着脚狂奔去了客厅，身上只穿了一条黑色裤衩，上面印着一个卡通小老虎。

“舅！”伴随着这声撕心裂肺的呐喊，客厅的防盗门被打开了，一个身形挺拔的男人从门外走了进来，身上穿着黑色的夏季战训服，手臂与肩颈处的肌肉线条紧实精悍，裹在黑色战靴中的双腿笔直修长。

进门后，顾祈舟将钥匙摔在了鞋柜上，侧身换拖鞋，他的侧颜立体硬朗，下颌线清晰消瘦，浑身上下还笼罩着几分尚未消散的大西北的萧瑟与孤寂感。

顾别冬一动不动地站在门口，满脸贪婪地看着他身上穿着的特警日常战训服，恨不得直接将其扒下来套在自己身上。

换好鞋后，顾祈舟转身，看向自己的外甥，黑色的战训装将其衬托得越发棱角分明，浓密修长的剑眉下是一对漆黑灼灼的星目，严肃而深邃。

牵唇一笑，他的神色中浮现出了几分戏谑与不羁，显得又痞又帅：“裤衩真丑。”

你活着回来，就为了点评一句我的裤衩真丑？

冬冬心塞：“你都不关心我一下吗？我可是你亲外甥啊！是你在这个世界上唯一的亲人！”

顾祈舟按要求关心：“期末考了几分啊？”

这份关心，不要也罢！

他决定主动去关心他舅：“行动顺利吗？”

顾祈舟朝客厅走了过去：“还行。”

顾别冬明白，“还行”就是“成功”的意思，但存在伤亡，他是队长，无论如何也说不出“成功”二字。

在心里叹了口气，顾别冬紧跟着他舅走进了客厅。

顾祈舟在扔满脏衣服的沙发上收拾出来一块地方坐，环顾一圈，叹息道：“你就不能把家里收拾收拾？猪窝都比你的窝干净。”又说，“以后没了我你可怎么办？”

顾别冬瞪大了眼：“你开什么玩笑？你在家的时候更乱！”

顾祈舟不再废话：“行了，老实交代，到底考了几分？”

顾别冬顾左右而言他："我们换班主任了。"

顾祈舟蹙眉："又垫底了？"

顾别冬自顾自地说："我听说是个大美女。"

顾祈舟不为所动："考试卷拿过来让我看看。"

顾别冬眨了眨眼睛："好像是个单身。"

顾祈舟没再开口，面无表情地盯着他。

顾别冬依旧贼心不死，还露出来一个灿烂笑容："我介绍给你认识啊？"

顾祈舟深吸一口气，又长长地吐了出来，一字一顿地说："冬子，管好你自己。"

顾祈舟恨铁不成钢："下次再垫底，我剁了你喂白牙！"

白牙，特警队警犬之一。

顾别冬还在狡辩："那……那成绩这事和增肥一样，不能一蹴而就啊！"

顾祈舟俊朗的眉宇间尽是无奈："考个倒数第二行不行？还能次次倒数第一？我上学的时候用脚考试都比你考得好。"

顾别冬背手站立，不敢反驳，心里却只冒出来两个字：吹牛。

顾祈舟也懒得训他了，叹了口气，问："什么时候开学？"

顾别冬："今天下午。"

顾祈舟："几点？"

顾别冬："三点。"

顾祈舟："我送你去？"他在考虑，要不要去见见这位新班主任，让她多多关照一下自己外甥，毕竟马上就要中考了。

顾别冬却拒绝了他舅："不用，我自己去。"

他就是要故意去晚半个小时，以高傲且猖狂的姿态，给新来的班主任一个下马威！

吃午饭的时候，陈染音总是不由自主地去揉眼皮。

从清晨睁开眼睛开始，她的眼皮就一直在跳，还不只是一只眼皮跳，而是两只眼皮轮番跳，搞得她都不知道这到底是在跳财还是在跳灾了。

"你的眼睛怎么了？"她妈秦薇忍不住问了句，"怎么一直揉？"

陈染音放下了手："一直跳。"

秦薇一愣，紧张蹙眉："是不是过敏了？要不要去医院看看？"

陈染音无奈："没事。"她妈总是这样大惊小怪，"估计是没休息好。"

她爸陈鸿博也劝她妈："眼部疲劳确实是会导致肌肉痉挛，睡一觉就好了，别总往坏处想。"

秦薇瞪了他们父女俩一眼，没好气地说："是，全家就只有我最夸张，我最爱杞人忧天，我没事找事！"又叹了口气，开始吐槽，"你们学校也是，还是重点初中呢，刚工作一年就让你接初三班主任，可真够放心的，弄得人紧张死了！"

其实她并不紧张，还有点跃跃欲试，而且她昨天晚上睡得挺好的，说"没休息好"纯属安抚她妈。

但她并不能说实话，不然她妈真能拉着她去医院。

陈染音叹了口气，回道："学校是信任我才会让我当初三班主任呢。"其实是因为那个班没救了，有经验的老师都不愿意接手，学校才破罐破摔地安排她这个初出茅庐的新人当班主任，就当是磨炼新兵。

秦薇哼了一声："少替你们学校领导说话，烫手山芋没人接了才抛给你。"她又开始絮叨，"当初中班主任累死了，你要是听我和你爸的，去东辅大学的教务处多好，有编制还清闲，寒暑假一样不缺，说出去还好听，哪像现在这样，暑假才过了一半就要去上班了。"

陈鸿博是东辅大学的领导，但他尊重自己女儿的选择："好了好了，别说了，她想干什么就让她干什么，年轻人有理想有冲劲是好事。"

秦薇："有她后悔的时候！"

陈染音抬眸，瞧着她妈说："我不会后悔。"

秦薇撇了撇嘴，又问："晚上几点回来？"

陈染音："今天应该比较早，正式开学后会晚点。"

秦薇追问："晚到几点？"

陈染音："最后一节晚自习九点下课。"

秦薇瞪大了眼睛："这么晚？"她又想到了什么，"是不是还有早自习？天不亮就要走？路上不安全呀！"

陈染音无语："我开车能有什么不安全的？"

秦薇不置可否："要不在你们学校附近买套房子吧？咱们搬过去住，你上下班也安全，我可以送你去学校。"

她妈总是这样过度关心她。

这份过度关心，令她感到束缚，可是她又解不开这道枷锁，因为她比谁都清楚她妈为什么会变成现在这样……如果当年没有出那件事，也不会害得她妈如同惊弓之鸟。

紧接着，她又想到了林宇唐，或者说，每当她妈对她流露出过度关心的迹象时，她都会想到林宇唐，这两件事似乎是息息相关的。

但是那件事全怪她，不怪林宇唐。

林宇唐也是受害者。

陈染音下意识地咬住了筷子，伴随了她多年的愧疚与自责感再次笼罩心扉，像是浓雾一样把她吞噬。

她真挺对不起林宇唐的。

如果还能再见到林宇唐的话，她一定会跟他道歉，还有，她绝对不会追究他的不告而别。嗯，一定不会，她是老师，很大度的，而且都已经过去这么多年了，当年的那点不成熟的感情早就随着时间烟消云散了。

秦薇还在自顾自地说："我想好了，在你们单位附近买套房子，咱们全家搬过去，方便你上班。"

陈染音心累，向她爸投去一个求助的眼神。

陈鸿博立即对自己老婆说道："你不要胡思乱想，她都二十好几的人了，还不知道注意安全吗？再说了，十四五岁的学生还要早出晚归地去上学呢，她一个成年人还不如学生？"然后又重点强调了一句，"她已经长大了，可以自己照顾自己。"

秦薇根本听不进去："不是从你身上掉下来的肉，你当然站着说话不腰疼！"

陈鸿博哑口无言。

陈染音也无话可说，迅速扒完了碗中的米饭，逃也似的从凳子上站了起来："我吃饱了。"然后快速回了自己的卧室，收拾东西准备去学校。

今天是和初三（2）班的那帮"混世魔王"初次见面的日子，她必须要早点去才行。

初次交手，她必须在气势上压倒他们，如果去得太晚，气势会垮掉一大半。

二中对老师的仪容仪表要求也很严格：不能穿吊带、短裤和奇装异服，不能戴项链首饰，不能染发、不能披头散发，不能有外露文身，不能化浓妆。

陈染音先换上了一条白色的连衣裙，后来感觉这裙子太温柔了，气场不够，于是又换成了干脆利落的牛仔裤和黑色短袖，乌黑色长发在脑后扎了一个高马尾；然后又微微化了个淡妆，最后站在镜子前给自己加油打气了一番，精神抖擞地出了门。

她妈秦薇一路将她送去了地下停车场，仿若是在担心她会在地下停车场遭人打劫似的。

其实陈染音很想告诉她妈，如果不是她非要给她买这辆进口奔驰的话，她遭遇打劫的概率一定会大大降低。

研究生毕业前她就拿到了驾照，一毕业她爸妈就开始张罗着给她买车，她爸的意思是先买个二十万左右的车开着，等她熬过了新手期再换辆好的，但她妈坚决不同意，觉得二十来万的车不安全，不经撞，而且她是新手，容易出事，必须买个贵的好的，于是给她买了辆进口奔驰，让她一跃变成了同事朋友眼中万恶的资产阶级。她也没办法拒绝她妈，毕竟是给她买的车，拒绝就是不知好歹，更何况，秦总有钱，进口奔驰不在话下。

她家住的地方距离二中初中部不算太远，开车十几分钟就能到，路上开车无聊，她打开了车载音响，放了首李宗盛的歌——《给自己的歌》。

她从上高中起就挺喜欢听这首歌，还会抱着吉他弹唱，最喜欢这句歌词：旧爱的誓言像极了一个巴掌，每当你记起一句就挨一个耳光，然后好几年都闻不得，闻不得女人香……

时至今日，她都觉得这句歌词写得真绝，这得是一个多厉害多有魅力的女人，才能让男人每每想起都肝肠寸断，好几年都闻不得女人香？

高中时的她，立志要当这种女人，要风情万种，要魅力无限，要与众不同，要让爱过她的男人都为她神魂颠倒，往后几年都闻不得女人香。

“然后好几年都闻不得，闻不得女人香……”哼着这句歌词，陈染音将车开进了二中停车场。

到教学区的时候还不到两点，陈染音先去了趟办公室，拿上昨天下午整理好的档案和资料，去了初三（2）班的教室。

如她所料，教室里一个人都没有。

为了向“混世魔王”们展现自己的诚意，她拿起了彩色粉笔，在黑板上写下了“很高兴认识大家”这几个漂亮的大字，然后又站在讲台上等了十几分钟，还是没来一个人。

按理说不应该，都已经两点十五了，其他班级多少都来了几个人，二班怎么一个提前到的都没有？

陈染音就有了种猜测，这帮“小崽子”，可能是想给她个下马威。

干站着等不是事，好像是个任人摆布的傻子一样，所以她决定回办公室——不就是比压轴吗，我还能没你们这帮“小崽子”沉得住气？

再次回到办公室的时候，她看到了自己的大学校友——李思绵。

陈染音有些惊讶：“你怎么来了？”

李思绵研究生读的专硕，比她早来二中一年，是初三（2）班的英语老师，不担任任何一个班级的班主任，今天下午完全可以不用来的。

李思绵："我不是怕你镇不住他们吗，来给你打打下手。"

陈染音感动万分，一边朝着自己的办公桌走一边说："你真是个大好人。"

她俩的办公桌刚好挨着。

"你怎么又回来了？是不是没人来？"

陈染音眉梢一挑："你怎么知道？"她拉开凳子坐下，盯着李思绵，微微眯眼，"你是不是知道点什么？"

李思绵赶忙举起双手，投降似的说："我可什么都不知道啊！"

陈染音："那你怎么知道我们班一个人都没来呢？"

李思绵："我猜的呗。"她又说，"我早给你打过预防针了，二班，就没有一般人。"

陈染音不屑地"切"了一声："肯定是想给我个下马威呗。"她又说，"总有个带头的吧。"

她不信是一个班五十二个人里面没有一个人是听话乖巧的，肯定是有人带头组织这次的集体晚到行动。

擒贼就要先擒王！

李思绵："如果真是有组织的行动，那带头的一定是顾别冬。"

陈染音："就是那个一脚把李老师踹进医院的？"

李思绵点头："嗯，就是这个小霸王。"又问，"李芬芳应该给你介绍过他吧？"

确实介绍过，从头到尾就没说过这学生一句好话，全程围绕着"这小孩人品不行，没教养"这个中心思想展开论述，仿若这个才刚满十四岁的少年是个多么十恶不赦的人渣败类一样。

但是，他一个才刚满十四岁的小孩，既没杀人也没放火，只是调皮捣蛋了一些，再坏还能坏到哪里去？至于上升到"人品""教养"这种层次？

陈染音只能委婉地表态："李老师也不该说那种话。"

她拉开抽屉，从里面拿出了一本记录着学生信息的点名册："当众骂人家全家，换谁谁不生气？"

李思绵点头："我也觉得，李芬芳那人，不行，真没素质，天天舌灿莲花，口吐芬芳。"

陈染音瞟了她一眼，小声说："以后在学校里面说话委婉点，传到李芬芳的耳朵里，又是一桩事。"

李思绵毫无畏惧："办公室不就咱们俩吗，怕什么，你还能去李芬芳面前告我的状？”

然而，她的话音刚落，办公室的门忽然被推开了。

来人是一班班主任，语文老师周丽红，四十出头，李芬芳的老姐妹。

李思绵瞬间闭了嘴，还有点忐忑，生怕自己刚才说的话被她偷听了去。

但万幸的是，周丽红今天没有偷听的兴趣，她也不是来找李思绵麻烦的，而是对陈染音说：“这都几点了，你们班怎么一个人都没有？”

她板着脸蹙着眉，神态和语气中，带着谴责和恼火。

但她，并不是年级长，仅仅是一班班主任而已。

社会就这样，无论在什么单位，都有人倚老卖老。陈染音在心里叹了口气，和颜悦色地回了句：“这不是还没到半点呢吗？”

周丽红用右手食指戳着左手腕表：“都两点二十一了！这也太不像话了！”

也不知道是在说那帮学生不像话，还是在说她陈染音不像话。

又说了句：“李老师在的时候从来不这样！”

陈染音也不反驳，一边不慌不忙地翻点名册一边慢悠悠地回答：“正准备打电话呢。”

周丽红盯着她，气急败坏地叹了口气，转身走了。

陈染音抬头看了一眼空荡荡的门口，不屑地撇了撇嘴。

李思绵朝着陈染音凑了过去，声音小小地说：“周丽红这人和李芬芳一样，仗着自己在二中待的时间长，对谁都一副指点江山的样子，尤其是对咱们这种新来的老师，特别爱指手画脚，比年级长还牛。”

陈染音把点名册翻到了最后一页：“她说她的，咱们不听就……”话还没说完，戛然而止，因为她看到了贴在最后一页点名册上面的照片。

这本点名册是学生信息录入册，一页一学生，按照成绩排布。

最后一页右上角，贴着一张蓝底两寸照片，照片上那位穿着校服的少年，像极了她记忆中的一个人……

林宇唐。

她迅速看向联系人那一栏，本该填写“母亲”或者“父亲”的框格中，却填着“舅舅”——

顾祈舟，职业：特警。

后方的长框格中填写着联系方式。

陈染音拿起手机，给这个陌生号码打了过去。

打通了，但是无人接听。

陈染音无奈地放下了手机。

“是不是没人接？”李思绵的语气平静，好像早就料到了一样。

陈染音扭脸瞧着她：“展开说说？”

李思绵：“他舅可是大忙人，十个电话九个都打不通，剩下那一通打不到一分钟就被挂断了，根本没法和他沟通孩子的情况。”

陈染音微微蹙眉：“这么不靠谱？”

李思绵耸了耸肩：“是有点不靠谱，但也情有可原，他舅是特警队队长，平时工作挺忙的，不是在执行任务就是在训练、备勤，哪来的时间管他？”

这倒也是。

当警察的，确实是有很多无奈之处，坚守了岗位却顾不了家。

陈染音轻叹口气，又问了句：“顾别冬他爸妈呢？”

李思绵：“全是烈士。”

陈染音先是一愣，然后瞪大了眼睛——烈士？父母双亡的意思？

李思绵点了点头，算是回答了陈染音无声的疑惑，又说：“全是刑警，牺牲很多年了。”

陈染音：“我的天呀……”紧接着，她的眉头又蹙了起来，“李芬芳没和我说这件事啊。”

老师在交接工作之前，基本都会去找上一任班主任了解一下本班学生的情况，李芬芳只和她说了顾别冬的家庭背景特殊，压根没提他爸妈是烈士的事。

李思绵翻了个白眼：“她哪有脸说啊。”

陈染音听出了话中有话：“继续展开说说。”

李思绵：“你记不记得上个学期，李芬芳当着咱们全校师生的面公开道歉的事？”

陈染音点头，她记得清清楚楚，因为在她的印象当中，压根就没有老师公开向学生道歉的情况，李芬芳可谓是开创先河。

李思绵：“你知道为什么吗？”

陈染音：“不是说她违背教师操守吗？”

“那是学校怕事情闹大，特意找了个好听的说辞。”李思绵这次长了记性，先朝着办公室门口看了一眼，确定没有周丽红，才放开了说，“其实是因为李芬芳辱骂忠烈。”

陈染音忽然明白了一切，震惊又恼火：“她明知道那孩子的爸妈是烈士，还当着全班人的面骂他全家？”

李思绵点头：“是的。”

陈染音：“那她真是活该被踹！”

李思绵也笑了：“可不是嘛！”

“你们俩还聊个没完没了了是吧？眼里都没有工作吗？”周丽红跟个甩不掉的鬼影似的，再次突然冒出来，把陈染音和李思绵都吓了一跳。

“都几点了，你怎么还不进班？”周丽红站在办公室门口，瞪着陈染音说，“看看你们班都乱成什么样了，你也不去管管？都影响我们班了！”

陈染音蒙了，竟然来人了？

她抓起手机看了眼时间：14：28。

好家伙，卡点来呀，既给了她下马威又不让她抓到把柄，不愧是一帮“混世魔王”。

周丽红还在喋喋不休，气冲冲地训斥陈染音：“开学第一天，全班学生都来齐了，就差你这个班主任，像什么话？李老师在的时候从来没发生过这种事！”

对对对，李芬芳好，李芬芳最好，李芬芳好得呱呱叫。

陈染音一边在心里吐槽一边起身，面不改色地回了句：“现在就去。”虽然她很讨厌周丽红，但也不能和周丽红正面起冲突，毕竟是同事，而且周丽红还是二班的语文老师。

周丽红瞪着她，重重地叹了口气：“学校也是，怎么能让什么经验都没有的新老师当初三年级的班主任呢？这不是开玩笑吗？”

陈染音抱着资料朝着门口走，同时冲着周丽红莞尔一笑：“说明学校信任我呀，周老师不这么觉得？还是说周老师对领导的安排有意见？”

周丽红无话可说，还有些憋屈，像是一巴掌拍在了棉花上才发现里面藏着针，不好惹，只好转身走人，同时在心里不屑地想：长得这么好看，能有什么真本事？带坏学生还差不多。

陈染音跟在周丽红身后走出了办公室。

一层楼有九个教室，三条楼梯，三间办公室，等距离排布，办公室统一位于楼梯西侧，是三个班老师共用的大办公室。

陈染音所在的这间办公室距离二班很近，出门右转，过了一班就是。

还没走到二班的前门，她就听到了喧哗和吵闹声，乱得跟菜市场似的。

或者说，放眼全学校，只有初三（2）班在闹腾，其他班级全都安安静静的。

捣乱的源头，或者说，纪律的衰败中心，是位于教室后两排，以胖哥赵子凯为首的那十几名“精兵强将”。

教室前黑板上方挂着一块白色圆表，分针已经指到了数字“6”，赵子凯他们那帮人像是不认识表似的，肆无忌惮地打闹着。

六七个男生正合力把另外一个男生从凳子上抬起来，无视他的挣扎，一边三个人抱着他的两条腿，赵胖一个人架着他的两条胳膊，兴高采烈地把他往门板上杠。周围的人都在看热闹，还有人喊：“吴源你怎么又被杠了？”

还是新学期“第一杠”。

“团宠”吴源生无可恋地喊：“我也想知道！”他也不挣扎了，任凭处置。

突然间，教室前门被推开了，后排那几个正在打闹的男生漫不经心地回头看了一眼，然后，齐刷刷地愣住了，一秒钟过后，七人同时松手，如同回巢的松鼠似的，迅速朝着自己的位置跑了过去，老老实实地抱臂坐直。

吴源被摔了个屁股蹲儿，骂声连连，也回头看了一眼，愣住了。

一束淡金色的阳光穿过门框，年轻的女老师站在阳光里，周身轮廓描了一层淡金色的光边，身段窈窕修长，肤色白到发光，关键是，漂亮，超级漂亮——像是仙女下凡！

比全班所有，不，比全学校所有女生都漂亮。

赵胖他小姨说得不假，果然是个大美女！

必须给面子！

必须给！

他一骨碌就从地上蹿了起来，和其他几人一样，迅速窜回了自己的位置上，安静如鸡地抱臂坐直。

不到十秒钟的时间，原本乱哄哄的二班教室彻底安静了下来，班里所有同学都在好奇地打量新老师。

后排的男生们一边安静地抱臂，一边左右交换眼神，一双双调皮的眼睛中都闪着兴奋和激动——美女老师！

赵子凯坐在后门边上，一手放在课桌上，一手藏在桌洞里，拇指如飞地给顾别冬发微信：“新班主任来了！真是个美女！大美女！”

顾别冬：“那又怎么了？”

赵子凯：“你什么时候来啊？别迟到太久，给美女老师面子！”

顾别冬：“等着吧。”

赵子凯心想：啧，真是不知趣，美女的面子都不给！

陈染音无视班里的那些小动作，气定神闲，徐徐地走上讲台。

她将手中抱着的资料放到讲桌上，也没追究他们给自己下马威的事情，毕竟是初次见面，该宽容的地方就要宽容一些，不然会让这帮正处于青春叛逆期的“小崽子”对自己产生排斥和抗拒心理。她现在需要做的，是要让他们从心底里接纳自己成为这个班的一员，而不是被迫接受她成为他们的班主任。

但是吧，也不能宽容过度，不然只会让这帮“混世魔王”骑在她头上惹是生非。

无论什么事情，都要讲究一个度。

她抬起了眼眸，面朝全班五十几位同学，莞尔勾唇，露出了一个和煦又不失威严的笑容：“大家好，我叫陈染音，毕业于东辅师范大学化学系，很高兴能与大家见面。或许有同学已经知道了，李老师因为身体原因不能再担任初三年级班主任，所以在接下来的一年中，将由我来接任本班的班主任。”

她的声音清亮，吐字清晰，珠圆玉润，音色虽然年轻，却又不失力度，底气十足，带着种不怒自威的风范，轻而易举地便吸引了所有人的注意力。

一个班里总有几个带头的捧场王，她的话音一落，立即有人带头鼓掌，掌声还颇响亮。

有人带头就有人跟随，其余的同学见状也立即拍起了双手，尤其是教室后排的那几个男生，拍得卖力，掌声如雷——面子，必须给！

陈染音的唇角一直微微勾着，保持友好微笑，掌声落后，她翻开了点名册：“大家已经认识我了，现在换我来认识大家。”她低头看着点名册，“点到名字的人起立，如在班内担任班干部职务的话，告知我一下。”

她看向名单上的第一个名字：“王泰洋。”

“到！”一位戴着眼镜、中等身材的男生从第三排正中央的那张课桌后站了起来，“我是班长。”

陈染音微笑点头：“好的，请坐。”在名字后面写下“班长”，继续往下点名，“许词话。”

看到这个名字，陈染音在内心感慨一番：这名字真有意境，许你人间词话。

这位同学应声而起：“到。”

是一个长相清秀的女孩子，也坐在教室第三排——看来第三排是好学生的集结地。

“我是物理课代表。”许词话的声音乖巧软糯，正如她的长相与气质一般，像是一杯温热可人的甜牛奶。

“好的，请坐。”陈染音继续在名单上备注。

班干部基本都集中在名单上的前十名，再具体点说，是班长和各科课代表全都由成绩不错的好学生担任，类似于卫生委员、体育委员这种与学习无关的职务，基本都由排名在中段的学生担任。至于那些排名靠后的学生，担任班委的可能性几乎为零。

当她点完第四十一名学生“韩娇”的名字后，一位身材高挑、五官精致的女孩从第五排靠墙的那个位置站了起来：“到。”

开口说话时，她的下巴微微扬起，略挑着眼梢，即便穿着校服，也难掩傲气，神色中好像还带着点不服气。

也不知道是在不服气什么。

陈染音看了她一眼，预感这女孩可能有点不好管，正准备说“请坐”的时候，前门忽然被推开了。

阳光洒入，陈染音和班里其他同学一样，下意识地扭头看了过去。

一位清癯挺拔的少年站在门外，吊儿郎当地喊了声：“报告。”

少年长得挺帅，五官卓然立体，在一群正处于青春发育期的初中生中相当出众。

他的身上穿着校服，却又没完全穿校服，因为他只穿了一条蓝色校服裤，上衣却是图案酷炫的黑色运动短袖，脚踩一双白色篮球鞋，浑身上下透露着不服管的样子。

陈染音怔了一下，微微眯起了眼睛，也不知道是因为门外的阳光刺眼，还是因为忽然有种时空穿梭的恍惚感——穿回了十七岁，第一次遇到林宇唐——那天的阳光也是这么好，这么刺眼。

这个少年，像极了十七岁的林宇唐。

但她也只是恍惚了三两秒而已，很快便回了神，并且相当机敏地预感到：杀鸡儆猴的时刻到了！

她没有立即请他进班，而是面无表情地问：“你叫什么名字？”

少年毫无畏惧，昂首挺胸，正欲开口，陈染音忽然抬起右手，冲着依旧站着的韩娇说了声：“请坐。”

被无视后，少年狠狠地憋屈了一把。

等韩娇坐下后，陈染音才重新看向门外的少年，扬了扬下巴，语气中带着点漫不经心，似乎压根没把他放在眼里：“你继续说。”

少年咬了咬牙，回答：“顾别冬。”

猜着你就是！

组织全班晚到就算了，你自己还故意迟到？给我来个双重下马威？小伙儿，可以呀！

陈染音也不是吃素的，一直让他在门外站着："怎么迟到了？"

顾别冬："自行车坏了。"又摆出了一副可怜无辜的样子，"新人老师，你不会因为这点小事罚我吧？"

"新人老师"这四个字，就很具有挑衅意味。

但是正好，可以开枪了。

猎杀时刻到——

陈染音莞尔一笑："我当然不想罚你，但是国有国法，班有班规，你可是咱们班的老人了，还是个爷们儿，肯定比我这个新人知道规矩。"

是爷们儿就要守规矩。

不然就不是爷们儿，就要向她服软。

进退两难！

陈染音："先在门外站着。"

顾别冬不死心，继续挑衅："我们班没有罚站的规矩。"

陈染音面不改色，不容置疑："现在有了，我定的。"

言毕，侧脸扫视了一眼全班，神色清冷，带着十足的压迫感。

教室内噤若寒蝉。

成功震慑了这帮"混世魔王"。

顾别冬气得咬牙切齿，却又无计可施，只好乖乖地在门外罚站。

陈染音关上了前门，回到讲台上，继续点名。

后排的男生们嘴巴紧闭，面面相觑，不停地交换小眼神——

冬哥被反杀了？

是的，他被反杀了。

大美女有点厉害，不好惹，怕怕。

第二章

缘，妙不可言

在陈染音接手初三（2）班之前，不少同事都来给她打过预防针，让她做好心理准备，告诉她这个班的学生实在是难以管教，无组织无纪律，并且半个年级的风云人物全都集中在这个班里了，是个刺头聚集地，来上学的目的压根不是学习，而是气死老师。

所以，就给了陈染音这样一种负担极重的感觉——她即将接手的不是一个班级，而是一颗定时炸弹。

然而正式上岗之后她才发现，这个班好像也没有传说中的那么糟糕，充其量就是调皮捣蛋了点而已，远不到不可救药的地步，她完全整治得了，毕竟他们也只是一帮十四五岁的孩子而已，还能混账到哪里去？

再说了，她当年上学的时候，好歹也是个风云人物，这帮“混世魔王”的心里是怎么想的，她简直是门儿清，而且那些手段全是她玩剩下的，她还能不清楚怎么对付他们？

她是太清楚了，清楚到游刃有余。

八月一日正式开始补课，一切都在陈老师的掌控之内，转眼一个星期就过去了。

为了提高学生在中考中的竞争力，学校规定初三年级的学生要在周六上午多补半天课。

“混世魔王”们怨声载道，但蚍蜉永远无法撼树。

该补的课，还是要补。

周六这天上午下了雨，跑操连带着体育课一同取消了。

上午四节课，第二节课后跑操，初三（2）班的体育课恰好在第三节。

陈染音本打算自己占了那节被取消的体育课，给那帮“小崽子”来一场突击随堂测，测试一下他们对化学这门新学科的接受能力，结果李思绵突然来找她，说二班的教学进度比一班和三班都慢了一点，想占用体育课把进度补齐。陈染音毫不犹豫地答应了，并且准备在第二节课后去班里通知此事。

下课铃一打响，初三年级所在的这层教学楼就热闹了起来，处处洋溢着青春靓丽的气息。

下雨天不用跑操，学生们的心情都美滋滋的，可以享受一个长达半个小时的大课间。

为了让他们能够多美一会儿，陈染音并没有立即去通知体育课改英语课的事情，而是等了二十分钟后才去的。

但是在走出办公室后，她并没有右转，而是左转，朝着楼梯口走了过去，下到二楼，从三班教室后面的那道楼梯绕了上来，静悄悄地绕到了二班后门——当老师的，必须要出其不意才行，不然没法拿捏那帮“小崽子”！

此时雨下得有点大，走廊是半开放式的，潲雨潲得厉害，所以教室前的走廊上几乎没有站人，大部分学生都猫在班里。

天气阴沉而闷热，教室里的灯和空调都开着。

二班的后门开了一半，陈染音不动声色地站在了门后，如同鬼魅一般悄无声息地朝着教室内打量……

如她所料，班里乱得像菜市场，仅有坐在前几排的那帮好学生在低着头学习，其余的都在各显神通，就好比讲台上站着的那俩，身上穿着校服，手里拿着抹布，看似在擦黑板，实则是在进行一场酣畅淋漓的抹布战，你甩我来我甩你，把一块暗淡无光的湿抹布挥舞得熠熠生辉，仿若哪吒的混天绫。

还有比赛掰手腕的、比赛下五子棋的，棋盘和棋子全是纯手工制造，先用尺子在笔记本上打格，然后用自动铅笔在上面画黑白子，引得一群人围观，那架势可真像极了在路边围观两位大爷下象棋。

还有悄悄玩手机的，就比如这位坐在门后边的、与陈老师近在咫尺的赵子凯同学。班主任都已经在身后站着了，他还玩得不亦乐乎呢，只要回头看一眼，必定会被吓得魂飞魄散。

陈染音在心里叹了口气，一边感慨：现在的学生怎么这么不行呢？一点警觉性都没有，玩手机都不知道关后门？一边朝着赵胖伸出了“恶魔”的审判之手。

就在她将自己的右手重重地摁在赵胖浑圆的肩头之时，眼角余光忽然捕捉到了这样一幕——

顾别冬坐在倒数第二排靠过道的位置，许词话站在他的课桌旁，急切又无奈地对他说："周老师已经下最后通牒了，第三节课上课前必须把物理作业收齐，不然后果很严重。"

许词话是物理课代表。

这小姑娘的神色和语气中，还带着对顾别冬的担忧，顾别冬却不屑一顾，背靠后桌，长腿一伸，吊儿郎当地回了句："没写，交不上。"

许词话紧锁眉头："你哪怕抄一下呢？"

顾别冬一边转笔一边说："抄作业是坏习惯，我不抄。"

许词话又急又气："你……"

顾别冬打断了她的话，一脸不耐烦："你能不能别管我？真的很烦。"

旁边还有个男生贱兮兮地说了句："冬哥哪顾得上物理作业？课代表你别不识趣。"

许词话红了眼圈，气呼呼地走了。

陈染音在心里叹了口气，经过将近一周的观察考证，她已对二班内部的八卦情况有所了解。

陈染音在心里叹了口气，在赵胖欲哭无泪的眼神中，冷冷开口，对着教室里的所有人说："想干什么呀？反了天了是吗？"

她的声音不大，却沉稳有力，不怒自威，乱哄哄的教室瞬间安静了下来，没在自己位置上坐着的人全都在顷刻间奔向座位，乖乖坐齐。

不知是谁的文具盒突然掉在了地上，"哗啦"一声，为噤若寒蝉的教室更增添了几分肃杀。

"听听一班和三班有声音吗？"她用上了一个反问句，让他们自己思考一下刚才班里到底有多乱，又特意给他们留出了三秒钟的思考时间后，才继续开口，"还有，我早就说过，国有国法，班有班规，是二班的人就要遵守二班的规矩，手机是绝对不允许出现在教室里的，一旦发现，即刻没收，通知家长！"这句话是说给赵胖听的，也是说给班里其他人听的，"赵子凯拿着你的手机跟我去办公室，其他人准备一下上英语课。"

看似是在警告他们上学期间不许带手机，实则醉翁之意不在酒，而是为了云淡风轻地通知他们体育课改上英语课的事情，这样才不会显得突兀，不会引起他们的逆反心理，可谓是一石二鸟。

虽然还是有人觉得体育课改英语课很烦，却敢怒不敢言，直到陈染音“扣押”着赵胖走了之后，班里依旧静悄悄的，哪怕是最后两排的“精兵强将”们，也不敢继续造次。

即便是顾别冬，也仅仅是不屑地“嘁”了一声而已。

陈大美女就是这么神奇，天生自带一种让他们心服口服的能力，哪怕她从来都没有厉声训斥过他们，哪怕她从来没有当着全班的面雷霆震怒过，但她就是有一种令人臣服的气场。

不像李芬芳，骂得喷火他们也不怕，只是徒增对她的排斥而已。

陈染音领着赵胖去办公室的路上，脑子里忽然闪过刚才在教室里看到的画面，微微蹙起了眉头：男生们的“团宠”吴源好像不在班里，韩娇和她的好朋友任月也不在班里。

下这么大雨，这三个人跑哪去了？

“团宠”吴源被后排的男生们安排去超市买东西了，韩娇和任月去卫生间了。

超市位于教学楼的西边，卫生间是东西两边都有。

二班的位置距离东边的卫生间比较近，但不知出于什么原因，韩娇和任月却去了西边的卫生间上厕所，回来的时候，刚好在初三（9）班旁边的楼梯口遇到了怀抱大包小包零食回来的吴源，三人一起上了楼。

初三（9）班的教室门外站着几个男生，身上穿着校服，却掩盖不住吊儿郎当的气质，其中身高最高的那一个还烫染了头发，一看就是个叛逆浑小子，不过长得倒是挺帅，还有些酷酷的。

韩娇一走出楼梯间，就和那个染了头发的帅男孩对视上了。

但她很快就别开了自己的目光，微微仰着下巴，神色冷傲，目不斜视地从那个男生面前走了过去。

那个男生却朝前走了一步，挡住了她的去路，眉头一挑：“就这么走了？”

韩娇咬住下唇，抬眸瞪着他。

其余的几个男生都笑了，似乎全都在等着看好戏——顾别冬和韩娇关系不错，但全年级的人都知道，赵煦鹏和顾别冬是死对头。

任月扯了扯韩娇的胳膊，示意她赶紧走。

韩娇不为所动。

吴源也站在后面没走。

那个帅男生又说：“中午一起吃饭？”

韩娇哼了一声：“谁要和你一起吃饭？”说完，轻轻推了他一下，作势要走。

帅男生却又挡住了她：“还没上课呢，着什么急？”

这回不等韩娇开口，吴源抢先一步喊了声：“赵煦鹏你有完没完？”

赵煦鹏漫不经心地撩起了眼皮，略一勾唇，笑得鄙夷：“哟，这不是顾别冬养的狗吗？”

吴源眉头一拧：“你再说一遍？”

赵煦鹏继续笑：“狗叫得还挺欢。”

引得九班门外的几个男生哄然大笑。

吴源的脾气瞬间上来了：“赵煦鹏你想死是吧？”

不等赵煦鹏开口，旁边几个男生全都围了上来，其中一个男生冷笑着说：“什么意思呀？班门口闹事是吧？”

说完，还伸手推了吴源一下。

韩娇见状立即跑了，推开二班的后门，径直朝着顾别冬跑了过去，上气不接下气地说：“吴源……吴源和赵煦鹏他们班人发生冲突了！就在九班门口！”

顾别冬一愣，猛地从凳子上弹了起来：“大爷！”一边朝着后门冲一边怒不可遏地喊，“来几个人跟着我走！”

后两排的男生几乎全都跟着他冲了出去，气势汹汹地冲到了九班门口。

过去的一个多月，顾祈舟先是带队去外省执行任务，回来后又马不停蹄地去了邻市，协助那边的公安部门进行扫黑行动，可谓是没日没夜连轴转，今天凌晨两点多才回家。

到家后，他几乎是倒头就睡，连闹钟都没定，准备闷头睡一天，把过去一个多月里没睡够的觉一次性补回来。

然而，他好像才刚把眼睛闭上，就被突如其来的敲门声给吵醒了。

敲门的力度挺大，却很有规律，并且很讲规矩。

用脚指头想想都能猜出来，八成是顾别冬那个小浑蛋又在学校惹什么事了。

顾祈舟长叹一口气，眯着眼从床上坐了起来，一边用双手搓脸一边没好气地喊：“起了，别敲了！”

敲门声戛然而止，不多时，紧闭的房门被轻轻地推开了一道缝，顾别冬将脑袋伸进了屋子里，无视他舅的俊冷臭脸，露出了一个灿烂的笑容：“早啊！”

顾祈舟懒得跟他废话，低沉的嗓音中微微带着些许疲倦的沙哑：“直接交代。”

顾别冬有些心虚，眼神闪烁：“其实吧，也不是什么大事……不足挂齿的小事情而已。”

顾祈舟都被气笑了：“说出来我听听，到底多不足挂齿？”

顾别冬沉默片刻，蚊子哼哼似的说了一句话。

顾祈舟没听清，拧起了眉头：“大点声，叽叽歪歪的不像个爷们儿！”

顾别冬的声音稍微提高了一点点：“我们班主任今天要来家访……”

顾祈舟一愣，蒙了：“你说什么？”

顾别冬以为他舅还是没听清，索性破罐子破摔地打开了房门，往里面走了几步，气沉丹田：“我们班主任今天要来家访！”

顾别冬又体贴地问了句：“这回你听清了吗？”

听清了，听得可太清了！

顾祈舟深吸一口气，面无表情地盯着自己外甥：“你到底犯了什么事？”

顾别冬不好意思地抿了抿唇：“真不是什么大事，就是在学校里和别人发生冲突而已。”眼瞧着他舅的脸色越来越难看，他又赶忙补充了一句，“可不是我先挑的事儿啊，是赵煦鹏那个浑蛋先惹事，我才……”

顾祈舟已经不知道该说点什么好了，皮笑肉不笑地回了句：“你挺牛啊。”

顾别冬还谦虚上了：“哎哟，一般吧，也没有很牛。”

真是好赖不分。

要不是看在你是我姐留下的唯一血脉的分上，老子真想削死你。

他心累不已，长叹一口气，一边掀夏凉被一边起床：“你们班主任几点来？”

顾别冬：“十点。”

顾祈舟踩着拖鞋站在床边，浑身上下只穿了一条黑色内裤：“现在几点了？”

顾别冬回答：“九点四十。”又说了句，“刚才她给我发消息说马上就到了。”

顾祈舟气急败坏：“你就不能早点儿喊我？”

顾别冬理直气壮：“我不是看你最近太忙了，想让你多睡一会儿嘛。”

你可真知道体谅人啊。

“等你们老师走了我再收拾你！”他抓起裤子就往腿上套，迅速铺了一下床，然后去了卫生间，匆匆洗漱完，走去客厅一看，瞬间就气到没脾气了——

沙发上铺满了各种各样的脏衣服，茶几上摆满了各种垃圾食品的包装袋、饮料瓶、外卖盒，白色的地板砖都快脏成灰色了。

猪窝都比他们家干净，就这还接待老师呢。

顾祈舟低下了头，一边捏眉心一边压着脾气问自己外甥：“你们老师是男的女的？”

说完，他就哭笑不得地意识到自己问了个愚蠢到不能再愚蠢的问题——无论男女，都不会喜欢在猪窝里面待着。

顾别冬不明就里：“女的，怎么了？你想发展一下？”

顾祈舟咬了咬牙，面色铁青地盯着自己外甥：“我想把你的头拧掉。”

顾祈舟再次长叹了口气，迅速朝着沙发走了过去，一边收脏衣服一边命令顾别冬：“别傻站着，把茶几收拾了！”

顾别冬：“我刚把厨房收拾完！”

他洗了一池子的锅碗瓢盆呢，还拖了地倒了垃圾擦了桌子，累得要死！

顾祈舟一边往腋下夹衣服一边说：“再多收拾个茶几累不死！”

顾别冬也挺急的：“我们老师马上就到了，我必须随时准备下楼迎接她！”他又说，“你别急，你可以慢慢收拾，我等会儿带着她在楼下多溜达几圈，尽量拖延一下时间。”

顾祈舟怀中抱满了脏衣服，一边朝卧室走一边骂骂咧咧：“学校不是规定上学穿校服吗？你哪来的这么多脏衣服？”又说，“个人卫生太差！要是在‘黑豹’，我第一个收拾你！”

黑豹，就是东辅特警黑豹突击队的简称。

说完，他却又叹了口气，一边把脏衣服往床底下藏一边惆怅地说：“你能不能考上警校都成问题。”

你怎么能这么说话呢？都伤我自尊了！

顾祈舟从地上爬起来，又匆匆忙忙地去了客厅，开始收拾茶几。顾别冬本想去搭把手，兜里的手机却突然振动了一下，拿出来一看，是陈大美女发的消息：“三分钟。”

顾别冬立即给他舅汇报：“我们陈老师还有三分钟就到！”

顾祈舟动作迅速地把桌子上的垃圾往垃圾桶里扒：“拖着她，先别让她上来！”

“好的！”顾别冬转身，朝着鞋柜跑过去，换完鞋后，忽然想到了什么，转身看向自己舅舅。

顾祈舟没穿上衣，只穿了一条灰色的运动裤，赤裸的上半身肌肉紧实，线条优美，蜜色肌肤帅气而硬朗，倒三角形的身材完美地呈现出了特警队经年累月训练出的成果。

八块腹肌和沟壑清晰的人鱼线并未完全显露出来，有一半隐藏在了运动裤中。

顾别冬非常严肃地对自己舅舅说：“那什么，你把衣服穿好，不然我们老师还以为我为了讨好她，派自己舅舅出卖色相呢。”

顾别冬突然想到了什么，又说了句：“其实我们老师真挺漂亮的，大美女！”

虽然韩娇经常问他，她和陈老师谁好看，虽然他每次都为了哄韩娇而回答“你最好看”，但其实在他的心底深处，还是不得不承认，韩娇绝对比不上陈大美女。

陈大美女实在是太能打了，丝毫不输电视上的女明星。

顾别冬又补充了一句：“我们班主任还特别有气质，抱一摞作业都跟抱一束花似的！而且她人还特别好，赵煦鹏他们班主任是年级长，下处分的时候明显偏袒他们班人，还想让我们几个开除学籍留校察看，但是陈老师一直在保我们，硬着头皮和年级长刚，才把我们的开除处分撤了下来。”

顾祈舟还真是难得听自己外甥夸一个老师好，想了想，问了句：“你在学校惹了这么大的事，你们老师怎么没联系我呢？”

李芬芳当班主任的时候，一天恨不得给他打十个电话，打不通就发微信，每次训练结束后一看手机，“99+”条未读消息，看得人心烦。

顾别冬沉默片刻：“有没有一种可能，是你没有通过我们老师的微信好友申请，并且无视了她打过去的所有电话，还屏蔽了我们的班级群。”

他最近确实太忙了，忙到没有精力去管顾别冬学校里的事。

顾别冬安慰道：“别担心，我们老师很大方的，你不找她她就来找你了。”他又说，“而且，我们老师还有两个相辅相成的优点！”

顾祈舟都被逗笑了：“优点还有相辅相成的呢？”

顾别冬点头：“对啊，其中一个优点刚才已经说了，漂亮，另外一个优点就是，单身！”

他终于明白了自己外甥的意思，但他确实没那份心思。

女人香，他现在是一点都不想闻，也闻不得。

晚上做梦不梦见那个妖精就不错了，哪还有精力去考虑别的事啊？

顾祈舟轻叹口气，一脸无奈地看着自己外甥，还是那句话：“冬子，管好你自己。”

顾别冬也叹了口气：“周叔都替你着急，上次见面他还问我你有没有女朋友呢。”

“周叔”名叫周城，是东辅市公安局的现任局长。

顾祈舟一边拎着沉甸甸的垃圾袋朝门口走，一边不耐烦地回道：“赶紧去接你们老师吧。”说完，他把垃圾袋递给了顾别冬，另外一只手摁下了防盗门的门把手，然后把门往外一推，看着自己外甥说，“顺便把垃圾扔了，带着你们班主任在楼下多溜达一会儿，我拖地。”

顾别冬手拎垃圾袋，面色尴尬又不失礼貌地看着门外：“我感觉，你应该先去把衣服穿上。”

陈大美女的眼睛，已经看直了！

顾祈舟笑，牵着唇，痞里痞气地回了句：“实在不行我牺牲一下色相也行。”

行了！可以了！别说了！丢死人了！

顾祈舟蹙眉，不明就里，催促：“傻愣着干什么？走啊！”

“林……林宇唐？”

熟悉的嗓音如同离弦之箭，冲破了记忆的封土，破空而出。

顾祈舟浑身一僵，木讷回头，看向门外。

陈染音的嗓音在发颤，身体也在发颤，就连睫毛都在难以自持地抖动着，却舍不得眨一下眼睛，眼神中的震惊与激动几乎要溢出来了。

她已经有八年没有见到林宇唐了。

有那么几个瞬间，她甚至怀疑自己是在做梦，一场朝思暮想、日夜牵挂的美梦，哪怕这场黄粱大梦醒来，世间的沧海已然变成桑田，自己的红颜变成了白发，她也认。

她欠林宇唐一个道歉……八年前，她不该怯懦地停下脚步，不该以一种畏惧的态度远离他，不该明哲保身，不该在他最需要支持的时候拒他于千里之外。

更何况，当年是她先去招惹的他。

他们第一次见面是在她十七岁，高二下学期开学第一天，寒假虽然才刚过完，但开学那天的天气好得不得了，天蓝如洗，艳阳万丈。

班主任要求下午三点进班报到，她卡在两点五十九进班，本以为自己是最后一个来的王炸型选手，谁知道后面还跟着一个迟到的转学生——

从讲桌上抱起新学期的课本后，她转过身，就是在那一刻，林宇唐走进了教室，身后跟随着灿灿骄阳，灼灼刺目。

和班里所有的同学都不一样，他没穿校服，也可能是刚转过来所以还没有校服，他穿着一条黑色的运动裤，一件白色的羽绒服，脚上踩着一双白色运动鞋。

真的是很帅的一个男生，其耀眼程度比起骄阳来毫不逊色。

那时的她如同现在的她一样，舍不得也不敢眨一下眼睛，生怕震碎了眼前这美好一幕。

不过在当时，她很快就发现了，这一幕并不只属于自己，还有台下坐着的所有同班同学。

女生们的眼睛都是直的，目不转睛地定格在这位转学生的身上，眼神中流露出难以掩盖的惊叹和欣赏。

她还以为自己要抱憾终身了呢，没想到啊，竟然还能再次见面。

她一定要亲口对他说一声“对不起”。

然而，林宇唐没给她开口的机会，她才刚刚张开双唇，第一个“对”字都没来得及发音，他就转身走人了，徒留给她一个赤裸着上半身的背影。

也是在这时她才注意到，他的后背上有几道狰狞的伤痕，其中靠近后心的那一块像是道枪痕，看得人心疼。

怎么弄得呢？

对了，她终于想起来了，自己今天是来学生家中家访的，学生叫顾别冬，身世有点凄惨，父母双亡，唯一的监护人是他的舅舅，名叫顾祈舟，是一名特警。

气氛有一点点的奇怪，顾别冬看看这个，又看看那个，总觉得舅舅和班主任之间的关系有点微妙，似乎是老熟人。还有，林宇唐是谁？为什么陈大美女要喊他舅舅“林宇唐”？在他的记忆中，他舅一直叫顾祈舟啊？虽然他的记忆是从六岁那年开始的。

心中冒出来好多个小问号，顾别冬一时间也不知道该先问哪个好了，也不好意思直接问班主任，只好暂且压制心中疑问，先把班主任请进了门，为了化解尴尬，还说了句：“我舅穿衣服去了，他没想到你能来这么快，不然早就把衣服穿上了。”

其实，他是想说：我真没想过派出我舅……我是个正直的好孩子！

陈染音当然明白这孩子的意思，笑着回了句：“没事。”

随后，她低头看眼地面，问了句：“用换鞋吗？”虽然这地面并不怎么干净，但出于礼貌，她还是问了句。

顾别冬：“不用换。”就这地面，换个啥啊，而且他也忘记给陈大美女准备拖鞋了。

“哦。”陈染音抬起了右手，随意地撩了一下耳畔的碎发，与此同时，不动声色地在屋子里环顾一圈，开玩笑似的问了句，“你们俩把家里面搞得这么乱，也不怕舅妈回来后生气？”

顾别冬一愣：“什么舅妈？我哪来的舅妈？”

陈染音一怔，歉然回道：“对不起啊，我以为你舅已经结婚了。”

顾别冬连忙摆动双手，郑重其事地为他舅澄清：“没有没有，一直单身。”

竟然是单身呀？

还一直单身?

陈染音莫名在心里舒了口气，没有再开口说话，却勾起了唇角，轻轻笑了一下。

顾祈舟回到卧室后就把房门给关上了，还反锁了，仿若身后跟着一只千年狐狸精。

不对，是一直缠着他的那只狐狸精，从梦里跑了出来。

真是见了鬼了!

刚才，在门前，与她对视的那一刻，他的内心震惊到无以复加，甚至怀疑自己还没睡醒，出现了幻觉。

直到现在，他仍然处于一种凌乱无序的状态中，魂不守舍，怀疑自己在做梦。

已经有将近八年没有人喊过他林宇唐了，他也已经有八年没有见到过陈染音了，甚至在几分钟之前他还觉得自己这辈子都不会再见到她，谁知道她竟然活生生地出现在他的面前，喊了他一声“林宇唐”。

所有不可能的事情，似乎都在今天变得可能了。

还是那个感觉——见了鬼了。

卧室的窗帘没有拉开，光线昏暗，更为眼前的一切增添了一种虚幻之感。

顾祈舟整个人都是蒙的，分不清现实和虚幻，索性抬起手狠狠地抽了自己一巴掌。

但这一巴掌并没有把他拉回现实，他还是蒙的。

随后，他闭上眼睛，做了几组深呼吸，再次睁开眼睛时，他终于冷静了一些，却又没有完全冷静。

上衣扔在了枕头边，他叹了口气，朝着床头走过去，却没拿起衣服，而是从床头柜上拿起了烟盒，抠开盒盖之后他才发现里面只剩下一支烟了。

总比没有强。

把烟叼在嘴里，他将盒子捏扁，扔在了床头柜上，然后坐在床边，顺手拿起了打火机，将烟点燃，深深地吸了一口，顺势向下俯身，将两只手肘抵在了大腿上，将那口烟长长地吐了出来。

烟雾缭绕，遮挡了他的面容，就连那双向来漆黑闪耀的星眸都变得晦暗不明。

他将燃烧着的烟夹在了指间。

光线昏暗的卧室中，那一点火星很是醒目。

他赤裸着上半身，埋着头，在淡蓝色的缭乱烟雾中，不可自拔地陷入了回忆。

他是转学生，因为父亲工作的原因，他不得不在高二下学期转至东辅上学，去的是东辅大学一附中，高二（3）班。

因为他是插班生，所以在开学之初，班主任将他的座位安排在了最后一排靠窗的那个位置。

当时他的成绩不错，坐在最后一排最角落的位置实属意外，但他并没有反对老师的安排，反而还挺喜欢这个位置，因为这个位置是观察全班的绝佳视角，并且还不容易暴露自己——父亲是老刑警，所以他也耳濡目染了一些刑警的习惯。

用了不到一周的时间，他就已经熟记了班里所有人的长相，还能毫无障碍地将姓名对号入座，并且对这个班甚至是这个年级的风云人物也都有所了解。

最厉害的那个家伙是他们班的，叫陈染音，是个挺漂亮的女孩，也挺有本事，走到哪儿都有人喊陈姐，气宇轩昂的架势丝毫不输他所见过的所有“校霸”，但他曾经见过的那些“校霸”都是男的，第一次见到这么厉害的女生。

更厉害的是她竟然还会打篮球，一米七的身高，窈窕纤细的身材，和男生打起球来也丝毫不逊色，在球场上厮杀奔跑的样子还挺酷，关键是她还知道自己特别酷。

她还特别招人喜欢，人缘绝佳，不仅受男生欢迎，也受女生欢迎。

挺难得的。

因为在此之前，他曾发现过一个很神奇的现象，那就是班里长得最漂亮的那个女孩，同性缘基本都不好，会有很多女生讨厌她，但陈染音不是，她可以说是全学校最漂亮的那个，却又是同性缘最好的那个，可能是因为她的性格很阳光，又喜欢打抱不平——

有些男生总喜欢诋毁女生的身材和容貌，迷之自信地觉得自己是高高在上的男神，有资格对所有女性指手画脚、评头论足，每当班里有男生不知轻重地拿女生的身材、长相或者穿衣打扮开玩笑的时候，她都会站出来怼那个男的：“也不撒泡尿看看你自己长什么样，好意思说人家？你自己长到一米八了吗？有六块腹肌吗？没有的话就闭嘴！”

一般情况下，对方都会偃旗息鼓，一是因为真的没有一米八和六块腹肌，二是因为惹不起陈姐，后者的原因更大一些，因为那些喜欢贬低女生的男生总觉得自己完美无缺，在不停地给女生洗脑的同时，还要强迫她们必须全盘接受自己对她们的诋毁和侮辱，却不愿意承认自己的身材和长相不行——虽然他也是个男的，但他也确实是打心眼里看不上这种男的，感觉他们不爷们儿，而且在他从自己父亲那里所了解的那些家暴刑事案件中，家暴男的一大特点就是自尊心过于强烈，听不得伴侣对他们的任何指责和建议。

也可能是因为老刑警同志见多了家暴案，生怕自己儿子也变成不入流的家暴男，所以，他爸从小就教育他，是爷们儿的话就少对女人指手画脚，也别觉得自己多了不起，多听女人的话准没错！

他不知道别人家的男人都怕不怕女人，反正他们家是怕的，他从来不敢惹他姐和他妈，因为他姐永远是家里的小公主，爸妈最偏心她了，他要是敢惹她生气，换来的就是一顿胖揍；至于他爸，毋庸置疑地绝对怕他妈。

总而言之，他们家的女人都挺厉害，陈染音绝对是他从小到大所见过的，除了他妈和他姐以外最厉害的一个女孩，浑身上下没有一点女生该有的文静气质，野得跟个假小子似的。

说实话，他觉得她挺与众不同的，虽然这家伙的成绩并不怎么好，但瑕不掩瑜，成绩并不能掩盖她的魅力。

但他并不想招惹她。

他和她像是活在两个世界的截然不同的两种人，他不喜欢高调与张扬，更想与平凡为伍，况且，并不是所有行走在光中的人才算是英雄，但她不是，她光芒万丈，魅力四射，随意站在哪里，都是舞台的中心。

所以他并不想和她产生任何交集。

但这家伙好像过于自来熟了，刚认识不到一周，就拿着一张物理卷子坐到了他的身边，把空白卷子往他桌子上一推："林宇唐，你给我讲讲题呗。"担心他会拒绝似的，她又连忙补充了一句，"老刘说你成绩可好了，这么简单的题你肯定会。"

其实当时"不会"这两个字都已经冒到他的嘴边了，却让她这一句话给堵了回去。

出于礼貌，他不得不顺着她的话往下问："哪道题？"

至今为止，他都忘不了她当初的那个回答："你看着讲吧，反正我都不会，你讲哪道我学哪道。"

就没见过这么不客气的人。

与此同时，他也明白了一件事——这家伙压根就不是来找他讲题的。

那天，他随便给她讲了两道最简单的选择题，然后就把她打发走了。她心里也挺有数，没死缠着他继续讲，说了声"谢谢"之后就走了。但是，第二天她又来了，这回拿了张化学卷子，没像昨天似的让他随便讲，而是有目的性地让他给讲两道选择题。

没有得寸进尺，也没有故意刁难，又是这么简单的两道题，他实在是没办法拒绝，只好给她讲。

结果到第三天，她又来了，这回拿了张生物卷子，没再问选择题，而是问了一道填空大题，顺便邀请他大自习下课后去打篮球，又说了句：“不想打也行，不勉强，我理解，并不是所有男生都会打篮球，球技差点也不丢人。”

他听出来了，她是在用激将法，他不上当，回了句：“不去，没时间。”

她也没勉强，笑着说了句：“行，我懂，反正你也没一米八，篮筐对你来说确实有点高。”

我没一米八？

我能没一米八？

身高，男人的底线。

他深吸一口气，死死地盯着她，一字一顿地回：“老子净身高一米八五！”

她挑眉，一脸挑衅：“跳起来摸得到篮筐吗？”

他笑了，皮笑肉不笑那种笑，收敛了笑容后，面无表情地问了句：“下午几点？”

她扬起了唇角，笑得灿烂，眼神中闪烁着难掩的得意和狡黠：“五点半，篮球场。”

她一脸奸计得逞的样子，等他意识到自己中计的时候，已经晚了。

这个女人，就是这么狡诈，步步为营，手段妖娆，如同蜘蛛吐丝，令他无力挣扎，越陷越深。

像是从盘丝洞里逃出来的妖精。

烟头烫了手，顾祈舟才意识到烟已经燃尽了，虽然他只抽了一口，还是最后一支烟。

轻叹口气，他手捏烟蒂，将其掐灭，摁进了烟灰缸里。

妖精竟然变老师了，还是他外甥的班主任。

这都什么事儿啊。

顾祈舟苦笑，从床边站了起来，抓起短袖套在了身上，朝着门口走过去。

打开房门的那一刻，他还在心里叮嘱自己：这女人的危险性，不比 A 级通缉犯低，一定要提高警惕，绝不能栽第二次！

第三章

口是心非

顾祈舟走进书房的时候，陈染音正在和顾别冬说话。她坐在书桌前，顾别冬背着手老老实实地站在她身边，听到脚步声后，两人同时回头看向顾祈舟。

顾祈舟面不改色地朝着他们俩走过来，坐到了书桌后。

陈染音闻到了烟味，顾别冬也闻到了，无奈蹙眉，心想：我们班主任等你半天了，结果你躲进卧室吸烟了？这也太不尊重陈大美女了！

不等顾祈舟开口，陈染音先对顾别冬说了句："你先出去吧，我想和你舅舅单独谈谈。"

顾别冬一愣：为什么要单独谈？有什么话是我不能听的吗？

顾祈舟又补充了一句："顺便把门带上。"

陈染音无言地看了顾祈舟一眼。

顾祈舟视若无睹。

顾别冬有点蒙，总觉得气氛怪怪的，还莫名其妙地感觉自己现在特别多余，傻愣愣地站在书房特别突兀……但是不对啊，今天陈大美女不是来家访的吗？家访的主角不该是他吗？怎么让主角出去呢？

虽然冬冬同学满心疑惑，但鉴于现在的气氛不太对，他也没敢反驳，乖乖地走人了，并且按照他舅的要求，关上了房门，然后朝着客厅走了过去。但他只往外走了几步就迅速且无声无息地折了回来，屏息凝神，将耳朵贴在了门板上。

书房里仅剩下了他们两人。

窗帘拉开，阳光洒入，照得房间里透亮。

俩人中间隔着一张书桌，还是那种老式的、上面铺着一层透明玻璃板的实木书桌，阳光打在桌面上，玻璃板反射着金色的粼粼的光。

那层玻璃板下垫着一块墨绿色的台布，中间夹着许多张老照片，有一家四口的全家福，有父母的结婚照，有姐姐和姐夫的结婚照，有姐弟俩的合照，还有他们姐弟两人从小到大的两寸照片，有红底有蓝底。

起初，他们俩谁都没有说话，或许是因为不知道该怎么开口，毕竟，已经八年没有见面了。

时间真挺长的。

中间隔着的那道鸿沟还是在。

或许是于心有愧，陈染音不太敢直视顾祈舟的目光，紧张地抿着唇，眼眸低垂，目光无意间定格在一张两寸免冠证件照上。

虽然这张照片是倒对着她的，但她还是认出来了，这是顾祈舟上高中时一直用的那张证件照，那时他还叫林宇唐。

她刚才问了顾别冬几个问题，大概猜出来了他为什么要改名，也明白了他当初为什么会不告而别。

愧疚与自责感越发浓厚，并且伴随着无法遏制的心疼。

在八年前，她不该往后退那一步。

她为自己当初的懦弱感到羞耻。

深深地吸了一口气，陈染音鼓足勇气抬头，看向顾祈舟。

他留着寸头，黑色短袖，五官一如既往地立体硬朗，下颌线清晰消瘦，肤色比之从前黑了一些，越发有男人味了。

他的身形也越发挺拔了，刚才他走进屋子里时她有注意到，他比上高中时更高了几厘米，身板也不再似少年时那样清癯单薄，胸膛宽阔而紧实，看起来更可靠也更成熟了。

眉宇间的青涩也不见了。

他早就长大了，或许，在八年前，他就被迫在一夜之间长大成人了。

陈染音直视着顾祈舟的目光，认真且诚恳地对他说：“对不起。”这份道歉在她的心头盘踞了足足八年，“林宇唐，对不起。”

然而道歉之后，并没有如释重负的感觉，心情反而越发沉重了。

她觉得，林宇唐不会轻易接受这份道歉。

她甚至能够猜测到，他会做出什么反应。

也正如她所预料的那样，顾祈舟一副浑不在意的表现，轻笑一下：“有什么对不起的？都过去那么多年了。”他无意识地抬起右手，揉了揉鼻尖，“说真的，我都快忘了你长什么样了。”

是吗？

她不太相信这句话，或者说，不愿意相信。

说不清楚为什么，她不想就这么算了。

之前想得挺好挺清楚，那点不成熟的感情就让它过去吧，等再见到林宇唐，说了道歉之后就算是彻底了结了。然而事到临头她才发现，根本过不去。

非分之想还是有的。

最终，陈染音决定遵从内心，直视着顾祈舟的目光，起誓一般笃定：“我从没忘记你，一天都没忘。”

她生着一双桃花眼，眼尾微微往上挑着，眼神水润温柔，看谁都是一副含情脉脉的样子，似乎一眼就能望穿人心。

如果她想，她还能表现出一副楚楚可怜的样子，就像现在，倔强中又带着点楚楚可怜。

顾祈舟咬紧了后槽牙，却还是没顶住，迅速别开了自己的目光，同时在心里惊叹：她真是好看！

现在比以前还要好看。

那张脸就跟画皮似的，没有一丝缺陷，任谁看了都难逃一劫。

而且她还知道自己长得好看，并且从不知道什么是害羞，最起码别的女孩不会轻易说出口的话她能够信手拈来，每一个字都直往你心上撞，把人撞得晕头转向，分不清东西南北。

就像是高二那年在篮球场上，她穿着一件白色卫衣，扎着高马尾，汗水打湿了鬓角，脸颊通红，瞳孔却漆黑明亮，目光灼灼地看着他，仿佛这个世界上就只剩下他这一个男生，语气中带着难掩的欣赏与崇拜：“林宇唐，你打球真厉害！是我见过的最厉害的男生！”

说真的，那一刻，他确实是有点飘了。

明知道她是在故意诱惑他，但他还是任由自己上当受骗。

这个女人，就是这么危险，稍不留神就栽了。

顾祈舟深深地吸了一口气，内心不断地告诫自己一定要冷静，绝对不能再被她迷惑。

“说正事吧。”他打起了十二分精神，拿出面对 A 级通缉犯的警惕，正襟危坐，一本正经地询问，“陈老师，我外甥到底犯了什么事，还麻烦您亲自跑一趟？”

她真是没想到话题能转得这么快。

竟然连一点回应都没有。

是有点失望的，但紧接着，又忐忑了起来，因为她现在的身份是人民教师，面对家长时应该是以一种正面的、光辉的积极形象出现，但，此时此刻，面前的这位学生家长，对她的过去了如指掌，正面光辉的形象是无论如何也树立不起来了。

但她现在真的已经“从良”了，就看他信不信了。

陈染音想了想，说：“也没什么大事。”谈话也是需要技巧的，她决定避开那些让自己尴尬的话题，并把本次家访的缘由往他身上推，“开学两周了，我一直没联系上顾别冬的家长，所以才想来见见你。”

顾祈舟置若罔闻，面不改色：“我听我外甥说，他在学校打架了？”

他的语气中带着点戏谑和调侃。

陈染音当然能听明白他的意思。

是挺难以启齿的，但身为老师，她不得不说实话，点头回答：“是，和九班的一个男生。”顿了下语气，她又补充，“那个男生也有问题，是他先出言挑衅我们班的学生。”

顾祈舟眉头一挑，右手食指轻点桌面，调笑着说：“哟，他还知道英雄救美了？”

陈染音抿了抿唇，垂眸沉默三秒钟，秉持着“人民教师要对学生负责”的心态，豁出去似的抬眸：“意思就是他在学校带头惹事，问题比较严重。”

顾祈舟微微眯眼，似笑非笑，漫不经心地启唇：“陈老师，您当年也没好到哪儿去啊。”

人在江湖飘，哪能不挨刀。

她感觉，林宇唐现在，就是在公报私仇！

顾祈舟像是陷入了回忆中，一边用手点桌子一边用一种感慨的口吻说：“我到现在都忘不了，你一脚把人家踹出了十米远。”

可能是有些夸张了，但当初的她确实是这么牛。

陈染音如坐针毡，尴尬地舔了舔嘴唇，极力为自己辩解：“你怎么不回想一下事情的起因呢？我还不是为了帮你解围？”

细究起来，也确实是。

那是新学期开学一个月后发生的事情，晚自习下课后他去操场跑步，跑到一半被一帮高三的人堵了，后来也不知道谁去通风报信了，没过多久陈姐就带着一群人来了操场。

高三那群男生还挺不把她放在眼里，尤其是为首的那一个。他已经忘了这男生叫什么了，只记得他染了一头黄毛。陈染音带人来了之后，黄毛用一种鄙夷中又带着点轻佻的目光上下打量了她几眼，嗤笑：“高二的男的都这么没种？让一个小娘儿们称王称霸了？”

陈染音听完这话也没生气，双手插兜，下巴微扬，哂笑着回了句：“是高三的女生都太大方了，竟然让你这种小瘪三称王称霸了。”

那晚的星光闪烁明亮，直直坠入她的眼眸。

从侧面看去，她的面部线条极为优雅流畅。

那一刻，他觉得这女的帅呆了。

可是他并不需要她来帮他解围，不想欠她人情，不想和她有牵扯——从那时起他就预感到了她的危险性，预感到了自己只要稍有不慎就会越陷越深，所以想提前避险。

但“危险”会自动找上门。

那天晚上，她以“找我同学的不痛快就是找我的不痛快”为由，和高三那帮人闹得不可开交。

事闹得挺大，到了第二天，全校都知道高二（3）班那个叫林宇唐的转学生是陈姐罩着的了，惹他等于惹陈姐，不给他面子就等于不给陈姐面子。

活了十七年，第一次成为女人的附属品，受女人庇佑。

感觉挺微妙的。

时至今日，他再回想起来这件事，都觉得不可思议——他莫名其妙地就被她收编了。

陈染音咬着下唇，静悄悄地盯着顾祈舟看了一会儿，又说：“是你先拈花惹草，我不得不出手帮你摆平。”

谁知顾祈舟竟然点了点头：“你说得对，我应该答应别人的追求，和她在一起，后来也不会有那么多麻烦事了。”

这句话有些刺痛她了。

虽然她承认，他说得对。

她的目光在颤动着，顾祈舟感受到了她的难过和委屈。

这回不是装的，她是真的难受。

刚才那句话确实有点狠了，伤害到了她。

其实她也不是那么没心没肺，他是知道的，一直知道。

但他依旧是面不改色，狠着心，重新言归正传："还是说冬子吧。"

陈染音也没再多说别的，以班主任的身份，和学生家长聊起了本班学生顾别冬。

顾别冬的问题，确实不少，即便是不添油加醋，也能罗列出一箩筐。

陈染音也不想破坏学生与家长之间的和谐关系，但不把问题指出来，怎么让家长配合呢?

还有，这位家长同志也很有问题!

工作忙可以理解，毕竟是为人民服务的行业，但也不能一点都不上心吧？最起码要把班主任的联系方式加上吧？发了十次好友申请，十次都没通过……

"你……通过一下我的微信好友申请。"谈话即将结束的时候，陈染音对顾祈舟说道，"以后学校里有什么事情，我单独通知你。"

她猜测他八成是把班级群屏蔽了。

顾祈舟也确实是屏蔽了，因为李芬芳喜欢在群里指桑骂槐，他懒得看，直接消息免打扰了。

摒除其他的事情不谈，只把她当成是外甥的班主任的话，他在她面前是有些无地自容的。

顾祈舟沉默地拿起手机，通过了陈老师的好友申请，同时发现，她还是那个号，连头像都没换，还是那个大白兔的情侣头像。

他早就换了手机号，八年前和身份证号一起换的，微信号也换了，再也没用过任何包含兔子元素的头像，对兔子避之不及。

"今天就先到这里吧，不打扰了。"陈染音从凳子上站了起来，身上穿的蓝色碎花长裙裙摆摇曳。

她抬起手，将黑色的单肩包挎在了肩头："以后有事联系。"

她没有说"常联系"，而是"有事"再联系。

挺客气的，也挺有分寸感，似乎是不想让他为难，所以主动划清界限。

顾祈舟很干脆地点头："好。"起身从凳子上站了起来，客客气气地说，"家里乱，我就不留您吃饭了。"

陈染音明白他的意思："我回家吃就行。"

顾祈舟替她打开了书房的门，陈染音走了出去。

顾别冬正假模假样地在客厅拖地呢。

顾祈舟对自己外甥说："送你们老师下楼。"

陈染音却说："不用了，我自己下去就行。"

顾别冬一愣，直起了腰，拄着拖把杆说：“啊？陈老师你不留下吃顿饭吗？”

陈染音摇头，笑着说：“不用了，我回家吃。”

顾别冬：“我都点了外卖了，点了好多。”

顾祈舟无奈，不容置疑：“少废话，送你们老师下楼。”

送客意味明显，一别两宽的意思更明显，陈染音有些委屈，还有点难受，却识趣道：“不用了，我自己走。”

顾别冬相当尴尬：你这不是赶我们老师走吗？真冷漠！真无情！真不懂事！这让我以后怎么在她手底下混？

为了缓解尴尬，冬子同学只好硬着头皮赔着笑脸说：“外面天挺热的，要不您吃根冰激凌再走？”

陈染音：“不吃了，我胃不好。”

顾祈舟：“不吃，她胃不好。”

他们俩同时开口，话音落后，两人又是同时一愣。

顾别冬也跟着愣住了：啊——这？

陈染音看了顾祈舟一眼，顾祈舟局促地别开了自己的目光。

陈染音却扬起了唇角，笑容中夹杂着些许小得意和小窃喜：“我走了啊，不用送。”顿了下语气，又说，“以后常联系。”

顾祈舟也不知道自己刚才怎么就脱口而出那句话了，反正现在挺后悔的。

陈染音走后，他长舒一口气，却没有如释重负的感觉，心里反而更烦了，像是有一只猫爪子在挠，还是漫无目的的那种挠法，这里抓一下，那里碰一下，逮也逮不着，更无法忽视，弄得他不知所措，心慌意乱。

要么说她是个道行高深的妖精呢，稍微松懈一下，就会被她乘虚而入。

顾别冬拄着拖把杆凑了过来，用一种好奇中夹杂着八卦的小眼神看着他舅：“你和我们班主任是高中同学？”

顾祈舟反问：“你怎么知道的？”

顾别冬：“我们班主任说的呀。”他解释了一句，“在书房等你的时候说的，她还说她以前见过我呢，在你们学校门口。”

顾祈舟倒也没否认，长叹口气：“嗯，那个时候你才五岁。”

特别丢人的一个年龄，但小孩哪知道什么丢人不丢人，丢的都是大人的人。

那天，他真是丢死人了。

那是一个周五，下午六点放学，在学校住了一周的学生们终于可以正大光明地走出校门。

虽然学校没规定学生上学的交通工具，但总有那种特立独行爱耍酷的，陈染音就是其中一个。

那是一辆蓝黑色的电动摩托车，看起来特别酷，别说男生了，女生看到都觉得心动。

那天放学后，他一走出校门就看到了他姐。他姐开着车来接他了，身边还站着一个穿黑色羽绒服的小豆丁，这个小豆丁就是五岁的顾别冬，对了，那个时候他还不叫顾别冬，叫赵和林，因为他爸姓赵他妈姓林，所以才有了他——真是挺随便的一个名字，他爸妈却觉得这名字特别有爱——后来才改成了顾别冬，是他那个当法医的姥姥给重新起的，告别寒冬的意思。

小小赵和林的手里还拿着一个奥特曼玩具，是他最心爱的迪迦奥特曼。一看到舅舅，他就"嗒嗒嗒"地朝着舅舅跑过去，然后朝他摆出了一个奥特曼的经典姿势——左臂横于胸前，右臂支起，两条小短腿一前一后健步蹲。

"biu——biu——biu——"上来就给他舅来了三下"光的攻击"。

他这个当舅的也挺不客气，直接夺走了他手里拿着的奥特曼，然后把奥特曼的身体一横，冲着它的脑袋弹了一下："迪迦被我弹死了。"

气得赵和林哭着去找他妈告状——他不管，迪迦不会死的，这个世界必须有光！

他姐林佳宋一边弯腰给儿子擦眼泪一边瞪着自己弟弟："你说你这么大人了，老欺负他干吗？"

他还挺理直气壮："他先'biu'的我。"又捂着心口说，"我受到了光的伤害。"

他姐白了他一眼，简单粗暴地用手掌给自己儿子抹了把眼泪之后，直起了腰："你看他一会儿，我去超市买点东西。"说完，就大步朝着校门旁边的小超市走了过去。

妈妈走了，赵和林也不哭了，但还在记仇，打定了主意不理他舅，还时不时地用满含愤怒的小眼神瞟他舅一眼。

他都被逗笑了，就在他准备好好哄哄自己外甥的时候，陈染音的声音忽然从身后传来："林宇唐！"

还不等他转身，她就已经连人带车停到了他面前。

没有一个男孩子可以抵挡得住电动摩托车的诱惑，赵和林的眼睛瞬间就亮了，奥特曼和光成了过眼云烟，此时此刻，他乌溜溜的眼睛中，只剩下了酷酷的电动摩托车，还忍不住发出了一声惊叹："哇！好漂亮的车车！"

那时的他还没意识到，这仅仅是丢人的开始。

陈染音被逗笑了，修长的双腿支地，取下头盔，单手将头盔抱在怀里，看着他问："你弟弟？"

"外甥。"他尽量言简意赅地回答，并且故意回避她的目光，因为在一周前，他刚刚被全校同学认定为"陈姐的男人"，即便他们俩之间真的什么事都没有。

这几天，他一直在努力地和她划清界限，她却一直在努力地破坏他的努力。

"多大啦？"她又问。

不等他开口，赵和林就抢先回答："五岁。"还伸出右手，张开了五根短胖白的手指头。

当时他还特别欣慰地想：幸好这家伙会抢答，让他少和她说了一句话。但谁知，这小家伙的下一句话竟然是："漂亮姐姐，我可以骑一骑你的车车吗？"

他瞬间恍惚，被打了个措手不及。

陈染音笑着说："当然可以呀。"她迅速下了车，在他无可奈何的眼神中，弯腰将赵和林抱上了车。

赵和林开心坏了，开心到都没意识到自己的奥特曼掉在了地上。

他长叹一口气，将"光的使者"从冰冷的水泥地面上捡了起来。

陈染音笑意盈盈地看着小豆丁："喜欢这辆车吗？"

赵和林点了点头："超级喜欢！"

他警惕地瞟了陈染音一眼，总觉得她还有后手。

果不其然，她下一句问的就是："咱俩做个交易吧，你要是把你舅送给我，我就把车送给你。"

赵和林瞪大了眼睛，激动到不可思议："真的吗？"

他气得不行：老子在你心里的分量还比不过一辆电动摩托车？

陈染音忍俊不禁，点头："真的！就看你愿不愿意了。"

"我愿意！我愿意！"赵和林的小脑袋都快点成小鸡啄米了。

陈染音得意扬扬地瞟了他一眼，相当地胸有成竹。

他气急败坏，直接把赵和林从摩托车上抱了下来，还骂骂咧咧地说道："一点出息都没有！不就是一辆破车吗？"

破车？陈染音不满地瞟了他一眼，似乎在说：真是新鲜了，第一次有人说我的车破。

赵和林不听，挣扎着还要上去，他只能死死地攥着赵和林的后衣领，没好气地对陈染音说："赶紧走！"

陈染音咬住了下唇，看起来挺不服气的，但还是重新上了车，戴上头盔后，低头，满含遗憾地对赵和林说了句："唉……你舅不同意我把车给你，交易只能取消。"然后一拧车把，不负责任地扬长而去。

赵和林看着摩托车和渐行渐远的背影，伤心得嗷嗷大哭，怎么哄都哄不好，校门口走过路过的学生和家长们无一不侧目观看，真是丢死人了。

过了一会儿，他姐拎着一兜东西回来了，赵和林哭着朝他妈飞奔过去，喊得要多委屈就有多委屈："妈妈！"

他姐一脸无奈地看着他："你怎么又给他惹哭了？"

他也很无语："你问他自己！"

他姐把东西递给了他，把儿子从地上抱了起来，嫌弃得不行："你怎么一点都不坚强？动不动就哭！"

赵和林真的很伤心，一边哭，一边抽抽搭搭地说："刚才……刚才有个漂亮姐姐，说……说我要是把舅舅送给她，她就……她就把摩托车送给我……"

他姐瞬间就被逗笑了，满眼八卦地看着他："什么漂亮姐姐？哪来的漂亮姐姐？你同学吗？"

他无语。

赵和林又说："但是……但是舅舅不同意……呜呜呜呜呜呜……"说到伤心处，哭得更厉害了，"我的车车没有了……呜呜呜呜呜呜……"

他实在是忍无可忍："赵和林，就为了一辆摩托车，你就要把你舅卖了？"

赵和林只是哭："我想要车车！"

他姐笑着给自己儿子擦了擦眼泪，幸灾乐祸地对他说："就是，我们林林就是想要辆车车，你一个当舅舅的牺牲一下怎么了？"然后又问自己儿子，"漂亮姐姐真的很好看吗？"

赵和林点了点头，虽然哭，但还是在夸："好看，超级漂亮！"又说，"舅舅对她可凶了，舅舅讨厌！"

他姐瞟了他一眼，撇了撇嘴："啧，不识好歹。"

思及此，顾祈舟长叹一口气，越看顾别冬越来气，抬脚朝他屁股踹了一下。

他控制着劲儿呢，踹得不重，但顾别冬还是捂住了屁股，瞪大了眼睛盯着他舅："你干吗踹我？"

"你在学校干的那点破事！"其实是在秋后算账，但提起学校之后，新账也出来了，顾祈舟一个头顶两个大。

顾别冬坚决不承认："我没有！绝对没有！"

严格来说，确实没有。

顾祈舟懒得跟他扯皮，板着脸警告："要是敢违纪，我打断你的腿！"

顾别冬不敢吭声，却在心里不服气。

顾祈舟叹了口气，朝着卧室走了过去，却又忽然定住脚步，回头看着顾别冬："对了，有件事。"

顾别冬："什么事啊？"

顾祈舟："你们班主任刚才都问你什么了？"

顾别冬："没什么呀，就问问家里面的情况。"

顾祈舟："还问了别的事吗？"

顾别冬："比如？"

顾祈舟用舌尖顶了顶腮："比如我是不是单身。"

顾别冬简直不知道该摆出什么表情："你不会真以为我们老师对你有意思吧？"

顾祈舟："没有最好。"

顾祈舟："还有一件事。"

顾别冬："那你说啊。"

他感觉他舅今天特别奇怪，说话断断续续、磨磨叽叽的，不似往常那种雷厉风行、说干就干的风格。

不会真的是被陈大美女迷了眼吧？

但是，他们俩之间的关系，好像真的有点不单纯。

还有啊，陈大美女为什么一上来就要对他舅说"对不起"呢？

顾祈舟先沉思了片刻，才开口："她要是问你我找过几个女朋友，你就说三个。"说完，感觉三个有点少，又改口，"说五个，不行，十个。"

舅舅你在开什么玩笑？

他沉默片刻，忍无可忍："你这吹得有点离谱吧？"从无变有可以理解，直接从无变十是几个意思啊？

顾祈舟面不改色，斩钉截铁："就说十个。"

顾别冬无语："你凭什么觉得陈大美女会问这种无聊的问题？"

顾祈舟："不问就算，问就说十个。"

顾别冬心想，我的眼前忽然一片漆黑，是我瞎了吗？不，不是，是巨大的牛被吹上了天空，遮挡了太阳的光芒。

顾祈舟回到卧室后，先拉开了窗帘，正准备去把塞进床板下的脏衣服弄出来的时候，视线忽然瞥到了楼下。

这是个老小区，公安家属院，院里的车道挺窄的，停车位也很局促。

他们家住在二楼，正对着这间卧室的窗户下就是一条车道，此时此刻，一辆白色的奔驰轿车卡在了一辆黑色的别克 SUV 和一辆黑色的桑塔纳轿车之间，进退两难，陈染音站在一旁，不断地用两条手臂比画着奔驰车头和别克车尾之间的距离，以及奔驰车尾和桑塔纳车头之间的距离，就好像用手比画好距离后就能成功把车开出来一样。

顾祈舟盯着楼下看了一会儿，看她左右为难就是移不出车，甚至还有点替她着急，犹豫着要不要下楼帮帮她。

但又转念一想：关我屁事！

事不关己高高挂起，他就当没看见，把脏衣服从床底下抱了出来，重新回到客厅后，刚好看到顾别冬正在换鞋，看样子是准备出门。

“去哪儿呀？”顾祈舟把衣服扔回了沙发上。

顾别冬：“下楼拿外卖。”

顾祈舟抿了抿唇，突然喊住了正要出门的顾别冬：“你继续拖地，我下去拿。”

顾别冬一愣：“我拖完了啊。”

顾祈舟：“太脏了，再拖一遍。”又义正词严地说，“以后多注意一下家庭卫生。”

我的舅，你什么时候这么讲究了？

陈染音来的时候，后面的那辆桑塔纳还不在呢，所以即便是她停车时离前面的那辆别克 SUV 有点近，但也没怎么当回事，宽慰地想着反正后面还有那么大的空位呢，绝对能倒得出来，而且她还特意观察过后方的那片空位，胸有成竹地认定这段距离不可能再塞下第二辆车。

谁承想，桑塔纳的车主竟然这么牛，硬是把轿车塞进了奔驰车尾与绿化带之间的狭窄缝隙里。

不得不说，住在这种老小区里面的司机，都是技艺高超的车神，没点本事都别想在院里停车。

陈染音目测了一下，自己的奔驰车头距离前面那辆别克车尾大概二十厘米，奔驰车尾距离后面的那辆桑塔纳车头大概也是二十厘米，仅仅四十厘米的发挥空间，她实在是没有那个技术把自己的车给开出来。

但是要想冒险一试的话，也不是不行，她上了全险呢，三百万之内都包赔。

就在她纠结着要不要挑战一下自己的车技时，一辆电动车冲进了她的视野之中，骑手穿着明黄色的工作服，显然是某团的外卖小哥。

小哥将电动车停在了单元楼门口，几乎是同一时刻，身穿黑色短袖的顾祈舟从单元楼里走了出来。

他真的很适合黑色，衬得他面部的五官线条越发硬朗。

陈染音眼睛一亮："林……"她下意识地想喊他"林宇唐"，却突然意识到了什么，迅速改口，"顾祈舟。"

这栋单元楼的楼门正对着奔驰的停车位，顾祈舟早就看到她了，却装成才看见的样子，漫不经心地抬眸，不冷不热地回了句："干吗？"

陈染音毫不客气："帮我把车开出来呗。"又很是坦诚地说，"我车技不行。"

顾祈舟："行。"

陈染音一愣，挺意外的，没想到他答应得这么痛快。

顾祈舟接过了骑手递来的外卖，然后朝她走过去，语气冷淡地说了句："前面那辆别克是我的。"

言外之意：我是怕你剐了我的车，不然老子才不帮你。

陈染音当然能听明白他的言外之意，却装作什么都不明白的样子，笑意盈盈地把自己的车钥匙递给顾祈舟："谢谢啦。"

她的那双桃花眼生来含情，专注看人的模样极具魅惑。

顾祈舟触电似的，迅速别开了自己的目光，接过车钥匙的同时把外卖递给了她。

陈染音故意问了句："点这么多你们俩吃得完吗？"

"你管不着。"顾祈舟看也不看她，直接上了车。

陈染音无奈："放心，我回家吃饭。"然后往旁边走了几步，给他让路。

几乎是转眼之间，顾祈舟就把车开了出来，在车道上停好，开门下车。

陈染音快步走到他面前，仰着下巴，目光灼灼地看着他："顾祈舟，你车技真厉害！是我见过的最厉害的男人！"

又是那种满含崇拜的语气，又是那种专注到好像全世界只剩下他一个男人的仰慕眼神，说无动于衷，那是假的。

而且她还特别细心地把"男生"换成了"男人"。

止不住地心猿意马……

像是回到了高二那年的篮球场，春风化雨，细细柔柔地吹进了心里。

明知她是在故意使用花言巧语诱惑他，但他就是抵挡不住诱惑。

蛛丝缠绕，越挣扎陷得越深。

顾祈舟狠狠地咬紧了后槽牙，在心里暗骂自己。

他什么都没说，沉着脸把外卖拿了过来，转身就走。

陈染音微微歪着脑袋看着他的背影，在他即将走进单元楼的时候，忽然开口，语气极为认真，又带着几分愧疚："顾祈舟，其实我有男朋友，快结婚了。"

顾祈舟的脚步猛然一僵，内心有种崩塌的感觉，地动山摇，玉石俱焚。

四肢百骸僵硬，血管里面的血液却在沸腾。

他忽然暴躁起来，双目赤红，怒吼着喊："关我屁事！"

额角的青筋都暴了起来。

愤怒的回声在狭窄的楼道里经久不衰。

陈染音吓了一跳，她只是想跟他开个玩笑而已。

"我骗你的。"她怯生生地看着他的背影，"我没有男朋友。"

时间静止了几秒钟。

片刻后，他紧绷着的背影忽然松懈了下来，像是长舒了一口气，但很快又绷了起来，停顿许久的步伐再次迈开，浑身上下透露着气急败坏，走到楼梯口时还狠踹了一脚旁边堆着的废纸箱，没想到里面竟然藏了只流浪猫，吓得它"喵"的一声窜了出来，还差点挠他一下。

烈日炎炎，楼道里的空气都是烦闷的。

顾祈舟沉着脸上楼，大长腿迈得极阔，三级台阶并作一级，跃得轻松，胸腔里却堵得慌，一口气吊在心头不上不下。

他总是对她有种束手无策的感觉，以前是，现在也是。

这个女人身上像是有一股魔力，缠绕着他，控制住他，以一种完胜的姿态制服着他。

他挺憋屈的，想反击，却又无从下手，因为他们俩现在一点关系都没有。

但他清楚，她也不是刀枪不入的金刚不坏之躯，最起码在接吻的时候不是，她有弱点。

她挺虚的，是个纸老虎。

他想听她喊他，最好是哭着喊——每次被她戏弄过后，最想干的事。

一直看着他的身影彻底消失，陈染音才上了车。

回家路上，心情不错，一路哼着小曲，还是李宗盛的歌——《鬼迷心窍》：

有人问我你究竟是哪里好

这么多年我还忘不了

春风再美也比不上你的笑

没见过你的人不会明了……

他就是很好。

无论他是林宇唐，还是顾祈舟，都很好。

到家的时候已经快十二点了，陈染音一走进家门就看到了餐桌上摆着的满满登登的高档礼品盒，看样子是家里来客人了。弯腰换鞋的时候，她喊了声："妈？"

秦薇从厨房里走了出来："怎么才回来？"

陈染音不置可否，反问："家里来客人了？"

秦薇："小孟来了。"

孟牧丞来了？陈染音蹙眉，没好气："他来干吗？"

话音刚落，一道修长挺拔的身影从走廊里冒了出来，挑着眉头反问："我不能来看看叔叔阿姨？"

他竟然还没走呢。

孟牧丞穿着白衬衫西服裤，一副正人君子的打扮，冷白皮的肤色将他的五官衬托得越发清俊，尤其是那一双丹凤眼，内勾外翘，神色清明，颇具格调与气韵。

手腕上戴着的那块银白色精钢表，顶得上她的五台车。

他真的是个有钱人家的大少爷，却也是个名副其实的花花公子。

但是长辈们哪知道这么多啊，长辈们只知道他是个留美回来的高知分子、才貌双全的帅小伙，却不知道他到底交往过多少个女朋友。

陈染音也不得不承认，孟牧丞真挺聪明的，也有真才实学，不是拿钱买来的学历，但他花心也是真的，可谓是万花丛中过，各种女人都交往过，前女友丰富得能组成一个联合国。

她在心里叹了口气，换好鞋后，揶揄了他一句："太阳是打西边出来了？孟少爷竟然有空莅临寒舍了？"

她跟孟牧丞挺熟的，算是青梅竹马。孟牧丞他妈和她妈曾是闺中密友，所以她和孟牧丞算是一起长大的。孟牧丞他爸是做生意的，东辅市挺有名的耀辉集团就是他们家的。

她还有一个小秘密，谁都没说过，那就是她曾对孟牧丞有过好感，但仅仅只有两个月而已，很快她发现了他的花心，于是及时悬崖勒马。

孟牧丞对陈染音也挺无奈的："你就不能好好跟我说句话？"说完，还委委屈屈地看了秦薇一眼。

秦薇没好气地瞪着自己闺女："人家招你惹你了？说话这么阴阳怪气。"

她爸陈鸿博也走进了门厅，接着她妈的话说："你和牧丞也挺长时间没见了吧？"

是挺长时间没见了，但是她无所谓啊，一辈子不见面也无所谓。

然而陈染音没说话，背着包朝自己的卧室走了过去。

孟牧丞转身看着她的背影，问了句："家访顺利吗？"

不消多想，一定是她爸妈跟他说的。

陈染音头也不回地回答："非常顺利。"

顺利到不能再顺利，还挺惊喜。

孟牧丞满含感慨地说了一句："真是个好老师。"又说，"我都想去当你的学生了。"

陈染音冷笑着回："我可不收大情种。"

啧，这个欠收拾的劲儿，真撩人。

孟牧丞确实是来看望长辈的，也没多打扰，吃完午饭就走了，然后秦薇就开始数落陈染音："你这孩子就是气人，不会说话不会办事，处处和人家小孟作对，弄得人家多尴尬！"

陈鸿博也说："知道你不喜欢他，但你装装样子总会吧？好歹是客人呢。"

谁知道这么一说，竟惹来了妻子的愤怒一瞪。

陈染音无视她妈的愤怒："我不喜欢他，怎么装？"

秦薇越发恼怒："小孟多好啊，有学历有长相，关键是知根知底，他爸妈也都是好相处的人！"

点到为止即可，话说得太透她自己也烦，像一个絮絮叨叨爱管闲事的老太婆。

陈染音明白她妈的意思，无奈地回："那是因为你不清楚他到底是个什么样的人！"说完，就回了卧室，把门反锁了。

秦薇也挺无奈，懒得再说了，长长地叹一口气，转脸就把怒火撒到了自己老伴身上："都是因为你，惯吧！接着惯！看看把她惯成什么样了？无法无天！"

妻子在更年期，陈鸿博也不敢反驳，闷头泡茶喝。

第二天是周一，有升旗仪式，需要比平时早到十分钟。

陈染音六点就起了床，匆匆洗漱吃饭，然后骑着摩托车上班去了——比起开奔驰，她还是更爱骑摩托，但她现在是老师，要做好表率，所以不再骑那种烧油的跨座式的酷炫摩托车了，而是前方带脚踏板、造型规规矩矩的烧电摩托车，俗称：小龟电动车。

车身的颜色也变规矩了，普普通通的白色。

夏日的清晨亮得早，还不到六点半，东边就已经冒出了灼热刺目的金光。

陈染音穿了件黑色短袖，外面罩着白色的防晒服，拉链拉到了最顶端，遮住了半张脸；头顶戴着连衣的遮阳帽，鼻梁上架着墨镜；下半身穿着浅灰色运动长裤和白色运动鞋，浑身上下捂得严严实实，连脚踝都没露出来，绝不让皮肤暴露在烈阳下。

防晒服是她妈给她买的，上面还印着蓝色的碎花，造型看起来是有点土，但她无所谓，反正也没人认得出来她是谁。

骑到金沙路时，竟然遭遇了堵车。

按理说这个时间点的东辅是不应该堵车的，但是架不住那帮夜生活极为复杂的富二代们的倾巢出动——

金沙路中段有家高档会所，夜夜笙歌，纸醉金迷。

有钱人通宵达旦，天亮后排队回家，个个脸上都带着虚浮和宿醉。

也不知道是不是因为昨晚有盛大派对，今早从会所里冒出的红男绿女特别多，本就不怎么宽敞的金沙路，被各种各样的豪车堵了个水泄不通。

司机和代驾乱哄哄地混迹其中。

陈染音的电动车前面停了辆白色的法拉利，半天不动，哪怕再前面的那辆劳斯莱斯早就已经走了。

从车后方看去，坐在驾驶室的那个男人在和坐在副驾驶的女人亲得火热，压根不在乎是否造成了堵车。

陈染音绕不过去，鸣笛也没用，后方还堵了一大片。

她气急败坏地下了车，大步走到驾驶室旁，一拳捶在了车窗上。

车内无动于衷。

她又捶了两拳。

没过多久，车窗终于降了下来，坐在驾驶室的男人神色烦躁而恼怒：“丫是不是想死？”

陈染音双臂环抱，声色冷硬：“开车，后面堵死了。”

男人看了一眼倒车镜，确实如此，不耐烦地叹了口气，正准备开车的时候，旁边那女的冷幽幽地说了句：“你也不下去看看她撞没撞你的车？”

我的母语是无语。

男人一经提醒，立即开门下车，快步绕到了车后。

车尾安然无恙。

但他还是咽不下这口气，亲到兴头上被打断了，他一直憋着火呢，甚至想直接揍这个女的一顿。

看这打扮也不是什么高级货色，土得掉渣，越看越想收拾她一顿。

“王佟，疯了吗？敢惹她？她可不好惹。”

男人的嗓音中带着些调侃和戏谑。

王佟和陈染音同时扭头，看向不知什么时候冒出来的孟牧丞。

陈染音都有点感动了，都捂成这样了竟然还能认得出她来，与此同时，又不禁在内心感慨：哎哟，真是个大情种啊……

孟牧丞穿着一件粉色的衬衫，蓝色牛仔裤，细长的丹凤眼中带着几分宿醉迷离，眼周一片红晕，一副醉生梦死的公子哥样，怀里还搂着一个穿着性感的漂亮女人。

“把车挪走。”他对那个叫王佟的男人说，语气中带着醉醺醺的笑意，又带着不容置疑，“别挡着大美女的路。”

王佟还挺听他的话，尴尬又客气地冲着陈染音笑了一下，立即跑回了自己的车上，把车开走了。

障碍清除，前方终于畅通无阻，陈染音立即骑上了自己的小电车，冲着站在路边搂着女人的孟牧丞扬了扬下巴：“谢了啊，大情种。”话音未落，就将车把拧到了底，“嗖”的一下蹿了出去。

东方阳光刺目，孟牧丞微微眯着眼睛，目不转睛地望着她离去的背影。

“她是谁呀？”怀中的漂亮女人有些不高兴，娇滴滴的语气中带着醋意——虽然他们并不熟悉，但昨晚还挺愉快的，孟牧丞嘴甜又长得帅，任是情场老手也难免心动。

孟牧丞收回了自己的视线，干笑了一下，回：“大美女。”

漂亮女人有点不服气：“真是个美女？”

“是啊，特别美，十全十美。”孟牧丞微微垂眸，叹了口气，“就是看不上我。”

女人冷笑一下，乜视着他，揶揄：“哟，孟少爷还真变大情种了？”

新的一周开始，顾别冬是带着他舅交给他的任务去学校的，任务的核心内容很简单，就是在陈大美女问他“你舅舅之前交过几个女朋友”的时候回答“十个”，但，这么吹牛的答案，他实在是难以启齿。

从周一开始，他就在内心祈祷天，千万别让陈大美女问他这个问题，不然真是丢死人了。

也可能是上天眷顾，更可能是他舅这个自恋狂想多了，一直到周六他都没有被陈大美女喊去私聊，渐渐地他也忘了这件事。

周六上午补课半天，第二节是数学课，但是那位脾气好的年轻女老师有些镇不住二班的那帮“混世魔王”，陈染音只好先行出马去敲敲山震震虎。

她又是从二楼迂回过去的，在上课前三分钟悄悄地绕到了班级后门。

门外走廊上站的那几个男生率先看到了班主任，但鉴于班主任的脸色并不是很和善，一看就是来收拾他们的，所以他们几个也不敢声张，迅速地窜回了班，老老实实地回到自己的座位上，快速从桌洞里翻出了数学书，同时小声提醒身边人：“‘猎鹰’来了，后门呢。”

猎鹰，是他们给陈染音起的外号，象征着威武犀利有手段，不好惹。

英语老师李思绵的外号是“白羊”，可爱活泼脾气好，能处。

语文老师周丽红的外号是“毒王”，因为她总是和李芬芳这个“灭绝师太”一起，背地里告他们的小状，还喜欢对他们班人阴阳怪气，毒得很，还是剧毒！

“猎鹰”的威名远扬，不消片刻，乱哄哄的教室瞬间安静了下来，无人不紧张忐忑。

陈染音始终保持着沉默，抱着胳膊从后门走进了教室，面无表情地在教室里绕了一圈，步伐沉稳缓慢，似乎每一步都踩在了人的心鼓上，威慑力十足。

最终，她在顾别冬的座位旁边停下了脚步，伸手点着他空荡荡的桌面，沉声问：“数学书呢？”

顾别冬抬头，略显尴尬地看着“猎鹰”，小声说：“忘带了。”

家访之前，他还有三分对峙“猎鹰”的勇气，家访后，勇气荡然无存，因为“猎鹰”和他舅之间的关系明显不一般，万一……他舅真的对“猎鹰”有点意思的话，他太不给“猎鹰”面子也不行。

陈染音挺无奈的，上个学书都能忘带，还不如当年的她呢。

但多说无益，也不能让他再跑回家拿，只能给出严肃警告：“下不为例，不然你以后就站着上课。”

顾别冬点了点头，态度良好地回答：“明天一定带。”其实吧，他带数学书了，但是韩娇忘带书了，他就把自己的书借给她了。

陈染音没再追究，因为杀鸡儆猴的效果已经达到了，又给了顾别冬一个警告的眼神后，抬眸环视全班，冷冷道：“数学课不重要是吗？一个个都能拿满分了，还是说中考不想要这120分了？”给了他们三秒钟的反思时间后，她才继续开口，语气严厉地点明要害，“上课就要遵守课堂纪律，以后我看谁还敢在杨老师的课上调皮捣蛋，抓到一个我收拾一个！”

全班噤若寒蝉，没人敢抬头，甚至不敢大口喘气。

直到教数学的杨老师进了班，陈染音才走人。她这节没课，直接回了办公室，但是过了十五分钟后，她又从办公室里走了出来，再一次迂回到了二班后门外，无声无息地趴在门玻璃上窥探班内的情况。

可以，表现不错，没人捣乱，都在认认真真地听课，包括顾别冬都在歪着脑袋看黑板。

说明刚才的那番震慑有效果。

陈染音在心里舒了口气，心满意足地回了办公室。

李思绵这节也没课，正在改作业，陈染音回到办公室后，她抬起了头，笑着问：“效果怎么样？”

陈染音坐回了自己的位置上，略有些志得意满：“还不错。”

李思绵赞叹：“也就你能治得住他们，杨老师被他们气哭过好几次。”

陈染音：“那帮‘小崽子’确实皮。”说话时，她的目光无意间瞥到了位于自己斜对面的那张办公桌。

这是物理老师的桌子，上面放着三摞作业本。

陈染音微微蹙起了眉头，突然想到了一件事，物理老师跟她说过，二班的作业总是交不齐，课代表却每次都骗他收齐了。

此时物理老师不在，陈染音只好自己去一探究竟，快步绕到物理老师的办公桌前，开始查起本班的作业，五十一本，差一本。

她让李思绵把点名册递给她，一本本对人名。

等她点完后，李思绵好奇地问了句：“少了谁的？”

陈染音哭笑不得：“顾别冬。”

李思绵也笑了：“我猜就是他。”

“唉，这帮小年轻啊……”陈染音重新把作业本整理好，拿着点名册回到了工位上，“等跑操结束，我要找顾别冬谈谈话。”

李思绵：“你准备跟他谈什么呀？”

陈染音叹气：“让他别总难为人家物理课代表。”

李思绵笑了，又低头改了几张卷子后，忽然想到了什么：“对了，下周五咱们年级去拓展训练，你知道吗？三天两夜，周五去周日回。”

拓展训练，东辅市教育局规定每名初中生必须参加的校外拓展活动，意在磨炼学生意志，陶冶情操，锻炼班级的凝聚力；和军训一样，记入个人档案和学分，如非特殊情况必须参加。

陈染音一愣：“他们还没参加过呢？”

据她所知，拓展训练活动基本都会被安排在学生八年级上学期的时候进行，这都已经九年级了，竟然才开始？

李思绵叹了口气：“谁知道学校怎么安排的？竟然拖到现在……不过也还行，补课期间去，不耽误事，结束后再休息一周，回来后就正式开学了。”

陈染音又问：“去哪儿训？党校还是皇帝山？”这两个训练营是东辅市教育局指定的定点训练单位。

李思绵：“都不是，这回是去特警训练基地。”

陈染音一愣，半惊半喜：“啊？真的吗？”

李思绵点头：“我听年级长说的，特警队招了一批新人，要练新兵，有实战演习这一项，本来是想借咱们学校的学生和场地参加演习，但后来不知道怎么商量的，校领导和特警队领导一拍即合达成共识，咱们去特警基地训练，免费给他们当群演，他们包咱们的吃住，找几个队员免费给咱们训练，两全其美，咱们还省了一笔钱。”

陈染音“啧”了一声，感慨：“省钱。”

第二节下课后是课间操。二班的第三节课是体育课。

下操后，陈染音直接把顾别冬喊走了。顾别冬心里挺忐忑的，还以为陈大美女真的要问那个令他难以启齿的问题了，但谁知她压根就没提他舅，找他谈话的原因是他总是不交物理作业……唉，事实证明，就是他舅想多了，陈大美女压根就没把他舅当回事。

距离体育课上课还有一分钟，陈染音这才把顾别冬放走，接下来连着两节都有课，她急匆匆地回到办公室，抱着教案跑去了一班。

第四节是三班的课，一直到中午十二点才下课，回到办公室后直接累瘫在了椅子上。

办公室里面已经没有别的老师了，外面的走廊上闹哄哄的，学生们背着书包三五成群地朝着楼梯口走，有说有笑地放学回家。

陈染音坐在凳子上歇了一会儿，正准备收拾回家的时候，却忽然接到了孟牧丞的电话。

她无奈地叹了口气，摁下接听键，把手机举到了耳边，不耐烦地问："干吗呀？"

孟牧丞："你在学校吗？"

陈染音："马上就走。"

孟牧丞叹了口气："大善人，捎我一程吧，车坏你们学校门口了。"

她并不想当大善人："我骑的电动车。"

孟牧丞："没事，我不嫌弃。"

陈染音本想直接拒绝他，但又一想，自己还欠他个人情呢，就问了句："你去哪儿呀？"

孟牧丞："回家。"

陈染音想了想，虽然和她家是反方向，但也不远，可以送，就当还人情了，然后答应了他："行吧，北门等我。"

孟牧丞笑着回："好嘞，谢谢陈姐，爱您。"

陈染音"喊"了一声："把你虚伪的爱收好，姐不需要。"

烈日当空，热闹的校门口停了辆黑色别克 SUV，顾别冬一走出校门就愣住了，做梦似的盯着别克看了一会儿，直到别克驾驶室的窗户落下，身穿黑色短袖的顾祈舟冲他喊了一声："傻愣着干什么？"

顾别冬如梦初醒，难以置信地朝着别克车跑了过去："你怎么来了？"

他舅竟然来学校接他了，破天荒头一回呢！

"今天休假。"顾祈舟言简意赅，"上车。"话还没说完呢，他就把窗户关上了。

顾别冬还是蒙，上了车后，又问了句："你今天怎么来了？"突然又想到了什么，"你不会是来找陈大美女的吧？"

顾祈舟冷着脸说："我找她干吗？"又说，"把安全带系上，开车了。"

看样子并不打算在此地久留，也就不存在找人一说。

但顾别冬并不信他的话，不过还是乖乖地把安全带系上了，然后一抬头，愣住了——

陈大美女骑着电动车从学校里出来，停到了前方不远处的路边，那里站着一个身穿白衬衫和黑色西服裤的高个子男人，长得挺白，还挺帅，是个标致的小白脸，双手插兜，站姿浪荡，手腕上戴着的那块表反射着刺目的阳光。

陈大美女停稳后，小白脸微微俯身，笑着对她对说了些什么，然后在陈大美女的催促下，迈开大长腿，跨坐到了她的电动车上。陈大美女骑着车，带着他走了。

顾别冬抿了抿唇，偷偷瞟了他舅一眼。

顾祈舟的脸上没什么表情，像是什么都没看到一样，神色平静地启动汽车。

但顾别冬能察觉到，他舅绝对不是无动于衷，只是把情绪藏得很深，深到人看不出来。

想了想，他决定安慰一下他舅："你放心，陈大美女绝对看不上那种小白脸。"

顾祈舟不置可否，直视前方，一边开车一边轻描淡写地回："我认识他。"

顾别冬一愣："啊？他不会也是你们高中同学吧？"

顾祈舟："不是。"

顾别冬："那你怎么认识他的？"

顾祈舟："一起打过球。"其实他压根不想和对方打，但那个姓孟的实在是太挑衅。

顾别冬："谁赢了？"

顾祈舟没好气："废话，肯定是你舅。"

顾别冬："哦，那你们这还……哎，你要去哪儿啊？"他发现他舅没有走回家的那条路，而是跟着"猎鹰"拐上了另外一条路。

顾祈舟眼也不眨地说："那边修路了，过不去。"

顾别冬不可思议："我早上来的时候还好好的！"

顾祈舟："突然修的。"

顾别冬沉默片刻，微微眯眼："你是不放心陈大美女和那个小白脸在一起吧？"不就是青梅竹马吗，有什么好担心的？

顾祈舟满不在乎："别乱猜，我和你们班主任又不熟。"

顾别冬想了想，点头："确实，她都没问我那个问题。"

顾祈舟看了他一眼："什么问题？"

顾别冬："你谈过几个女朋友。"

顾祈舟："无所谓。"

真无所谓？

红灯变绿，左边突然窜出来一辆电动三轮车，顾祈舟神色一变，猛踩刹车。

骑三轮车的老大爷擦着别克车头冲上了右转道。

顾祈舟面色铁青，骂骂咧咧地开车："百分之八十的交通事故，都是这种骑电动三轮车的老头儿老太太造成的，过马路不看红绿灯，不撞他们撞谁？"

又路过了一段施工路段，汽车堵得水泄不通，电动车却能如鱼得水。

“猎鹰”骑电动的车技一流，迅速带着小白脸“飞”走了。

顾祈舟紧紧地蹙起了眉头，棱角分明的脸上尽显焦急，咬牙切齿地盯着前面堵死的路，又开始骂骂咧咧：“东辅交警队是干什么的！”

顾别冬不敢吭声，悄悄地瞥了他舅一眼——

其实他舅平常话挺少的，也没路怒症，但是此时此刻，他舅的状态完全可以用八个字来形容：

眼盯六路，嘴骂八方。

第四章

拓展训练

骑过拥堵路段，陈染音垂眸看了眼显示盘，惊愕地发现电量竟然只剩下20% 了。

虽说她昨晚确实是忘记充电了，但早上骑到学校的时候还剩 40% 呢！

陈染音怒问孟牧丞：“你是不是吃胖了？”

孟牧丞的回答从背后传来：“不可能，哥的身材好到能去混娱乐圈。”

陈染音没好气：“你是不是对娱乐圈有什么误解啊？”又阴阳怪气地问了句，“练出来几块腹肌了，就敢这么飘？”

孟牧丞：“暂且只有一块，但哥身上没赘肉，还有钱有颜值，足够闯荡娱乐圈。”

陈染音憋屈地发现自己竟然没法反驳他，因为圈里的男明星好像还真没几个有腹肌的，卷的都是女明星。

唉，男明星到底什么时候才能卷起来？

孟牧丞又说：“娱乐圈不就是以娱乐为主吗，钱就是用来推动娱乐的，只要营销到位，什么人设都能包装出来。”

虽然有理，但陈染音的嘴还是在防晒服后面撇了撇，继续阴阳怪气：“你还是个懂王呢。”

孟牧丞盯着她戴着防晒帽的后脑勺，笑着问：“知道赵依梦吗？”

陈染音：“知道。”娱乐圈新晋流量小花，短短两个月内在一众女明星中异军突起，红得莫名其妙，“怎么了，你的新一任红颜知已？”

孟牧丞倒也没反驳："我捧红的。"

陈染音不禁感慨："真不愧是大情种。"

孟牧丞轻叹口气："其实也不算是红颜知己，就是偶尔会在夜深人静的时候聊一聊人生罢了。"

第一次听到能把恶俗描述得如此清新。

根本没法往下接话。

她又低头看了一眼显示盘，电量"唰唰"往下降，眉头一拧："你绝对吃胖了，我的车现在不堪重负。"

孟牧丞："可能是因为我最近在练块。"

陈染音一愣，难以置信："你最近在干什么？"

孟牧丞："练块。"担心她听不懂，他还特意解释了句，"练肌肉。"

真能搞笑啊。

她低头看了一眼倒车镜，孟牧丞穿着白衬衫的胳膊明晃晃地出现在镜子中，可谓是毫无肌肉痕迹。

她轻叹口气："孟牧丞，你真是能折腾。"

孟牧丞："哟，你还不信？我准备练成大块猛男。"

陈染音直言不讳："那样难看死了。"又好心提醒，"你悠着点吧，适度健身吸引异性，过度健身吸引……"

陈染音又重申："那种大块真的很难看。"

孟牧丞虚心求教："那你跟我说说，我们男人什么样的身材才算是好看？"

陈染音一下子就想到了顾祈舟，想到他半裸着上半身的样子："就是那种身材又高又挺拔，身上有肌肉，但不是那种在健身房里刻意练出来的大块肌肉，而是在一次又一次的实战和训练中锻炼出来的紧实劲瘦的肌肉，硬朗结实又有男人味。"

孟牧丞微微蹙眉："我有点听不懂了，什么叫在实战和训练中锻炼出来的肌肉？"

陈染音："知道特警吗？就他们那种身材。"再具体点说，就是顾祈舟那种身材，真的完美。

陈染音："健身房里练出来的肌肉都虚，没有特警小哥哥身上的那种安全感。"

孟牧丞笑了："你还需要安全感呢？特警见了你也想逃吧？"

精准无误地戳中了陈染音的痛处——顾祈舟现在确实是在逃避她——她有些恼羞成怒："不会说话就闭嘴！"

好端端的发什么火？

车把拧到底，又往前冲了几百米，陈染音将电动车停到了某座高档小区的大门外：“下车。”

孟牧丞站在路旁，看着她问：“不上去坐坐？”

陈染音一边掉头一边虚伪地回：“什么都没带哪好意思上去啊？下次吧，下次带着礼物来拜访您。”

孟牧丞双手插兜，笑得慵懒：“哟，陈姐大驾光临是我的荣幸，哪敢收您的礼啊？”

陈染音懒得再和他打太极，直接冲到了马路对面去，顺着来时的路走了。

孟牧丞一直目送着她远去，直至她的身影消失才转身回家。

往回骑了还不到两个路口，陈染音的电动车就彻底没电了。

顶着当头的烈日，推着车往前走了一百多米，她在路边找到了一家修车铺，铺门外面挂了一台黄色的电动车充电桩，扫码支付，一小时两块钱。

陈染音觉得充半个小时应该就能坚持到家。

等车充电的时候，她问修车铺的店主借了个小马扎，跨着腿坐到了路边的树荫下，手肘朝外撑着膝盖，在心里把孟牧丞骂了个狗血淋头——要不是因为他，她的车才不会没电呢，现在早坐在家里吹空调了，而不是坐在路边晒太阳！

眼前的柏油马路上车水马龙，一辆黑色别克 SUV 缓缓停在了距离她不远处的路边。

她越看这辆 SUV 越熟悉，但就是想不起来到底在哪儿见过。

副驾驶的车门被推开，穿着二中夏季校服的少年从车上跳了下来，冲着她招了招手：“陈老师！真巧啊！你怎么在这里？”

陈染音有点蒙：“我……我给电动车充电呢。”回答问题的时候，她却一直盯着驾驶室的方向。

“我和我舅来吃饭。”顾别冬指着修车铺旁边的那个饭馆说，“这家特好吃，我们俩经常来。”

顾祈舟下车的时候刚巧听到自己外甥在说这句话，真是觉得这小子越来越能睁眼说瞎话了。

“哦。”陈染音没摘墨镜和帽子，放心大胆地将目光定格在顾祈舟身上，说了句，“我也没吃呢。”

她想和顾祈舟一起吃饭，但绝不主动提出，就是要等顾祈舟主动邀请她。

然而顾祈舟就像是没听见她的话一样，直接朝着饭店大门走了过去，徒留给她一个挺拔有型的背影。

陈染音气闷，还有些挫败。

顾别冬也感觉他舅这人真是不识好歹，陈大美女都那么说了，他舅怎么能毫无表示呢？再说了，他舅刚才不是还在为了陈大美女着急吗？怎么现在又突然装起高冷了？

唉，真是奇怪。

“老师你要和我们一起吗？”顾别冬只好替自己舅舅发出邀请。

陈染音瞟了一眼顾祈舟的背影，咬着下唇想了想，从凳子上站了起来，笑呵呵地说：“好呀，我请你们。”

顾别冬连忙摆手：“不不不，不用，我们请你。”

饭店里的冷气充足，陈染音一走进去就感觉到了清爽凉意，立即摘了墨镜，脱掉了防晒服。

他们坐了张四人台，顾祈舟和顾别冬坐在一侧，陈染音单独坐在另外一侧，还故意坐到了顾祈舟的正对面，明目张胆地盯着他看。

顾祈舟对她无计可施，咬着牙别开了自己的目光。

服务员拿着菜单走到了桌旁，顾别冬问了句：“你们店有什么特色菜吗？”

陈染音一愣：“你们不是经常来吗？”

顾别冬有些慌，但反应极快：“是我舅经常来，我是第一次。”说完，还把菜单扔给了他舅，像是在扔烫手山芋。

顾祈舟面不改色地接过了菜单，大致扫了一眼，又把菜单推到了陈染音面前：“你点吧。”

陈染音抬眸瞧着他：“有推荐吗？”

顾祈舟：“那几道招牌菜都不错，就是有点辣。”

他特别佩服他舅这种临场发挥的能力，真稳。

陈染音看了看那几道招牌菜，询问他们俩：“大盘鸡、小龙虾、酱香土豆条和清炒西蓝花？行吗？”

顾别冬没有异议：“行。”

顾祈舟却先问了服务员一句：“大盘鸡和小龙虾能做不辣的吗？”

服务员点头：“可以的。”

顾祈舟：“全要不辣的。”

服务员一边低头在本子上记一边回答：“行。”

顾别冬心里奇怪，他舅不是挺能吃辣吗，为什么要让人家做不辣的？但是很快，他就想到了一件事：陈大美女胃不好，不能吃凉的，不能吃辣的。

陈染音没有说话，默默地捧着热茶杯，嘴角却止不住地上扬，眼角眉梢尽显小雀跃和小得意。

菜上得很快，小龙虾色泽诱人，香气扑鼻，陈染音却一只都没夹。

不是因为不爱吃，也不是因为不想吃，而是因为林宇唐坐在她的对面，却不给她剥虾了。

回想他们俩还在一起的时候，每次吃虾他都会给她剥虾皮，然后直接把虾肉塞进她的嘴里，嘴里塞不下就往她的碗里堆，跟喂猪似的，很直男的行为。

但直男的爱就是这么直接，自己不吃一个，整顿饭的时间全用来给她剥虾皮了，基本都是等她吃饱了他才开始动筷子。

当初，他还信誓旦旦地答应过她呢，会给她剥一辈子的虾吃，绝不让她动一次手。

现在才过去几年啊，誓言就作废了……旧爱的誓言像极了一个巴掌，每当你记起一句就挨一个耳光。

但是这不能怪顾祈舟，只能怪她自己，没能好好地珍惜他。

“老师，你怎么不吃虾呢？”

顾别冬的问题打断了陈染音的回忆。

她笑着回了句：“我不爱吃虾。”

顾祈舟无言地看了她一眼。

陈染音低着头，夹了一筷子干米饭。

顾祈舟抿了抿唇，最终还是什么都没说，闷头吃饭。

都分了那么多年了，还有什么好说的？

和好的可能性也不太大，他们是两种截然不同的人，过往的事实也已经证明，他们终究会形同陌路，没必要重蹈覆辙。

充电桩充得挺快，这顿饭吃完，电动车已经充了 50% 的电了。

和他们俩道别后，陈染音就骑着电动车走了，反正来日方长，她不信顾祈舟那颗心是铁打的，实在不行她就跑他们支队长办公室门口哭，说顾祈舟对她始乱终弃，让支队长为她做主——当然了，这是下下策，除非万不得已，绝不采纳，毕竟她现在是个老师，要以德服人，不能再随便耍无赖了。

顾祈舟领着顾别冬回到了车上。

系安全带的时候，顾别冬忽然想到了什么："对了，我们下周去你们基地参加拓展训练，你知道吗？"

顾祈舟一边开车一边回："知道。"

顾别冬奇怪："怎么会去你们那里？"

顾祈舟："许支定的，练新兵有实战演习这一项，需要一批学生帮忙。"

许支就是东辅特警支队的支队长，全名许建城，顾祈舟的直属领导。

"哦。"顾别冬又说，"许叔也挺关心你找女朋友的事，他还说你要是不能在三十岁之前解决婚姻大事，他就代替姥爷给你包办婚姻了。"

顾祈舟无语。

一周时间转眼就过，学校规定初三年级的全体师生必须在周五早上六点半之前到校，统一乘坐学校的大巴车前往东辅市特警训练基地。

大概四十分钟的车程。

乘大巴车前往训练基地的路上，学生们几乎都在仰头睡大觉。

陈染音和李思绵一起坐在了大巴车的最前排——学校规定拓展训练期间每个班必须有两个老师跟班，班主任必须一同前往，另外一个老师辅助班主任工作。

李思绵也在歪着脑袋睡觉，全车只有陈染音和顾别冬激动得毫无困意。

抵达目的地后，大巴车直接驶进了特警训练基地的大门，在南操场旁边停了车。

铺着绿色草皮的操场中心已经站满了身穿黑色作战服的特警队员，有新兵有老兵；前方的升旗台下摆着立式话筒，看样子等会儿是要有领导发言。

陈染音猜测，他们八成是赶上新兵入队的誓师大会了，怪不得学校让他们这么早集合呢，合着是想蹭着参加人家特警队的誓师大会，让这帮熊孩子感受一下特警教员的威严，好好地震慑他们一下。

为了不在特警队丢人，每个班主任都在严肃地整理班级队伍，不停地申诉"纪律"两个字。

陈染音更是拿出了十足的气场去震慑二班的这帮"混世魔王"，生怕他们在这里出洋相。

但值得欣慰的是，顾别冬这小子在这里特别老实，像是老虎回了笼，没了他的带领，余下那帮调皮捣蛋的男生也成不了什么气候。

整理好队伍后，他们跟在一班后面朝着操场入口走了过去。

陈染音带头走在队伍的最前方。

此时朝阳初升，金光灿灿。

即将走到入口的时候，迎面走来了三位男特警队员，为首的是顾祈舟。

和其他所有队员一样，他穿着黑色的战训服，脚踩黑色战靴，身形高大挺拔，双腿修长笔直。

他俊朗的眉宇间也少了几分往日常带着的不羁，多出了几分严肃与威严。

陈染音不由得一怔，微微有些恍神。

她还是第一次见到他穿特警战训装呢。

真的很帅，比平时还要帅。

还有，他真的很适合黑色，这身衣服像是为他量身打造的，与他棱角分明的五官相得益彰。

顾祈舟仅与她对视了一眼就移走了目光，率先走进了操场。

跟在他左边的是黑豹突击队的副队长昆鸣，右边的是教导员林毅。

昆鸣的年纪和顾祈舟差不多大，林毅比顾祈舟大一些，孩子都快上小学了，为人比较成熟稳重，是许支特意派过来扶持顾祈舟的。

走出去几步后，林毅又回头看了一眼，对顾祈舟说："我看到小冬了。"

顾祈舟："嗯，就是他们学校的学生。"

昆鸣也回头看了一眼，笑容中透露着惊喜和期待："他班主任还挺好看的，也不知道有没有男朋友？"

顾祈舟瞥了他一眼，淡淡地回了句："你觉得她像是没有的样子吗？"

昆鸣眼中的光渐渐消失了，仿若他那还没来得及开始就结束的爱情："唉，你说得对，她肯定有，少我这一个也无所谓。"

顾祈舟"好心"安慰了一句："你明白就好。"

早晨八点，特警队的新兵誓师大会正式开始，最先上台发言的领导是东辅市公安局的局长周城，然后是东辅市特警支队的支队长许建城，最后是黑豹突击队的队长顾祈舟。

周局和许支的发言内容大同小异，先是欢迎新兵入队，然后向他们强调公安特警的使命和责任，最后为大家加个油打个气，相信他们一定可以顺利通过新兵入队考核，严肃庄严又不失力量，让人听完后热血澎湃。

顾祈舟的发言内容却与这两位领导大相径庭，上来就给台下的一众小新人泼了一盆冷水："刚才许支问你们有没有信心通过训练考核，我看你们一个个喊得都挺大声的，挺好。”说到这里，他笑了一下，眼神和语气却毫无温度，任谁看了都能感受到这是一个不怀好意的笑，台下的一众新人不禁屏住了呼吸，紧张而忐忑地望着前方的主席台。

空气似乎凝固了，明明是烈日当头，操场上却充斥着令人心悸的压迫感。

就连站在操场最后方的二中学生们都跟着提心吊胆起来。

陈染音站在二班的队伍末端，踮着脚尖抻着脖子极力远眺，却还是看不到位于国旗下的顾队长，仅能看到一众黑压压的后脑勺。

环绕操场的广播将顾祈舟声音中的冷酷与坚硬扩大了无数倍：“记好，我叫顾祈舟，是黑豹突击队的队长，也是你们的主教官，你们也不用害怕，我的目标很简单，就是打击你们的自信心，你们刚才喊得有多大声，我就有多大的信念去击垮你们。”

偌大的操场，再次陷入了一种鸦雀无声的氛围中。

位于前方的特警队员们一个比一个站得笔挺，仿若一棵棵位于悬崖边的挺拔苍松，不敢歪斜分毫；后方的二中学生们则面面相觑，一双双年轻的眼睛里无一不透露着惊异和惶恐，还有一点点的愤怒，似乎在说：这队长怎么这样啊？太坏了吧，不鼓励新人就算了，还放出这么狠的话打击人，一点都不和善。

陈染音却被这帮孩子的反应逗笑了，不禁在心里感慨：真是一群天真单纯的小年轻。

自信心是自己给自己的，也是在一次又一次的磨炼与锻造中树立起来的，根本不是你喊得多大声就有多大的自信。

再说了，犯罪分子可没那么和善，比此时此刻的顾队长坏多了，要是不好好地磨炼一下他们的抗打击能力，以后怎么面对穷凶极恶的犯罪分子？

无论台下是什么反应，顾祈舟的神色自始至终冷酷苛刻，严厉的目光将站在最前方的新兵们扫视一遍后，冷冷开口：“我知道你们肯定有人不服气，毕竟各位都是来自各个兄弟单位的精兵强将，还有不少来自警校的高才生，”他的语调轻飘飘的，带着十足的不屑和揶揄，“但在我眼里，你们只是一帮自大无能的小弱鸡而已，轻轻一拍就死了，屁都不算。”

寂静的空气中，多出了几分不服气，毕竟能通过重重考核来特警队伍的人，都不是等闲之辈，有部队中的精英分子，有从公安机关其他部门选拔而来的人，更有不少刚从学校毕业志气磅礴的优秀毕业生，皆是身怀绝技和抱负的有志青年，上来就被这样劈头盖脸地藐视了一顿，谁服？

但顾祈舟根本不在乎他们的愤怒，还不嫌事大地补充了一句：“对了，还有各位女同志，不要妄想能在我这里得到优待，特警队伍中，男女平等，爷们儿受的苦受的累，你们一样跑不了，无论泥潭还是沼泽，无论烈日还是寒冬，我让你们上，你们就必须给我上，怕脏怕累怕苦的，趁早给我滚蛋，我要的是坚韧不拔的女战士，不是娇娇弱弱的小公主。”说完，他又轻笑了一下，看着那排新来的女队员说，“不过吧，我看你们一个个那样，估计也坚持不了几天。”

女队员们一个个都不服气地咬紧了牙关，将脊背挺得更笔直了一些，看向顾祈舟的眼神中全都带着刀，似乎是在用这种无声的方式，向他表示她们才没他想的那么弱。

陈染音也咬紧了牙关，倒不是不服气，而是在忍笑，感觉顾队长为了激发这帮新兵的斗志也真是豁出去了，一上来就把所有人都给得罪了一个遍，也不怕在夜里被套麻袋打？

随即，她也看向那排女兵，她们全都留着齐耳短发，穿着飒爽的黑色战训服。比起男队员们来说，她们身材十分纤细，却极为挺拔，气质柔美却不失英气，浑身上下都透露着“坚韧不拔”这四个字，可谓巾帼不让须眉。

陈染音望着她们，不禁有些佩服和羡慕，其实她上学的时候也想当警察来着，还和顾祈舟说过。

那时他们刚升入高三年级，那时的他还叫林宇唐。

某天晚自习课间，她和林宇唐并肩站在教室门外的走廊上，林宇唐背靠栏杆而站，她则是趴在栏杆上。

夜晚繁星遍布，她问林宇唐以后想干什么，他沉默着思考了一会儿，很认真地回答：“当个老师，教书育人。”

说实话，这回答令当时的她挺震惊的：“啊？就当个老师？”那时的她觉得“老师”是一份无聊透顶的工作，一点激情和挑战性都没有，一辈子困在学校里和小孩为伍，没出息的人才会去当老师呢。

林宇唐却心生向往，笑着说：“对啊，就当个老师。”

她非常不理解地问：“为什么呀？老师哪里好？”

林宇唐回答：“安稳。”

那时的她还不太明白他口中的“安稳”是什么意思，不知道他曾经过得怎样颠沛流离，只觉得他没追求，还说了句：“你爸妈和你姐都是警察，你为什么不想当警察？”

他垂眸，沉默了一会儿才说：“我怕我家人被报复。”

真是一个不成熟的回答——那时的她心里是这么想的——不过，男孩子总是比女孩子成熟得晚。

现在想想，她当时应该多问一句“你为什么害怕家人被报复”，而不是说：“林宇唐，你真是个胆小鬼。”

他也没反驳，反而笑了一下，很坦诚地说：“是啊，我确实挺胆小的。”又扭脸看向她。

她哼了一声，很是高傲地说：“没关系，姐可以保护你，姐胆子大。”现在想想，这句话真是一句彻头彻尾的屁话，她也只敢吹吹牛，却没有履行诺言的勇气。

听了她的回答后，他又笑了，问她：“大胆姐，你以后想做什么？”

她想了想，仰着下巴回答：“当警察。”

他怔了一下，很是意外地看着她。

她扭脸看着他，顽皮地眨了眨眼睛：“想不到吧？”

他说：“确实想不到。”

她咬着下唇犹豫了一下，小声对他说：“林宇唐，我要告诉你一个秘密，你不要告诉别人。”

他答应得很痛快：“行，你说。”

她四处张望了一下，确定走廊上无人在意他们两个之后才开口：“我有一个亲哥哥，死了。”

他一愣，眼睛微微瞪大了一些，显然很是意外。

她继续说：“他比我大七岁，叫陈未梵——我和他的名字组合起来就是梵音未染的意思——我哥特别聪明，又帅又阳光，上学的时候天天有女生往他的书包里塞情书，而且他学习成绩也特别好，初一上完直接跳级到高中了，后来考上了警校。我上六年级的时候他就进警队了，干刑侦的，干了不到一年就协助他的师傅破获了一起大案要案，还因为表现优秀被记功了，我爸妈特别骄傲，逢人就说。但是，他后来牺牲了，抓毒犯的时候被捅了两刀，一刀捅到了心脏，一刀捅到了肺部，没抢救过来，死了……”

林宇唐满目惊愕，双唇微张，像是想说些什么，最终却一个字都说不出口。

虽然事情已经过去了好几年，但陈染音的语气中依然透露着对哥哥的思念和惋惜：“我哥对我特别好，第一次发工资就给我买了个游戏机。他女朋友人也很好，是他的学妹，长得很漂亮，就是有点黑，不过我后来再也没见过她……我妈也因为我哥的死有点情绪不正常了，她把我哥的房间锁了，还要求我们搬了家，说是不想再看到和我哥有关的一切，但我知道，她经常自己回到我们原来的家里，躲在我哥的屋子里哭。”

“所以，你是因为你哥才想当警察？”林宇唐问她。

她点头，信誓旦旦地说：“对，我哥能干的事我肯定也能干，他没干完的事我可以替他接着干。”

“挺好的，很勇敢。”林宇唐看向她的目光中带着欣赏，又带着敬佩，“比我强。”

当时她还真觉得自己挺牛的，觉得自己满腔抱负，觉得自己英勇无匹，但后来的事实证明，她就是个只会吹牛的垃圾。

如今的现实和他们过去的梦想之间颠倒了，想成为教师的人变成了特警，想成为警察的人变成了教师。

挺戏剧的。

看着那排身姿挺拔的女警，陈染音的内心越发地无地自容。

其实，她也知道自己挺配不上顾祈舟的，他勇敢、无畏、坚毅，即便是对峙绝望，即便是身处黑暗，也从未放弃服输，但她想要去努力配得上他，努力变得坚强勇敢，努力让自己变得强大，变成一个能与他并肩而战的女人。

她不想再错过他了，错过一次就够了，绝不能再有第二次。

烈日炎炎，高悬在特警队大楼正上方的警徽熠熠生辉。

操场上的气氛庄重肃穆，顾祈舟身着黑衣，脚踩战靴，挺拔而立，字句冷硬铿锵：“不要以为考进特警队就算是万事大吉，提醒你们一句，噩梦才刚开始，我就是你们的噩梦。”其实比起前两位领导来说，他的发言时间根本不算长，但每一个字都带有十足的威慑力和压迫感，明明是八月酷暑，却给人营造出一种腊月寒冬的感觉，“本次的新兵训练是有通过率的，我的使命就是不择手段地降低你们的通过率，让那些不堪一击的弱鸡全部滚出特警队。”

他的话音刚落，操场上的气氛明显变得怪异起来，虽然依旧是鸦雀无声，却处处透露着“心怀鬼胎”——

新队员们是忐忑不安，外加一些对这位不近人情的长官的愤怒以及不甘心；老队员们则是双眼放光，仿若一头头饿狼，跃跃欲试地等待着“虐待”小萌新；二中学生们则是替那些新队员捏了一把冷汗，同时在心里给这个看起来是人样但就是不说人话的队长贴上了“没人性”的标签。

唯有陈染音觉得，这样的顾队长还挺迷人的。

不过顾祈舟也明白打一巴掌就要给个枣吃的道理，沉默几秒钟，再次开口时，他的语气放缓了一些，却多了几分挑衅：“我知道你们现在挺不服气的，期待你们能用实际行动打我的脸。”又沉声对着话筒说，“有没有那个信心打我的脸？”

操场上稀稀拉拉地传来了几声：“有……”

顾祈舟冷笑：“就这？”

学员们再次噤若寒蝉，是个人都能感觉到长官生气了。

顾祈舟面色铁青：“我再问一遍，有没有那个信心打我的脸？”

台下众人齐齐大喊：“有！”

气震寰宇，直冲云霄，就连站在后面的二中学生都跟着大喊了起来。

少年们的嗓音脆脆的，明艳清亮，夹杂在浑厚有力的成年人的喊声中，格外引人注目。

顾祈舟的下颌微微抬起了几分，将目光投向操场后方，轻笑着说：“差点忘了，今天还来了一群小朋友呢。”

正值青春叛逆期的学生们并不想被喊作“小朋友”，感觉受到了极大的轻视，但他们也不敢反驳什么，因为清楚地感受到了这位长官语气中的不怀好意，就连顾别冬都忐忑不安，他还没见过这样冷酷无情的舅舅呢。同时，他又怀抱着一种沾沾自喜的侥幸心理：这是我亲舅，在他的地盘上肯定会多照顾我一些。

顾祈舟轻叹口气，对着话筒说：“既然来了，那就掉层皮再走吧。”

二中学生：不，我们不想！

顾祈舟全然无视少年们的惊恐与忐忑，冷着脸说：“来了特警队，就要遵守特警队的规矩，按照正规队员的标准约束自己，谁敢坏了我的规矩，我就让谁吃不了兜着走。”

救命！

不是来玩的吗？怎么这样了？

有胆子小的同学已经开始扭脸看班主任了，像是小鸡看着母鸡，眼神可怜巴巴的，渴望寻求庇佑。

陈染音心想：看我干什么？看我又没用，我也害怕……强龙不压地头蛇啊！

顾祈舟冷笑：“不用看你们的老师，在这里你们老师说了不算，我才是老大。”

二中学生：行了，好了，你别说了，我们想回学校补课。

新队员们的内心却稍微平衡了一些，他虽然冷酷无情，但还是挺公平的，对谁都一视同仁，哪怕只是一帮中学生。

顾祈舟又说：“我喜欢听话的小朋友，只要你们乖乖听话，我就不会找你们的麻烦，明白吗？”

“明白……”

少年们的声音怯怯的，小小的。

顾祈舟微微眯眼，嗤笑："二中学生就这点出息？"

嘿！你这人！挑衅是吧？

青春期的少年最经不起的就是激将法，顾祈舟忍笑，又厉声问了一遍："能不能按照特警队员的标准要求自己？"

二中学生齐声高喊："能！"

顾祈舟笑了一下："很好。"

哇哦，他竟然也会笑呵呵地说人话？真是小刀拉屁股——开了眼了。

陈染音感觉，顾队长这番拉仇恨的发言，绝对能成功地掩盖他的高颜值带来的魅力，那句话是怎么说的来着？好好一个男的，怎么就长了张嘴。

发言结束后，顾祈舟带领全体特警队员进行入警宣誓，所有人皆面朝国旗与警旗，身姿笔挺，目光坚毅，字句铿锵，齐声高呼：

"我是中国人民警察，我宣誓：坚决拥护中国共产党的绝对领导，矢志献身崇高的人民公安事业，对党忠诚、服务人民、执法公正、纪律严明，为捍卫政治安全、维护社会安定、保障人民安宁而英勇奋斗！"

声震云霄，经久不息。

此时蓝天碧透，阳光明媚，基地后方的青山巍然耸立，几只飞鸟掠过头顶，时光和平而宁静。

陈染音感受到了一股前所未有的安全感。

位于前方的那些特警队员，正是安全感的来源。

宣誓结束，顾祈舟再次面朝话筒，开始分配任务："一中队备勤，二中队训练新兵，三中队训练学生，有任何问题直接向我汇报。"交代完重点之后也不废话，干脆利落地喊了声，"开干。"

只要没有突发事故，备勤中的一中队最清闲，压根没有解散的意思，抱着胳膊站在操场中央，相当困难地纠结着到底要去看哪一边的笑话；二中队带领新队员们去了山脚下的北操场；二中学生们先去寝室楼放行李，然后又回到了南操场，在三中队教官的带领下进行拓展训练。

陈染音和李思绵在离开寝室楼之后分了手，李思绵去了食堂，领取中午用的食材，陈染音跟班去了操场。

三中队的训犬员们全都上阵当教官了，顾队安排的，还让他们拉上了自己的警犬，可能他觉得训孩子和训狗没区别，训犬员上就行。

一班至三班的训练位置在操场东侧；四班至六班被他们的教官带走了，不知道今天上午的训练任务是什么；七班至九班在操场西侧。

二班的第一项训练任务是翻越四米高墙——一堵光滑垂直的蓝色四米墙，全班所有成员一个不落地全部翻上去才算是完成任务。

训练开始之前，主教官何必找来了几位一中队的队友给二班学生进行动作示范——搭人梯——最下层人最多，然后往上逐层减少，后人踩着前人的肩膀上去；等上面的人上去之后，再伸手拉下方的人；最后一个人最难往上拉，因为手臂不够长，所以需要有一个人将身体倒挂在墙上伸手去拉，也就是用身体充当绳索。

看特警队员们进行示范的时候，大家的眼神中既充斥着好奇与跃跃欲试，又流露着紧张和怯懦，尤其是女同学，很担心到时候会被同学们嘲笑长得胖。

示范完成后，何必又为二班的同学们说明了一些注意事项。

何必的表情和语气有些严肃，大家都紧张兮兮的，唯有顾别冬极为松懈，因为他跟何必挺熟的，知道何必现在就是在装严肃，其实一点也不严，而且他跟何必训练的那条警犬白牙也很熟。

在大家都在认真聆听何教官讲话的时候，站在队伍最末端的顾别冬悄悄冲着蹲在旁边的白牙招了招手，本是想表达自己对它的友好慰问，谁知却换来了白牙无情的背叛——

只见白牙"嗖"的一下从地上蹿了起来，气势汹汹地冲到了顾别冬面前，仰着脖子怒吠："汪！汪！汪！"吓得周围的一圈学生都接连往后退，白牙则死盯着顾别冬不放。

顾别冬无语极了，感觉白牙这行为相当于直接昭告天下：是他！就是他不认真听讲！

陈染音又气又无奈："顾别冬你干什么呢？"

顾别冬果断选择倒打一耙，一脸无辜地看着自己老师："我不知道啊，它莫名其妙就凶我。"

陈染音：是吗？

白牙越发恼怒："汪汪汪！"它只是不会说话，它不是傻，它是警犬，它听得懂人话！

何必沉着脸走了过来，先弯腰喂了白牙半根火腿肠，表扬它及时发现了捣乱分子，又拍了拍它的脑袋，让它走远点别吓着别的学生，然后才挺直了腰，盯着顾别冬，厉声呵斥：“顾别冬出列！”

真是不念旧情啊。

顾别冬不情不愿地从队伍里走了出来。

何必双手负后，不容置疑：“所有人，二十五个俯卧撑，现在开始！”

全班人都蒙了，最蒙的是顾别冬，还特别不理解，瞪大了眼睛看着何必：“跟他们有什么关系？我一人做事一人当！”

何必面不改色，紧绷着脸：“因为你们是一个集体，个人的错误就是集体的错误，个人的失误会导致集体的失误！”

何必继续训斥他：“讲注意事项的时候你不听，万一出现失误你就害了所有人！”

顾别冬牙关紧咬，无话可说，但稚气十足的脸上还是流露出了倔强和不服气。

何必再次重申：“所有人，五十个俯卧撑，现在开始！”

短短半分钟的时间，又多加了二十五个，显然还有继续往上加的趋势。

顾别冬也不再倔了，立即趴在了地上，其余同学也是如此，顷刻间“哗啦啦”地卧倒了一大片。

陈染音也跟着趴在了地上。

何必愣了一下，垂眸看了她一眼，有些意外。

同学们也很诧异，还有点感动：“猎鹰”这人可以啊，讲义气，能处！

伴随着何必的数数声，包括陈染音在内的五十三位二班成员一同趴在炽热的地面上，一起一伏地做俯卧撑，虽然姿势标准的没几个，但都在认真做，所以何必也没挑三拣四。

顶着灼灼的烈日，五十个俯卧撑做完，所有人都气喘吁吁的，脸颊通红，额角挂着汗珠。

从地上站起来后，顾别冬满含幽怨地看了白牙一眼，白牙昂首挺胸地摇尾巴，对他嗤之以鼻。

何必到底是念了几分旧情，看在顾祈舟的面子上就没多惩罚顾别冬，俯卧撑做完就放他归队了。然而顾别冬才刚站好，顾祈舟的声音就从后方传了过来：“顾别冬，出列。”

他的声音深沉冷硬，竟让人在酷暑难耐的露天环境中生出了几分寒意。

二班没人敢回头看，因为大家都听出来这人是谁了——那个没人性的主教官。寒意似乎在顺着脊背往上爬，“小朋友”们一个比一个站得笔直，冷汗直冒，生怕被他挑出毛病。

顾别冬更不敢回头，也有预感，他舅八成早就在后面站着了，把他刚才的违规乱纪行为看了个清清楚楚，现在让他出列就是要收拾他，大义灭亲顺带着杀鸡儆猴。

陈染音倒是不害怕，回头看了一眼。

顾祈舟的身姿笔挺，棱角分明的五官像是刀削出来的，神色严肃到近乎不近人情。

她还是第一见到这么不苟言笑的顾祈舟呢，不禁有些诧异，却又有些惊喜，因为她终于见到了另一面的他，还美滋滋地在心里想：原来这就是身穿警服的顾队长啊。

顾别冬装聋作哑，赌了一把亲情，试图蒙混过关，然而顾祈舟并没打算就这么放过他，死盯着他的后背，语气更严厉了几分："顾别冬，出列！"

显然，他的亲情赌输了。

顾别冬现在已经确定了，他舅绝对不会轻易放过他，内心不禁有些惶恐，下意识地向陈染音投去了求助的目光。

陈染音虽然也为他捏了把汗，但是吧……这家伙确实是欠收拾！

顾别冬舔了舔干涩的嘴唇，也不知道是为了讨好他舅，还是被逼无奈出此下策，可怜巴巴地看着陈染音，喊了声："舅妈。"

二班全体同学：舅……舅妈？"猎鹰"是你舅妈？你是关系户？

何必以及来做示范的几个队员全部在一瞬间瞪大了眼睛：真的假的？真的假的？

就连白牙都把狗眼瞪大了，狗耳朵也高高地竖了起来，似乎生怕自己错过什么关键信息。

所有人都被这声"舅妈"给喊蒙了，最蒙的无外乎当事人。

顾祈舟脸都青了，恨不得一脚踹死顾别冬。

陈染音都不知道该摆出什么表情了，愤愤不平地心想：真的是，这傻孩子，瞎喊什么呀！喊得人多不好意思呀……

下一秒她就把脸扭向顾祈舟，说："你先走吧，我们班还要训练呢，结束再说。"

顾别冬差点就热泪盈眶了：猎鹰，从今天开始你就是我的亲舅妈！

看着陈染音，顾祈舟莫名有些手足无措，咬了咬牙，真的转身走了。

何必以及其他几个队员彻底蒙了：……竟然是真的！

第五章

不听话的外甥

四米高墙的训练结束后是高台背摔的训练，一个人背着身站在一米五高台的边沿，台下站着两排队员，以手搭肩的形式组成一个接应平台，还有两排队员站在这两排队员的背后，双手抵着他们的后背，加固“平台”的坚固性，最后位于高台上的那个人背向往后倒，坠落在同队成员们用手臂搭起的平台上。

本项训练的目的是增加团队的凝聚力和队员之间的信任感，所以每一个人都要站在高台上往后倒一次，也都要轮班成为承重平台中的一员。

一米五的台面说高不高说矮不矮，但第一个上去的人还真的需要点勇气。

何必交代完注意事项后，全班没有人毛遂自荐，陈染音只好主动询问有没有人自告奋勇第一个上。

同学们面面相觑，空气安静了三秒钟后，有两个人同时出列，异口同声——

顾别冬：“我。”

许词话：“我来吧。”

由于身高差距，这俩人挨得挺远，事先都没想到对方会出列，不由得诧异地对视了一眼。

陈染音也挺诧异的，倒不是诧异于顾别冬，而是诧异于许词话。

这小姑娘的身量不高，身材纤细，长相白白嫩嫩，性格也是软软糯糯的，像是个面团子捏出来的小姑娘，真没想到竟然这么有勇气第一个出场。

很好！

陈染音很是惊喜，也很欣赏这个小姑娘：“行，许词话第一个，顾别冬第二个，其余同学按照队列顺序上场。”

相较于女生而言，男生个子高手臂长，所以在台下组建“接应平台”的全是男生，在后方抵背的则是女生。

许词话上了高台后按照教官的要求站在了平台边沿，双手交叉抱肩，没有任何犹豫就朝着后方倒了下去。下面的同学们也很给力，稳稳当当地接住了她。

第二个是顾别冬，他也是毫不犹豫地就倒了下去，并且下来之后就去轮替充当接应平台了。

能给他抵背的女生暂时只有许词话，因为现在只有许词话一个女生完成了任务，但是他们俩的身高差距实在是太大，一米五八的许词话站在一米八二的顾别冬背后，像是顾别冬身后带了个小尾巴。

等人上台的间隙，顾别冬回头看了许词话一眼：“你的手能不能往上点？”

高高举着手臂的许词话又把手臂抬高了一些：“这样？”

顾别冬叹了口气，把脸扭了回去：“算了，等韩娇下来让她替你。”

许词话抿了抿唇，眼眶微微有些发热，烈日灼灼刺目。

陈染音一直没有注意到他们两个，是因为她正在给上台的同学录像，准备每一个人都录一段，中午休息的时候发给家长。

录着录着，她忽然发现，镜头中总是有身穿黑色战训服的特警队员闯入，并且还是一批一批的，每一批来的人都不一样，有男有女，慢悠悠地围着他们班的所在场地溜达一圈后才会走人。

她心里奇怪极了，特警队的小哥哥和小姐姐都这么爱凑热闹吗？学生背摔也要来参观一下？

何必眼瞧着队友们一批批地来围观，无奈到了极点：真行啊……哪有这么明目张当来围观的？恨不得凑人家脸上看，也不怕队长收拾你们？

五十二个学生的背摔训练很快就结束了，身为班主任的陈染音是最后一个上的，等她倒完，何必宣告原地休息十分钟，大家伙瞬间就开开心心地散开了。

陈染音正蹲在石台的阴影下剪辑视频呢，忽然间，一只毛茸茸的东西凑到了她的面前，她抬眼一看，笑了，竟然是白牙。

白牙屁股一沉，乖乖巧巧地坐在了地上，吐着舌头望着她，一脸孩子气。

陈染音笑着问它：“你会握手吗？”其实她还挺喜欢宠物的，但鉴于她妈不让她养狗，所以一直没能养。

白牙立即把自己的右前爪抬了起来，陈染音惊喜得不行，握住了它的爪子，轻轻地摇了摇，并满含喜爱地夸奖了它一句：“哇，你好聪明呀！”

白牙狗嘴一咧，满脸都是得意的笑。

何必站在不远处，将这幕看得清清楚楚，不由得在心里骂了句：真谄媚啊！

这时，三中队的狙击手赵东南突然跑了过来，直接冲着何必喊了一声：“哪个呀？”

何必气急败坏：“你再大声点，喊得全世界都知道！”

赵东南的声音终于小了一些：“到底哪个啊？”又不可思议地说了句，“群里都炸开锅了！连周局和许支都被炸出来了！”

何必冲着不远处的石台努了努下巴：“就那个。”又说了句，“挺好看的。”

赵东南立即朝着那边望了一眼，一眼就看到了正在努力表现自己的白牙，眉头瞬间就皱了起来：“白牙真狗！”

何必叹了口气，并没有为自己的爱犬说话，因为它确实是太狗了。

赵东南又看了一眼蹲在地上逗白牙的陈染音：“啧，确实挺好看啊。”反正从侧面看上去真好看，从额头到鼻梁再到下巴的线条美极了，皮肤还白，像是从画里走出来的美人，“真是队长女朋友？”

何必抬起右手点了点自己的耳朵：“我亲耳听到冬子喊了她一声舅妈，一中队的那几个也听到了。”又摆出了一件事实佐证自己的说法，“冬子调皮，顾队本来要收拾冬子，结果这女的让他走，他真走了，一句废话都没说，转头就走，特别听话。”

赵东南震惊：“他还是个怕媳妇儿的？”

平时训他们训得跟什么似的，活生生一阎王爷，结果竟然怕媳妇儿？

何必生怕被顾阎王收拾，连忙摆手，撇清关系：“我可没说过这话，你别乱理解。”

赵东南点头：“行，我保密。”说完，转身就走，走了还没几步，就拿出了手机，在某个女兵群中发语音，“问完了，确认无疑，冬子喊她舅妈，‘阎王’怕媳妇儿，在她面前屁都不敢放，不过他媳妇儿真挺好看的。”

再次集合时，时间已经接近十一点了。

第三项训练任务比较清闲，是去食堂包饺子，也是加强团队凝聚力的一种方式，但陈染音明白，特警队这边已经是在尽全力地体谅这帮“小崽子”孱弱不堪的身体和心理素质了。

特警真正的训练内容比他们今天上午所经历的要残酷得多，据她从何教官那里打听到的消息，新兵们的第一项训练内容是负重二十斤越野跑十五公里。

在如此炎热的酷暑中，负重越野，简直是一种折磨。

但这仅仅是开始而已，往后的训练只会更加严苛。

到最后，陈染音的脑海中只剩下了一种想法：这些艰苦卓绝的训练，林宇唐全部经历过。

特警训练基地的食堂挺大，但架不住乌压压的学生多，几个班的同学一齐拥入，很快就填满了一大半。

李思绵早就把食材和工具领回来了，还以寝室为单位分好了食材，摆在不锈钢的长条桌上。

学生们也是以寝室为单位围在一起包饺子。

包之前，有食堂大妈为他们进行技术指导，还有班主任提醒他们先去把脏乎乎的小手洗干净。

在学生们包饺子的时候，陈染音和李思绵也没闲着，在餐桌与餐桌之间的过道上来回溜达，看看这个寝室的进度，再观察一下那个寝室的成果，顺便也进行一下技术指导。

每张桌子上都摆着一套电磁炉锅具，学生们煮饺子的时候，陈染音和李思绵靠在窗边，忙中偷闲地聊起了天。

这扇窗户刚好对着她们的寝室楼，李思绵看着窗外，忽然想到了什么："我刚听食堂阿姨说，咱们现在住的地方是他们之前的老寝室楼，本来准备改仓库呢，结果咱们来了，就先让咱们住进去了。"

陈染音也看向窗外的二层老楼，深棕色的楼体上遍布青苔植被："怪不得这么破呢，我去上厕所的时候还看见了好几只大蜘蛛。"

李思绵："至少废了半年了，哪哪都是蜘蛛网，床单被套都是馊的。"

陈染音轻叹口气："好歹还给咱们准备了床单被套呢。"又看了一眼正在其乐融融煮饺子的学生们，"希望他们顶得住。"不然她又要开启新一波的杀鸡儆猴行动了。

身为人民教师，她真不想时时刻刻和这帮熊孩子斗智斗勇，确实挺累的。

这时，突然从南门走进来三个身穿战训服的男队员，问食堂大妈要了两个不锈钢大汤桶，然后招呼着学生们把煮过的饺子汤往其中一个桶里倒。

"这是干吗呢？"陈染音看着那三个往雪白的饺子汤里猛撒辣椒面的特警队员。

李思绵和在场的所有学生也都是蒙的，不明白这三个人为什么要这么糟蹋饺子汤……这么热的天，往里面撒那么多辣椒面，是让人喝的吗？谁喝得下去啊！

紧接着，那三位特警队员又开始在众目睽睽之下往另外一个桶里倒冰水——刚从冰柜里拿出来的混合着冰块的自来水。

倒完水后，他们又开始往桶里倒糖和醋，直到那桶冰水变成了深黑色。

“那么多糖，不得给人齁死啊？”李思绵光是看着就感觉牙疼。

陈染音是牙酸：“醋更多，一半都是醋。”

三名队员把这两种黑暗料理混好后，合力将那两个不锈钢桶搬到了和长桌连在一起的蓝色塑料座椅上，然后从冰柜里端出来三盘不知道剩了多久的炒菜，又从后厨端出来了几盘硬邦邦的白面馒头。

“我的天啊，真是给人吃的？”李思绵盯着那张摆满了饭菜的长桌，震惊不已地说。

陈染音没说话，微微蹙起了眉头，猜到了一种可能性。

伴随着一声嘹亮的口哨声，食堂的南门外迅速集结了一大批队员，无论男女皆是面红耳赤大汗淋漓，气喘吁吁地站在阳光下，望眼欲穿地看着食堂。

太阳照在他们的脸上，汗水反射着晶莹的光，身上穿着的黑色战衣已经湿透了。

是新兵们。

刚结束负重越野跑的新队员们早已饥肠辘辘，迫切地需要热腾腾香喷喷的饭菜去填饱肚子。

二中队的中队长吴锵一声令下，新兵们如狼似虎地拥进了食堂，每一个人都在渴望着大快朵颐，然而在他们看到那三个老队员为他们准备的饭菜后，在心里憋屈了整整半天的屈辱和愤恨彻底爆发了——

“这是人吃的东西？”最先发起抗争的一个高高瘦瘦的男队员，看起来年纪不大，也就二十出头的模样。陈染音猜测，他应该是刚从警校毕业的学生，正处于年轻气盛、倔强不服的时期。

紧接着，另外一个男队员也加入了抗争的行动中，双目赤红地瞪着那三个老队员：“你们仨什么意思啊？故意整我们是吧？”

那三个老队员中，为首的是一中队的中队长杨敬，根本就不惯着他们两个，厉声呵斥：“爱吃不吃，不吃滚蛋！”

“猪都不吃这种东西！”

“就是，你们什么意思呀？欺负新人是吧？”

“从今天早上开始你们这帮老人就在欺负我们，根本就不是想训练我们，只想霸凌我们！”

“对，老人欺负新人！”

“特警队就这作风？早知道不来了！”

越来越多的新队员们加入了抗争的行动中，近百人的队伍，声势浩大越演越烈，到最后甚至有了和老队员们起肢体冲突的趋势。

伴随着一个新人女队员的尖叫，将这场新老队员之间的对峙状态，彻底激化到了白热化的阶段：“你们看那几盘菜上竟然飞着苍蝇！菜是馊的！”

这句话如同火上浇油一般，越发助燃了新队员们心中的怒火。

最先发起抗争的那个男孩怒不可遏，举起了其中的一盘菜，“哐当”一声摔在了地上，冲着杨敬怒吼：“去你的吧！”

杨敬无动于衷，冷冷地盯着眼前的新队员们：“都想干什么？造反是吧？”

二中队队长吴锵只是冷笑：“不喜欢这饭菜是吧？行，我给你们来点新鲜的。”他扭头看了一眼身边的男队员。这名队员会意，立即跑去后厨拿来了一副扫把和簸箕，在众人震惊的目光中，迅速地将刚才被倒在地上的菜扫进了簸箕中，又倒进了那盆火红的饺子汤中。

吴锵抬起脚，踢了踢不锈钢桶，皮笑肉不笑：“各位少爷小姐们，这回你们满意了吧？饺子汤可是刚出锅的，一点也不馊。”

新队员们无一例外地全部瞪大了眼睛，瞳孔中散发出的情绪除了极端愤怒，还有难以置信和无与伦比的惊愕。

他们甚至开始怀疑自己的信念和当初的选择，这里真的是特警队吗？

就连坐在不远处的二中的学生们都看不下去了，与新队员们同仇敌忾的同时，也在鄙夷和叱骂无法无天的老队员。

虽然他们骂的声音不大，但都在小声嘀咕，也有胆子大大声谴责老队员的，仗着自己是未成年、不会受到惩罚和报复而仗义执言——反正过几天就要走了。

李思绵也在小声地对陈染音说：“那帮人怎么这样啊？太欺负人了。”

陈染音抿了抿唇，不置可否。

唯有食堂的大爷大妈无动于衷，早就见惯了这种场面。

杨敬和吴锵对学生们的谴责熟视无睹，杨敬还拿起了扫把，毫不犹豫地插进了饺子汤的桶里，漫不经心地搅着：“我再帮你们搅一搅，别让菜沉底了。”

新队员们越发怒不可遏，自尊被践踏的屈辱感越发浓烈。发起抗争的那个男队员最先动了手，怒气滔天地朝着吴锵挥去拳头，却被吴锵一脚踹翻在地，捂着肚子久久不能起身。围在四周的新队员们立即蹲在那个男生的身边，心疼地扶着他，愤怒地仰望吴锵。

食堂在瞬间噤若寒蝉。

新队员们皆攥紧了拳头，有些女队员甚至低声啜泣了起来。

一场冲突势不可挡。

正在这时，二中学生所在的这半边食堂中，忽然爆发出了一声怒吼：“吴锵、杨敬，你们俩是不是有病！”

顾别冬用力地扔掉了自己的筷子，气急败坏地从自己的凳子上弹了起来，气冲冲地朝着他们俩冲了过去，然而他还没冲两步呢，陈染音就厉声呵斥道：“顾别冬你给我坐下！”

顾别冬脚步一顿，扭脸看着陈染音，气得喘息都重了：“你看不到他们在干什么吗？”

陈染音冷笑：“就你看到了？就你有正义感？人家当特警的人都敢在学生面前明目张胆地虐待新人？”她又冷笑着点了下头，“行，希望你在那些穷凶极恶的犯罪分子虐待人质或者虐待你的时候也能这么有种，也能这么理直气壮地反抗，但是犯罪分子可不会像你的老师和长官一样给你留一条命！”

顾别冬怔住了，呆愣愣地看着陈染音。

食堂内所有人都愣住了，目光尽数集中在了陈染音的身上，有疑惑的，有恍然大悟的，有不屑的，还有觉得她和那些老队员狼狈为奸而看不起她的。

陈染音毫无闪躲和畏惧，大大方方地让大家看，大大方方地骂，盯着顾别冬骂，声音却大得谁都能听见：“就你有尊严，就你自尊心强，吃点剩饭剩菜就委屈了？等你被犯罪分子抓走的时候，他们连一口剩饭都不会给你吃！犯罪分子可不会顾及你的尊严！尊严是战场上最不值钱的东西，尊严不会让你活命，如果你连这点委屈都受不了，拿什么和罪犯对峙！还有，无论在哪个部队，一名士兵最应该遵循的命令就是服从，无条件地服从！而不是违背命令，聚众反抗！”

隔空的巴掌脆生生地响，一掌接一掌地抽在他们的脸上，火辣辣地疼，却扇醒了他们。

尊严固然重要，但他们今后将要遇到的犯罪分子可不会顾及他们的尊严，那些无恶不作的犯罪分子心理素质也不是一般的强悍，如果他们的心理素质连罪犯都不如，拿什么去和他们对抗？又凭什么保卫四方？

连一点点小委屈都接受不了的人，有什么资格当特警？又有什么资格被法律赋予执枪的权利？

原来……针对他们的训练一直在持续，不仅是体力上的，还有心理上的。

顾别冬再迟钝也听出来了，“猎鹰”是在指桑骂槐，骂得还挺难听，但，确实有道理。

紧接着，他突然觉得自己挺愚蠢的，杨敬和吴锵是什么人他心里不清楚吗？怎么能这么误解他们呢？“猎鹰”不认识他们，还能理解他们的良苦用心呢……唉，“猎鹰”，真是个不一般的女老师！

该说的话全都说完了，陈染音叹了口气，冷冷地盯着顾别冬，不容置疑：“把你的筷子捡起来，坐回原位吃饭，不然找你舅收拾你。”

你这人怎么这样？我刚还觉得你是个好老师呢！

他内心憋屈，却不敢违命，二话不说就把筷子从地上捡了起来，沾上灰和头发了也没关系，在衣服上蹭一蹭接着用——作为烈士子女，他必须要给那帮新兵做个表率！

吴锵和杨敬对视了一眼，皆在彼此的眼神中读出了这句话——能让顾阎王都害怕的女人果然不简单！

就在事态即将平息的时候，不知从哪张桌子上冒出了一个女孩的声音，语调冷冷，带着不屑，还有些颐指气使：“站着说话不腰疼，有本事你自己去吃一口啊。”

刹那间，所有人的目光全部集中在了这个女孩的身上。

顾别冬呆若木鸡地盯着韩娇，忽然觉得自己好像有点不认识她了——她一直是一个善良天真的女孩呀，怎么能说出这种话呢？

其实，不服气的学生有很多，因为他们年纪尚小，并不理解什么叫“刺激自尊心”，也不懂什么叫“长官的命令至上”，只觉得老队员们是在欺负人，觉得特警队没人性，觉得陈染音站着说话不腰疼，只不过韩娇胆子大，把这句话说出来了而已。

陈染音无奈地看着韩娇，她能感觉到这姑娘一直挺不服气她的，这次不过是借题发挥把心里的那点小情绪发泄出来了而已。但韩娇说得也确实有道理，长篇大论不如实际行动，如果她不以身作则的话，怕是连自己的学生都无法说服。

她毫不犹豫地朝着吴锵和杨敬走了过去，脊背笔挺，步伐坚定。

顾别冬咬了咬牙，也从凳子上站了起来，谁承想在同一时刻，许词话也从凳子上站了起来，俩人诧异地对视了一眼，同时迈开步子跟在陈染音身后。

所有人都呆若木鸡地盯着他们师生三人。

陈染音走到了那张餐桌旁，从旁边的白筐里拿出来一只不锈钢碗，又拿起盛汤的长勺子，准备去盛那盆插着扫把的饺子汤。

吴锵和杨敬同时开口阻拦：“陈老师！”

陈染音笑了一下：“没事，死不了人。”盛好了满满一碗混合着饭渣的饺子汤，她直接将碗送到了唇边，一口气闷了，倒是没有想象中的恶心味，因为实在是太辣了，辣到根本尝不出来是什么味儿。

喝完饺子汤后，她又盛了一碗混合着冰渣子的糖醋汤。预料之中的酸，但被糖的甜味中和了一些，倒也没有酸到无法忍受，就是太凉了，牙根都冻麻了。

说真的，她已经有好多年没吃过这么辣这么凉的东西了，真是别有一番滋味。

面不改色地喝完两碗汤后，她把空碗扔到了桌子上，然后拿起一个硬邦邦的馒头，当着所有人的面咬了一口，转身走了，边走边吃馒头，背影莫名地酷炫。

顾别冬和许词话也学着陈染音的样子先盛了一碗饺子汤，又盛了一碗糖醋汤，强忍着恶心喝完了，然后拿起馒头，咬一口走人。

食堂安静得能听到窗外的蝉鸣声。

吴锵面色铁青地盯着那帮新兵，冷笑着说：“学生都吃了，还有哪位少爷小姐不想吃的？”

新兵们面红耳赤无地自容，迅速站好了队伍，整齐有序地按顺序打饭。打头阵的那位就是刚才率先进行反抗的男生，盛饺子汤的时候，他红着脸，小声对吴锵和杨敬说了声：“对不起。”

两位长官不为所动，始终板着脸。

两分钟后，顾祈舟从南门走进了食堂。

他的脸色极为阴沉，薄唇已经抿成了一条冷硬的直线。傻子也能猜到，他绝对是听某个老队员通风报信后赶过来的，意在收拾他们这帮不听话的新人。

刹那间，本就紧张的气氛越发凝固，新兵们一个比一个脑袋埋得低，大气都不敢喘一口。

就连二中的同学们都开始害怕了——救命，这家伙的压迫感也太强了吧！

陈染音也抿住了下唇，捂着隐隐作痛的胃部，紧张兮兮地盯着顾祈舟，却在心里偷笑：顾队长还挺有威严的嘛！

顾祈舟身姿挺拔，双手负后，面无表情地在餐桌与餐桌之间的过道上巡视着，黑色战靴一步又一步踩踏在灰色的瓷砖地面上，所过之处无人不诚惶诚恐。

他忽然在食堂中央立定了下来，冷声启唇：“三分钟之后北操场集合，晚一秒钟自动退队。”

恐惧、紧张、忐忑不安、无法下咽的情绪在瞬间消失无踪，所有新兵全部像是被摁下了开机按钮似的，开始狼吞虎咽地扒饭，也不管难吃不难吃了，先吃饱再说。扒完饭就从凳子上弹了起来，拼命朝着北操场冲刺，有人为了节约时间干脆把馒头拿在手里，边跑边吃。

不到两分钟时间，食堂空了一半，新兵荡然无存。

食堂大妈气得不行，气急败坏地瞪着顾祈舟："都不送餐盘，等着谁去收拾呢！"

惹谁都不敢惹食堂大妈，顾祈舟尴尬地揉了揉鼻尖："马上就让他们回来收拾。"

陈染音差点就笑出声了——哟，也不是那么厉害呀？

但顾祈舟的余光还是清楚地捕捉到了她上扬的唇角以及她的幸灾乐祸，沉着脸对吴锵说："让他们回来送餐盘，罚一百个俯卧撑，下次二百，依次叠加。"

吴锵："是！"

随后，顾祈舟又转身看向二中的学生们："还有你们，吃完饭直接把盘子刷了，不然也是俯卧撑。"

每一个小朋友的脸上都写满了"不高兴"，顾祈舟就是想逗他们，眉头一挑，冷幽幽地问："不乐意？"

行了，好了，我们乐意了，你快走吧，不送。

顾祈舟却没有走，气定神闲地找了张空桌子坐了下来，跟定海神针似的，彻底把食堂里的气氛给定住了。

小朋友们敢怒不敢言，甚至不敢再废话，坚决执行"食不语"的行为准则，迅速地扒完了碗里的饺子，然后乖乖地刷碗去了。

陈染音突然发现，其实顾队长这人真挺坏的，连小孩都欺负。

不过，坏得可爱。

反正她觉得很可爱。

十二点将近，越来越多的特警队员拥进了食堂，陈染音看到顾祈舟也去窗口打饭了，所以就没去找他，把自己的碗刷完之后就走了。

学生们是八人一寝，教师是两人一寝。

和李思绵一起回到寝室后，她立即去给自己倒了杯热水，希望能缓解一下胃痛——刚才那一辣一凉两碗汤下肚，刺激到了她的胃，现在疼得厉害。

"你没事吧？"李思绵看着她的脸色有些苍白，不由得担心。

陈染音揣着常年不离手的保温杯，摇了摇头："没事，老毛病，喝点水就好了。"

也不知道是不是心理作用，半杯水下肚后，她感觉胃痛的症状缓解了一些，然后从床上站了起来，对躺在对面床上看手机的李思绵说：“我查寝去了。”

李思绵坐了起来：“你行吗？不行我去。”

陈染音：“你镇不住他们。”

李思绵想了想，感觉也是，于是问了句：“用不用我去医务室给你拿点药？”

陈染音：“不用了，估计等会儿就好了。”

李思绵：“你别硬撑啊。”

陈染音：“没事。”

她们这些女老师和女学生一起住在这栋老旧的二层小楼里，所以陈染音决定按照就近原则先查女寝。

二班的女寝一共有三个，按照上学期期末考试的排名分的——女生前八名在一个寝室，中等生在一个寝室，后八名在一个寝室。

陈染音先去了许词话所在的头部寝室，住在这个寝室里的小姑娘都比较文静老实，走到寝室门口时根本听不到门里传出声音。

陈染音趴在玻璃窗上看了一眼，发现八个小姑娘都在乖乖地睡觉，连窗帘都拉上了，所以就没进去打扰她们，还在心里长舒了口气，一边朝着第二个寝室走一边欣慰地想：还是女孩好，真省心啊。

第二个寝室的表现也不错，虽然还有两三个女孩没上床就寝，但也没有闹腾捣乱的，只是在悄悄地说话。陈染音催促了两句，让她们赶紧上床，好好休息，下午还有训练呢。女孩们也都比较听话，立即钻进了被窝里。

走到第三个寝室门口，陈染音的头就大了起来，胃也跟着一阵阵抽搐……这个寝室里乱糟糟的，干什么的都有，竟然还有放音乐的。

韩娇和任月住对头，任月正趴在床上看言情小说，男主的职业刚巧是警察，让她联想到了什么，抬起脑袋对韩娇说：“其实我觉得顾别冬他舅挺帅的。”

不等韩娇开口，寝室里的另外几个女生就开始七嘴八舌地附和她的话——

“确实挺帅，就是有点凶。”

“哪儿是有点啊，是太凶了！我看见他就害怕。”

“不过他是真的帅，身材也好。”

“‘猎鹰’还挺厉害呢，竟然能搞定他。”

任月又说：“我觉得他和‘猎鹰’挺配的，都是高颜值。”

韩娇终于撩起了眼皮，不屑地说了句：“你们不会真觉得陈染音长得好看吧？还有点爱装。”

任月一愣，不明就里地说："装？她还行吧……"

另外一个叫章琳佳的女孩也说："我觉得她挺好的，最起码比李芬芳强。"

"谁都比李芬芳强。"韩娇的语气中透露着不甘心和不服气，"她今天在食堂说的那番话可真是尴尬死了，我都替她尴尬。"

虚掩着的寝室门忽然被推开了，陈染音面无表情地走了进来。

几个女孩全被吓了一跳，上床的上床，藏手机的藏手机。韩娇也有些心虚，但她就是讨厌陈染音，偏要和陈染音对着干，盘着腿坐在上铺的床上，一脸挑衅地和陈染音对视着。

陈染音本来就胃疼，现在被她气得更疼了，说话时的语调都显得有些有气无力："大家都躺下睡觉了，你在干什么？"

韩娇蹙眉，一脸厌恶："床单被套都有怪味，我才不睡呢。"她居高临下地看着陈染音，"我从小就没睡过这么垃圾的床，也没盖过这么劣质的被子。"

真是个难伺候的小公主啊——陈染音在心里叹了口气，强忍着胃痛，神色严厉地盯着韩娇："能睡就睡，不能睡就出去站着。"

她现在没力气大声说话，但轻飘飘的语气更能透露出冷意。

韩娇与她对视片刻，垂下眼眸，不甘心地咬住了下唇，不情不愿地躺了下去。

陈染音实在没有精力多说话，看大家都躺下后就转身走了。

一走出房间，她就捂住自己的胃部，跌跌撞撞地回了寝室，连鞋都没脱就上了床，竭力蜷曲着身体，她总觉得把自己蜷成一团后疼痛也能被缩小。

但她的胃疼得实在是太厉害，像是有一把尖头的高速电钻在胃里打孔，搅得她痛不欲生，什么姿势都没用。

不消多时，她的额头上就冒出了细汗，即便是把脸埋进了被子里，还是止不住地呻吟了出来。

李思绵一下子就从床上坐了起来，害怕又担忧："你还行吗？要不我去医务室给你开点药吧？"

这次陈染音没再逞强："行，开点止痛片就行，老毛病了。"

"行，我快去快回。"李思绵迅速地穿上了鞋，以百米冲刺的速度冲出了寝室大楼，却又猛然停下了脚步，因为她懊恼地发现自己根本不知道医务室在哪儿。这时，三个身穿黑衣的特警队员忽然从食堂的南门走了出来。

李思绵认出来了为首的那个男人是主教官，立即朝他跑了过去，急慌慌地问："你们这儿的医务室在哪里呀？我同事胃病犯了，我要去给她开点药。"

顾祈舟剑眉一蹙："你哪个同事？严重吗？"

李思绵不明就里，心想：这也要盘问一下吗？好严格啊……但还是老老实实地回答了问题："陈染音，好像挺严重的。"

顾祈舟的眉头蹙得更深，焦急地追问："哪个寝室？"

李思绵有点蒙："1……102。"

顾祈舟拔腿就跑，直接朝着对面的女寝大楼冲了过去，看得李思绵、副队长昆鸣以及教导员林毅皆是目瞪口呆。

陈染音疼得浑身大汗，简直想死，寝室大门猛然被撞开了，她睁开眼睛一看，愣住了。

顾祈舟直接把她从床上横抱了起来，阔步朝着门口走。

陈染音微微仰头，呆愣愣地看着他："你怎么来了？"有那么几个瞬间，她甚至忘了疼。

顾祈舟步伐飞快，却依旧冷着脸，语气还有些气急败坏："我来看看得胃病的人不听话会有什么后果！"

虽然现在胃疼得厉害，但她绝不能错过如此千载难逢的好机会，努力回想着伤心事，酝酿悲伤情绪，很快就红了眼眶，泫然欲泣："你不用管我，反正你也不喜欢我了，我也不值得你喜欢。"

顾祈舟现在根本不吃她这一套，板着脸回了句："对，确实！"

望着他紧绷着的下颌线，陈染音是真的有点想哭了，眼眶红得像是晕染了彩墨："行，我知道了，放下我吧，别管了，反正我最喜欢的人都不喜欢我了，我活着还有什么意思？不如去死。"

论说哄人的话，陈姐排第二，没人敢排第一。

哄他全靠一张嘴，画饼第一人。

迄今为止，他仍然记得，他们刚在一起的时候，她像一只乖巧的猫似的依偎在他的怀中，含情脉脉地看着他，信誓旦旦地说："林宇唐，你是我这辈子第一个喜欢的人，也是最后一个，你放心，我永远不会离开你！"

当时他还挺感动的，觉得她是在对自己掏心掏肺深情表白。

然而，后来的事实证明，她哄他时说的小词小句真是一套一套的，还能张口就来，无论是否动情。

但是，明知她是在故意诱哄他，他还是止不住心猿意马。

她绝对是他这辈子所见过的最具危险性的女人。

深吸一口气，顾祈舟竭力地迫使自己保持冷静，满不在意地说："放下吧，都过去了。"

谁要跟你过去？

陈染音咬紧牙关，抵抗过一阵疼痛后，有气无力地说："行，都过去了，但是，你这几天能多关心我一下吗？真的很难受……"

顾祈舟忍不住垂眸看了她一眼。

她的脸色苍白，虚弱地喘息着，眼尾还红彤彤的，看着怪可怜的。

"你想得美"这四个字都已经冒到他的嘴边了，最终说出口的却是："行……"

陈染音笑了一下，笑得挺勉强的，因为胃实在是太疼了，但眼睛依旧闪亮亮的，目不转睛地仰望着他："顾队长，你真好！"

那双桃花眼含情又带着媚，病恹恹的神态更为她添上了几分动人的破碎感。

顾祈舟呼吸一窒，不由自主地做了个吞咽的动作，突兀的喉结随之滑动，触电似的别开了自己的目光，在心里狠狠地骂自己。

真的，很想，收拾她。

特警训练基地的医务室位于训练大楼的一楼，顾祈舟抱着陈染音冲进训练大楼的时候，正巧与一批刚刚结束训练的女警擦肩而过。

这批女警分别隶属于三个中队，平时也没少挨顾队长的训，早就在心里给他贴上了"冷酷无情没人性"的标签，还从没见过他有这样怜香惜玉的一面呢，个个都震惊得跟见了鬼似的。

"我是产生幻觉了吗？那真是顾阎王？"一中队的周倩目不转睛地盯着顾祈舟急慌慌的背影，眼里写满了不可思议。

同队的倪一梦也是目瞪口呆："真是人活久了什么事都能遇到。"

周倩："他媳妇儿怎么了？今天上午不还好好的吗？"

倪一梦："我看她一直捂着肚子，胃疼吧？"

周倩五官一皱，愤愤不平地说："顾阎王这人可真双标！我上次肚子疼去找他请一天假，你猜他怎么说。"

倪一梦："让你坚强一点？"

周倩脸色一沉，模仿顾阎王的表情和口吻："这点小事也值得你请一天假？回寝室躺俩小时喝点热水就没事了。"

周倩："我算是彻底看透了，他这人不是一点人性都没有。"

倪一梦叹了口气："对象不是我们而已。"说完，拿出了手机，在特警队的某个小群里更新最新的八卦资讯，还配了个相当 UC 的标题——震惊，顾阎王为何在午休时分怀抱美貌女子怒闯医务室？

周倩看完就乐了："这标题起的，你也不怕他收拾你？"

倪一梦气定神闲地收起了手机："不会的，他不在这个群里。再说了，我这算什么呀，昆鸣骂他骂得更狠，说他鸡贼死了。"

周倩八卦地追问："你展开说说？"

中午时分，在医务室值班的只有一个中年女医生，顾祈舟抱着陈染音跑进来的时候，她也挺诧异的。

顾祈舟把陈染音放在诊疗室的床上，语速极快地对那位女医生说："她胃病犯了。"

陈染音捂着上腹部，补充说明了一句："胃痉挛。"

穿着白大褂的女医生从凳子上站了起来，走到床边，低着头问陈染音："疼得厉害吗？能不能忍？不能的话就上止痛针。"

不能，一点都不能，但陈染音明白，现在绝对不能直接说不能，不然怎么让顾队长心疼呢？稍事思索，她虚弱地回答："真的疼死了……"说着，眼眶还一红，语气中都冒出了哭腔。

顾祈舟的眉头一直紧蹙着，听完她的话后，蹙得更深了，眉宇间已经拧出了一个"川"字，无能为力地抿着薄唇，满目都是焦急。

女医生："那直接打针吧。"又对站在一旁的顾祈舟说了句，"你先把她抱到一号休息室去，我马上就过去。"

"好。"顾祈舟立即把陈染音横抱起来，快步走了出去。

一号休息室里面有三张空病床，顾祈舟把陈染音放在最里面的那张床上，顺手给她盖上了被子。

陈染音一直病恹恹的，乌黑的长发柔乱地铺散在雪白的枕头上，神色憔悴而虚弱——虽然有装的成分，但也是真的虚，太疼了。

顾祈舟看在眼里，心是真的疼，浑然忘却了她的危险性，只觉得她脆弱无比，需要呵护。

那位女医生很快就来了，手里端着个托盘："打屁股针啊。"

陈染音有点尴尬。

顾祈舟什么都没说，直接离开了病房，还特意关上了房门。

陈染音按照医生的要求趴在了床上，半褪下运动裤，紧张兮兮地等待着屁股针的洗礼——其实她挺害怕打针的，尤其是打屁股针，因为过往的经验告诉她，屁股针是最疼的，能连着疼好几天。

这位女医生下手稳准狠，很快就扎完了针。

半边屁股都是疼的，陈染音欲哭无泪地把裤子提了上去。这时，那位女医生忽然问了一句："你和小顾是在处对象吗？"

陈染音不置可否，羞答答地反问了一句："你怎么知道的？"

女医生笑呵呵地说："哎哟，基地上上下下都传开了，我还能不知道吗？"

传开了？陈染音有些小窃喜和小激动，嘴上却相当质朴谦逊："都是乱传的，人家可不喜欢我。"

女医生又笑了："他刚才都急死了，还说不喜欢呢？"

陈染音开始踢皮球，无辜又委屈地说："我真不清楚他心里是怎么想的，他也不跟我说。"

女医生眉头一蹙，没好气："这不是耍流氓吗？"

陈染音依旧秉持"不主动、不拒绝、不负责"的行为准则："我不知道，反正我是喜欢他的，他也知道我喜欢他。"

"小顾怎么这样呢？"女医生双手插兜，表情严肃，"不行，我必须去跟老许反映反映这件事！喜欢就是喜欢，不喜欢就是不喜欢，怎么能耗着你耍流氓呢？"说完，快步朝着病房门口走了过去，打开门后，狠狠地瞪了顾祈舟一眼，气冲冲地走了。

顾祈舟莫名其妙。走进房间后，他重新把门关上，问了陈染音一句："感觉好点了吗？"

也不知道是心理作用还是止痛针见效快，陈染音感觉疼痛的症状好像真的减轻了许多，但她并没有说实话，而是有气无力地回了句："就那样吧。"

顾祈舟无论如何也做不到把她自己留在这里，就搬了张凳子，坐到了她的病床边。

陈染音明知故问："顾队长，你不走了？"

顾祈舟冷着脸说："你想让我走？"

陈染音目光专注地望着他，惊喜又感动地说："我怎么会想让你走呢？你能留下来陪我，我高兴还来不及呢！"

她那满肚子的花言巧语似乎是专为他准备的，随时能甩出来一句蛊惑他一下。

他轻叹口气，无奈地说："睡觉吧，少说两句话。"

"好呀。"陈染音立即把眼睛闭上了。

真是出乎预料地乖巧，顾祈舟都有点不适应了，满目防备地看着病床上的她，总觉得这家伙一定还有后手。

换句话说，打死他他都不相信她能这么老实，尤其是在这种孤男寡女的环境中。

但事实证明，她这次是真的老实了，双目紧闭，呼吸缓慢而均匀，像是真的睡着了。

可能是因为生病了吧——顾祈舟心里这么想着，逐渐放松了警惕，却依旧没有将自己的视线移开，而是目不转睛地看着她。

看着看着，就走神了。

她真是好看，美而不艳，秀色可餐，即便是闭着眼睛睡觉，也能好看到令人心旌摇曳。

他又想：闭着眼睛也好，不然那双桃花眼实在是太勾人了，直往人心里钻，谁顶得住？

谁知就在这时，陈染音忽然睁开眼睛，不闪不躲地与他对视着，还轻柔柔地喊了他一声：“林宇唐。”

顾祈舟毫无防备，瞬间恍了神，着魔般地看着她。

陈染音很认真地说：“我还是好喜欢你呀。”

她的语气很温柔，又不失力度，蕴藏着无止境的蛊惑力。

顾祈舟的呼吸一窒，心脏狂跳，不可遏制地心潮澎湃，涌起了一阵又一阵的巨浪，却又得不到回应，像是一头砸在了坚固的堤坝上。因为她又重新闭上了眼睛，神色平稳，呼吸缓慢而均匀，像是刚才什么都没发生一样。

病房内安静极了，有那么几个瞬间，顾祈舟甚至有些怀疑自己刚才是不是产生了幻觉，直到他捕捉到了她唇畔浮现出的那一抹转瞬即逝的狡黠的笑。

就知道这家伙绝对不会那么老实！

顾祈舟狠咬着后槽牙，深深地吸了一口气，面无表情地盯着她：“不想睡是吧？”

陈染音也不睁眼，理直气壮地说：“我又不是机器人，哪能闭上眼睛就断电？”

他一向说不过她，可他并不是一个嘴笨的人，独独遇上她时，他的嘴就会变得又笨又迟钝。

抿着唇想了好几秒钟，他才想好了反击话术，语气冷冷地说：“还是不困，起来跑十圈就困了。”

陈染音眼睛睁开了一条缝，毫无畏惧地说：“顾队长，我可不是你的队员，你少这么训我。”

顾祈舟板着脸说：“这儿是我的地盘，谁来了都要听我的。”

陈染音又把眼睛闭上了，叹息着说："行，既然你无情就休怪我无义了，从今天下午开始我就给你外甥穿小鞋。"

论斗嘴，他永远斗不过她，她就是这么厉害，无论最初占理的一方是不是她，到最后她总是能捏住他的小把柄，让他无言以对。

他再一次败下阵来，长长地叹了口气："你想怎么整顾别冬我不管，我就想知道你敢这么威胁别的家长吗？"

陈染音睁开了眼睛，实话实说："我肯定不敢，他们会把我举报到教育局的。"

陈染音微微蹙眉，瞪着他说："再说了，我可是人民教师啊，怎么能干出这种事来呢？违背师德！"

顾祈舟都被气笑了："合着你只敢这么对我？"

顾祈舟微微眯眼，语气中透露出了几分威胁："陈老师，你就不怕我也举报你？"

陈染音眉头一挑，瞪着他，毫不示弱："你要是敢去举报我，我就去找你们支队长举报你。"

顾祈舟哭笑不得："举报我什么？"

陈染音眼也不眨地说："举报你对我始乱终弃。"

到底是谁始乱终弃？

正在这时，病房的大门忽然被用力推开，重重地撞到了墙上，发出了"砰"的一声巨响。

陈染音和顾祈舟同时看向门口，看到来人后，顾祈舟立即从凳子上站了起来："许支。"

许建城面色铁青地站在门外，怒不可遏地瞪着顾祈舟："你给我滚出来！"

顾祈舟一脸蒙。

陈染音心虚得很，赶紧把眼睛闭上了，装作什么都不知道的样子。

顾祈舟不明就里地出了门，按支队长的要求把病房门关上后，跟着他去了刚才那位女医生的办公室，然后，被狠狠地骂了一顿，并且还上纲上线到了道德和思想层面的问题。

顾祈舟根本张不开嘴，还没为自己解释一句呢，就被许建城一句"你给我闭嘴"堵回去了。

到后来他甚至都懒得解释了，闭着嘴，老老实实地挨骂。

许建城足足训了他四十分钟才罢休，放他走之前，还勒令他回去后写一千字的保证书，让他保证自己绝不耍流氓，会一心一意地对待冬子的舅妈。并且要求明天中午十二点之前把保证书交给自己，不然就反映给周局，让周局亲自处理他。

顾祈舟虽然无奈，但只能答应。

等待顾祈舟回来的过程中，陈染音心里挺忐忑的，还有些愧疚，感觉自己这次好像玩得有点大了，失了分寸。

听到门外传来的脚步声，她立即闭上了眼睛，假装熟睡。

顾祈舟关上房门，走回床边坐下，看着她，没好气地说："别装了。"

陈染音犹豫了一下，还是把眼睛睁开了，不好意思地垂着眼眸："我不是故意的……"

顾祈舟板着脸说："嗯，我信。"

陈染音没忍住抬起了眼眸，看着他问："挨骂了？"

顾祈舟："不然呢？"

陈染音又把眼帘垂了下去，抿了抿唇，低声下气地说："对不起，你骂我吧，狠狠地骂我，把气全都撒到我身上，我绝不反驳一句，只要能让你开心一点就行。"

任谁遇到这种"识时务、知进退"的女人都会没脾气，更何况她已经把他的脾气给摸透了，随随便便三言两语就能让他服软。

顾祈舟坚守不得，索性放弃挣扎，破罐破摔了，他正襟危坐，看向陈染音，郑重其事地说："陈老师，我不想重新和你在一起，但是我真的想收拾你。"

这是……什么……意思啊？

不想和我在一起，还想收拾我？还用了一个转折词"但是"？

研究生毕业的她竟然不知道该如何解读这句话。

不过他明明白白地把"我不想重新和你在一起"这句话说出来还真的挺伤人的，她心里都有点难受了，不，不是有点，是特别难受。

但是她还能说什么呢？自作自受罢了。

陈染音咬了咬牙，无所谓地回了句："你想不想重新和我在一起是你的事，我想不想重新和你在一起是我的事，互不干涉，互不影响。"

顾祈舟表示赞同："确实是这样，但我今天必须收拾你。"

要是不好好收拾她一顿，他今天晚上肯定睡不着觉。

陈染音怔了怔，有股不好的预感，满目提防地看着他："你要……干吗呀？"

顾祈舟忽然从凳子上站了起来，俯身压向病床，两只手臂弯曲，抵在她的身体两侧，垂着眸，目光灼灼地与她对视着，漆黑的瞳孔中只倒映着她一人。

好像全世界只剩下了她一人。

两人的身体近在咫尺，陈染音清楚地感受到了他炽热的呼吸和急剧的心跳，呼吸先是一顿，很快就和他的呼吸一起紊乱了起来。

鼻尖几乎要触碰到鼻尖，她觉得自己只要微微仰起下巴，就能碰到他的双唇。

日思夜想的唇，八年来的魂牵梦绕。

“你要吻我吗？”陈染音眼眸黑亮，嗓子都有点哑了，眼神中透露着跃跃欲试，“随便吻，随便收拾。”

顾祈舟牵唇一笑，笑容中带着点痞气，又透露着些许的坏劲儿：“谁说我要吻你了？”

“别多想，逗你玩呢。”顾祈舟说得轻松，实则已经快顶不住了，拼尽全力克制着想吻她的冲动，迅速直起了腰，转身就走，步伐飞快。

陈染音先是一愣，整个人都是蒙的，紧接着终于明白了他所谓的“收拾”是什么意思——让她看得到得不到，勾起她的欲望却不满足她，让她欲求不满，让她抓耳挠腮，让她痴痒抓狂！

这个挨千刀的王八蛋！

看着他迅速离去的背影，陈染音忍无可忍地骂了出来：“顾祈舟你个大浑蛋！”

顾祈舟阔步迈开双腿，几乎是逃出病房，然后用力甩上了房门，呼吸急促地站在门外的走廊上，好半天平静不下来，抬起右手一摸心口，怦怦怦地跳，仿佛心脏马上要从胸膛里冲出来了一样。

他开始懊恼，感觉自己简直是蠢到家了，杀敌一千自损八百！

现在还是午休时分，但顾祈舟离开医务室后没有立即回寝室，而是先去操场上跑了几圈，试图用这种方式让自己冷静下来，然而事与愿违，越跑越躁动，索性回了寝室，准备去冲个凉水澡。

寝室只有昆鸣和林毅，俩人都没睡觉，顾祈舟推开寝室大门的时候，昆鸣正躺在床上玩手机，林毅在给儿子拼乐高。

憋了一肚子气的昆鸣可算是把顾祈舟给等了回来，一下子就从床上弹了起来，骂骂咧咧地说：“你是真鸡贼！直接给我说你是她男朋友不得了？我还能跟你抢？”

林毅也抬起了脑袋，冲着顾祈舟笑了一下。

顾祈舟是哑巴吃黄连有苦说不出，也懒得解释了，反正他们也不会信，干脆破罐破摔：“晚上请你吃饭。”

昆鸣："就请一顿？至少请一个月！"

林毅看热闹不嫌事大："就是，咱们食堂有补助，一顿才几块钱，你这没诚意。"

顾祈舟只得点头："行行行，请请请。"说完直接朝着卫生间走了过去，"砰"的一下甩上了门。

林毅和昆鸣皆是一愣，对视一眼，昆鸣小声问了句："他怎么了？谁惹他了？"

林毅想了想："应该是媳妇儿生病了心里着急吧？"

昆鸣一听，觉得有道理，感慨了句："看来阎王爷也难过情关。"

十分钟后，顾祈舟冲完凉水澡出来了，却没上床，而是从衣柜里拿出了纸和笔，坐到了书桌边。

信纸和签字笔上面都印着"东辅市特警支队"这几个字。

他拧开了笔盖，却不知道该怎么落笔。

比写高考作文还难。

林毅抬头看了他一眼："你写什么呢？"

顾祈舟抿了抿唇，低声回了句："保证书。"

林毅："许支让你写的？"

顾祈舟："嗯……"

昆鸣放下了手机，好奇地问："他为什么让你写保证书？"

顾祈舟心累了，长叹一口气："别问了。"

陈染音在医务室躺到了一点四十，然后就拎着药离开了。虽然那位女医生建议她最好休息一个下午，但她确实不能休息，不然二班那帮"小崽子"怎么办？倒不是不放心纪律，而是不放心他们的安全——有些孩子调皮得厉害，好像身体里住了个孙悟空，爬高下低无所畏惧，要是不时刻盯着，很有可能出意外，更何况还有那种人来疯的……

何教官让他们下午两点之前去南操场集合，但是陈染音没有直接去操场，而是回了寝室，准备先把药放回去。

训练基地里的起床号在一点四十五分准时响起，陈染音回去的时候，女寝大门已经打开了，许多身穿二中校服的女孩子成群结队地从门内拥出，许词话站在路边，正在和许支队长说话。

陈染音脚步不由得一顿，心里挺奇怪的：许支为什么要来找许词话？都姓许，是亲戚吗？

紧接着她忽然想到了一件事：许词话她妈是离异再婚，她妈和她后爸都不姓许……许支不会是她亲爸吧？

再仔细一看，这俩人的五官好像确实有点像，但许词话的身高不似许支那样高大挺拔，她的身量可能是随了妈妈，娇娇小小的。

不过，如果许支真的是她亲爸的话，她怎么都不提一句呢？顾祈舟和顾别冬也都不知道吗？

许词话忽然看到了陈染音，和许支说了句什么，然后就跑走了。许支扭头看了陈染音一眼，冲着她点了点头，顺着反方向离开了。

陈染音把许词话喊到自己面前，询问她："许支和你说什么了？"

许词话老老实实地回答："没说什么，他以为我是班长，问问我顾别冬的情况。"说完，又补充了一句，"他特别关心顾别冬。"

"哦。"为了证实自己的猜测，陈染音又问了一句，"你认识许支吗？"

许词话愣了一下，摇了摇脑袋："不认识呀。"

果然是她想多了。

不过也是，世界上哪有这么巧的事？

下午的训练内容不多，只有两项，一项是高空训练，一项是体能训练。

陈染音本以为高空训练一定会吓退一群人，没想到二班的这群"小崽子"竟然没有一个胆小鬼和恐高症患者，不仅不害怕，反而一个比一个兴奋激动，恨不得不拴安全绳就往上爬。

还有，吴源真不愧是全班男生的团宠，虽然大家平时都爱欺负他，但关键时刻，最关心的还是他——其他同学往高空器械上面爬的时候，下面只有两个体型比较强壮的男生在拉安全绳，到了吴源，哗啦啦跑去了五六个男生一起拉，生怕给脆弱的吴源小同学摔了，女同学都没这种待遇。

陈染音和李思绵是最后两个上的，她们俩也都不恐高，很快就完成了训练任务。之后，何教官就让大家原地休息二十分钟。

陈染音和李思绵正抱着胳膊说话呢，年级长忽然跑了过来，上来就给她们俩安排了一项任务："明晚有场联谊晚会，每个班至少出一个节目，老师也要上，你们俩看看谁能出个节目？"

陈染音反问了句："每个班也必须出一个老师？"

年级长是个男老师，教数学的，才刚到中年就秃成了地中海："那倒不用，老师的节目只安排了三个，专门给你们两个年轻人留了一个宝贵的名额。"

不愧是当领导的人，说话真好听啊。

李思绵憋着气回了句："这么宝贵的名额留给我们了，其他老师不会有意见吗？"

年级长坦坦荡荡地回答："不会，就是其他老师推荐你们俩上的。"

陈染音笑着问了句："哪个老师这么信任我们呀？"

年级长一副和我无关的表情："周老师呀，周老师特别欣赏你们两个，她觉得你们俩又漂亮又多才多艺。"

年级长又说了句："你们两个小年轻肯定比我们这帮老家伙厉害，商量商量出个节目绝对没问题。"

李思绵气不过，索性开始摆烂："我可不行啊，我什么才艺都没有，上台只能干站着。"

她的态度挺强硬，年级长只好看向陈染音："陈老师肯定可以吧？我听说你在学校的时候还拿过校园歌手大赛一等奖呢，你绝对可以！一点问题都没有！大家都很期待呢！"

赶鸭子上架，陈染音想拒绝都拒绝不了了，只能答应："行……"

年级长笑逐颜开："给你报个单人演唱节目？"

陈染音："行。"

年级长："那就这么定了，我先走了，你选好演唱曲目之后直接用微信发给我就行。"

他一走，李思绵就开始吐槽："周丽红可真会给人安排任务，她自己怎么不上呢？"

陈染音也挺无奈的。如果让她自己选择，她肯定会主动报名，因为她从小到大就爱凑这种热闹，喜欢站在舞台上展示自己，但她不喜欢像现在一样被赶鸭子上架地逼着去，可是领导安排的任务又不能拒绝。

唉，这就是社会。

叹了口气，她回了句："总不能去找她吵一架吧？"

李思绵也叹了口气，然后问陈染音："你想好表演什么节目了吗？"

陈染音点头："想好了。"

就是差一把吉他。

想了想，她拿出了手机，给顾祈舟发了条微信："顾队长，可以帮我借一把吉他吗？明晚要用。"

顾祈舟整个下午都在监督新兵训练，看到消息时已经是一个半小时后了，本想直接忽视，却又做不到对她的请求视而不见，无论干什么事都会想到“吉他”。

最终，他长叹了一口气，还是决定去帮她借，慢慢悠悠地溜达到了二中队的中队长吴锵身边：“明天晚上借你的吉他用一用。”

吴锵一愣：“咱们不是观众吗？”

顾祈舟舔了舔唇，故作淡定地看着远方：“冬子他班主任要用。”又特意解释了一句，“当家长的帮忙借一下也理所应当。”

“哦——”吴锵恍然大悟，“嫂子要上台演出？”

顾祈舟脸色一沉，严肃警告：“别给我乱喊！”

吴锵点头：“我知道，我明白，没结婚呢影响不好。”

顾祈舟：跳进黄河也洗不清的感觉。

到了晚饭时分，二中的学生们基本都知道了明晚要开联欢晚会，吃饭的时候全在讨论这件事。

韩娇有节目要上，让顾别冬帮她借一把吉他，顾别冬正考虑着去找谁借的时候，顾祈舟提着一把吉他出现在他的面前，板着脸说了句：“给你们班主任。”然后把吉他一放，转身就走。

顾别冬都蒙了，一脸不理解地望着他舅的背影，心想：你怎么不自己给呢？

“猎鹰”不在食堂，顾别冬猜她八成是回寝室了，就准备找个女生替他送过去，谁知在食堂门口遇到了韩娇。

韩娇挺惊喜的：“这么快就借到了？”她伸手就要去拿吉他，顾别冬却没给她，“不是给你的。”

韩娇的脸色一下子就沉了下来，冷声质问他：“那是给谁的？许词话？”

顾别冬无语：“跟她有什么关系？我舅给‘猎鹰’的。”

韩娇更不高兴了：“她也要用吉他？那我不用了，你也不用给我借了。”

这都什么跟什么啊？

他挺无奈的：“她用吉他和你用吉他之间不冲突吧？”

怎么不冲突？说明她和我一样，也要上台表演吉他弹唱的节目！

我才不要和她一样呢！

“你什么都不懂！”韩娇气呼呼地瞪了顾别冬一眼，转身走人。

顾别冬莫名其妙，立即追了上去：“你生气了？”

韩娇停下了脚步，眼神坚决地盯着顾别冬："现在只有一把吉他，要么给她，要么给我，你自己选！"

顾别冬的态度也很坚决："我不可能给你，因为这是我舅借来的吉他，不是我借来的，他让我把吉他给'猎鹰'，我就必须给'猎鹰'，和你一点关系都没有。"

韩娇没想到他竟然会这么说，委屈又恼火，感觉他是在偏向陈染音说话。

陈染音！陈染音！陈染音到底哪里好？凭什么所有人都觉得她魅力四射？

她不服气。

眼瞧着韩娇红了眼眶，顾别冬有些慌了："你……你怎么还哭了？"

韩娇咬牙切齿地说："我讨厌陈染音！"

韩娇垂下眼眸，两滴眼泪立即落了下来，看得顾别冬都有点不忍心了："那……那要不我去跟她商量商量，把吉他让给你？"

我要的才不是吉他。

我要让她被家长举报，被学校处分，最好是开除她。

韩娇咬了咬牙，抬起手臂，用白皙的手背擦了擦眼泪，气势很快就弱了下来，看向顾别冬的眼神中带着些哀求："这里你熟悉，能不能在熄灯之后带我出去玩？我心情不好。"

逃寝之后，她再故意让自己出一点意外，到时候她爸妈肯定不会放过陈染音。她爸是报社的高层领导，随便写几篇带节奏的报道，就能让陈染音身败名裂。

晚上十点半熄灯，陈染音十点二十的时候和李思绵一起去查寝，李思绵查女寝，陈染音去查了男寝。

不查不知道，这一查陈染音才发现，男寝可真是比女寝乱多了，不只是纪律上的乱，还有寝室卫生。

女孩子们住的寝室里面都干干净净的，最差也就是桌面上有点垃圾，个人物品绝不乱摆乱放，男生寝室却和女生寝室有着天壤之别，一个个都乱得跟猪窝一样，鞋子、袜子、上衣、裤子扔得到处都是，就连内裤都乱扔，而且还味儿大，才刚走到门口就能闻到浓郁的臭脚丫子和臭汗味儿，熏得陈染音直犯恶心，还把她气得不行——

这才刚住了一天就这样了，往后两天怎么办？让人家特警队的人知道了丢人不丢人？

三个半男生寝室，她挨个训了一遍，亲眼盯着每个寝室把卫生收拾好了，才去查下一个寝室。

查到顾别冬住的那个和三班男生的混寝时，十点半已过。

熄灯并不耽误查寝，陈染音打开了手机自带的手电筒功能，面无表情地敲开了男寝 108 的寝室大门。

开门的是二班同学们口中的“赵胖”赵子凯。

面对班主任来者不善的表情，赵胖并未表现出丝毫慌乱，还毕恭毕敬地对陈染音说了句：“热烈欢迎陈老师莅临本寝，您就放心地查，大胆地查，本寝的卫生情况绝不会让您失望！”

他之所以敢这么信誓旦旦地放下豪言，是因为早在不久前，他们寝室的人隔着一堵墙都能听到陈大美女的训人声，一个个都吓得目瞪口呆，秉持着未雨绸缪的原则，立即开始争分夺秒地打扫卫生，在陈染音敲门前的零点零三秒，成功将最后一只臭袜子塞进了吴源的被窝里。

陈染音走进寝室后，打着手电环顾四周，惊讶又意外地发现这个最让她不抱希望的寝室竟然是最干净的一个……看来还是不能对这些孩子提前下定义，要打破刻板印象才行。

寝室八个男生，只有赵胖一个人站在地上，仿若陪同慈禧太后逛御花园的大太监，鞍前马后地跟随在陈染音身侧，时刻为他讲解着寝室部分区域的卫生情况。

其余七个男生全都已经上了床，不是躺着就是坐着。吴源小同学好像尤其怕冷，这大热天的，竟然把被子盖得这么严。

陈染音伸手指着吴源的对头：“这是谁的床？你的还是顾别冬的？”

这张床是上下铺，但是上下铺都是空着的，她指的是下铺。

赵胖立即回答：“陈老师，下铺肯定是我的啊，我这体型睡上铺不太安全。”

陈染音抬头，看着乱糟糟的床铺：“顾别冬去哪儿了？”

赵胖乖乖地回答：“蹲坑去了，中午喝了那两碗东西，谁不拉啊。”又埋怨了句，“他自己还不带纸，全是用我的纸，都快被他擦完了。”

其实你用词不必这么精准的。

赵胖又说：“要是不信的话您可以去男厕所看看，不过我建议您不要去，太臭了，滂臭，几百年没人用过的茅坑，还有大蜘蛛。”

老楼里面的寝室不带卫生间，想上厕所只能去走廊尽头的公共厕所。

陈染音当然知道厕所臭，因为女寝楼里的厕所一样臭，但她还是不放心，必须要去看看。

“赵公公”不辞辛劳地跟着“慈禧太后”一起去了公共大厕所。

还没走到厕所门口呢，就闻到了扑鼻的臭味。

臭得人想干呕。

碍于性别原因，陈染音不能进男厕所，但还是屏着呼吸站在门口喊了一声：“顾别冬？”

“啊？”

很快就有人回应了，并且由于厕所空旷的原因，这声回应还带着回音。

陈染音这才放心了，舒了口气。

赵胖也冲着厕所里面喊了声：“你快点啊，寝室没关门。”

之后“赵公公”又亲自将“慈禧太后”送走了，回到寝室后，他立即锁上了门，拍着心口，长长地舒了一口气：“真惊险啊，走到厕所门口的时候我都吓死了，生怕‘猎鹰’直接闯进去。”

吴源从床上坐了起来，把被窝里的那堆臭袜子往地上扔：“李聪挺靠谱啊。”

李聪是三班的一个男生，刚才在厕所里面的也是他。

赵胖叹了口气，一边朝着自己的床铺走一边说：“冬哥也是胆子大，在这种地方还敢逃寝。”

吴源上铺的那个男生叫杨历宇：“这儿是他舅的地盘，他还不是想怎么样就怎么样。”

赵胖回了句：“我看他舅可不像是能同意他逃寝的样子。”

吴源表示赞同：“我也觉得这事要是被他舅知道了，他不死也得被剥层皮。”

陈染音回到寝室后先询问了一下李思绵女寝那边的情况，确认没什么问题后，她才端着杯子去洗漱，回来后换上了睡衣，上床睡觉。

都已经快睡着了，她忽然想到了什么，猛地睁开眼睛从床上坐了起来，踏着拖鞋走到了桌边，从桌面上拿起什么东西塞进了包里。

李思绵还没睡，举着手机问了句：“你找什么呢？”

“中午医生给我开的药。”陈染音说，“顾别冬有点拉肚子，明天给他带过去。”

那副药剂她很熟悉，肠胃的常见病都能用。

李思绵想到了什么：“这么多拉肚子的吗？”

陈染音一愣：“还有谁？”

李思绵：“韩娇，我刚去查寝的时候她不在，任月说她肚子不舒服去上厕所了。”

陈染音浑身一僵，直勾勾地盯着李思绵：“你去厕所看了吗？”

李思绵被问得有些心虚：“我……我没去……”

陈染音直接穿着拖鞋冲出了寝室，直奔女寝 107，用力拍打紧闭的房门，急切又严厉地大喊：“开门！”

一楼走廊上的声控灯尽数被她喊亮了。

门内一阵慌乱，最后是任月来开的门，但只开了一条小缝。

任月站在门后，诚惶诚恐地看着陈染音：“有事情吗？”

陈染音没废话，直接推开了她，闯进寝室后，直奔韩娇的床铺而去。

韩娇住在上铺，黑暗中，被子鼓鼓囊囊的，像是有个人蜷在被窝里睡觉。

陈染音直接爬上梯子，一把掀开了被子。

被子里只有一个饱满的枕头。

她如遭雷击，汗毛倒竖，回头看着寝室里的所有人，厉声质问：“韩娇呢？”

没人敢说话。

陈染音背后发寒，惊慌失措地跳下了床，拖鞋掉了都没意识到，光着脚狂奔去了男生寝室，在赵胖几人震惊的目光中，掀开了顾别冬的被子。

也是仅有一个枕头。

事实很明确，他们逃寝了。

他们在夜晚，一起逃寝了。

八年前的那段经历再次浮现于脑海，任何一个细节她都记得清清楚楚明明白白……那辆破旧的面包车，那栋废弃的红砖楼……

陈染音的头皮开始发麻，眼前一阵阵发黑。

有那么几个瞬间，她甚至产生了一种强烈的晕眩感，想呕吐，想大喊大叫，想失声痛哭。

胃部又开始一阵阵地痉挛。

那件事带来的后遗症并没有完全消失。

“陈……陈老师？”赵胖惊愕地看着浑身颤抖的陈染音。

陈染音闭上了眼睛，做了几组深呼吸，竭力压制着内心的恐惧感，转身离开了这间寝室。

现在只有顾祈舟有这个能力去寻找他们。

像是在与时间赛跑一样，她在夜色中拼命奔跑，回到寝室后，迅速抓起手机，抖着手拨通了顾祈舟的电话。

训练基地的北操场与后山之间仅隔着一道白色的高墙，墙上开着一道铁门，不过这道铁门平时是锁着的，只有队员们去后山参加野外拉练的时候才会被打开。

新兵们今晚有夜间野外训练的任务，所以大门并没有被锁死，仅缠着一条铁锁链，轻轻一推门，就能错开一条缝隙。

对成年人的体型来说，这道缝隙可能略显狭窄，但对两个正在上初中的孩子来说，可谓是绰绰有余。

孩子也不怕被监控拍到，更不怕出事，反正他们仅仅是逃个学而已，能出什么事？

夜深人静，顾别冬带着韩娇从这条缝隙中钻了出去，然后韩娇才发现，这条路并没有想象中的好走。

时值夏季，山中植被葱郁，将月光遮了个密不透风，黑得伸手不见五指。路也不好走，或者说，压根就没有路，从铁门钻出来后就是原生态的土坡，斜度不低，还凹凸不平，每一步都爬得十分艰难，一不留神就会滑一跤。

顾别冬打着手机在前方带路，韩娇费力地跟在他身后，新买的运动鞋都被弄脏了，鞋边蹭了一圈黄泥土，看得她特别心疼，两千多买的呢，还是联名限量款！

她忍无可忍地发起了小脾气："特警队的人就不能把这段路修一下吗？难走死了！"

顾别冬回头，看了一眼她脚上穿着的那双中看不中用的耐克气垫鞋，轻叹口气："人家就是山地训练，把山路修了，还怎么训练？"

韩娇瞪着顾别冬，盛气凌人地说："他们的鞋也这么贵吗？"

韩娇继续拧着眉头抱怨："他们的鞋又不是限量款，脏了也不心疼，当然可以随便踩。"

说真的，在这一瞬间，他忽然有点烦韩娇了。

在这之前，他一直觉得女孩子有点小脾气和小性子是理所应当的，但此时此刻他忽然发现，韩娇的"公主病"好像特别严重，严重到了目中无人的地步。

涉及原则问题，顾别冬也没让着她，直接怼了回去："他们的鞋是没你的贵，但也不便宜，警用的东西比你用的东西质量好多了，而且你想穿还真没资格穿。"

韩娇一愣，索性不走了，气鼓鼓地瞪着顾别冬："我还不稀罕穿呢！"她的眼眶一红，继续抱怨，"我让你带我出来玩，你就带我来这种狗屁地方玩？谁要进山里当野人？"

顾别冬特别无奈："想出去就只能走这条路，还是运气好赶上了他们新兵训练，不然连这条路都没的走。"他又叮嘱，"还有，你声音最好小一点，不然会把警犬引过来。"

韩娇不服气地咬住了下唇，满目都是怨愤和恼怒，却还是按要求降低了说话声音："只有这一条路吗？"

顾别冬语气决绝："对，只有这一条路，不想走的话咱们现在就回去。"

韩娇咬紧了牙关，朝着前方看了一眼，黑黢黢的一片，什么都看不清，谁知道黑暗中藏着什么东西呢？会不会有野兽？会不会有老鼠和蛇？会不会有坏人？

她开始害怕，心里打起了退堂鼓，就连神色中都浮现出了无法掩盖的惊慌与恐惧，但只要一想到陈染音，她就再次鼓起了勇气。

她真的很讨厌陈染音，从见到陈染音第一面起就莫名地讨厌，觉得陈染音又装又做作——

谁会在大夏天用保温杯？只有陈染音。

陈染音为什么用保温杯？因为装，装老干部，装成熟稳重，想通过这种方式吸引大家的注意力。假死了。

还有陈染音上班时开的那辆进口奔驰车，提的LV托特包，穿的香奈儿连衣裙，用的最新款的苹果手机和电脑，不是炫富是什么？再说了，她只不过是一个小老师，一个月才赚几个钱，怎么可能买得起这么贵的东西？肯定来路不正。

她还在卫生间偷偷看过陈染音，可恨的是，全世界好像只有她一个人看出来了陈染音的真面目，其他人都觉得她人好，觉得她长得漂亮，觉得她家境不凡，觉得她是个认真负责的老师。

陈染音真有手段，竟然能蒙蔽所有人……韩娇越想就越厌恶陈染音，内心越恼怒。

讨厌一个人的力量比喜欢一个人的力量大得多。

恶意比爱意更无止境。

她也不嫌地脏路难走了，咬着牙往上爬，同时思考着该怎么才能让自己和顾别冬出点意外，这样才好让她爸借题发挥——她就是要让陈染音身败名裂，让陈染音再也没办法在学校里混下去，让陈染音这辈子都别想再当老师！

顾别冬打着手电，无声地走在前方带路，时不时地回头看一眼韩娇，走到陡峭处时，还会伸出手拉她一把，但自始至终，韩娇一直沉着脸，他也不知道她是在想事情还是在生闷气。

不知在山中爬了多久，他们走到了一条小河边，韩娇实在是走不动了，强烈要求停下来休息一会儿。

河边的植被没有那么茂密，一抬头就能看到满空的繁星。

顾别冬站在岸边的一块大石头上，仰望着夜空："这儿还挺好看的。"他关掉了手电，试图用手机将这幅画面记录下来，然而相机的像素终究是比不上肉眼，照了好几张他都不满意，索性放弃了。

不能记录在手机里，那就记录在脑子里吧，爸妈的忌日好像快到了，到时候可以口头描述一下现在的画面有多美。

他目不转睛地盯着夜空，努力地把每一颗星星的位置牢记在脑海中，这样才好给爸妈描述。

但是其实……他根本不记得爸妈长什么样子了，因为他没有六岁之前的记忆，所以对父母的印象全来自老照片和别人的口头描述。

尽管如此，他还是挺自豪的，因为他们都是很优秀的警察，无畏地和穷凶极恶的歹徒博斗到了最后一刻。

还有他的姥爷，也是一名值得敬佩的老刑警，听说特别有人格魅力，许支就是他的徒弟，佩服他佩服到现在；还有周局，是他年轻时候的搭档，时至今日周局还在怀念他。

周局曾经亲口承认，如果他姥爷现在还在的话，局长的位置一定轮不到他。

每个警察都拥有一个警号，伴随他们一生，直至他们的生命终结。

姥爷牺牲之后，他的警号就被永久封存了，直到顾祈舟当上警察，那个警号才被重启——他舅现在用的警号就是他姥爷当年用的那个——这是一种传承，带有中国式的信仰和浪漫。

等他以后当上警察了，他也要用他爸妈的警号，只是一时没法确定是用他爸的还是用他妈的。

韩娇抱着胳膊站在不远处，面无表情地盯着顾别冬的背影。

她不知道顾别冬盯着夜空在想什么，也懒得知道，她现在只想知道，该怎么才能不露痕迹地制造一场意外？

自己受伤吗？她考虑过拿石头砸伤自己的脚，但这个想法很快就被她否决了，因为她以后还要跳舞呢，伤了脚可不行，而且会留疤的，不好看。

她不能让自己受伤，那就只能让顾别冬出意外了。

据她所知，他不会游泳，是个旱鸭子。

他面前的那条河看起来不是很深，如果把他推进去的话，应该不会有什么事情吧？最多呛一下水，到时候她再大喊“救命”，肯定很快就会有特警队员跑来救他的，他死不了，但确认无疑这是个意外，新闻标题她都想好了——班主任失职导致学生在山中溺水。

她还能解释说自己是不小心把他推进去的，本意是想从背后捂他的眼睛。

简直是天衣无缝的计划——韩娇的内心得意极了，感觉胜券在握，没有丝毫犹豫地迈开双腿，悄然无声地朝着顾别冬走了过去，一点点地抬高了手臂。

一道迅猛的黑影忽然从山林中冲了出来，直奔韩娇而去，将她扑倒在地，同时发出了骇人的狂吠声，震彻山野。

白森森的利齿近在眼前，狂哮的犬吠声几欲震穿耳膜，韩娇被吓得肝胆欲裂，连声尖叫。

顾别冬猛然转身："白牙？"他震惊而错愕，完全不明白白牙为什么会扑韩娇，反应过来后，立即冲了过去，"放开她！白牙！放开她！"

白牙是训练有素的警犬，在执行任务的过程中，只听主人的指挥，所以它根本没有理会顾别冬，利爪死死地抵着韩娇，凶狠地咧着嘴角，不断地发出满含威胁的低吼声。

韩娇已经吓哭了，面上毫无血色，也不敢动弹分毫，生怕这只狗一口咬断她的咽喉。

顾别冬急得不行："白牙！松开她！"

他的话音刚落，就有两个特警队员跑了过来，是白牙的训犬师何必和一中队的队长杨敬。

看到顾别冬后，杨敬立即举起了对讲机："找到了。"又迅速向顾祈舟汇报了具体坐标。

何必朝着他们两人走了过去，面无表情地盯着韩娇看了几秒钟后，才冷冷开口："白牙。"

白牙又冲着韩娇低吼了一声，才松开了她，跑回了何必身边。

韩娇已经被吓僵了，浑身上下不停颤抖，冒了一背的冷汗，还是顾别冬把她从地上扶了起来，但她的三魂六魄好像已经被吓飞了，泪流不止地盯着前方的小河，大口大口地喘息着，像是傻了。

顾别冬喊了她好几声都没把她的魂给喊回来，然后气急败坏地看向何必："白牙怎么回事？"

何必面不改色："白牙不可能无缘无故地扑人。"

杨敬则是一脸无奈地看着顾别冬："你这小子是不是活得不耐烦了？也不怕你舅剁了你？"又叹了口气，给他打了剂预防针，"等着吧，你舅马上就来了，到时候谁也救不了你。"

顾别冬无话可说，就在这时，韩娇忽然冲着何必大吼大叫起来："你那条该死的畜生差点就杀了我！我要让我爸曝光你们！我要举报你们！你们养的畜生差点杀了我！”

她吼得撕心裂肺，仿若与何必之间有着血海深仇，恨不得将他大卸八块。

顾别冬呆若木鸡地看着面目恶毒的韩娇，忽然感觉不认识她了。

何必依旧是面不改色，笃定重申：“白牙不可能无缘无故地扑人。”

韩娇：“它差点把我咬死！你还说它不会无缘无故地扑人？”

何必的眼神和语气一样冷硬：“它是在执行搜救任务，你对小冬有恶意，所以它才会扑你。”

韩娇愣住了，顾别冬也愣住了。

韩娇的呼吸越发急促了几分，眼神慌张而闪烁，嘴却比石头还硬：“我没有！你胡说！你为了推脱责任污蔑我！”

何必已经不想理会她了，冷冷地抿住了双唇。

韩娇咬了咬牙，看向顾别冬，红着眼圈问：“你也不相信我吗？”

顾别冬无条件地相信何必，相信白牙，相信特警队。

当时他在看星星，根本没有注意到身后的情况，那时韩娇在做什么？又想对他做些什么？想把他推进河里吗？她为什么要这么做？

顾别冬想不通，但他不相信韩娇。

他盯着韩娇看了一会儿，松开了她的胳膊，无声地从地上站了起来。

韩娇浑身一僵，不知所措地望着顾别冬。

丛林中有脚步声逼近，顾别冬舔了舔唇，紧张又不安地看向某个方向。

不消片刻，顾祈舟和陈染音就从漆黑的树林中冲了出来，皆是气喘吁吁，显然是一路狂奔而来的。

陈染音脚上踩着运动鞋，身上却穿着睡衣，上身是短袖，下身是七分裤，两条胳膊和两条腿上都被丛林中的树枝划出了不少血道子。

顾祈舟穿着黑色战训装，黑色的战靴上蹭满了黄色的泥土，没有任何停顿，面色阴沉地大踏步朝着顾别冬走了过去，一脚踹翻了他。

他丝毫没有留情，顾别冬疼得直不起腰，一动不动地趴在地上，只有进气没有出气，眼前还一阵阵发黑。

在场所有人都被这突如其来的一幕给吓呆了。

顾祈舟还是怒不可遏，一下子就甩出了手中的警棍。

“顾祈舟！”陈染音尖叫着挡在了顾别冬的面前。

顾祈舟死盯着她，不容置疑：“让开。”

陈染音不为所动，一字一顿地警告他：“我的学生，我来处理，用不着你管！”

顾祈舟下颌紧绷，脸色铁青地盯着她。陈染音毫不退让，态度强硬地与他对峙：“我绝对不允许任何人当着我的面殴打我的学生，除非你先打死我。”

顾祈舟冷笑了一下：“你现在挺勇啊。”

陈染音神色一僵，心头一阵刺痛，看向他的眼神中也多出了几分说不清道不明的情绪。

顾祈舟下意识地垂下眼眸，深吸一口气，转身走了。

陈染音来不及想别的，立即蹲在了地上，担忧地询问顾别冬：“你怎么样？肚子还疼不疼？”

疼，特别疼，一顿一顿地疼，像是被一脚踹穿了。

但青春期的少年总是倔强的，顾别冬咬着牙摇了摇头：“没事。”

陈染音不放心：“你别逞强，难受了就要说出来。”

我才不说呢，最好把我踹得内出血，踹断几根骨头，踹进医院抢救，然后我死了，他就高兴了，满意了。

少了我这么一个累赘，他肯定特别开心。

少年叛逆地这么想着，捂着肚子从地上站了起来，恶狠狠地说了句：“他巴不得我死呢，我死了他就高兴了。”

陈染音也站了起来，长叹一口气，无奈地看着眼前的这个孩子：“他不是故意要对你下这么重的手，他只是太生气了。”

顾别冬根本听不进去，满腔怒火，还委屈得红了眼圈：“他就是想让我死，我就是个累赘，没了我他一身轻松。”

何必和杨敬都愣住了。

“小冬你怎么能这么说呢？”何必说完之后，白牙也跟着“汪”了一声。

杨敬也紧蹙起了眉头：“你舅平时对你什么样你心里不清楚吗？他天天拼死拼活的是为了谁啊？”

顾别冬执拗地不说话，紧紧地咬着牙，眼泪直在眼眶里打转。

陈染音无言地看着他，也红了眼眶，不为别的，她只是在心疼顾祈舟，心疼曾经那个叫作林宇唐的少年。

她深吸一口气，严肃又认真地对顾别冬说：“他之所以那么生气，不是因为你逃寝，是担心你会出意外。”

顾别冬还在气头上，指着顾祈舟离开的方向，怒不可遏地吼：“我没意外也要被他踹死了！我爸妈要是在的话，他敢这么踹我吗？”

陈染音喉头一哽，眼眶泛酸：“你爸妈要是在的话，他一定活得比现在幸福。”

她又说，“谁不想要被长辈们宠爱着呢？但他这辈子没有这个命啊。”

顾别冬哑口无言。

“你……不能怪他……”陈染音张了张双唇，又无力地闭上了，做了一组深呼吸后，才极为艰难地启唇，向少年吐露实情，“他担心你会出意外，是因为八年前的我们就是这样的结局。那天晚上，他失去了所有。”

第六章

那些过往（上）

众所周知，东辅大第一附属中学和东辅二中是头号劲敌，不过附中的成绩向来比二中要好一些，谁承想在去年的高考中，附中的重点率竟然比二中低了整整三个百分点，可谓是大挫锐气，更可恨的是，二中竟然还趁机大肆宣扬了一把，拉高踩低，气得附中领导们连夜开会，红着眼制订“复仇计划”，势必要在明年把桂冠夺回来。

这下可苦了新一届的高三生。

二中再没人性，好歹还给准高三的学生们放了个七天的暑假，附中连暑假都没放，从期末考试结束后就开始补课，一直补到九月一日正式开学。

然而正式开学后的日子更苦，校方要求学生们非必要情况必须住校，实行半军事化管理，早六点十五进班上早自习，晚十点十分下晚自习，午休也给取消了，不让回寝室，全部留在教室里上午自习，困了的话就趴在桌子上睡一会儿。

高三狗们苦不堪言，却又无法反抗“苛政”，只能咬着牙忍耐，从七月份忍到了十二月份，终于迎来了第一轮模拟考试。

本次的模考是全市统一的，也就是说，这是附中与二中之间的新一轮正面对决。憋了一口气的附中领导为了能在本次模考中扬眉吐气一把，早早就开始给高三生画饼，声称如果本次模考成绩优异，就可以考虑在元旦节给大家放一个完整的三天小长假。

当然，学生们也都不是傻子，完全能听出来这句话的潜台词：“考试成绩优异”等于“不管你们考成什么样但是必须考过二中”；“考虑给你们元旦放假”等于“考过二中了不一定放，但考不过一定不会放，并且还会把你们往死里整”。

领导们的这番说辞，可谓是威逼加利诱，附中的高三学子们为了能够安心地过元旦，也为了能够挫一挫二中的锐气，只好埋头苦学，争取在一模考试中打一个漂亮的翻身仗。

但总有那么一小波人是“和平使者”，视成绩和竞争如无物。

十二月的第一个星期六上午，高三（3）班的第二节课是物理课。

在物理老师转身做板书的间隙，坐在教室前排正中央位置的林宇唐从文具袋中拿出了一面长条小镜子，朝着教室最后一排照了过去。

如他所料，陈姐趴在桌子上睡得正香，还知道戴上帽子保暖，丝毫没有被讲台上那位嗓门洪亮的物理老师惊扰美梦。物理老师也懒得管她，任她在课堂上呼呼大睡，不影响其他同学学习就行。

但说实话，坐在陈姐身边的那群人也没什么好影响的，不是在睡觉就是在玩手机，没一个是在学习，而且后几排还有不少空位，那些没来上学的全是去校外参加集训的艺术生。

长叹一口气，林宇唐收起了镜子，心里愁得很，真不知道该怎么做才能激发出这块滚刀肉的斗志。

对不求上进的滚刀肉来说，下课铃就是闹铃。下课铃一响，陈染音就醒了，睡眼惺忪地扒掉了冬季校服的帽子，拿起放在桌面上的白色保温杯，老干部似的拧开盖子，悠悠闲闲地喝了一口热水。

物理老师一走，后排的那群“英雄好汉”也都陆续觉醒，整间教室瞬间就热络了起来。

“听说二中领导也立生死状了。”陈染音的同桌叫钱宇辰，是个戴着黑框眼镜的白胖子，为了追求时髦去烫了个锡纸烫，但由于个人形象的限制，他看起来甚有喜感，“铁了心地要和咱们对着干。”

陈染音不屑地“嘁”了一声：“他们不就是侥幸赢了咱们一次吗，怎么还拽起来了？”虽然她不爱学习，也没打算加入奋战一模的一线队伍中，但她依旧有一颗热爱母校、无条件拥护母校的赤子之心。

坐在她前面的那个男生叫陈浩扬，转身加入“群聊”：“二中就是飘了，不过他们今年确实也出够了风头，高考考过咱们了，中日篮球赛他们也赢了，民族之战啊！被全国媒体轮番报道了好几个月，就连教育局官网都宣传这事了，还起了个贼热血沸腾的标题《少年自有少年强》，我要是二中领导，我也得意死了。”

陈染音哼了一声：“他们也就下半场打得好，上半场打得跟屎一样，我都想把控球的脑袋给拧下来。”

钱宇辰：“上半场直播的时候弹幕全都在骂，大比分落后，我当时还以为咱们输定了。”这里的“咱们”，指的不是“附中和二中”，而是中国少年，“幸好后来换的那个控球牛，愣是把败局扭转过来了。”

陈浩扬补充说明：“下半场弹幕也都在骂，骂教练为什么不早点让他上。”

钱宇辰：“也有夸的，夸他长得帅。”还有一点点小小的羡慕和嫉妒。

陈染音表示了一下认可：“他确实挺帅的，二中天花板了。”

陈浩扬立即向陈姐汇报此男信息：“天花板叫梁云笺，二中的年级第一。我俩初中一个班的，我还有他 QQ。”

钱宇辰：“瞧你这话说的，好像咱陈姐对他感兴趣一样。”

陈染音大言不惭：“没事，姐可以先了解了解。”

“你真牛。”

林宇唐的声音冷不丁地从身后传来，正在聚众闲聊的三人同时一僵，齐刷刷地看向后方。

林宇唐站在陈染音身后，面无表情地盯着她。

陈染音特别心虚，瞪了坐在她前面的陈浩扬一眼，谴责他为什么不早点提醒她。

陈浩扬真是冤枉，因为他确实没注意到林宇唐是什么时候来的，和钱宇辰对视一眼，俩人默契地从桌子上拿起了水杯，迅速离开了这片不祥之地。

林宇唐拉开凳子，直接坐在了钱宇辰的位置上，板着脸问：“上课睡得香吗？”

陈染音抬手揉了揉鼻尖，眼神飘忽着，坚决不和他对视：“还行吧。”

真是油盐不进！

他叹了口气，又咬了咬牙，恶狠狠地说：“再让我发现你上课睡觉，我就锁了你的电动摩托车！”

陈染音：我的电动摩托车做错了什么？

林宇唐再次警告：“从下节课开始，老老实实地听课，一模考试要是再垫底，我一个月不理你。”

杀人诛心啊，杀人诛心！

她气狠狠地咬了咬后槽牙，怒视着他：“你敢不理我试试！”

林宇唐面不改色：“真想让我试试？”

陈染音咬住了下唇，不服气地说了句：“我又不是没学上，干吗要那么累地学习？我根本就不用和其他人一样那么拼命。”又理直气壮地补充了一句，“我妈说了，只要我好好活着就行，不用那么辛辛苦苦地学习。”

林宇唐瞬间没话说了，准备了一肚子的规劝说辞活生生被卡在了嗓子眼里，一个字都说不出口。

他的所有规劝和激励，在她看来都只是一些废话而已，她根本理解不了。

林宇唐没再说什么，从凳子上站起来，直接走了。

陈染音怔了一下，看着他的挺拔背影，感觉他好像是有点生气了，赶紧从桌洞里翻出了物理书，一路小跑着去追人。

林宇唐顺着过道朝着教室前门走，顺手从自己的课桌上拿起了水杯。

陈染音一路追出了教室，怀抱着表示态度的课本，亦步亦趋地跟在他的身旁，试探性地打量着他的脸色：“你生气了？”

林宇唐面不改色，直视前方：“没有。”

从陈染音的角度看去，能清清楚楚地看到他凸起的喉结和棱角分明的下颌线，硬朗的线条是紧绷着的，显然是在说谎。

他就是生气了。

她立即高举起了手中的物理课本：“我刚逗你玩呢，我以后肯定好好学习，从下节课开始我一定好好听课。”

林宇唐终于给了她一个眼神，不冷不热地回了句：“物理课刚上完，下节化学课。”

陈染音：是吗？我怎么记得上节课是化学课？

“我……我拿错书了。”她极力为自己狡辩，“我知道下节是化学课，我肯定好好听课。”

林宇唐收回目光，不再看她：“你想学就学，不想学就不学，不用和我说那么多。”

陈染音无可奈何地抿住了双唇，紧紧地抱着物理课本，绞尽脑汁地思考着该怎么哄人。

“那要不……这样吧……”她咬了咬牙，狠了狠心，“我向你保证，我一模考试年级进步十名！”

十名？

糊弄傻子呢？

林宇唐都没脾气了，轻叹口气：“你不用跟我保证，你也不欠我的。”

陈染音又咬了咬牙，狠心加了码：“二十名！”

林宇唐终于又给了她一个眼神：“多考五分就能进步十名，你多蒙对两道理综选择题就到二十了。”年级排名越靠后，竞争就越小，总分和总分之间的差距就越大，有时候差一分能差十名，更何况还有那种敢直接交白卷的。

陈染音不服气地反驳：“可是距离一模考试只有半个月了，你还指望着我能进步多少呢？我又不是学霸……”

对自己的认知倒是清晰。

其实林宇唐对她没有什么具体的要求，只是想让她端正态度，即便是学不会没进步，但也要去学，去认真听课，有份上进心，而不是像现在一样天天无所事事地混日子，上课睡觉下课聊天，没事打球有事打架，活生生一个纨绔子弟。

看林宇唐没理她，陈染音又抿了抿唇，问了句：“那你想让我进步多少名？”

林宇唐：“至少五十名。”虽然知道她根本达不到这个要求，但他必须要给她定一个高目标，不然她根本不会当回事。

“五十名？”陈染音的眼睛瞪得像铜铃，“开什么玩笑？你怎么不让我去考年级第一呢？”

林宇唐就知道她会是这种反应，很是淡定地回答：“你想考也行啊，有追求是好事，我支持你。”

她憋屈地咬住了唇，内心挣扎片刻，用一种有话好商量的语气问他：“不能再往下降降了？”

林宇唐都被气笑了：“你还跟我讨价还价呢？”

陈染音不置可否：“你就说行不行吧。”

林宇唐态度坚决：“不行。”

陈染音不服气地“嘁”了一声，却也没再废话，不然就哄不好他了：“行吧，五十就五十，谁让我服你呢？”

林宇唐根本不吃这套：“你学习又不是为了我。”

陈染音眨了眨眼睛，目光灼灼地看着他，面不改色心不跳地说：“可我愿意听你的，你是我最佩服的林宇唐呀。”

陈姐的嘴，哄人的鬼，明明知道不靠谱，却又令人晕头转向。

等他接完水，陈染音又笑眯眯地问了句：“你还生气吗？”

林宇唐有点想笑，却故意板着脸：“我哪敢生陈姐的气啊。”

陈染音直勾勾地瞧着他，语气极为认真地说：“二中天花板哪有你帅啊？二中整体水平都不行，你要是去了二中，绝对吊打他们的天花板。”

为表诚意，她立即说了句：“我今天晚上送你回家。”

林宇唐不为所动：“不需要。”

陈染音知道他是在拿架子，态度坚决地说：“不行，我必须送你回家！你也必须让我送！不然我今天晚上就不回家了！”

林宇唐踏进了教室前门，脸上没什么表情：“随你便。”

陈染音看着他的后背，心想：小样，还挺会欲擒故纵呢。

下午六点放学，下课铃一响陈染音就从凳子上弹了起来，迅速窜到了林宇唐的课桌旁，朝他晃了晃自己手中的摩托车钥匙：“走，姐送你回家。”

林宇唐看了一眼她的肩膀：“不背书包？”

陈染音反问：“你见我哪次回家背过书包？”

林宇唐不容置疑：“那就从这周开始背。”

陈染音无语：“总共就休息半天，明天下午就又回来了，我背它干吗呀？”

林宇唐从座位上站了起来，顺手将书包背了起来，一本正经地说：“那你自己走吧，我不和不背书包的小朋友玩耍，我妈说这种人会带坏我。”

陈染音无话可说，无言以对。

她的脸上写满了“老娘不服”这四个字，林宇唐忍着笑，又说了句：“你背上书包我就和你玩。”

陈染音紧紧地咬着后槽牙，气愤地瞪了他一眼，最终还是去背书包了。

她笃定自己回家后不会学习，随便从桌子上抽出两张刚发的卷子，塞进了空荡荡的名牌书包里，还秉持着做戏做全套的原则，把压根就没装几根笔的干瘪文具袋给塞了进去。

“可以了吧？”她不情不愿地背上了没什么重量的书包，没好气地问。

谁知，林宇唐竟然回了句：“你刚刚塞进去的那两张是化学卷子。”他抬起手，重重地拍着她的肩膀，语重心长地说，“陈染音同志，我相信你一定可以出色地完成周末作业。”

陈染音：不，你不相信！

林宇唐笑了一下，放下了手：“走吧，送我回家。”

陈染音愤愤不平，想好好地修理一下这个不知天高地厚的家伙，但碍于教室有监控，她只好暂时作罢。

随后两人一起去了车棚，才刚把摩托车推出校门，陈染音就看到了一位老朋友：孟牧丞。

孟牧丞也是附中的学生，但不在这个校区上课，而是在隔壁的国际部。

附中国际部对学生的穿着打扮要求没那么严格，上学也不用必须穿校服，所以一身潮流打扮的孟牧丞在一众身穿刻板校服的学生中十分醒目，关键是他长得还颇有那么几分姿色，吸引了不少女生的目光。

林宇唐的脸色瞬间就沉了下去，抿着唇，面无表情地盯着他。

陈染音则是拧起了眉毛：国际部也这么拼了吗？周六还补课呢？

孟牧丞全然无视林宇唐的存在，直接走到陈染音面前："我妈让我来接你。"

陈染音一愣："接我干吗？"

孟牧丞："你忘了我爷爷今天过七十大寿？"

陈染音还真把这事给忘干净了……

孟牧丞："我刚好在附近办事，顺便来接你。"

林宇唐微微蹙眉，看了陈染音一眼。

陈染音却在看孟牧丞："你怎么来的？"

孟牧丞："走路啊。"

陈染音："你没脑子是吧？我有车你没车，你这也叫来接我？蹭我的车还差不多！"

她骂人骂得还挺干脆，林宇唐听着挺爽的，更何况是骂孟牧丞。

而且她骂人的语气并不粗俗，而是那种淡淡的、狠狠的高冷语调，再配上那副目中无人、随心所欲的纨绔嘴脸，竟生出了一种别样的魅力。

但也不是谁都能像她一样把这种魅力施展出来，有一个必不可少的前提：长得好看，生而带媚的桃花眼微微一吊，把"孤傲美"散发了个淋漓尽致。

骂人这件事，竟然也看脸。

谁知道孟牧丞也是个皮糙肉厚的纨绔子弟，根本不把她的话放在心上："大冬天的骑车多冷啊，我这副金贵的身子骨可不禁冻。"

他说话真是贱，但还没法反驳——如果说林宇唐是硬朗的帅，那么孟牧丞就是文弱的帅，浑身上下透露着弱不禁风，丹凤眼中是不加掩饰的不羁和风流。

"那你来干吗？给我添堵？"陈染音没好气地说。

孟牧丞："我来接你呀，然后你骑着车带着我去。"

陈染音无语极了："哟，您又不怕冷了？"

孟牧丞："我坐在你身后，风也吹不到我，不会冷。"

陈染音的五官全都拧了起来："孟牧丞，你可真不要脸！"

孟牧丞："你就说带我不带吧。"

陈染音态度坚决："不带！"她直接迈开腿上了车，一边戴头盔一边对林宇唐说，“上车，姐送你回家。”

不等林宇唐做出任何反应，孟牧丞就开了口：“行，那我自己走，到时候你爸妈问我你去哪儿了，我就说我不知道。”

孟牧丞挺无奈：“那你还想让我怎么样？所有人都知道我来接你了，结果你没和我一起去，你还想让我怎么说？说实话吗？”

陈染音无言以对，开始为难。今天要是不和孟牧丞一起去，到时候她爸妈肯定要找她麻烦，但要是和他一起去了，就没法送林宇唐了，林宇唐肯定会生气，他是个小心眼。

谁知林宇唐竟然主动开了口：“你先走吧，我坐公交回家。”说完，把头盔塞进她的怀里，转身走了。

看着他渐行渐远的背影，陈染音欲言又止了一次，心里挺不安的，最终喊出来的话却是：“到家给我发个消息。”

林宇唐没说话，也没转身，背对她挥了挥手，算是听到了。

“这姿势还挺酷的。”孟牧丞微微眯眼，看着林宇唐的背影，说，“我必须承认，这家伙确实挺会耍帅。”

“你少在这儿说风凉话！”陈染音瞪了他一眼，没好气地把头盔扔给了他，“上车！”

孟牧丞笑了笑，戴上头盔，抬起腿跨坐到了她的身后，然后愣了一下：“你什么时候开始背书包回家了？”

“朕以后要勤勉上进。”陈染音拧动车把，摩托车“嗖”的一下飞了出去，吓得孟牧丞赶紧抱住了她的腰，“你开车之前就不能说一声吗？”

陈染音懒得理他。

过了会儿，孟牧丞忽然说了句：“王旭那事给你解决了啊。”

王旭也是国际部的学生，平时挺装的，还特别地输不起，陈染音上周和他打过一场球，赢了，然后就把王旭给得罪了，因为输给女生让他面上无光了，于是乎王旭就开始编派她的谣言，说她赢球纯粹靠媚男，还说她经常在球场上拿胸袭人。这下子可把陈染音给惹怒了，她从小就学篮球，上的还全是专业培训班，向来凭本事赢球，何来“媚男”一说？又什么时候干过“拿胸袭人”这种不要脸的事？

更何况，她陈染音也不是谁随随便便就能得罪得起的！

谁知道孟牧丞竟然替她摆平了。

她问了句：“你怎么解决的？”

孟牧丞：“社会上的事少打听。”

孟牧丞："不出三天绝对找你道歉。"

江湖规矩陈染音是明白的，也没多问，回了句："谢了啊。"

孟牧丞吊儿郎当地说了句："你打算怎么谢啊？"

陈染音直截了当地回绝了。

参加完孟牧丞他爷爷的寿宴，回到家的时候已经将近晚上九点半了，陈染音一换上拖鞋就跑回了自己的房间，还关上了房门，欲盖弥彰地喊了声："我换睡衣！"

她爸陈鸿博倒是没多想，她妈秦薇冷哼了一声，一边换鞋一边没好气地絮叨："肯定是急着给她朋友发短信呢！"

陈鸿博却十分相信自己的闺女："你别老瞎想。"

秦薇瞪着他，气势汹汹："她说你就信？"

陈鸿博坚决相信自己的女儿："她班主任就是胡闹，疑神疑鬼。"

秦薇气得不行，也懒得跟他说那么多了，直接冲着屋子里喊了一声："陈染音！你给我出来！"

陈染音正在不厌其烦地给林宇唐发微信，但是林宇唐一条都没有回。

再具体点说，林宇唐已经一晚上没搭理她了，几个小时前在学校门口分别的时候他还挥手答应了她到家后会给她发消息，但是直到现在，她都没有收到他的消息。

显而易见，这个小心眼正跟她生闷气呢，她不得不哄人，斟酌着字句编辑微信消息，绞尽脑汁地编织花言巧语——每每遇到需要画饼的时刻，她都无比佩服孟牧丞那个海王。

因为画饼画得太纵情投入了，陈染音压根没听到她妈喊她，直到门板被用力拍响，她才悚然回神。

"开门！"她妈的嗓音中透露着怒不可遏，"在家里你锁什么门？防谁呢？"

陈染音赶紧把手机锁屏了，然后才去给她妈开门。

"不是换睡衣呢吗？怎么还穿着校服？"秦薇面色铁青地瞪着她，"天天撒谎撒得倒是溜，张嘴就来！"

陈染音心态好得很，面不改色心不跳地回答："我问我们班长作业呢。"

秦薇都被气笑了："就你？还知道问作业呢？问了有用吗？书包里装东西了吗？"

还真装了！

陈染音特别理直气壮：“你怎么还瞧不起人呢？”她走到书桌前，从书包里拿出了两张墨绿色的卷子，一边用力地甩着一边对她妈说，“看见了吗，化学卷子！”

秦薇还真的被震惊到了，实打实地震惊了——上了这么多年学，第一次知道带作业回家，太阳打西边出来了吧？

陈染音又从书包里掏出了文具袋：“我连笔都带了！”

秦薇眉头一蹙，一脸狐疑地盯着自己闺女：“你又想干什么？想换手机还是买游戏机？有话就直说，少给我来这套！”

陈染音大义凛然：“我什么都不要，我就是要好好学习了！”又信誓旦旦地说，“半个月后的一模考试，我要进步五十名！”

你要干什么？学习？还进步五十名？

我耳朵坏掉了吧？

面对着她妈一脸见鬼的目光，陈染音面不改色，依旧慷慨激昂：“从今天开始，我要学习了，我还要请老师给我上课，你把钱给我准备好就行了，肯定比买游戏机便宜。”

秦薇好半天反应不过来，甚至开始怀疑眼前这个人是不是自己的女儿了——就陈染音那种油盐不进的滚刀肉，知道学习了？吃错药了吧？

她什么都没说，转身离开了卧室，回到客厅后，对自己老公说：“你闺女疯了，现在嚷嚷着要好好学习呢。”

陈鸿博都被逗笑了：“哈哈哈，她开玩笑呢吧？”

秦薇摆了摆手，一脸严肃地说：“没有，她真这么说。”

陈鸿博逐渐收敛了笑容，从沙发上站起来，快步朝着陈染音的卧室走了过去，才刚走到门口，就看到了这样一幕——

陈染音坐在了几百年不用一次的昂贵学习桌前，还打开了台灯，正趴在桌子上研究化学卷子呢。

秦薇从背后戳了戳自己老公的胳膊，然后又无声地朝着屋子里努了努下巴，用眼神说话：看吧，疯了！

陈鸿博忽然意识到了事情的严重性，蹙眉想了想，轻轻唤了声：“音音？”

陈染音正烦躁着呢，竟然一道题都看不懂，明明都是中国字，串在一起再加几个化学符号她竟然不认识了？怎么可能进步五十名啊？纯粹做梦！

她爸喊她也没抬头，闷闷不乐地回了个：“干吗？”

吓得陈鸿博都不敢说话了，先和妻子对视一眼，才小心翼翼地问了句：“你是不是遇到什么不开心的事情了？可以跟爸爸妈妈说说呀。”

陈染音心想：我敢和你们说？说了等于自首。

秦薇紧张兮兮地接了句：“还是说有人在学校里欺负你了？是不是有人歧视你成绩不好？霸凌你了？”

陈染音：谁敢霸凌我啊？

不过她妈一直这样，总担心她会被欺负，所以从小就不把她当女孩子培养，人家别的小女孩学钢琴学小提琴的时候，她学的是吉他和架子鼓，人家学舞蹈学画画的时候，她学的是篮球和滑板，从小就天天和一群男生混在一起，沾了一身男孩气。

秦薇又说：“有人欺负你你就说啊，要反抗，别忍，越忍越受气！”

陈染音无奈地叹了口气，扭头看着她爸妈：“你们俩别胡思乱想了，我没不高兴，也没被欺负，我就是单纯地想学习了，不能总拖班级和学校的后腿。”她觉得自己这番话说得高端大气极了，然而她爸妈却解读成了另外一种意思——

陈鸿博问：“你们班主任说你了？”

秦薇：“你管他说什么呢？我不是早跟他说了吗，别给你学习上的压力，我闺女要轻轻松松过一辈子。”

陈鸿博：“就是，你不要多想啊，爸爸妈妈奋斗都是为了你，你可不要和那些学习学到抑郁的小孩一样，咱们要好好活着。”

自从她哥没了之后，她爸妈对她的目标完全降低了，直接从龙凤之才降成了好好活着就行。

陈染音不得不替班主任说了句公道话：“他真没说我，也没给我压力，他对我还行吧，挺宽容的，是我自己想好好学。”又叹了口气，惆怅不已地说，“但我一道题都看不懂……我好垃圾呀……”

题都看不懂，还怎么进步？没有进步，怎么哄林宇唐开心？

谁知，秦薇的脸色忽然一沉：“是不是他说你了？”

陈染音和陈鸿博同时一愣，异口同声：“谁啊？”

秦薇冷哼一声，抱着胳膊，阴阳怪气地说：“你们班的那个年级第一！”

她妈的第六感真的很敏锐，像是一只丛林猎鹰。

陈鸿博的脸色一沉：“真是因为他！”

陈染音坚决否认：“不是！就是我自己想好好学习了！”又开始往外撵她爸妈，“行了，你们俩赶紧走吧，耽误我学习！”说完，就不理他们俩了，气鼓鼓地趴在桌子上看题，依旧是一道题都看不懂，更气了，“我要找老师给我补课，你们俩看着办吧！”

秦薇和陈鸿博对视了一眼，无奈地把她的房门关上了，无声地回到了客厅，小声地商量着。

陈染音都快用目光把卷子烧出洞来了，但还是看不懂，不禁长叹一口气，又拿起了扣在桌子上的手机。

林宇唐还是没回她消息。

唉，真难哄啊。

她举着手机，对着化学卷子上的前三道选择题拍了张照片，给林宇唐发了过去，并配文：“不会，讲。”

这回“皇后”终于回消息了，不过是在十分钟后，回的也是一张照片，白色的纸页上用黑色的签字笔工整有序地写着解题思路，字迹极为优雅漂亮，并且还是分行式的，在每一行的结尾都会有一个小括号，括号里详细地备注着相对应的知识点。

但除此之外，他也没再多回别的了。

讲题是讲题，生气是生气，分得清清楚楚明明白白……

真是一个又小心眼又贴心的人啊！

陈染音再次叹了口气，用微信回：“不生气了行吗？我下周一定送你回家！”

林宇唐压根没理她，一句废话都不和她多说。

陈染音无奈，为了让他理自己，只好继续给他拍照发题：“继续讲。”

林宇唐：“前三道题学会了？”

陈染音大言不惭地回复：“会了！”

林宇唐：“嗯，半分钟学会三道题，五个知识点，你比门捷列夫还牛。”

陈染音一愣：“门捷列夫是谁？”

陈染音：“好熟悉啊，我是不是认识他？咱们英语课外教？”

陈染音：“一直打省略号是什么意思？敷衍我？”

林宇唐沉默许久：“他是俄国人，死了一百多年了。”

林宇唐：“你猜猜第一版元素周期表是谁制作的？”

陈染音微微蹙眉：“该不会是门捷列夫吧？”

林宇唐：“你真聪明。”

陈染音：你这样说，显得我好像是个文盲。

过了几秒钟，林宇唐又发来了一条消息：“你……会背元素周期表吧？”

字里行间，尽显不确定，甚至还有一些紧张和不安。

陈染音怒道："我当然会！"她就算是再学渣，也是会背元素周期表的，不只是会背前三行，而是从头到尾都会背！

林宇唐似乎是长舒了一口气："那就行。"

林宇唐又不理她了。

陈染音很是无奈，只好耐心把前三道题给学会，然后又拍了三道题过去："继续。"

林宇唐依旧是不说废话，只发解题思路，不过这回照片发得很快，显然是早就写好了，一直等着她呢。

陈染音开心地勾起了唇角，心想：真是个"口嫌体正直"人。

不过，林宇唐对她真挺好的。

他是转学生，刚来的时候先入的普通班，由于每次考试的成绩都比较优异，所以学校就想把他选拔到重点班里。但有一个前提条件：高二下学期期末考试的成绩必须稳居年级前十，不然平均分提不上去，不能服众。

班主任也对他寄予了厚望，希望他期末好好考，把握机会，不要功亏一篑。

其实她也挺想让他去重点班的，即便她很舍不得他，因为重点班厉害呀，学习氛围比他们班好得多，而且教师的水平也比普通班的高。他和他们这帮不学无术的纨绔子弟不一样，就应该去好的班级里面待着。

但是林宇唐没考进年级前十。出成绩那天，她特意去看了理科排名榜，震惊又错愕地发现林宇唐的排名竟然都没进前一百，低低地排在了"127"的位置。

虽然"127"这个成绩对她来说已经是可望而不可即的了，但是，林宇唐和她不一样，林宇唐向来是稳居年级前三的。

就算是退步，也不可能一次性退步这么多。

不正常，太不正常了！

她立即跑去询问他到底是怎么回事，他的回答是："数学卷子没写完。"说得还挺坦荡。

她才不相信呢！大家都说这次的数学题特别简单，他怎么可能连卷子都没写完？纯属骗人！他肯定是故意写不完的！

但她也明白他为什么要这么做。

她真的挺感动的。

但是班主任也不傻，她都看出来林宇唐是故意的了，班主任能看不出来吗？往后的整整两个月，班主任都没给过他好脸色，还把他的座位调到了最后一排靠后门的位置。好在他比较争气，在后续的两次月考中又重新蝉联年级第一的宝座，班主任才又重新给了他宠爱，把他的位置调回了教室前排正中央。

她同桌钱宇辰是这么评价老班的行为的："老刘这人，真是偏心，对好学生的惩罚都是象征性的，不疼不痒。这要是换了咱俩，估计一个学期都不会让咱俩进班。"

她笑了一下，回："你想多了，老刘根本就不指望咱俩能跳去重点班。没有期望，何来失望？"

钱宇辰沉默片刻："你说得对。"

这天晚上，陈染音为了能让林宇唐消气，也为了能多和他说几句话，她愣是学习到了凌晨一点，弄得她爸妈都不知道该怎么办了。

第二天早上起床后，又接着学，愣是咬着牙把两张化学卷子给写完了。

附中默许本校老师给本校学生补课，但必须在晚自习时间进行，地点也必须是校内。补课费收得也高，一个小时七百，但如果两个人一起上的话，补课费就能均摊。

以陈染音的水平，想进步就只能补全科，也是她爸妈惯着她，想补就补，随便补，不怕花钱，只要她高兴就行。

但陈染音也不是那种纨绔到不可救药的人，秉持着能省则省的原则，试图再找一人和她均摊补课费。

最终，她将自己的目标定在了同桌身上，还给了他一个伟大光荣且积极上进的理由："拼搏两百天，冲刺高考。"

钱宇辰听闻陈染音的补课邀请后，蹙眉思索片刻，长长地叹了口气，真情实意地望着她，说："我妈上过富豪榜，我没必要花这种冤枉钱啊。"

说来也怪，年级里的一大半纨绔子弟竟然全都集中在他们班了。

所以，同为资深纨绔子弟的陈染音还挺能理解钱宇辰的，也没为难他："行吧，我再去找陈浩扬商量商量。"

陈染音：明明同是纨绔子弟，为什么只有我拥有一颗闪闪发光的上进心？

她长叹一口气："算了，我自己补！"

钱宇辰大惑不解："怎么了，你爸调岗了？"

陈染音："那倒没有，还升了一级。"

钱宇辰先拱手祝贺了一句："哟，恭喜恭喜！"然后言归正传，"那您是因为什么啊？你舅不给你妈分钱了？"

陈染音无语："怎么可能？我妈是正儿八经的股东！"她姥姥和姥爷是干实业发家的，后来退休后就把集团交给她那两个舅舅打理了，但是给了她妈股权，天天不干活也有红利分。她妈闲着没事干的时候，就会把自己打扮得人五人六的，去总部大楼里面溜达一圈，走哪儿都有人毕恭毕敬地喊"秦总"，其实她妈也就是个挂名的"总"，实则对于公司运营一窍不通。

她那俩舅舅也乐意供着她妈逍遥自在。

归根结底还是因为她妈的娘家人宠她——她妈是家里最小的孩子，又是唯一的女儿，但凡是养尊处优不劳而获的事情，全都先紧着她。

回答完问题后，陈染音又没好气地说了句："你就不能盼我家一点好？"

钱宇辰更不理解了："既然您家里没变故，那您何必花这冤枉钱？您以后去家族企业里混个闲职也没什么问题吧？阿姨的那些股份迟早不都是你的？"

陈染音再次长叹口气，遥望着林宇唐的背影。

钱宇辰不得不提醒："那个，陈姐，咱们理科生全年级一共有851人，您上回月考的成绩在801名，后面那五十个人是没来参加考试的艺术生以及我和陈浩扬。"

陈染音眼皮一撩："所以呢？"

钱宇辰："您那个朋友排名第一，您和他之间的差距是800名，相当于地球和火星之间的差距。"

陈染音嗤之以鼻："那又怎么了？地球努努力一定能撞上火星。"

钱宇辰："……要不您还是等火星来撞你吧。"

我不，我就要去撞火星！

为了达到"撞火星"的目标，陈染音开启了一段悬梁刺股的学习生涯，从周日到周五的晚自习时间全都用来补课了，一天补两科。白天的上课时间她不听课，反正也听不懂，但也不再睡觉了，而是趴在桌子上写前一天晚上老师给她留的课堂作业，要么就抱着课本去操场上背书——之所以不在教室外的走廊上背书，是因为她担心会影响"正宫娘娘"听课——班主任也不管她，反正也管不住，而且去操场背书总比趴在教室里睡觉强。

时间转眼就到了十二月十四日，一模考试正式开始，虽然是在本校考试，但考试的安排时间完全按照高考的模式来，考场分布也是按照高考模式——随机分配。

说来也巧，她竟然和林宇唐分到了一个考场，还是前后桌，林宇唐在前，她在后。

上午第一门考语文，提前十五分钟进考场，在位置上坐好后，陈染音拍了拍林宇唐的后背，同时把上半身凑了过去，压低了嗓门："咱俩这位置，天时地利人和，只要你愿意，我这回准能给你考个年级第二。"

林宇唐无奈，回头看着她："我要是不愿意呢？"

陈染音哼了一声："我逗你玩呢，我这回要自己考，凭本事进步！"她打开自己新买的考试专用文具袋，从里面拿出两根笔，冲着林宇唐晃了晃，"看，我连兵器库都更新了！"

这两根笔，一根是辉柏嘉的涂卡笔，单价六十九，一根是日本进口的斑马签字笔，单价四十九，全是新买的，文具盒里还放着几支备用的，就为了这场"地球撞火星"的一模考试。

林宇唐看了看她手中那两支崭新的答题笔，抿了抿唇，忍不住劝谏了句："皇上，钱要用在刀刃上。"

陈皇一愣："什么意思？"

林宇唐："意思就是说，这种等级的考试，没必要用这么贵的笔。"

陈染音："那可不行，我补课花了那么多钱，不用贵的笔答题，怎么对得起我斥巨资买来的宝贵知识？"

他竟然没法反驳她。

陈染音又说："你放心吧，我这回绝对不作弊，肯定好好考试，然后进步五十名。"

她说得信誓旦旦，一副胜券在握的样子。

林宇唐笑了，也保证了一句："你要是真能进步五十名，咱俩之间的恩怨一笔勾销。"

陈染音眼睛一亮："真的假的？"

林宇唐点头表态："真的。"

陈染音半信半疑，毕竟林宇唐是一个绝世无敌小心眼，真的能果断地一笔勾销吗？

考试铃打响了，陈染音没再骚扰他，安安静静老老实实地做卷子。

两个半小时后考试结束，监考老师一走出考场，教室里就热络了起来。

陈染音立即拍了拍林宇唐的后背："咱俩中午去三楼吃饭吧，我想吃小炒。"又说，"咱们比高一高二提前放学半个小时呢，今天小炒窗口肯定不排队。"

食堂是本部学生和国际部学生共用的，一共有四层，只有三楼卖小炒。

林宇唐没回头，一边收拾考试用品一边说："不去。"

陈染音："你不想吃小炒？"

林宇唐冷幽幽地说："带别人去过的地方再带我去还有什么意思？"

小心眼！

她极力解释："那天真是意外，孟牧丞说他没带饭卡！"

林宇唐："那我也不去。"

陈染音绞尽脑汁地想了想，然后趴在了桌子上，脑袋朝着前方凑了过去："那要不这样，咱俩晚自习别上了，我带你去吃好吃的。"又说，"那家店我可没带别人去过啊。"

她恨恨地咬了咬牙，没好气地问："你就说你今天晚上跟不跟我出去吧？"

林宇唐无奈："明天还考试呢。"

也是，一模还没考完，今天晚上老班一定会紧盯晚自习，不好出去，于是陈染音改了计划："那明天？"

林宇唐反问了句："你就不怕被发现？"

"那又怎么样？"陈染音满不在乎，"吃完饭就回来呗。"她又微微眯起了眼睛，一脸挑衅地看着他，"好学生不敢啦？"

真是欠收拾。

陈染音"哼"了一声，坐回了座位上，一边收拾东西一边说："不敢就算了，我去找孟牧丞。"

附中的官方假条是土黄色的，一共三联，一联交给寝管，二联交给门卫，三联自己保管，作为回来时进校门的凭证。

按理说空假条这种东西应该只有班主任有，但俗话说得好啊，道高一尺魔高一丈，总有混不吝的魔头学生敢于挑战权威，趁着班主任不在悄悄溜进办公室偷假条，然后外出复印造假，甚至就连班主任的章都敢一并造假。

一模考试结束后，高三年级的大部分老师都被抽调出去改卷子了，其中就包括高三（3）班的班主任。这天的晚自习是班长负责看班。

第一节晚自习七点半下课。下课前五分钟，陈染音从桌洞里拿出了两张已经盖好班主任章的空假条，按照格式要求填好，等下课铃一打响就去找林宇唐。

她站在桌边，用修长且漂亮的中指摁着薄薄的假条，将假条一点点地推到了林宇唐面前，垂眸看着他，轻启红唇："这是朕的心意，希望你能收下。"

林宇唐垂眸看了一眼桌子上的假条，又抬眸看了一眼高高在上的"陈皇"，无奈地叹了口气："我要是不收呢？"

陈染音眉头一挑，眉宇间尽是挑衅："你爱来不来，反正我只会在学校门口等你十分钟，过期不候！"说完，转身走人。

由于她在请假条上写的请假理由是"胃病打点滴，两小时后归校"，所以没敢骑摩托车出门，毕竟没有哪个得胃病的人敢这么浪的。步行到校门口，她把二联假条给了门卫，门卫也没多问，收了请假条之后就放行了。

陈染音出了校门后左转，一路向东而行，走到第一个十字路口时停了下来。

红灯变绿，她也没继续往前走，双手插兜，像个弹簧人似的不停地原地蹦跶，每呼出一口气，就会从嘴巴里冒出一阵白雾。

十二月份的东辅，是真冷啊，尤其是夜幕降临之后，而且附中的新校址还建在了北四环边上，荒无人烟，更显清冷。

陈染音缩头缩脑地在原地蹦跶了一会儿，突然不蹦了，还傲娇地仰起了下巴，挺直脊背，保持着双手插兜的姿态，甚是高傲地看向来时的方向。

她没戴围巾，白花花的长脖子赤裸裸地暴露在冷空气中，冻得鸡皮疙瘩都起来了，但为了保持造型，她愣是没缩一下，任凭冷风灌颈。

林宇唐叹了口气，一边从自己的脖子上解围巾一边快步朝她走，像是套猴子似的直接把围巾套在了她的脖子上，简单粗暴地把她拉到了自己的面前，一边给她缠围巾一边咬牙切齿地说："冻不死你！"

陈染音差点被勒死，连着咳了好几下，然后朝他翻了个大大的白眼："你要是想让朕死你就直说！"

林宇唐懒得跟她废话："去哪儿？"

陈染音撇了撇嘴："你就不能对朕温柔点？朕对你还不够好吗？你总是对朕冷冰冰的，搞得朕很心寒呀。"

他无奈地回了句："你要是把哄人的心思分出来一半用在写作文上，也不至于作文只得三十分。"

好端端的，提什么学习？

林宇唐又叹了口气，极为认真地告诫她："诈骗违法，数额巨大或情节特别严重者，判十年以上或者无期徒刑。"

这是——什么意思啊？

她屏住呼吸，弱弱地说了句："林警官，我真的没有搞诈骗。"

她恨恨地咬了咬牙，忍不住感慨了句："幸好你的理想是当老师，你要是当了警察，还让我们这种犯罪分子怎么活啊？”

林宇唐微微眯眼，咬字轻缓：“你们这种犯罪分子？”

在这一瞬间，陈染音忽然感受到了一股强大的压迫感，仿若警徽高悬，她头皮一麻，立即改口：“他们！他们！我说错了！是他们！”又信誓旦旦地保证，“我是个清清白白的大好人！”

就你还大好人呢？

林宇唐忍着笑意，继续板着脸：“老实交代，要带我去哪儿？”

“就是去吃个饭。”陈染音把右手伸进了他的兜里，“放心，绝对不会有任何违法行为。”

林宇唐也把手伸进了兜里，握住了她的手：“远不远？”

陈染音：“不算远，走路的话二三十分钟？”

也不算近。

今晚算是彻底搭给“陈皇”了。

林宇唐轻叹口气：“带路吧。”

陈染音满意地勾起了唇角：“好的。”

红灯再一次变绿，两人一起过了马路，继续朝东走。

北四环尚处于开发建设中，两侧的高楼倒是不少，但多是尚未竣工的楼盘，少部分已经交了楼的小区入住率也不高，这附近可谓是人烟稀少，隔许久才会有一辆打着灯的轿车从宽阔的马路上飞驰而过。

“这儿真黑啊。”陈染音看了看身侧的绿化带，除了黑黢黢的树丛什么都看不见，总觉得像是有人藏在里面似的，怪吓人的，她不由自主地往林宇唐身边凑了凑，吐槽了一句，“竟然连个路灯都不开。”之前都是骑着摩托车出门，开着大灯她也没注意到。

林宇唐：“因为人口密度低吧。”

陈染音撇了撇嘴：“不是还有个学校吗，咱们学校好几千人呢！”

林宇唐看着她问：“有几个半夜出去的？”

其实她是有点不服气的，把左手插进自己的校服兜里，从里面拿了个东西出来，然后把拳头伸到了他的面前，“伸手！”

林宇唐笑了一下，按照要求伸出了右手。陈染音把拳头搭在他的手心上，缓缓地松开手，一个沉甸甸的片状物体掉落在林宇唐的掌心。

陈染音收回自己的手，也没忘了说一句：“生日快乐，送你的生日礼物。”

林宇唐挺意外的。今天确实是他的生日，但她一直没提这事，他还以为她忘了呢，他自己也懒得提。

他手心里的那片东西材质不明，挺有分量，黑黢黢的像是金属又像是陶瓷，形状也挺奇怪，不方不圆，更像是从一个环形的物件上面截取下来的。

他用食指和拇指捏着这片东西，哭笑不得地问她：“摩托车刹车片？”

陈染音重重点头：“对啊，陶瓷的呢！”

陶瓷材质的刹车片是金属材质价格的四到五倍。

林宇唐笑着点头：“行，谢谢你，我争取毕业后就去买辆摩托车。”

陈染音白了他一眼：“谁让你去买摩托车了，我的意思是让你以后当好我的刹车片！”

林宇唐微微蹙眉，神色中流露出了困惑：“什么意思？”其实他明白她是什么意思，就是想听她亲口说出来。

陈染音有些难为情，别开了自己的目光，试图蒙混过关：“就是那个意思呗。”

林宇唐继续揣着明白装糊涂：“你说明白点，我真不懂。”

真是没有慧根！

这点小事都理解不了吗？

陈染音没好气：“不懂就算了！无所谓！”

林宇唐长叹了一口气，无奈地把刹车片塞进了兜里：“不说就算了，我就当是稀里糊涂地收了份礼物。”

稀里糊涂？这可是朕送你的十八岁生日礼物，你竟然说你收得稀里糊涂？

不，你不能稀里糊涂！

你必须明明白白地给我收下！

陈染音再一次恨恨地咬了咬牙，瞪着他说：“你少给我来这套！”

林宇唐依旧是一副什么都不明白的表情：“那你倒是说清楚点啊。”又重申，“我真不懂。”

陈染音气得不行，索性破罐破摔了：“我就是辆摩托车，少不了你这个刹车片！”

她什么样她自己心里清楚，天生就是一纨绔子弟，仿若一辆油门加到底横冲直撞的摩托车，“肆无忌惮”这个词就是用来形容她的。

她需要一个刹车片，需要一个人来控制她，但并不是所有人都能让她听控，也不是所有人都乐意去接近一个纨绔子弟，就像孟牧丞说的那样：“正经人谁愿意搭理咱们这帮纨绔子弟啊。”

林宇唐愿意。

他能够帮助她变得理智，可以控制她的速度，他也不嫌弃她是个纨绔子弟。

他就是她的刹车片，只要有他在，她就不会有一头撞到粉身碎骨的那一天。

林宇唐终于笑了："行，好，我知道了。"

陈染音这才满意，高高地扬起了唇角。

两人又往前走了十分钟，路过一栋废弃的红砖房，要拆未拆的状态，一楼的门面房已经搬空了，窗框和门框上皆空空如也，里面黑洞洞的，像是个异界空间。

这栋房子挺长的，像是个筒子楼，怎么走也走不到尽头。

附近也没人，四处静悄悄的，陈染音不敢走里面，生怕有东西从窗户里冲出来抓她，于是就和林宇唐换了位置。

即将到楼尾时，一辆破旧的银色面包车忽然从后方冲了上来，又急刹车停到了马路边。

林宇唐瞬间蹙起了眉头——他刚才在校门口见过这辆车，但当时它只是停在路边，挂的还是东辅本地的牌照，所以他并未多想。

现在这辆车跟了上来。

多年的习惯使然，他清楚地感知到了危险性，浑身肌肉紧绷，一把将陈染音推向身后，急切大吼："跑！往学校跑！"

他心里清楚两人一起跑肯定跑不掉，更清楚，他们一定是来抓他的。

陈染音蒙了，踉踉跄跄地往后退了几步，呆若木鸡地看着他："怎么了？"

"哗啦"一下，车门打开了，从车上跳下来一胖一瘦两个成年男人。

胖的那个身形高大、虎背熊腰，穿着一件黑色羽绒服，额头上有一条刀疤，脸色极为阴骘；瘦的那个穿着件土灰色的外套，几乎瘦脱了相，像是个裹了一层人皮的骷髅。

瘦子最先跳下了车，第一件事就是去抓陈染音，林宇唐一把抱住了他的腰，再次冲着陈染音大喊："跑！"

他喊得撕心裂肺。

瘦子的体力远不如他，消瘦的身体被少年强健有力的手臂紧紧禁锢着，分毫动弹不得，气得破口大骂："小杂种，老子迟早剁了你喂狗！"

林宇唐一直在不停地冲着陈染音大喊："跑！快跑！"

陈染音已经被吓傻了，六神无主地盯着林宇唐的背影，浑身颤抖着，全然不知所措——她不知道自己应不应该去帮他。

胖子很快就冲了过来，手里还拎着一把砍刀，重重地将刀把砍在了林宇唐的后脑上。

伴随着一声闷响，少年的身体一僵，无声地瘫软在地上。

陈染音的瞳孔瞬间放大，苍白的脸色中布满了惊恐，然而双腿像是灌了铅，无论脑子如何发号施令，双腿都迈不开分毫。

好几秒钟后，她的身体才做出反应——跑，必须跑，她不想死。

然而已经晚了，她才刚跑出一步，胖子就冲了过来，一手勒住她的腰，一手捂住她的口鼻，强行将她拖上了面包车。

那两个绑匪用黑色胶布缠住了她和林宇唐的手脚和嘴，还在她的脑袋上套了一个黑色的布袋，然后像是扔尸体一样把她和林宇唐扔进了面包车的后备厢里。

面包车缓缓开动，陈染音却不知道自己要被他们拉去哪里，只能通过车身的颠簸程度判断出，这辆破旧的面包车正沿着空旷的马路高速行驶着。

不知过了多久，车身开始剧烈颠簸，显然是由平阔的柏油马路转上了崎岖不平的乡间土路。

她的身体紧紧地贴着车底盘，手脚被束缚着，完全无法控制平衡，只得随波逐流地伴随着车身的颠簸而颠簸，脑袋有好几次撞在了铁皮车身上，其中一次撞得特别狠，头骨都要被撞碎的感觉，眼前一阵阵发晕，五脏六腑都要被撞出来了。

林宇唐躺在她的身后，她不知道他现在是否已经清醒了过来，很想喊他一声，却又不能说话，也不敢发出任何声音，生怕激怒那两个歹徒——

她畏惧于他们两个的凶相，畏惧于他们手中的那把砍刀，畏惧于未知的一切。

她不知道他们两个为什么要绑架她和林宇唐，更不清楚他们会用什么样的手段对付他们两个，所以她很害怕。

她满心茫然，不知所措，如同待宰羔羊一般惊恐。

她真的不想死，更害怕遭遇虐待。

对方是两个凶狠的成年男人，浑身上下散发着阴沉沉的气息，更剥夺了她的安全感，令她感到惶恐和不安，以及厌恶。

比起胖子来，她更恶心那个瘦子。

往她嘴上缠胶带的时候，那个瘦子直勾勾地盯着她看了好久，还用他那双骷髅般的手摸了摸她的身体。

即便是隔着一层厚重的冬季校服，她还是感觉到了肮脏与恶心，愤恨感与屈辱感在内心盘旋。

瘦子朝着胖子露出了一个十分猥琐的笑容："这小妞真是个极品。"

胖子比较沉默寡言，没接瘦子的话，直接拿起布袋套在了她的脑袋上，然后把她扔进了后备厢，沉声警告了瘦子一句："今晚老实点，耽误了计划咱们俩都得死。"

颠簸中的面包车忽然停了下来。

目的地到了。陈染音浑身一僵，内心的惊恐感瞬间放大了十倍。

被反绑在身后的双手忽然被勾了一下，她先是一愣，紧接着便湿了眼眶——林宇唐醒了，她不再是孤身一人了。

后备厢的车门忽然被打开了，冷风呼呼灌入车内。

在被那两个歹徒拽下车前，林宇唐又用手指勾了她一下，力道比刚才重了一些，陈染音竟然明白了他的意思：别反抗，会激怒他们。

陈染音紧咬牙关，把眼泪憋了回去，下一秒，她就被扛了起来。

扛她的人一定是胖子。没过多久，她就被扔在了地上，左侧胯骨先着地，疼得她倒吸冷气，严重怀疑自己的胯骨要被摔断了。

耳畔忽然传来了一声重物落地的闷响声，她猜测应该是林宇唐也被带了进来。

"他们两个挨太近了。"胖子的声音在空旷的室内响起，"分远点，省得出差错。"

下一秒，她的校服帽子就被扯了起来，那人将她的身体拖向了另外一个方向，衣领卡在了她的脖子里，在她几乎要被勒窒息的时候，那人终于停了下来，顺手将她脸上戴着的布袋摘了下来，还揭掉了粘在她嘴上的胶布。

陈染音也不傻——既然瘦子敢揭胶布，就说明这里足够偏僻，根本不怕她喊，说不定他正在饶有兴致地等待着她喊救命呢，这样的话他就可以教训她了——所以她紧紧地闭着嘴，没有发出一点声音。

她紧咬牙关，深吸了一口气，竭力使自己保持冷静，低低地垂着脑袋，却悄悄地抬起了眼皮，小心翼翼地打量着周围的环境——

他们正处于一个废弃的老旧工厂中，这里是其中一个车间，机械早已被搬空了，大门从内部上了锁，所有的窗户外面都安有防盗网。

夜色沉沉，车间里没有灯，全靠窗外的月色照明。

她和林宇唐被分开在了两个遥遥相对的角落。

瘦子站在她身边，手中拿着一根倒刺横生的粗木棍。胖子手中拿着长长的砍刀，站在林宇唐面前，弯腰摘掉了套在他脑袋上的黑色布袋，又用力地揭掉了他嘴上的胶布。

林宇唐也没有喊叫，却不像她一样惊恐到瑟瑟发抖，他的神色中甚至没有流露出丝毫的软弱与畏惧，瞳孔漆黑而深邃，直勾勾地盯着那个手持砍刀的胖子，毫无畏惧地与他对峙着："把她放了，这事和她无关，你也惹不起她全家。"

这句话提醒陈染音，她立即大喊了出来，声音却止不住地发颤："我……我爸是厅长！我……我……我妈是恒业集团的老总！你想要多少钱我爸妈都会给你，只要你把我们俩放了！"

站在她身边的瘦子嗤笑了一声，用手中的长木棍戳了戳她的肩膀："哟呵，你还是个富二代呢？"不等陈染音开口，他忽然举起了手中的木棍狠毒地抡在了她的头上，破口大骂，"老子最恨的就是你们这帮该死的狗屁富二代！"

陈染音头疼欲裂，瞬间倒地，下一秒就被从头上涌出的鲜血糊了眼。

林宇唐双目赤红，奋力地挣扎着，歇斯底里地冲着瘦子怒吼："别碰她！你别碰她！"

瘦子很享受暴力带来的快感，再次举起了手中的木棍，却被胖子制止了："行了！"又气急败坏地骂了一句，"你给我老实点！"

他比瘦子有脑子，也比瘦子理智得多，当然能明白"我爸是厅长"这句话的分量。

这妞确实不好处理……胖子忍不住在心里咒骂了句，今晚真是倒霉透顶，给他安排的同伙是个大傻就算了，竟然还多绑了一个官二代回来，搞不好又要惹一身骚！

瘦子挺不服气胖子的，但他打不过胖子，也没胖子的本事，只得听从他的安排，讪讪地收起了木棍。

林宇唐长舒一口气，因为刚才的高度紧张，他的额头和颈部已经暴起了青筋，但他的理智一直在，已经分辨出了这场绑架的主导者。他再度看向胖子，一字一顿地对他说："这件事和她无关，你们俩要是再敢碰她一下，我就把你们全杀了。"

胖子不屑冷笑，用手中的刀拍了拍他的脸："就你现在这样，怎么杀我？我杀你可是轻轻松松。"

林宇唐也冷笑着回："你敢吗？"他笃定他们现在不敢对他动手，不然早把他杀了，不会留到现在，"你就是个小喽啰，我死不死你说了不算，只要你不敢杀了我，我就有机会杀了你。"

胖子脸色一沉："真不愧是林恒的儿子啊，有种！"他的这声"有种"喊的声音极大，带着歇斯底里与疯狂，震彻了整个空旷的废弃车间。

他像是被激怒了，陈染音惊恐万分，很害怕他会一刀砍死林宇唐，浑身上下止不住地颤抖，胃部阵阵痉挛，有种想呕吐的感觉。

与此同时，她也意识到了一件事情：这两个歹徒是针对林宇唐来的，她是无意间被卷入了这场是非。

胖子突然暴怒，一脚又一脚地狠踹在林宇唐的身上，像是在踹一只无知觉的麻袋。

林宇唐紧咬着牙关，把所有的痛苦都咽了下去，但肉体的承受能力是有限的，他可以不喊一声，身体却因为疼痛止不住地痉挛。

胖子发泄够了才收手，这时，瘦子忽然对他说了句："这小子这么狂，我都看不下去了，干脆直接把他杀了吧。"又低头看了一眼瘫倒在他脚边的少女，嘿嘿嘿地笑了笑，"这个先留着，玩够了再杀。"

胖子不傻，听出来了瘦子是想坑他，轻轻地用脚尖踢了踢少年的身体，冷笑着问瘦子："要不你来杀？我一定会替你向狼爷求情。"其实他也想直接杀了林宇唐，但是狼爷下了死命，必须留活口，不然这小子死在谁手上他就弄死谁。

瘦子悻悻地闭了嘴。

其实比起林宇唐，胖子更想弄死瘦子，没脑子就算了，还处处和他作对，要不是他现在需要帮手，早把瘦子弄死了。随后，他又冷声警告了瘦子一句："把你的那点花花肠子收一收，她不是你能碰的人。"这么漂亮的官家小妞，既然他们不好处理的话，就直接交给狼爷吧，狼爷保准喜欢。

说完，他又冲着瘦子露出了一个极其轻蔑的笑容，满含鄙意地说了句："想那么多好事，你那玩意硬得起来吗？"

瘦子脸色一沉，恼羞成怒，不由自主地攥紧了手中的木棍。

胖子偏要当众扯掉他的遮羞布，不遗余力地羞辱他："早劝过你少吸点，那玩意儿吸多了不好，容易阳痿，现在信了吧？"又摇头叹息，"啧，多极品的妞啊，看得见摸不着，你呀，没那个享福的命，还不如这个臭小子呢。"

瘦子的脸色越发阴沉，呼吸也越发急促，胸中怒恨交加，咬牙切齿地盯着胖子，恨不得立即弄死他。

胖子感受到了瘦子对自己的怒火与杀意，但他丝毫不在乎，因为他清楚瘦子的斤两，孱弱得像是一只小鸡仔，他一只手就能把瘦子掐死，根本不足为惧。只要他想，就能尽情地去羞辱这个没用的瘦子，让瘦子生不如死，但他现在没有时间，狼爷交代的任务还没完成，他很忙。

胖子直接无视了瘦子，冷冷地盯着躺在地上的少年，忽然抬起了穿着厚重皮靴的大脚，狠狠地踩在少年的脸上，还用力地踱压了几下，恨不得直接将他的脑袋踩碎：“你少给我装，死在我手上是你的福气，狼爷可没我这么心慈手软，也不想想你爸当年在边境抓了狼爷多少人？还差点一枪把他崩了，害得他不得不逃去缅甸投奔‘国王’，奇耻大辱啊。”他又阴森森地笑了一下，脚下越发用力，不停地用鞋底踩压林宇唐的脸颊，“别以为你爸带着你们逃到了东辅，狼爷就找不到了，他一直惦记着你们全家呢，今天晚上不只是你，你爸、你妈、你姐、你姐夫，包括你的那个小外甥，都！得！死！”

林宇唐怒不可遏，竭力地挣扎着，额角青筋直蹦，皮肤也变成了愤然的血红色，然而无论他如何努力，都无法撼动胖子分毫，反而被胖子一脚踹到了心窝，剧痛在顷刻间传遍全身，他的身体又开始不受控地痉挛，最终不甘心地低吼了出来，仿若一头闯入了绝境的困兽。

胖子蹲在地上，一把抓住他的头发，将他从地上薅了起来，眼神阴鸷狠毒：“我本来还发愁怎么把你从学校里弄出来呢，没想到你竟然自投罗网，等我把你带到狼爷面前，你就该知道我有多仁慈了，知道他会怎么对你吗？他会在你爸的遗像前给你注射毒品，让你爸亲眼看着你被毒品侵蚀，看着你一点点上瘾，让你爸死不瞑目！”

林宇唐彻底被激怒了，歇斯底里地冲着他大吼：“我要杀了你！我一定要杀了你！”

胖子不屑地一笑，猛然一压手，将少年的脑袋狠狠地撞在了冰冷的地面上：“你少给我放狠话，别以为我真不敢杀你。”说完，又用力地摁了几下他的脑袋，才从地上站起来，一边轻轻拍着手一边淫笑着说，“那边估计已经开始轮你姐了，我现在过去，应该还能赶在你姐死之前玩一玩她。”

少年的身体因为滔天的恨意和愤怒而剧烈地颤抖着，眼神中的杀意几乎已经可以凝聚成刀：“只要我不死，就一定会杀了你。”

胖子狠狠地朝着他的肚子踹了一脚，又轻蔑地朝他脸上吐了一口口水，然后转头对瘦子说：“你看好他们两个，我去那边看看。”他们分了好几拨行动，他算是整个行动的总负责人，但凡有一方出了差池，狼爷都不会轻饶他。

临走前，他又不放心地叮嘱了瘦子一句：“你给我老实点，无论如何都不能给这两人松绑。”他眺望了一眼满脸是血的少女，满含鄙意，“反正你那玩意儿也是个废的，扒光她也没用。”说完，他不再理会瘦子，拿出钥匙解开了挂在门上的锁。他不信任瘦子，所以又从外面把门锁上了，以防那两个“小崽子”逃跑。

瘦子也不信任胖子，更不会把他的话放在心上，那些羞辱之言不仅激怒了他，更刺激了他身为男人的自尊心。

他不信自己真的一点也不行。

他一定可以。

胖子一走，他就抓住了缠在少女脚踝处的黑胶带，吃力地将她拖到了少年的面前。

自己就是要当着当着一个身轻体健的少年的面玩弄他的朋友，这样才更有快感，也更能证明自己。

他单手拖不动少女的身体，只好扔掉手中的木棍，双手拖拽着她的腿，将她拉扯到了这个废弃车间的另外一个角落，然后返回原地取木棍。

陈染音无力地趴在地上，头顶上的伤口依旧血流不止，满脸是血。

她勉力睁开了眼睛，隔着一层鲜红的血污，看向林宇唐。

他比她好不到哪里去，满脸都是血迹和被殴打出来的瘀青。

她的眼泪一下子就涌了出来，在顷刻间崩溃到了极点，委屈、愤恨、后悔、绝望……她委屈自己被他连累了，委屈自己遭受了一场无妄之灾，后悔自己怂恿他离校，如果不是她的怂恿，现在的一切都不会发生。

眼泪洗清了眼中的血污，她这才看清楚林宇唐在不停地给她使眼色，同时低声提醒她："看地上！"

她一愣，立即顺着他的视线看了过去——

在两人之间的地面上，掉落着一块薄薄的废弃金属片，边缘还带着参差不齐的小齿，因为被浅埋在了灰尘中，再加上废旧车间内光线昏暗，所以刚才那个胖子并没有发现。

林宇唐的后背靠着墙，瘦子看不到他的手……顷刻间，陈染音鼓起了莫大的勇气，迅速将身体弓了起来，用嘴衔住了那块金属片。就在这时，瘦子拎着棍子正返回，她听到了他越来越近的脚步声，但她还是从地上弹了起来，又顺势朝着林宇唐的身体歪了过去，在自己的身体压上他身体的那一刻，将含在嘴里的金属片吐到了他的手边。

第七章

那些过往（下）

瘦子以为她想趁着自己不在的时候站起来，快步走过去，一棍子抡在了她的后背上。剧痛袭来，陈染音疼得失声，身上的力量彻底被这一棍子打散了，瞬间瘫在了地上。

瘦子又在她的后腰上踹了她一脚：“小贱人，不好好教训你一下你就不知道老子的厉害！”他一把抓住了她的头发，借势拖动着她的身体，将她和林宇唐分开了一些，然后跑到了门口，捡起胖子扔在地上的砍刀，用刀割开了缠在陈染音脚踝上的胶布，又试图去扯她的裤子。

陈染音竭力地挣扎着，终于恢复了自由的腿上忽然聚起一股力量，一脚踹到了瘦子的肚子上，力道极大，将瘦子踹出去好几步。她立即在地上翻了个身，迅速站起来，然而还没跑出几步，瘦子就扑了过来，直接抡起手中的木棍朝着她的后背挥了过去。

陈染音直接跪在了地上，发出了痛苦的哀号，瘦子又踹了她一脚，把她踹翻了过来，朝着她的膝盖狠狠地抡了一棍子，再次让她疼痛难忍。

剧烈的疼痛不断地折磨着她，哀号声不由自主地从陈染音的口中冒出。

林宇唐双目赤红，满颈青筋，咬紧了牙关不让自己发出一丝声音，拼命加快割胶布的速度。

瘦子扔下了手中的木棍，开始扯陈染音的裤子：“这就是你不老实的下场！”

校服裤子是运动裤，瘦子没费什么力气就将其扯了下来，然后又迫不及待地扯掉了她的内裤。

在羞耻感与屈辱感的双重作用下，陈染音拼命地挣扎着，然而如同蚍蜉撼树，她只有一条腿可以动，另外一条腿已经痛到没知觉了。

无尽的绝望感油然而生，她开始哭着哀求他别碰她。

瘦子越发兴奋，迅速脱掉了自己的裤子，然而——

他是真的不行。

胖子的羞辱如同定时炸弹一样，在他的胸腔内滚滚爆炸。

先是挫败，然后是无尽的耻辱、滔天的愤怒。

他的额角暴起了青筋，提上遮羞的裤子，从地上站了起来，再次抓起那根粗木棍，一下又一下地抡在陈染音的身上，疯狂地通过暴力泄愤。

剧痛缠身，陈染音已经痛得失了声，根本无法承受这种持续不断的暴力殴打，绝望地蜷曲着身体，每挨一下打，她的内心就会多生出一丝委屈和怨恨：她明明是无辜的，为什么要这样折磨她？为什么不直接杀死她？为什么要牵连她？林宇唐为什么不告诉她他们家有这么多仇家？

瘦子发泄够了之后，再次抓起了陈染音的脚腕，脸色阴沉无比。

他再度举起了手中的棍子，然而就在这时，一把长刀从背后刺穿了他的胸膛。

瘦子浑身一僵，陈染音也是一僵。

瘦子难以置信地低下了脑袋，呆愣愣地看着穿透自己心脏的长刀。

他认识这把刀，是胖子的砍刀。

此时此刻这把刀的刀身已经被他的血染红了，血顺着刀尖滴下，滴到了少女雪白的肌肤上。

陈染音的脸上也被溅上了几滴血，她已经惊恐到忘记了眨眼睛，呆若木鸡地瞪着跪在瘦子身后的林宇唐。

林宇唐的表情很冷静，冷静到令人不寒而栗，漆黑的瞳孔深不见底。

在瘦子惊愕的眼神中，他面无表情地将长刀拔了出来，然后，再度从瘦子的背后捅了进去，再拔出来，再捅。

每捅一刀，瘦子的身子就跟着瑟缩一下，口吐鲜血。不知从第几刀开始，瘦子的身体彻底没了反应，但林宇唐并没有停下手中的动作。

直到把瘦子的身体捅成了喷血的漏筛子，他才松开了手中的刀。

瘦子的尸体无力地歪倒在了一边。

陈染音彻底被吓傻了，身体像是石化了一般僵硬，脑子里一片空白，甚至忘记了穿衣服。

林宇唐再度抓起砍刀，割开了缠在自己脚腕上的胶布，又迅速帮陈染音穿好衣服，割开了缠在她手腕上的胶布。

陈染音依旧处于巨大的惊恐之中，看向他的眼神中充斥着恐惧与陌生，面色苍白如纸，身体不断地颤抖着，连一句话都说不出口。

林宇唐盯着她的眼睛，字句笃定地向她保证："我一定会把你救出去。"

陈染音颤动着睫毛，无声地看了他一眼，神色中透露着几分难掩的紧张与畏惧。

林宇唐没再多言，直接将她从地上抱了起来，朝着她刚才所处的那个角落走了过去，将她靠墙放在了地上，蹲在她的面前，将割断的胶布虚搭在她的手腕和脚腕上："你先待在这里，不要乱动。"

说完，他起身从地上站了起来，转身朝着瘦子的尸体走了过去。

陈染音已经被吓到六神无主，木然地按照他的要求一动不动地坐在角落里，呆呆地看着他忙碌的背影。

林宇唐将瘦子的尸体扶了起来，靠墙放着，又将自己的校服外套脱了下来，套在瘦子身上的那件血衣之外，接下来又和瘦子换了裤子。瘦子骨瘦如柴，他本以为瘦子的裤子自己穿不上，没想到他竟然穿了一条比自己的腰身宽大许多的肥裤子，就连林宇唐穿上都大，好在有一根腰带，只是裤脚短了许多，成了七分裤。

换好衣服后，他又蹲在了地上，低着头仔细地搜寻着什么。

不久后，他重新回到了陈染音身边，将手中拎着的木棍和带血的砍刀放在了地上，又往陈染音的手心里塞了一块刚捡到来的小铁片："在地上磨，把边缘磨锋利，磨成刀片一样。"他自己的手中也有一块铁片，说话时一直低着头磨铁片，动作迅速而沉稳，语气极为冷静，"我要是没把他杀死，他一定会把我们带去缅甸，并且一定会把我们分开。路上要是有人想欺负你，你就用铁片割断他的喉咙，找机会逃走。"停顿了一下，他又说，"我也有可能会被他杀死，如果他对你下手，你一定要找机会杀了他，他不死的话，死的就是你。"

陈染音呼吸一滞，本就如同惊弓之鸟的她，更是因为他的这番话而变得惊恐万状，就连眼神都在颤抖，眼泪直在眼眶里打转："我……我……我不想死，我不想去缅甸，我想回家……我想回家，我想找我爸妈……"说着说着她就哭了，起初是小声抽泣，后来逐渐变成了呜咽号啕，在心中积攒了整整一晚的负面情绪彻底爆发了出来。

林宇唐默然不语，只是安静地磨铁片。

他从小就明白一个道理：哭是最没用的东西，那些亡命之徒不会因为你的哭泣而心软，只会因为你的软弱而越发变本加厉。

他很快就磨好了一块铁片，然后将这块锋利的铁片塞进了陈染音的掌心，将另外一块铁片拿了回来，继续磨，严肃地叮嘱了她一句："别哭了，他马上就回来了。"

在求生欲的驱使下，陈染音立即收了音，却无法止住哭泣，只能从号啕大哭变成小心翼翼地抽泣。她紧紧地咬着下唇，竭力不让自己发出声音，泪眼模糊地看向林宇唐，心头生出一股陌生感。

林宇唐一如既往地冷静，既不慌张也不惶恐，甚至没有一丝紧张和不安，棱角分明的五官仿若是用石刻刀削出来的，线条冷硬而决然。

他冷静到令人发指。

他刚才可是……可是用刀杀了人啊，而且……而且他还在计划着杀第二个……虽然他们都是坏人，都该死，但……但他真的不害怕吗？不畏惧吗？哪怕是紧张呢？没有，他什么情绪都没有，只是在冷静地思考着，沉稳地磨着刀。

他和她之前所认识的那个林宇唐一点也不一样，或者说，她从来就没有真正地认识过他。

此时此刻的这个人，才是真正的林宇唐。

他根本不像是她的同龄人，他和学校里的所有人都不一样，他比他们都要冷酷沉稳，更像是一个成年人，不对，他比许多真正的成年人还要沉得住气。

陈染音的脑子里忽然冒出来一个可怕的想法：他以前也杀过人吗？

林宇唐又磨好了一块铁片，再次塞进了她的掌心，叮嘱："藏在身上不同的地方。"

陈染音抿住了唇，盯着他看了一会儿，没忍住开了口："你……以前也杀过人吗？"

"没有。"林宇唐很坦然地回答，"他是第一个。"

陈染音难以置信："你不害怕吗？"

林宇唐盯着她的眼睛，一字一顿地说："害怕，但是没有用，我不杀他，死的就是我们。"

或者说，如果他不杀了那两个歹徒，今晚死的就会是他全家。

林宇唐的眼神漆黑而锋利，如同一把锋利寒刀，陈染音不由自主地打了个寒战。咬了咬牙关，她又问了句："你爸……到底怎么得罪了他们？"

"我爸原来是边境的缉毒警。"事到如今，林宇唐不得不向她坦白所有，"狼爷是当地最大的贩毒团伙首领，我爸打散了那个团伙，还抓了他们不少人马，却让狼爷逃跑了。”那些毒贩全是亡命徒，被抓之后的结局只有一个——枪毙。

陈染音：“跑到哪儿了？”

林宇唐：“缅甸，当地有一个大毒枭代号‘国王’，去投奔他了。”

陈染音微微蹙眉：“那你们家……是怎么来东辅的？”

林宇唐：“公安部安顿的。”

在这之前，他已经过了整整三年的亡命生涯，即便他爸这三年来从未回过一次家，但是他和他妈还是在被不停地追杀。

三年以来，他一直颠沛流离，学校换了无数个，最短的一所只上了三天就转走了。

东辅，是他们待得时间最长的一座城市。

他又对陈染音解释了一句：“东辅是我姐夫的老家，之前我姐一直在这里。”他姐比他大许多，早就不在家了，所以那些毒贩一直以为林恒只有一个儿子。他妈之前一直不想来东辅，就怕连累他姐，但市局保证了，东辅一定很安全。

陈染音也很诧异：“既然是公安部安顿的，不应该很安全吗？他们怎么会找过来？”她想到了一种可怕的可能性，“是不是……是不是有人出卖了你们？”

“不会。”林宇唐很笃定地回答，“我爸的档案是最高机密，有权限查看的人一只手就数得过来，查看也会留下记录，他们没有这么大的胆子。”

公安部门对缉毒警和卧底的档案资料向来是严格保密，除非是有人活得不耐烦了，不然绝不会向毒贩出卖缉毒警的信息。

陈染音百思不得其解：“那……那他们怎么会找到你们呢？”

林宇唐抿了抿唇，神色中终于透露出了几分不安：“因为他们是真的想杀了我爸。”

不只是狼爷一人，还有许多亡命之徒——贩毒这种事情利益巨大，牵扯到的势力集团也是错综复杂，所以，他爸得罪的不只是狼爷一人——他们都想杀了他。

据他所知，狼爷还发布了悬赏令，谁能砍下他爸的脑袋，就赏谁五百万美金和吸不完的白粉。

在利益的驱使下，没有毒贩不想尝试一把，毕竟，只要杀了他爸，就能换来后半生的衣食无忧，何乐而不为呢？

说句讽刺的，人多力量大，只要那帮毒贩想，即便是逃亡到天涯海角，也会被他们挖出来。除非是死，不然对他们一家人而言，全天下没有一处安全之地。

陈染音咬住了下唇，不知所措地看着林宇唐。

她又开始害怕了，因为她在他的神色中看到了惶恐，她一直以为他什么都不怕，所以在畏惧于他身上那份超乎常人的冷静的同时，又十分依赖他，因为他什么都不怕，看起来很可靠，是她在绝境中能抓住的最后一根救命稻草。

但是现在她才发现，他其实也会害怕，他也有脆弱的一面，不是她想象中的那样无坚不摧。

“你……你……”她颤抖着双唇，试图去安慰他，“你先不要胡思乱想，你爸那么厉害呢，肯定没事！”

林宇唐不置可否，沉默许久，沉声对她说了句：“对不起。”

是他连累了她。

如果不是他把那两个人引了过来，她也不会遭这趟罪。

“你……你是挺……对不起我的。”陈染音的眼眶又猛然一红，心里委屈极了，感觉自己特别无辜，这件事明明和她一点关系都没有，却平白无故地被牵连了进来，还挨了一顿毒打，腿都被打断了，还要面临被杀、被拐卖去缅甸、被逼着吸毒的风险，真是千古奇冤。还有，等她爸妈发现她失踪了，她估计也离死不远了，甚至可能已经死透了，他们想要找她都找不到，只能天天躲在家里以泪洗面，他们老两口已经失去了一个儿子，现在又要失去一个女儿了，想想都可怜……

她又控制不住地哭了起来，心里难受得要命，憋都憋不住的那种，边哭边说：“我要是死了，我爸妈怎么办啊？我哥死了，他们只有我了，我妈肯定会崩溃……你干吗不早点跟我说啊？你要是早点告诉我了，我就不撺掇你离校了……呜呜呜……”心碎不已地哭完一阵之后，又哭着说了句，“我以后再也不调皮了……我……我以后一定要当个好学生……”

明明是生死攸关的时刻，但是听着她的哭号，林宇唐突然特别想笑：都快死了，还想着以后当好学生呢。

紧接着，他又在心里舒了口气：她还能这样哭，说明心灵没有遭受特别大的创伤，只要今晚能把她救出去，就有机会治愈她的心理阴影。

看来当个不学无术的纨绔子弟也挺好的，想得少看得开，还乐观向上，心灵的弹性限度大，活得跟个小傻子似的，挺好。

人和人不一样，她的人生就应该是干干净净清清白白的，他不能成为她人生中的污点，更不能给她带来污点，今晚是他连累了她，所以，他今天就算是死，也要把这个小傻子送出去。

林宇唐抓起了自己的卫衣袖子，给陈染音擦了擦眼泪，再度向她保证：“我不会让你死，我一定会把你救出去。”

陈染音不确定他能不能说到做到，但她别无选择，只能相信他，拼命忍住了眼泪，强压着哽咽询问：“你……你想好计划了吗？”

林宇唐点头，朝着车间的另外一个角落努了努下巴：“我现在要把你抱到那边，”瘦子的尸体、车间大门和他现所能望见的那个角落在一条水平线上，“那里是视觉盲区，光线也不好，他通过门缝看不到，只能去对面的窗户看，但是窗户的视角也有限，而且玻璃很脏。”

陈染音明白他的意思：胖子比瘦子谨慎得多，回来之前肯定会先站在外面打探一番，确定内部安然无恙之后才会放心进来。

紧接着，她又明白了一件事：怪不得他刚才要给瘦子套上校服——虽然窗户开在了那一边，但那个角落正位于窗户下，视线也不好，给瘦子的尸体披上校服，不仅能掩盖瘦子身上的血迹，还能以假乱真迷惑胖子，让他以为那个就是林宇唐。

她看了他一眼，惊叹于他的反应迅速和心思缜密。

林宇唐又把她从地上抱了起来，放到了另外一个角落，还将那根木棍放到她的手边，又交代了一句：“等他回来，你就喊。”

陈染音不太明白：“喊什么？”

林宇唐抿了抿唇，朝着瘦子的尸体看了一眼，不安地说了句：“别碰我。”

陈染音明白了，他是要让她给胖子演一场戏，瘦子试图侵犯她的戏，证明瘦子还活着。

但只要一想起刚才的事情，她就觉得羞耻和屈辱。

她差点就被他侵犯了。

他甚至已经扒光了她的衣服，让她赤裸着下半身，毒打了她一顿。

只要一回想，所有的细节都历历在目，像是有一只手用力地掐住了她的脖子，陈染音逐渐有了窒息的感觉，呼吸越发急促，胸膛剧烈起伏，胃部皱缩，痉挛抽搐。

她突然很想吐，想大喊大叫，想歇斯底里。

整整一晚的折磨，只有这件事最令她难以释怀。

“看着我！看着我！”林宇唐用双手捧住了她的脸颊，迫使她正视着自己的目光，“他死了！死透了！你还是你，你安然无恙，他什么都没有对你做，他是性无能！”

但他对她使用了暴力，他将恶心的性转化为了暴力殴打在她的身上。

窒息感越发强烈。

陈染音的面部已经被憋红了。

林宇唐闭上了眼睛，深深地吸了一口气，再次睁开眼睛，猛然将她压在了身下，粗暴地扯她的裤子，噩梦重来，陈染音开始剧烈挣扎，歇斯底里地怒吼："别碰我！你别碰我！"

林宇唐一把攥住了她的下颌，漆黑的瞳孔直勾勾地盯着她，不容置疑地对她说："看好了，我是林宇唐！今晚只有林宇唐！除了林宇唐谁都没有碰过你！"又斩钉截铁地向她保证，"林宇唐一定会救你出去。"

陈染音僵住了，呆愣愣地看着压在自己身上的人，逐渐红了眼眶。

林宇唐再度向她重申："我一定会救你出去，用我的命给你开路。"

陈染音目不转睛地看着他，缓缓抬起双手，抱住他的身体，紧紧地将脸埋在他的心口，委屈地哭了起来。

林宇唐也抱紧了她，不停地向她保证："我一定会救你出去，一定会救你出去……"

不知过了多久，门外忽然传来了汽车熄火的声音。

胖子确实是个很谨慎的人，下了车之后没有立即朝着车间大门走，而是绕到了房子后面，隔着窗户朝着车间内部打探了一番。

窗户上蒙着一层厚厚的尘土，模糊了视线，废弃车间内光线昏暗，只能隐约看到个大概——

那个臭小子像是被打晕了，一动不动地躺在地上，校服上好像还沾了点血。

肯定是那个大傻子下的手，别给打死了！

胖子气急败坏，迅速去寻找瘦子的身影，结果却看到瘦子压在了女孩身上，外套都脱了，不顾女孩的反抗强行去扒她的衣服。

"你别碰我！别碰我！"隔着一层厚玻璃都能听到女孩撕心裂肺的绝望喊声。

胖子在心里咒骂了一句：就知道这个傻子靠不住！谁都敢碰！

他迅速跑回车间，掏出钥匙解开缠在门上的铁链锁，推门冲了进去，然而眼前的画面却和他想象中的不一样，瘦子不见了，女孩独自一人蜷曲在角落中，怀中紧紧地抱着一根木棍，惊恐不已地看向另外一个角落。

胖子下意识地顺着她的目光看过去，那个角落里却什么都没有，他神色一凛，终于明白自己中计了，然而已经晚了，锋利的长刀从背后刺入，尽数没入了他的身体。

但他不是那个没用的瘦子，强忍着剧痛转身，一拳挥到了少年的脸上。

他几乎把所有的怒火都集中在了这一拳上，林宇唐眼前猛然一黑，无法自控地往后趔趄了几步。

刀还插在胖子的身上，但胖子像是感觉不到似的，一脚将少年踹翻在地，骑在他的身上，双手掐住了他的脖子，一点点地收力，用尽最恶毒的语言去刺激这个少年：“老子就是死，也要拉着你陪葬。你放心，你们全家人马上就在黄泉路上相聚了，你妈、你爸已经先过去了，你姐也快了。对了，他们全都当着你那个小外甥的面干的，逼着他看着他爸妈被虐杀，他就算是不死这辈子也完了。”

林宇唐满面通红，暴突的眼球上布满了红血丝，看向胖子的目光中带有无尽的恨意与滔天的怒火，恨不得立即将他吞噬。林宇唐的双手紧紧地扼住他的手腕，试图与他抗衡，但无法撼动他分毫。

“砰”的一声巨响，粗木棍在胖子的脑袋上断裂了，与此同时，胖子的脑袋也开了花，坚硬的头骨在顷刻间深深地凹陷进去一块。

胖子的眼睛一突，七窍开始流血，巨大的身体轰然倒地。

脖颈一松，氧气再度被送入了肺部，林宇唐面色青紫，趴在地上剧烈地喘息着。

陈染音拖着一条没有力气的腿，斜歪歪地站立着，呆若木鸡地盯着自己手中的半根木棍，双手不停地颤抖着，虎口又疼又麻，几乎要没有知觉了。

她又看了一眼倒在地上的胖子，双手一松，只剩一半长度的木棍掉落在地，她也跟着木棍一起颓然地瘫坐在了地上，眼中含泪，惊恐慌张地念叨着：“我杀人了，我杀人了，我杀人了……”

她只是想把他敲晕，救林宇唐，没想到会把他打死。

林宇唐立即从地上爬了起来，迅速伸出食指探了一下胖子的鼻息，斩钉截铁地对她说：“别怕，没死，你没有杀人。”因为长时间被勒颈，他的嗓音无比沙哑。

陈染音一愣，满含期许地看着他：“真的吗？真的吗？”

林宇唐信誓旦旦地向她保证：“真的。”他再度握住了刀把，用力将刀从胖子的身上拔了出来。

陈染音瞪大了眼睛，震惊又错愕地看着他。

“他必须死，不然死的就是我们。”林宇唐沉着又冷静地对她说，“和你无关，人是我杀的。”

陈染音不知道他说的是真话还是假话，但她确实从他这两句话中得到了巨大的慰藉，而且，如果她不打胖子的话，刚才死的就是林宇唐。

她咬了咬牙，迫使自己保持冷静，然后问林宇唐：“我们可以走了吗？”

“马上就可以。”林宇唐迅速去搜胖子的身，从他的口袋中翻出了一串车钥匙和一部手机。

他们两个的手机早就被砸碎了，瘦子身上也没有手机，现在这部手机是他们唯一的希望。

手机还是指纹解锁，林宇唐抓起胖子的手，解开了锁屏，先拨通了110报警，然后又分别给他爸的同事和徒弟打了个电话。挂了电话后，他强忍着去给父母打电话的冲动，迅速把陈染音从地上抱了起来，健步如飞地走出车间，径直朝着那辆旧面包车跑了过去。

他把陈染音放在了副驾驶上，陈染音不放心地问他："你会开车吗？"

林宇唐："会。"他十四岁就学会开车了，碍于年龄限制才一直没拿驾照。

陈染音长舒一口气。

林宇唐一路把车开到了人民医院门口，两辆亮着灯的警车已经停在路边，然而他将车停在了马路对面，不容置疑地对陈染音说："下车，去找警察。"

陈染音怔住了："你不去吗？"

林宇唐的双手紧紧地攥着方向盘，手背上根根骨节泛白："我要回家。"他的嗓音低沉沙哑，竭力忍耐着，才没被恐惧吞噬。

胖子的话他都听到了，他不确定真假，但唯恐那是真的。

窗外的霓虹斑斓，望着他满脸的血污和瘀青，陈染音预感到了别离，是长久的那种别离，她的视线忽然模糊了："你……你……"

她的话还没说完，就被他打断了，这次是急切的怒喝："下车！我要回家！"

陈染音目不转睛地看着他，吸了吸发酸的鼻子，问了他一句："我们以后还能见面吗？"

林宇唐笑了一下，却笑得毫无温度："你还敢见我吗？"

陈染音哑口无言。

扪心自问，她还敢吗？

她不敢，她胆小如鼠，她就是个废物，是个软弱无能的纨绔子弟，她非常害怕会被再次连累，即便这次是他救了她，即便他们现在已经安全了，但是以后呢？那帮劫匪不会再卷土重来吗？

劫后重生，不是庆幸，而是后怕，越想越怕。

她也有父母呀！她想卑鄙地和他划清界限，想无耻地明哲保身，想懦弱地和爸爸妈妈在一起，因为她不想死，更不想再被抓去暴打一顿，不想再被恐吓虐待！她只想像个正常人一样，普普通通平平安安地活着！

之前的那个陈纨绔有多牛，现在就有多软蛋。

她只是会吹牛而已。

但是，她也是真的舍不得他……她有一股强烈的预感，今晚只要一分开，以后就再也见不到了。

然而她的沉默已经说明了她的选择，林宇唐咬紧了牙关，竭力使自己保持冷静，但微微泛红的眼尾还是出卖了他的内心，是有些失望和委屈的。

她的眼神清澈而干净，性格阳光、灿烂，如同朝阳一样生机勃勃，干什么事都牛哄哄的，一点也不怕惹事，一看就是生长在温室里的花朵，和他是截然不同一类人，他就是一根糙生糙养的狗尾巴草，能不出头就不出头，默默地行走在黑暗中。

对他而言，没有光的地方才是安全地带。

他也清楚自己有多危险，更清楚自己和她不般配，所以当她开始主动接近自己的时候，他的第一反应是逃避，是拒绝，唯恐对她避之不及。

但她实在是太有吸引力了，令他身不由己地向她靠近，甚至还产生了一股侥幸心理：说不定以后就没事了呢？不可能那么倒霉连她也连累了吧？

然而今晚发生的事情，彻底把他的侥幸心理击碎了。

事实证明，他们两个人各自生存在两个世界中，无论如何都无法冲破中间那道坚固的壁垒，不然就是违背天意，会遭受上天的惩罚。

他必须远离她，这辈子都不能再靠近她了。

林宇唐深深地吸了一口气，哑着嗓子冷声命令她："下车，别浪费我的时间！"

陈染音喉头一哽，无言地望着他。

她不明白，他们两个相依为命、生死交付一整晚，为什么会变成这种结局？

结局来得还十分突然，突然到令她不知所措。

是不是只要她稍微鼓起一点勇气，结局就会不一样了？

但是她有那份勇气吗？

林宇唐似乎早就知道了会是这种结局，极其平静地对她说："不敢就下车，敢的话就和我一起回家，我家现在也有警察。"

陈染音含着眼泪看了他许久，最终还是没能战胜心中的胆怯，哽咽着对他说了声满怀愧疚的"对不起"，迅速解开安全带，打开了车门。

下车后，她拖着一条用不上力的腿，一瘸一拐地过了马路，头也不回地朝着警车走过去。

其实，有那么一个瞬间，她是真的想和他一起回家，想豁出一切去陪伴他，和他并肩作战到生命的最后一刻，但这种天真的想法很快就被现实打败了：家里有警察就安全吗？附近不会有歹徒蛰伏吗？回家的路上会一帆风顺吗？距离他们最近的警察就在马路对面，她真的有勇气放弃近在咫尺的安全吗？

她没有呀，她就是个废物……

她也想回家，想见到自己的爸爸妈妈。

她还是贪恋世俗和安全感。

直到她走到警察面前，林宇唐从倒车镜里看了她最后一眼，用力踩下了油门，开着车扬长而去。

家属楼下已经停满了不停闪烁着警灯的警车，其中有一辆是法医勘查车。

现场死了人。

林宇唐的心在瞬间跌落谷底，却又怀揣着一丝不切实际的幻想和期望，直接冲上了楼。

还未走到家门口，他就闻到了浓烈的血腥气。

许建城最先看到了他。

那时的许建城还不是特警队的许支，而是刑警支队的副支队长，是林恒调来东辅后一手提拔起来的人。

许建城的眼眶一直是红的，但是在林宇唐冲进家门的那一刻，他还是眼疾手快地拦腰抱住了林宇唐，惊急大吼："别进去！你不能进去！"

林宇唐根本听不进去他的话。

客厅的墙壁上，用鲜血涂画着四个血淋淋的大字：血债血偿。

少年忽然爆发出了一股蛮力，怒吼着挣开了许建城的手臂，不顾一切地冲向父母的卧室，如同一头发了疯的野兽，推开了所有试图阻拦他的人。

他终于看到了自己的父亲。

满地都是他的尸体残骸。

在正对着大门的那张桌子上，摆放着父亲的头颅，才五十出头就已灰发苍苍，满面深刻皱纹，那双死不瞑目的眼睛无神地与他对视着。

他那英勇而无畏的一生，却是以这种残忍的方式走到了尽头。

一瞬间，少年体内的力量被抽空了，无力地跪倒在地上，双目红肿，如同闯入绝境的困兽一般发出了一声撕心裂肺的哀号。

陈染音在一位女警的搀扶下走进了医院，接受全身检查，与此同时，警方也联系了她的父母。

检查还没做完，秦薇和陈鸿博就赶到了医院。在夜间急诊室门外，警方向他们通报了大概的案情。

负责给陈染音做检查的是位女医生——原本是位男医生，但陈染音拒绝让异性触碰她，强烈要求换个女的来——给她做完全身检查后，女医生从诊室里走了出来，秦薇和陈鸿博立即朝她围了过去。

他们两人的神情中，皆布满了焦急和担忧，尤其是秦薇，眼眶通红，眼泪直在眼眶里打转。

女医生言简意赅地说了一下陈染音的伤情："全身多处骨折，万幸没伤到内脏，右腿的半月板伤得比较严重，被打裂了，需要尽快安排手术。"最后又安抚了家属一句，"没有生命危险。"

然而秦薇和陈鸿博并没有长舒一口气，依旧是满面紧张。

陈鸿博的脸色苍白，手一直在颤抖，深深地吸了一口气，小声询问医生："她……她有没有……啊？"

女医生不明就里，蹙了下眉头："什么？"

秦薇只好把话挑明一些："她坚决不要男医生，我们担心她……"说这话的时候，她都已经哭出来了，眼泪止不住地涌出眼眶。

医生终于明白了这对父母的担忧，立即摇头："没有。"又斩钉截铁地说，"放心，她没有被侵犯。"

陈鸿博和秦薇同时舒了一口气，但依旧心有余悸，陈鸿博的眼睛都红了，秦薇哭得更厉害了："我们现在能进去看看她吗？"

女医生点头："可以。"又说，"但是她膝盖伤得比较严重，必须尽快手术，直接办理住院吧。"

陈鸿博先点了点头，然后担心地问了句："会留下什么后遗症吗？"

女医生说得挺直接："会，不能参加剧烈运动，像是跑步跳绳打球什么的都不行了，需要小心养着，不然到不了五十就要坐轮椅。"

陈鸿博知道女儿喜欢打篮球，心疼地叹了一口气，苦涩地点了点头："好的，谢谢您了。"

急诊室的门开了一道小缝，医生说的话清清楚楚地传进了陈染音的耳朵里。

她穿着蓝白条的病号服，平躺在病床上，无声地盯着白色的天花板，渐渐红了眼眶。

房门被推开，秦薇和陈鸿博走了进来，陈染音扭脸看向他们，瞬间泪崩了——父母是她的后盾，是她的依赖，见到父母后，她变得更加脆弱了，心理防线彻底崩塌——她愧疚又自责，觉得今晚发生的一切都是自己的任性造成的，甚至产生了一股强烈的自我厌弃感，哭号着对自己的父母说："对不起，对不起，全是我的错。"

秦薇快步走到病床边，紧紧地攥住了女儿的手，温柔又笃定地对她说："爸爸妈妈不怪你，不是你的错，今天这件事和你一点关系都没有！你是受害者，你没有任何错误！全是他们的错，是林宇唐的错，是那两个绑匪的错！”

妈妈的话给了她些许慰藉，但陈染音还是迈不过去心里的那道坎，哭着对妈妈说：“和他没关系，是我的主意……是我撺掇着他离校的……不然他们不会抓到我们。”

把真相坦白出来之后，她顿时有了股如释重负的感觉，像是个背负罪孽逃匿多年的罪犯终于选择自首，解开了一直禁锢着心灵的枷锁。

秦薇突然怒不可遏：“就是他的错！全是他惹的祸！他为什么不提醒你呢？他明明知道自己会给你带来危险，为什么还要答应你？他就是个扫把星！就是他连累了你！”

因为情绪激动，她的身体在止不住地颤抖。

她已经失去了一个儿子，又差点失去一个女儿，她的心理防线岌岌可危，她痛恨这个世界上所有伤害她儿女的人，毒贩杀了他儿子，警察这个职业让她失去了儿子。

她曾经那样为自己的儿子骄傲，结果儿子却惨死在她的骄傲中。

她只剩下一个女儿了，她不能再失去女儿……不然她也活不下去了。

陈鸿博用手扶住了妻子的肩头，轻轻按压着以示理解和安抚，同时对自己的女儿说：“音音，你不要自责，这件事不是你的责任，逃学虽然是错误的行为，但谁都预料不到会发生这种事情，这是一场社会性质极其恶劣的突发事件，警察都预料不到，更何况你只是一个不谙世事的学生？你不需要把所有的责任全部揽到自己身上，你是受害人，不是加害者，无论发生了什么，你都没有错！”

父母的话令陈染音安心了许多，虽然内心还是残留着自责感和愧疚感，却又很享受完美受害人的身份——她自己也觉得自己挺无耻的，但无耻能有效地消减她内心的负罪感，最起码能让她暂时感到轻松。

然而现实确实无法篡改和逃避，她的无耻只能让她心安理得地轻松一个小时，或者说，过了还不到一个小时，负罪感就卷土重来了。

手术被安排在明早八点，她被转移到了住院部，父母为了让她好好休息，给她安排了单人病房。

灯一关，病房里静悄悄的，母亲躺在对面床上，不知道睡了没有，父亲回家准备住院用的生活用品了。

夜深人静，负罪感如同狂风巨浪，势不可挡地吞噬着她的内心，不停地谴责、鞭笞着她的灵魂。

她愧对林宇唐。

如果不是她，林宇唐不会被绑走。

她还抛弃了林宇唐。

她自私，胆小，懦弱，背信弃义，在他最需要陪伴和支持的时刻狠心抛弃了他，只是为了明哲保身。

她不敢为他付出一切，甚至连一句好听的谎话都不敢说，哪怕是在下车前对他说一句虚伪的："我等你回来。"

她无耻地推开了他，彻底把他推进了孤立无援的境地。

强烈的愧疚感不断折磨着她，陈染音的眼眶开始发热发酸，即便是紧闭着眼睛，眼泪还是涌出了眼眶。

怕被母亲发现，她立即抓起厚厚的被子，蒙住了自己的脑袋，然而来自灵魂深处无声的审判还是持续着。

虽然他们不是一个世界的人，两个世界间横隔着一道深不见底的沟壑，但是这道沟壑并不宽阔，只要她稍微鼓起一些勇气，就能纵身跳跃过去。

但是她没有，她是个没有勇气的懦夫。

现在，这条沟壑变成了无法跨越的天堑。

她可能往后余生都见不到他了。

他一定不会原谅她，因为她是这个世界上最可恶、最该死、最不要脸的人，他凭什么要原谅她这种人啊？

反正，如果换作是她，她也不会原谅。

林宇唐现在一定恨死她了，一定还特别讨厌她，他一定会把她当成自己人生的污点。

他是那样勇敢，而她却是胆小如鼠的懦夫……想到这里，陈染音就难受得要命，眼泪止不住地往外冒，却又害怕妈妈听到她在哭，只能悄悄地躲在被窝里，紧紧地咬着被角，无声地哽咽着，哭得浑身都在发抖。

整整一晚她都没有睡好，不是梦魇缠身就是失声痛哭。

她感觉自己已经窝囊到只会哭了。

真是个彻头彻尾的没用的纨绔子弟。

直到被推进手术室，麻醉面罩覆盖在脸上的那一刻，她终于如释重负地陷入了昏迷中——早就知道是全麻手术，所以她狠狠地吸了一大口，瞬间就断片了。

清醒之后，她还在意犹未尽地想，要是每天都能来一口就好了，这样就能忘记一切了。

因为愧疚感的折磨，导致她根本不敢面对现实。

在医院住了一个星期，她回家静养，右腿上带着一个定制的腿部手术固定器，不敢随便躺，不敢随便坐，更不敢随便走，学校是去不成了，虽然距离高考只剩下不到半年的时间了。但她爸妈似乎也不指望她能冲刺高考，还特别担心她会留下心理阴影，不仅斥巨资请来了全东辅市最有权威的心理医生定期上门为她进行心理疏导，还每天都对她说一堆加油打气积极向上正能量的漂亮话，生怕她患上影响终身的 PTSD，也就是创伤后应激障碍。

那件事也确实对她造成了不小的影响，影响最严重的是她从心底抵触异性的触碰，就连她爸都不行，因为她总是会联想到那个猥琐的瘦子对她的那顿暴力殴打，会想到自己那晚的狼狈不堪。

还有就是，她于心有愧。她每天都在想林宇唐，时时刻刻都在后悔自责，还在自我谴责。谴责自己的懦弱和胆怯，谴责自己的忘恩负义。为了逃避现实和负罪感，她开始学习，疯狂学习，让父母给她请女家教，每天按时按点地在家上课，上完课之后就开始背书写作业，一直到深夜还在不停地刷题写题，逼着自己沉浸在知识的海洋中，让自己的大脑被各科知识点满满占据，用“高考”为借口麻痹着自己的意识和思想。

活到十八岁，她第一次如此感激高考，高考救了她，不然她会一直活在对林宇唐的愧疚之中。

知识果然能给人带来力量，还能给她带来几分慰藉感：我要是能凭自己的本事考上大学，是不是就没有那么纨绔了？林宇唐是不是就能高看我一眼了？如果是的话，那我就努努力，争取不那么纨绔吧……

其实她的心头还是残存着一丝幻想的，幻想着林宇唐还会回来。再说了，那天晚上他只是让她下车，又没说其他的……而且，万一他爸妈没出事呢？万一那个胖子说的都是假话呢？不对，她不能这么想，这么想太丧气了，她应该积极乐观一些，林宇唐福大命大，大难不死必有后福，所以他的家人一定不会出事！

她希望他和他的家人都平平安安的，谁都不要出事。

一个月后，她终于去掉了一直戴在腿上的固定器，但走路还是一瘸一拐的，右腿习惯性地不敢用力，即便医生向她保证她已经可以正常走路了。适应了整整半个月，她才渐渐恢复了从前走路的样子，但再也无法回到球场，这辈子都不行了。

紧接着，农历年来了，伴随着一场大雪，全国人民开始张灯结彩过新年，家家户户都在热热闹闹地张罗着团圆饭。

大年初一那一天的雪特别大，爸爸妈妈领着她去了爷爷奶奶家，爷爷奶奶心疼她遭了无妄之灾，给她包了两个大大的红包，厚得她用两只手才能握住，就连平时过年嘴最碎的婶婶和大娘都不再说闲话了，一家人其乐融融的。

初二，她又跟着爸爸妈妈去了姥姥家，再一次享受了一遍来自长辈们的最高待遇，好像她是个战斗英雄一样。最讽刺的是，她妈还在吃饭的时候骄傲又自傲地、不厌其烦地向大家宣扬起了警察去医院找她做笔录时，她所阐述的事实中最微不足道的一部分：她把铁片吐到了林宇唐的背后；她用一根棍子，打爆了最凶狠的那个歹徒的脑袋。

所有人都在夸奖她的英勇，夸奖她的临危不乱，夸奖她的勇气可嘉，坚持认定是她救了他们两个，就连那两个来给她做笔录的警察都在夸奖她，说是她在最关键时刻救了林宇唐一命。但她自己心里清楚，其实自己就是个懦夫，她只会怯懦地躲在林宇唐背后，趁着歹徒不注意偷偷摸摸地干点事。

如果不是林宇唐用自己的命吸引了胖子的注意力，她是无法完成偷袭的。这也是他计划中的一部分。那天晚上，他还对她说："要是没有胜算，就别再搞偷袭，直接往外跑，千万别回头，一直跑，我一定会替你拖死那个胖子。"

他说到做到，是真的在用命给她开路。

林宇唐才是真正的英雄。

她不仅背弃了英雄，还无耻地剥夺了属于他的光环。

吃完午饭后，大人们聚在一起打起了麻将，小辈们凑在一起计划着等会儿去哪儿玩，只有她，往年最爱玩的一个人，格格不入地缩在姥爷的书房里，埋头做卷子，还对外宣称是为了冲刺高考。

高考成了她的挡箭牌和避风港。

刷理综卷子，某道化学选择题上出现了门捷列夫的名字，看到这个名字的一瞬间，她红了眼眶，积压在心底的思念与负罪感，如同火山爆发一般喷薄而出，瞬间席卷了心扉。

她开始哭，独自一人坐在书房里，哭得上气不接下气。

全世界都在心疼她，好吃好喝地伺候着她，还担心她这种厚颜无耻的纨绔子弟会得 PTSD，还给她请心理医生……她有什么好被担心的啊？又有哪里值得人去心疼？比起林宇唐，她简直是生活在天堂。

最该被心疼的人是林宇唐。

她很想知道他的家人到底怎么样了？他现在又在哪里？是在和家人们一起其乐融融地过年吗？吃团圆饭了吗？她真的很想知道，他现在过得到底好不好……

哪怕他以后再也不原谅她了，再也不理她了，只要能来见她一面，跟她说一句他一切都好也行啊。

但是他消失了，微信和电话统统不回，无论给他发什么都如同石沉大海，还有，听同学说，自从那天之后，他就再也没去过学校，所有人都不知道他去了哪里，就连班主任都不知道。

她好像彻底失去了他。

大年初五，孟牧丞他爸妈领着他和他哥来她们家里拜年了。

她已经有好久没见过孟牧丞了，听说他今年六月份就要去美国读书，但是，这和她有什么关系呢？给孟牧丞他爸妈拜了年后，她就把自己关进了书房，继续刷题写卷子。

书房的门忽然被敲响了。

不消多想，一定是孟牧丞。

她不想开门，就当没听见，孟牧丞就一直敲，连节奏都不变，不疾不徐张弛有度，像是和尚敲木鱼，敲得她心烦。不得不去给他开门，却没让他进屋，门也只是开了一道小缝。

她站在门缝后，面无表情地盯着他："有话就说。"

孟牧丞今天穿得挺正式的，白衬衫配牛仔裤，那双微微上挑的丹凤眼将"风流倜傥"这四个字发挥到了极致，他的话不多，开门见山，语气笃定："你没错，林宇唐也没错，你们都是受害者。"

陈染音先是一僵，紧接着就红了眼眶。

这几个月以来，身边所有人都在向她灌输"你没错，全是他的错，是他连累了你"这种思想，家人们唯恐她有心理负担，于是把错误全推给了林宇唐，但越是这样，她的心理负担越重，愧疚感也越发剧烈。

这件事根本不怪林宇唐，若说错了，那么他最大的错就是认识了她，是她撺掇着他逃学的，是她在他最需要支援的时候抛弃了他。

只有孟牧丞愿意对她坦白并承认：林宇唐没有错。

她哽咽着咬住了下唇，犹豫片刻，往后退了一步，同时把房门开大了一些。

孟牧丞走进书房，她关上了房门。

屋子里静悄悄的，他们都站在原地，她无声地哭泣着，孟牧丞也没有去安慰她，沉默地陪伴着她。

许久后，她终于开了口，嗓音沙哑而呜咽，说出口的每一个字都极为痛苦艰难："那天晚上，他问我还敢不敢再见到他，不敢就下车，敢的话就陪他回家。我害怕了，我不敢，我下车了，我特别特别特别无耻，头也不回地走了，我抛弃了他，但是他那个时候一定特别孤独，一定特别需要人陪，他肯定也害怕，我却推开了他，我甚至不愿意向他施舍一丝一毫我的同情心，他豁出命把我救了出来，我却没有勇气陪他走到最后……"

她把孟牧丞当成了教士，当成了最后一根救命稻草，不断地向他忏悔着一桩又一桩从未向其他人吐露过的秘密："我甚至不敢向那两个来找我做笔录的警察坦白那天晚上我们分开时的细节，我只对他们说'林宇唐让我下车，我就下车了'，因为我怕他们知道真相后谴责我、鄙视我……我真的对不起他……我才是这个世界上最该死的人，他根本不该救我。"

负罪感如同一把锋利的刀刃，不断地凌迟着她的灵魂，她的内心备受折磨，甚至极度懊恼自己为什么没有死在那个晚上。

死了就好了，一了百了，也不用自责了。

但是她活了下来，无耻又痛苦地活着，对一切都束手无策。

孟牧丞微微蹙起了眉头，满目担忧地望着她，想劝说些什么，却欲言又止，最终还是选择了沉默，安静地聆听她的倾诉。

陈染音双目红肿，哭得泣不成声："我才是做错事的那个人，他没有任何错误，是我逼着他逃学的，全是我的错，我还自私地下了车……现在我后悔了，我想再来一次，我一定不下车，我会一直陪着他。"

生死交付一整晚，他们两个的灵魂早已合一，所以，她根本无法承受失去林宇唐的痛苦。

如果时间能倒退就好了，再给她一次机会，她一定会勇敢，会义无反顾地陪他走到最后。

孟牧丞抿了抿唇，犹豫着抬起了右手，小心翼翼地触碰了一下她的脸颊，见她没有抵触，他才轻轻地用掌心覆住了她的脸颊，拇指轻揩着她的眼泪，温柔而笃定地对她说："你没必要自责，不是所有人都那么勇敢，换作是我，我也会下车，因为我也怕死。世界上大部分人都怕死，不怕死的是少部分，这种人不是亡命之徒就是无畏英雄，余下的全是普通人，贪生怕死是普通人的常态，谁都没有资格去谴责你下车的行为，你也没必要谴责自己，你只需要好好活着，平凡而努力地活着就行。"

陈染音还是无法跨越内心的那道壁垒："可是我背叛了他，我自私，我懦弱，我在他最需要我的时候推开了他。"

孟牧丞斩钉截铁："不是的，是他推开了你。"感觉自己用词不当，他又立即解释了一句，“他知道自己背后是深渊，所以把你推上了岸，当时就算你不下车，他也会逼着你下车。”

陈染音浑身一僵，呆若木鸡地看着孟牧丞。

孟牧丞看着她的眼睛，极其认真地对她说：“如果那天晚上他真的想让你陪着他，就不会先把你送往医院，而是直接开着车回家。他知道自己将会面临什么，所以先把你送去了安全地带，因为他想让你活下去，平安又灿烂地活下去。”

他想让她，平安又灿烂地活下去……陈染音从来没有想到过这一点。

她双目含泪，呆滞许久，突然笑了一下，笑容中带着感动，又带着无尽的自责与愧疚，眼泪越发汹涌，最终彻底泪崩。

原来他早就料到她一定不会陪着他，早就清楚她是个什么样的货色，但他还是义无反顾地选择去保护她，奋不顾身地把她推上岸，却把自己留在了深渊中。

和他比起来，她简直太渺小了，懦弱到了尘埃里。

她是真的配不上他。

但是，她不想再这么一直懦弱下去了，她想努力一下，想让自己变得勇敢起来——说不定在未来的某一天，他突然就回来了呢？等到了那天，她不能还是这副令人鄙夷的鬼样子吧？对得起他的一片苦心吗？

“我想……我想勇敢起来。”她拼命忍住了眼泪，一字一顿地对孟牧丞说，“我不想再当个没用的纨绔子弟了。”又补充说明，“我以后一定要当个对社会有用的人。”这样的话，等林宇唐回来后，一定会高看她一眼的，“我一定要让他知道什么叫作‘士别三日，当刮目相看’！”

她这话说得咬牙切齿，不像是在发誓，更像是在策划着报复谁。

孟牧丞被逗笑了，回了句：“行啊，我可以帮你。”犹豫片刻，他又很认真地补充了一句，“但你别指望我和你一起勇敢，我就是个彻头彻尾的纨绔子弟，谁都改变不了。”

陈染音不明就里地看着他。

孟牧丞牵唇一笑，吊儿郎当地说：“我就喜欢当个没用的纨绔子弟，不需要别人高看我一等。”

这种回答，确实挺符合孟牧丞花花公子的人设。

陈染音没有多言，尊重他人选择，然后吸了吸鼻子，很坚决地回了句：“那行吧，我自己勇敢。”又重申，“我一定要当个对社会有用的人。”

孟牧丞：“当警察？”

陈染音摇头，字句笃定地回答：“当老师！”

她太清楚自己是个什么样的货色了，根本不适合当警察，也没有那个能力，要是进了警队就是给警察抹黑，更何况，她的腿也不行了。

孟牧丞挺意外的：“真的假的？”

陈染音重重地点头：“真的！”

孟牧丞认真发问：“这是因为什么啊？”

陈染音沉默片刻，回答：“因为他想当老师。”

林宇唐曾经说过，他的梦想是当老师。

她问他为什么想当老师，他回答：“安稳。”

当时她还觉得他挺没追求的，活得太保守了，一点挑战性都没有，现在她才明白，他口中的那个“安稳”，和她所理解的不一样。

对普通大众来说，“安稳”触手可及，但是对他来说，“安稳”是梦寐以求的。

既然她没有那个能力与他并肩作战，那就替他完成梦想吧。

他守护了她的命，她就替他守护一份安稳，替他教书育人，替他桃李满天下，假以时日，等他回来后，她可以当他最安稳最可靠的后盾。

孟牧丞也挺尊重他人选择的，没有妄加点评，只是点头：“行。”然后朝着窗户看了一眼，大雪已经停了，但窗外的世界还是白茫茫一片。

“你想不想出去玩？”他问陈染音。

陈染音摇了摇头：“我不想，我要在家学习。”又说，“我要凭自己的本事考大学，今年考不上我就复读，明年继续考。”

“不差这几个小时。”孟牧丞说，“你不是想勇敢起来吗？去蹦极吧。”

哈哈，这建议真好，我恐高。

她狠狠地咬了咬后槽牙，面无表情地盯着他：“你是不是故意的？”

孟牧丞无辜地眨了眨眼睛：“天地良心，我真没有。”又挑了下眉头，“你不敢了？”

孟牧丞摇了摇头，贱兮兮地说了句：“啧，先帝创业未半而中道崩殂。”

虽然知道是激将法，但陈染音还是被激到了：“去就去，你陈姐我一点也不害怕！”

五分钟后，她穿戴好了衣服和围巾手套，和孟牧丞一起出了门。

他们临出门前，秦薇挺担心的，一直念叨：“雪天地滑，安不安全呀？要不我陪你们去吧？”

从那时起，她就开始流露出了过度担心女儿安全的症状，并在往后的岁月中愈演愈烈。

陈染音果断拒绝了她妈："不用，我们自己去。"

孟牧丞也向秦薇保证："阿姨你放心吧，跟着我绝对安全。"

秦薇还是不放心，紧紧地跟在女儿身后，后来陈鸿博把她拉走了，劝道："俩孩子自己去就行了，你别掺和了，音音好不容易想开了。"

最后一句话提醒了秦薇，她拼命忍住了心头的惶恐，让陈染音跟着孟牧丞出了门。

俩孩子走了之后，陈鸿博感激地看着孟牧丞他爸，说："还是丞丞有办法，音音都好几个月没出门了，天天把自己锁在书房里，我和她妈都要担心死了。"

孟牧丞的爸爸孟铮笑着回了句："毕竟他们俩是一起长大的，还是更了解对方。"

陈鸿博点头感慨："是啊，还是青梅竹马好一些，能走到心里去。"

陈染音本以为孟牧丞是要打车带着她去游乐场，谁知道他竟然把她领到了地下车库。

看到摩托车的那一瞬间，她真是悔不当初，难以置信地瞪着孟牧丞："这么冷的天，你要骑摩托车带我去蹦极？"

孟牧丞点头，一边从黑色羽绒服的兜里掏钥匙一边说："对啊，这天不好打车。"

陈染音抱着胳膊冷笑："寒风那么烈，地上那么滑，您那金贵的身子骨能扛得住吗？"

孟牧丞理直气壮："我这不是舍命陪君子吗？"

陈染音转头就走："我要回家了，您自己玩去吧。"

孟牧丞也没追她，慢悠悠地说了句："你不是要勇敢吗？雪天坐摩托都不敢？"

她脚步一顿，深吸一口气，又转身走了回去，咬牙切齿地说："我无所谓，我不怕死，我的身子骨又不弱，大不了摔个粉身碎骨一了百了，只要你不怕就行。"

孟牧丞笑着说："我真不怕。"

他是真的，不怕死。

自从在十四岁那年无意间发现了父亲的秘密之后，他就开始日思夜想地渴望着死于一场意外。但他并不是无惧死亡，而是想挣脱枷锁，他接受不了父亲干的那些地下勾当，可是他又不敢刻意地去结束生命，因为他也只是一个普通人，一个纯粹的纨绔子弟，没那份勇气去直面死亡。

但是今天不行，今天不能出意外，今天还有个陈染音。

她还没活够呢。

孟牧丞戴上黑色皮手套，跨上摩托车，一边戴头盔一边对她说："上车吧，戴着手套呢，你想摸哪儿都行，我衣服厚，我不介意。"

陈染音感激地看了他一眼。

不是他介意，而是她介意和异性进行触碰。

他是在化解她的难堪与尴尬。

她抿了抿唇，上了车，戴好头盔后，犹豫了一下，缓缓抬起手臂，将戴着白色羽绒手套的双手搭在了他的肩头。

载着两个人的黑色摩托车飞驰着冲出了地下停车场。马路两旁的绿化带上、房顶上、树枝上，皆覆盖着一层厚重的白雪。

孟牧丞驾驶着摩托车，带着陈染音上了高架桥。

天空中再次飘起了雪花。

陈染音情不自禁地抬起脑袋，仰望天空，目睹着一片片棱角分明的雪花落在头盔的挡风面具上。

初五的东辅已经流露出了繁华的端倪，高架桥上车辆川流不息，黑色摩托车奔驰其中，仿若一条闯入鲨群的电鱼。

周围的一切都在急剧地向后倒退着，陈染音感觉自己好像在飞驰，负重的灵魂也在这一刻轻松了许多。

她忽然想到了什么，大声在孟牧丞的耳边喊："下雪了，蹦极台会开放吗？"

孟牧丞也喊着回答："不去蹦极。"

孟牧丞又喊："我害怕。"

她也懒得问他准备去哪儿了，就随着雪花任意飘洒吧。

二十分钟后，孟牧丞将车停在了东四环外的东辅河畔，大雪茫茫，宽阔的河面上已经结了一层厚重的冰，站在岸边扔一块砖头下去都砸不穿。

河畔两岸是生态园区，政府部门把这里宣传成天然氧吧，是城市的肺，沿河道还建有供游客步行的跑道和木栈道，不过现在全都被大雪覆盖了，肺被雪埋了。

孟牧丞把车停在路边，两人下了车，把头盔挂在车把上，深一脚浅一脚地踩着雪，一起朝着河畔走了过去。

黑色的栏杆上也覆盖着一层厚厚的白雪，陈染音站在栏杆后，抻着脖子朝下面看了一眼，发现雪一落到冰层上就被吸收了。

盯着下面看了一会儿，她忽然发问："你说，人要是从这儿跳下去，会不会死？"

孟牧丞很诚实地说："不知道。"

陈染音瞥了他一眼："你带我来这里干吗？"

孟牧丞："看看冻河，看看雪，看看城市的肺。"

陈染音都笑了："就这？"

孟牧丞："这还不够？"

陈染音没好气地"嘁"了一声，感觉他纯属在忽悠着她玩。

孟牧丞沉默片刻，忽然开口："勇敢不是说说而已，你看看这条河，都冻成这样了，它也没死啊，它只是在等待春暖花开，还有这场雪和周围的树，雪肯定会化，迟早的事，但它就不下了吗？树败了，也会再次抽芽，没有说被雪一压就彻底死了，根还在呢。"

陈染音怔住了，目不转睛地看着他。

孟牧丞笑了一下，这回没有吊儿郎当，而是很认真地说："你不需要刻意勇敢，也不需要拿命去下赌注，你只需要守护着自己的平凡生活就行，就像是这条河、这场雪、这些树，都是平凡且孤勇的，人也是一样，能够坚持守护自己的平凡人生就是最大的勇敢。"

陈染音的眼角和鼻根同时一酸，瞬间红了眼圈，却笑了一下："你懂得还挺多的。"这不是嘲讽，是褒奖，"比我想的牛。"

孟牧丞没有看她，目不转睛地望着空旷的河面与飘雪，点了点头："我确实是挺牛的。"

陈染音笑着说："你真是不谦虚。"

孟牧丞叹了口气，回了句："我也想谦虚，实力不允许。"

孟牧丞扭脸看了她一眼，内勾外翘的丹凤眼颇具神韵："加油吧，陈老师，我相信你一定可以。"

陈染音又笑了，很感激地看着他："谢谢你，孟哥。"

孟牧丞面露惊恐，赶忙摆了摆手："哎哟哎哟，不敢当不敢当，折寿了要。"

陈染音白了他一眼："别做作了，你就偷着乐吧。"

孟牧丞笑了："我偷着乐什么呀？我光明正大地乐！"

陈染音没再说话，重新把脑袋转向前方，认真地眺望着冻河、大雪，以及被雪覆盖的枯树。

孟牧丞说得没错，所有人都是平凡而孤勇的。

她是需要勇敢，但不需要刻意勇敢，只需要坚守自己的平凡生活就好。

普罗大众里面没有几个林宇唐，却有许许多多个陈染音，她不需要刻意地把自己变成林宇唐，只需要做最好的那个陈染音。

她会坚守着自己，等待他的归来。

孟牧丞忽然握住了她的手，她的内心挣扎了一下，没有挣开，隔着两层厚厚的手套，她也握住了他的手。

大雪纷纷扬扬，宽阔的河岸边，两个人的身影显得突兀又宁静。

陈染音歪了下脑袋，靠在了孟牧丞的肩头。

她忽然很依赖他，无关情爱，只是依赖，因为在这个大千世界里，只有他懂她、理解她，可以替她分担内心的负罪感，是她最后一根救命稻草。

孟牧丞欲言又止，最终什么都没说，因为他不想破坏这种来之不易的安宁和靠近。

他一直都很想接近她，但是他，不敢。

他也想变成林宇唐，但是他只能做孟牧丞，因为他没有一个英雄父亲。

他生而是蝼蚁，是过街鼠。

还好，他可以暂时沉默，一边不舍地在内心倒计时，一边愉悦地享受这份弥足珍贵的依赖。

从那天之后，陈染音几乎每天都要和孟牧丞联系，做什么事都要和他一起，她在自己的周围立了一道屏障，隔绝了整个世界，只允许他一个人走进来。

新学期开学后，她鼓足勇气返回了学校，异样的目光挺多，都想知道她和林宇唐那天晚上到底发生了什么。学校里的流言也是五花八门的，多离谱的猜测都有，但她什么都不在乎了，也不解释，随他们猜去吧。

唯一令她感到刺痛的是，教室里再也没有林宇唐的身影，抬头时再也望不到他的背影。

她只能继续用高考麻痹自己，一刻不停地学习，逼着自己沉浸在知识的海洋里，每天晚上学习到半夜两点才睡觉。

努力确实是会有回报，无论努力的目的是什么。

三月末的二模考试，她竟然一跃进步了二百多名，从垫底生变成了中下游潜力股选手。

哈哈，补课的钱没白花，知识确实是可以买来的。

在班级后几排兄弟姐妹的膜拜与仰望中，陈染音被老班钦点着往教室前排调了位置，从倒数第一排调到了倒数第三排。

虽然只隔了一排，但这绝对算是质的飞跃了，是纨绔子弟中的榜样选手！

下课后，面对着各路纨绔子弟的震惊询问，陈姐只是淡淡地回了句：“玩够了，收心了，姐要当个对社会有用的人。”

但是这句话，在那些纨绔子弟的理解中，却是这个意思：皇后死了，朕也不想活了，只能用学习来折磨自己。

是的，所有人都说林宇唐死了，就连新闻媒体都公开报道了：十二月中旬，东辅市发生了一起惨无人道的灭门惨案，起因是毒贩报复老刑警，雇人屠杀了刑警一家六口，手段极为凶残，最小的那个才刚满六岁。

报道一出，全国上下舆论哗然，人民群众义愤填膺，公安部门迅速展开了一场有史以来最严厉的扫毒清毒行动。

但是陈染音不相信林宇唐死了。

他肯定是被保护起来了。

反正她不相信他死了。

她的“皇后”福大命大，才没那么容易死呢。

他一定会回来的。

她会一直等着他，不断地努力，不断地进步，争取在他回来的时候变成一个能够与他并肩作战的人。

有着坚定目标的人，攀爬得就比较快，更何况陈染音的脑子并不笨，甚至可以称得上聪明，到了五月份的三模考试，她又进步了一百多名，座位从倒数第三排调到了正数第四排，一跃成了老班心目中的黑马型选手。

五月二十日这天是她的十八岁生日，晚上，她爸妈在某个五星级酒店包了层楼，宴请了许多亲朋好友，兴高采烈地给她举办成人礼。

为了证明自己现在是个爱学习的好孩子了，她那天故意穿着夏季校服去的，还假模假样地在鼻梁上戴了个没有度数的黑框眼镜，尽全力将自己的造型往“好学生”的人设上靠拢。

宴席快开始了，孟牧丞却迟迟没有来，陈染音焦急地走到宴会厅门口，给他打了好几通电话他都没接。

孟牧丞不来，她坚决不开席。

在那个时间段，孟牧丞对她来说，是一个很重要的人，是密不可分的伙伴。

如果没有后来发生的那件事，她或许会跟着他出国，因为她与他共享了心灵。

她不爱他，但是她依赖他。

那天晚上的经历确实对她造成了不小的影响，她一直在接受心理治疗，但是心理治疗缓解不了她的 PTSD，那个女心理医生不懂她和林宇唐之间的感情，因为她没有见过林宇唐，她不懂林宇唐。

孟牧丞却能理解，他竟然能明白什么叫作孤勇，所以，她把他当成了缓解PTSD的救命药物。

打到不知道第几通电话的时候，终于接通了，对面传来的却不是孟牧丞的声音，而是一个陌生女孩的声音。女孩好像还知道她是谁，甚至都没打招呼，上来就对着她说了句："他洗澡去了。"

洗澡去了？

她深深地吸了一口气，强作镇定地问了句："什么时候完事？"

女孩笑了一下："你急什么呀？还没开始呢。"她又反问了句，"你是她女朋友吗？"

陈染音："不是。"

女孩回："那你催什么？他又不是你一个人的，再说了，你心里有病就去治病，干吗非要攀着他啊，他不烦吗？又不是他找人绑架的你。"

就这么一瞬间，陈染音的心理防线再度崩塌了。

他没有帮她保守秘密，他又和别人共享了她的心灵。

她感受到了背叛，彻头彻尾的背叛，她愤怒到了极点，也羞耻到了极点，仿若被当众扒光了衣服，像是又回到了那晚，被那个瘦子扒光衣服暴打的时刻。

她再度有了窒息感，满面通红，浑身颤抖。

在她即将崩溃的时候，突然想到了林宇唐——

"看好了，我是林宇唐！今晚只有林宇唐！除了林宇唐谁都没有碰过你！"

"林宇唐一定会救你出去。"

"用我的命给你开路。"

她逐渐镇定了下来，紧接着，明白了一个道理：这个世界上，除了林宇唐，没人能救她。在他没有回来之前，她只能靠自己，谁都靠不住。

她就是猪油蒙了心了，才会选择去相信孟牧丞那个大浑蛋！

现在是彻底清醒了。

她没再说什么，直接把电话挂了，转身，走进宴会厅，宣告开席。

十分钟后，电话回了过来，看来是洗完澡了。

她很大度地接了电话，乐呵呵地回了句："哟，完事了？您还挺快的。"

孟牧丞回了句："还没开始呢。"

他的语气中丝毫没有愧疚和自责，还吊儿郎当的。

但是陈染音已经什么都无所谓了，尤其是对孟牧丞："那行吧，您继续，好好当您的大！情！种！”

说完，她挂了电话，顺势把孟牧丞踢出了自己的世界。

她还是孤身一人。

但是她咽不下这口气，接受不了羞辱和背叛，所以，从那天开始，只要见了孟牧丞，她都要阴阳怪气地喊他几声“大情种”。

孤身一人的世界也挺好的，没有人可以真正信任，没有人可以彻底依赖，也少去了许多无谓的干扰。

她开始靠自己。

PTSD 导致她噩梦连连，阴影挥之不去，愧疚与负罪感与日俱增，内心崩塌数次，又一次次地凭借着自己的努力重塑。

她知道自己必须走出暗巷，不然她等不回来林宇唐。

从那时起，她变成了一个货真价实的平凡而孤勇的人。

孟牧丞六月初出发去美国，她没去送他，理由是要高考了，没时间去。

就算有时间她也不会去。

六月二十五日出高考成绩，她的成绩震惊了所有亲朋好友，虽然没有那么优秀，但比三模考试的时候进步了整整九十分，相当于每科都进步了十五分。

附中黑马非她莫属。

不过她这分还是摸不到东辅大学的边缘，但只要她报，就一定能上，还能随便挑专业，但是她没报东辅大学。

她要凭借着自己的真本事上大学。

最终，她报考了东辅师范大学，她爸妈也很支持她，还挺为她骄傲，觉得她长大了，懂事了。

选志愿的时候，她妈想让她选中文系，她爸想让她学外语。

她自己选了化学系。

因为门捷列夫。

七月份的时候下了录取通知书，她顺利地被师范向的化学系招走了。

大学生活也是充斥着学习，学习能让她感到慰藉，让她觉得自己不是个废物，对得起林宇唐。

师范大学的男生不多，隔壁理工大的倒是挺多，但是没有一个让她心动的，不对，除了那一个物理系的男生。

那个男生长得很像林宇唐，举手投足间的风范也很像他，但她也只是心动了三天。

三天后，她清醒了过来。

世界上没人能够代替得了林宇唐，他是独一无二的。

大学期间，她也没有参加任何社团，不是在图书馆自习就是在实验室做实验，在同学眼中，她就是个勤奋上进的学霸，就连她爸妈都没想到，她能在第一学期的期末考试拿全系第一。

但她所有努力的根源，都只是想让林宇唐瞧得起她。

直到第二年四月份，一年一度的校园篮球赛开始了，她来了点兴趣。

虽然再也打不成球了，但这并不妨碍她看球。

听说和她同届的大一新生中有一个女孩是全国武术冠军，出身于武术世家，叫陆云檀，是中文系的系花，也报名参加了篮球赛，代表文学院出战，她还特意去看了武术冠军的首秀战。

武术冠军确实长得挺漂亮的，眼角眉梢透露着一股机灵古怪劲儿，走起路来昂首挺胸飒飒带风，像是个混迹江湖的女侠。

她的球服上印着的数字是“25”，也不知道有什么含义。

不过，看着武术冠军上场前这么气定神闲的架势，她还以为她胜券在握呢，而且她还听说了，武术冠军是二中毕业的。众所周知，二中的篮球水平一直不错，还在中日中学生友谊篮球赛中获胜了呢。

迄今为止，陈染音还清清楚楚地记得那场赛事的精彩一刻——最后三秒钟，二中天花板相当牛地抛了个三分球，绝地反击日本队，拿下了本场比赛的决胜分。

至于二中天花板叫什么名字她给忘了，好像是姓梁？反正球服是17号。

比赛开始前，陈染音还在心里想：同为二中毕业的，还是武术冠军，陆云檀应该挺牛的吧？

结果等武术冠军上了场之后她才发现，冠军的球技真是菜，篮筐都投不进去，和天花板之间差了一百个陈染音，还是断腿前的陈染音。

赛后，大家都说，文院真是一如既往地菜，即便多了一个武术冠军。

不过她还是很羡慕武术冠军，因为她腿脚灵活，可以上场，再菜都可以上。

七月初期末考试，最后一场英语考试结束后就直接放暑假了。

陈染音是本地生，再加上她提前几天就陆陆续续地把寝室里面的行李搬回家了，所以英语考试一结束她就背着书包走人了。

她妈在学校对面的小区里买了套房子，举家搬了过来，就为了她上学方便、安全。

下午三点半考试结束，但她不想那么早回家，所以骗她妈说五点半才结束考试，然后漫无目的地在东辅街头溜达了起来，走着走着，路过一家文身店。

时间还不到四点半，文身师站在店门口准备关门了。

文身师是个个子高挑的女孩，染了一头银发，耳畔挑了一缕蓝色的头发，穿着一件黑背心和蓝色的牛仔超短裤，凹凸有致的身材一览无余，白皙纤细的左臂上文着一只七彩凤凰，右脚的脚踝上文着一个黑色的盘蛇。

陈染音路过的时候，她正站在店门口打电话，看样子是在和男朋友吵架："我门都锁了，你说你要出去喝酒？你怎么不去死啊？"

陈染音的脚步一顿，心想：骂得真狠啊。

电话里不知道回了句什么，气得这位酷炫的文身师直接回了句："王八蛋分手吧！"然后撂了电话，下一秒就和陈染音对视上了，冷着脸甩了句，"你看什么呀？这么爱凑热闹？"

哈？我爱凑热闹？

我可是个高冷的人！

陈染音坚决不承认自己在偷听，面不改色地回了句："我要文身。"

文身师上下打量了她几眼，轻飘飘地问了句："学生？"

陈染音补充说明："大学生。"

文身师冷笑了一下："我按小时收费，一小时一千五。"

陈染音直接回了句："我出三千，不管你给我文多久，必须陪够我两小时，一秒钟都不能少！"

陈染音又说："反正你也分手了，不如搞事业。"

文身师都被气笑了，一边从包里拿钥匙一边点头："有钱不赚是傻子，你是上帝，你说什么就是什么。"

文身师打开门走进了店里，又开了灯。

陈染音第一次走进文身店，感觉很新奇，却又很意外，店里面的装饰并不像她想象中那样酷炫，而是凌乱中带着秩序——

暖黄色的墙壁上面挂着各种各样人体文身的照片；靠里面的那面墙壁前放着针柜和颜料柜，旁边摆着文身机；店中央摆着两张床，是美容院常见的那种黑皮的细长条窄床。

文身师把包撂到了自己的工作台上，坐进了软椅里，一边抽着电子烟一边问：“你要文什么？文哪儿？”

“我看看。”陈染音站在墙壁前，一张张地看照片，还看到了一张女性文胸图，五官瞬间皱到了一起，心想：真是个狠人啊。

打量了一圈后，她坐进了沙发里，满脸好奇地看着文身师，问了句：“你是按什么标准收费的？”

文身师没好气：“刚不说了吗，按小时。”

陈染音解释了句：“我的意思是，文身都这么贵吗？”

漂亮的女文身师哼了一声，抽了口电子烟：“全东辅我最贵，因为我的手艺最好，你今天是运气好，不然至少要提前三个月预约。”

文身师又瞟了她一眼：“想好文什么了吗？”

陈染音又想了想，回答：“我男朋友的名字，三个字母，LYT。”

文身师：“这活我半个小时就能干完，你何必掏两个小时的钱？收你七百五就行了。”

陈染音不由得感慨了句：“你还挺有职业道德的。”

“国有国法行有行规，不然怎么混社会？”为了证明自己真的很有职业道德，漂亮的女文身师又问了她一句，“你学的什么专业？哪个学校的？军队不文，飞行也不文。”

“哦。”陈染音回了句：“我是师范生。”

“以后当老师？”文身师那只往唇畔送烟的手一顿，“能文吗？”

陈染音：“可以文在看不见的地方。”

文身师：“你想文在哪里？”

陈染音：“后腰？”

文身师：“也行，不过不刺激，没情趣。”

陈染音都乐了：“文身还讲究情趣呢？”

“不是你男朋友的名字吗？”文身师伸出了拿着电子烟的手，隔空朝着她的小腹点了一下，“文那里吧，除了你男人谁都看不到，而且还有情趣。”

这么大尺度吗？

陈染音考虑了几秒钟，然后点头：“行，就这么文。”

文身师好心提醒了一句：“前提是你能保证自己不会换男朋友，或者下一个的缩写还是LYT，不然容易出事。”

陈染音很坚决地说：“不换了，就这一个。”又说了句，“我只要这一个，除了他我谁都不跟。”

文身师眉头一挑：“哟，什么年代了还要为了一个男人守身如玉呢？”

“不是这样的。”陈染音犹豫片刻，向对方吐露了一个秘密，“我是个性无能。”

文身师僵住了，眉头一蹙，不可思议：“什么？性无能？”

陈染音点了点头。

文身师笑了：“怎么可能？女人也有性无能？”她只听说过男人不行，真没听说过女人不行的。

陈染音：“有，我就是，我……没有生理反应。”她第一次发现自己有病是在看美剧的时候，有一集剧情尺度很大，弹幕都在说看得起反应，她却无动于衷，甚至厌恶。

她甚至怀疑是不是因为那个瘦子死不瞑目，把这种隐疾传染给了她。

“我不只是看片没有反应，看什么都没有，哪怕是描述得非常香艳的文字，我讨厌男人对我的触碰。”陈染音坦诚且平静地对那个文身师说，“我的心理医生说这是心理疾病，因为我之前差点被强暴过。”

那个瘦子是个性无能，却将恶心的性通过暴力殴打在她的身上，从那时起，她就开始厌恶两性。

她接受了很长时间的心理治疗，虽然现在已经能接受一些来自异性的正常接触，但她的内心还是抵触。

文身师还是难以置信，呆愣愣地看着她：“那你……有没有试过，自己……”

陈染音：“试过，不行。”

那你完了——这句话已经冒到了唇边，但可能是由于太过伤人，文身师把它咽了回去，改成了：“现在的心理治疗技术也挺成熟的，你这种后天得病的应该会被治好。”

陈染音：“我的心理医生也是这么说的，但有一个先决条件。”

文身师：“什么条件？”

陈染音的眼眶忽然一酸：“我的男朋友可以活着回来。”

这个世界上，除了林宇唐，没人救得了她，无论是生理还是心理。她只想要林宇唐。

“那天晚上，他救了我，他把我推上了岸，除了他以外我再也接受不了任何人了。”

第八章

非你不可

陈染音听从了那个漂亮的女文身师的建议，在小腹下方文了两行英文字母，上面一行是大写的拼音缩写“LYT”，下面一行是小写的“I love you”，过不了多久，下方这行“I love you”就会被重新长出来的枝蔓覆盖。

这个文身师的技术确实很好，雷厉风行不拖沓，半个多小时就干完了活，但陈染音还是给了两小时的钱，因为她确实是耽误了人家两小时的时间，强行坐在店里不走，拉着人家陪她聊天，天南海北地聊，一直聊到她妈火急火燎地给她打电话，质问她都快七点了为什么还不回家？

她依依不舍地和这个打开了她新世界大门的文身师告了别，回家后，立即把自己锁进了房间里，脱光了衣服照镜子。

文身部位还没消肿，边缘微微泛红，并带有阵阵刺痛，好像还在被高速振动的圆 5 针头扎着。

她对着镜子，目不转睛地盯着那个部位看了好久，幻想着林宇唐看到之后会是什么反应。

其实她也不是个完完全全的性无能，每当想起林宇唐的时候，内心深处还是会泛起一丝丝的波澜。

从这天起，她就再也没当着她妈的面脱过衣服，在寝室换衣服的时候也会小心谨慎地避开室友，竭力隐藏着自己的文身，像是怀揣着一个见不得人的小秘密。

也不会有人猜测到，每天都浸泡在图书馆的学霸，为了做实验连恋爱都没时间谈的全系第一，会在这种私密的部位文上这样一种充斥着野性和爱欲的文身。

不过她的大学生涯也算不上低调，虽然没有高中时那样猖狂高傲，但也算是闪闪发光。上不了球场她就上舞台，每逢学校或者学院里有什么大型活动，她必定是第一个积极主动报名的人，不是当主持人就是报名歌唱类节目，不是弹吉他就是敲架子鼓，努力地让自己活得精彩漂亮，就像林宇唐希望的那样，平凡又灿烂地活着。

时间转眼来到了大四，由于她常年稳居全系第一的宝座，所以当仁不让地被保了研，不过该实习还是要去实习。戏谑的是，她一个附中毕业的学生，竟然被分配到了二中初中部实习。

和她同去二中初中部实习的还有一个中文系的女孩，巧的是，这女孩就是那个打球巨菜还年年都要报名参加女篮比赛的武术冠军，陆云檀。说真的，就冲她这股既不服输又不怕丢人的精神和毅力，陈染音都不好意思再说她球技菜了。

她和陆云檀还刚巧被分配到了一个办公室，起初，她还觉得陆云檀是个特别老实的女孩，直到某天早上，她目睹陆云檀挂断了一个学生家长的电话，下一秒就开始当着全办公室老师的面口吐芬芳，震惊了全办公室的人。这一刻她才明白，武术冠军，果然是有点血性的。

不过话说回来，有些家长确实是能把人气死，对自己的孩子不负责就算了，还总爱把责任全部推到老师的身上，老师才跟你家孩子认识几年啊？还能什么都赖老师？

不过她没有陆云檀那种血性，不敢当着全体老教师面口吐芬芳，只敢在心里碎碎念，因为她毕业后还是很想从事教师这份工作的，所以不敢当着前辈的面太过放肆。虽然这份工作很累，还要随时和熊家长与熊孩子们斗智斗勇，但她还是很热爱这份工作，不只是因为林宇唐，还因为这份工作具有挑战性，尤其是和那帮熊孩子斗智斗勇的时候，她的内心简直骄傲极了：哈哈，就这点手段还想糊弄我？都是姐玩剩下的啦！

但比起她来说，办公室里的那群老教师还是更喜欢陆云檀，尤其是周丽红和李芬芳——是的，没错，她从大四实习的时候就和她们俩同一个办公室了——因为陆云檀会带着她们打太极拳，还会从家里给她们带养生茶。

对陆云檀来说，实习期好像就是来体验生活的，但即便是这样，陆云檀还是讨得了所有人的喜欢，不过陈染音的内心并没有感到不平衡，因为陆云檀确实挺讨人喜欢的，她这人很真诚，身上还有股侠气。

实习即将结束的时候，陆云檀还邀请陈染音一起去泡温泉，她哥给了她两张温泉票。她欣然接受了邀请。

在更衣室换衣服的时候，她不小心将自己的文身暴露给了陆云檀，陆云檀挺惊讶的："哇，你竟然还有文身哪？"

她有些尴尬，赶忙把身子转了过去，低声敷衍了句："嗯……"

陆云檀却又有点惊喜了："和我的名字缩写一样呢！"

她怔了一下，惊讶地发现，还真是：林宇唐，陆云檀，LYT。

或许，这就是天意吧。

她也不藏着掖着了，大大方方地回了句："我男朋友的名字。"

陆云檀感慨了一句："真巧啊。"

她笑着回："是啊，是挺巧的。"她迅速穿上泳衣，挡住了私密部位，不想被陆云檀看到隐藏在丛林里的那条文身，因为要脸。

陆云檀也换好了泳衣，锁上自己的柜子后，问了句："文身疼吗？"

她实话实说："疼。"持续被针扎，能不疼吗？

陆云檀三思片刻，最终放弃："那算了，我不文了。"

她好奇地问："你想文什么？"

陆云檀回答："我爱梁云笺。"又说，"好几个汉字呢，肯定特别疼。"

"梁云笺"这个名字有点熟悉，但她想不起来在哪儿听过了。

紧接着，陆云檀又说："让他文我吧，而且吧，我们习武之人，有文身不成体统。"

她被逗笑了，重重地点头："你说得对！"

实习结束后，年级长给她们俩都打了"优秀"的评价，但陈染音还是能感受到，年级长给她打优秀是因为挑不出毛病，认可她的能力，觉得她适合当老师，没有感情只有工作；给陆云檀打优秀是因为真的喜欢她，非常舍不得她，恨不得她立即留校当老师，天天带着她们喝茶打太极。

但陆云檀明确表示，自己无意于桃李满天下，只想行走江湖。

据她所知，陆云檀在大学毕业后出国了一趟，说是去找自己的男朋友，回来后也确实没有继续从事教书育人的行业，而是当起了全职网络作家。

她还看过陆云檀写的书，叫《书生你插翅难飞》，写得真的挺有意思。

虽然不再同行了，但她和陆云檀还是持续保持着联系，时不时地还会约着一起出去看看电影逛逛街旅旅游，而且，不得不说，和武术冠军一起去旅游真的很有安全感！

转眼就到了研三，她又去实习了，这次她如愿以偿地被分配到了附中的初中部，实习期间一切安好，领导们也都对她挺满意的，所以，她还以为自己毕业后十拿九稳地会留在附中初中部，谁知道关键时刻竟然被一个东辅大学毕业的研究生给挤走了。

校领导给出的理由是：主要看本科排名。

行，她本科和研究生的学校都没有东辅大学优秀，她技不如人！

她也不想靠她爸的人脉关系就职，只想凭自己的真本事找工作，所以她只能卷铺盖走人。

但还是气，非常气，觉得附中就是在剥削她这个免费劳动力，并且越想越气，气得直接去二中初中部应聘了，怀揣着一股要和附中对着干到底的复仇决心，成功地被二中初中部录取了……

堂堂附中毕业的学生，竟然去了死对头二中的初中部上班，真是有戏剧性啊。

不过人生最精彩的地方就在于阴错阳差，她从没想过，自己竟然会成为林宇唐的外甥的班主任，更没想过会在一次普通到不能再普通的家访中与他重逢。

一切都可以说是巧合，但她更倾向于这是天意，是上天大发慈悲又给了她一次机会。

这一次，她绝对不会再下车了，哪怕是豁出命去，她也要一路陪他走到最后。

夜色沉沉，林深露重，面对着眼前的叛逆少年，陈染音就像是看到了年轻时的自己，气人、欠揍、自以为是，还特别玻璃心，只不过是被踹了一脚就觉得舅舅不爱他了、把他当累赘，甚至觉得他舅踹他是因为自己是个孤儿没有爸妈的保护。

但少年从未想过，顾祈舟也是一个失去了父母的孤儿，他也渴望来自长辈的关心和保护，可是他没有那个命，在他刚满十八岁的当晚，上天就剥夺了他本该拥有的一切，逼迫着他在一夜之间迅速长大成人。

但即便如此，他的舅舅依旧在拼尽全力地去关心他、保护他，努力地弥补他在家庭上的缺失，因为他是顾祈舟在这个世界上唯一的亲人了。

可是少年不懂，因为他还只是个半大的孩子而已，而且有些事情，陈染音也不能当着外人的面说得太多——先不说一中队的中队长杨敬和三中队的训犬师何必，旁边还有个更令人头疼的韩娇呢。

韩娇这个孩子对她有着莫名其妙的敌意，她是能感觉到的，所以她必须在这个女孩面前谨言慎行，不然一定会被韩娇捕捉到错误并无限放大。

老师和学生之间的过招，才是真正的极限拉扯。

所以，陈染音只能强忍着心疼与无奈，字斟句酌地劝说少年："你是他在这个世界上唯一的亲人，他怎么可能会觉得你是个累赘？如果他不关心你的话，刚才就不会那么着急那么害怕。他踹你是因为恨铁不成钢，怕你走上他的老路！还有，你们相依为命这么多年，他对你怎么样，你真的感觉不到吗？"

其实顾别冬的心里已经有点愧疚了，他刚才不该那么说他舅的，实在是太没良心了，但是吧，正值青春期的少年自尊心很强，极度在乎尊严和面子，尤其是当着女同学的面，所以他坚决不认错，满脸倔强地保持沉默，一副死不悔改的样子，看得陈染音都想踹他了。

但是，她是个教师，必须以德服人，不能使用暴力，所以她只能强压着脾气，板着脸对他说："我不允许你舅打你，是因为我不赞成家长使用暴力行为管教孩子，但并不代表我不会惩罚你。"说完，她又看向站在不远处的韩娇，语气冷硬又严厉，不留半分余地，"还有你，胆子也是大，半夜三更跟着男生一起逃寝，是不是觉得生活太安稳了？非要给自己找点刺激？真出了事怎么办？你爸妈怎么办？"

她也是当了老师之后才明白，男女差异这种事情是从学生时代起就存在着的，根本不存在绝对的平等，尤其是从安全的角度来说，女孩子就是需要比男孩子更加谨慎一些。

正因为陈染音自己吃过亏，所以她太明白学生时代的叛逆和任性会付出多大的代价，所以，她对韩娇除了生气之外，还有恨铁不成钢："做错事是要付出代价的，你要学会保护自己！"

顾别冬：这是什么意思？我是这种人吗？

陈染音也考虑到了顾别冬是个玻璃心以及和他舅一样是个绝世无敌小心眼，于是又立即补充了一句："幸好顾别冬是个比较正直的男生，你才没有吃大亏，也幸好你们走得不远，幸好你们在特警训练基地，幸好你们没有碰到心怀不轨的歹徒，不然后果不堪设想！"

顾别冬的脸色稍微好看了一些，心想："猎鹰"这人还是比较明事理的。

韩娇就没那么好教育了，无论陈染音说什么她都听不进去，还特别不服气，眼神中甚至流露出了不加掩饰的恨意，觉得陈染音是在羞辱她，骂她不知廉耻，便开始腹诽：有什么资格说我？

陈染音看出来她不服，却不知道她心里是怎么想的，也懒得知道了，继续训斥他们俩："学生逃寝的事情特警队管不到，但我是你们的班主任，绝对不会纵容你们违规乱纪的行为。今天晚上你们俩也不用睡了，明天的训练也别参加了，回家反思吧。”说完，直接拿起手机，拨通了韩娇她妈的电话，在韩娇紧张又惊恐的眼神中，言简意赅地和她妈说明了一下事情的经过，并通知她妈现在就来特警训练基地，把她领回家。

她也确实是管不了韩娇了，心有余而力不足，因为这里不是学校，班里还有那么多孩子需要她去照顾，她不能把所有的精力全都放在某一个学生的身上。

说句不太负责任的话，让韩娇回家，也是因为她想规避风险，她怕韩娇又作妖。

挂了韩娇她妈的电话后，陈染音又在顾别冬震惊又紧张的眼神中，拨通了顾祈舟的电话，还故意打开了免提，为了震慑顾别冬。

然而，第一通没打通，不过正常，小心眼嘛，可以理解，正赌气呢，所以陈染音又压着脾气，锲而不舍地拨出了第二通。

这次被接通了，顾祈舟的语气沉沉，话语短促而冷硬：“说。”

陈染音开门见山、不容置疑：“现在就过来把你外甥领走！”

刚才是谁不让我管这件事的？

顾祈舟无奈地问了句：“你让我领哪儿去？”又不能领回家，只能待在特警队，领走了和没领走又有什么区别？

陈染音态度坚决：“我不管你要把他领哪儿去，他犯了错误就必须接受惩罚，明天的训练我不会再让他参加了，他必须反思自己的错误！”

刚才就应该再踹一脚。

他叹了口气：“行，医务室见。”

陈染音先把电话给挂了。随后，他们几人就返回了特警训练基地，杨敬走在最前方领路，何必走在最后面断后，白牙活蹦乱跳地跟在陈染音身边，遇到路不好走的时候，还会及时地“汪汪”两声提醒陈染音，看得何必直在心里骂它比狗还狗，谄媚之狗！

穿过特警训练基地的北操场后，陈染音让顾别冬直接去医务室找他舅，顾别冬不敢自己去，生怕挨揍，坚决跟在陈染音身后。陈染音无奈，只好领着他一起去了基地大门口，站在夜色中等待韩娇她爸妈。

差不多十一点半的时候，韩娇她爸开着一辆路虎来了，车还没停稳，韩娇她妈就从副驾驶上跳了下来，面色铁青地朝着韩娇冲了过去，高高地扬起了手臂，用力朝她脸上扇。

陈染音赶紧挡在韩娇面前，抓住了她妈的手：“您先冷静一下！孩子不能打！”

反正，她是不赞成棍棒教育的，因为她爸妈就从来没打过她，无论她青春期的时候有多么混账。

韩娇她妈根本听不进去，一边往回扯自己的手腕一边用另外一只手抓韩娇：“我打不死她！不知廉耻的东西！丢死人了！”

顾别冬都看蒙了，没想到韩娇她妈竟然这么野蛮，说话还这么难听……

陈染音倒是已经习惯了各种各样的家长，所以对韩娇她妈这种教育方式已经见怪不怪了，只能耐心劝说：“孩子是犯了错，但打骂都是没用的，而且她也需要面子，您不能这么这样当众辱骂她。”

韩娇她妈不听，还是不停地骂骂咧咧，老鹰扑食一样去抓她。

韩娇一边委屈地哭着一边往她爸身后躲，同时还在心里骂着陈染音：还不都是你故意在我妈面前搬弄是非？现在又来装好人了？

她爸倒是个体面人，抓住了她妈的另外一只手，不容置疑地呵斥：“你也够了，有什么事回家说！”

她妈倒是听她爸的话，狠狠地瞪了韩娇一眼，然后看向陈染音，瞬间换上了一副尊敬又满含歉意的表情：“陈老师，孩子不懂事，真是麻烦您了。”

陈染音的心里忽然五味杂陈，陈杂于韩娇父母的不平等关系和素质差距；陈杂于全职母亲的艰辛和压抑；陈杂于韩娇母亲对待老师的卑微和对孩子的恨铁不成钢；陈杂于韩娇的任性与叛逆，以及对母亲的不理解。

也是当了老师之后，她才彻底明白了什么叫“家家有本难念的经”，也明白了什么叫“人人都是生活的孤勇者”。

她庆幸自己有一对开明且理智的父母，庆幸自己有一个和谐的家庭，庆幸自己爱上的是一个有担当的英雄。

她的一生几乎是顺风顺水，从未经历过不平等待遇，所以才会在附中初中部抛弃自己的时候那么义愤填膺——那个挤走了她的东辅大研究生，是关系户。

比起世界上的大多数人来说，她已经很幸运了，可以说是上天眷顾的宠儿。

路虎开出许久，陈染音依旧站在路边，遥望着路虎的车尾灯，心头沉甸甸的，还有点自责。

当老师吧，就是这样，一边和学生斗智斗勇，一边愧疚于自己的“惹是生非”——出于责任，她必须管教学生，通知家长，后果就是把人家家里搞得鸡飞狗跳……谁不想当个千面好人啊？当老师就是份得罪人的活。

怪不得陆云檀不想当老师呢，女侠才不随便得罪人呢，影响她行走江湖。

轻叹口气，陈染音转身朝着顾别冬走了过去，继续得罪人：“走吧，去找你舅。”

四下无人，他终于不再嘴硬了，坦诚地向陈大美女露了怯：“他肯定要揍我！”

陈染音没好气：“你刚才不还挺厉害的吗？”

为求自保，顾别冬只好故技重施，又低声下气地喊了声：“舅妈，救救我。”

唉，这孩子，总是随随便便喊人，喊得人多不好意思啊！

再说了，这儿又没别人，你喊给谁听呢？其他人都听不见……算了算了，看在你年少无知的分上，再救你一次吧。

不过，她还是先训了他一句：“你舅也不容易，你以后老实点，少惹他生气。”

顾别冬不停地点头：“好的好的！一定一定！”

陈染音又说：“知道你舅为什么把交接地点选在医务室吗？”

顾别冬：交接？我是你们的“货”吗？

陈染音没好气：“因为他也害怕自己把你踹坏了！”

顾别冬低着头不说话，心里怪愧疚的。

陈染音：“等会儿到了医务室门口，弯着腰捂着肚子，他就不会揍你了。”

顾别冬的肚子现在已经不疼了：“这不是故意吓唬我舅吗？不合适吧……我会于心不安的。”

陈染音：“那就等着他再踹你一脚吧。”

顾别冬立即弯下腰，还用双手捂住了肚子，并摆出一副痛不欲生的表情，然后询问陈染音：“这样？”

陈染音：我是一点都没看出来你的于心不安。

但她还是点评了一句：“你这个表情太生硬了，用力过度，他不会信。”

她的“正宫娘娘”，眼神毒着呢，她的演技就是被他的眼神练出来的。

顾别冬困扰挠头：“那怎么办？”

陈染音给他做了个示范：躬身弯腰，双手捂腹，蹙起了眉头，却没有全蹙，只蹙了七分，剩下三分是感情表演，演出了痛苦与隐忍，同时微微皱鼻，鼻翼翕开，双唇紧紧地抿着，一声不响，却加重了呼吸，完美演绎出了什么叫作——正在受罪中。

顾别冬目瞪口呆——牛啊！牛死了！

正在这时，前方的道路上忽然传来了脚步声，师生俩同时抬头，同时一蒙：他怎么找过来了？

角色已经来不及转换了，顾别冬灵机一动，立即搀住了陈染音的胳膊：“舅妈！舅妈！你没事吧！”又冲着他舅急切大喊，“舅妈胃病犯了！”

来不及撤销表演的陈染音无语。

顾祈舟瞬间加快了步伐，直接冲过来把陈染音从地上横抱了起来，然后马不停蹄地朝着医务室的方向跑。

他的下颌线紧绷，剑眉紧蹙着，满目焦急与担忧，陈染音只好一边于心不忍着，一边坚持着表演，又气息不稳地说了句：“我这病犯得越来越频繁了，不会变成胃癌吧？”

顾祈舟垂眸，狠狠地剜了她一眼，脸色阴沉得几乎能结霜。

陈染音瞬间闭了嘴，安静如鸡，顺带着又闭了眼，“虚弱”地把脑袋依在他的肩头。

顾别冬活蹦乱跳地跟在后面，一边庆幸着自己躲过了一劫，一边扬扬得意于自己刚才的机智反应，又一边在心里感慨：“猎鹰”这人可以啊，有事她是真上，能处，当他舅妈没问题！

夜间值班的是另外一个女医生，陈染音生怕自己的表演露馅，主动提出不打止痛针，理由是昨天中午已经打过针了，再打一针对神经不好。

女医生给她开了颗止痛片，然后就让顾祈舟把她抱去观察室了。

第一观察室里面有三张病床，三张床上全躺着人——这些正在挂吊水的病号，全来自正在经受特警队专业训练的新兵队伍。

第二观察室里面估计也有人。

顾祈舟站在第一观察室门口叹了口气，直接抱着陈染音去了最里面的第三观察室。陈染音不禁在心里替那些正在挂水的新兵舒了口气：幸好全睡觉了，才成功躲过一劫，不然必将再次亲身经历一遍来自顾队长的碾压及恐吓。

第三观察室里倒是没人，三张病床全是空着的，顾祈舟把陈染音放在了最里侧的那张病床上，又给她盖上了被子，低声说：“我去给你倒杯水。”

陈染音抓住了他的手腕：“不用，我也不想吃止痛片，会产生依赖。”说话时，她依旧持续着“正在努力忍耐痛苦”的表演，表情憔悴，气息虚弱，眼神还可怜巴巴的，“我就想让你陪着我。”

顾祈舟心里清楚，自己应该果断地和她划清界限，却又始终狠不下心，尤其是现在。长叹了口气，他回了句：“行。”然后把放在床尾的凳子拎了过来，坐到床边。

病房里没开灯，窗帘也是拉上的，一切都昏昏暗暗。顾别冬安安静静地在门口站了一会儿，努力地把自己和夜色融为一体，降低自己的存在感。

感觉他舅应该已经把他忘得差不多了的时候，他做贼似的抬起了脚步，悄悄地往后退了一步，准备溜之大吉，然而才刚动了一下，就听到了他舅的训斥：“谁让你走了？给我站好！”

声色冷硬，语气严厉，不容置疑。

顾别冬有点尴尬，还有点不服气，但还是乖乖站好了。

顾祈舟却没再搭理他，甚至都没再多看他一眼，就让他一直在那儿干站着。

陈染音看了顾祈舟一眼。

观察室的蓝窗帘不怎么好，挡不住明亮的夏季月光，她还是能清清楚楚地看到顾祈舟的脸色，五官棱角分明，表情又冷又臭，再被蓝色的月光一照，简直像是个冰雕出来的人。

她劝了句：“都几点了？他也困了，你再训他也没用，听不进去，有什么事明天再说吧。”

顾别冬心想：就是，什么事不能明天说啊？现在就是在故意刁难我……

顾祈舟却冷笑了一下：“他还能知道什么是困？他不会困，逃学逃得精神着呢。”

顾别冬越发不服气了，暗暗地在心里犟嘴：我就逃学！你能把我怎么样？有本事踹死我！

陈染音轻叹口气，继续劝顾祈舟：“有什么话你好好说，别冲着他阴阳怪气，他又不会听，还会在心里骂你。”

顾别冬：“猎鹰”你怎么回事？咱俩不是一伙的吗？

顾祈舟又气又无奈：“好好说他听吗？”

陈染音实话实说：“我只知道你要是不好好跟他说话，他一定不会听，还会更叛逆，因为他和你一样，是个绝世无敌小心眼。”

一句话，同时得罪两个人。

但陈染音毫无畏惧，反正她干的就是得罪人的活，早就不怕得罪人了：“你就让他睡吧，别训他了，没用，用行动制裁他就行了，明天不让他去参观武器库，后天也不让他参加演习，他绝对知道错了。”

杀人诛心！杀人诛心啊！

大体上来说，二中的学生是来义务协助特警队演习的，所以可以得到一项特殊福利待遇：参观特警训练基地。其中一项最大最诱人的福利待遇，就是参观武器库。

七到九班是今天下午进行这项活动，听说，从特警队临时为他们准备的展馆出来之后，男生们几乎全疯了，一双双眼睛中都放射着异样的精光。

还听说，特警队选择陈列出来的武器里面，不仅有92式手枪，还有95、NP-22、QCQ冲锋枪、BJC16，更有高精狙！

高精狙啊！

那可是高精狙啊！

顾别冬从小在特警队长大，却从来没近距离地接触过这么多装备，因为规定不允许。

他真的很想——摸一摸——高精狙！

就算是不摸，亲眼看一看也是行的！

而且他还听说了，七到九班今天下午不仅参观了兵器库，还去参观了警用摩托车和装甲车……

不行！他明天必须参加训练！必须！

大丈夫能屈能伸，说道歉他就能道歉！

顾别冬瞬间端正了态度，积极主动地认错："对不起，我知道错了，是我不对，我不该逃寝，我已经严肃认识到了自己的错误，希望陈老师能给我一次改过自新的机会。"说完，他还毕恭毕敬地冲着陈染音的病床鞠了一躬。

他也已经分析出了当下的局势：他舅说了不算，做主的是"猎鹰"。

所以，压根没多看他舅一眼，反正他舅说了也不算。

顾祈舟都被气到没脾气了："我以前怎么没发现你这么懂事呢？"

顾别冬面不改色心不跳地说："不，你不懂我，也不懂陈老师的良苦用心，她才是真正为了我好！为了学生好！为了班级好！"

陈染音差点就笑出声了，得意扬扬地看了顾祈舟一眼，还挑了下眉头，似乎是在向他炫耀：看，朕厉害吧？

顾祈舟强忍笑意，故意板着一张臭脸。

陈染音在心里哼了一声，继续对顾别冬说："知错认错的态度值得肯定，但明天的训练你肯定不能参加，做错了事情就必须付出代价。"她的语气和态度都很坚决，是铁了心地要惩罚他，不然他肯定不长记性，但还是留了余地，"如果你明天能好好地反思一下自己的错误，可以考虑让你参加后天的演习。"

老师对学生的惩罚就要这样，张弛有度，恩威并施，才能稳稳拿捏他们，不然只会适得其反。

顾别冬还是想去参观武器库，不死心地打商量："我可以写检查，一千字！不！一千五！我还可以当着全班同学的面朗读我的检查。"

顾祈舟忍无可忍，气急败坏："你跟谁学得这么没皮没脸？"

顾别冬："那……那还能有谁啊？"

"哈哈哈。"陈染音都笑出声了。

顾祈舟冷冷地盯了她一眼："肚子又不疼了？"他已经看出来她是在装了。

陈染音瞬间收敛了笑容，不苟言笑地对顾别冬说："我可以接受你的检查，但明天的训练你还是不能参加。"

顾别冬：那我不是赔了夫人又折兵吗？

陈染音："不过如果你的检查写得诚恳，让我感受到了你认错的态度，我就同意你参加后天的演习，不然你就只能当场外观众。"

其实，演习他也是很想参加的，当人质，被解救，多刺激啊！

而且特警队想让他们配合就是因为真人更有机动性，真实感更强！

思来想去，他决定放弃参观武器库，努力保全演习："那行吧……咱俩可说好了啊，我交检查，你让我参加演习。"

陈染音冷冷反问："你还敢跟我讨价还价呢？"

顾别冬瞬间"闭麦"。

顾祈舟都有点想笑了，宽慰地心想：有个人能收拾得了你也好。

陈染音没再说废话："行了，赶紧睡觉吧，也别回寝室睡了，影响别的同学休息，直接在这儿睡，明天早上再走。"

"哦……"顾别冬朝着距离自己最近的那张病床走了过去，脱鞋上床钻被窝，从这刻起，安静如鸡。

顾祈舟也没废话，言简意赅地对陈染音说："你也睡吧，我走了。"说着，起身从凳子上站了起来。

陈染音立即从被子里伸出了手，牢牢地抓住他的手腕，斩钉截铁："我有事跟你说。"

顾祈舟没走，却也没坐下，不冷不热地问了句："什么事？"

陈染音很是认真地说："你坐下，挨我近点，我小声跟你说，是个秘密。"

凭借着他对陈姐的了解，八成又是个陷阱。

不对，不是八成，是十成。

明晃晃的陷阱，他并不想往下跳，正准备直接走人，陈染音却突然又说了一句："你就不想知道我下车之后发生的事情吗？"

顾祈舟的脚步一僵，挣扎、犹豫许久，最终还是坐回了凳子上。

他还是想知道，她后来到底经历了什么。

陈染音知道自己赌赢了，他还是在乎她的："我被警察领进了医院，做了检查，有些轻微脑震荡，右腿的半月板也被打断了。"担心被顾别冬听到，她竭力压着自己的音量，声音又低又沉，"医生说我这辈子再也不能打球了，要是不好好保养的话，不到五十岁就要坐轮椅。"她很轻地叹了口气，"说不定等我年纪大了，就会变成一个轮椅老太太。"

顾祈舟的右手搭在腿上，下意识地攥紧了拳头。

其实，他很想对她说：不会的，你不会变成轮椅老太太，就算真的有那一天，我也会一直推着你走，一路走到底。

但是他不敢说啊，也不能说。

他们两个根本不是一个世界的人，跨不过中间的那道鸿沟。

他只能保持沉默。

陈染音也没指望他能说些什么，因为她已经不再是以前的那个纨绔子弟了，她懂得什么叫作"不强人所难"，但有些话，她必须亲口告诉他，这些话已经在她心底埋藏了许多年。

"这几年我一直在后悔，后悔那天晚上自己下了车，后悔自己没能陪你走到最后，如果能再来一次的话，我一定不下车，我会陪你回家，无论你经历了什么，我都会陪你一起面对。"

这些话，是顾祈舟从未想到过的，他的右手再一次攥成了拳，胸中情绪奔腾翻涌，意识不断地在过去与现实之间来回交织着。

他是林宇唐，也是顾祈舟。

但林宇唐已经成了过去式，早就死在了八年前的那个晚上。

他现在只能是顾祈舟。

林宇唐可以随心所欲，可以在面对陈染音的爱慕与追求时豁出一切去爱她，但是顾祈舟不行，因为林宇唐连累了她，顾祈舟不能重蹈覆辙。

他紧紧地咬住牙关，深深地吸了一口气，再次抬起眼眸时，神色清明而笃定："他不需要你陪他回家，他只想让你下车。"

他用上了"他"这个代词，来划清自己和林宇唐的关系，划清过去和现在的界限。

为了证明自己一点也不需要她，他又补充了一句："他觉得你是个废物，是个累赘。"

陈染音不是傻子，当然明白他为什么会这么说："我确实是个废物，但你还是把我这个废物推上了岸。"她又说，"我知道你心里怎么想的，你觉得我太脆弱了，没那个勇气和你在一起，但是我现在也没那么废了，最起码我可以保证自己再也不下车了。我会一直陪着你，无论用什么方式，哪怕你以后喜欢上别人，娶了别人当老婆，我也会默默地守护着你，哪怕你结婚那天想让我去给你老婆当伴娘都行，只要你开心。”

又开始油嘴滑舌了。

顾祈舟长叹一口气，很无奈地说：“你不用这么说。”

陈染音蹙起了眉头，又急又气：“我这回真的没有给你画饼！”

顾祈舟：原来你也知道自己爱给我画饼。

陈染音直视着他的目光，字句笃定地说：“我是认真的，我再也不会下车了，我会一直陪着你！”

顾祈舟的态度却也很坚决：“我不需要你陪。”

陈染音抿了抿唇，想了想，退而求其次：“那也行，反正我也没指望你能原谅我，但你一定要让我看到你，你想去哪里都行，我也没资格限制你的自由，但你走之前一定要告诉我。”

千万不要再杳无音信地消失八年。

她又说：“我只是想看着你，你平安无事就行。”

顾祈舟依旧是那个答案：“我不需要。”他的语气十分决然，也很直白，“更不想重新和你在一起。”

但其实，他从来都没有责怪过她，一秒钟都没有。

八年前的那晚，在倒车镜中看到她头也不回地走向警察的那一刻，他安心极了。无论他接下来将会面对什么，最起码她安全了。

他只是不想继续连累她。

陈染音欲言又止了一次，本想继续向他表态自己真的已经改邪归正，也是真的想陪他走到最后，但她忽然意识到，这样根本行不通。

林宇唐这人，吃硬不吃软，非要威逼利诱才行。

她只能跟他玩赖：“行啊，你去跟你们支队长说啊，说不喜欢我，说要甩了我，我又无所谓，反正孩子都已经打了，你想怎么赖账都行。”

言外之意：你敢不要我，我就敢去你们支队长面前诬告你！

正在努力偷听的顾别冬瞬间瞪大了眼……

陈染音平躺在床上，死死地攥着顾祈舟的手腕，一副雷打不动的无赖嘴脸，铁了心地要赖上他了——去他的成熟稳重换位思考吧！去他的态度良好地认错吧！去他的反思从良吧！她就是个根深蒂固的纨绔子弟，就是要强人所难，强扭的瓜最甜！

你这辈子死都别想逃出朕的手掌心！

顾祈舟都被气笑了，一脸无奈地看着她，发自内心地发问："你到底是怎么当上老师的？"

陈染音一本正经："因为我欣赏门捷列夫。"

等陈染音睡熟后，顾祈舟轻轻地抽出了自己的手腕，起身从凳子上站了起来，朝着最外面的那张病床走过去，把刚刚睡着的冬冬同学给晃醒了，声音低沉短促，不容置疑："起来！"

顾别冬半坐了起来，一脸蒙："去哪儿啊？"

顾祈舟："跟我回寝室。"

顾别冬还是迷茫，看了一眼最里侧的那张病床，又看了看自己舅舅，问："为什么啊？"又说，"咱们一家三口共处一室不是挺和谐的吗？"

他深深地吸了一口气，强忍着想削死自己外甥的冲动，咬牙切齿地警告他："再说一句废话，我就取消你们班明天的演习。"

时间已经过了凌晨十二点。

顾别冬瞬间安静如鸡，麻溜地从床上跳下来，迅速登上了运动鞋，又按照他舅的要求把被子叠好，却叠得歪歪扭扭，看着顾祈舟直想上脚踹他——这要是黑豹的队员，早被他收拾一百遍了——最后别无他法，他舅又亲自上手把被子重新叠了一遍，叠成了标准的方块豆腐被。

夜训的新兵们也已经结束了艰苦的训练，夜间的特警训练基地十分静谧。

回寝室的路上，顾祈舟独自一人走在前面，顾别冬抓耳挠腮地跟在后面，纠结了好长好长时间之后，他终于鼓足了勇气，小跑几步凑到他舅身边，紧张又忐忑地询问："那个……刚才舅妈说的话，是真的还是假的？"

顾祈舟给了他一个警告的眼神："你小子少给我乱喊人。"

顾别冬不为所动，因为他的关注点是："那……那孩子的事是真的还是假的啊？"

顾别冬都有点着急了："你不会真的对陈大美女做出了那种事情吧？那也太无耻了！你这是始乱终弃啊！我……我都替你感到可耻！"

你可真是个有羞耻心的好孩子啊……顾祈舟挺心累的，甚至已经没脾气了，解释的语气都有点破罐破子摔的感觉了："她扯淡的。"

顾别冬并不是很相信他舅："她为什么要扯这种淡？再怎么说，人家也是个女孩子呀，还能拿自己的名声扯淡？”

她是个女的没错，但她比爷们儿还能扯淡……顾祈舟无奈地回了句：“你不了解她。”

顾别冬撇了撇嘴：“对，你最了解，你最懂，你还最不知好歹。”

顾别冬又说：“其实我觉得她挺好的，反正对我挺好，脾气也挺爽快的，要是当我舅妈的话我是没问题的。”

顾祈舟看了自己外甥一眼，张了张嘴，想说些什么，却欲言又止。

最终，他还是什么都没说。

也没什么好说的，不行就是不行。

顾祈舟领着顾别冬回到寝室的时候，昆鸣和林毅已经全睡熟了，呼噜声此起彼伏，顾别冬严重怀疑自己今晚到底还能不能睡着觉了。

早晨六点，基地的起床号准时响起，顾祈舟、林毅还有昆鸣准时起床，唯独睡在顾祈舟上铺的顾别冬对嘹亮的起床号毫无反应，睡得像死猪一样。

昆鸣和林毅都挺意外的——

“你们俩什么时候回来的？”林毅一边行动迅速地套衣服一边问顾祈舟。

“昨天半夜。”顾祈舟换好衣服，抬起手臂用力地推了推睡得像猪一样的外甥，没好气地喊，“起床！”

昆鸣端起了洗漱茶杯：“他怎么跟你回来了？”

顾祈舟都不好意思提：“犯事了，班主任不让他参加今天的训练。”

昆鸣也知道这小子昨晚逃寝的事，调侃了句：“哟，舅妈挺不给面子啊，还大义灭亲了。”

林毅也笑了，然后问了句：“那他今天怎么办？就在寝室待着？”

顾祈舟没好气：“写检查！”他又推了一下依旧如死猪般的顾别冬，“赶紧起床！”

顾别冬痛不欲生地睁开了眼睛，绝望地打商量着他舅：“我想再睡十分钟。”

“你睡个屁！”顾祈舟气急败坏，“你还有一千五百字检查呢！”

大早上的，你就不能说一些让人开心的事情吗？

林毅更乐了，一边摇头一边笑着说：“你们舅甥俩真默契，一个被支队长罚写保证书，一个被班主任罚写检查。”

顾别冬一愣，用一种同为天涯沦落人的眼神看向他舅，语气中还透露着些许的惊喜：“你也被罚了？”

顾别冬觍着个脸问："你多少字啊？能借我抄抄吗？"

顾祈舟脸色一沉，转身就走。

看着他身进了卫生间，顾别冬从床上坐了起来，开始碎碎念："又不是考试，借我抄抄怎么了？"

昆鸣摇了摇头："你还真不能抄。"

顾别冬："为什么？"

教导员林毅很精准地总结回答："错误性质不同。"

副队长昆鸣看热闹不嫌事大地补充："他是男女关系问题。"

陈染音也是被起床号喊醒的，然后才发现病房里只剩下她自己了，感觉怪孤独的，像是被抛弃了，但是她也没时间多想，迅速翻身下床，把被子叠好后，一路小跑着回了寝室。

李思绵已经洗漱完了，一推开寝室大门，就看到了气喘吁吁的陈染音，不由得一惊："你昨晚去哪儿了？"

陈染音迅速走进寝室，同时回答："怕打扰你休息，我去医务室睡了。"

李思绵追问："怎么处理他们俩了？"

陈染音身上还穿着睡衣，一边脱衣服一边说："让家长领回家了。"她把睡衣上衣扔在了床上，拿起黑色运动短袖往身上套，"全都是大爷，我没本事管了，回家反思吧。"

李思绵把门关上了，开始和她共享消息："我昨晚调查了，俩寝室的人全问了，主谋是韩娇，她说自己心情不好想出去玩，就撺掇着顾别冬逃寝，顾别冬为了哄她开心，就带着她逃了。"

陈染音穿好了灰色的长运动裤，无奈地回了句："两个最不省心的人凑到一起去了。"

李思绵不能再认同："可不是吗，一个比一个胆子大。"

陈染音换好衣服后也来不及洗漱了，因为六点半就要跑操，随便用湿巾擦了把脸就和李思绵一起离开了寝室。

特警队的新兵和老兵一起在北操场跑操，二中的学生在南操场。

陈染音的腿有旧疾，所以不能跟班跑，只能站在跑道内侧监督。

特警队的训练量确实挺大，比在学校里面跑操的时候要累得多，一大早就十圈起步，还是四百米操场，二中的"小崽子"们累得够呛。

下操的时候，团宠吴源和赵胖已经累得瘫坐在了地上，这俩人周围还围了一圈男生，皆是脸色苍白，气喘吁吁。

九班的赵煦鹏领着一帮男生路过的时候，故意冷幽幽地甩了一句："真是废啊。"剩下的几个九班男生眼中也都浮现出了轻蔑的笑容。

二班男生瞬间被激怒了，吴源直接冲着他的背影骂了句。

赵煦鹏脚步一顿，脸色也跟着一沉，回头，冷冷地盯着吴源："丫又皮痒了是吧？"

二班的几个男生立即挡在了吴源身前，就连二百斤的赵胖都从地上站了起来："你又挑事是吧？"

九班那几个男生也都不是好惹的主，气势汹汹地站在赵煦鹏身后，不甘示弱地和二班的男生们对峙着。

赵煦鹏双手插兜，眼神轻蔑地扫视了一圈："我发现你们班人还真是脸皮厚，没本事还喜欢装。"发现顾别冬不在，又特意多骂了他一句，"尤其是顾别冬，没爹没妈还那么骄傲，我要是他啊，我就……"

"你就怎么样啊？"

赵煦鹏一愣，不知所措地看向不知道何时冒出来的陈染音。

陈染音看起来面无表情，但眼神中所透露出的严厉和压迫感十分强烈。

"继续说啊，大家都听着呢。"她冷冷道，"一口气把话说完，我们还能给你评评理，看看你说得对不对。"

赵煦鹏也不是个傻子，当然能听出来她在说反话，虽然心里特不服，但还是没敢继续往下说。

"你不说了是吧？那我说。"陈染音毫不留情地开始训斥他，"背地里说同学的闲话，你还觉得自己挺牛的是吧？还是说站在警徽下，当众羞辱烈士子女让你感到光荣？"

特警大楼位于南操场的正北方，此时骄阳初升，悬挂其上的警徽庄重肃穆，熠熠生辉。

悬挂在旗杆上的国旗和警旗也正迎风招展。

陈染音的话一说出口，周围所有人都在用一种异样的眼光审视着赵煦鹏，包括九班的男生们。

赵煦鹏的脸热得发烫，但并不是因为羞耻而脸红，而是恼羞成怒，是心有不甘，想破口大骂陈染音却又不敢，因为他得罪不起老师，更不敢藐视"烈士"这俩字。

陈染音知道他心里是怎么想的，但有些话点到为止即可，更何况他也不是她的学生："走吧，记得以后管好自己的嘴，谨言慎行。"

赵煦鹏脸色阴沉，攥紧了双拳，转身走人，同时咬牙切齿地在心里辱骂陈染音。

九班的男生面面相觑，然后紧跟在赵煦鹏身后离开了操场。

陈染音长叹一口气，回头看向自己班的男生们，眼神中透露着恨铁不成钢。

二班的男生们却全都沉浸在胜利的喜悦之中，立即朝着陈染音围了过去，开始疯狂吹彩虹屁——

"老陈你真棒！"

"老陈你帅呆了！"

"从今天起老陈你就是我的偶像！"

"赵煦鹏那人就是欠收拾，你刚才就应该再多骂他几句！"

七嘴八舌的彩虹屁不停地往陈染音的耳朵里砸，但是她不为所动，依旧板着一张美艳的冷脸，没好气地训他们几个："少给我说好听话！怎么不反思反思他为什么挑衅你们呢？看看人家别的班，跑完十圈后都跟没事人一样，"虽然这话夸张了，但是不夸张点不行，不然没法让他们意识到事情的严重性，"你们呢？全都累瘫了！年纪轻轻的，体力这么差，明年的体育考试怎么办？70分不要了？"想当年她参加中招考试的时候，可是能够一骑绝尘拿满分的旋风少女，虽然那个时候的体育总分才50分。

被批评后，男生们皆面露愧色，哑口无言。

陈染音又看向吴源："尤其是你！就你最弱，还就你脾气最大！"仗着自己是团宠就为所欲为，"你骂他那一句干什么呀？"

吴源低着头，老老实实地接受批评教育。

陈染音越说越生气，越说越着急："正式开学后，全班每天放学前围着操场跑四圈才能回家！"

男生们瞬间瞪大了眼睛："啊？"

陈染音眼睛一瞪："有意见？"

男生们一愣，头摇啊摇："没有没有……"

散操后，陈染音先回了一趟寝室，洗脸刷牙打热水洗头，然后才去了食堂吃早餐，打饭的时候偶遇了年级长，顺带着给他上报了自己今晚准备上台表演的节目。

七点半开始训练，二班今天上午的训练内容比较轻松，全是观赏型的，先去参观武器库，然后去观摩学习特警队老队员们的日常训练内容。

带领队员训练的人是顾祈舟，二中的小朋友们见了他都像见了鬼一样，一个比一个老实乖巧，生怕被他“特殊照料”。这让陈染音忽然明白了一个道理：被贴上“冷酷无情没人性”的标签也挺好的，最起码可以省去不少麻烦，一个眼神就能震慑四方。

训练内容中有一项是高空索降，身绑专业绳索，从高楼或者直升机上降落至地面。

今天是直升机训练，开飞机的是一中队的女队员周倩。黑色的直升机从停机坪上起飞的那一刻，高速转动的螺旋桨掀起了一阵又一阵的狂风，炽热的空气被搅动，如同滚滚热浪一般，扑向在场边围观的学生们，呼呼地吹动着他们的脸庞和头发。

但是没有一个学生低头躲风，而是齐刷刷地将手搭在了额头上做“凉棚”，眯着眼睛，贪婪地看着不断高升的直升机，还不停地发出惊叹之声：“哇！哇！哇！”

陈染音被这帮小朋友逗笑了，虽然她也是第一次这么近距离地观看直升机，虽然她也觉得直升机帅爆了，但是她坚持不“哇”，坚持保持冷静，气定神闲地仰望着直升机，用行动表明一个态度：我可是个见过世面的成年人，怎么能和孩子一样呢？

直到身穿黑色战训服的顾祈舟率先从直升机上挂索飞出，陈老师瞬间看呆了，和小朋友们一起惊声高呼：“哇！哇！哇！”

在碧蓝色的天空下，只见顾祈舟身姿英勇矫捷，从三十多米的高空，仅用时四秒多的时间就利落果断地降到了地面，并迅速进入了作战状态，看得陈染音双眼发直，小心脏怦怦跳，悸动得不行！

直到训练结束，她还意犹未尽地沉浸在刚才的回忆中呢，还窃喜起来：朕的“正宫娘娘”，真是绝代风华，天下无双！

下午的训练内容是野外拉练，但特警队考虑到小朋友们的身体情况，所以就没加跑步和负重这一项，只是围着后山步行拉练。

但是北操场后面那片山可真不小，山势还崎岖不平，步行绕一圈至少四个小时。

陈染音的腿不行，走不了那么长时间的山路，所以就没去，拜托李思绵替她跟班，但是她也没在寝室待着，而是去了特警队的行政楼。

许支的办公室在三楼。

陈染音才刚走到许支的办公室门口，一直紧闭着的深棕色大门就忽然被打开，顾祈舟从办公室里走了出来，两人刚巧碰了面对面。

陈染音有点惊喜："你怎么在这儿？"

顾祈舟还真没办法回答这个问题，下意识地回避她的目光，又迅速地关上了办公室的门，反问了句："你来干吗？"

陈染音眨了眨眼睛，天真无邪地说："当然要说一说孩子的事情。"

陈染音眉头一挑："怕了？怕就从了我啊。"

顾祈舟还是那个态度，冷着脸说："不可能。"

陈染音气闷地咬了咬后槽牙："那你就给我等着吧！"

顾祈舟无奈："到底来干吗了？"

陈染音没好气："你管得着吗？非亲非故的，问这么多？"

陈染音推开了他，客客气气地敲响了门板，又瞪了顾祈舟一眼："走开！离远点！敢偷听就打死你！"

真是——欠收拾。

门内传来了许支的声音："请进。"

陈染音用力地甩了下脑袋，故意把长长的马尾辫高高地甩了起来，顾祈舟下意识地往后躲了一下，辫尾还是扫着他的鼻尖蹭过去了，丝丝痒痒的，还弥留着一股淡淡的香味，香得诱人，却转瞬即逝。

有些意犹未尽。

他忽然特别想把她扯进怀里，好好地闻一闻。

陈染音不想再看他，直接打开了办公室的门，走进许支的办公室后，又迅速把门关上了。

看着紧闭的大门，顾祈舟叹了口气，犹豫了一下，还是转身走了。

许支早就听到了他们俩在门口拌嘴，等陈染音走进办公室后，他笑呵呵地说了句："他不懂事，你别跟他一般见识。"

"我才没跟他一般见识呢。"陈染音走到了许支的办公桌前，看了看椅子，又看了看许支，询问了句，"可以坐吗？"

许支预感这姑娘好像是要和他促膝长谈，不禁有些意外，但还是忙不迭地说："可以，当然可以！你坐。"他却起身站了起来，准备去给陈染音泡茶。

陈染音连忙说道："您也坐吧，我不渴，我就是想问您点事情。"她开门见山地说，"有关林宇唐的事。"

许支诧异地看了她一眼，严厉的神色中还带着几分戒备和提防。

陈染音早就料到了许支会是这种反应，平静地解释了句：“我是他的高中同学，我和他认识的时候他就叫林宇唐。”她又说，“昨天中午我在女寝门口看到您和我们班的一个女生说话，那个女生说您把她当成了班长，询问她顾别冬的情况，她还说您很关心顾别冬，我就猜到了您一定知道他们的真实身份。”

许支默然不语地坐回了位置上，表情依旧沉冷严肃。

陈染音又说：“您不用紧张，我不会害他，更不会泄露他的身份，我是想询问一些关于他的事情。”

许支目光凌厉地审视着她，少顷后，缓缓开口，不容置疑地说：“我不认识林宇唐，也从没见过一个叫林宇唐的人。”

陈染音是个聪明人，立即点头：“我知道，林宇唐早就死了，那我们就聊一聊顾祈舟。”

许支沉默片刻：“你想问什么？”

陈染音：“我想知道那天晚上过后，顾祈舟去了哪里，在过去的八年里，又经历了什么？”

许支明白她口中的“那天晚上”是哪天晚上，却没有正面回答她的问题：“你为什么想知道？和你有什么关系？”

陈染音抿了抿唇，深深地吸了一口气之后，她沉声开口：“因为我是那天晚上和他一起遭遇绑架的那个女孩。”

许支瞬间瞪大了眼睛，难以置信地盯着陈染音。

陈染音攥紧了搭在腿上的双拳，鼓足勇气向许支坦白自己的罪恶：“那天晚上是我撺掇着他离校，才导致他身涉险境，后来我们联手反杀，不对，不是我们联手，是他用命给我开出了一条路，把我救了出去，我却因为胆怯抛弃了他，因为我害怕他会连累我……”她的声音不由自主地在发颤，就连双颊都在跟着颤抖，再次深吸了一口气，才能继续开口，“那晚过后，我就再也没有见过他，这些年我一直在后悔，在愧疚，也一直没能忘了他……还有赵和林，不对，应该说是顾别冬，他很小的时候我就见过他了，所以您也不必瞒我了，我都知道。”

许建城彻底哑口无言。

他知道那晚的罪孽中还牵连了另外一个无辜的女孩，但他从来没有见过她，而且出于保护受害人的原则，女孩的资料也被保密了起来。

他无论如何也想不到，如今这个女孩竟然忽然出现在他的面前，主动询问他有关林宇唐的事情，更想不到，她竟然会成为赵和林的班主任。

是巧合还是天意？

纸终究是包不住火啊……

许建城在心里苦笑了一下，又叹了口气，无奈地对陈染音说："我和周局一直不让他回东辅，就怕他被熟人认出来，但他不听，特别固执，背着我和周局报名了东辅公安系统的公务员考试。现在的面试也严格，从全国各地的公安系统里抽调面试官，谁都没法插手，我和周局知道的时候他已经被系统录取了，想轰都轰不走。"

陈染音微微蹙眉："他为什么……那么想回东辅？"

许建城："因为他不甘心。这孩子骨头硬，不服输，不认命，从哪里跌倒了就想从哪里站起来。"他又叹了口气，"他爸、他姐、他姐夫全都死在东辅了，他怎么可能咽得下这口气？"

陈染音的眼眶猛然一酸，同时也捕捉到了一个信息："那他的妈妈呢？"

许建城："命大，那天临时被安排去外地出差了，运气好躲过了一劫，但是我们没有公开这个消息，也不能公开。为了保护他们，对外统称是一起灭门案，一家六口全部死亡。后来他们就被秘密转送到了外地，这么多年一直生活在西辅。"

陈染音追问："那他妈妈现在还在西辅吗？"

许建城摇头，沉声道："不在了，癌症，他大学毕业那年就没了。他妈的身体本身就不太好，得过一次乳腺癌，后来治好了，但那件事又给她造成了不小的打击，导致癌症复发了……其实身子骨早就不行了，硬撑到他大学毕业才走。他们这一家人，都是硬骨头。"

陈染音的心疼得像是被刀捅了一样，视线瞬间就模糊了……她觉得命运对待林宇唐不公平，不对，是残忍，一次又一次地剥夺了本该属于他的东西，那些东西还全都是一些对普通人来说习以为常的东西，他却无法拥有，可望而不可即。

愧疚与负罪感越发强烈。

她觉得自己简直是个十恶不赦的罪人。

"他妈要是还在的话，根本不可能让他再回东辅，这孩子就是倔，死不服输。"许建城又叹了口气，"我也明白他当初为什么要铁了心地报考公安大学，因为他想变成和他爸一样的人。他本来是考进了刑警队，但我给他调走了，特意把他调到了特警队。"

陈染音一愣："为什么？"他爸爸明明是刑警，为什么要让他去当特警呢？

"复仇心理太重。那个时候他也是太年轻，刚毕业，控制不好个人情绪。"许建城很无奈地说，"当警察，尤其是刑警，办案的时候不能带有任何个人情绪，不然会严重影响判断力，他总想着复仇，想表现自己，想立功，想赶紧强大起来，证明自己不比他爸差，但是哪能一蹴而就啊？他爸干刑警的年头比他的岁数还长，而且那帮人……唉……”狼爷现在躲在哪里谁都不知道，除非他主动现身，不然只能耐心等待，“他的思想包袱太重，所以我就给他调走了，让他去特警队磨磨性子。”

说到这里，许支又想到了什么，忍不住笑了一下：“特警队确实是个磨炼人的好地方，上一任黑豹队长比现在的他还凶还狠，我还特意叮嘱了那个队长多多‘照顾’他一下，把他折腾到没脾气，也没时间和精力去想复仇的事了。”

陈染音咬住了下唇，最后还是忍不住阴阳怪气了句：“是啊，折腾人谁不会啊，他又不是铁打的，多折腾几遍就老实了。”

许建城知道她是心疼了，在心里笑了一下，继续往下讲：“他在特警队待到快两年时，被抽调去维和了。能被抽调去维和的，都是各项技能拔尖的队员，回来后仕途一定是顺风顺水的，我当时还想着可算对我师傅有个交代了，结果谁知道还不到半年，那边忽然传来消息，说他中了一枪，快不行了，可把我吓坏了，跪在我师傅的墓前哭了一晚上，后悔死了，还不如让他留在刑警队呢。”说着说着，他的眼眶就红了，声音也哽咽了，“幸好他命硬，挺过来了，不然我真是……唉……”

陈染音想到了顾祈舟身上那块紧挨着后心的枪伤，又开始心疼得掉眼泪。

许建城继续讲述：“他去维和了将近一年半，回来的时候刚巧赶上了上一任队长调任，他又有资历和经验，顺理成章地接任了黑豹的队长。他走那年，冬子刚上小学六年级，我又是个老光棍，所以那段时间冬子就一直跟着我住。这孩子是真皮，皮得要死，经常气得我想抄家伙揍他，但是又舍不得打他……这孩子是真可怜。”

陈染音微微蹙眉：“他的父母……”她想到了八年前的那个晚上，那个胖子狠掐着林宇唐的脖子时所说出的那些极尽恶毒的语言——她不知道这些话是真是假，但正是因为这几句话，才让她爆发出了一股前所未有的力量，打爆了他的头。

许建城沉默许久，哑着嗓子说了四个字：“走得惨烈。”

陈染音鼻尖一酸，心像是被针扎了一样疼，眼眶再次湿润了。

许建城再次叹口气：“他爸妈也是一对刚烈的人，坚持到了最后一刻。刑侦科去看现场的时候，判断出来是煤气罐爆炸，他爸是爆炸点；他妈原本已经逃出来了，但到最后又返回去了，把他放到了门口，锁死了院门。三个歹徒全被炸死了，他爸妈也……唉……我们找到他的时候，他就站在路边，呆呆地看着眼前的大火，问他什么都不说，已经被吓傻了，听不懂人话了，晃了两下之后忽然晕死过去了……他当时那么小，又经历了这些事，我和周局都很担心会给他造成心理阴影，结果他醒来之后竟然失忆了，什么都不记得了，医生说是受了太大的刺激，大脑启动了自我保护的模式，反正，也是万幸吧，不然他这辈子真的完了。”

真的是不幸之中的万幸了……陈染音长叹了口气，又忽然想到了什么，对许支说：“爆炸应该是那个胖子走了之后发生的事情。”怕他听不懂，她又补充了一句，“当晚劫持我和林……顾祈舟的有两个人，一个瘦子一个胖子，胖子中途出去了一趟。”

许支点头：“我知道，但是他没有去赵和林的父母那里。”

陈染音浑身一僵。

许支沉沉启唇：“他去了我师傅那里。”

陈染音明白了什么，瞬间屏住了呼吸，颤声启唇：“他……他杀了顾祈舟的父亲？”

许支缓缓点头：“以一种很残忍的手段。”

陈染音瞬间泪崩——那天晚上，他孤身一人回到家之后，到底经历了什么？又看到了什么？看到了父亲血肉模糊的尸首吗？

她再度陷入了深切的自责中：我应该陪他回去的，我不应该下车，我真该死……

许支再次叹了口气：“那个杀了我师傅的凶手叫赵青虎，曾在缅甸当过雇佣兵，相当心狠手辣，是狼爷的手下。不过我们谁都没想到，他竟然会死在你们两个的手里，或许，一切都是天意吧。”

陈染音哽咽着说：“不是我们两个，是他，”她再也不想霸占属于他的光环，“他捅了那个什么青虎一刀，还吸引了他的注意力，我才有机会偷袭他，”她哭得泣不成声，呜咽不止，“他还说，要是……要是没胜算的话，就让我直接跑，不要管他，他会替我拖死那个胖子，是他救了我，我……我就是个废物……”

许支看着她，很认真地说了句：“但是你没有弃他于不顾，你还是留了下来，偷袭了那个歹徒。”

陈染音哭着说：“可是那天晚上我就干了这么点事儿……我最后还下了车，我都没陪他回家，没陪他走到最后……”

许支知道她在内疚，但他能够理解她当时的选择和行为，毕竟那时的她只是一个十七岁的高中生，在生命面临威胁的时候，害怕是正常的，胆怯也是正常的。别说学生了，成年人还害怕呢。

许支想了想，劝她说：“有那一棍子就够了，他不会埋怨你的，他后来也说了，是你那一棍子救了他，不然他就被赵青虎掐死了。”

陈染音还是想不开，还是自责，还是哭。

许支只好又说：“你要是真心喜欢他，就把眼泪擦干吧，哭也没用，坚强起来才对。而且他根本就没有埋怨过你，还是挺喜欢你的。”

陈染音一愣，瞬间不哭了，直勾勾地盯着许建城：“您怎么知道的？”

许支被逗笑了：“他这么多年都没找过女朋友，问他喜欢什么样的他也不说，给他介绍他也不要，有女孩主动追求他吧，他还对人家爱搭不理的。对了，他还不懂什么是怜香惜玉，男女一个标准对待，不信你去问问特警队里的女队员，没有一个提起他的时候不翻白眼的，全都说他没有人性，白长那么帅了。”他笑着叹了口气，看着陈染音说，“但是丫头，他对你不一样呀，他在乎你，你生病了他会心疼，心急火燎地抱着你去医务室，我还从没见过他为了哪个女孩这么着急呢。他要是不喜欢你，他能这么做吗？”

说得陈染音都有点不好意思了，却又止不住地在心头暗自窃喜。

许建城又打开了抽屉，从里面拿出了几张写得密密麻麻的信纸，放到了陈染音的面前，点着说：“这是他刚交上来的保证书，保证以后会好好对你，绝不三心二意始乱终弃，你收好，一千字呢！他要是对你不好，你就拿着保证书来找我，我给你做主！”

陈染音立即抬手抹了一把眼泪：“真的？”

许建城笑着点头，保证道：“真的！你要是觉得我没那个能耐，我还能把周局给你喊过来。”

“那倒不用，有您这句话就够了。”陈染音终于破涕为笑，美滋滋地收下了保证书。

回到寝室后，她躺到了床上，靠着被子，不厌其烦地把顾祈舟写的保证书读了一遍又一遍，并且每一遍都是在一个字一个字地抠细节，抠到戳心的点的时候，还会激动得在床上翻来覆去。

“叮铃”一声，手机响了，她拿起来一看，是顾祈舟发来的微信，立即解开了屏保，结果收到的消息却是：“老师，我的检查写完了，现在可以去找你吗？”

不消多想，一定是顾别冬发的。

陈染音的心情又突然沉重了起来：她也挺心疼顾别冬这孩子的，小小年纪就没了父母，而且他父母还走得那么惨烈……幸好他什么都想不起来了，不然这辈子就真的完了。

但话又说回来，这孩子真的如同许支形容的那样：皮得要死，有时候能把人气得牙痒痒！

唉……她叹了口气，回复：“行，我在女寝门口等你。”

三分钟后，她走出了寝室大楼，没多久就等来了一路小跑而来的顾别冬。

顾别冬规规矩矩地穿着校服，毕恭毕敬地将检查双手奉上。

陈染音收过检查，大致看了一眼，基本可以得出一个判断——百度的。

这事儿她以前也没少干，不光百度检查，还百度各种读后感、观后感。要真是自己写的检查，字迹不会这么飘忽不定，标点符号的形状也不会这么潦草。而且，以顾别冬小同学的思想觉悟和写作水平，绝对写不出这种意义深刻的文字。

校霸从良不可怕，可怕的是校霸从良当了教师，你陈姐我现在就是这个世界上最可怕的人——陈染音在心里傲娇了一下，冷幽幽地瞟了顾别冬一眼：“自己写的？”

顾别冬面不改色心不跳：“嗯，自己写的。”

陈染音没好气：“把我当傻子了？”

顾别冬还在挣扎：“我……我就是自己写的！”

陈染音：“要不让你舅来看看？”

那还是不必了。

他无计可施地叹了口气，开始哀求：“舅妈，求求你了，我真的想参加演习。”

啧，怎么又随随便便地喊舅妈呢？八字还没一撇呢……陈染音咬住了下唇，眼角眉梢中流露出了几分小窃喜，但还是在努力地维持身为老师的威严：“你喊舅妈也没用，我为什么让你写检查？是为了让你反思自己的错误，你直接上网抄，能反思什么呀？”

顾别冬心里急得不行，生怕她不让自己参加演习，左思右想之下，他做出了一个被逼无奈的决定：“我……我……我跟你检举行吗？”

陈染音：“检举谁啊？”

顾别冬毫不迟疑：“我舅。”

陈染音：好家伙，都开始大义灭亲了？

她不动声色地问：“你要检举什么呀？”

顾别冬咬了咬牙，狠了狠心：“他说，如果你问我他之前谈过几个女朋友，我得回答十个。”

陈染音都惊呆了：“几个？”

顾别冬：“十个，但他就是在吹牛，其实一个都没有。”

真是一生要强的“正宫娘娘”——陈染音没忍住笑了，但很快就收敛了笑容，板着脸问：“还有吗？”

顾别冬认真回想了一下：“暂时没了，有的话我继续向你汇报。”

陈染音保持威严，不置可否。

顾别冬打量着她的脸色，小心翼翼地问：“我可以参加演习了吗？”

陈染音瞥了他一眼：“行吧，看在你检查写得还行的分上。”为了证明自己是个正直的老师，她坚决不提检举的事。

顾别冬开心极了，但也没忘了继续表忠心：“好的，谢谢舅妈，我以后一定唯您马首是瞻！”

拍马屁倒是拍得积极。

陈染音没好气地回了句：“你以后少闯点祸就行了！”

顾别冬点头：“好的好的！要是没什么事的话，我就先走了啊？”

等陈染音批准了之后，他开开心心地回了自己的寝室，心里还美滋滋地想：有个舅妈真好，舅舅变得更加重要了，可以通过检举他讨好班主任。

差不多下午六点半的时候，全年级所有班的训练全部结束，七点开饭，八点整准时开始文艺汇演。

演出地点定在了特警训练基地的大礼堂，负责演出的是二中的师生们，特警队员们受邀前来观看表演，但是能来参加活动的只有一中队和三中队的老队员们，二中队的老队员们还要继续负责新兵们的夜训。

顾祈舟压根就没打算去看演出，吃完晚饭之后就去了训练大楼。

今晚针对新兵们的夜训内容不是体力训练，而是重点讲解明天演习的注意事项以及合格要求——达不到要求就要被扣分。

顾祈舟刚走到阶梯教室门口，忽然收到了陈染音给他发的微信语音：“我大概九点半左右上台。”

言外之意很明显：你有没有时间来呀？

顾祈舟打字回复，言简意赅：“没空。”其实他就是不想去，或者说，想规避风险，被她诱惑的风险——他太知道舞台上的她有多么魅力四射了。

陈染音有点失落：“那好吧，你忙吧。”紧接着又说了句，“我本来还觉得这首歌特别适合你呢，你要是不来就算了，我换一首也无所谓。”

顾祈舟盯着手机屏幕看了一会儿，没忍住问了句：“什么歌？”

陈染音：“你又不来，问那么多干吗？”

陈染音又狠狠地说了句："社会上的事少打听，小心我找人揍你！"

顾祈舟："你猜猜我是干什么的？"

顾祈舟："雇人行凶，三年起步。"

陈染音："那你把我抓走吧，快点来，再晚点我就跟别人跑了。"

顾祈舟："威胁谁呢？"

陈染音："真不来吗？那我真的换歌了啊。"

顾祈舟："随便。"

陈染音："嘁！"

陈染音："无趣！"

陈染音："不喜欢你了，我要再去找个皇后，找个有趣的，又有趣又帅的，喜欢穿白衣服，喜欢喝可乐，游戏打得特别好，经常约我出去玩的那种。"

陈染音："拜拜吧。"

连发四条之后，陈姐果断"闭麦"，说拜拜还真就拜拜了。

顾祈舟无奈地叹了口气，重新把手机塞回兜里，推开了阶梯教室的大门，走了进去。

原本乱糟糟的教室瞬间安静了下来，新兵们全都在紧张兮兮地看着他，连呼吸都变得谨小慎微了。

二中队的中队长吴锵正站在讲台后弄投影，顾祈舟面无表情地朝着西侧的过道走了过去，气场不怒自威。

在那边坐着的新兵们瞬间绷紧了身体，一个比一个坐得笔直。

顾祈舟在最后一排找了个空位置坐了下来。

教室里安静得连一根针落地的声音都听得见。吴锵弄好了教案，开始上课。

顾祈舟原本是想来听听他讲得怎么样，但听着听着，就不由自主地跑神了——

又有趣又帅，喜欢穿白衣服，喜欢喝可乐，游戏还打得特别好，喜欢约她出去玩……标准挺详细啊，对照着那个男人的特点一条条说的吧？

还说不喜欢他了，要跟他拜拜。

昨天晚上还信誓旦旦地说要陪他走到最后呢，现在就换目标了？

行啊，真行。

演出时间表是年级长安排的，陈染音的节目被安排在了倒数第二个，压轴出场，然而令她和李思绵都没想到的是，最后一个亮相的压轴节目竟然是一班班主任周丽红的——《难忘今宵》。

在后台备演的时候，陈染音试探性地问了年级长一句："可以化妆吗？"

年级长考虑到年轻女孩爱美，又要上台表演，所以就点头允许了："可以。"但还是叮嘱了一句，"不过要淡妆轻抹，老师要有老师样子，浓妆艳抹的不像话，影响不好。"

"好的。"得到批准后，陈染音立即从包里拿出了早就准备好的化妆品，对着小镜子化了起来。

周丽红穿着红色雪纺短袖和黑色七分短裤，抱着胳膊坐在旁边的凳子上，眼神不停地往陈染音那边瞟。

陈染音的耳垂和脖子上都没戴首饰，扎着干脆利落的高马尾，穿着一件黑色的运动风短袖，灰色运动裤，白色运动鞋，着装打扮绝对算是得体，浑身上下没一点能让人挑得出毛病的地方。

她身材很好，曲线修长婀娜，随便往凳子上一坐就是前凸后翘的"S"形，即便是穿着一身休闲运动服也难挡美艳和性感。

周丽红不屑地在心里冷哼了一声：越好看的女孩事儿越多，学校也不知道怎么想的，竟然招了个这样的女老师，一看就不是省油的灯。

陈染音用睫毛夹夹睫毛的时候，周丽红突然叹了口气，语调慢悠悠的："年轻就是好啊，我这两天在基地里见到的那些女队员全都不化妆，还都一个比一个漂亮，比大街上那些化了妆的女孩好看多了，这才是真正的美丽大方呢，化妆就是不自信。"

说给谁听呢？

此时后台还有不少尚未登台的演员，有老师有学生，学生们不谙世事，听不出周丽红语气里面的阴阳怪气，老师们却能听出来，有人觉得周丽红说得对，就该说，有人觉得周丽红太烦人，总是倚老卖老，但大家都是成年人了，还都是同事，谁也不可能直接把真实想法说出来，只好当作没听见没听懂，随便打个哈哈就过去了。

但是陈染音过不去——之前一直忍着周丽红是因为她是前辈，又是同事，直接起冲突影响不好，但是现在她终于明白了，越忍周丽红越上脸，都开始在公开场合给她难堪了——社会就这样，退一步没有海阔天空，只有越想越气。

她不打算继续受窝囊气了，一边面不改色地夹睫毛，一边不慌不忙地反驳周丽红："那倒也不是，爱美之心人皆有之，追求美的方式方法也因人而异，和自不自信完全没关系，化妆也不是为了弥补自信，是为了取悦自己。"她夹好了睫毛，冲着周丽红盈盈一笑，“中央广播电视台的女主持人还化妆呢，咱们能说人家不自信吗？当然不能，人家那才是真正的美丽大方，一看就是国泰民安的脸，但人家为什么还要化妆呀？是为了向观众表达诚意和尊重。”

周丽红被气得不轻，却又哑口无言。

周围的学生老师都开始往她俩这边看，气氛有点尴尬，年级长一边在心里感慨现在的年轻人可真不好惹，一边赶忙站出来打了个圆场：“呵呵，这就是老一辈人和新一辈人之间的思想碰撞，都有理，又都不完全对，但咱们今天的重点不是化妆，是表演，可不要跑题呀，跑题直接得零分。”

周围的老师配合着年级长的话一哄而笑，这件事就算是这么过去了。

周丽红依旧抱着胳膊坐在椅子上，沉着脸不说话；陈染音就像是个没事人一样，气定神闲地化妆。

礼堂内不断有热烈掌声和喧闹的呼喊声传来，时间转眼就到了九点半。

倒数第三个节目是中国舞，表演者是一位来自初三（5）班的漂亮女生，伴奏是一段悠扬大气的丝竹乐。女孩起舞时的身段柔软蹁跹，婉约中又带着惊人爆发力，颇有种梦回大唐的感觉，别说坐在台下的观众了，就连站在舞台侧方出场通道里面的陈染音都看痴迷了，内心还有那么一点点的遗憾：中国舞真好看啊，我妈当初怎么就没送我去学跳舞呢？

不过转念又一想：学了也没用，腿断了之后照样不能上台。

她还是挺想再去打一场篮球的。

但是在球场上酣畅淋漓、肆意奔跑的那种感觉，对她来说已经是过去式了。

叹了口气，陈染音轻轻地扶了一下怀中的吉他，内心微微有些怅然：当初要是没有那么任性就好了，要是没有主动招惹林宇唐就好了……真是害人害己，现在想弥补都无从下手。

其实，她能感受到他还喜欢着自己，最起码是还在乎她的，但她更能感受到他现在对待这份感情的态度——不想重新和她在一起。

他是怕了，想规避风险。

但是她不怕，哪怕是暴风来袭，她也不会再退缩，无论如何都要陪他走到最后。

礼堂内忽然响起雷鸣般的掌声，唤回了陈染音的思绪，然后她才意识到，女孩的演出结束了，下一个上场的就是她。

舞台很宽阔，灯光璀璨，学生主持人报完幕后，从西侧下了台，陈染音抱着吉他从东侧登场。

观众席是阶梯式的，特警队员们坐在前排，学生们坐在后排，按照班级顺序落座。二班的同学们特别给自己班主任面子，陈染音才刚出场，中部的观众席上就爆发出了一阵惊天动地的鼓掌和呐喊助威声，尤其是以顾别冬为首的那帮男生，比在学校跑操时喊的声音还大，恨不得把天花板震塌，而且他们还非常专业地给自己班主任编了一条应援口号："猎鹰猎鹰，天籁之鹰！"

喊得陈染音又是感动，又是无地自容：真土味啊！一帮年纪轻轻的少男少女，怎么能想得出这么土的口号？还天籁之鹰……就这种文学水平，怎么应付中招作文啊？

不过前排坐着的那些特警队员也都挺给面子的，没有人笑，都在热情洋溢地鼓掌——毕竟是队长媳妇儿，该给的面子还是要给。

陈染音在舞台中央站定后，迅速朝着前方的观众席上扫了一圈……顾祈舟真的没来。

有点失落，还有些委屈。

在心里叹了口气，她抬起手臂调了一下话筒的高度，顺嘴说了一句歌名："《不屈》。"

报幕的语气相当言简意赅，连个躬都没鞠，就将手搭在了吉他弦上，微微拨动了琴弦，开始弹起了前奏。

台下所有人都被她如此干脆利落的台风给惊到了，某些讨厌她的学生，比如九班的赵煦鹏，还一脸不屑地小声骂了一句："装。"

但陈染音还真没故意装，她的台风一向如此，从小到大，皆是如此。

前奏结束，陈染音对着话筒开了喉：

没有人是世界的主宰
却能够成为自我命运的依赖
风暴降临 王者不在 平凡的荣光筑就英雄的成败
你踏破泥泞 跌倒又起 不屈的灵魂刺破暗夜的命脉

主歌部分的调子比较低缓，她的嗓音也是沉沉的，却中气十足，仿若在叙述一段平凡却伟大的故事，几乎是一开口就吸引了台下所有人的注意力。

无论是特警队员们还是二中的学生们，全都目不转睛地盯着舞台。

台上仅留下了一盏追光灯，白色的灯柱打下，将陈染音笼罩其中，她扎着高马尾，穿着黑 T 恤，怀抱一把深棕色的吉他，身形高挑，傲然独立，气场大开，从头到脚无一处不透露着帅和酷这两个字。

顾祈舟双臂环抱，独自一人靠在被笼罩在黑暗中的礼堂后门边儿上，认真又专注地眺望着最前方的舞台，思绪不由自主地回到了高中时代。

她绝对是他见过的最酷的女孩，打篮球、弹吉他、敲架子鼓，还成立乐队，大方自信地在商业区的街头露天演唱，活得随意洒脱、肆意盎然，像是奔腾在灿烂阳光下的一匹骏马。

或许用“骏马”两个字来形容一个漂亮女孩不太合适，但她就是这么不羁潇洒，天底下好像就没有什么东西能被她放在眼里。

比起只能隐姓埋名、行走在黑暗中的他来说，她实在是太过闪耀了，闪耀到熠熠生光。

差距感形成了距离感，所以他从一开始就不太想去靠近她，因为他早就看清楚了他们俩本就不是一类人，虽然他真的很欣赏她。

但谁知道，她竟然会主动跑来接近自己。

本以为她带来的光芒会驱散他世界中的黑暗，最后的结局却是黑暗遮挡了光芒。

是他连累了她。

他不能再连累她第二次，却又做不到对她熟视无睹，因为她实在是太过闪耀了，深深地吸引着他，不断地引诱着他沦陷。

要是没有重逢就好了。

他从不后悔自己回到东辅，因为父亲在这里死不瞑目，所以他无论如何都是要回来的，他只后悔把顾别冬送去了二中，还是特意托人送进去的，就为了避开附中，避开和她有关的一切，结果谁承想，竟然直接撞在了她的枪口上。

吉他曲的节奏突然加快，旋律高昂了起来。

副歌部分是高潮，陈染音不再压制情绪，彻底开了嗓，一边动感十足地扫弦一边毫无保留地将满腔的爱意与决心，通过歌唱的方式表达了出来：

你无惧深渊 不做尘埃

坚守在无光的暗巷中 不跪命运背水一战

我怯懦不堪 却心怀鬼胎

渴望着与你并肩而战 与你一样英勇满怀

阳光照耀不到的地方不是灰色地带

是孤勇者的战场

是平凡与豪迈

暗夜中的热血不该被掩埋

逆行者也有耀眼的光彩

伴随着最后一句歌词的结束，陈染音扫弦的力度也渐渐微弱了下来。

大礼堂内像是灌满了海水一样，沉寂无声，忽然间，不知是谁打开了泄洪的大坝，炽热的掌声如同滔天的洪水一般经久不息。

二班的“小崽子”们不仅一如既往地给自家老班面子，而且还觉得自己的脸上也极有面子——看看我们班主任，多酷！多帅！多牛！

于是乎掌声与呐喊声更激烈了，五十多个人愣是喊出了五百多个人的排面出来。

前排坐着的特警队员们也是一如既往地给面子，“呱呱”鼓掌的同时还不禁在内心感慨：顾阎王他媳妇儿可以啊，不光长得漂亮还多才多艺，怪不得能轻松拿下他呢。

陈染音按照规矩鞠躬谢幕，正准备下场的时候，主持人忽然喊住了她：“陈老师，请您等一下。”

这回上台的是一个女生主持，来自八班。

陈染音只好刹住了脚步，静待着主持人的舞台采访。

这位身形高挑的女孩子落落大方地走到了她的身边，笑着提问：“陈老师，我们之前都没有听过这首歌，您能给我们透露一下，这是谁的歌吗？”

陈染音如实回答：“我自己写的。”语气中还透露着一丝小骄傲。

观众席瞬间发出了一声惊叹：“哇！”

小主持人的眼睛也跟着亮了一下，显然也很惊讶：“那您能告诉我们，自己当初创作这首歌曲的初衷是什么吗？”

陈染音怔了一下，不禁在心里感慨：现在的孩子也是多才多艺，有些人天生就是吃某一行饭的料，就好比这个担任主持工作的女生，天生就是播音主持的料，太会把控现场节奏了。

但是身为一个教师，当着学生的面，有些事情不能说太明白，不然影响不好，所以她只能委婉地回答：“写给我心目中的英雄。”

“呜！呜！呜！”台下已经有调皮的学生开始起哄了，就连特警队员们都开始按捺不住激动了。

陈染音觉得自己不能再往下说了，不然年级长肯定要找她麻烦，但是，这位小主持人偏要打破砂锅问到底：“您心中的英雄是谁呢？”

这位同学你以后真的很适合去干娱记。

她本打算随便说个答案糊弄过去，但是在开口的那一刻，视线忽然扫到了礼堂后门。

那里光线很暗，靠墙站着一个人，还穿了一身黑衣服，几乎要与黑暗融为一体。

虽然看不太清长相，但仅凭身材轮廓陈染音就能判断出那人是谁，心头不禁一喜，她的“正宫娘娘”还是来了。

在“被年级长找麻烦”和“讨好‘正宫娘娘’”之间犹豫了一秒钟，她心中的天平果断倾向了后者：“当然是特警队的顾队长啊。”又反问了句，“不然还能有谁？”

她的声音不大，却被话筒和音响放大了无数倍。

来自观众席的尖叫声和呐喊声瞬间就响了起来，炸开了锅的不只有二中的小朋友们，还有一中队和三中队的特警队员们。

陈染音再度看向后门，虽然依旧看不清楚顾队长的脸色，但她猜测，他现在绝对震惊坏了。

哈哈，没想到吧，朕专门给你写了首歌！

陈染音傲娇地勾起唇角，转身下了台。

最后一首歌曲是一班班主任周丽红演唱的《难忘今宵》，不论其他人是不是真的难忘今宵，反正顾祈舟一定是。

直到晚上回寝室后，他依旧处于震惊之中，或者说，有点飘飘欲仙，干什么事都魂不守舍，还把昆鸣端在手里的脸盆给撞掉了。

“你还能不能行了？”昆鸣一脸无语地看着他。

顾祈舟叹了口气：“我给你捡。”

林毅笑着摇头：“他是乐晕头了。”

顾祈舟坚决不承认：“没有，不是。”

昆鸣压根就不信：“那你想什么呢？晕一晚上了。”

顾祈舟面不改色：“想明天的演习。”

林毅：“都安排好了吧？”

顾祈舟：“嗯。”

昆鸣忽然想到了什么，对顾祈舟说："要不咱俩换换战线吧，你去二班，我去六班。"在演习中被"劫持"的班级都是提前被抽调好的，分别是二班、六班和七班。负责"劫持"校车的是老队员，新队员负责营救"人质"，缉拿"绑匪"。

新队员被分成了三个队伍，或者说是三个小组，分别在三个场地同时开展"救援行动"，哪组救援时间最短、伤亡率最低，哪组获胜。

昆鸣和顾祈舟都是"劫匪"之一。

"你媳妇儿，我不好意思下手。"昆鸣一脸坦诚地说，"我的计划是上车先对老师开一枪，不然震慑不了那帮小的，但我不能对战友媳妇儿开枪啊。"

虽然都是安装了激光模拟器的无弹枪支。

顾祈舟无奈，也懒得解释了，回了句："不用考虑那么多。"

昆鸣微微眯眼，坏笑着说："你是不敢拿枪指你媳妇儿吧？"

顾祈舟还挺硬气："放屁。"

昆鸣："那你就跟我换，证明自己是个爷们儿。"

顾祈舟不上当："不换。"

昆鸣铁了心地要坑他："哎哟，不就是个演习吗，怕什么呀？"

林毅看热闹不嫌事儿大："就是，不要有思想包袱，你爱人肯定能理解。"

昆鸣："再说了，冬子也在二班呢，你要是不敢冲着你媳妇儿开枪，就冲着冬子开枪，效果都一样。"

顾祈舟还是不上当："不换。"

昆鸣遗憾地叹了口气，林毅却说了句："我也觉得你应该跟他换一下，分组名单我看了，一组的整体实力比较强，而且你媳妇儿一看就是个聪明人，她那个班的小孩相对来说也都比较皮，不可能束手就擒，小鸣还真不一定能应付得过来。"

昆鸣附和："就是，而且你媳妇儿你了解，实在不行你就一枪崩了她。"

崩了她？我不活了？

顾祈舟又气又无奈："你说得轻巧！"

第九章

还是栽了

演习计划在早晨八点开始，二中的全体师生提前半个小时在食堂前方的篮球场集合，几个特警队的老队员给他们每人发了一顶带有激光信号接收器的头盔和黑色背心。

全年级一共九个班，班主任们接到的通知是会从九个班中随机抽取三个班出来参与演习，至于最终被抽调出来的是哪三个班，谁都不知道，演习的具体内容是什么，大家也都不清楚，特警队那边也没说。不过也能理解，毕竟他们是“人质”，要是提前知道自己会被劫持，那帮调皮捣蛋的学生就会有了心理预期，肯定会变着花样地去“自救”，相当于添乱，特警队的演习就失去了真实性。

发完装备后，特警队员们还特意给师生们介绍了一下：今天演习过程中所使用的武器都是安全无弹的，并且所有武器上都安装了激光发射器，只要他们身上所佩戴的接收器接收到发射器发出的信号，就说明中弹了，并且信号器还连接着计算机系统，系统会自动根据“中弹部位”分析伤情，号令头盔根据受伤程度放射不同颜色的烟雾，比如红色代表重伤，白色代表阵亡。

介绍完基本情况后，特警队员又提醒各位师生：激光系统是集声光电于一体的，也就是说今日的演习是一个全仿真系统，虽然枪里没子弹，但只要开枪就会有声音有烟雾有后坐力，各位做好心理准备，到时候一定会听到爆裂的枪响声。

队员们提醒这一句是担心这帮“小崽子”到时候会被吓傻，虽然他们想要的就是这效果吧，但毕竟都是一帮学生，内心比较脆弱，别到时候被吓到不配合了——为了演习能够顺利进行，必须要提前打一剂预防针，也好给那些胆子小的孩子主动退出的机会。

各班的教练也都再三询问了本班学生有没有害怕的、想主动退出的？结果是没有一个人想退出，都想被“劫持”，都想听枪响，有些男生甚至还特别地跃跃欲试，恨不得自己立刻马上被劫走当人质，就好比以顾别冬为首的二班男生，不停地叽叽喳喳，商量着“作战计划”。

陈染音再三强调纪律，但这帮男孩子压根听不进去，一直在交头接耳地开秘密会议，把各种可能遭遇到的情况全部分析了一遍，还详细地列出了好几套自救方案，好像真的很专业一样……

陈老师无奈地心想：不就是打过几把《绝地求生》吗？还真把自己当成专业人士了？而且还不知道能不能抽调到咱们班呢……再说了，就你们那点小胆儿，现在说得天花乱坠，到时候绝对一个比一个㞞。

八点整，有几辆大巴车陆续停到了篮球场旁边的主路上，按班级顺序上车。

大巴车前后都有门，但为了保证纪律，司机只给开了前门——负责开大巴的司机也全部由特警队的老队员们担任。

学生们先上车，陈染音站在车门旁，再一次清点起班级人数。

全年级他们班的人最多，其他班都不到五十人，只有他们班是五十二人。大巴车座位有限，所以李思绵就没来参加演习。

除去回家反思的韩娇和另外两个因为身体原因请假没来的，二班参加演习的实际人数是四十九个，再加上班主任刚巧是五十人。

顾别冬是最后一个上车的学生，嘴就没停过，上台阶的时候还在跟走在他前方的赵胖分析局势：“我觉得应该会把我们‘绑架’到训练大楼里面，那栋楼里有专业的演习厅，特别仿真。”

赵胖反问了句：“万一是直接劫持大巴呢？你看司机身上都穿着激光设备。”

顾别冬扫了一眼面熟的司机，气定神闲地回答：“那是特警队给咱们的烟幕弹。”又补充，“说不定司机到时候也要被劫走。”

狙击手赵东南扮演的司机：冬子，别瞎猜了，真的一个点都没猜对。

关键是赵胖还特别信顾别冬说的话：“有道理，他们一定在对我们使用迷惑战术，障眼法。”

赵东南：啊对对对，你们说得都对。

陈染音强忍着踹他们俩的冲动，没好气地催促道：“废话少说，快点往前走！”

顾别冬和赵子凯暂时“闭麦”，朝着大巴车后排走了过去，欣然落座，然后继续开始说，叽叽喳喳，像是两只小麻雀。

并且不只是他们俩在说，而是全班所有人都在和邻座讨论本次演习，七嘴八舌地提出自己的猜想，兴奋又激动，车里乱得像是菜市场。

陈染音上车后，赵东南关上了车门，但是陈染音没有立即落座，因为她太了解这帮“小崽子”了，要是不提点两句，他们能上天。

她抱着胳膊站在大巴车最前方，一言不发，面色严峻地扫视着全车，学生们渐渐感受到了来自“猎鹰”的压迫感，陆续闭上了小嘴，车内变得鸦雀无声。

陈染音这才开了口，语气清冷严厉：“是不是都特别兴奋？兴奋到无法无天了！都忘了今天咱们是来干吗的？是配合特警队演习，重点是——配合！不是让你们来玩的！”言及此，她没继续往下说，而是给了他们几秒钟的反思时间，也是为了用气场压制他们——某些时候，教育学生不用太多话，要善于运用“此时无声胜有声”的技巧方法。

大家都心虚地垂下了眼睛，内心忐忑不安，生怕在无意间和班主任对视了。

感觉已经把他们震慑得差不多了，陈老师才重新开口，这回的发言词不再是训斥了，而是严肃警告：“演习不是儿戏，也不是你们游戏中的战场，是真实的训练，是一件严肃的事情！从现在开始，谁要是再抱着一种来玩玩的心态参加演习，谁就直接给我收拾东西回家！”

没人敢吭声，车里安静极了，就连赵东南都有了种穿越时空，忽然间回到初中时代，被班主任支配的紧张和恐惧感。

直到陈染音在副驾驶的位置坐好，系上了安全带，赵东南才敢开车，同时在心里感慨：这女人真厉害啊，怪不得顾阎王怕媳妇儿呢。

开在前面的那辆是一班的车，跟在后面的是三班的车，行驶到一个交叉口的时候，一班的车直走了，他们班的车却朝右拐了。

陈染音心头一个激灵，开始推测：不是一班被抽中了就是他们班被抽中了。然后她又看了一眼倒车镜，发现三班的车并没有跟上来，而是和一班一样直行了。这下可以确定了，被抽中的就是他们班。

事情突然就变得刺激起来。

已经有聪明的学生发现了这个情况，大巴车内的气氛瞬间就骚动起来。

陈染音瞟了一眼司机，发现他并没有任何异常反应，一直是面无表情地开车。她抿了抿唇，收回了自己的视线，紧张兮兮地直视着前方的道路，在心里推测：“劫匪”马上就要出现了吧？真的会像顾别冬猜测的那样，把他们“绑架”到训练大楼里面？

路边的树荫下站着两位身形挺拔的男人，顾祈舟穿着黑色休闲短袖、黑色运动裤、运动鞋；吴锵穿着深灰色短袖、黑色运动裤、运动鞋。

两人的身上都套着安装了激光接收器的黑背心。

顾祈舟的手里还拎着一个黑色的长袋子，里面装着不少东西，看起来沉甸甸的。

吴锵朝着路北边望了一下，叹了口气："怎么还没来？"又看了一眼训练场对面的指挥车，有点紧张地说，"我还是第一次当劫匪。"

顾祈舟垂眸看了一眼自己手里拎着的枪支袋，犹豫再三，严肃交代了吴锵一句："冬子他们班主任挺厉害的，你上车后直接控制住她。"

吴锵看了自己队长一眼，一本正经地回答："我明白，擒贼先擒王，但是顾队，我不能拿枪指老师。"

顾祈舟面不改色，不容置疑："这是命令！"

吴锵又说："但是昆副队说了，我们不能越俎代庖。"

言外之意：你自己的媳妇儿你自己劫持，与我们无关。

顾祈舟气得牙痒痒，他算是看透了，这帮人是铁了心地想坑死他。

说话间，一辆蓝色的大巴车缓缓驶进了他们的视野中，两人对视一眼，迅速进入了演习状态，快速从袋子里拿出头盔戴到了头上。

吴锵是二中队的队长，顾祈舟是黑豹突击队的总队长，两人的实力一个比一个强悍，绝对算是两个"悍匪"。之所以这么安排，就是为了平衡小组间的实力差距——虽然每个新兵小组都有老兵带，但负责救援二班那个小组的整体实力还是比另两个小组强得多。

而且本次演习不只是针对新兵的演习，也是针对他们这帮老兵的演习。新兵是站在救援者的角度来学习、了解救援行动；老兵则是深入了解罪犯心理、行为，这样才能在日后的实战中更加游刃有余地与罪犯谈判。

陈染音早就看到了站在树荫下的顾祈舟，也猜到了他应该就是"劫匪"，不由得有点激动，但很快就把这点不该有的小激动按捺了下去，还在心里告诫了自己一句：你是老师，更要以身作则，认真对待演习，不能有任何私人情绪！

从即刻起，我与我的"正宫娘娘"，势不两立！

车一停稳，二班的学生们也都跟着激动了起来，尤其是后排坐着的那几个男生，都已经从位置上站起来，探着头朝前看，眼珠子都快瞪出来了。

他们根本一点都不害怕，一点都没有“人质”的自觉性。

当然，特警队也考虑到了这一点，直接给他们来了个出其不意——

赵东南摁下了开门按钮，在顾祈舟和吴锵从前门往车上冲的时候，赵东南忽然从座位下面拿出来一把95式自动步枪，转身面向车厢，枪口朝上，冲着车顶“砰砰”来了两枪。

枪声巨大，震耳欲聋，甚至还有火光和硝烟。

赵东南又持枪对准了他们，脸色阴沉地怒吼：“谁敢乱动老子就一枪崩了谁！”

一车“小崽子”们瞬间就被吓傻了，终于意识到了自己现在是“人质”。

就连陈染音都被吓傻了……这这这……这个和他们同行了一路的司机，竟然是同伙？怪不得会给劫匪开门！

吴锵和顾祈舟冲上车后也亮出了手中的武器。顾祈舟拿着一把短式手枪；吴锵和赵东南一样，手持95式，也将枪口对准了车厢。顾祈舟只好转身，在心里叹了口气，不得不将枪口对准副驾驶，厉声怒喝：“站起来！”

演习不是儿戏，所以顾祈舟不能掺杂任何私人感情，眼神狠戾阴森，像极了一个真正的悍匪。

陈染音瞬间就有了代入感，慌乱地解开安全带，颤颤巍巍地从座椅上站了起来。

还没等她站稳呢，顾祈舟就一把将她扯进了自己怀中，左手手臂勒着她的颈部，右手持枪，对准她的太阳穴，阴森森地冲着一车的小朋友们说：“都把窗帘给我拉上，谁敢不听话，我就一枪崩了你们老师。”

啊，好，好好好，我听到了，你要崩了我。

嗯，行，演习不是普通过家家，是一件严肃的事情，不能带私人感情。

我不生气。

我一点都不！生！气！

当全班所有同学都被三位“悍匪”的凶残气场震慑到的时候，唯独顾别冬挺激动的，心想：这是我舅啊，肯定会对我网开一面，我没必要怕！

然而，当他目睹了自己亲舅舅拿枪“劫持”了舅妈之后，终于认清了一个事实：他连自己媳妇儿都敢动，凭什么不敢动我？搞不好直接冲着我来两枪，大义灭亲，杀鸡儆猴……

为了不当被杀的那只“鸡”，顾别冬瞬间老实下来，乖乖坐回了椅子上。靠着窗户坐的赵胖也老老实实地按照“劫匪头子”的要求把窗帘给拉上了。

其他靠窗坐着的小朋友也是一样，全都乖乖地按照要求拉窗帘。

窗帘是蓝色的，遮光性不错，车内的光线瞬间就暗淡了下来。

身为狙击手的赵东南很清楚车外的狙击手会通过什么角度进行观察射击，沉着脸走到了车厢中部，将枪口对准了坐在最后一排的学生，厉声命令："把后面的窗帘也给拉上！"

面对着黑洞洞的枪口，那几位一贯喜欢调皮捣蛋的男生也不敢再放肆了，又乖又迅速地把后车窗的帘子给拉上了。

陈染音不禁在心里长长地叹了口气：我就说吧，你们几个肯定会㞞！

但是紧接着她忽然意识到了什么：既然是全仿真的演习，说明无论是劫匪还是人质都具有非常灵活的机动性，那么身为人质的他们是可以有自救行为的！

而且身为人民教师，她必须要认真履行保护学生的职责和义务，必须要为他们提供庇佑和安全感，无论何时何地，无论是不是在演习。

她深深地吸了一口气，十分冷静地开口道："有什么诉求你们可以直接说，我一定会尽量配合，但是千万不要伤害学生，他们只是一帮未成年人，伤害到他们其中的任何一个都对你们没有好处。"

她的这句话让同学们感受到了一丝安全感和依赖感，全都在一瞬间抬起了眼眸，眼巴巴地望向她。

吴锵和赵东南也回头看了一眼，但他们是在看顾祈舟——看他们的"劫匪头子"。

顾祈舟手中的枪一直抵在陈染音的头盔上，冷声开口："没有诉求，报复社会。"

陈染音斩钉截铁："不可能。"

顾祈舟冷笑："你怎么知道不可能？"

陈染音："你让他们拉窗帘，就是还想活命，还想逃跑，报复社会的人可没那么惜命。"

"这位老师真是聪明啊。"顾祈舟往下移了下手，将冰冷坚硬的枪口抵在了她白皙纤细的颈部，狠戾的语气中满含威胁，"再多说一句话，我就打穿你的喉咙。"

啊，好！好好好！你真厉害！

吴锵和赵东南默契地对视了一眼——

"他是不是活够了？不怕演习结束后被秋后算账？"

"他很可能是在公报私仇，借题发挥。"

“啊，也对，毕竟平时不敢这么放肆。”

“不过劫持自己的亲媳妇儿就是方便，敢搂敢抱，还敢直接用枪抵脖子。”

“确实，换了咱们肯定束手束脚的。”

枪抵脖子，陈染音不得不“闭麦”，安静如鸡。以顾别冬为首的二班小朋友们也终于彻底看清了事实：这个“劫匪头子”，是真的没人性！

再加上他们本来就有点怵顾祈舟，现在更是对他望而生畏，终于有了“人质”的代入感，一个比一个心惊胆战，连口大气都不敢喘，还有人在心里暗暗地想：怎么感觉这个特警队长比真劫匪还凶残？执行任务的时候嫌疑人一看到他就直接被吓到投降了吧？

其实顾队长心里清楚，等演习结束后，陈老师一定不会给他好脸色看，但演习就是演习，必须抱着实战的态度来。

而且吧，看着她在自己怀里被迫老实又不敢反抗的样子，还真有点爽。

随后，顾祈舟又面无表情地看向吴锵：“去把前面的帘子也拉上。”

吴锵点头，抱着枪走向驾驶室，动作迅速地将挂在挡风玻璃上的两张米白色遮光帘拉了下来。

大巴车彻底变成了封闭空间，外面的特警队员观察不到内部情况，就不敢轻举妄动。

吴锵持枪走到了顾祈舟身边，问了句：“现在就等着？”

赵东南没好气地接了句：“这也太慢了吧？从训练大楼到这儿能有多远？跑也能跑来了。”

仿真模拟，位于特警队中心位置的训练大楼被定为指挥中心，北操场、南操场和西边的摩托车训练场被定为演习场地，每个演习场地周围都分布着监控现场的指挥车和临时救援队——以防演习途中出现意外。

等劫匪上车后，场地周围的指挥车会模拟群众给指挥中心打“报警电话”，阐述现场情况，指挥中心接到报案人报案后会立即向那三组新兵进行战情通报，前提是新兵们并不知道演习正式开始的时间，所以这项任务对他们来说就是一件突发性任务，就像是特警队员在日常的防暴处突工作中，也不知道犯罪分子会在什么时间什么地点进行犯罪活动一样，所以他们不得不从换装、拿装备等预备工作开始做起。

但对高素质的特警队员来说，这些预备工作是几乎不需要花时间的。

顾祈舟冷冷道：“给他们记时，超过五分钟直接淘汰。”

吴锵看了一眼腕表："已经三分钟了。"

其实顾祈舟还挺好看这一组人的，不由得轻叹了一口气，这时，他忽然察觉到怀里的人在轻轻扭动着脖子，立即将勒在她脖子上的手臂松开了一些，同时也将持枪的那只手垂了下去。

颈部一松，呼吸顿时就自由了，陈染音立即深吸了一口气，又长长地吐了出来，紧接着，又把下巴挂到了他的手臂上。

他的小臂修长，体表温度比她的面部要稍微高出一些，贴上去温暖又舒服，还硬邦邦的，肌肉紧实有力，特别有安全感。

她还轻轻地用下巴蹭了蹭他的手臂，蹭得顾祈舟心里直痒痒，还有点气急败坏，再度把手臂收紧了，低声在她耳边警告："老实点！"

陈染音的后背抵着他的胸膛，小声嘀咕了一句："我也没说话呀。"

顾祈舟没好气地心想：是，没说话，直接用行动耍流氓。

又过了半分钟，还是没人来，赵东南忍不住吐槽了句："我不信这个世界上能有和我一样耐心等警察来抓的劫匪，真有这时间我都开出三环了。"

此言一出，逗笑了全车同学，连吴锵都被逗笑了，好不容易营造起来的紧张气氛在顷刻间荡然无存。

顾祈舟瞪了他们俩一眼，又冷冷地扫视全车，厉声呵斥："都给我严肃点！"

"小崽子"们向来是怕他的，再度被震慑到了，继续诚惶诚恐地履行"人质"义务。

吴锵站在前车门前，又通过车门上的玻璃朝外看了一眼："来了！"同时朝后退了两步，退到了窗帘后，再度举起了手中的95式自动步枪。

赵东南也重新举起枪，将枪口对准了后排的学生。

顾祈舟这次将枪口抵在了陈染音的后腰上，面无表情地盯着那帮学生："私人恩怨和你们无关，乖乖听话我就不杀你们，不然谁都别想活着下车。"

二班同学：虽然知道是假的，但你说得比真的还真。

车内的气氛再度紧张了起来。

不消多时，窗外就响起了大喇叭声，一个男队员扯着嗓子厉声大喊："车里的人听好，你们已经被特警队包围了，立即……"

后面的话不用听，顾祈舟他们三个也能在心里倒背如流，所以这段话根本震慑不了他们这几位老队员，既不会考虑放弃抵抗，也不会考虑释放人质。

但他们还是耐心地听外面的人喊完了，吴锵还点评了一句："气势可以，够凶狠。"

警察对劫匪喊话的目的就是为了从心理上震慑他们，给他们施压，让他们内心有忌惮，不敢再轻举妄动，还能从一定程度上确保人质的安全，降低伤亡率。

顾祈舟不置可否："看看他们下一步会怎么做。"

负责带这一组新兵的老兵是一中队的中队长杨敬，观察手和狙击手一直找不到射击点，无奈地通过对讲机向他汇报："窗帘全部拉着，无法侦察车内情况。"

这组新兵的小组长叫钱天驰，蹙眉看了眼不远处的大巴车，对杨敬说："我们看不到他们，但是他们也看不到我们，是不是可以悄悄靠近突击？"

杨敬摇头："不行。车内人质太多，还都是未成年的学生，必须要谨慎。而且大巴车空间狭窄，如果在摸不清车内情况的前提下进行突击，很有可能会误伤人质。"他又反问了一句，"还有，你现在能确定车内有几个劫匪吗？"

钱天驰："不是两个吗？报案人说目击到两名穿黑衣服的男人上了车。"

杨敬又问："他们怎么上的车？司机为什么停车？为什么给他们开门？是司机的原因，是老师的原因，还是学生的原因？"

钱天驰哑口无言，但还是忍不住问了个问题："学生？不至于吧？"

杨敬叹气："他们也都不是小孩子了，而且，坏人不分年龄，在没有弄清现场情况的前提下，不能放弃对车上任何一个人的怀疑。"

钱天驰彻底没话说了，感觉自己还是太年轻，需要学习的地方太多了，但他还是想努力地证明一下自己，想了想，又说："我刚去问了技术人员，车内的动态监控已经关了，咱们要想弄清楚里面的情况，只能找人上去或者他们下来几个人。"其实有监控，但那是指挥中心为了确保学生安全而开启的实时监控，他们没有权限查看。

杨敬点头："思路是对的，但没那么容易。"他又想到了什么，"对了，劫匪身份确定了吗？"

钱天驰看了一眼手持终端："刚发来，这两个劫匪是兄弟俩，一个叫吴法，一个叫吴天。"

无法无天？杨敬都被逗笑了："谁啊？敢起这么嚣张的名字？"

钱天驰苦笑一下，把手持终端伸到了杨队长面前："是大队长……"

屏幕上显示着两个男人，"吴法"这个名字上方显示着顾祈舟的照片，"吴天"上面是吴锵的照片。

杨敬也苦笑了一下："运气真绝，碰上活阎王了。"任务难度瞬间就被拔高了十个点。

钱天驰收回了终端，一边看资料一边汇报："这俩人原来是黑社会的头目，杀人放火无恶不作，被特警队的现任黑豹突击队的队长——也就是我——抓捕归案，但由于证据不足，只被判了个七年的持枪罪，三个月前刚出狱。"

杨敬分析："报复行动。八成是冲着你来的。"

钱天驰眉头都皱了起来，感觉自己倒霉死了，竟然抽中了这个命题，一张苦瓜脸："我也打不过他们两个啊。"

杨敬："谁让你和他们俩单打独斗了？你是大队长，你的职责是统筹、调度全部特警队人员共同解救人质，缉拿劫匪！"

钱天驰稳了稳心神，点了点头："我知道了。"

杨敬又问："司机的身份查清楚了吗？"

钱天驰赶紧去看终端："和吴家两兄弟是狱友，比他们俩早出来半年。"

杨敬点头："那就对了，司机是同伙。"

钱天驰："现在是等还是主动给司机打电话？"

杨敬分析了一下情况，正要开口说话，眼角余光忽然瞟到了大巴车，登时惊讶了起来："有人下车！"再定睛一看，发现是两个高个子男生一左一右地架着顾别冬下车了。

五分钟前，车内。

顾祈舟通过窗帘间的缝隙朝着外面看了一眼，询问赵东南："监控系统关了吗？"

赵东南："我就没开。"

吴锵分析"敌方"的局势："他们现在应该已经摸清咱们的'底细'了。"

赵东南："打不打电话？"

"不打。"顾祈舟压根就没打算主动谈判，站在劫匪的角度，人质在他们手里，他们不用那么着急，"等他们主动打来。"

正在这时，陈染音忽然说了一句："车内太闷了，空气不流通，我们班有同学有呼吸道疾病。"

大巴停下之后，空调系统就关闭了，车内又闷又热，大家的额头上都挂着汗珠。

顾祈舟怔了一下，一时间竟分不出她说的是事实还是为了配合演习编造的谎言。

下一秒，车后排就传来了骚动声，只见顾别冬同学双手捂脖，双眼上翻，痛苦又急促地喘了起来。他的邻座赵胖的反应也很快，立即大喊了声："他有病啊！他有哮喘！"

顾别冬贡献出了毕生的演技，身体微微抽搐，脸都喘红了。

陈染音当机立断："他需要救治！不然会有生命危险！"

顾别冬拼了命地继续喘。

赵胖又喊："是啊！他没带药！再不救他，他就死了！"

顾别冬瞟了赵胖一眼，不动声色地给他竖了个大拇指——兄弟，默契！

赵胖回了他一个坚定的眼神——放心，专业的！

吴锵和赵东南同时回头，看向"吴法"，用眼神询问：这怎么办？

明知道他是装的，但现在是在演习，他们几个是陌生"劫匪"，只能假装不知道他是装的。

顾祈舟咬了咬牙，再度将枪口抵在了陈老师的太阳穴上："你们俩少给我装，再不消停下来我就一枪崩了你们老师。"

顾别冬不为所动，继续"犯哮喘"，赵胖又"急切不已"地喊："我们骗你干吗？他就是有病！"

他的话音刚落，坐在前面第三排的许词话也开了口："我……我可以证明，他真的有病，他从不上体育课。"其他同学听到之后也纷纷跟着点头。

陈染音又说："他可是学生，是未成年人，他要是死在车上了，你们的任何诉求都不会得到满足，只有死路一条！"

吴锵和赵东南再度看向顾祈舟：老大，你媳妇儿真不好对付啊……

顾祈舟无奈地叹了口气，正思考着该怎么办的时候，陈染音又开了口："他现在需要医生，你必须让医生上车！"

吴锵提醒了"老大"一句："不行，队医也是经过训练的特警队员，让条子上车有风险。"

他代入感特强，都开始喊"条子"了。

陈染音不服气："你这不是耍赖皮吗？哪个劫匪会知道医生也是经过训练的特警队员？"

顾祈舟沉声开口，不容置疑："我们就是知道的那种！"

陈染音：行，你是老大，你的规矩才是规矩。

但她依然没放弃自救："那就找两个人送他下车！"这样就能把车内的消息传递出去了，还能确保三个同学的安全。

顾祈舟当然知道送人下车的后果，但是就现在的情况来说，他不得不这么做，不然真就没退路了——身为劫匪，就必须站在劫匪的角度思考问题。

他看向坐在顾祈舟身边的赵胖，冷冷道："你，背他下车。"

赵胖一愣："我一个人？我背不动啊……"

赵东南站得离他们俩最近，无奈地叹了口气："你吃得那么胖还能背不动他？"

全班窃笑，就连正在认真演戏的顾别冬都没忍住笑了出来。

赵胖恼羞成怒："不是演习吗？怎么还人身攻击了？再这样我不玩了啊！"

顾祈舟心累地叹了口气，呵斥："行了！都给我安生点！"他又看了眼和顾别冬一个过道之隔的吴源，"还有你，和那个……"他本来想说"小胖子"，但又觉得不合适，毕竟这位小胖子刚才已经表过态了，不许再进行人身攻击，不然就摆烂。

陈染音小声提醒了一句："他叫赵子凯。"

顾祈舟舒了口气，继续冲着吴源说："和赵子凯一起送顾别冬下车。"

吴源立即从座位上站了起来，和赵胖一起架住了顾别冬的身体，"送"他下了车。

三人的前脚掌才刚落地，身后的车门就迅速关闭了。

顾祈舟想了想，对吴锵说："给钱天驰打电话。"现在情况有变，那三个"小崽子"肯定会主动交代车内的情况，与其坐以待毙，不如主动出击。

吴锵点头，立即拿出了手机。

顾祈舟又垂下了眼眸，看向怀中人，无奈地在心里笑了一下，轻轻用枪口顶了顶她的脑袋，警告："老实点，再耍花招真开枪了啊。"

我的老大，您看哪个劫匪说话这么温柔的？

陈染音却气闷得狠咬后槽牙，心想：行，好，你厉害，你最牛，你都敢拿枪威胁我了！等演习结束之后我再跟你算账！

顾别冬他们三人下车后，迅速朝着临时指挥中心跑了过去。

杨敬诧异地询问："你们仨怎么下来了？"

三个人开始七嘴八舌地回答问题，听得杨敬脑袋都大了："选个代表说！"

赵胖和吴源同时看向顾别冬，顾别冬也不负众望，言简意赅地把刚刚发生的事情讲述了一遍。

杨敬抽丝剥茧："所以现在车内有三个劫匪？"

钱天驰："全部持枪？"

顾别冬点头："是的，我们班主任还被挟持了。"

赵胖像煞有介事地补充："枪口抵在了太阳穴。"

吴源抬起右手，做手枪状，对准了自己的太阳穴，大拇指弯了一下："还威胁我们敢轻举妄动就一枪崩了我们陈老师。"

杨敬详细询问："谁劫持了你们班主任？"

顾别冬不好意思说是自己舅舅："你们队长……"

是条汉子。

钱天驰是个小萌新，不知道那么多八卦，一心一意专注在任务上："他们三个现在在车内的站位是什么样？"

顾别冬一边回想一边说："顾队长挟持我们班主任站在驾驶位后面；吴锵在中间，靠近后车门的地方；赵东南站在最后面。"

钱天驰："也就是说车头的部位是空的？"他开始考虑要不要从车头强攻，但就在这时，他的手机忽然响了，拿出来一看，是一个陌生号码的来电。

杨敬："接，应该是劫匪打来的。"

钱天驰犹豫了一下，还是没忍住问了句："劫匪怎么会提前知道警察的手机号？"言外之意——这不是作弊吗？

杨敬无奈叹气："他们就是冲着你来的，还能不事先调查你？"他又说，"不要把犯罪分子当傻子，他们在开始行动前往往都有着充足的准备，再说了，你也不想想车上那几个人是谁，查你还不是轻轻松松的？"

钱天驰惭愧地点了点头，然后迅速摁下接听键，开了免提。起初，谁都没有说话，几秒钟过后，电话里忽然传来了一声轻笑，语气漫不经心："钱队长，好久不见啊。"

杨敬听出来了，这是顾阎王的声音，但他没有开口，而是看向钱天驰，准备观察一下他的临场反应。

钱天驰也确实算是一个比较有实力的种子型选手，心理素质挺强，并没有被"劫匪"带节奏，对着电话厉声呵斥："吴法，你们现在已经被包围了，天上有直升机，地下有突击队，除非你有遁地术，不然只有死路一条，我劝你还是早点投降，不要无谓地挣扎！"

"吴法"的语调依旧是慢悠悠的，森冷中带着几分戏谑："你少吓唬我，我也不怕你，更不怕死，我今天的目标也很坚定，那就是弄死你。"

钱天驰深吸一口气，大脑飞速运转，思考着该怎么和劫匪谈判："既然是私人恩怨，那你直接冲着我来就行了，何必去劫持一帮孩子？"他又斩钉截铁地说，"我一个人上车，你放学生们下车！"

“吴法”像是被逗笑了：“钱大队长，你太高估计自己了，你连我怀里这个都换不走，还想换走一车学生？这么亏本的买卖我能干吗？”

钱天驰微微蹙起了眉头，心想：什么叫“我怀里的这个”？大队长说话怎么这么轻佻？就算是演习也不能对女老师耍流氓吧？

他的正义感油然而生：“我警告你，无论是老师还是学生，你都不能伤他们一根汗毛，不然就算你逃到天涯海角，我都会去逮捕你！”

“吴法”依旧是笑呵呵的：“你知道老师和学生的重要性就好，所以我提醒你，千万不要冲动，一旦我发现有警察靠近这辆大巴车，就会开枪扫射，一车学生呢，怎么着也能崩死两三个。对了，陈老师还在我怀里呢，你要是敢强攻，我最先崩了她。”

钱天驰明白他说得是对的，强攻会导致鱼死网破，但是……他眉头又蹙起来了，忍不住在心里吐槽：怎么又提人家在你怀里？还故意提人家的姓，显得你俩很熟？这不就是趁机耍流氓吗？就算你是特警队的大队长，你也不能这么干啊……

为了确保老师的安全，也为了暗地给队长一个警告，他语气冷硬地对着电话说：“那个老师是我女朋友，你要是敢对她动手动脚，我一定饶不了你！”

无论是电话这边还是电话那边的人，全都沉默了。

钱天驰原本觉得自己这个计谋妙极了，然而一抬眸才发现，身边所有人都在盯着他看，看得他心里直发毛……

电话那边的“吴法”深深地吸了一口气，冷冷开口：“三分钟内上车，自己一个人来，不准携带武器，不然直接杀五个学生。”又言简意赅地补充了一句，“我就喜欢棒打鸳鸯。”然后撂了电话。

钱天驰蒙了，心里还有点忐忑：什么叫喜欢棒打鸳鸯？受过情伤，所以对情侣有怨气吗？我是不是不该说她是我女朋友？

他不安地抿了抿唇，向杨敬投去了询问的目光。

杨敬沉默片刻，认真发问：“小钱，你是真的不知道吗？”

钱天驰蒙了：“知道什么啊？”

杨敬：本就不怎么简单的任务，现在更是难上加难。

站在一旁的顾别冬弱弱地接了句：“陈老师是我舅妈……”

钱天驰恍然大悟：啊，原来有男朋友了。怕产生误会，他又立即解释了句：“我这是计谋，是假的，为了让劫匪心里有忌惮！”他又没忍住吐槽了句，“而且大队长还总提人家在他怀里，不太合适吧……”

顾别冬很委婉地说："那个，你有没有考虑过一种可能性，我是说可能啊……我舅可能也在车上。"

他顿时有了股不好的预感："你……你舅是……是谁啊？"

顾别冬："就是刚才给你打电话那个。"

赵胖补充："那个穷凶极恶的劫匪头子。"

吴源再补充："那个冷酷无情没人性的大队长。"

杨敬叹了口气，一脸无奈地看着他："那是人家亲媳妇儿！不然谁敢在演习过程中一直对女老师搂搂抱抱？这不是趁机耍流氓吗？"

钱天驰欲哭无泪："我真不知道！"不然他哪敢那么说啊？

杨敬再次叹气，教训他："无论是演习还是实战，必须先搞清楚嫌疑人的身份背景和人物关系再开始谈判，不然很容易激怒歹徒，导致人质受伤。还有，那几个人就是冲着你来的，你说老师是你女朋友，就不怕他们为了报复你伤害老师吗？"

钱天驰刚才只想着尽快制止大队长耍流氓，还真没考虑这么多，不由得有些懊恼和后怕：幸亏只是演习，要是真的，人质就被他害惨了……

杨敬看出来他有点走神，立即提醒了句："先考虑下一步该怎么办，其他事演习结束了再说！"

钱天驰点了点头，深吸了一口气，尽快稳了稳心神："他让我上车，我觉得我不能上。"

杨敬点头表示赞同，问："说说你为什么这么觉得。"

钱天驰："车上人多空间小，无论我带不带武器都不能随便开枪，不然容易误伤人质；我也不可能同时制伏三个人。等我上去之后，他可能会一枪崩了我或者挟持我，但人质还是在他手里，他还是能要挟警察。而且我是负责反恐行动的总队长，更不能被劫匪牵着鼻子走。"

杨敬赞赏地点头："所以他们劫持大巴的最终目的肯定不是你，或者说不完全是你。如果只是想报复你的话，他们完全可以直接对你本人或者你的亲朋好友下手，根本不用这么大张声势地劫持校车。"

钱天驰在听到"对你的亲朋好友下手"这句话之后，再度开始懊恼自己刚才擅作主张声称老师是自己女朋友的行为，真是愚蠢到家了，同时又有点感慨干这行真不容易啊，要是真的被犯罪分子怀恨在心，连亲朋好友都会被连累……轻叹口气，他又问了句："现在就等着他们给我打电话吗？"他不安地说，"他们会不会真的对学生开枪？"

杨敬："他们不敢，开枪就意味着我们必须强攻了，到那时候他们就死定了。"

他又说，“他们到现在都没有开枪射击人质，说明他们心里也有顾忌。劫匪也分理智和非理智型。”

车内——

吴锵一直举着电话呢，通话结束后，他就把手机收起来了，然后，小心翼翼地瞟了自己老大一眼，感觉他现在好像是真的有点不高兴了。于是吴锵识趣地抱着枪走远了一些。

陈染音也挺无语的，莫名其妙多了个男朋友……但她不说话，不解释，就是想看看顾祈舟这个小心眼会是什么反应。

其实顾祈舟知道自己不该多想，但是又控制不住：就是他？喜欢喝可乐、喜欢穿白衣服、喜欢打游戏，还喜欢约你出去玩？

他突然翻了翻手腕，轻轻地用枪口敲了敲她的头盔，漫不经心地开口：“什么时候找的男朋友呀？”

赵东南和吴锵默默对视一眼——小钱完了！

陈染音在心里叹了口气：唉，醋瓶又翻了，酸死你算了。但她就是爱看“正宫娘娘”吃醋的样子，他越酸她越开心、越兴奋，所以她就不正面回答问题。

“这个问题和演习有什么关系？”

顾祈舟：“我们几个就是冲着他来的，你要真是他女朋友，那待遇就不一样了。”

陈染音：好像还真是这个理。

然而还不等陈染音回答问题，顾祈舟又看向吴锵：“几分钟了？”

吴锵一直在计时呢，看了眼腕表：“还差一分钟。”

赵东南：“他应该不会上车吧？”

顾祈舟冷冷道：“敢上车直接崩了他。”演习的过程也是考核新兵的过程，他现在就是在考核钱天驰的分析和判断能力。

吴锵：“就是，傻子才上车呢，他上车咱们就赢了。”

陈染音看看这个，又看看那个，实在搞不懂他们几个：不是你们几个威胁人家上车吗？怎么现在又不想让人家上车了？他要是不上车的话，你们真的会冲着学生开枪吗？

一分钟过后，顾祈舟冲着吴锵扬了扬下巴：“再打一个。”

电话拨通后，他冷笑着说：“钱队长，你可真沉得住气呀，真不怕我对学生开枪？”

钱天驰的语气不甘示弱："吴法，不要再耍花招了，我也不想陪你浪费时间，想干什么就直说，我的耐性有限，而且这周围现在全是我的人，你要是一直跟我兜圈子玩，我就立刻下令强攻，你们仨一个都别想逃！"

够狠，既给劫匪施了压，又留了余地——顾祈舟挑起了眉头，眼神中还浮现出了几分赞赏的情绪："既然钱队长都这么说了，那我就不客气了，半个小时之内给我准备一架飞国外的飞机，三百万现金，逾期撕票。"

陈染音诧异地心想：又是飞机又是现金，你这是狮子大开口啊！

钱天驰的语气坦然："飞机不可能，国内外的航线调度哪有这么容易？你还只给半个小时，我办不到。"

顾祈舟："那就给我弄一辆六人车，你开车，把钱放在副驾驶，车窗上必须有防偷窥膜，后窗也要贴。记住，我只给你半个小时，超时后果自负。"说完，看了吴锵一眼。

吴锵会意，立即挂了电话。

赵东南的胜负欲还挺强的："咱们是不是逃到直升机训练场就算赢了？"

吴锵："好像是，只要确保逃跑路上不出意外就行。"又感慨了句，"怎么感觉劫辆车轻轻松松的？"

顾祈舟没好气："没上闪光弹，上了闪光弹你试试？"闪光弹会在瞬间对周围人员造成视听障碍，是在封闭环境中解救人质的绝佳武器，但由于本次参加演习的都是学生，他们就没敢上，所以"劫匪"一方才会显得比"警察"一方更有优势。

吴锵被提醒了，抱着枪说："哦，对，我都忘了条子们还有闪光弹和烟雾弹。"

顾祈舟：条子？

赵东南回头看了吴锵一眼："兄弟，醒醒，你就是条子！"

吴锵一愣："……这代入感也太强了，我都忘了我是条子。"

二班的同学们想笑又不敢笑。陈染音也是，咬着下唇才没笑出声。

顾祈舟面无表情地盯着吴锵："演习结束后去林导员那里报到，上思想教育课，再写两千字反思心得。"

吴锵哭丧着一张脸："老大……"

顾祈舟气急败坏："谁是你老大？"

吴锵赶忙改口："不是！顾队！顾队！"

学生们彻底笑疯了，连赵东南都笑出声了。陈染音也笑得不行，倚在顾祈舟的怀中，身体一颤一颤的。

夏季天热，大家穿得都很薄。

软玉温香贴身，顾队长止不住心猿意马，狠狠地咬了咬后槽牙，他再次用枪口敲了敲陈染音的头盔，警告：“别笑了，严肃点。”

陈染音不服气极了：“大家都在笑。”

顾祈舟语气淡淡：“就你不能笑。”

陈染音怒：“那你这不是针对我吗？”

顾祈舟不冷不热地回了句：“你男朋友得罪我了，我不该针对你？”

“男朋友”三个字，咬字还特别重。

陈染音无语极了：小心眼！小心眼！真是个绝世无敌超级小心眼！

还不到半个小时，钱天驰的电话就打了过来：“车和钱都已经准备好了，你们下车吧。”

吴锵接的电话：“把车停到大巴车后门，打开车门，然后你就可以走了。对了，别忘了警告你们的狙击手，不要轻举妄动，不然让你们一命换一命。”说完，撂了电话，然后看向顾祈舟，询问，“谁先上车？”

顾祈舟：“赵东南先上去，你随后。”他又垂眸看了一眼，笑着说，“我和陈老师殿后。”

陈染音：你还走哪儿都不忘带上我？

谁知，顾祈舟的下一句话竟然是：“你男朋友要是敢对我们兄弟几个开枪，我就拉你当垫背的。”

陈染音：啊……好好好！真好！

吴锵和赵东南再次默默对视一眼——不愧是顾阎王啊，真勇，一点都不怕被秋后算账。

钱天驰按照“劫匪”的要求，把六人座的轿车停到了大巴车的后门外。驾驶室和后面的车门全都是开着的，赵东南先下了车，坐进了驾驶室，吴锵随后。

其实他们事先商定好的是，第二个下车的人需要拉着一个人质一起下车，这样才能确保第一个下车的人和最后一个下车的人的安全，不然经验丰富的狙击手一定会在第三个人下车的瞬间扣动扳机，同时朝着尚未上车的第三个人和已经在驾驶室坐好的第一个人开枪，精准地将这两人击毙，然后坐在轿车里的第二个人就成了独行侠，只能坐以待毙。

但如果第二个人手中有人质的话，狙击手就不会这么果断，不然很有可能会激怒第二个劫匪，导致人质死亡。

吴锵准备拉一个身材比较矮小的男生和他一起下车，但其实按照现实中穷凶极恶的劫匪的行为准则来说，他们一定会选择女生当人质，因为女生的体力不如男生，比较好控制，但现在是演习，拉个女孩子不合适，所以他就选了男生。

然而就在他准备拉人的时候，顾祈舟突然改了主意："不带人质，看看他们这组的观察手和狙击手水平怎么样。"

一个狙击小组中不仅有狙击手，还有观察手，而且观察手比真正持枪的狙击手更重要，他们需要掌握更多的测量和判断技能，在必要的情况下还可以顶替狙击手上场作战。

演习的过程也是考核新兵的过程，顾祈舟身为突击队的大队长，不可能只考虑演习的结果，更要时刻注意对新兵的考核，以便对后期的训练进行针对性的调整。

吴锵明白他的意思，点了点头，抱着枪下了车，迅速钻进了轿车后排。

顾祈舟轻叹口气，对怀中人说："走吧，陈老师，该下车了。"又在她的头盔上轻轻敲了一下，"不许耍花招，不然子弹伺候。"

陈染音狠狠地翻了个白眼，当着学生的面才强忍着没放狠话，只是淡淡地说了句："顾队长，演习快结束了吧？"

明晃晃的威胁和警告。

他用舌尖顶了顶腮，语气听起来镇定自若："结束后再说别的事，现在你必须听我的。"

行！好！反正，君子报仇，十年不晚！

她哼了一声，配合着他下了车。

通往车门外的台阶挺长，下到倒数第二节的时候，陈染音的脑子里突然冒出一个大胆刺激的求生想法：周围肯定埋伏着不少特警队员，我要是故意摔一跤，是不是能拖延点时间？那些队员是不是能趁此机会全部扑上来？反正他们都已经离开大巴车了，轿车里也没有人质，学生的安全不会受到威胁。

她又暗想：不为别的，我就是想亲眼看着不法之徒被绳之以法！

顾祈舟心里想的却是："小崽子"不敢开枪就算了，要是开枪之后误伤了人质，老子整不死你们。

陈染音下到最后一级的时候，"不小心"崴了脚，身体猛然朝前方栽了下去，还不忘用手臂紧紧地攀着顾祈舟的胳膊，试图把他也给带下去。

顾祈舟毫无防备，身体猛然前倾，上半身栽出了车厢，但还是下意识地收紧了手臂，生怕陈染音一头摔在车上，同时迅速伸出持枪的那只手，抵在了对面的车顶上。

"砰砰"两声枪响，顾祈舟和赵东南的头盔开始冒白烟，表示他们已经阵亡。

下一秒，钱天驰就带领着荷枪实弹的突击队员们冲了过来，将黑色轿车团团围住。

吴锵势单力薄，手里还没人质，只能无条件投降。

陈染音站稳了身体，回头看向顾祈舟，勾唇一笑，黑亮的瞳孔中闪烁着狡黠的光芒："看来顾队长的枪没有狙击手的快呀。"

顾祈舟这才明白她是故意的，又是无奈又是想笑——真是一不留神就着了这个妖精的道。

他叹了口气，回了句："还是陈老师厉害。"又补充了句，"我甘拜下风。"

拍马屁也没用！

陈染音哼了一声，甩头就走，还冷冷地甩了一句："哪里啊，还是顾队长厉害，我可不敢惹你，怕你一枪崩了我。"

碰了一鼻子灰，顾队长尴尬地揉了揉鼻尖。

周围的特警队员们不是看天就是看远处的风景，努力地避开顾阎王的视线，假装自己什么都没看见没听见，却在内心暗爽，还有些幸灾乐祸：真是卤水点豆腐，一物降一物！

演习结束后，各班班主任带领着本班学生回寝室，收拾行李，准备返校。

三组参加实战演习的队员们就地集合，趁热打铁开总结会议，新队员在老队员的指导下对刚才的演习过程进行复盘。

烈日炎炎，所有队员的额头上都闪烁着晶莹的汗珠，但无一人心烦气躁，全都站得笔直，认真地聆听老队员的点评。

将近中午十二点的时候，顾祈舟宣布解散。

钱天驰舔了舔因紧张而干涩的双唇，鼓足勇气走到顾祈舟面前，紧张兮兮地开口："顾队，我是真不知道您和陈老师的关系，不然我一定不会那么说。"

本来就没什么关系。

顾祈舟在心里叹了口气，宽慰了他一句："我知道，别多想。"

钱天驰不禁长舒一口气。

顾祈舟想了想，又夸奖了他一句："刚才表现不错，以后再接再厉。"

钱天驰瞬间喜上眉梢，重重点头："是！"

顾祈舟："走吧。"

钱天驰转身就跑，然而还没跑出两步呢，顾祈舟又忽然喊住了他："等等。"

钱天驰脚步一顿，转身，不明就里地看着队长。

顾祈舟：“你喜欢喝可乐吗？”

钱天驰有点蒙，但还是老老实实地回答：“我从来不喝碳酸饮料。”

“哦。”顾祈舟面不改色地说，“没事了，走吧。”

钱天驰莫名其妙，但也不敢多问，麻溜地走人。

随后顾祈舟和杨敬他们几人一起去了食堂，食堂的南门正对着二中师生们这几天暂住的老寝室楼。

吴锵想到了什么，说了句：“顾队，陈老师都要走了，你也不去送送她？”

顾祈舟不冷不热地回了句：“不送。”

哟，还挺牛的。

吴锵和杨敬对视了一眼，统一得出了一个结论——他拉不下那个脸。

“但是冬子也要走了呀。”杨敬贴心地为自己的大队长递上了梯子。

赵东南也很贴心地说了句：“接下来一个月都要训新兵，还要备勤，搞不好还会来个突击任务，这一走也不知道什么时候才能再见面了。”

吴锵帮腔：“就是，冬子还玻璃心，你要是不去送他，他说不定还埋怨你呢。”

顾祈舟沉默片刻，顺着梯子下台阶：“他们现在在哪儿呢？”又面不改色地说了句，“我去把下个月的生活费给他。”

杨敬：“基地门口呢，排队等大巴。”

“行，我先过去了。”顾祈舟转身就走，但是走出去几步后，又突然停住了脚步，回头盯着吴锵，“吃完饭就去找林指导，明天中午十二点之前把反思报告交给我。”

吴锵欲哭无泪，却只能服从命令：“是……”

中午时分，特警训练基地的门口井然有序地停着几辆大巴车。

各班班主任先整队，点名，确认班级人数完整，然后按照班级顺序登车。

登哪辆车是年级长安排的。

陈染音和李思绵点完名后就没事干了，一起站在了班级队伍最后，一边抱着胳膊聊天一边等年级长。

“这都中午十二点了，他们也不说再留咱们吃顿午饭。”李思绵无奈地叹了口气，语气中还带着些遗憾，“这儿的饭还真挺好吃的，量还大，比咱们学校食堂强多了。”

陈染音接了句：“还比咱们学校食堂便宜呢，我那天看见一个队员刷饭卡，打了一大盘的饭菜才三块多钱。”他们来这里是免费吃住，所以起初并不知道这里的食堂价位。

李思绵不禁感慨："唉，同样是事业单位，差别怎么这么大？"

陈染音被逗笑了，回了句："所以咱们学校对面的饭店生意好啊。"

她的话音刚落，就听到了年级长的喊声："陈老师！"

陈染音抬头一看，在一辆蓝色的大巴车前看到了年级长，正在努力地朝她挥手："你们班人多，上这辆车！"

"好！"陈染音赶忙走到了班级队伍前，组织学生上车，但是她并没有第一个上去，而是站在前门外，再一次清点人数。

顾别冬身高最高，所以总是最后一个上车，就在他左脚刚一踏上车时，突然听到身后有人喊他："顾别冬。"

是他舅！

他舅竟然来送他了？

真惊喜啊！

顾别冬立即收回了左脚，转身回头，屁颠屁颠地朝着他舅跑了过去。

陈染音也回头看了一眼，然而人家顾大队长压根就没看她，一直在看自己外甥呢，显然压根就没有来给她送别的意思。

她有些失望，不甘心地在心里哼了一声，却没上车，硬着头皮站在太阳下，她就不信了，这家伙能一点表示都没有。

李思绵先上了车，上车前还朝着陈染音眨了眨眼睛，相当善解人意地说："你去和你男朋友道别吧，我让司机等一等。"

陈染音笑着点了点头，却在心里长叹一口气：你们看到的，都是朕故意营造出来的假象，其实人家顾队长压根儿不愿意和我重修旧好……朕只能把打掉的牙往肚子里咽，有苦说不出。

顾别冬跑到他舅面前后，乐呵呵地问了句："你怎么来了？"

顾祈舟面不改色地说："把下个月生活费给你。"

确实是快到月底了，顾别冬也没想别的，回了句："你微信转账就行。"言外之意——不必非亲自跑来一趟给我送钱，怪不好意思的。

顾祈舟却回了句："我直接转给你们班主任。"又没好气地说，"省得你天天乱花钱。"

对我有意见你就直说，没必要当面杀人诛心。

他深深地吸了一气，认真发问："那你到底为什么要来送我？"

顾祈舟："通知你一声。"

真体贴啊。

我真是谢谢您了我亲爱的舅舅！

他愤懑不已地攥紧了拳头，没再多看他舅一眼，转身就走，头也不回地朝着大巴车走过去，用行动表明他现在很生气、很愤怒。本来谁都不想搭理的，但事关自己的生活费，所以当他走到陈染音面前的时候，还是毕恭毕敬地对她说了句：“陈老师，我舅有事找你。”

陈染音的眼神当即一亮：哈，朕就知道朕的“正宫娘娘”不会这么无情的！

她强压着跃跃欲试想要上翘的唇角，一本正经地点了点头：“行，我知道了，你上车吧。”

等顾别冬上车之后，陈染音朝着顾祈舟走了过去，以一种老师对待家长的口吻，礼貌询问：“顾队长，小冬说您有事找我？”

顾祈舟的态度也很客气礼貌：“嗯，他总是乱花钱，月初皇帝月末乞丐，但我也没时间管他，就想把生活费转给您，让您定期发给他。”

陈染音摆了摆右手，义正词严地拒绝了：“那可不行，我们有明确规定的，老师和家长之间不得有金钱往来。”又特意强调了一句，“老师和家长之间不行，不过呢，其他关系可以。”

顾祈舟听出了她的言外之意，却不想往下配合，干脆果断地回了句：“那就算了。”

行，好，既然你如此不知好歹，就休怪朕无情无义了！

她的脸色一沉，面无表情地盯着他：“顾妃，朕劝你不要再负隅顽抗，你的保证书可还在朕这里呢，小心朕去找你们支队长告状。”

他一时间竟不知道是该跟她计较保证书的事儿还是“顾妃”的事儿——怎么还被贬成“妃”了？当今的“皇后”是谁啊？那个爱喝可乐的？

陈染音丝毫没有察觉到自己的用词不当，迅速打开背包，从里面拿出了钱包，把一张两寸照片抽了出来，强行塞进了顾队长的手里：“朕的照片，想朕的时候可以看看。”

这是她研究生即将毕业的时候照的，虽然是免冠证件照，但是她觉得照得还挺好看的，于是就保存了一张放进了钱包里。

顾祈舟手握照片，进退两难，还回去吧，舍不得；不还吧，又是个明晃晃的陷阱，引诱他越陷越深。

把自己的照片强行送出去后，陈染音迅速将钱包扔进了背包里，然后一边往肩头背包一边说：“我先走了，不能让学生等我太久，冬子就交给我吧，你安心工作，我会替你照顾好他的。”

她的语气很亲昵，也很贴心，让他感受到了一股久违的温暖和依赖感。她的这句话中还带着告别，他们彼此心照不宣，这次一分开，下次再见面就不知是何时了。

顾祈舟的心是软的，很想拥她入怀，好好地抱一抱，但他知道自己不能，或者说，不敢越过感情的红线，他的内心还是有顾忌——这些年来，他亲手逮捕的犯罪分子不在少数，其中不乏穷凶极恶之徒，难保不会有人对他怀恨在心，更何况，狼爷还没落网。

他不想再连累她第二次。

顾祈舟在心里叹了口气，很克制地回了句：“麻烦陈老师了。”

陈染音听出了他言语间的疏离，却置若罔闻：“不麻烦，应该的。”说完，转身走人。

基地门前的九辆大巴车全部开走了，顾祈舟依旧没有回去。

天空烈日炎炎，他身穿黑色战训装，孤身一人站在空旷的车道上，身形笔直挺拔，身侧跟着的影子却略短了一些，似乎是在畏惧阳光而不敢探头。

他低下了头，看了眼贴在右手手心里的照片。

四四方方的两寸免冠证件照，天蓝色的背景下，漂亮的姑娘留着一头乌黑柔顺的中分长发，穿着干净整洁的白衬衫，眼神温柔地冲着镜头微笑，眼角眉梢处处流露着“妩媚动人”这四个字。

不得不承认，她真是好看，尤其是那一双生而含情的桃花眼，看个镜头都像是在看情人。

顾祈舟情不自禁地抬起了左手，轻轻地用拇指摩挲着这张照片，动作温柔得像是在真的抚摸她的脸颊一样，就连面部肌肉都在不自觉间放松了下来，内心哭笑不得。

真是个道行高深的妖精啊，他还是栽了，一头栽进了她亲手为他设置的陷阱里，还是那种明晃晃的陷阱，但他就是避不开，身不由己地栽了进去。

他记得上高中的时候，她很喜欢在他耳边唱一首歌，是李宗盛的《给自己的歌》，其中有一句歌词，完全能描述他这些年来对她的感情：她的爱在心里埋葬了抹平了几年了仍有余味。

威力极强，一呼百应。

轻叹口气，顾祈舟垂下了左手，同时抬起了右手，动作小心地把她的照片塞进了贴近心脏的口袋中。

第十章

他们都长大了

拓展训练结束后，休息一周，九月一日正式开学。

为提高升学率，学校对初三年级的教学管理抓得更严格了一些，要求学生们早七点必须到校；中午不许回家，在班上午自习；晚自习的时间也由补课期间的八点下课改成了九点。

学生们怨声载道，不停地往教育局打举报电话，甚至还有胆子大的学生联系了媒体记者，企图用这种方式曝光学校的无良行为，然而这些招数一律不管用，所有的举报电话皆石沉大海，毫无回应。

胳膊拧不过大腿，学生们最终还是要服从学校安排。

其实老师也挺累，老师也不想补课，不想天天这么起早贪黑地折腾，而且成年人的体力和精力是真的不如十几岁的孩子，这帮“小崽子”哪怕是熬个通宵，第二天照样生龙活虎的，但是他们这些老家伙可不一样，超过十二点睡觉的话，第二天早上起来心脏都会难受。

但没办法，老师吃的就是这口饭，懒惰和懈怠是不可能的，对学生放任不管更是不可能的，再苦再累也要好好上课，吊着一口仙气和一帮孙猴子斗智斗勇。

像陈染音这种年轻老师体力还算是好的了，但即便如此，几节课下来也能累透支，更何况那些年龄比较大的老教师，不过好在他们学校对待职工比较人性化，愿意给老师提供免费住宿，住宿条件还不错，两人一间，带空调暖气卫生间和阳台。

正式开学后，陈染音就和李思绵一起办理了住宿，既方便省时，还省得她妈天天担心她上下班路上的安全问题。

学校也为初三年级的学生提供住宿，但不是免费的，不过住宿费也不高，一学年九百块钱，四人间带空调暖气阳台卫生间。学生想住宿的话需要向学校提交申请书，家长也需要签一份同意书。

其实陈染音是建议学生们住校的，既能锻炼独立能力，还能节省上下学路上的时间，而且九点放学确实有点晚了。据她所知，他们班不少学生都是自己骑车上下学，路上不安全，要是赶上刮风下雨下雪的天气，安全问题更是令人担忧。

但她也不能强行要求学生住校，所以只能以一种循循善诱的语气在家长群里提出自己的建议，至于家长愿不愿意采纳，那就不是她的事儿了。

陈染音深谙顾祈舟的秉性，所以特意单独给他发了条微信："顾队长，初三的学习任务比较紧张，学校给初三生提供住宿，一年九百，您看您要不要考虑一下？"

她是中午在学校食堂吃饭的时候给顾祈舟发的消息，结果到了晚上十点半，她都已经快要睡着的时候，顾祈舟才回复："刚看到。陈老师的建议呢？"

对面床的李思绵已经睡着了，寝室里黑咕隆咚的，陈染音缩在被窝里，打字回复："建议住，上学早放学晚，他天天骑车不安全，对了，他几乎天天迟到。"

顾祈舟："那给他办一个吧。"

陈染音："你要签份同意书才行。"

顾祈舟："我这个月备勤，回不去。"

陈染音明知故问："那可怎么办呀？"

顾祈舟只好主动询问："陈老师能帮忙签一下吗？"

陈染音："可以是可以，但我只能暂时代替你签，等你有时间了还是要来学校补签一下。"

顾祈舟当然明白她的意思："不能让他带回家签吗？"

陈染音斩钉截铁："不能！必须面签！"言外之意——你必须来觐见"朕"！

紧接着她又义正词严地补充了一句："我也是按规定办事，而且您是当家长的，再忙也不能忽略孩子的教育问题，抽时间来见见我，我也好详细地和您聊一聊孩子的情况。"

顾祈舟："……"

陈染音："省略号是什么意思？"

顾祈舟："佩服陈老师的口才。"

顾祈舟："转账：3000。"

陈染音蒙了："怎么这么多？一年九百，不是一个月！"她甚至开始怀疑自己刚才是不是打错字了，还特意往上翻了翻聊天记录，但她确实没有打错字，说的就是一年九百。

顾祈舟："九百住宿，另外一千六是他这个月的生活费，一个星期四百，余下的五百块25日给他，他这天过生日。"

陈染音原本还想着：一个星期四百？对一个初中生来说是不是有点多了？不怕他乱花钱吗？

但转念又一想：顾别冬和别的小孩不一样，别人都有爸有妈，吃喝拉撒和衣食住行都有人照顾，他全靠自己，吃的喝的穿的用的都要自己买，四百确实不算多。

而且顾别冬这孩子并不虚荣。

青春期正是爱慕虚荣的年纪，无论是男生女生，都想把自己打扮得光鲜亮丽，用以稳固自己的自尊心。

光鲜亮丽的源头是什么呢？是钱，是名牌。

二班的大部分学生家庭条件都比较好，所以班里面大部分孩子穿的鞋和衣服都是进口名牌，唯独顾别冬踏踏实实地穿平价国货，用的文具背的书包也都是从学校门口的文具店买的，但他并不因此自卑，也没有觉得自己低人一等，更不会在那些穿名牌的同学面前抬不起头。

而且他的生活费也不算低，如果他想穿的话，省几顿饭钱也就买了。

但是他没有。

起初陈染音还挺奇怪的，顾别冬和九班的那个赵煦鹏算是同等级的刺头学生了，赵煦鹏浑身上下都是名牌，顾别冬却一件名牌都没有，完全不像是一个处于青春期、爱张扬的叛逆少年。观察了一段时间之后，她才发现，顾别冬和赵煦鹏并不一样，赵煦鹏是单纯的自大叛逆，顾别冬则有着自己的骄傲，他为他的父母感到骄傲，为自己的姥爷和姥姥感到骄傲，为自己的舅舅感到骄傲，为自己出生在一个警察世家感到骄傲。

他觉得烈士子女不该追求那些虚荣的东西，会给父母抹黑，所以他坚决不穿，而且，他也知道他舅不容易。

陈染音轻叹口气，回复："行，好。"

顾祈舟："一号开工资，下个月一号我再给你转账。"

哟，还专程给我说几号开工资？

陈染音心头有些窃喜，忍不住勾起了唇角，问了句："你就这么放心我？"

顾祈舟："放心。"

言简意赅的两个字，却给了陈染音极大的鼓励和欢喜，因为从小到大，身边所有人包括她爸妈都爱说她花钱大手大脚，丝毫没有计划性，顾祈舟是第一个也是唯一一个愿意把钱放到她这里保管并让她统筹支配的人，虽然支配的对象只有顾别冬一个，虽然操作很简单、每周定期发钱就好了，但，这也是史无前例的！

"朕"绝对不能辜负"正宫娘娘"的信任！

陈染音信誓旦旦地回复："你放心就对了，朕办事，绝对靠谱！如果你有需要的话，朕明天就开始考会计资格证！"

又开始给他画饼了……顾祈舟无奈一笑，回复："行了，别皮了，赶快睡。"

陈染音："我认真的！"

明天还要上班，顾祈舟想让她早点睡，就回了句："我睡了。"

陈染音叹了口气，失落地心想：多跟我聊几句怎么了？但也能体谅他训练比较累，就没多骚扰："好吧，晚安。"

顾祈舟："晚安。"放下手机后，他仰起下巴看了眼对头，昆鸣也没睡，还在玩手机呢，单机游戏，消消乐。

也不知道有什么好玩的。

"你怎么还不睡？"其实他自己也睡不着。

昆鸣一边点手机屏幕一边说："我不困。不是你定的吗？十一点半突击喊那帮'小崽子'起来夜训，这都几点了？睡也睡不了多久。"

"哦。"顾祈舟回了句，"那我先睡会儿。"又说了句，"你手机太亮。"然后用被子蒙住了脑袋，再然后，从枕头底下摸出了陈染音的照片，借着手机屏幕的微光盯着看。

越看越好看。

说句没出息的话，才一个多星期没见，他还真有点想她了。

昆鸣打完了一把消消乐，感觉没什么意思，就把手机放下了，扭脸朝着对面书桌看了一眼。

台灯亮着，林毅坐在桌前，继续给他儿子拼乐高，一个漫威联名的钢铁侠，说是送给他儿子的生日礼物，等这次的新兵训练结束后回家送给他儿子。

昆鸣闲着没事干，就喊了顾祈舟一声，顾祈舟没搭理他，他只好去骚扰林毅："你给他拼好了再送还有什么意思？"

林毅："我花那么多钱买的，我还不能自己拼拼？"

沉默片刻，他叹息着回答："我可算是明白了为什么我小时候我爸送我礼物，总是送拼好的。”

不是因为父爱，是单纯的，他想拼……

林毅知道他是闲着没事干了，无奈地说了句：“你对头还没睡呢，你去找他聊吧。”

昆鸣一愣，看了眼对头，只看到了鼓起来的被子：“你怎么知道他还没睡呢？”

林毅：“被缝里面透着光呢。”

昆鸣试探性喊了一声：“老顾？”

不搭理他。

昆鸣不信这个邪，一把掀开了顾祈舟的被子。顾祈舟吓了一跳，赶紧把照片塞回了枕头底下。

昆鸣无语到了极点：“想看你就光明正大地看，偷偷摸摸的，谁还能跟你抢？”

林毅也笑着摇头：“就是，不就是一张照片吗？想看就看，不用不好意思，可以理解，我也想我媳妇儿了。”

顾祈舟坚决不承认：“没有。”又面不改色地说了句，“我就随便看看。”

昆鸣“嘁”了一声，指着他对林毅说：“看见了吗？死鸭子嘴硬。”

林毅叹了口气，语重心长地对顾祈舟说：“你要是真喜欢人家，就大大方方地喜欢，不要瞻前顾后畏畏缩缩，爷们儿一点。”

昆鸣也说：“就是，冬子他班主任还那么好看，肯定不缺舔狗，你要是不抓紧点，说不定人家就跟别人跑了。”

顾祈舟不置可否。

他也想大大方方地去喜欢，想不顾一切地和她在一起，但是他，不敢。

顾别冬住校后，也方便陈染音管他了，而且她现在掌握着冬冬同学的经济命脉，所以冬冬同学现在也相对老实了一些，上化学课都开始认真听课了。并且，据她和其他任课老师的观察，可以确定他和韩娇彻底绝交，谁都不和谁说话，甚至连个眼神交流都没有。

韩娇现在也比之前老实了许多，不再光明正大地和她对着干，但这姑娘好像是个天生反骨，眼神中总是带着对她的轻蔑和不服。陈染音虽然无奈，但也没办法，谁让她是老师呢？还能和自己的学生一般见识吗？再说了，还有不到一年韩娇就毕业了，她没必要跟她置气，干好自己的本职工作就行了。况且，每一个班级里面都会有那么一两个反骨学生，不是韩娇还会是别人。在每一个老师的教师生涯中，都会遇到对自己“恨之入骨”的学生，因为老师是人，学生也是人，人和人之间总是会产生摩擦和误解，这是不可避免的，所以，当老师的只能习以为常，不然迟早会把自己气死。

时间转眼就到了二十五日。

晚上查寝的时候，陈染音把顾别冬单独喊了出来，先给了他一个红包：“这是你舅给你的生日礼物。”然后把另外一只手里拎着的某运动品牌的袋子递给了他，“这是我送给你的生日礼物，生日快乐。”

顾别冬超想知道他舅给了他多少，但是没好意思当着班主任的面看红包里面有多少钱，只好先低头看袋子里面装了什么，然后收获了一份意外的惊喜：“篮球？”还是斯伯丁的，上面还刻着他的名字！

陈染音：“你的球不是丢了吗？”为了应对中招体育考试，现在初三年级的学生天天都要上体育课，篮球是考试项目之一，人手一只篮球，这可把男生们开心坏了，可以正大光明地打球。

顾别冬的球就是在某天中午打完球后弄丢的，本想周末再去买个新的，没想到“猎鹰”竟然送了他一个，惊喜得不行。

“谢谢……”本来想喊“老师”，但话到嘴边，觉得这么喊实在是过于生分了，于是立即改口，“谢谢舅妈！”

陈染音心花怒放，面上却一本正经：“别在学校里面乱喊人。”又叮嘱了一句，“影响不好。”

顾别冬点头：“我懂，我都懂，你放心，除了我舅以外，我不会告诉任何人这个球是你送的，对外一律宣称是我舅送我的生日礼物。”

真是孺子可教——陈染音深感欣慰，点了点头：“行了，回寝室吧，早点睡觉。”

顾别冬：“好嘞！谢谢舅妈！舅妈晚安！”说完，开开心心地跑走了。

陈染音无奈地想：唉，怎么又乱喊人？喊得人多不好意思啊……下次不许这样了，下次最好当着你舅的面喊！

十一国庆七天假，二中只给初三的全体师生放四天假，虽然少得可怜，但已经超出陈染音的心理预期了——她原本还以为只放个双休日就拉倒了。

她爸陈鸿博九月末的时候去外地出差了，十月中旬才会回来，所以国庆期间家里就只有她和她妈两个人，她本来想自驾带着她妈出门玩，但是她妈不乐意，倒不是因为安全问题，而是秦总觉得十一出门人太多，太阳还那么毒，会影响她的心情和皮肤状态。

陈染音对她妈只有两个字：无语。

“那咱俩总不能一直在家待着吧？待四天？”国庆节前一天晚上，母女俩坐在客厅里看电视的时候，陈染音无奈地对她妈说，“我不想在家待着，你要是不陪我去我就找别人陪我去。”

秦薇哼了一声，一边抚平脸上的面膜，一边说：“你去找吧，人家都有男朋友，我看看你能拉着谁陪你出去玩。”

秦薇又说了句：“人家陆云檀都快结婚了吧？”

陈染音斩钉截铁地回答：“没呢，还早呢！”其实她也不太确定，或者说，她也感觉快了，人家双方的家长都见过面了，俩人感情还那么好，结婚是迟早的事。但是，她不能跟她妈说实话，不然她妈一定会唠叨死她。为了避免麻烦，她开始转移话题：“反正我不想在家里蹲着，你要是不想出门的话，我就自己出去玩。”

秦薇却还揪着不放：“陆云檀是不是还有个哥呢？开公司的，老大不小了还单身，你觉得怎么样？”

陈染音：算了吧，她现在经常听陆云檀吐槽她哥和那个缅甸华裔女人的故事，跟连续剧似的，关键是陆云檀这人说话还特别有意思，吐槽都跟说书一样，听得她兴致勃勃的，天天都在期待下一集。

她无奈地叹了口气：“你就不能让我好好地放个假？我只放四天假，你还每句话都给我添堵，再这样我不跟你当好朋友了啊。”

年轻的时候叛逆，天天和妈对着干，但是长大之后，还是和妈关系最好。

为了不辜负来自好朋友的信任，秦薇只好问了句：“你想去哪儿玩？”

陈染音想了想：“太远的地方我也去不成，只能在东辅市周边玩。”

秦薇：“要不去看看姥姥姥爷吧，你也好长时间没去看他们了。”又叹了口气，“我也想我爸妈了。”

陈染音的姥姥姥爷退休后就过起了归园田居的生活，但是又闲不住，于是就在东辅市北边的一个小县城里包了个山头，种起了苹果和葡萄，效益竟然还不错。

秦薇又说：“苹果和葡萄也该熟了，回来的时候还能带几筐。对了，你姥姥还酿了葡萄酒呢，也能带几瓶回来，你爸爱喝。”

陈染音被逗笑了：“秦总，您真的是想您爸妈了吗？”

秦薇：“想啊，怎么不想？我爸妈对我可好了，每次我回家都给我做好吃的，你那几个舅舅都没这待遇，还有，你姥姥姥爷对你，不比对你那几个哥哥姐姐好得多？你都是沾了我的光。”

虽然很无语，但这话确实没毛病。

她妈年轻的时候是个傲娇大小姐，她年轻的时候是个臭屁大纨绔子弟，她们俩都是被家里人惯坏的主。

陈染音只好言归正传：“那咱们俩明天上午起程？”

秦薇想了想，感觉在哪儿睡觉都是睡，回家还能当小公主，于是点头：“行，但是要早点走，不然堵车。”

为避免堵车，她们娘俩早晨不到七点就出发了，但还是在高速上堵了车。原本一个多小时就能到的车程，愣是在高速上堵了三个多小时。

早上出门的时候，秦薇特意坐在了副驾驶，认真又严肃地叮嘱陈染音：“你开车慢点，小心点，我就坐在旁边陪着你，千万不要犯困，安全第一。”

陈染音当时特别无奈，觉得她妈总是过度担心，然而等上了高速之后，她都被气笑了——秦总窝在副驾驶的座椅里，比谁睡得都香，还特意把座椅的靠背给调下去，找了个舒服的姿势睡，还知道把防晒服反过来穿，帽子盖在脸上挡太阳。

唉，也不知道是谁早上出门的时候千叮咛万嘱咐不要犯困的。

临近十二点，陈染音才开下高速，姥姥姥爷都已经打了好几通电话了，询问她们到哪儿了。

接近县城的时候，路边有许多摆摊卖东西的商贩，陈染音忽然想到了什么，就把她妈喊醒了，问用不用买点东西——以前都是他们一家三口一起去看姥姥姥爷，所有的礼品都是她爸准备的，她和她妈就没操过心，所以这次出门前忘了个干干净净。

秦薇眯着眼睛，盯着窗外看了一会儿：“买筐梨吧，这儿的梨也好吃，全是他们当地人自己种的。”

“行。”陈染音选了个看着比较顺眼的摊位，缓缓靠边停了车。

摊主是个中年男人，穿着件黑色的夹克衫，四十出头的样子，中等身材，国字脸，下巴上有一颗醒目的黑色痦子。

秦薇上前和他攀谈了几句，感觉这人不厚道，担心他卖的东西不好，就拉着陈染音走了。

母女俩在别的摊位买了东西，然后继续开着车赶路。

穿过县城中心，目的地在县城北边的一座青山脚下。

秦家家底厚，秦老爷子和秦老太太即便是归园田居了，住的房子也是全村最气派最洋气的那一栋，院门前的车道平整宽阔，车道两边的篱笆院里种的不是菜，而是修剪平整的花圃绿植，打理得当赏心悦目，一看就知道住在这间院子里的人家，不是普通的村民农户。

老两口的院子位于全村最北边，紧挨着山脚，隔着老远，陈染音就看到了站在院门口等她们娘俩的姥姥姥爷。

从后备厢里往下搬水果的时候，她姥爷还吐槽了她们娘俩一句："你们俩怎么还带东西来了？"

陈染音还挺会说话的："总不能空手来吧？"

秦薇附和："就是，我们俩都多大人了，不能带张嘴就来吧。"

姥爷看了看水果箱，不理解地问："那你们俩在家门口买水果是什么意思啊？嫌我种的不好吃？"

姥爷叹了口气："你们一家三口，就一个有脑子的，结果那个还没来。"其实应该是一家四口的，他的那个大外孙也是个有脑子的人，情商和智商都随了爸爸，和爸爸一样聪明懂事踏实能干，长相却随了妈妈，很有他们秦家人的特点，所以在一众小辈里面，他最喜欢他的大外孙。

但是呀，大外孙早就没了……

再次叹了口气，老爷子又伸手点了点自己女儿："你这辈子就干了一件聪明事儿，就是找了个踏实可靠的男人。"然后对自己的外孙女说，"音音，你记好了，找男人呀，不用多有权势多富贵的，最重要的一点是踏实、可靠，能弥补你的不足。"

陈染音点了点头，心想：顾祈舟完全符合标准！

开了一上午的车，陈染音又饿又困，好在姥姥姥爷早就已经做好饭等着他们了。

吃午饭的时候，她和她妈几乎就没伸手夹过菜，两位老人不停地给她们俩夹菜，碗都快装不下了。

吃完饭，陈染音就回屋睡觉了，也没人打扰她，一觉睡到了天黑。睁开眼睛的那一刻，房间里黑洞洞静悄悄的，她的内心突然感受到了一股莫名的悲凉和伤感，仿若被全世界抛弃了。

睡醒就开始胡思乱想……顾祈舟为什么还不来爱我？为什么全世界的女生都有男朋友搂着睡觉，只有我没有？

她长叹口气，拿起了手机，准备刷刷微博，排解忧伤情绪，谁知道，热搜第一竟然是——"东辅市青山县发生恶性凶杀案"。

瞬间清醒。

在好奇心的趋势下，她立即点开了热搜，看到被害人照片的那一刻，她的脊背突然开始发凉——

照片上是一个中年男人，四十出头，国字脸，相貌平平无奇，但下巴上的那颗黑色痦子十分醒目。

这不是……这不是她和她妈今天中午遇到的那个卖水果的男人吗？

死了？突然就死了？

被杀了？还手段残忍？

这才过了几个小时？是不是说明，凶手现在还在这个小县城里？

我的妈呀……陈染音震惊又忐忑，彻底清醒过来，一个鲤鱼打挺从床上坐了起来，趿拉上人字拖，穿着她姥姥给她准备的红配绿小碎花纯棉睡裙，顶着一头乱糟糟的头发，风驰电掣地跑出了房间。

下楼的时候，还叽叽喳喳地喊着："妈！妈！出事了！妈！我的天呀！妈！"

秦薇的喊声中透露着不耐烦："忙着呢！你先别叫喊！"一直喊"妈"喊得她烦死了。

你能忙什么呀？忙着贴面膜还是忙着网购？

陈染音一边在心里吐槽，一边往客厅冲，还一边喊道："咱们俩今天遇到的那个卖水果的，死了……"

客厅里，围站着满满一圈身穿黑色战服的特警队员，个个荷枪实弹。

好巧不巧的是，大部分还都是熟面孔，昆鸣、何必、吴锵、赵东南……为首的那位，是东辅市特警支队黑豹突击队的队长，顾祈舟。

四目相对的那一刻，陈染音蒙了，脑子里乱得像是顷刻间窜过了一百条"汪汪"大叫的野狗：客厅里为什么这么多人？出什么事了？为什么还有顾祈舟？顾祈舟怎么来她家了？顾祈舟、顾祈舟、顾祈舟为什么微微蹙起了眉头？

为什么没有人说话了？

最怕空气突然安静。

她忽然意识到自己此时此刻的形象略有些不佳……身上穿着的红配绿小碎花裙像是会发热，她的脸颊腾地就烧了起来。

尴尬又羞耻，社死的感觉说来就来。

不行，朕的高冷酷炫御姐人设不能崩！

蒙了一秒钟后，陈染音转身就跑，以百米冲刺的速度往楼上窜，回到房间后，"砰"的一下关上房门，飞扑上床，重新缩回了被窝里，用被子把自己的头脸捂了个严严实实，但脸颊还是在发烫，火烧一样烫，面部的毛细血管在不断地沸腾破裂。

她觉得自己耳朵都要冒烟了，甚至有点想哭……为什么没人通知她？为什么穿着这身就下楼了？竟然被顾祈舟看到了……丢死人了！

不对，等等……她的身体僵了一下，脑子里忽然冒出了一个令人担忧的问题：我妈会不会认出他来？

应该……不会吧？这么多年过去了，林宇唐多少也是有些变化的，而且她妈并没有真正见过林宇唐本人，只是看了视频和照片。

再说了，他现在已经改名了，他不再是林宇唐，而是顾祈舟，她妈肯定认不出来的。

陈染音在心里自我安慰了一番，稍微舒了口气，但很快又烦躁了起来：虽然她从来没跟她妈提过自己感情方面的事儿，但她心知肚明，她妈肯定不会同意她和顾祈舟在一起，因为他是警察。

她哥就是当上警察后死的，从那个时候开始，她妈就开始忌惮警察这个职业，觉得是这个职业夺走了她哥的命，再加上八年前她被意外绑架的事，她妈更是对这个职业避之不及。

要是让她知道顾祈舟就是林宇唐，她肯定更不可能同意了。

思及此，她惆怅地把脸埋进了枕头里，长长地叹了口气。

顾祈舟当然认出了陈染音，内心的惊讶和意外不比她少，但他现在正在执行任务，工作之外的事情不能过多考虑。

稳了稳心神，他再次将目光转向秦薇和秦老太太，认真询问：“秦树理是什么时候上的山？”

秦树理就是秦老爷子的大名。

秦老太太满面担忧，愁眉不展，皱纹都显得深刻了，努力地回忆着下午发生的事情：“大概下午三四点钟。”

秦薇也是一脸担忧，神色中还透露着难言的害怕和焦急，比她妈还要忐忑不安：“现在都八点半了，天都黑透了，我爸还没回来呢，不会真的出什么事吧？”

顾祈舟能体谅家属的心情，但无法做出任何保证，只能回答：“我们一定会尽快找到老爷子。”但他心里清楚，现在还没回家，八成是在山里出事了。

旁边站着的那个男人是刑警支队的，叫郑常，他接着顾祈舟的话继续询问秦薇和秦老太太：“没有人提前通知你们近期不要出门，多注意安全吗？”

秦老太太叹了口气：“有哇，村支书和片警都提醒好几次了，但是他不听，他还说他不怕，非要上山，拦都拦不住，还不让人陪。”

郑常和顾祈舟对视了一眼，都感觉到了秦老爷子是个不太配合的主。

秦薇没忍住替自己的老父亲解释了一句：“我爸这人比较固执，年纪大了之后又喜欢自己思考事情，所以一天上下午两趟逛果园的时间是固定的，而且他年轻的时候也是个厉害的风云人物，骄傲惯了，现在退休了，生怕别人觉得他老了、不中用了，倔强一点也能理解。”

顾祈舟轻叹口气，语气温和又不容置疑地对秦薇说：“行，基本情况我们已经知道了，你们家属的心情我也可以理解，但是现在情况特殊，你们唯一能做的就是在家里待着不要动，也不要给亲朋好友透露任何消息，更不要让他们往这边赶，不然只会给我们的救援行动添乱。”

秦薇刚刚才跟自己的老公和哥哥们打过电话，让他们赶紧回来，因为她一个人害怕，现在被顾祈舟这么一说，登时羞愧到了极点，又特别担心自己的行为真的会影响他们的行动，连忙点头保证：“行，好，我现在就给他们重新发消息，让他们别回来了。”

顾祈舟点了点头，又特意叮嘱了句：“楼上那个也提醒一下，让她老实在家待着，别到处乱跑。”

秦薇点头，也不知道是在保证还是在吐槽：“放心吧，她天天不是吃了睡就是睡了吃，用鞭子抽着都不愿意动一下。”

顾祈舟的唇角微不可见地抽了一下，想了想，回了句：“也挺好的。”

他是真的觉得挺好的，她生来幸运，是被全家人捧在手心里长大的公主，就应该过这种无忧无虑的生活。

他由衷地希望，她能一直这么无忧无虑地活着，平安又灿烂地走完这一生。

叮嘱完秦薇后，顾祈舟又看向身边的郑常：“搜山的事你们刑警队就别参与了，对方还持枪，我带着人去就行。”

郑常也明白术业有专攻的道理，他们刑警队还真不擅长搜山抓人和解救人质，而且现在还是夜间，别到时候又迷失在山里了，还得耗费特警队的警力去救他们，于是他点了点头，又说了句：“你是不是要给我留下点人？他要是没进山的话，很可能会来家里。”

顾祈舟：“昆副队会带着一队人手留下支援你。”

郑常点头，然后叮嘱了句：“尽量留活口，我们还要追查枪支来源。”公安部门各司其职，查案子就是他们刑警队的事儿了。

顾祈舟当然明白持枪案的严重性，却也只能回答：“我尽量。”他们的首要任务是救援人质，所以人质的生命安全才是第一位，只有在确保人质的生命不受威胁的情况下，他才能留活口。

分配完任务后，顾祈舟就带着一队特警队员离开了，前往深山进行搜救行动。警犬肯定要参与搜山行动，队员们牵着几条警犬一同前往，何必和白牙就是其中一组。

他们根据现有的证据分析，嫌犯的下一个目标就是秦树理，所以他现在极有可能是进山寻找秦树理了，但也没人敢百分百地保证他一定会进山，所以秦家这边的部署也不能懈怠，更不可能让一群警察明晃晃地站在院子里，嫌疑人也不会傻到自投罗网。

虽然警方早就在村口安插了眼线，但昆鸣和郑常还是将现有警力秘密部署了一下，两人一组蛰伏在院子和屋子的各个隐蔽角落里，以防犯罪嫌疑人上门报复。

秦薇陪着秦老太太坐在客厅的沙发上焦急等待着消息，收到了女儿的微信："妈，发生什么了？"

秦薇觉得一句话两句话说不清，就回了句："你下楼吧，咱们在一起还安全点。"

陈染音："哦，好吧。"

几分钟后，陈染音下了楼，却没再穿那条红配绿的碎花裙子，换上了今早出门时穿的衣服：黑色内搭背心，外面配了件短款的棕色皮衣，蓝色的修身牛仔裤，黑色短靴。

头发也梳顺了，长发披肩，乌黑浓密。

她的双腿修长笔直，迈着款款的步伐走进了客厅，秦薇微微蹙起眉头："你怎么还有心情换衣服呢？"

我……我换个衣服也有错吗？

她现在连发生了什么都不知道，所以有些委屈。四下瞅了一眼，确认顾祈舟不在，她才小声说了句："这么多外人呢，我总不能一直穿睡衣吧？"

秦薇一想，确实也是这样，就没再多说什么。秦老太太在这时又叹了口气，秦薇也跟着叹了口气。

整整一下午再加半个晚上，她们娘俩就一直在叹气。

陈染音虽然不明事态，但看着自己妈妈和姥姥的表情，她能预感到事情似乎有些不容乐观。

她坐到她们俩身边，紧张地问了句："到底发生什么事了？我姥爷呢？"

秦老太太满面担忧焦急，语气透露着难掩的气急败坏："上山了！不让他去，

不让他去，他非要去！还不让人陪！这个死老头子！”

“山里怎么了？果园出事了？”陈染音越发不明就里，诧异又急切地看向她妈。

秦薇一脸愁容：“你姥爷下午三点多上山看果园去了，到现在还没回来呢，但是有仇家要报复他，那个男的杀了好几个人了，还持枪，刑警队和特警队的人都出动了。”说着说着，她的眼圈就红了，眼泪一下子就涌出了眼眶，嗓音哽咽，难掩慌张和忐忑，“他们怀疑那个男的上山找你姥爷去了。”

陈染音不由自主地张开了双唇，震惊又错愕：“仇……仇家？什么仇家？我姥爷哪来的仇家？”她姥爷退休前确实是有不少商业上的竞争对手，但据她所知，她姥爷向来遵从“做人留一线”的原则，从不做赶尽杀绝的事情，哪怕竞争对手再落魄他也不会落井下石，只会雪中送炭，所以他在商界向来是有名声和威望的人物，怎么可能会有仇家呢？

秦薇哽咽着说：“同村的一对父子。”

陈染音更诧异了：“他们俩为什么要报复我姥爷？”她姥姥和姥爷退休后一直勤勤恳恳地种水果，怎么还能得罪同村的人？

秦老太太再次长长地叹了口气，沉声讲述：“那对父子本来想在村东头建个化肥厂，但是最初建厂房的时候谁都不知道他们想干什么，他们还故意放出消息说是要建个养猪场，大家也都没多想，结果谁知道他们要开的竟然是化肥厂，这多污染水源啊！整个村子家家户户都承包有果园，肯定不能放任他开化肥厂！你姥爷看不惯这事儿啊，就组织全村的人去他们厂子门口抗议，堵着门不让开工，还给几个有关部门都写了举报信，就这么一闹，那对父子的厂子就黄了，然后就记恨上你姥爷了，还放出狠话说要杀了全村的人，但我们也没想到，他们俩真敢杀人啊！”秦老太太又急又怕，直掉眼泪，“当初跟着你姥爷闹得最凶的那几个人，全都被杀了。现在那对父子是彻底疯了，挨家挨户地杀人，早知道我就不让你姥爷管这桩闲事了，踏踏实实养老多好……枪打出头鸟！”

秦薇伸手抽了两张纸，递给秦老太太一张，用剩下那张给自己擦了擦眼泪，对自己女儿说：“咱们俩今天中午遇到的那个卖水果的，也是这个村的，刚才那个姓顾的警察跟我说，杀他的人是儿子，已经被缉拿归案了，现在在逃的是父亲，八成是进山追杀你姥爷去了。”

陈染音听得心惊胆战，唇色都有点泛白了，颤着声询问：“那……那我姥爷现在还……还没回家呢……”

三点多上的山，现在都八点多了，五个小时，早该回家了。

秦薇的眼泪直往外冒，哭着说："所以我现在着急害怕呀！"

秦老太太又叹了口气，低着头，默默地擦眼泪。

陈染音也很害怕，不安和恐惧的感觉如潮水般席卷了心扉，内心惶惶难安。

窗外夜色沉沉，山体轮廓漆黑巍峨，更增加了令人窒息的压迫感。

她真的很想钻进她妈的怀里，想哭着给她爸打电话，让他赶快回家陪她和她妈，想继续当一个软弱无能、被父母庇佑着的纨绔。

但她知道，自己不能这么做，她已经长大了。

她已经快二十七岁了，她必须勇敢起来。

更何况，她现在是这个家里最年轻的，迟早都要脱离父母的怀抱，所以她应该试着去成为长辈的依靠，试着站立起来，试着独当一面。

陈染音咬紧牙关，深深地吸了一口气，稳了稳心神后，紧紧地攥住了妈妈和姥姥的手，语气坚决而笃定："你们俩别害怕，我会一直陪着你们，无论发生什么事，你们都还有我。还有，都放心吧，姥爷一定不会出事，你们也不要胡思乱想，这么多警察在呢，那个人一定不会得逞！"

最后，她又一字一顿地说："我相信特警队的顾队长，他一定能够救回我姥爷。"

嫌疑人名叫秦天佑。开展搜山行动之前，顾祈舟先联系了村委会，找村主任要了份详细的山林地图。秦家村还有一个名叫秦江河的男人比较熟悉山中地形，大胆又热心，主动请缨为特警队带路。

时值初秋，正是山林茂盛的时节，处处枝繁叶茂，随便一个树丛或低洼都有可能成为犯罪分子的藏身之所，为搜救行动增添了不少难度。

进山之前，顾祈舟打着手电筒认真地查看了一遍地图，发现这片山林并不止他们眼前看到的这一座山，后方还连绵出去了几座尚未开发的山脉，相当于最原始的那种深山老林。

"秦天佑不会挟持着秦家老爷子去了后山吧？"在顾祈舟查看地图的时候，向导秦江河担忧地说了句，"后山的林子特别深，路还不好走，他要是躲去那里面了，可真不好找。"

顾祈舟："应该不会，他挟持着人质走不了那么快，秦树理也不会那么配合他。"刚才和家属沟通的时候，他就确定了秦老爷子是个脾气倔又不服输的人，要是真被秦天佑挟持了，也绝对不会任由他摆布。

秦江河："那是不是说他们现在很有可能还在前山？"

顾祈舟点头，视线却一直盯着手中的地图。

谁知秦江河却更担心了：“秦家老爷子要是不配合的话，会不会激怒秦天佑？秦天佑会不会对老爷子动手？秦天佑现在已经疯了，是真的疯了！见谁都杀！”

顾祈舟冷静分析：“他应该暂时不会对老爷子动手，除非他想让自己儿子死。”

秦天佑的儿子名叫秦志鹏，已于今天下午落网。

秦志鹏被抓的时候还挺猖狂，一脸冷笑地挑衅他：“你随便抓，我爸肯定会来救我，救不了我他也会再杀几个人给我陪葬。”

顾祈舟大概能从这句话判断出一个信息：秦天佑一定会想方设法地救秦志鹏。所以，在对秦树理动手之前，他一定会挟持秦树理和警方谈判。

刑警队那边也已经调查到了一些有力的信息，来佐证他的判断——

秦天佑和他老婆李兰是从小一起长大的青梅竹马，日积月累的感情不是一般的深，但是秦天佑在李兰怀孕期间染上了赌博恶习。在李兰怀孕八个月的时候，债主带着人找上了门，在家中大闹一番，闹得李兰早产了，外加胎位不正，又导致了难产大出血，生完孩子后没多久就死了。

秦天佑痛彻心扉，追悔莫及，从此戒了赌，独自养大了他和李兰的儿子秦志鹏。据村民们回忆，秦天佑一直很惯着这个儿子，几乎是把对妻子的亏欠全部弥补到了儿子身上，从小就把秦志鹏惯得好勇斗狠、无法无天，成了村里的一大祸害。

化肥厂也是秦志鹏要开的。不知他是听身边的哪个狐朋狗友分析的，说化肥厂赚钱，尤其是他们整个村乃至附近几个村都没有人开化肥厂，所以开了之后没有竞争对手，效益一定好，于是他就心动了，完全不考虑为什么村里没人开化肥厂。

但秦志鹏就是一个游手好闲的二流子，哪来的钱？

没钱就去找他爸要。

秦天佑对这个儿子向来是有求必应，即便他知道村中家家户户都承包了果园，但他还是倾家荡产、四处借钱给自己儿子凑够了开化肥厂的钱，并编造谎言，隐瞒村里人，把厂房建了起来，先把生米煮成熟饭再说。

父子俩本以为厂房建好后就能顺利开工了，谁知道却遭遇到了村民的极力抵制，连本地的环保和工商部门都惊动了，父子俩即便拼尽全力也没能扭转局势，最终还是落了个关厂查封的下场。

但是钱都已经投进去了，还欠了那么多外债，眼看着距离“赚钱”只剩下最后一步了，却被那帮人搅黄了，父子俩怎么咽得下这口气？于是就开始了一场以杀戮为主题的复仇仪式。

顾祈舟和刑警队的郑常一致判断，这场复仇的主谋应该是儿子秦志鹏，父亲秦天佑是帮凶，现在秦志鹏落网了，视儿子如同自己性命一般的秦天佑不可能不管。更何况，以他们从警多年的经验判断，父子联手作案的，父亲落网后儿子八成会逃，但是儿子落网后父亲八成会自首。

秦天佑没有自首，那么就一定会选择另外一种方式——挟持人质要挟警方。所以秦老爷子现在应该不会有性命之忧，但以他的那股倔脾气，挨打挨骂绝对是少不了的。

这么大年纪的人了，也经不住这么折腾，而且谁也不敢保证会不会出意外，所以他们还是要尽快解救人质才行。

顾祈舟快速又仔细地看完了地图，伸手指着前山上的某个点："这里是什么？"

秦江河只看了一眼就认出来了："山神庙，不过是老早之前的了，在深山里拜着不方便，我们就在山脚下建了座新庙。"

顾祈舟："这个废了？"

秦江河点头："废好几年了。"

顾祈舟又问："地图上没标注，但可供嫌犯藏身的地点，山里有吗？"他又举了几个例子，"比如山洞、干枯的河沟、墓穴。"

秦江河想了想："还真有一个，在西山头，特别小的一个洞，洞口还窄，一次只能过一个人，还必须是侧着身子过，太胖的都进不去。"

顾祈舟："洞里面大概能容下几个人？"

秦江河："三四个人那样吧。"

秦天佑要是真把秦树理带去了那里，还真不好办……顾祈舟微微蹙起了眉头，漆黑深邃的眼眸直勾勾地盯着地图上的山脉西侧，神情认真而严肃。

秦江河忽然又想到了什么："不过这个洞不是死洞，里面有流水。"

确认好了搜救计划后，顾祈舟把手下的特警队员分成了几个小组，一组携带一只搜救犬，同时朝着几个不同的方向行进。

他们早在下午就已经搜查过山上所有的果园，没有发现任何线索，也没有出现任何打斗的痕迹，所以他们判定，秦老爷子一定是在上山或者下山的途中遇到了秦天佑。

顾祈舟带领着何必、赵东南以及其他几个队员一路朝西搜寻。

夜间的山林阴冷漆黑，仅以肉眼很难判断脚下的地势和方向，不过好在特警队的装备齐全，不仅有夜视仪，还有警犬白牙在前方带路。

越往山腹深处走，植被越茂盛，夜色也越深，黑暗如同浓墨一般包围着特警队员们。

行进了大概有一个半小时，白牙忽然兴奋起来，汪汪叫了两声，朝着不远处的某棵大树跑了过去，何必后脚就跟了过去："顾队！有血迹！"

顾祈舟立即带领着余下的几位队员跑了过去。

血迹不是在地面上，而是在树干上，半个血手印，血迹已经干涸，变成了深棕色，几乎要与树干融为一体，要不是白牙，他们还真难发现这处血迹。

是左手手印，但仅仅凭借半个血手印，完全无法推断出是谁受伤了、伤的哪里、严重不严重。

顾祈舟屈膝蹲在了地面上，打着手电筒，仔细观察地面痕迹。

潮湿的山间地面铺着厚厚一层从枝头掉落的树叶，除非是经过专业训练的侦察、搜救人士，很难辨认踪迹。

"两个人的脚印，朝西南走了。"顾祈舟从地上站了起来，看向远处的深林。前路漆黑、幽深，他的神情却一如既往地沉着坚定。

又朝着西南方向继续走了二十分钟，白牙再次兴奋起来，又朝着一棵大树跑了过去，这次的发现和上次一样，树干上印着血手印，但不再是半个了，仅有两根手指的印记，像是走累了不经意间扶了树干一下。

赵东南分析说："应该是秦树理故意给咱们留下的记号。"说实话他真有点惊喜，"这老爷子还挺聪明的。"

顾祈舟点头："继续走，前面应该还有。"

凡事都有两面性，人质的性格也是如此，有些人质胆小怕事，不敢招惹劫匪，对劫匪言听计从，听起来虽然软弱，但其实这才是最正确的保命办法，还能降低劫匪的警惕性，从而找机会逃跑，不然很有可能会激怒劫匪遭遇杀身之祸；有些人质脾气大、性格倔、不怕死，就好比秦树理这个老爷子，他的不配合极有可能会激怒秦天佑，导致身死，但正因为他不怕死，所以才敢大着胆子留记号。

就是不知道他到底受了多重的伤，严不严重。

又朝西走了几十分钟，白牙再次发现了血迹，不过这回不再是印在树干上，而是黏在半片叶子上。

叶子只有半片，不像是自然掉落，更像是突然被正走着的某个人从矮枝上扯下来的，上面是一枚痕迹浅淡的血指纹。

顾祈舟分析，应该是秦天佑察觉到了秦树理的小动作，于是盯他盯得更严了一些，秦树理不好继续往树上摁手印，只好通过这种方式留下痕迹。

特警队员们继续朝西前行，却没再发现任何记号，但顾祈舟已经做出了判断——秦天佑一定是带着秦树理去了那个山洞。

夜间的山洞越发阴森寒冷，逼仄的空间中没有一丝光亮，却不停地回荡着潺潺的流水声。

洞内靠东侧的山壁上有一条胳膊粗的缝隙，山泉就是从这里流进来的。

秦树理横躺在西侧的山壁前，双手被反绑了，双脚也被捆在了一起，左手小臂上被秦天佑用刀划开了一条口子，半截灰色袖子都被血染成了深棕色。

老爷子满头白发，面容上遍布刀刻般深邃的皱纹，脊背不由自主地弯曲着，一看就是一位上了年纪的老人，但他的眼神中丝毫不见胆怯与畏惧，瞳孔漆黑明亮，目露精光，仿若一头不认命不服输的苍苍孤狼。

秦天佑盘着腿坐在洞穴中央，正在一言不发地擦枪。

这是一把霰弹枪，漆黑的枪身在黑暗中泛着冰冷深沉的光芒。

鹏鹏被抓了，进去后一定是死，但他绝对不能眼睁睁地看着儿子死，不然愧对李兰，死了之后也无颜面对她。

鹏鹏不该被抓的，鹏鹏一直是个听话懂事的好孩子呀！

一切的一切，都是秦树理这个老不死的闹的！要不是他这个老不死的带领村民们抗议，他们的化肥厂能被查封吗？化肥厂不被查封的话，鹏鹏能那么生气吗？

他还听鹏鹏说了，这个老不死的是个特别有钱的人，还认识好多当官的，肯定是这个老不死的串通那帮当官的，查封了他们的化肥厂！那些跟着他起事的村民肯定也都收了他给的好处！

都是这个老不死的把鹏鹏逼成这样的！

他至今仍清楚地记得那天晚上，鹏鹏哭着喊着对他说："爸！你说他都已经那么有钱了，为什么还要和我作对？为什么还要和我过不去！我恨有钱人！我恨秦树理那个老不死的！我要杀了他！我要把这个村子的人全部杀光！"

其实在当时，他还以为自己儿子只是在说气话，没想到第二天半夜他竟然满身是血地回了家……

鹏鹏真的去杀了人，第一个杀的是他的女朋友，因为化肥厂的事，那个女的嘲笑了鹏鹏，还和他闹分手。

他吓坏了，慌张到不知所措，国有国法，家有家规，杀人就是一个死！

他首先想到的是劝儿子去自首，这样说不定还能保住一条命，但鹏鹏不愿意去自首，还跪在他面前哭着求他帮帮他，哭着说自己不想死，还说死了之后无颜面对自己的妈。

那一刻，他又想到了李兰，心一软，就顺从了儿子。

但谁知道，鹏鹏竟然还去找他那些开赌场的狐朋狗友搞了把枪。但……但他的鹏鹏向来是一个听话乖巧的孩子啊，怎么会干出这么心狠手辣的事情呢？一定是被逼成这样的！都是秦树理这个老不死的，把他的儿子害成了这样！

思及此，秦天佑再度怒火中烧，恨不得一枪崩了秦树理这个老不死的，把他的脑袋打开花，但他不能随心所欲地发泄怒火，因为他还要用秦树理这条贱命换鹏鹏的命。

他都已经想好了，暂时把秦树理藏在这个偏僻的山洞里，等天一亮他就去派出所自首，把所有的罪行全部揽到自己身上，这样一来，鹏鹏还是清清白白的，他们要是不放鹏鹏出来，他就用秦树理这个老不死的和他们交换。

秦天佑擦好了枪，又从旁边的地面上拿起了砍刀。

比起枪，他还是觉得刀更顺手。

又在溪流边磨了磨刀，秦天佑从地上站了起来，拿着刀走到了秦树理面前，面色铁青，怒火中烧，想弄死这个老不死的，却又不敢让他死，只好一脚踹到他的腿上，发了狠地破口大骂：“都怪你这个老不死的！都是你把我儿子逼成这样的！你怎么还不死？你一定不得好死！全家都没有好下场！”

骂完之后，他转身离开了山洞，准备去外面砍点树枝盖住洞口，然而他才刚走出洞口没几步，不远处的丛林中就传来了咆哮的犬吠声和匆匆的脚步声。

顾祈舟看到了洞口站着的黑色人影，一边带着人朝着山洞冲一边厉声大喝：“警察！不许动！”

普通的罪犯都会被这句话恐吓到，从而丧失思考能力，秦天佑下意识地僵住了身体，眼神中流露出了难掩的惊慌和畏惧。

投降吧……但是在这个念头升腾起的那一刻，他又想到了自己的儿子。

不行，他必须救鹏鹏！

秦天佑转身冲回山洞，把秦树理从地上拎了起来，用他的身体堵在山洞口，将刚磨好的锋利砍刀架在他的脖子上，惊慌失措又语无伦次地冲着外面的警察大喊：“别……别过来！都别过来！再往前走一步我就杀了他！”

顾祈舟在洞前三步远的地方停下了脚步，却没有放下手中的枪，黑洞洞的枪口直指洞口，眼神坚毅，神色沉稳冷静，语气冷硬而又不失慑人的力度：“秦天佑，你已经被警方包围了，释放人质放弃抵抗是你唯一的活路，不然你和你儿子只有死路一条！”

秦天佑浑身上下都在颤抖，呼吸紧张而急促，紧紧地攥着手中的砍刀，歇斯底里地大喊：“放了我儿子，不然我就杀了这个老不死的！”

顾祈舟不容置疑：“不可能，如果你真想救你儿子，就立即投降！”与罪犯谈判时，必须要利用现有信息去煽动罪犯情绪，动摇罪犯的抵抗心理，“想想你老婆，想想李兰，想想她临终前是怎么交代你的，再想想她要是还活着的话，看到你们父子俩走上这条不归路，又是什么心情。”

秦天佑的精神一直高度紧张，处于崩溃边缘，听到“李兰”这个名字后，他彻底绷不住了，额头上的汗水和眼眶中的眼泪一同顺着面颊往下流，挟持着秦树理的左手和持枪的右手一直在抖，哭着大喊：“别说了！别说了！闭嘴！别提阿兰……阿兰……”

顾祈舟稳稳持枪，语气一如既往地冷硬坚决：“你要是立即自首，法院说不定还能留你们父子一条命，你要是死不悔改，那你儿子可就死定了。”

秦天佑的内心开始动摇，却依旧不信任警察，不愿意投降：“你……你……你骗我，被你们抓走就是死！”

顾祈舟面不改色：“我骗你干吗？公安机关向来愿意给主动自首的罪犯争取宽大处理，现在自首是你和你儿子唯一的出路。”他又说，“李兰当初是为了你而死，临终前还劝你改邪归正，好好养育你们的儿子，结果你却让他走上了不归路。”最后，他突然提高了嗓音，厉声反问了秦天佑一句，“秦天佑，你对得起李兰吗？”

这句话震慑力十足，仿若压垮骆驼的最后一根稻草，秦天佑的心理防线彻底崩溃，号啕大哭着瘫坐在了地上。秦树理站不稳，身体不由自主地朝前栽了过去。顾祈舟迅速冲上前去把老爷子的身体从山洞里拽了出来，转移到了安全地带。余下的特警队员冲进山洞，逮捕了秦天佑，收缴了武器。

何必拿出对讲机给赵东南传递消息：“投降了，回来吧。”

在这个小山洞的后方还藏着一个大一点的山洞，仅一墙之隔。

叫秦江河的那个向导说山壁上有一条狭窄的山缝，山泉就是先流经大山洞后再经过这条缝隙穿进小山洞。

在接近小山洞的时候，顾祈舟安排了赵东南和另外一位队员先行迂回去后方的大山洞，让他们伺机而动，如果秦天佑抵死不投降的话，就趁其不备从山缝中往小山洞内扔闪光弹，进行强攻。

顾祈舟蹲在地上，迅速抽出随身匕首，给秦老爷子解开了捆在手脚上的绳素，又简单地给他包扎了一下手臂上的伤口，同时询问：“您老还有哪儿受伤了吗？身体有没有不舒服的地方？”

腿疼，刚被踹的，但秦树理是个硬骨头，坚决不说自己腿疼：“没有，我好着呢！”而且，他最关心的地方还是，“你们是怎么找来的啊？有没有看到我给你们留的线索？”

顾祈舟突然特别想笑，终于明白了陈老师的臭屁样是遗传了谁。他强忍笑意，认真又郑重地点了点头：“看到了，就是顺着您留下来的线索找来的。”他还给老爷子竖了个大拇指，“您老厉害，临危不乱！”

秦老爷子可高兴了，郁闷了一晚上的心情终于变得畅快：“都是小意思，我年轻的时候更厉害！”但他也没忘了夸奖眼前的这位年轻人，“你这小子也挺厉害的，不费一兵一卒就让他投降了，不错，年轻有为！”

第十一章

闻香识女人

秦老爷子嘴上说着腿不疼，实际上却疼得连路都走不了了，最后是顾祈舟背他下的山。

昆鸣那边早已接到了通知，凌晨四点多的时候就和郑常一起守在山脚下接应了。陈染音和她妈还有她姥姥得知秦老爷子被救的消息后，皆是喜出望外，说什么也要跟着特警队员们一起去山脚下接人。

一直到天边泛起了鱼肚白，顾祈舟他们一行人才出现在大众的视野中。秦家的那三个女人跑得比医生还快，身背秦老爷子的顾祈舟一出现，她们三个就冲了过去。秦老太太是一边哭一边跑还一边念叨着："这死老头子！这死老头子！"秦薇则是一边跑一边哭着喊"爸"。陈染音倒是没哭，不过眼眶一直是红的，眼泪在眼眶中直打转——整整一个晚上，她不只是担心姥爷，还担心顾祈舟。

三个女人把顾祈舟围了起来。抬担架的医护人员还没跑到，顾祈舟只好一直背着秦老爷子，同时还要面对三个女人的"围攻"，好在陈染音她妈和她姥姥的注意力都不在他身上，不然他还真不知道该怎么办了。

不过医务人员也很快，紧跟在她们仨后面跑了过来，顾祈舟小心翼翼地把秦老爷子放到了担架床上。

医务人员推着秦老爷子朝着救护车移动的时候，秦薇和秦老太太一直在着急地询问秦老爷子伤到哪儿了，秦老爷子不厌其烦地一遍又一遍回答："没什么大事，下山的时候不小心崴了一脚。"

秦老爷子被医务人员抬上了救护车，秦老太太也要跟上去，车后面的台阶不低，陈染音和她妈赶忙搀扶住了秦老太太的手臂。把老太太搀上车后，她们俩也跟着上去了。

陈染音在匆忙间回头看了顾祈舟一眼。

顾祈舟也在看她。

四目相对的那一刻，陈染音忽然特别难受。

自从拓展训练结束后，他们俩已经有一个多月没见面了，这次匆忙一别，下次再见面也不知会在什么时候。

一眼万年，她忽然很想让时间在这一刻静止，但时间从不等人，他们也仅仅是对视了一眼，医生就把救护车的后门关上了，隔绝了两人的视线。

她的眼眶又是一酸，无奈地收回了视线，情绪低落地在心里叹了口气。

秦老太太还在唠叨秦老爷子，相当地气急败坏："你这个死老头子！都说了不让你上山，你非要上山！倔得跟头牛一样，真是气死个人！"

秦薇也说："就是，真是把人吓死了。"她一直在哭，依旧心有余悸。

秦老爷子轻叹口气，无奈道："我要是不上山，秦天佑肯定会跑去家里，到时候你们怎么办呀？"

秦老太太愣了一下，眼眶又红了，一边抹眼泪一边嗔怨秦老爷子："你真是个死老头子！"

秦薇则攥紧了自己父亲的手臂，挤出来一个比哭还难看的笑容："还是我爸对我好，我爸是超级大英雄。"

陈染音的眼泪也憋不住了，"哗哗"地顺着脸颊往下流，与此同时，她终于明白了一个道理：男人的责任感与担当感是不分年岁的，无论是八十岁的秦树理还是十八岁的林宇唐，他们都可以为了保护自己在乎的人豁出命去。

救护车缓缓开动，秦老爷子下意识地摸了下外套的口袋，浑身一僵，惊急大喊："我的手机呢？我的手机没了！停车！停车！我要去找我的手机！"

秦老太太又急又无奈，但她也明白秦老爷子为什么那么在乎那个手机，只能好言相劝："身体要紧，等回来再去找也一样！"

秦薇也说："就是，都用了多少年了，也该换一个了。"

秦老爷子的态度坚决："不行！我不换！"他挣扎着从担架床上坐了起来，脸都急红了，"那是未梵送我的手机呀！"

陈未梵，陈染音的亲哥哥，秦老爷子最偏爱的一位晚辈，却也是他心头永远的痛和遗憾。

秦天佑早就被押上了警车，顾祈舟正站在警车旁和郑常交接工作，昆鸣忽然喊了他一声：“顾队！”

顾祈舟看向了他：“怎么了？”

昆鸣朝着前方努了努下巴：“救护车停了。”

顾祈舟立即看了过去，看到救护车的后门被重新打开，陈染音从车里跳了下来，快速朝着这边跑过来。然后车门就被关上了，救护车重新启动。陈染音自己留了下来。

顾祈舟有点蒙。

这边停着好几辆警车，车旁围着的人也挺多，有身穿黑色战装的特警队员，有身穿便装的刑警队员，还有当地的警务人员以及村委会的领导干部们。

陈染音毫不犹豫地跑到了顾祈舟面前，一本正经地说：“顾队长，人民群众需要你帮忙，你帮不帮呀？”

他预感到了这句话像是个陷阱，所以不敢轻易答应——继照片事件后，他越发清楚地认识到了这个女人的危险性，像是慢性毒药，在不知不觉间引诱他上当上瘾。

然而不等他开口，昆鸣先替他接了下来：“帮啊！我们的宗旨就是为人民服务！”

陈染音笑了一下，当机立断：“那可真是谢谢顾队长了，我就知道你肯定会帮忙！”

话都说到这份上了，他不得不开口：“说吧。”语气却不冷不热的，面上也没什么表情，一副拒人于千里之外的淡漠样子。

但他越是这样，陈皇的内心就越有斗志，还有些暗爽：

朕最喜欢你这副宁死不屈的清高样子！你越这样，朕越想征服你！

你这辈子都别想逃出朕的手掌心，迟早还是朕的人！

陈染音努力保持着一副正人君子的嘴脸：“我姥爷的手机丢在山里了，他说他怀疑是丢在那个山洞里了，想拜托你们帮忙找回来。”免得被误会是无理取闹、浪费警力，她又补充了一句，“那个手机是我哥牺牲前送给他的，对老人家很重要，是感情寄托，这么多年了一直没换过。”

郑常忍不住插了句嘴：“牺牲？你哥之前是……”

陈染音也没什么好隐瞒的：“干刑警的，牺牲好多年了。”

“原来是前辈……”郑常也是干刑警的，内心十分触动，就主动说了句，“要不我陪你上山找吧？”

陈染音：不，朕的目标不是你！

昆鸣以及周围的特警队员们：老郑这不是添乱吗？

顾祈舟看着郑常，面不改色地说："你不擅长搜山，而且你还要去审秦家父子呢，早点把枪支来源查出来，我们特警队才好行动。"

郑常一想也是这个道理，就说了句："那行，交给你们吧，我先去审人，有线索的话我第一时间联系你。"

"好。"顾祈舟又提醒了句，"就近审讯吧，感觉窝点不会远。"

秦家村虽然尚处于东辅市政府的管辖境内，却是东辅最北边的一座小县城，与邻市接壤，距离东辅市还有一定的距离。以秦家父子的基本情况来看，跑去外地购买枪支弹药的可能性不大，八成还是在当地的地下黑市买到的。

郑常回道："我也是这么想的，原地驻扎，到时候直接去逮人，也不浪费路上的时间了。"

顾祈舟："嗯。"

他们俩之间简单的两三句对话，却听得陈染音心惊胆战——众所周知，我国是禁枪国家，对枪支弹药有着极为严格的管控，打击力度不啻贩毒，情节严重者直接死刑，敢冒死贩卖枪支弹药的人，全都是心狠手辣的亡命之徒。

警方抓到了秦天佑父子，但这件案子远没有结束，后续还牵连着更严重的枪支贩卖案，或许过不了多久他们就要去和更凶残、更狠毒的歹徒搏斗，而且还是去私藏枪支的窝点逮人，其凶险程度不言而喻。

她开始后悔来找顾祈舟了，她不该来麻烦他的，应该让他好好休息一下，毕竟，他已经整整一个晚上没有合眼了。

等郑常带着刑警队的人离开后，陈染音对顾祈舟说了句："算了，不用你陪了，朕自己上山。"说完，她抬起手，递给他一串钥匙，"我姥爷说的，你们要是留下来的话，村委会安排不下那么多人，让你们去我们家休息，当成自己家一样就行，吃喝自便。"

顾祈舟明白她的好意，但不能接受："不用。"不给人民群众添麻烦，是身为公职人员的原则，也是规定，而且他们早就习惯了各种环境，在哪儿休息都是一样，头顶太阳都能在路边睡着，"这儿也有分局。"

言外之意是他们要去当地的公安分局。

陈染音也没再勉强："行吧。"又说，"那你走吧，我可以自己去找手机，你好好休息，后面还有的忙呢。"

顾祈舟肯定不能让她自己进山，不容置疑："我陪你去。"

陈染音无奈：“真不用！”谁知在这时，白牙悄悄地溜到了她的身边，用脑袋轻轻地蹭了蹭她的腿，还欢快地“汪汪”了两声，仿若是在自告奋勇。

何必一愣，都蒙了：这谄媚狗子什么时候跑过去的？

陈染音却笑了，弯腰摸了摸白牙的脑袋：“白牙借我用一用就行了。”

顾祈舟不置可否，低头看了白牙一眼，言简意赅地命令：“带路。”

白牙“汪”了一声，立即朝着进山入口跑了过去，身姿倒是矫健，就是那副撒欢的样子令它看起来不太聪明。何必又在心里骂了它一句：谄媚狗子，小人得志！

顾祈舟先交代了昆鸣一句：“带人回分局。”又严肃叮嘱，“村主任给什么都不能要！”他们才刚下山的时候，村主任就已经开始张罗着本村村民给他们筹备水果了，说是感激他们为本村铲除祸害，但是特警队只能心领这份好意，绝对不能收东西，哪怕只是一串葡萄都不能收。

昆鸣点头：“放心，我心里有数。”又情真意切地说了句，“顾队，加油！一定能帮陈老师找到手机！”

但是陈染音心疼他，不想再折腾他了，就又说了句：“其实你真不用陪我去。”

顾祈舟没再说话，直接转身朝着进山入口走了过去。陈染音无奈，只好跟上，自责又心疼，却又有些小窃喜。

白牙一直在等着他们俩，顾祈舟和陈染音一跟上，它就率先一步跑进了山里。

陈染音看着白牙的活泼身影，问了句：“不用牵着它吗？”

顾祈舟：“不用，忙一晚上了，让它玩吧。”特警队的人都把警犬当孩子，训练和执行任务的时候严格要求，但平时都挺宠着它们的。

“哦。”陈染音没再说话，若有所思地回头看了一眼，看到以昆鸣为首的特警队员们都在朝这边观望呢。

唉，看得人多不好意思啊！

她娇羞地咬住了下唇，盯着走在前方的顾祈舟看了一会儿，忽然伸出手，紧紧地拉住了顾祈舟的右手。

顾祈舟先是一愣，心脏和呼吸同时停滞了一拍，下意识地绷紧了双唇，不动声色地往外抽自己的手，却没抽动。

“松手。”他面无表情地命令，看起来特别冷酷无情。

陈染音面不改色心不跳地说：“可是路不好走呀，我刚才都差点滑倒了。”

这家伙真是越来越猖狂了，肆无忌惮地对他耍流氓。

陈染音目不转睛地盯着他看了一会儿，忽然叹了口气，微微垂眸，失落地松开了他："那行吧，你不让我拉手，我就不拉你的手了，我也不想强人所难，强扭的瓜也不甜。"说完，大踏步去追寻白牙，边走边说，"路滑就路滑吧，摔死我拉倒，反正你也不在乎我不喜欢我了，我活着还有什么意思？"又长长叹了口气，用一种哀伤的语调感慨，"没有顾祈舟的人生，一文不值……唉，你要是能来爱我就好了，我死也满足了。"

陈姐的嘴，哄人的鬼，无论是以前还是现在，他都逃不过她那张充斥着甜言蜜语的嘴——

她想让他去爱她……明知她是在诱哄他，他却还是难以自持，心旌摇曳。

陈染音停下了爬山的脚步，转身，居高临下地看着依旧站在原地的顾祈舟，饱满的红唇一开一合，极具蛊惑："不就是拉一下小手吗，又不会怀孕，你害羞什么呀？再说了，山里的路真的不好走，我一个半月板裂开过的二级残废，又穿着靴子，你拉我一下怎么了？不应该吗？"说着，还缓缓地朝着他伸出了右手，手型绝美，指如削葱根，"顾祈舟，你拉我一下嘛——"

他是真的抵抗不了她朝他撒娇。

一秒钟都抵抗不了……

顾祈舟的脑子里忽然炸了一下，理智彻底被炸飞了！

咬了咬牙，他沉着脸走到她身边，用力地攥住了她的手，没好气地问："满意了？"

陈染音心头止不住窃喜：啧，朕就喜欢看你这副气急败坏却又耳尖发红的羞恼样子，真迷人啊！

其实心里高兴得要死吧？

唉，男人啊，都是口是心非的主。

但是，朕爱的就是你的口是心非，你越说"不要"朕越兴奋！

陈染音轻轻地咬住下唇，摆出一副娇羞嘴脸，却又用星星眼望着他："顾队长，你的手好大呀，还有力气，真有安全感。"

说真的，他已经有点飘了，还有着强烈的预感，再这样下去，他一定会一头栽进她为他量身打造的陷阱里……这个小妖精的道行好像越来越高深了，他根本不是她的对手。

但是，他必须规避风险。

舔了舔干涩的双唇，他面无表情地盯着她，不容置疑："从现在开始，咱们俩谁都不许说话。"

陈染音不服气："为什么？我又不是哑巴，凭什么不让我说话？"不让我说话，我还怎么给你画饼?

顾祈舟早有预料:“只要能坚持一路不说话,我就给你一个奖励。”

陈染音眼睛一亮:“什么奖励?”

顾祈舟反问了句:“你想要什么奖励?”

陈染音还挺不客气的:“我想让你吻我。”又说了句,“我好多年没接吻了,都快忘了接吻是什么滋味了。”她挑了下眼梢,桃花眼含情带媚,“顾队长也是吧?”

顾祈舟的嗓子忽然一紧,双唇开始发干,突起的喉结不由自主地上下滑动了一下。

他真的很想知道,这个妖精到底是怎么做到的,竟然能让说出口的每一个字都带着极大的诱惑力,令他无比抓狂。

顾祈舟再次深吸一口气,直勾勾地盯着她,冷着脸警告:“你最好老实点,山里面没有人。”

他的剑眉浓密修长,瞳孔漆黑深邃,神色冷峻坚毅,很有柳下惠坐怀不乱的冷静气势,然而微微沙哑的嗓音已经出卖了他内心的躁动。

陈染音下颌微微仰起,神色柔柔地看着他,一脸天真地眨了眨眼睛,咬字轻缓:“所以呢?顾队长想怎么对付我呀?”

顾祈舟有预感,只要再往前踏一步,他就会栽进她的陷阱里。

他必须保持清醒。

“你还想不想找手机了?”他强行把话题转到了正经事儿上,又威胁了一句,“不找的话现在就回去。”

那肯定还是要找的,姥爷可在乎那个手机了……计谋未得逞,陈染音叹了口气,无计可施般,说:“行,好,找,全听你的!”

顾祈舟在心里舒了口气,却没有放松警惕,又警告了她一句:“从现在开始老实点,不许再耍花招。”

陈染音不情不愿地“嗯”了一声,心里想的却是:等着吧,朕绝对不会就此罢休,一定会拿下你,强扭的瓜最甜!

等陈染音消停了之后,顾祈舟才继续带着她往山里走,白牙活蹦乱跳地在前方带路。

陈染音确实是不再说话了,但依旧小动作不停。起初,两人的手只是简简单单地牵在一起,后来,她故意用食指的指肚搔了搔他的掌心,力道又轻又柔。从掌心处生出的痒感通过手臂直抵内心,刹那间,顾祈舟的半边身子都僵了,大脑也跟着僵了一瞬。趁他失神之际,陈染音迅速转了一下手,修长纤细的手指灵活地从他的指缝间穿了过去，紧紧地与他十指相扣，又欲盖弥彰地仰起下巴，看向头顶的葱郁树冠：“哎，今天天气真好呀。”

他彻底没了脾气，长叹一口气，扭脸看着她：“人民教师一直对学生家长要流氓是不是不太合适？”

陈染音赶紧摆了摆另外一只手，义正词严：“个人行为不要带整个教师群体啊，教师群体不能替我背锅！”

顾祈舟都被气笑了：“所以陈老师也承认您是在对学生家长耍流氓？”

陈染音摇头，语气坚决：“不承认，朕从来没有对学生家长耍过流氓！你不要胡说八道，影响我声誉。”

嗯，这个回答很陈皇，不仅不承认事实，还能顺带着倒打一耙。

顾祈舟轻叹口气，无奈询问：“所以，您是把顾别冬开除班籍了，还是单方面把我开除家长籍了？”

陈染音看着他，眼睛黑亮，像是星星在发光：“都不是，你可是朕最爱的顾妃呀，把爱妃当学生家长的话，岂不是见外了吗？”

行，好，明白了，是妃。

他收回了看向她的目光，面无表情地爬山，满脑子想的都是：那个爱喝可乐的男人到底是谁？“正宫娘娘”就是他？

陈染音却依旧在他看，从她的这个角度看去，他的侧面线条完美极了，骨相绝佳，棱角分明，下颌线的弧度十分优美，但最迷人的是喉结。

他的肩颈线条紧实劲瘦，象征着性别特征的喉结清晰凸起，在无形中散发出强烈的男性荷尔蒙气息。常年日积月累的训练和实战，令他的肤色比学生时代稍黑了一些，但黑得不过分，变成了浅蜜色，越发有男人味了。

陈染音忽然想到自己曾经看过的一部美剧，其中有一集，弹幕都在惊叹尺度很大，大到看得人起生理反应，唯独她看得无动于衷，甚至厌恶、恶心。

从那件事过后，她就开始排斥两性关系，任何与荷尔蒙有关的反应都会令她感到反胃。

曾有很长一段时间，她非常抵触和异性接触，哪怕是正常交流都不行，她甚至还排斥过她爸，严重影响了她的正常生活。为了能够回归正常生活，她花费了很长时间去接受心理治疗，努力了两三年才能够做到像个正常人一样与异性相处，但她还是排斥两性关系，她觉得恶心。

然而此刻时刻，她竟然会突然想到那集美剧中的香艳剧情：男人和女人拥吻缠绵着进入了灯光昏黄的卧室，男人帮女人脱掉黑色的短袖，女人也将他的上衣推了上去，但他们没有立即进入正题，而是互相抚摸着彼此的身体，将鼻子埋进彼此的颈间，用鼻尖轻蹭着对方的肌肤，深沉又急促地呼吸着，或者说，嗅着。

那时的她根本看不懂这个行为，点了倍速把这段剧情跳了过去，但是现在，她好像茅塞顿开……男女之间的爱意与缠绵，更在于彼此之间的吸引力，“色”“香”“味”，都可以成为吸引力。

她忽然好想闻一闻他，一定很好闻。

但就在这时，白牙忽然“汪汪”大叫起来，把陈染音从绮梦中给唤醒了。

顾祈舟顺着叫声传来的方向看过去：“过去看看，应该是它找到手机了。”

陈染音点了点头，立即和他一起走了过去。

白牙坐在一块黄色的矮石头上，嘴里叼着一个老旧的黑色翻盖手机。

此时他们进山还不到一个小时，距离捕获秦天佑的那个山洞还远得很，说明秦老爷子的手机肯定不是在那个山洞里丢的，而是在下山途中不小心从外套的兜里掉出来的。

这年头用这种翻盖式古董手机的人着实不多了，陈染音一看就知道白牙叼着的这个绝对是她姥爷的宝贝手机，不禁长长地舒了气，但也没忘了夸孩子一句：“白牙你真厉害！不愧是警犬中的佼佼者！”

白牙的眼中尽是得意，昂首挺胸地叼着手机，狗尾巴一直在身后摇啊摇。

陈染音终于舍得松开顾队长的手了，一边弯腰一边朝着白牙的嘴边伸手，同时感慨：“幸亏你帮我找到了，不然我还没法……哎？你去哪儿呀？”

她还没把手伸到白牙嘴边呢，白牙就叼着手机跑了，跑走的方向还很坚定，像是早就计划好了路线一样，一溜烟就跑到了不远处一个隐蔽的山洞洞口前。进山洞之前，它还特意停下了脚步，回头看了顾祈舟一眼，像是在给暗示似的，给了暗示之后才又重新迈开了四条狗腿，小旋风似的窜进了山洞。

不过它很快就又从山洞里跑了出来，出来之后嘴里叼着的手机却不见了。

显而易见，它是故意把手机扔进了黑黢黢的山洞里，然后，冲他们俩“汪汪”叫了两声，又撒着欢跑走了。

这一刻，陈染音真是，爱死了白牙——真不愧是警犬啊，聪明、优秀，又善解人意！比某些人还体贴呢！

顾祈舟则是气急败坏，恨不得直接把白牙当成顾别冬揍一顿。

陈染音瞟了一眼身旁的顾队长，故意叹了口气，无奈地说：“哎呀，白牙真调皮！这山洞里面这么黑，我可不敢自己进去。”

顾祈舟明白她的意思，却没有回应，面无表情地说了句：“你在外面等着，我自己进去。”语气还特别不容置疑，像是在下命令。说完，便大踏步朝着山洞入口走了过去。

他想速战速决，多一秒钟都不想拖延，因为他已经清楚地预料到了可能会发生的“危险”。

他甚至都不能确保和她一起进入山洞之后会发生什么。

最好，什么都不要发生。

陈染音却将顾祈舟的命令置若罔闻，或者说，阳奉阴违，嘴上回着“哦”，却在他走进山洞的那一刻，又快又安静地跟了过去。

洞口挺窄的，洞里的空间也不大，黑得伸手不见五指，四周的山壁如同冰块一样，散发着冰冷的气息，人一走进去就感受到了阴冷。

顾祈舟打开手电，在山洞中央的地面看到了手机，迅速弯腰捡了起来，起身的同时朝后转身，然后便和刚刚冲进山洞的陈老师撞了个满怀，手里拿着的手电筒还被她撞掉了，在寂静的山洞中发出了“啪嗒”一声清响，漆黑的地面弹射出一道亮光。

黑暗中，陈染音微微仰着下巴，目光灼灼地看着顾祈舟，眼神中带有万般缱绻深情，唇角却不自觉地上扬，笑得狡黠又得意，似乎是在对他说：哈哈，还是被朕逮到了吧？朕看你还能往哪儿跑！

顾祈舟非常清楚现在应该怎么做——立即推开她，快速离开山洞——但是他的身体根本不受大脑的控制，无论如何都无法抬起手臂，更别说推开她了。

陈染音轻轻唤了他一声：“林宇唐。”在没有第三者在场的安全环境中，她还是想喊他“林宇唐”，因为他就是她的林宇唐，属于她的林宇唐。

顾祈舟浑身一僵，下意识地攥紧了双拳，呼吸也在不知不觉间变得急促起来。

陈染音依旧在目不转睛地望着他，生而含情的桃花眼水波潋滟，她又不假思索地伸出手臂，圈住了他的脖子，同时踮起脚尖，将鼻尖靠近他的右侧脖颈，闭着眼睛说：“我好想闻一闻你。”

说完，她真的在他的颈间轻轻嗅了起来。

听说每个人身上都自带着独一无二的体香，也就是医学上常说的信息素，但人类的嗅觉并没有那么发达，不能轻易感受到别人的味道。

她不知道别人能不能闻到林宇唐独有的信息素，但是她可以，她真的嗅到了。

是她熟悉的味道，安全感的味道。

八年前，在那个废弃的旧工厂里，他将她抱入怀中，字句笃定地向她保证一定会救她出去、用命给她开路时，她闻到的就是这股味道。

荷尔蒙气息渐浓，她的表情逐渐陶醉起来，情不自禁地将脸颊埋进了他的颈间，用鼻尖轻蹭着他的皮肤。

顾祈舟浑身一僵，喉咙开始发涩发干，像是缺了水一样，不由自主地做了个吞咽的小动作，凸起的喉结随之滑动。

陈染音用鼻尖蹭了蹭他的喉结，微微睁开了眼睛，看着他，问："你真的一点也不想我？"

怎么可能不想？

每天都在想。

但是顾祈舟没有勇气说实话。

他不确定自己还能不能和她在一起，内心充满了纠结和顾虑……她出生在一个幸福的家庭，有着安稳又美好的生活，他给不了她更多的东西，甚至给不了她陪伴，还有可能给她带来危险，那么他有什么资格和她在一起呢？

面对她的这个问题，他也只能回答："不想。"又很坚决地补充，"从没想过。"

"哦……"虽然知道他在说假话，但陈染音还是有些失落的，毕竟，哪个女人不想听到自己喜欢的男人对自己表达爱意和思念呢？他竟然没有一丝犹豫就回答不想，还说从没想过……

她有些委屈，没忍住说了句："你有时候真挺讨厌的，我都有点讨厌你了！"

顾祈舟不冷不热地回了句："讨厌我还不松手？"

陈染音恨恨地咬了咬牙："没到松手的地步。"

不愧是陈皇，能屈能伸。

"不识趣！"陈染音不搭理他了，却依旧死抱着他不撒手，挺翘的小鼻尖在他的颈间蹭来蹭去，心满意足地嗅着他的味道，像是一只刚刚认识人类的好奇小狐狸。

顾祈舟被她蹭得心痒痒，还有点气急败坏，却一直没有推开她，或者说，舍不得推开。

蹭了一会儿，陈染音老实地趴在了他的肩头，先是沉默，又忽然开口："你知道我为什么要当老师吗？"

顾祈舟欲言又止了一下，最终还是言简意赅地回了句："不知道。"

陈染音抬眸瞧着他："真不知道？"

当然知道，过去的事情他都记得一清二楚，他只是不敢越界。

"当老师挺好的。"顾祈舟开始顾左右而言他，"教书育人，桃李满天下。"

陈染音笑了一下："桃李满天下也太伟大了，我可没那个本事。"她渐渐收敛了笑容，眼神也变得认真起来，沉默着，积攒勇气，攒够了之后，最终开口，向他和盘托出，“我只是想让你看得起我。”

顾祈舟很是诧异地看着她——他从来没有看不起她。

陈染音紧张地抿了抿唇，内心不安，却又在逼迫自己变得坦诚：“我……我是个纨绔子弟，鲁莽、无知，又自以为是，我还很胆小，很懦弱，我下了车，我没有陪你走到最后，我真的很后悔，我不够勇敢，我配不上你，但我想让自己变得越来越勇敢，努力配得上你……”说到这里，她的喉头已经开始发哽了，嗓音也在微微发颤，根本无法继续开口，只好先深深地吸了一口气，稳定了一下情绪后，才重新开口，“我现在已经不是纨绔子弟了，嗯……应该不是了吧，反正我的大学和研究生全是自己考的，没托我爸的关系，工作也是我自己找的，我肯定比以前强多了，真的！”

她信誓旦旦地向他保证着，顾祈舟却听得特别心疼，他无法想象一个人持续八年活在无边的自责与愧疚中，是一种什么样的滋味。

“你没有那么不堪。”他终究还是伸出了双手，环住她的身体，温柔又笃定地对她说，“你很坚强，也很勇敢。”

陈染音的眼眶猛然一酸：“真……真的吗？”

顾祈舟：“真的。”想了想，他又说，“是我让你下车的，我也希望你下车，而且下车才是最正确的选择，你不用继续自责，我从没责怪过你，更不会瞧不起你。”

陈染音的呼吸一顿，泪眼模糊地望着他，内心却无比轻松、畅快——他说他从来没有责怪过她，也没有瞧不起她。

她吸了吸发酸的鼻子，又问了句：“那……那你还觉得我是个纨绔子弟吗？”

顾祈舟：“不是。”

陈染音长舒一口气，内心略微有些沾沾自喜：看来朕这么多年的努力并没有白费，朕还是有蜕变的，终于让“正宫娘娘”高看一等了！

谁知，顾祈舟紧接着又说了句：“变成女流氓了。”

顾祈舟：“还不松手？”

陈染音：“你不也没松手吗？”

他这才意识到自己还抱着她，立即把手放了下去，又板着脸说了句：“你也松手。”

腰身上猛然一松，陈染音懊恼极了，后悔自己多那句嘴，但是，她绝对不会这么轻而易举就放弃！

她不仅没有按照顾队长的要求松手，还重新把脑袋靠在了他的肩头，面不改色心不跳地说："我累了，我要休息一会儿。"

陈染音撩起眼皮，瞧了他一眼，再然后，又把脸颊埋进了他的颈间，贪婪地嗅了嗅："你知道吗，我很喜欢闻你身上的味道。"犹豫了一下，她又说，"会让我起反应，生理反应。"

她的话很露骨，语调悠然，带着无尽的诱惑力。

"那个瘦子……"她努力组织着语言，"那件事对我有影响，从那天开始，我好像是变成了一个……我接受不了男人对我的触碰，但是，你不一样，我爱你。"

这么多年，她从没有爱过别人，只爱林宇唐。

他救了她，奋不顾身地把她推出了深渊，他是她的英雄。

这世界上再没有人，能比得上他在她心中的分量。

"我爱你"这三个字像是一剂猛药，威力无穷，顾祈舟的理智和克制力在顷刻间被捣得粉碎，根本无力抵抗，彻底栽进了陷阱里。如同中了迷魂剂一般，他不可自控地抬起手臂，再度抱紧了她，同时低头弯腰，将脸颊埋进了她的颈间，贪婪地嗅闻着。

有花香味，熟悉又令他沉沦的香味，像是月光下的烈焰玫瑰，又像是挂着盈盈朝露的娇柔百合。

他做不到闻香识女人，却能够闻出自己深爱着的女人的味道。

陈染音侧了一下脸颊，嗓音柔柔地在他耳畔说："顾队长，你想和我接吻吗？"

她步步为营，终于引诱着他走到了最终的陷阱。

顾祈舟闭上了眼睛，试图积攒起一些零碎的理智去抵抗她的诱惑，然而无济于事，身体根本不受大脑控制，直接用手扣住了她的后脑，吻上了她的唇。

双唇相抵的那一瞬间，在心头积攒了数年的思念与压抑彻底爆发。

他不再克制自己，吻得忘乎所以，肆虐又猖狂。

陈染音心头狂喜，立即闭上了眼睛。

山洞内的气温阴凉，但她很快就感受到了热，很热。

还有点窒息。

不行，她有点缺氧了。

她别过了脑袋，试图喘两口气，然而顾祈舟不允许她这么做，把她扣了回来，继续展开蛮横攻势，像是在惩罚她一样。

后腰和腿渐渐泛起了酸，还有点软，她开始站不住了。

顾祈舟抱着她转了个身，将她抵在了山壁上。

石壁表面凹凸不平，触感冰凉，陈染音的后背紧贴石壁，却并没有感到凉爽。

还是热，热得发烫。

她越发应接不暇，开始推他的肩膀，却无法撼动他分毫。他一手禁锢着她的腰，一手攥住了她的下颌，让她动弹不得。

山洞中的氧气好像越发稀薄了起来。

这一吻比她想象中的要缠绵持久得多。

当她几乎要晕厥时，顾祈舟终于松开了她。两人皆是气喘吁吁，但顾祈舟依旧站得笔直，陈染音却已经不行了，后背抵着墙，双腿发软，身体一直往下滑，全靠着他环绕在她腰间的那条手臂，才能站得住脚。

顾祈舟垂眸，看向怀中人，轻轻地叹了口气——真是个纸老虎，一如既往地菜，又菜又爱挑衅他。

歇了好大一会儿，陈染音才缓过劲儿来，然后仰起了下巴，直勾勾地盯着顾祈舟，眼神中却没了刚才的万般柔情，只有赤裸裸的警告和威胁："亲了是要负责的！"

翻脸比翻书还快。

陈染音继续威胁："不然后果自负！"

顾祈舟都被气笑了："你刚才可不是这个态度。"

陈染音冷笑："朕就是这种态度！反正你亲了，还摸了，你必须负责！"

他终于清醒过来，自己中了美人计，但为时已晚。

陈染音微微眯眼，盯着他："怎么？不想负责啊？"

顾祈舟舔了舔唇："我……"他是真的喜欢她，但还是有顾虑……他是真的害怕自己会再次连累她。

"行了，先别回答问题。"陈染音深谙放长线钓大鱼的道理，所以没有逼得太紧，"朕给你三天，"她忽然想到他接下来可能还要去执行任务，于是就把期限放宽了一些，"一个月吧，给你一个月时间考虑，但你也别故意往后拖，能尽早给朕答复的话还是尽早给，赶早不赶晚嘛，而且，你也知道，朕这人，没什么耐性，要是把朕逼急了，朕就去你们支队长办公室举报你对我耍流氓！"

到底是谁先对谁耍流氓？

顾祈舟哭笑不得地看着她："你能不能讲讲道理？"

"可以呀。"陈染音深谙打一巴掌给一个枣的欲擒故纵之术，所以在威胁过后，又开始给她的"正宫娘娘"画大饼，"道理就是咱们俩也老大不小了，该成家了，而且你和我结了婚之后你就有家了呀，我就是你的后盾，冬子那玻璃心也不会天天觉得自己没人疼没人爱了，还有，等结婚后咱俩再生个孩子，生个白胖漂亮的女儿，天天追在你屁股后面喊‘爸爸抱抱’，不好吗？”

顾祈舟猛然咬紧了牙关——明明知道她又开始天花乱坠地给他画饼了，但是，他竟然心动了！白胖漂亮的女儿，天天追在他屁股后面喊“爸爸抱抱”，这谁顶得住？

陈染音看出了他的动摇，在心里笑了一下：哼，朕还治不了你了？然后又给了他三秒钟的畅想时间，将唇贴近了他的耳畔，语气轻柔，满含诱惑：“顾队长，你可是要好好把握机会啊，机不可失，时不再来！”

顾祈舟深深地吸了一口气，竭力保持着理智，试图摒除她的干扰，但是，在面对她的引诱和撩拨时，他总是有一股深切的无力感，像是被蛛丝缠绕的猎物，越挣扎就会被束缚得越紧。

最终，他还是没能抽身而退：“我……想想……”

没有直接拒绝就是好事，说明他是真的心动了，陈染音勾起了唇角，特别善解人意地说：“好呀，也不用急，我会耐心等着顾队长的答复！”但还是强调了一句，“期限只有一个月哦。”

顾祈舟无奈地叹了口气：“嗯。”他放下了环在她腰上的手臂，弯腰从地上捡起了手电筒，“出去吧。”

陈染音也没忘了正事：“我姥爷的手机呢？”

顾祈舟：“你兜里呢，左边。”

陈染音一愣，下意识地去摸了摸自己的外套左兜，还真摸到手机了，瞪大了眼睛盯着顾祈舟：“你什么时候放进来的？”

抱她的时候，嫌手里拿着东西不方便，就顺手塞进了她的外套兜里，但是，顾祈舟不能跟她说实话，面不改色地回了句：“不告诉你。”

她不服气地“嘁”了一声，一边低头检查手机一边说：“我还不想听呢。”

这款手机是老牌诺基亚，质量不是一般的好，用了这么多年了也没出过什么大毛病——诺基亚手机可砸核桃的传闻或许是真的。

从外观上来看，手机没有被摔坏，陈染音又翻开了盖子，准备检查一下里面，主屏幕亮光的那一刻，陈染音不由得一愣，屏保是她哥的照片——那年她哥才刚满二十岁，正是个意气风发的俊朗少年郎呢。

她叹了口气，伸出了手，轻轻地抚摸着屏幕，心头积攒着千言万语，却不知该如何开口……她妈到现在都没有走出哥哥离世的阴影。

奋战在一线的警察，平凡而伟大，正如她哥，正如林宇唐的父亲，他们用生命守护着普通百姓的幸福与安康，守护着千家万户，却守护不了自己的家人和家庭；他们面对犯罪分子时不认输不认命，“牺牲”这两个对普通人来说伟大且遥远的字眼，对他们来说却很有可能是未来的归途，以及带给亲人们的无尽悲伤和思念……这可能就是所谓的，自古忠孝难两全吧。

顾祈舟察觉到了她情绪上的变动，立即朝她走了过去：“怎么了？”

陈染音朝着他晃了晃手机：“屏保是我哥的照片。”又说，“我姥爷最疼爱我哥了，对他比对我还好。”

顾祈舟看了看手机屏幕上的照片：“很帅。”

陈染音哼了一声，傲娇道：“那当然啦，我哥在学生时代一直横霸‘校草’的美名，进了警队之后也是他们队里最帅的一个，从小到大追他的女孩不计其数，不过他不太喜欢被人追，感觉特别烦。”

顾祈舟深有同感，就顺嘴回了句：“确实挺烦的，天天没完没了。”

什么意思啊？阴阳怪气？

她冷笑一下：“嫌我烦？”

顾祈舟一愣，赶忙解释：“我没说你！”

陈染音不听：“你这意思就是嫌我烦，觉得我天天没完没了。”

顾祈舟认真又极力地重申：“我真没说你！”

陈染音瞪着他：“我不信，你肯定说的是我！”说完，转身就走，头也不回地走出了山洞，“以后我再也不会理你了，省得你嫌我烦。”

她这股欠收拾的劲儿真是和八年前一模一样，但顾祈舟还特别吃她这一套，他就喜欢她这股欠收拾的劲儿……长长地叹了口气，他迈开笔直的长腿追了出去，快步走到她身边，说：“除了你，其他人都烦，只有你不烦。”

陈染音瞟了他一眼，冷冷问：“真的？”

顾祈舟语气笃定：“真的。”

陈染音乘胜追击：“那你打算什么时候进宫呀？朕可一直等着你呢。”

顾祈舟没办法一口答应她，内心还是有顾虑：“等忙完这两天再说吧。”

敢私自贩卖枪支弹药的人全都是亡命之徒，谁知道他这次能不能活着回来？他不怕死，也必须要抱着必胜的信念去战斗，因为这是他的使命，但是，万一真折进去了呢？她该怎么办？八成会哭傻了吧？所以他不敢轻易对她做出许诺。况且，类似于这种情况的行动不会是第一次，更不会是最后一次，他的职业决定了他今生必须要拿命去拼搏，安稳的生活对他来说是不存在的，他也给不了她更多。

他不仅害怕自己会连累她，更害怕自己会辜负她。

当初，他义无反顾地回到东辅，成为警察，正是因为父亲给了他强大的信念感，但父亲的死亡好像还近在眼前，姐姐和姐夫更是在那场爆炸中死无全尸，所以他不敢轻易地和她在一起，更别说成家了，他害怕会重蹈覆辙。

陈染音抿了抿唇，无声地看了他一眼。

她知道他在担心害怕什么。

但是她不担心，也不害怕。

想了想，她对他说："我不害怕的。"又信誓旦旦地保证，"真的，再也不会害怕了。"

顾祈舟欲言又止，最终却还是什么都没说。

"你也不用害怕，更不要把我想的那么脆弱？"陈染音又说，"我肯定会耐心等着你平安归来，然后和我在一起。"

顾祈舟觉得自己有必要让她清醒一点，让她意识到她的选择有多么糟糕："万一我回不来了呢？不止这一次，还有往后的许许多多次，我没办法给你安稳的生活。"

"你去惩奸除恶，就已经是给了我最大的保护和稳定了。"陈染音看着他的眼睛，语气极为笃定，"你出任务，我当然会担心你，你不能时时刻刻守护在我身边，我也会感到孤独，但我不是小孩子了，我可以照顾好我自己，也绝对不会因为这些小事退缩，因为我知道你要去做的事情比守护我重要一百倍。你的使命是守护大家，我就在后方为你守护小家，当你最坚强的后盾。我不会后悔，更不会害怕。"

下山后，两人不得不分道扬镳。郑常那边应该已经调查出来了些许眉目，顾祈舟直接驱车前往分局；陈染音开车前往医院，但是在去医院之前，她先跟着顾祈舟去了分局——只是静悄悄地跟在他的车后。

她目送着顾祈舟的车驶进了分局大门，心里一下子就难受起来：谁知道下次见面会等到什么时候呢，她还特别担心他会在执行任务的过程中受伤，枪弹无眼呀……她想当一个坚强的女人，当他的后盾，但这并不代表她不会为了自己所爱之人担惊受怕。

忽然间，她的手机振动了一下，拿起一看，是顾祈舟发来的微信："回吧。"

原来他早就发现了她在跟着他。

不过说来也是，他是当特警的人，还是反恐队长，怎么可能没点反跟踪技术？再说了，她还是个毫无跟踪经验的业余选手，八成从一开始就暴露了……

陈染音叹了口气，开始用拇指打字，在编辑框中输入了一堆长长的文字，叮嘱他好好吃饭，叮嘱他注意休息，叮嘱他注意安全，但是在准备点击发送的那一刻，她迟疑了一瞬，又把这一长串文字给删了，最终只发送了四个字："平安归来。"

简简单单的四个字，包含了她的所有期许与祝福。

顾祈舟的回复也很简单，却坚定："好。"

不知为什么，陈染音忽然红了眼眶，为避免自己破防，她赶忙把手机扔到了副驾驶上，低头闭眼，做了好几组深呼吸，等情绪稳定了一些后，立即开车掉头。

前往医院的路上，她的心情一直沉甸甸的，但她又不想让家里人看出自己的心事，只好强打着精神，假装若无其事地推开了病房大门。

私人病房里围了一堆人，除了她妈和她姥姥之外，还有她的那两个舅舅和舅妈以及他们的儿女。

其实秦老爷子的身体并无大碍，但是右腿小腿被秦天佑一脚踢骨折了，按理说打完石膏就能出院，但他的那三个儿女不同意，非要让他住院观察一天再回家。

儿女是担心父亲的身体，但是人年纪一大就喜欢清净，病房里面挤了这么多人，秦老爷子烦得很，儿孙们还一直在不停地絮叨他，说他不拿自己的身体和生命当回事，他越听越烦，索性开始闭目养神。

陈染音还以为她姥爷睡着了呢，就小声对她姥姥说了句："我姥爷的手机……"

她的话还没说完呢，秦老爷子就睁开了眼睛，急慌慌地问："找到了吗？"

陈染音哭笑不得："合着您没睡着啊。"然后从外套的兜里掏出手机，递给了老爷子，"放心吧，一点没坏，还能再用十年。"

秦老爷子长舒一口气，摸宝贝似的抚摸着手中的手机，念叨着感慨："还是未梵送的东西好，用多少年都不会坏。"

原本热热闹闹的病房一下子就安静了下来。

陈染音抿了抿唇，看向她妈。

秦薇双臂环抱，低垂着眼眸，脸上没有什么表情，但陈染音能感觉到，她妈很难过，在思念她的哥哥。

她虽然没有当过母亲，但理解人伦，所以她能够理解自己母亲的内心：丧子之痛是永远也无法被时间抹平的，尤其是对一位母亲而言，无论何时想起总是会痛彻心扉，更何况，那是她的第一个孩子。

陈染音轻叹口气，越发确信了一件事：她妈不会接受顾祈舟，除非顾祈舟不当警察，但这是不可能的，顾祈舟绝对不会放弃警察这个职业，她也不会自私地逼迫他去放弃。

他有着自己的信仰和使命，她一定会拼尽全力地去支持他、守护他，她也只想和他在一起。

陈染音还是有些不死心，或许，她妈没她想的那么偏执呢？万一她妈能够同意她找个警察呢？毕竟，她哥就是警察呀，他至死都热爱着自己的职业，说不定她妈也会对这个职业产生一些爱屋及乌的感情呢？

十月五日就要上班，四日晚上，陈染音开着车带着她妈回了东辅。

回去的高速倒是不堵，一路畅通无阻。

即将下高速的时候，陈染音漫不经心地对她妈说了一句："你天天催着我找对象，却不跟我说你的理想女婿是什么标准，让我怎么找？"

秦薇正在刷手机，听闻此言，抬头瞟了自己女儿一眼："你怎么忽然跟我讨论起这个问题了？有目标了？"

她妈的第六感还是一如既往地精准。

陈染音面不改色地说："没有，就是问问，好奇秦总的标准是什么。"

秦薇想了想，说："人品好、有担当、很上进、对你好。"又忽然想到了什么，补充，"长得不用太好看，但绝对不能太丑，影响下一代。"

陈染音被逗笑了："还有吗？"

秦薇："没了。"

陈染音抿了抿唇，试探着问了句："那我……要是想找个警察呢？"

秦薇神色一怔，不假思索、不容置疑地回复："你想都不要想！不可能！绝对不可能！"

陈染音下意识地攥紧了方向盘，竭力保持着平静："为什么呀？警察不挺好的吗？多有安全感。"但是她的语气在不知不觉间急切起来，"他们还救了我姥爷呢！"

秦薇笑了一下，笑意却凄然："那是对普通人来说，警察在身边当然有安全感，但你如果成为警察的家属，那就另当别论了。他们天天不在家倒是小事，万一哪天不幸牺牲了，你能承受这个打击和后果吗？"

陈染音刚想开口反驳她妈的话，秦薇却没有给她开口的机会："想想你哥，再想想小柳，代价太大了……"

陈染音顿时沉默了……小柳，周夜柳，她哥的女朋友。

他们俩之间有着很深的感情羁绊，可以这么说，周夜柳是她哥从泥潭里拉出来的人——周夜柳是个孤儿，从小在福利院长大，福利院那边猜测她应该是被重男轻女的父母遗弃的，因为环卫大妈在夜间的河边柳树下捡到她的时候，她完全是一个四肢健全的健康女婴，正常人家的父母是没有理由抛弃一个健康的孩子的。

周夜柳从小性格就比较孤僻，和孤儿院里的其他小朋友格格不入，还经常打架斗殴，是令孤儿院中所有老师都头疼的问题少女。在她十七岁那年，和一帮社会上的地痞流氓打群架被抓了，其中一人还涉嫌一桩地下赌博案，而这桩赌博案的负责人刚好是她哥的师傅。

她哥替师傅审人，确认周夜柳和这桩案子没关系，再加上她是一个未成年人，教育了几句就把她放了，他还担心她一个未成年女孩子大半夜的自己回去不安全，特意开车把她送回了孤儿院。但是到了孤儿院门口，周夜柳却不想下车，还特别叛逆固执地说自己要去混社会，她哥倒是没有嘲讽她，而是很认真地问她为什么不想好好读书，周夜柳回答："读书也没用，我没钱上大学。"她哥心挺软的，不假思索地回了句："好好读书吧，真考上了我供你上大学。"周夜柳不信任地反问："真的？"她哥回答："真的。"又说，"以后别乱混社会了，学生就应该好好读书，念书才是唯一的出路，不然你这辈子都别想被人看得起。"分开前，她哥把自己的联系方式给了周夜柳，让她以后有困难可以找他。

但是周夜柳一直没有联系他，直到一年后，周夜柳给他发消息说自己考上了警校。

或许是"不然你这辈子都别想被人看得起"这句话触动了陈染音，又或许是她在她哥身上感受到了从未感受到的人性温暖，所以，她也想成为她哥这样的人。

至于他们俩当初是怎么在一起的，陈染音没有听她哥讲，但她能感受到，他们俩的感情很好，她哥挺宠爱周夜柳的，周夜柳看向她哥的眼神里更是带着无尽的依赖，似乎把他当成了自己在这个世界上唯一的亲人，他们还准备等到周夜柳毕业后就结婚，但谁能知道，天不遂人愿……

她无法想象她哥的牺牲对周夜柳的打击有多大，但是，自从她哥牺牲后，周夜柳就消失了。她爸妈原本还想替她哥好好地照顾周夜柳，就当是多了个女儿，然而当他们去警校找她的时候，才得知周夜柳退学了，再加上她无父无母，所以行踪无人知晓。

"小柳她……现在也不知道怎么样了？"秦薇的嗓音微微沙哑，眼眶也忽然红了，"我前几天还梦见你哥了，你哥问我小柳好不好，我都不知道该怎么回答他……我觉得我对不起他……"说着说着，她就哭了，哽咽着对自己女儿说，"我不想让你成为第二个小柳……"

陈染音也红了眼眶，心像是被针扎了一样刺痛，她理解母亲、心疼母亲、心疼周夜柳，但她也深爱着顾祈舟，她不想再懦弱地抛弃他第二次，她也不害怕，她现在什么都不怕了。

陈染音深深地吸了一口气，字句笃定地对自己的母亲说："并不是所有人都会害怕成为周夜柳，警察这个职业没有错，不应该被人避之不及。"

"但是这个职业让我失去了儿子。"秦薇看向自己女儿，不容置疑地说，"我不能再失去一个女儿。"

陈染音感受到了母亲的坚决，内心十分无奈，却又无计可施——她好像根本说服不了她妈。

慢慢来吧……她长叹了一口气，没再开口，一言不发地开车。

秦薇也沉默了，不知过了多久，她忽然发问："你是不是认识那个特警队的顾队长？"

陈染音的心头一慌，连忙否认："不认识。"她不敢让更多的人知道他就是林宇唐，哪怕是她妈都不行，而且她妈还对警察这个职业抱有极大的偏见，如果实话实说，只会增添麻烦。

秦薇不置可否："你看他的眼神可不像是不认识的样子。"

陈染音内心慌乱，却表现得十分冷静："人家长那么帅我还不能多看两眼了？"又说，"人家还是特警队队长呢，还不允许我多仰望几眼了？"

秦薇倒是没反驳，却依旧若有所思："但我总觉得在哪儿见过他。"

陈染音勉强笑了一下："你记错了吧？"

"可能是吧。"秦薇又叹了口气，"真是年纪大了记性也不太好了。"

陈染音心有余悸地想：幸亏你记性不好，不然我还不知道该怎么办了……

十月五日正式开学，陈染音本以为自己还要再适应几天，才能逐渐回到假期前的工作状态，谁知道过了还不到半天，那股打了鸡血的劲头就上来了，原因无他，很简单——二班的这帮"小崽子"，不管不行，全都是给点阳光就灿烂的主！

中考在即，为了快速让班里的学生收心，她不得不逼着自己尽快收心，拿出了如来佛祖镇压美猴王的气场去震慑他们——

开学第一周，除了周四下午开教研会的时候她不在班，其他时间的晚自习她都全程盯班，直到全班所有人都收心了，开始夹着尾巴做人了，她才逐渐放松了警惕，但还是会时不时给他们搞个小突袭，比如在晚自习时间静悄悄地出现在教室外，跟鬼影似的站在后门处或者窗户外朝教室内窥探，看谁敢在私下搞小动作，逮着一个就当场处理一个，杀鸡儆猴，绝不留情，绝不拖沓！

到了第二周，班级的纪律就好了许多，学习氛围也上去了，而且强大的课业压力也着实消耗掉了这些孩子的不少精力，再加上他们现在每天至少要上一节体育课，可谓是身心上的双重消耗，想皮都皮不起来，实在是太累了，老师们看着都觉得累，但谁不是这样一步步走过来的呢？

其实陈染音也挺心疼自己的学生的，感觉他们一个个的都快累成狗了，好像比她当年上学的时候还要累——其实她上初中的时候就是个不学无术的纨绔子弟，哪知道什么是累——但是她的心疼一文不值，不能帮助他们考上一个好高中，不能给他们一个好未来，所以，她只能狠着心不断地鞭策他们。

不过她也懂得张弛有度的道理，所以偶尔也会帮助他们放松一下。

十月末，网上开始流行入秋的第一杯奶茶，于是她自掏腰包，给全班所有人一人买了一杯喜茶，让他们乐和乐和，也算是赶个潮流。二班的少男少女们都挺开心的，顺带着把她的外号由“猎鹰”变成了“迪拜土豪鹰”。

时间转眼就到了十一月份。周三下午，陈染音没课，正坐在办公室批改作业呢，手机忽然振动了一下，她下意识地瞟了一眼手机屏幕，本来没打算看的，但是在看到发信人的那一刻，她立即扔掉手中的红笔，抓起了手机。

顾祈舟：“冬子这个月的生活费。”

顾祈舟：“转账：1600。”

陈染音立即回了句：“任务结束了？”

顾祈舟：“嗯，刚结案。”

按理说，听到这个消息后，陈染音应该是高兴的，因为他平安归来了，但事实上她并没有想象中高兴。不对，应该说是又高兴又不高兴，不高兴的是他对她的态度还是不冷不热的——任务结束了也不主动跟她说，只是公事公办地给她转外甥的生活费。

其实在过去的一个月里他们也不是没有联系，但因为他们都太忙了，联系的次数屈指可数，而且每次都是匆匆几句话就结束了——她才刚尝到甜头，糖就消失了。

哦，亲都亲了，竟然还对朕这么冷淡！

那天你在山洞里亲朕的时候可不是这个态度！

陈染音咬住了下唇，不甘心地盯着手机屏幕看了一会儿，报复性地打字：“刚好，我快结婚了，你还能来参加我的婚礼。”

然而顾祈舟没搭理她。

她实在是气不过，就又回了一条：“明天就给你发邀请函，我老公特别帅，比你帅一百倍！”

顾祈舟还是没理她。

陈染音气得直接把手机翻过去了，继续改作业，好巧不巧，改的还是顾别冬的，十道题错五道，写的这是什么呀？用心写了吗？她毫不留情地在顾别冬小同学的作业本上打了五个大大的红叉！并批语：周六让你舅来学校一趟！

商场里灯光璀璨明亮，一楼是卖首饰珠宝和高端化妆品的，放眼望去，极尽奢华。

顾祈舟也不了解哪家东西好，在一楼转了一圈之后，去了一家大众熟知的珠宝店，问柜姐钻戒怎么买。

柜姐反问他，是送给谁的？什么用途？

这两个问题，还有点把他问蒙了。

送给谁的？那肯定是送给陈染音的，除了她之外也没别人了，但他也知道人家问的不是对方的名字，而是问对方和他是什么关系。

暂时还没关系。

他准备跟她复合了，毕竟亲都亲了，总不能耍流氓吧？爷们儿不能干这种吃干抹净就跑的事儿，亲了就要负责。

但他心头还是有顾虑——在一周前，去捣毁枪贩子老巢的时候，一颗子弹擦着他的耳边飞过去了，只差几厘米他的人就没了。其实这种生死一线的情况他已经面临过许多次了，每次都幸运地活了下来，但谁能保证以后不会出现意外呢？真和她在一起之后，他要是死了，她该怎么办？

他是真的喜欢她，真想和她在一起，却又担心自己会害了她。

他在和好与远离之间犹豫不决，这辈子都没有这么犹犹豫豫过。

轻叹口气，顾祈舟回了句：“还没什么关系呢。”

柜姐：“所以您是表白用？”

顾祈舟犹豫了一下：“算是吧。”

柜姐立即点了点透明玻璃柜：“这几款都挺适合表白的。”

顾祈舟隔着玻璃看了看，感觉这钻都太小了，价位也不高，全都在七八千左右，于是就问了句：“有没有钻石大一些的？”

柜姐犹豫了一下：“那种就比较贵了，可能会超出您的预算。”业务能力强的柜姐眼力绝佳，对自己的客户都有着清楚的定位，她看眼前这位男顾客虽然长得很帅，但穿着打扮就是一个普通人，所以就没有给他推荐太过昂贵的商品。

顾祈舟明白柜姐的意思，但他能理解收礼物的人的想法，笑着回了句："没事贵就贵点吧，太便宜的配不上她。"

他虽然没什么大钱，但好歹工作这么多年了，多少是攒了些小钱的，就算是买不了最上等的，也不能买太次等的。

他要在自己的能力范围内，给她买最好的。

柜姐见多了为了省钱故意给女朋友或者老婆买便宜货的男人，并且这其中不乏穿戴显赫的有钱人——这种男人要么觉得东西贵，要么觉得没必要给自己的伴侣买太贵的东西，觉得她们不配让他花钱——却少见主动提出要给伴侣买贵一点东西的男人，不由得对顾祈舟产生了几分好感，热心地给他介绍了另外几款做工更为精致但又没有昂贵到离谱的钻戒。

顾祈舟看中了一款简约大气的圆形钻戒，价格是三万九千六，将近四万，抵得上他好几个月的工资了，但他还是毫不犹豫地下了单——虽然有点肉疼，但只要一想到她收到钻戒后的惊喜反应，他就觉得这钱花得特别值。

这款戒指还是私人定制款，准备结账的时候，柜姐登记信息，问了他一句："您心上人的无名指指围是多少？"

顾祈舟愣了一下："还要指围？"

柜姐笑着说："当然啦，不然戴着不合适怎么办？"

顾祈舟还真没特意去测量过陈染音的指围，但是……他低下了头，目不转睛地看着自己的左手，努力回想着十指相扣的感觉，然后精准地给柜姐报出了一个尺寸。

柜姐："您能确定吗？"

顾祈舟："应该差不多。"他对她的手指记忆深刻，因为她真的很不老实。

柜姐："那我就给您这么登记了？"

顾祈舟："嗯。"

半个月后取货，交完定金后，顾祈舟就离开了这家珠宝店，本是准备直接走人的，但是在路经一家化妆品店的时候，他犹豫了一下，然后停下了脚步。

这家店的门头 logo 看着挺熟悉，但他还是不认识，因为家里没女人，所以他从没了解过这方面的东西，可以说是触及他的知识盲区了。

摆放着口红试用装的柜台四周围绕着不少都市丽人，顾祈舟走了过去，在柜姐的介绍下，给陈染音选了支口红，交钱的时候，柜姐再三向他询问："您确定要送给女朋友这个色号吗？香奈儿还有很多色号供您选择。"

顾祈舟对自己的审美还挺自信："就这个，这个挺好看的。"他是真的觉得粉色特别好，很适合漂亮的陈老师。

柜姐欲言又止，最终还是选择尊重顾客的选择："那……行吧……"非节假日期间能卖出去一支死亡芭比粉，也是挺难得的，算是一单突破性的业绩了。

买完口红后，他拎着购物袋去了地下停车场，上车后才打开微信看了一眼，然后，看到了陈姐的"结婚"通知。

第十二章

旧日火光

顾别冬百思不得其解，自己到底为什么会被请家长？他只是错了五道题而已啊！而且……而且他最近还挺老实的呀，上课认真听课，作业认真完成，既不迟到也不早退，标准的三好学生，没理由会被请家长啊！

再说了，“猎鹰”你前几天开班会，不是还当着全班同学的面表扬我进步大吗？怎么这才过了半个星期就请我家长了？真是翻脸比翻书还快……唉，女人，太善变！

但是，胳膊拧不过大腿，班主任的命令难违，说请你家长，你家长就必须来。

周四晚上，顾别冬躲在寝室的卫生间里，用自己偷偷摸摸带来学校的手机，给他舅打了个电话。

顾祈舟刚结束夜训回到寝室，电话接得很快，却言简意赅：“说。”

顾别冬舔了舔唇：“我要通知你一件事情。”

顾祈舟：“又犯事了？还要家访？”

瞧你这话说的，字里行间充斥着对我的不信任感！

他义正词严地回答：“不，这回没那么严重，你不要多心，不是家访。”

顾祈舟：“哦。”他竟然莫名有些失望，又没好气地问了句，“到底什么事？”

顾别冬：“我们陈老师希望你能在本周周六中午放学后来学校一趟，和她面对面地进行友好会晤，深入交流探讨一下如何正确培养教育祖国未来栋梁的相关事宜。”

这不就是被请家长了吗？

他心累地叹了口气："冬子，以后考不上警校的话，就试着往电视台考吧，当记者，新闻稿写得不错。"

顾别冬据理力争："这回真不怪我，我只是错了五道题，'猎鹰'就无情地要求请家长，赵胖错了九道都没被请！她甚至都没当面通知我，直接在我的作业本上写书面通知，舅妈这回多少是有点无理取闹了！"

你才知道她爱无理取闹？但顾祈舟注意到的重点是："你……先不要乱喊人。"戒指还没到货，口红也没送出去，他也没想好什么时候送更合适。

顾别冬："哎哟，全世界还有谁不知道你们俩的关系？再说了，我还要在她手底下混呢，不能太见外啊。"

顾祈舟：你这臭小子倒是懂人情世故！

顾别冬又问："那你周六中午到底来不来啊？"

顾祈舟："来。"他这周末不值班，可以正常休假。

想了想，他又说："让你们老师选个饭店吧，我请她吃饭，边吃边聊。"

顾别冬："好！"

挂了电话后，他先是很欣慰地想：我舅真是开窍了，都知道主动请我们班主任吃饭了，这样才对嘛，吃人嘴短，我以后才好在她手底下混。但转念一想，他才意识到他舅请吃饭的行为可能根本不是为了他——"猎鹰"胃不好，不能挨饿。

周五上午，顾别冬在课间操后去找了陈染音，替他舅传达请客的消息。陈染音听完，第一反应："你怎么跟你舅联系上的？哪来的手机？"

你这个老师，真的好难搞定！但看在你是我准舅妈的分上，我就暂且不和你计较那么多了……他面不改色心不跳地回答："昨天中午用寝室楼一楼的公用电话打的。"

陈染音不置可否："怎么不来找我借手机呢？"

顾别冬开始推卸责任："我舅说了，不能总是麻烦你。"

陈染音没有立即说话，而是用一种充满了压迫感的目光审视了他整整三秒钟，顾别冬硬着头皮昂首挺胸，努力地摆出一副问心无愧的样子，但陈染音并不相信他会这么老实，却又没抓到实锤性证据，只好暂且放过他，但也没忘了严肃警告他一句："我已经重申过很多次了，上学不许带手机，抓到一个没收一个。"

顾别冬点了点头，信誓旦旦地保证："老师您放心，我最遵守校规校纪了。"

陈染音：这话从你嘴里说出来，比母猪上树还不靠谱。

轻叹口气，她回了句："行了我知道了，你回班上课吧。"

顾别冬不放心地叮嘱了一句：“您别忘了给我舅回消息。”然后才跑走了。

陈染音勾起了唇角，心情甚佳地回到了办公室，坐下之后第一件事就是给顾祈舟发微信：“顾队长日理万机的，怎么忽然想起来请我吃饭了？”

顾祈舟上午例行训练，一直到中午十二点半才回复消息：“陈老师喜事将近，应该请客祝贺一下。”

正在学校食堂吃饭的陈染音：真是个小心眼啊，都快一个星期了，还计较这事儿呢？

她无奈回复：“爱妃，朕是逗你玩呢，你不要总是胡思乱想。”

又是爱妃，结婚的是正宫是吧？

陈染音又回：“唉，看在你思朕心切的分上，朕就勉为其难答应你的邀请吧。”

顾祈舟：“你还挺勉强的？”

陈染音故意气他：“是啊，朕三宫六院七十二妃，脚踩多条船，很忙的。”

顾祈舟：“那行，不见了，您忙吧。”

陈染音：怎么开始跟我闹脾气了？

陈染音：“哎，有话好好说啊！我就是跟你开个小玩笑！”

“爱妃”不理她。

显然，这个绝世无敌超级小心眼又开始吃干醋了，陈皇无比心累，只好继续哄人：“朕的心里只有你呀，朕只爱你一个人，朕也离不开你，山无陵天地合乃敢与君绝！”又不害臊地给他发了条情绪饱满的语音，“曾经沧海难为水，除却巫山不是云。”

当上老师之后确实不一样了，给他灌迷魂汤的时候都用上诗词歌赋了，文采斐然地给他画大饼。

他叹了口气，回：“陈老师，您现在要是不忙的话，可以直接用微信和我谈，周六也不用见了。”

陈染音不假思索：“不！不行！我现在很忙！你必须来见我！”灵感乍现，又打了一句，“不止顾别冬的事！”

顾祈舟有些意外：“还有什么事？”

陈染音又开始天花乱坠地扯淡：“我怀孕了，一个多月了，就是你在山洞里亲出来的，你的孩子，你必须负责！”

顾祈舟都被气笑了：“行，好，九个月后你要是生不出来孩子给我试试！”

啧，好凶！但是朕好爱！

朕就是喜欢看你气急败坏闹小脾气的样子！

二中食堂的饭菜不太好吃，菜价也没比学校门口的华明饭店便宜到哪去，所以绝大部分中午不回家的二中学生，都会选择去马路对面的华明饭店吃午饭，甚至还有不少学校老师也会去华明饭店就餐。

顾别冬、赵胖和吴源他们仨现在同住在 309 寝室，虽然是四人寝，但这个寝室里只有他们三个人住，三个人还都看不上学校食堂，尤其是赵胖，感觉学校食堂天天做的都是减肥餐，又难吃又清淡又吃不饱，完全无法满足他们这种正值青春发育期的美少年的营养需求，所以这三个男生每天中午都会结伴去华明饭店吃饭。

华明饭店位于一栋白色的三层小楼的一楼，楼上两层是书店，二中不少班级集体买学习资料的时候都会从他们这里进货。书店入口位于饭店大门的左边。饭店内部的面积不小，但里面没有卫生间，或者说，内部的卫生间不对食客开放，仅供内部员工使用。虽然这规定不太人性化，但好在来这儿吃饭的食客大都是对面学校的学生和老师，也不怎么需要用它的卫生间，而且附近不远处还有一个公共厕所。

公共厕所在饭店后面——出了饭店大门后右转，不到二十米远的地方有一条朝着饭店后方延伸的胡同，胡同悠长狭窄，是华明饭店所在的白色小楼和旁边老旧小区的砖红色院墙之间隔出来的缝隙。沿着这条胡同往里走四十米左右，有一个白墙小公厕。但是这个公厕不怎么干净，熏得整条胡同都是臭的。而且胡同中段的位置还摆着三四个绿色的大垃圾桶，里面堆满了生活垃圾，更是赶客，所以若非情急，二中的学生和老师绝不会去那个公厕解决三急问题。

周五这天中午，以顾别冬为首的 309 三巨头再次来到了华明饭店，顾别冬点了份大盘鸡面，赵胖点了份麻辣烫和肉夹馍，吴源点了鸡丝米线。

点餐的时候，顾别冬好心提醒了赵胖一句：“胖爷，拉肚子就吃清淡点吧，就当是为了寝室荣誉。”

吴源深表赞同，叹息着说：“胖爷，您今天早上蹲了半个小时的坑，从而导致咱们仨集体迟到，还被检查记了名，‘猎鹰’那张脸都已经青了。”又叹息着说，“冬哥可是明天就要被请家长的人呀，这一桩桩一件件的事儿，他舅还那么冷酷无情……唉……愁人。”

行了，可以了，别说了！

赵胖紧蹙起了眉头，在寝室荣誉和美食之间左右摇摆了三秒钟，最终还是选择了美食——麻辣烫和肉夹馍，不可负！再说了，人这一天，只有一顿午饭啊，错过了就要等到第二天了！

顾别冬和吴源也没再劝，可能是因为看清了事实——他们劝得动胖爷的脑子，却劝不动胖爷的一身肉。

学校要求中午十二点五十开始午自习，三巨头生怕再迟到从而激怒“猎鹰”这个不好惹的女人，所以狼吞虎咽地吃完了午饭。然而，才刚走出饭店大门，赵胖的肚子就开始咕噜噜地响了：“哎哟不行了，又来感觉了，我得去蹲个坑，你俩先走吧！”说完，就朝着旁边的胡同跑了过去，准备去小公厕解决内急问题。

顾别冬和吴源都蒙了。

吴源望着赵胖风一般离去的背影，不禁感慨了句：“胖爷这跑得不是挺快的吗？”众所周知，赵胖每次一千米长跑测试，都是全班男生中的倒数第一。

顾别冬想了想，回了句：“可能是因为平时考试的时候没有憋到位。”

吴源缓缓点头，觉得言之有理，然后问：“那咱们俩等他不等啊？”

顾别冬：“等吧。”又字句铿锵地说，“我 309 室不能放弃任何一位兄弟！”其实就是不想那么早回班学习。

吴源内心的寝室荣誉感和团魂在熊熊燃烧着，但还是好心提醒了寝室长一句：“冬哥，您要是再迟到，您那位不好惹的舅妈可能就真的要大义灭亲了。”

顾别冬淡淡一笑：“无所谓，罪多不压身。”

他看开了，不差这一桩了。

吴源的敬佩之心油然而生：“冬哥，您是条真汉子！”又说，“那我也等，鄙人愿与 309 共存亡！”其实他也是不想那么早回去学习。

顾别冬看破不说破，拍了拍吴源的肩膀：“源弟，你也是位重情重义之人。”

在这两位学渣不停地进行商业互吹的同时，胖爷正蹲在狭窄的厕所隔间里一泻千里，由于小公厕里的空气质量实在是太差，所以他不得不用双手捂住了口鼻，竭力屏住呼吸。

忽然间，他听到了一个男人的说话声音，嗓音洪亮粗糙，语气气急败坏，用词极为不文明，含“妈”量可达 70%。

这个公厕特别小，无论是男厕还是女厕都只有一个仅供一人如厕的隔间，男左女右，男厕外不远处就是垃圾桶。

厕所外的男人一直在骂骂咧咧，却没人回应他，赵胖猜测他应该是在打电话，不由得抬起脑袋，朝着开在旁边墙壁上的排风扇窗口看了一眼。

排风扇早就坏了，光从三片沾满了灰尘的废旧扇页中透进来，同时透进来的还有男人打电话的声音——

“你少给我装！老子当年跟着青哥混的时候你还在吃你妈的奶呢！”

“钱钱钱，不就是有几个破钱吗？老子说自己没钱了吗？”

“老子是青哥的人，是你祖宗！青哥要是还在的话，东辅轮得上你说话？”

“老子欠你点货钱怎么了？催啥催？把老子逼急了，老子和你们这些毒贩子同归于尽！”

听到“毒贩子”这三个字后，赵胖浑身一僵，心惊胆战，也不敢继续拉了，尽量降低自己的存在感，生怕被外面的男人发现，然后被灭口、灭门……他一个初中生都知道毒贩子全都是心狠手辣的人，他奶奶还给他讲过，在他小的时候，东辅发生过一起极为惨烈的灭门案，起因就是毒贩子报复缉毒警，把那个缉毒警的一家全给杀了，连六岁小孩都没放过！

直到听到那个男人离开的脚步声，赵胖才匆匆地擦了屁股，从地上站起来，悄悄打开厕所门看了一眼，看到那个男人渐行渐远的低矮背影，此时他已经走到了胡同口，与顾别冬和吴源擦肩而过。

赵胖也顾不上腿麻了，一瘸一拐地跑出厕所，又一蹦一跳地冲出胡同，急慌慌地对顾别冬和吴源说：“胖爷我拉泡屎都能拉出犯罪分子来。”

顾别冬都被逗笑了：“那您这泡屎还挺有正义感呢。”

吴源笑得不行。

赵胖急得要死：“我真没给你俩开玩笑！”他无声地朝着马路南边扬了扬下巴，悄声说，“就是那个男的，刚才我听到他和一个人打电话，一边骂骂咧咧地不想还货钱，一边说要是再催，就和他们那帮毒贩子同归于尽。”

顾别冬不由得瞪大了眼睛：“毒贩子？”

吴源重申：“毒贩子！”

他们只是一群半大孩子，只在新闻媒体和影视剧中了解过毒贩子，还真没在现实生活中接触过毒贩子，不由得震惊错愕起来。

赵胖急得不行：“你俩小点声啊！被他听见了咱们仨得一起死！”

吴源也跟着慌了起来：“那……那现在怎么办啊？”

顾别冬反应最快：“废话！报警啊！”

赵胖点头：“啊对！报警！必须报警！”他立即从兜里拿出手机，迅速拨通了110，又急又怕又充满正义感地报了警。

接线警察在挂断电话前，特意勒令他们三人必须立即回学校，不要再插手这件事了。

但是这仨少年，正处于又莽撞又无畏又充满正义感又仰慕英雄的年纪——漫威大片看多了，都想当美队。

赵胖：“咱们就……这么回学校了？他可是吸毒人员啊，还认识毒贩子，会不会在警察来之前畏罪逃逸？”

吴源：“他还没走远呢，咱们不正面刚，总可以适当跟踪一下吧？还能时刻向警方提供线索！”

顾别冬想了想，感觉自己身为烈士子女，必须要有社会责任感，最后拍了板：“跟！我就不信咱们仨还干不过他一个！”

赵胖：“309 雄起！”

十二点五十开始午自习，在此之前，是学校给大家留出的午餐和午休时间，大部分同学都会在吃完午饭后直接回班，趴在桌子上小憩一会儿，争分夺秒地补觉，免得下午犯困。

十二点四十左右，初三年级所有班级里面都静悄悄的，教室内部的蓝色窗帘也全部拉上了，营造安心的午休氛围。唯独初三（2）班，热闹得像是电影院，再具体点说，是电影开场后的观影大厅——

他们里面的窗帘也全部拉上了，但鲜少有人睡觉，全都聚集在班级最后一排，围在一个叫杨历宇的男生周围，一个个仿若看警匪大片似的紧张兮兮地盯着杨历宇手中的手机，连大气都不敢喘一口。

手机屏幕上显示着的是微信视频聊天的实时画面，正在和杨历宇视频的人是赵子凯，赵胖。

309 的三位“正义”少年悄悄尾随那个吸毒的瘾君子来到了一座距离学校不远的废弃医院，医院外面有一圈灰白色的老旧围墙，正对着公园的那面墙上开了一道大铁门，门上缠着锈迹斑斑的粗铁锁链，显然是为了防止外人闯入。

然而，正门可防狗洞难防。

由于年久失修，西北角的围墙坍塌了一小段，无论是人是狗都能轻轻松松地从堆积在此的残砖断瓦上面翻过去。

十分钟前，三位少年眼睁睁地看着吸毒的瘾君子从围墙断裂处翻进了废弃医院里面，然后，左右为难了起来——

吴源：“他都进去了，咱们还跟不跟了？”说完，又提出了自己的宝贵建议，“要不还是不跟了吧？在这里等着。我觉得里面不安全，九院啊，传染病院……虽然迁走好久了，但我还是觉得里面挺邪乎，万一空气里还残留病毒病菌呢？”

东辅市发展飞快，二十年前这片还是地广人稀的郊区呢，所以市政府才会把传染病医院选址在这里，但谁知道，随着时代的改革变迁，郊区也渐渐变成了繁华的闹市区，医院、学校、商业街、居民小区如同雨后春笋般接连不断地冒出，传染病医院成了众矢之的。

出于对人民群众的生命安全考虑，政府做出了迁址的决定，把九院迁到了南四环外。

现如今，这座老院址已经闲置了近两年，却一直没有动工拆迁，成了这附近出了名的鬼楼，是流浪汉、赌徒、醉鬼等无家可归之人的夜间栖息地，以及探险爱好者的直播摄影棚。

赵胖听闻吴源的建议后，回了句："万一医院里有后门呢？咱们不就把人跟丢了吗？"

吴源反驳："咱们仨进去后要是遇到危险怎么办？再说了，咱们仨要是都进去了，等会儿谁给警察叔叔带路？"

赵胖哑口无言，感觉他说得有点道理，于是向顾别冬投去了询问的目光："冬哥，您的建议呢？"

顾别冬沉思片刻，做出了详细部署："吴源你站在门口等警察，我和胖爷进去。"

吴源的脑子还算是比较清醒的："啊？那你们俩万一出事了怎么办？万一他还有同伙呢？你俩这不是自投罗网吗？"

顾别冬毫无畏惧，胜券在握："吸毒的人身体都虚，哥一个人能揍他们三个。"

赵胖也毫无畏惧："胖爷我这体型一压三没问题！"说这话的时候，他也不想想刚才是谁在厕所里被吓得屎都没拉完。

吴源抿了抿唇："我还是觉得贸然进去不太安全……而且谁知道你们进去之后会遇到什么情况？"

赵胖灵机一动："咱们可以用微信连视频。"他信心满满地分析，"这样一来既能确保我和冬哥的生命安全，还能借助场外观众的力量时刻锁定犯罪分子的行踪，吴源你再录个屏，还能保留证据。"并顺带着让全世界都知道，他们很勇敢地去跟踪危害社会的吸毒分子了。

顾别冬点头表示肯定。

虽然吴源也很肯定这个办法，但是："我没拿手机……"

关键时刻掉链子！

顾别冬："咱班还有谁带手机了？"

吴源："我同桌，杨历宇。"

赵胖拿出了手机："我现在就和他连视频。"

顾别冬叮嘱："等会儿进去之后别忘了关静音。"

赵胖和杨历宇连上视频后，言简意赅地和他交代了一下基本情况，然后就关了手机的声音，和顾别冬一起从围墙坍塌处翻进了废弃医院里，一路揣着手机，仿若正在进行冒险直播的大胆博主。

吴源抱着胳膊站在路边等了一会儿，越想越不妥当，刚才他们仨虽然已经报了警，但警察又没跟踪，又没有预知能力，怎么会知道这个吸毒人员会来废弃医院？肯定还是要耗时间去调查啊，不可能说来就来的，万一他们俩在警察找来之前出危险了怎么办？

不行！我还是要去再报个警！

309 室不能放弃任何一位兄弟！荣辱与共！

于是乎，吴源小同学立即开始在附近的街道疯狂寻找公用电话，并再次报了警，通知警察赶紧来这座废弃的传染病院，并且很诚实地向警察叔叔坦白：我那俩不怕死的室友已经跟着吸毒人员进去了，我现在是真担心他们俩死在里面。

众所周知，恐怖文学中有三大灵异地点：废弃学校、废弃医院、废弃游乐场，并且这三大地点在恐怖文学中出现的概率，比埋遍死人的坟地概率还高。

废弃医院则是最恐怖的一个，因为它本身就是生死的衔接之地，无论是否被废弃。如果再将"废弃医院"这四个字中间加上一个"传染病""麻风病""精神病"等字眼，那可真是彻底掌握了恐怖文学的流量密码——现在市面上的不少密室逃脱工作室就是这么干的。

顾别冬和赵胖翻进院子里之后，杨历宇的手机屏幕上出现了一片散落着各种垃圾的荒地——这里曾是门诊楼前的小广场，但因长年累月无人清理，水泥缝里都冒出野草了。

老式医院不大，只有门诊楼这一栋楼，下面两层是诊室，上面四层是病房、手术室，内部没电梯。

顾别冬和赵胖没敢轻举妄动，站在原地谨慎地环顾了一周，确认那个瘾君子不在附近，他俩才继续往前走。为了防身，这俩人还从散落了满地的垃圾里选了两件称手的装备——顾别冬选了一块板砖，赵胖捡了一根木棍。又往前走了几步，俩人来到了门诊大楼的入口处，眼尖的赵胖在台阶上拾起了一个小物件，悄声对顾别冬说："看，打火机！"

那是一个做工很粗糙的红色塑料透明砂轮打火机，街边的小卖铺里很常见，售价大概是两块钱。

打火机看着挺新的，里面还有半罐机油，赵胖还用拇指擦了一下砂轮，明亮精致的火焰“噌”的一下从打火机里面蹿了出来：“会不会是那个瘾君子掉的？”

明黄色的火苗在微微晃动着，顾别冬不自在地蹙起了眉头。他不太喜欢火，一看到火心里就发毛，就害怕。他那个当法医的姥姥说，这是一种天生的心理疾病，基因里带的，就像是有人生来就恐高一样。他舅也知道他有这毛病，所以家里从不开伙，做饭都是用电磁炉，还允许他自己在家时随心所欲地点外卖；还有他姥姥也是，他姥姥活着的时候从来不让他进厨房，也不让他去给他爸妈还有他姥爷上坟烧纸，尽最大可能避免他看火见光，就因为知道他害怕火。

“可能是吧。”顾别冬移开了自己的目光，回了句，“赶紧熄了吧。”

“哦。”赵胖松了手，然后把打火机放进了校服外套的兜里面，“先留着，万一等会儿有用呢。”又信心满满地说了句，“一般来说，在密室逃脱游戏中，打火机是不可缺少的关键性道具，其重要性堪比撬棍。”

顾别冬：“别废话了，赶紧进去。”

赵胖“闭了麦”，和他冬哥一起，静悄悄地朝着废弃许久的传染病医院的门诊大楼走了过去。

嵌在木质门框上的门板早就断了，其中一扇木门板斜歪歪地靠在门框上，另外一扇静悄悄地躺在地面，皆是脏兮兮、破破烂烂的，布满了灰尘的玻璃碴子碎了一地。

一踏入门诊大楼内部，这俩少年就感觉到了一股说不出的阴凉气。

门诊大厅里黑黢黢的，地上铺了一层垃圾和破烂，两条幽深的走廊分布在大厅两侧。

赵胖下意识地朝着他冬哥身边靠了靠，小声询问：“冬哥，哪边走啊？”

其实他冬哥也不确定那个瘾君子到底往哪边走了，但他不好意思承认自己不知道，毕竟，他全家都是警察啊！要是连这点循迹追踪的能力都没有，肯定会被赵胖耻笑，更何况他的手机还连着视频呢，同学们都能看到……于是乎，顾别冬故作专业地蹲在地上，如同侦察兵似的认真观察着地面。

大厅的地面落了厚厚的一层灰，上面沾满了各种各样的痕迹，而他，一位出身警察世家的正义少年，察觉不出来蛛丝马迹，但是他，可以演。

顾别冬蹲在地上，面色严肃地看看左边，又看看右边，从地上站了起来，指向左边的走廊，一本正经地说：“往那边走了。”

赵胖一脸惊叹："冬哥你牛啊！"

顾别冬"谦虚"地摆了摆手："一般一般。"其实他就是在赌，反正只有两条走廊，不是左边就是右边，概率各 50%，左边没有就再找右边呗。

随后，309 的这两位正义少年，迈着坚定又不乏紧张的脚步，走向了左侧的幽深走廊。

随着赵胖那边镜头的推进，杨历宇的手机屏幕越来越黑，黑到几乎只能看到一个隐隐约约的轮廓，但那种阴冷又恐怖的感觉，似乎能穿屏而出，不断地袭击着二班教室后排的每一位"观影群众"。

无论是男生还是女生，都不敢大口喘息。

不知不觉间，十二点五十的上课铃响了，却无一人回座位。

今天中午轮到物理课代表许词话看班。

许词话不知道后排的人在干什么，也没兴趣参与他们的活动，吃完午饭回班后就趴在桌子上睡觉。上课铃一打响她就睁开了眼睛，然后拿起提前准备好的文具和资料书，朝着讲台走过去，把东西放在讲桌上的同时，她冲着聚集在后排的那群人喊了一声："自习课开始了，请大家尽快回到自己的位置上。"

她的用词很礼貌，可以说是所有班委中最有礼貌的一个，而且她的嗓音还很软糯，即便最严厉的语气从她嘴里说出来也是毫无气度，所以，后排的那些"精兵强将"根本就不怕她，无论她说什么，就当是没听见。

许词话只好再次重申："自习课已经开始了，请大家尽快回到自己的位置上，不然检查的来了咱们班就要被扣纪律分了。"

依旧收效甚微，只有两三个人恋恋不舍、一步三回头地回了座位，其他人还是按兵不动，专心致志地"观影"。回来的那几个人还全都是学习成绩比较好的，其中一个就是许词话的同桌王泰洋。

许词话很无奈地叹了口气，快步走下了讲台，小声地询问自己的同桌："你们在看什么呢？"

王泰洋紧张又激动地回复："巨刺激，你也赶快去看两眼吧，顾别冬和赵子凯抓毒贩子去了！"

许词话浑身一僵，难以置信地盯着王泰洋："他们俩干什么去了？"

"抓毒贩，就在传染病医院。"王泰洋说，"正用微信视频和杨历宇连线搞直播呢。"

许词话的脸色瞬间变得苍白无比，神色中流露出难言的惊恐和焦急，她什么都没说，转身朝着教室前门跑，冲出教室后，快速跑去了教师办公室。

陈染音正在专心备课，原本关闭着的办公室大门猛然被推开，她被吓了一跳，下意识地抬起脑袋，看到了气喘吁吁的许词话："老师！不好了！出事了！顾别冬和赵子凯去跟踪毒贩了！"

跟踪……毒贩！陈染音如遭雷击，八年前的旧事再次清晰地浮现于脑海，往事历历在目，巨大的恐惧感和窒息感再次吞噬了她。

她的脸色瞬间变得苍白无比，呼吸也在瞬间变得艰难起来，却又不得不逼迫着自己保持冷静，迅速询问许词话："你怎么知道的？谁告诉你的？"

许词话："咱班人都知道！他们去了那栋废弃的传染病医院，还和杨历宇视频呢！"

陈染音的头皮开始发麻，"噌"的一下从凳子上蹿了起来，狂奔着去了教室。

在她推开教室大门的那一刻，后排突然发出一阵骚动，大家惊恐万分，却不是因为班主任的猝然到访，而是——

顾别冬还真赌对了，他和赵胖在左侧走廊的尽头，发现了楼梯间，在通往负一楼的楼梯上发现了一截尚未熄灭的烟蒂……八成是那个瘾君子留下来的。

向下延伸的楼梯通往无边黑暗，尽头处黑得伸手不见五指，极大地熄灭了两位正义少年的勇气。

负一楼还是太平间，虽然废弃多年，但好像更具恐怖感了……顾别冬和赵胖不约而同地对视了一眼，似乎都在对方眼中看到了这个问题：去不去啊？不去了吧？

退堂鼓就这么打响了。

但他们俩还都不好意思率先张口提回去的事。

无声地僵持了几秒钟后，顾别冬舔了舔因高度紧张而变得干涩的双唇，主动开了口："要不，先用手机照一照，路不好走就别去了，我估计他也不可能去那种晦气的地方。"

但换个思路想，如果是吸毒人员的话，肯定是哪里隐蔽去哪里吸，毕竟，没有人敢这么光明正大地干违法之事。

赵胖点头同意了他冬哥的提议，因为他心里清楚，他们俩最后一定会得出统一结论——路不好走，不去了。但在得到结论之前，还是要走个形式主义的过场，于是，他调出了手机屏幕的控制盘，打开了手电筒。

然而就在灯光亮起的那一刻，他们俩在黑暗中，看到了一张阴森森的男人脸。

"啊啊啊啊啊！"顾别冬和赵胖同时被吓得魂飞魄散，惊叫连连，一时间竟分辨不出这男人到底是人是鬼。尤其是赵胖，被吓得手里的手机都揣不稳了，胖手一抖，新买的还不到俩月的手机“啪嗒”一声掉在了地上。

他的手机是正面朝上摔在地上的，正在摄像的后置镜头被挡了个严严实实，杨历宇的手机屏幕瞬间黑了，然而他们俩的惊恐尖叫声还是不断地从扩音器中传出。

恐怖片也不过如此……二班所有人都被吓到噤声了，有些胆子小的女孩子已经成团抱在了一起，浑身起鸡皮疙瘩。

陈染音冲进教室的时候，看到的就是这样一幅画面：围聚在后排的所有学生，眼神中都透露着惊恐，杨历宇更是连自己的手机都给扔了，惊慌失措地从椅子上弹了起来，脸色苍白、不知所措地盯着被扔在课桌上的手机。

不断有声音从手机中传出，顾别冬和赵胖的尖叫声渐渐消失，取而代之的是渐行渐远的慌乱脚步声，但是紧接着，手机里又传出另外一个人的脚步声以及一个嗓音粗粝的男人的狠戾咒骂声：“没妈养的小杂种竟然敢跟踪老子？老子弄不死你们俩！”

显然，这个阴森脸的男人现在正在追杀他们俩。

陈染音直接冲到了杨历宇的面前，又急又怕地向他询问情况。杨历宇依旧心有余悸，话说得断断续续、结结巴巴，但好歹算是把自己知道的情况大致地跟陈染音交代了一下。

陈染音了解完基本情况后，毫不迟疑地拿出手机报了警，然后才得知顾别冬他们仨早就已经报过警了，警方现在正全力往废弃传染病医院赶。陈染音不由得在心里舒了口气：幸好！幸好！那三个大怨种还知道报警，还没傻透！

但她还是不放心自己的学生，必须亲自去一趟才行。等她骑着电动车风驰电掣地来到传染病医院的时候，刚巧遇到正带领警察叔叔们往院墙坍塌处走的吴源小同学。

吴源看到她之后激动极了，像是正在担惊受怕的小鸡看到了母鸡，当即大喊了一声：“陈老师！”

陈染音却一点也不激动，只想揍他——真是初生牛犊不怕虎，不知天高地厚——但她现在没时间跟他算账，她连电动车都来不及锁了，从车座上跳下来后直接把车扔在了路边，马不停蹄地跟了上去，和警察们一起从院墙坍塌处翻进了传染病医院里。

十几分钟前，顾别冬和赵胖在那个阴森脸男人冲过来的那一刻拔腿就跑，慌不择路地冲上了通往二楼的楼梯。然而当他们冲上了二楼之后才发现，通往二楼走廊的大门竟然被锁死了，无奈，只好继续往三楼冲。

三楼的门倒是没锁，逃生中的两人如同无头苍蝇似的一头冲进了三楼的走廊。

三楼是住院部，走廊两端的房间排布十分密集，病房的房门还是那种涂刷着米色油漆的老式木门，门板上半部分嵌着一扇四四方方的玻璃板。但自从医院被废弃后，这些玻璃板就陆陆续续地被打碎了，几块保存良好的玻璃板上面还都蒙着一层厚厚的灰尘，不遗余力地展现着落魄与萧条。

绝大多数病房里面的窗帘也都不翼而飞了，所以病房内的光照极为充足，光线又从洞开的门框或者玻璃框中穿透而出，毫无遮拦地打在了悠长的走廊，所以，三楼的走廊虽然也没有窗户，但并不黑暗，不像是一楼的门诊部那样接地府。

阳光总是能给人带来力量，顾别冬和赵胖一冲进去就感受到了一股久违的阳气，像是从阴曹地府重回了光明人间！

来自身后的脚步声渐行渐近，俩人压根不敢停下脚步，像是两只被猫追杀的小老鼠，疯狂地在三楼住院部里面逃窜着。

然而，老天爷像是铁了心地要灭亡他们，走廊的中部竟然被两扇木质大药柜给堵死了……两扇药柜是背靠背摆放着的，推也推不动，无奈之下，顾别冬和赵胖只好临时转移路线，慌不择路地撞开了距离他们最近的一间病房的房门。

这间病房里面有窗帘，窗帘并未被拉开，光线昏沉暗淡，房门上的玻璃窗也没被打碎，看起来是一间完好无缺的废旧病房。然而，就在两位少年慌忙推开房门之后，映入眼帘的画面却极为惊悚——

天花板中央，原本悬挂吊扇的铁钩上，却挂着一条细细的麻绳，麻绳下方吊着一个皮肤惨白的僵硬死人，死不瞑目的双眼直勾勾地盯着他们俩……

“啊啊啊啊啊啊啊！”

两人再度被吓到魂飞魄散，下意识地转身往外跑，然而才刚冲出病房大门，就看到了正沿着走廊往这边追的男人。

男人的眼神阴森狠戾，看样子是真的想杀了他们俩。顾别冬和赵胖只好又迅速退回了那间吊着死人的恐怖病房，在男人追来的前一秒钟关上了房门。

男人刚才在电话里被曾经的手下羞辱了一番，心里正憋着一股气无处发泄呢，没想到这两个毛都没长齐的“小崽子”也敢来找他的不痛快，更是怒不可遏，所以铁了心地要给他们俩点颜色瞧瞧，便开始发了疯似的用身体撞门，如同一头被激怒到失去了理智的斗牛。

门上的锁刚才被他们俩撞坏了，所以顾别冬和赵胖现在只能用双手抵着房门，拼尽全力地抵御进攻，但一直这样下去也不是办法，木门迟早会被撞裂开……

“哗啦”一声响，门上的玻璃窗被外面的男人砸碎了，紧接着，他突然将右手伸了进来，试图去抓赵胖的脑袋。

但不知是因为赵胖的脑袋太圆，还是因为他两天没洗头所以头发太油了，男人抓了个空，指尖擦着赵胖的头皮滑过去了。赵胖死里逃生，心惊胆战，赶忙弯下了腰，用肩膀抵门的同时对着身边的顾别冬大喊："这怎么办啊？救命啊！救命！救命！"

男人再一次把手从外面伸了进来，试图去抓他们俩的脑袋，细长的胳膊在半空中甩来甩去，如同一根杀人藤蔓。

顾别冬只好也弯下了腰，和赵胖一样用肩膀抵门，他盯着那只不断地在半空中乱抓的骷髅手看了几秒钟，下定决心的那一刻，抓住了那只手，猛然发力把他的小拇指往后掰。

伴随着"咔嚓"一声响，门外的男人发出了一声撕心裂肺的大叫，顾别冬一松开手，他立即把自己的胳膊收了回去，然后开始用尽他所能想到的最恶毒、最低俗的词汇去辱骂门内的两位少年，同时开始用脚踹门，一脚比一脚怒不可遏，一脚比一脚用力，门板被踹得咚咚响。不消多时，老旧的木质门板上就开始出现了裂纹。

赵胖惊急交加："冬哥你赶快想办法啊！门板马上就被踹断了！"

顾别冬虽然没说话，大脑却在飞速运转着，眼角余光忽然瞥到了挂在天花板上的那个死人……是假人！是个塑料模特！

他登时灵光乍现，急慌慌地对赵胖说："打火机！打火机呢?！"

赵胖："兜里！兜里！左边！"

顾别冬迅速从他的兜里拿出了那个红色塑料打火机，然后一脸严肃地盯着赵胖，在门外的激烈辱骂和猛烈踹门声中，沉声叮嘱他："你自己先顶一会儿，必须顶住！我让你松手的时候你再松手，不然咱们俩都得死！"

重任落肩，赵胖蒙了："啊？"

顾别冬给他加了个油："你那体型一个顶他仨了，肯定可以！吸毒的身体都虚！"

赵胖还是不自信，然而还没等他反应过来呢，顾别冬就窜走了，抵门的力量突然被撤走了一半，吸毒犯一脚就把木门给踹开了一小半。赵胖惊恐万状，瞬间稳住心神，紧咬着牙关，用尽吃奶的劲儿去和门外的力量抗衡，一张圆滚滚的胖脸都憋红了。

顾别冬跑到窗边，一把将窗帘从窗框上扯了下来，浓烈的灰尘噗噗落的同时，明艳的阳光瞬间穿窗而入，病房内突然明亮了起来。

他抱着窗帘跑向假人，一把抱住了假人的身体，用力往下扯，麻绳没被扯断，倒是把假人的脑袋和身体扯分家了，不过没关系，有身体就够了。

他行动迅速地将老旧干燥窗帘布裹在假人身上，拿出打火机，擦燃，用火焰点燃了窗帘布的一角。

窗帘布十分易燃，火焰几乎是在瞬间就蹿了起来，如同一记斧劈似的，顾别冬的脑袋突然剧烈一痛，像是什么东西被狠狠地劈开了，视线也跟着模糊了一下，眼前的画面由实变虚，由白变暗，身处的环境也由废旧病房变成了乡村小院，他的视线低低矮矮的，隔着一道漆红色的大铁门，他从门缝中看到了火光，无穷无尽的火光。

火焰中的一切都是扭曲曲折的……他惊恐万分。

“冬哥你快点啊！我要顶不住了！”

赵胖的呼救声把顾别冬从臆想中唤醒了，他用力地晃了晃脑袋，迅速把校服外套脱下来缠在了右手上，然后从地上提起了正在熊熊燃烧着的假人，一边朝着门口冲一边对赵胖大喊：“开门放狗！”

赵胖是个灵活的胖子，很是敏捷地往后窜了一步，门外的“恶犬”立即冲了进来，顾别冬直接把火人推进了他的怀中。

男人本以为开门后往外冲的会是他们俩其中之一，下意识地伸出手抱住了“来者”，炽热的火焰开始无情地灼烧他的皮肤，还顺带着点燃了他的头发和眉毛，剧痛来袭，“恶犬”当即发出了一声痛苦的哀号，顾别冬和赵胖趁机冲出病房，沿着来时的路匆匆逃离了门诊楼。

他们俩一冲出门诊楼的大门，就看到了正在心急火燎往这边跑的陈染音和警察们。

这俩人都全须全尾的，陈染音大喜过望，一直悬在心头的大石头终于落地了，但依旧心有余悸，甚至有了种做梦般的不真切的感觉……像是回到了八年前，从那座废弃的旧车间逃出生天的那一刻，像是从地狱回到了人间。

直到她用力地攥住了顾别冬和赵子凯的手，才真真切切地确定了他们俩确实是平安无事的，才彻底放心，但是她并没有长舒一口气，而是越发气急败坏，面色铁青地训斥他们俩：“你们俩不要命了吗？”

她的双手还在止不住地发颤，眼眶通红，眼泪直在眼眶里打转，越想越后怕：这俩孩子要是真出了事，她该怎么和他们的家长交代？怎么和顾祈舟交代？

顾别冬和赵胖才刚经历了一场死里逃生，也是心有余悸，他们俩现在已经彻底意识到了擅自跟踪犯罪分子的行为有多么愚蠢，面对班主任的关切和质问，确实也挺愧疚的，但他们也来不及和班主任道歉了，而是急慌慌地对身旁的警察叔叔们说——

“那个吸毒人员还在楼上呢！”赵胖伸手指着身后的门诊大楼，满脸都是急切。

顾别冬语速极快地补充：“三楼，着火那间病房！从左边的楼梯上去，右边被堵死了！”说完，他又下意识地回过头，朝着门诊大楼三楼的某间病房看了一眼。

那个着了火的假人似乎又把病房内其他什么东西给引着了，在他回头看去的那一刻，病房内充斥着无尽火光，夹杂着火舌的滚滚浓烟不断地从窗框往外冒。

火焰凶猛而灵巧，如同带着寒光的锋利斧头，再度劈向顾别冬的脑袋。

剧痛再度袭来，顾别冬头疼欲裂，痛苦地用双手抱住了脑袋，然而钝痛感愈演愈烈，他不得不蹲在地上，面色苍白地呻吟起来。

事发突然，陈染音惊慌失措，立即弯腰扶住了他的手臂：“冬子？冬子你怎么了？”

“头……疼……”顾别冬艰难地从牙缝中挤出来这两个字，头越来越疼，眼前的画面瞬息万变，帧帧与火相关，最终，他实在是不堪重负，当场晕厥了过去。可是眼前的大火还在不断地延续着，无情地灼烧着、揭露着他脑海中那段尘封许久的记忆——

他的妈妈叫林佳宋，爸爸叫赵安平。

妈妈不是东辅本地人，爸爸是东辅本地人；妈妈是刑警，爸爸只是一个小小的派出所片警；爸爸没有妈妈厉害，也没有妈妈的工作忙；爸爸的身高也不高，好像只比妈妈高出了几厘米，不过他妈妈本身就很高；妈妈还很漂亮，是街坊邻居口中公认的大美人，爸爸的长相就没那么出众了，但也不算差，是个白白净净、五官端正的男人。

全村人都说，爸爸是修了八辈子的福气才娶到了妈妈。

爸爸对妈妈很好，把妈妈照顾得无微不至。

爸爸也不是典型的城市户口，而是东辅市东四环附近某个村庄的人。八年前，东四环附近还未被拆迁，所以他们一家三口住的不是那种市里面常见的住宅楼，而是农村常见的独栋小院。

他们家的那栋院子位于整个村子的最里侧，最偏僻，也最安静，一出门就是自家承包的土地。他家的小院子面积也比较大，是全村最大的，院里面还有一栋特别气派的三层小楼呢，楼前是一片平整的水泥地，平时经常停着一辆黑色小轿车，以及他的好多辆玩具电动车；楼后有一片宽阔的菜地，会按照季节播种蔬菜。

平时爷爷奶奶会和他们住在一起，但那几天爷爷奶奶旅游去了，所以家中只有他们一家三口。

那晚的夜空明亮，繁星闪烁。

因为第二天学前班开展冬季运动会，所以他激动得不想睡觉，大半夜还要吃炸肉串，不给吃就哭着闹着不睡觉。他妈实在是对他忍无可忍了，就打了他的小屁股几下，但是他并没有因此偃旗息鼓，反而越闹越凶，就是要吃，不给吃就撒泼打滚。

他爸到底是宠他，舍不得他大半夜的这么哭，就披上衣服从被窝里爬了起来，去厨房给他弄炸肉串。

厨房不在室内，而在露天的院子里。冬天的夜晚气温极寒，他爸只穿了一套灰色的棉睡衣就出门了，他也不再闹了，而是开开心心地趴在床上玩玩具小汽车，身上只穿了一套蓝白色的秋衣秋裤。他妈都被他气笑了，又在他的屁股上拍了一下，没好气地说了句："外面冷死了，你爸还去给你弄炸串呢，长大后要是不孝顺，你对得起谁？"

当时，他还特别不服气地回了句："我怎么可能不孝顺呢？等我长大之后，就给你们买好多好多好吃的，把全世界所有好吃的都买给你们！"

他妈笑着回了句："行，我记着了，你最好说到做到。"

他一边玩着手中的小汽车一边回："哼，我肯定可以做到。"

他妈嫌弃地撇了撇嘴，没再多说什么，背靠床头，满含爱意地看着他玩。

回忆到这里为止，一切都很美好，美好得如同那晚的星光，如同爸爸穿上睡衣后去给他炸肉串的背影，如同妈妈满含爱意的眼神。

所有的美好都被爸爸的一声咆哮打断了："佳宋！快跑！带着林林跑！"

爸爸的喊声撕心裂肺，在寂静的深夜中格外刺耳惊心。

他被吓坏了，立即看向妈妈。妈妈的神色中也透露着愕然和惊恐，她似乎可以预料到外面发生了什么，脸色瞬间变得无比苍白，但她的反应很快，立即掀开被子跳下了床，连鞋都没来得及穿就抱着他冲出了卧室。

好在他们的卧室在一楼。

前院和后院都有通往外界的门，爸爸在前院遭遇了危险，所以妈妈不假思索地抱着他朝着通往后院的后门冲过去，然而才刚把后门推开，一个手拿砍刀、满面凶狠的男人就朝着他们母子俩冲了过来。

星光下，他手中的砍刀还在闪烁着寒光。

但是后院的院门并没有被打开，显然这个男人是翻墙进来的。

妈妈转身就跑，抱着他从房子的后门冲到了前门。

前院也不太平，爸爸正在和两个人高马大的陌生闯入者殊死搏斗。

在他的印象中，爸爸平时是一个很温和的人，脾气好到从来不会和任何人发生争执，让他徒手杀只鸡他可能都不敢。平时在家的时候更是逆来顺受，妈妈让他干什么他就去干什么，任劳任怨，村里人都说他是怕老婆的软蛋。所以，他怎么也想不到，就这样的一个“软蛋”，竟然会在危急关头爆发出如此彪悍的力量，仅凭一人之力死死地拖住了那两个比他强壮许多的男人。

妈妈怀中有他，无暇去管爸爸，更何况他们母子身后还有另外一个追杀者，所以她只能选择逃跑，赤着脚踩踏在冬夜冰冷刺骨的水泥地面上，抱着他跑出了前院。

然而她的逃生之路也就到此为止了——

妈妈把他放在了路边，让他顺着门前的蜿蜒土路往村主任家跑，然后跟他说了句：“一定要好好长大。”说完就转身冲了回去。

院门口有个柴火堆，木柴堆上放着一把劈柴的斧头，妈妈路过的时候，顺手把斧头拎了起来。

她进院子的那一刻，一个比她高出一头的凶悍歹徒从里面冲了出来，她当即高扬起了手中的斧头，一斧劈向那个男人。

锋利的斧刃深深地嵌进了那个男人的脖颈间，赤红色的血液如同瀑布般喷薄而出。

那一刻，他彻底被吓傻了，全然忘记了妈妈的交代。

妈妈用力地拔出斧头，把那个男人的尸体踹到一边去，然后大踏步走进院子里，反锁上了院门。

深红色的院门关上的那一刻，他还没有意识到，和父母的这一别，竟然会是永别。

他站在冬夜的土路上，呆愣愣地盯着紧闭的院门眨了眨眼，然后，放声大哭起来，一边哭着喊着爸爸妈妈，一边“嗒嗒嗒”地朝着自己家的小院子跑。

然而院门已经被妈妈锁死了，他无论怎么哭喊都没人来给他开门，他只能将小小的脑袋贴在门上，通过门缝间的空隙看向院子里的爸爸妈妈。

爸爸的体力终究是不敌那两个彪悍的歹徒，他看到爸爸躺在了血泊里，浅灰色的睡衣已经被从他自己身体里流出来的血液染成了深棕色。

可是爸爸那个时候还没有死，他的身体在抽搐。那两个歹徒已经不再把他放在眼里，专心去对付妈妈。

妈妈虽然手持斧头，虽然拼了命地和那两个男人殊死搏斗，但最终还是寡不敌众。

她也倒下了。

但是这两个歹徒都没有意识到，在他们和他的妈妈搏斗的过程中，他的爸爸拼尽了最后一丝生命力，艰难、痛苦却坚定地拖着自己的身体，一寸寸地爬向正在燃烧着的煤气灶。

油锅中还正炸着肉串呢。

那两个歹徒联手杀死了他的妈妈，又朝着前院的院门冲了过来，似乎是要来抓他的。

他很害怕，惊恐万状，但是并没有跑，因为他想和自己的爸爸妈妈在一起。

然而，在那两个歹徒即将打开院门的那一刻，爆炸发生了。

他通过细窄的门缝，看到爸爸的身前爆发出了剧烈的火光，看到空气在扭曲，看到院子里的一切一切，皆在一瞬间被火光尽数吞噬。

即便是隔着一道厚重的大铁门，他还是感受到了冲击力。

平整笔直的大铁门都被崩裂了，就连结实的水泥院墙也被炸塌了，院子里距离爆炸点更近的房屋更是在瞬间被炸成了残垣断壁。

小小的他像是个被踹出去的皮球一样，被冲击波震出去好几米远，一屁股瘫坐在地上，眼花，耳鸣，却止不住地放声大哭。

夜深人静，火光冲天，村中有部分人家被惊醒了，但由于距离较远，很长时间都没有村民赶来，最先赶来的是村主任，一位穿着睡衣拖鞋、长相朴实的中年男人。

村主任惊慌失措地看着眼前的大火，急切地询问他他们家到底发生了什么，问他为什么自己站在外面，问他爸妈在哪儿，但他什么都不说，好像是被炸成了聋哑人，只是呆愣愣地站在路边，眼睁睁地看着眼前的大火吞噬着他的家，吞噬着他的爸爸妈妈……直到警车奔来。

顾别冬躺在医院的病床上，泪眼模糊地睁开了双眼。

他终于想起了一切，想起了自己的爸爸妈妈，想起了自己年幼无知时对母亲的承诺。

但是，他这辈子都没机会把全天下最好吃的东西全部买给他们了。

Staread
星文文化

你说巧不巧

（全2册）

下

张不一 著

江苏凤凰文艺出版社
JIANGSU PHOENIX LITERATURE AND ART PUBLISHING

目　　录 / CONTENTS

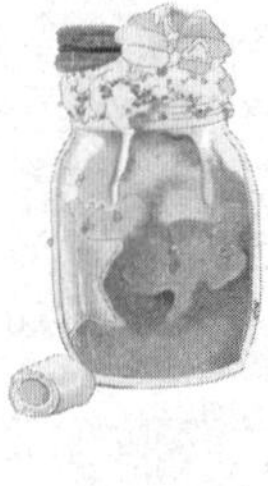

第十三章

身不由己

顾别冬的忽然晕厥令在场的所有人都猝不及防，慌乱中，陈染音迅速拨打了120，紧接着就给顾祈舟打了电话，但可能是因为他正在带队训练或者执行任务，所以一直没能接到她的电话，所以她只好给他发微信留言。

陈染音也不可能让救护车单独把顾别冬拉走，所以就陪同着昏迷中的顾别冬上了救护车，但是在临走前，她也没忘了处理吴源和赵子凯这俩大怨种学生——

等待救护车到来的期间，她迅速给这俩孩子的家长打了电话，言简意赅地交代了一下事情经过，并通知他们尽快赶去辖区内的派出所一趟，因为吴源和赵胖被警察叔叔带去派出所做思想教育工作了，必须要监护人到场才能把人领走。那个吸毒人员也一同被押走了。

警察叔叔们可以说没怎么费力就找到了那个吸毒人员：他们才刚冲进门诊大楼，那个人就从左侧的走廊上冒了出来，浑身是火，仿若一个奔跑着的火人，口中还不停地大喊大叫“救命”。警察们不得不先帮他扑灭满身的火苗，然后才给他戴上了玫瑰金色的手铐。

120急救车赶来的同时，119消防车也赶来了。上救护车的时候，陈染音整颗脑袋都是大的，感觉这三人这次闯的祸可真不小，医院都给人家烧了，虽然只是个废弃医院。

但她无论如何也想不到的是，更严重的后果还在后面……

病房里面静悄悄的，陈染音把窗帘拉上后，无声地坐在了另外一张病床的床边，心疼地望着即便是处于沉睡中却依旧泪流满面的少年，不由得长叹了一口气。

一个小时前，少年第一次从昏迷中惊醒，情绪却非常不稳定，泪流不止、歇斯底里地大喊大叫，仿若进入了一种精神世界崩塌的癫狂状态，无论她如何劝导如何安慰都没办法令他镇定下来，无奈，医生只好给他上了一针镇静剂。

在药物的作用下，疯癫的少年才逐渐安静下来，继而再次陷入了沉睡中。

其实少年的身体并无大碍，但是精神上受到了不小的刺激——他想起了那段尘封许久的往事，想起了八年前那个惨痛的夜晚，想起了自己父母的惨烈遭遇。

陈染音非常能够理解少年内心的绝望与痛苦，她甚至能与他感同身受，因为他们都是八年前那场罪孽的受害者，但她不知道自己应该怎么做才能把他拉出深渊，虽然她也曾坠入深渊。

她当年之所以能够走出那片深渊，完全不是凭借着自己的力量，她有用命给她开路的林宇唐，有一对爱她至深的父母，有一位专业的心理医生，他们一起携手才把她从深渊中拉了出来。

而且，在那场罪孽中，她似乎根本没有失去什么，她还有父母，还能在八年后和林宇唐重逢，但是顾别冬呢？他再也见不到自己的父母了……

她救不了他，也治愈不了他——认清事实后，陈染音突然感受到了一股深切的无力感，因为她忽然发现自己并不是一个合格的老师，她帮不了自己的学生，她还曾一度认为自己是一个涅槃重生的人，认为自己比之前勇敢了许多、坚强了许多，还觉得自己的内心更有力量了，但此时此刻她才发现，她只是一个普通的被救者，她无法在自己得救后再去救别人——她走出了深渊，却无法救助依旧处于深渊中的人，只能站在岸边，无可奈何地看着他们痛苦挣扎。

沉睡中的少年忽然睁开了眼睛，脸色沉沉，神情恹恹。陈染音心头一惊，生怕他再度变得歇斯底里，立即从床边站了起来，一边朝着对面的病床走一边快速地说："别怕，你舅马上就来了。"她是想让他明白，他在这个世界上并不是无依无靠，他还有舅舅，还有与他血脉相连的至亲，"你还有舅舅，还有亲人，还有……"她原本想说，还有"我"，但话到嘴边了，没好意思说出口，因为关系没到那种地步，顾祈舟也没说要和她复合，他们俩现在还是一点关系都没有呢，她怎么好意思用上"还有我"这种意味不明的指代词？他们还不是一家人呢……所以，她只好临时把话改成了，"还有老师，老师不会放弃你，老师也会一直陪着你。"

出乎她预料的是，顾别冬再次醒来后并没有像之前一样歇斯底里，而是走进了另外一个极端：封闭自我。

无论陈染音说什么，他都像是听不到一样，神情呆滞地盯着天花板，把自己和这个世界隔绝了起来。

他现在什么都不想要，只想要自己的爸爸妈妈，想让爸爸妈妈回来。

他怀念母亲的爱恋眼神，怀念父亲炸的肉串，怀念那个堆满了玩具车的小院子。

他想回到小时候，回到六岁前，回到爸爸妈妈还在的那段时光里。

但是回不去了，什么都回不去了……他不知道自己该怎么办了。

陈染音心疼得红了眼眶，她不知道自己该怎么帮他，也明白自己无能为力，却还是想尽自己最大的努力去拉他一把——即便没有顾祈舟，她也应该这么做，因为她是他的老师，她不能放弃自己的学生。

她咬住了下唇，沉默着，努力地积攒着勇气，最后，终于得以用一种平静且镇定的口吻开了口："你的姥爷是一位非常伟大的缉毒警，那些歹徒是来报复你姥爷的毒贩，那天晚上，不只是你的父母遭到了报复，还有你的姥爷、你的舅舅，都遭受到了非人的报复。"

这些事情，是顾别冬从未听闻过的，他只知道自己的姥爷是一位非常厉害的刑警，只知道他是为了公安事业而牺牲的，却从没听人说过他到底是怎么牺牲的。他也曾问过姥姥和舅舅，但姥姥和舅舅的口径很统一："等你长大之后就知道了。"

他的神色中终于透露出了些许生气，缓缓地转动眼珠，看向陈染音。

陈染音深深地吸了一口气，继续以一种平静的口吻讲述着那晚的故事："当时我和你舅舅是非常要好的同学，但我当年是一个非常叛逆的学生，比你还要叛逆得多。那天晚上，我撺掇着你舅舅和我一起逃学，然后我们就被两个歹徒一起抓走了，他们把我们塞进了一辆破旧的面包车里，带着我们去了一间偏僻的废旧工厂。"她苦笑了一下，忽然想到了什么，又对顾别冬说，"所以你舅舅才会在你和韩娇一起逃寝那晚那么生气，他是一朝被蛇咬十年怕井绳，他怕你重蹈我们的覆辙。"

她所说出的每一个字，对顾别冬来说都是震惊且错愕的，他不由得瞪大了眼睛，呆若木鸡地看着陈染音。

陈染音面不改色，继续讲述着，语调缓缓，语速徐徐，内心却是慌张且惊恐的，因为往事历历在目，她还是心有余悸，并且，她讲述得很详细，包括自己差点被那个瘦子强暴。她不想隐瞒少年，因为她想让他明白，那些毒贩到底有多么穷凶极恶，想让他知道他的父母、舅舅、姥爷是多么英勇无畏，至死不屈。

但是……每说出一个字，她的内心就饱受一份煎熬，往事越发地历历在目，像是重新回到了那个暗无天光的夜晚，但她没有放弃，还是坚持讲完了自己和顾祈舟那晚的遭遇，因为她心里清楚，她只有狠心挖掘自己的灵魂，才能把少年拉上岸。

“从那晚过后，我就再也没有见过你的舅舅。”讲述到最后，陈染音的脸上已经没了血色，微微泛着苍白，额头上也冒出了细密的汗珠，“我的半月板被打断了，从那之后我再也没上过球场，我也曾一蹶不振，后来我的一个朋友点醒了我。”虽然她迄今为止都无法原谅孟牧丞的背叛行为，但她不得不承认，在那个时期，确实是他救了她，“人人都是生活的孤勇者，我必须平安又灿烂地活下去，不然，我对不起你的舅舅，也对不起我的父母，我必须坚强。”她看着少年的眼睛，一字一顿地说，“你也是，你是你舅舅在这个世界上唯一的亲人，是他的希望所在，是他坚持下去的动力，你也是你父母的希望所在，他们那晚的殊死搏斗，不只是因为使命感，更是为了保护你，他们想让你活下去。你们家的人，全是硬骨头，你不能拖他们的后腿，不能辜负他们的希望，你也应该平安又灿烂地活下去。”

你们家的人，全是硬骨头——少年的心头忽然五味杂陈，再次红了眼眶，他曾为自己出生在警察世家而感到骄傲，但是现在，这份骄傲中，又突然增添了几分委屈：他们保护得了普通百姓，却保护不了自己，也保护不了自己的家人，人人都以为警察是万能的，是无坚不摧的，但有多少人想过，警察也是人啊，是普通人啊，是肉体凡胎，捅一刀就死了。

他又想：我妈的骨头要是没有那么硬的话，是不是就不会拎着斧头冲回去了？是不是就能抱着我一起逃走了？

但这个世界上没有如果和假设，他妈至死都是一个硬骨头，他爸也是，他们早已用生命做出了选择。

他又泣不成声，他想自己的爸爸妈妈。

陈染音轻叹口气，从包里翻出来一包纸巾，给少年擦了擦眼泪，温柔又笃定地对他说：“你可以哭，可以随心所欲地哭，哭是一个人的情绪表达，并不是软弱的象征，但是哭过之后，你必须坚强起来，想想你的父母，想想你姥姥和姥爷，再想想你的舅舅，他们都不希望你一蹶不振。”

少年没说话，一直在哭，但情绪好歹算是稳定下来了，不再歇斯底里，也不再封闭自我。

陈染音知道，他只是在通过哭这种方式发泄负面情绪，虽然哭也解决不了问题，但这样总比把所有情绪都憋在心里强得多，不然迟早会憋出心理疾病。

她暗自舒了口气，这时，放在柜子上的手机忽然振动了起来，她拿起来一看，是顾祈舟打来的电话，立即接通了。还不等她把手机举到耳畔，顾祈舟的声音就从电话里传了出来：“我马上就到。”他的语气十分焦急，话语虽然短促，却透露着难言的紧张和担忧，“哪个病房？几楼？”

陈染音：“住院部12楼，1224。”

“好。”说完，顾祈舟便挂断了电话。

陈染音放下手机，再度看向病床上的少年，虽然还在哭，但哭势渐缓，看样子很快就能止息。

少年沉默着，泪眼模糊地盯着天花板，不知道在想什么。

陈染音考虑了一下，觉得应该给他留点私人空间，便对他说了一声：“你舅马上到，我出去接他一下。”然后就离开了病房。

这家医院离二中很近，是本辖区内规模最大的一家医院，所以来往的病患和家属总是络绎不绝。

车也不好停，顾祈舟又无奈又焦急地在停车场里转了好几圈才等到一个空车位，下车后，直接朝着住院部跑了过去。电梯也不好等，他索性选择了爬楼梯，一口气从一楼爬到了十二楼。一推开安全通道的大门，他就看到了陈染音。

陈染音早就预料到他会选择爬楼梯，因为她很了解他的个性，更了解他有多在乎自己的外甥，所以就没去电梯间等，直接来了楼梯间。

顾祈舟气喘吁吁，但他也顾不上让自己缓一口气了，急切不已地询问：“他现在怎么样了？”

陈染音犹豫了一下，还是选择了实话实说：“在哭。”虽然早已在微信中说过了，但她还是再次给他打了一剂预防针，“他想起了所有的事情。”

顾祈舟担忧地蹙起了眉头，长长地叹了口气。

陈染音抿了抿唇，满含愧疚地看着他：“对不起，我没有照顾好他。”

顾祈舟知道她是在自责，但这件事确实不能怪她：“和你没关系。”他又万般无奈地说了句，“迟早的事……”

他早就预料到了会有这一天，只是没想到这一天来得这么快。

但他是害怕的，甚至有些不知所措：“我怕他……接受不了。”

他的外甥虽然调皮捣蛋，但满打满算还不到十五岁，还是个半大的孩子。顾祈舟担心他会一蹶不振，担心他承受不了残酷的现实，担心他的心理会受到不可逆的打击……他的未来还长着呢，不能就这样毁了。

陈染音望着顾祈舟，心头猛然一疼。

在她的心目中，他一直是一个很坚强很勇敢的男人，可以说是坚强到了无坚不摧，他也很少会在她面前流露出脆弱的情绪，除了八年前的那个晚上，他担心自己的家人时。

然而此时此刻，他的神色中再度流露出了难掩的紧张和不安，语气也是惶惶然，让她忽然意识到，他并不是一个铁打的人，他没有那么无坚不摧，他也是肉体凡胎，他也会有脆弱的一面，但是他没有父母，没有家人，所有的一切都需要他自己去面对，所以，哪怕是他不想坚强，也必须坚强起来，必须咬着牙撑下去，因为他没有退路，也没有后盾，他只能靠自己。

上天对他不公平。

心疼得像是被捅了一刀，陈染音的眼眶猛然一红，眼泪一下子就涌出了眼眶。

顾祈舟一愣，慌忙去给她擦眼泪："你哭什么？"他又斩钉截铁地重申，"你没错，我真不怪你！"

但他越是这样说，陈染音的心里越难受——他从来没有责怪过她，一次都没有，包括八年前。

还不如责怪我呢，最起码我心里还能好受点……陈染音哭得更凶了，一边哭一边对他说："我……我会陪着你，我会一直陪着你！"

顾祈舟舒了口气，无奈一笑："那你也不用哭啊。"吓死他了。

陈染音吸了吸鼻子，拼命忍住想继续哭的冲动，双眸中虽然还含着泪花，但看向他的目光无比坚定，一字一顿地对他说："无论冬子能不能迈过这个坎儿，无论以后发生什么，你都不用害怕，也不用感到孤独，你还有我，我会一直陪着你，绝不离开你。"

顾祈舟从她的眼神中感受到了她的坚定，也没想到她的决心会这么强，他是心动的，也是开心的，但第一反应不是去回应她的坚定，而是退却……一场突如其来的大火唤醒了冬子的记忆，谁知道会不会有第二场"火"烧到她身上？

当初买戒指时的那份决心再度开始动摇。

他的这一生好像一直在出意外，一场又一场的意外带走了一个又一个他所在乎的人，现如今，他在这个世界上在乎的人就只有他们两个了，他再也经不起任何一场意外了。

或许，推开她才是最好的选择。这样一来，火就烧不到她身上了。

陈染音看出了他的犹豫，她也能够理解他的犹豫不决，但她态度却一如既往地坚定："我不管你是怎么想的，反正我这辈子跟定你了，我不害怕。"

但是他害怕。

却又狠不下心去推开她，因为他看不得她哭。

她一哭他心里就难受。

顾祈舟欲言又止，最后无奈地叹了口气，不置可否地回了句："我去看看冬子。"

说不失望是假的，但陈染音也只能回答："好，我带你去。"

病房内静悄悄的，顾别冬已经不哭了，直挺挺地躺在病床上，目不转睛地盯着天花板，也不知道心里在想什么。

顾祈舟推开房门走了进去，陈染音却没跟进去，因为她心里清楚，在少年的心中，她依旧是一个外人，有些话是不能当着外人的面说出口的。

顾祈舟拉了把凳子，坐到了少年的病床边。

顾别冬终于把目光从天花板上移了下来，看向他舅，也不说话，只是神情恹恹地盯着他舅看。

顾祈舟轻叹口气："想问什么就问吧。"事到如今，他也没什么好隐瞒的了。

顾别冬咬了咬牙，又深深地吸了一口气，然后才开口："我爸妈真的在那座墓穴里面吗？"其实，他想问的是，我爸妈的尸体还有没有了？但是他问不出口，只能换种表达方式。

但是说完这句话，他的眼眶就红了，因为他知道答案。

顾祈舟也明白少年真正想问的是什么，但他沉默了，因为他不敢向少年揭露事实，怕少年接受不了。

顾别冬却想知道答案："你跟我说实话，我有权利知道，我是他们的儿子！"

顾祈舟无法反驳这句话，只得告知他真相，却很委婉："衣冠冢。"

那场爆炸的威力无穷，他姐姐和姐夫根本没能留下全尸，尤其是他姐夫，尸骨荡然无存。

虽然早就预料到了会是这个答案，但顾别冬还是遭受到了巨大的打击，再度哭成了泪人，哭得浑身都在发抖。

顾祈舟心疼自己外甥，后悔跟他说了实话，却又不知道该怎么劝他，又担心又着急。

权衡之下，顾祈舟决定跟他讲一些有关自己姐姐和姐夫的事情："你爸真挺厉害的，比我想的厉害，我之前……还挺看不上他的。"

顾别冬一愣，暂时停止了哭泣，双目通红地瞪着自己舅舅，呜咽着说："你为什么看不上我爸？凭什么看不上我爸？”

顾祈舟犹豫一下，还是决定实话实说：“因为他长得不帅，没气质，性格还特别面，确实配不上我姐。”

他好像又破防了。

顾别冬哭着谴责他舅舅：“你怎么还以貌取人呢？你根本不知道我爸有多好！”说完，又开始放声大哭。

顾祈舟被自己外甥弄得哭笑不得：“我承认我的判断有误，我错了，我向你道歉。”不过他还是为自己辩解了一句，“但那个时候我确实是年纪小，你妈第一次领着他去我们家的时候，我还没你现在大呢，才刚上小学四年级，我能懂什么呀？只会以貌取人。”

顾别冬还是不服气：“我爸也没那么丑吧？”

顾祈舟想了想：“不丑，但配我姐的话确实是丑了。你爸的名字也不好听，赵安平，真土，配不上我姐。”

顾别冬：我听出来了，你是方方面面都看不上我爸呀。

顾祈舟又说：“还有就是，你爸太矮了。”

顾别冬坚决不信：“不可能！”在他的记忆中，他爸虽然不算高，但绝对不矮。

顾祈舟反问他：“你知道我姐多高吗？”

顾别冬还真不知道自己妈妈的具体身高，但是在他的印象当中，妈妈确实很高。

顾祈舟：“我姐一米七五，比陈皇……”他意识到自己习惯性地说顺了嘴，连忙改口，“比你们陈老师还高，你爸穿上鞋才比我姐的头顶高出一点，你姥爷说他最多一米七三，我上小学六年级的时候都和他一样高了。”

顾别冬不相信，眼泪汪汪地看着他舅：“我爸真那么矮？不可能吧？那我怎么长这么高的？”

顾祈舟想到了旧事，不禁笑了一下：“你姥姥曾一度担心你的身高会随了你爸，所以才会天天逼着你喝牛奶打篮球，幸好你随了你妈。”

你夸我妈可以，但不要一直拉踩我爸行吗？这样会弄得我心情很复杂，甚至会让我觉得我妈眼神不太好……

顾祈舟一边回忆一边讲述：“我姐从小就不缺追求者，舔狗一堆，甚至还有人舔到了我这儿来，天天给我送吃送喝买玩具，而且她的那些舔狗里根本不缺高富帅，最差的一个也比你爸强，但她最终选择了你爸，一个看起来特别普通的男人，我小时候确实挺不理解的。”爸妈也很宠姐姐，所以他从小就觉得自己的姐姐是高贵的公主，公主就应该嫁给王子，这样才般配，不然就是鲜花插在了牛粪上，“刚开始的时候我特别不喜欢你爸，觉得你爸配不上我姐，每次见他都给他难堪，但你爸从来没记恨过我，对我像对自己的亲弟弟一样好，后来等我长大一点了，”具体点说，是在逃避毒贩追杀那流离失所的三年间，“我才明白我姐为什么选择你爸。”

顾别冬：“为什么啊？”

顾祈舟很认真地回答：“因为你爸可靠，能给我姐安全感。”

赵安平不害怕会被他姐连累，会尽其所能地去保护她。在他们家人定居东辅之前，他爸妈曾数次犹豫不决，担心会连累他姐和他姐夫，但他姐夫没有丝毫犹豫，很坚定地支持他们来东辅，还反过来劝说他爸妈不要顾虑太多，并保证自己一定会照顾好他们。

最后的事实证明，他们家人还是把他给连累了，但这个男人至死都没有埋怨过他姐，还陪着她战斗到了最后一刻。

“我明白你妈最后为什么又跑回去了，你姥姥也明白。”顾祈舟的眼眶突然有些干涩，立即咬牙深吸了一口气，又长长地吐了出来，再次开口时，嗓音却沙哑了，“你爸没有放弃过她，她也不会放弃你爸，死也要和你爸死在一起。”

顾别冬的眼泪再度决堤而下，他终于理解了母亲最后的选择，但还是难以释怀，哭着对自己的舅舅说：“我妈最后跟我说了句话，让我好好长大，然后就回去了，都没再回头看我一眼。”

顾祈舟也红了眼眶：“她不能回头看你，她只要回头就会改变主意。”他又说，“你要是爱她的话，就听她的话，好好长大，千万不要让她失望。”

“我也不想让她失望，可我心里难受……”顾别冬哭得不能自已，他已经找不到自己的爸爸妈妈了，无论如何都找不到了，此时此刻除了哭，他什么也干不了。

顾祈舟没再开口，放任少年大哭特哭。

虽然他早就明白，哭是这个世界上最没用的东西，但是，对一个年仅十四岁的少年来说，哭是唯一的发泄渠道。

哭出来就好。

他这个当舅舅的，唯一能做的就是默默陪伴，当好顾别冬的后盾。

许久之后，少年渐渐停止了哭泣，一双好看的眼睛都已经肿成红彤彤的鱼泡眼了。

等情绪缓和了一些之后，他再次看向自己舅舅，哽咽着询问：“你应该会一直陪着我吧?”他已经没有爸爸妈妈了，只有舅舅。

一下子就把顾祈舟给弄难受了，他强忍着心疼，没好气地回了句:“废话!”

顾别冬吸了吸鼻子，又问:“那……陈老师呢?也会陪着我吗?”

顾祈舟怔了一下，不明所以地看着少年。

顾别冬解释了一句:“我刚听她讲了一些你们俩过去的事，我才知道那天晚上她和你一起被绑架了……我觉得她和我们是一条绳子上的蚂蚱。”是自己人。舅舅迟早要结婚，他还担心舅舅结了婚之后就不要他了，但他要是和自己人结婚的话，这种情况肯定不会发生。

顾祈舟明白少年的意思，却只能回答:“她有她自己的人生。”

顾别冬年纪小，不懂他的意思，只好继续追问:“那你们俩还会在一起吗?一起陪着我?

顾祈舟却沉默了。

他爱陈染音，一直爱着，爱到心不由己。

但他不想让她变成第二个赵安平。

顾别冬的身体没什么大碍，当天就办理了出院手续，但是第二天没去学校上学，还向陈染音请了几天假。陈染音也能够体谅他现在的心情，明白他需要时间去平复情绪，所以很干脆地批准了他的假条。顾祈舟也向许支请了几天假，专心在家陪外甥。

第二天是周六，初一初二正常休息，初三年级还需要多补半天课。上午最后一节课下课后，陈染音迅速收拾了一下东西，然后就离开了学校，准备再去探望一下顾别冬小同学。出了校门后右转，才刚把车开到路口，她就看到了一起站在路边正准备打车的三位小同学:赵胖、吴源、许词话。

陈染音缓缓踩下了刹车，将车停到了这三位小伙伴的面前，同时降下车窗，询问:“你们仨准备去哪儿呀?”

赵胖声情并茂地回答:“去看望一下我们亲爱的同窗。”

吴源补充:“并向他送上我们诚挚的慰问与祝福。”

这话说的，可真官方啊，你俩写语文作文的时候要是有这种文采就好了……陈染音轻叹口气，言简意赅地总结:“看顾别冬去?”

许词话老老实实地点头:“是的。”

陈染音也没说废话:“上车，我送你们去。”

“谢谢老师!”三人欣喜不已，立即上了车。

许词话坐在副驾驶，吴源和赵胖坐在了后排，等他们几个全都系好安全带后，陈染音才缓缓踩下油门。

车开过红绿灯之后，赵胖奇怪地问了一句："老师，顾别冬他到底怎么了呀？"

吴源接着赵胖的话问："病情严重吗？"

他俩只知道顾别冬晕倒后被送进了医院，却不知道后续情况，和顾别冬联系吧，还联系不上，所以他们俩到现在都不知道顾别冬到底得了什么病、严重不严重。

陈染音也不知道该怎么回答这个问题，毕竟事关八年前的那桩罪恶滔天的案子，在结案之前，她不能对任何人透露案件细节。更何况这三人还都只是半大的小孩，太血腥的东西更不能讲了，尤其是吴源和赵胖，胆子可能还没许词话这个小姑娘大。唉，也不知道这俩人怎么想的，竟然还敢去徒手跟踪吸毒人员……要是他们仨没有去跟踪的话，也不会有这场突如其来的变故了。

陈染音心累地叹了口气，才无奈地开口："不是生理上的病，是心理上的，小时候被火烫过，现在就怕火，一看到火就头疼。"

赵胖："童年阴影？"

陈染音："嗯。"

吴源："我懂了，和小时候被狗咬了长大后就怕狗一个道理。"

陈染音："你可以这么理解。"她又叮嘱了他们仨一句，"见到他之后就不要再问这事了，别又刺激到他了。"

三人同时点头保证："好的，好的。"

赵胖又想到了什么，又问："所以说冬哥现在已经出院了？"

陈染音："昨晚就回家了。"

赵胖一愣，又看向副驾驶："物代表，你怎么知道冬哥出院了？他跟你说了？"

"物代表"是物理课代表的简称。

吴源还挺愤愤不平的："他都没跟我俩说，都不理我俩！"309室的关系出现了裂痕！

陈染音有点八卦了，心想：哟，那家伙什么时候和许词话关系这么好了？

许词话有些尴尬，连忙解释："没有，不是，他没跟我说！"顾别冬也没回她的消息，或者说，他对她一直都是爱搭不理的。

赵胖不相信："那你怎么知道他出院了？"

许词话满面都是为难，脸都红了，含糊不清地回了个："我听别人说的。"

赵胖偏要打破砂锅问到底："别人是谁？"

吴源也跟着追问："别人是谁？"

陈染音也在心里想：就是，别人是谁啊？

许词话只好回答："我妈，我妈是三院的精神科医生，顾别冬昨天就在三院。"

哦……原来如此。赵胖和吴源不再追问了，陈染音也开始安安心心地开车，但是忽然间，她又想到了什么，然后，"好心"地提醒了他们仨一句："顾别冬他舅也在家啊。"

啊，这……这……您要是早点说这个冷酷无情没人性的家伙也在家，那我们今天说什么都不会去！

看着他们仨的忐忑表情，陈染音忍不住在心里偷笑：啧，都过去几个月了，顾队长的威慑力竟然还这么大？真不愧是反恐队长啊，威望无穷！

想了想，她做出了一个非常缺德的决定：借刀杀人。

她要借助顾队长的威望，好好地教训一下吴源和赵胖这两个不怕死的："现在他舅也知道了你们仨不听警方劝阻跑去跟踪的事，很生气。吴源和赵子凯，你俩先做好心理准备吧，顾队长可能会对你们俩进行批评教育。"

不，我们不想！

赵胖极力为自己争取宽大处理的机会："我们俩真的已经彻底认识到了错误！昨天已经被拉去派出所教育一下午了，真的不需要再教育！"

吴源也在力求宽大处理："我爸妈昨天晚上还联手打了我一顿呢！我不光是从心理上认知了错误，肉体上也知道错了！"

赵胖："真的，真的知道错了！"

吴源："绝不再犯！"

你俩这张嘴啊，真是说的比唱的好听……陈染音在心里叹了口气，语调冷冷地问他俩："以后还敢吗？"

俩人同时摇头，异口同声地保证："不敢了，再也不敢了！"

陈染音并没有就这样放过他俩："这周末回家，一人写一千字的检查。"又特意警告，"不能上网百度，我看得出来。"

赵胖和吴源的内心极不情愿，但比起被那个冷酷无情没人性的大队长批评教育，写检查的惩罚似乎温柔多了……

一千字就一千字吧！赵胖咬了咬牙，一口答应了下来："行！我一定写！"然后，可怜兮兮地望着陈老师，哀求，"那您能在冬哥他舅面前替我们美言几句吗？冬哥他舅妈。"

吴源见风使舵，也立即跟着喊："冬哥他舅妈，冬哥他舅只听您的！"

许词话被逗笑了，陈染音则没好气地心想：啧，怎么回事呢？怎么还全都喊上舅妈了？乱喊，八字还没一撇呢！

她咬住了下唇，强忍着欢喜，但眼角眉梢间还是浮现出了难掩的窃喜和得意。

最终，陈老师还是选择了高抬贵手，一本正经地说："看你们俩认错态度还不错，我可以考虑为你们说几句话。"

赵胖："谢谢他舅妈！"

吴源："他舅妈您真好！"

"老师"也不喊了，直接喊"他舅妈"，似乎只有"他舅妈"这三个字才能对付"他舅"。

陈染音不禁在心头感慨：现在的孩子可真会拍马屁，竟然每一个字都能拍进她的心坎儿里，让她无法抵抗！

唉，但是这八字吧，还真就差了一撇——她的"正宫娘娘"一直不从她！

不过，应该也快了吧？反正，她觉得快了，她还信心满满地觉得自己一定能够打动她的"正宫娘娘"，与他重修旧好！

正当陈染音在心里策划着该如何继续攻略她的前任之时，挂在手机支架上的手机忽然响了，来电显示是她妈打来的。

她正在开车，也没戴蓝牙耳机，只好外放接听，担心她妈会说出一些让她尴尬的话题，所以她上来先说了句："我车里有学生，你长话短说。"

秦薇的语气中透露出了几分意外："你送学生去了？"

陈染音："对啊，顺路就送了。"

秦薇："那你什么时候来啊？"

陈染音蒙了："来哪儿啊？"

秦薇无奈："你说来哪儿？来孟牧丞他家啊！我不是早就跟你说了吗？你孟叔叔今天过生日。"

她还真是把这事儿忘了个一干二净。

但是吧，她也是真的不想去，就开始找借口推托："我不去行吗？我有个学生家里出了点事儿，我还要去看看他。"

秦薇倒也能理解女儿的工作，但是："那……那你能不能吃完饭再去？就来一下，让人家看到你来了就行，走个形式，耽误不了多久。"

陈染音：可是我连形式都不想走。

秦薇又说："你姥爷上次出事，人家孟家人还大老远地去看望他了，你今天不来不合适。"

陈染音无话可说，也无法反驳，毕竟人情世故这事儿，只要是成年人，谁都推托不了。

她无奈地叹了口气："行吧，我把学生送到地方就过去，但是我吃完饭就走啊。"

秦薇没多说什么："行，赶紧来。"说完就挂了电话。

陈染音只好对自己的学生们说："我先把你们送过去，吃完饭就来。"虽然她更想和自己的学生一起吃饭，但是，换个角度想，或许自己暂时缺席一会儿也是好的，毕竟同龄人之间更有话说，她这个当老师的要是在场的话，他们这几个'小崽子'估计也聊得不痛快。

在某些情况下，让同龄人去陪伴同龄人，比成年人的陪伴更有效，因为他们更能走进对方的心里去。

许词话他们三个也挺懂事的，立即点了点头："行，您先忙。"

不过赵胖同学还是小心翼翼地向陈皇上了个奏："那您别忘了，用微信美言几句。"

本来也没想真的让顾队长收拾你们，只能说顾队长的冷酷无情形象深入人心——陈染音忍笑，一本正经地回了句："行，我知道了，放心去吧，我罩着你们。"

赵胖和吴源同时舒了口气，但还是有一点点的忐忑，毕竟，他们马上就要面对那个冷酷无情的大队长了……

然而，万幸的是，大队长竟然不在家！

陈染音把他们仨送到了小区门口，就开着车走了。

赵胖和吴源之前都来过顾别冬家——他们仨经常聚在一起打游戏——所以领着许词话轻车熟路地来到了顾别冬的家门口，和善又友好地敲响了房门。

来开门的是顾别冬。

看到站在门外的三人后，顾别冬恹恹的神色中流露出了些许诧异："你们怎么来了？"

赵胖："来看望您一下。"

吴源："还带了些薄礼。"说完，他举起了双手，向顾别冬展示他刚在小区门口的小卖部中买的两小瓶可乐。

赵胖也举起了双手，展示手中的两小瓶雪碧。

许词话也没能逃脱俗气的繁文缛节，也跟着举起了双手，展示自己手中的两小瓶椰汁。

真是薄礼啊！

但他还是按照人情世故的流程回了句："来都来了，带什么东西呀……"然后往后退了一步，给他们仨让路。

吴源和赵胖来过好几次了，直接大大咧咧地走进了屋子里，许词话却是第一次来，踏进房门后，犹豫不决地站在门口，有些紧张地询问："需要换鞋吗？"

顾别冬："不用换，直接进来就行。"他的语气不冷不热的，他也没想到许词话会来看他，再说了，他们俩的关系也没好到这份上吧？

"哦。"许词话走进了屋子，顾别冬在她身后关上了门。

赵胖和吴源没在客厅看到顾祈舟，心头不禁有些欢喜，但赵胖还是小心翼翼地问了句："你舅呢？"

顾别冬："忽然出了点事，回队里了。"他也不知道什么事，他舅也没说，接到许支的电话后就走了，走得还挺急。

赵胖和吴源却长舒了一口气："哦！这样啊！"惊喜啊，真是惊喜！

许词话比那两个人靠谱，没忘记对顾别冬说："是陈老师送我们来的，她本来是要和我们一起来看你的，但是临时有事来不了了，办完事情才能来。"

赵胖补充："她妈喊她吃席去了。"

吴源："好像还没法拒绝。"

没法拒绝？顾别冬奇怪了："你们怎么知道的？"

赵胖："她打电话的时候我们就在车上。"

"哦。"顾别冬又问，"那她什么时候来啊？"

赵胖："吃完席。"

"哦……"顾别冬又恢复了一副恹恹的神情，他是真的不想说话，只想自己待着，但小伙伴们好心来看他了，他也不能对人家爱搭不理的，只好又强打着精神问了句，"你们吃饭了吗？"

赵胖："没呢。"

吴源："就是来和你一起吃饭的。"

许词话却没有说话。

顾别冬："那你们想吃什么呀？我订个外卖。"他也不想出门，不想见太阳，不想见人群。

赵胖提议："吃火锅吧？"他觉得火锅热闹，可以活跃气氛，有助于他冬哥的心灵重塑。

吴源也提议："其实我觉得烧烤也不错。"也很热闹。

许词话没什么意见："我都行。"

顾别冬也没什么意见，因为他没什么胃口，什么都不想吃，把手机解锁后，直接塞到了赵胖的手里："你们仨看着点吧，我都行。"说完，就回到了客厅，一个人瘫进了沙发里，面无表情地看电视，神色却是呆滞的，八成电视上演的什么他都不知道。

赵胖他们三人面面相觑，神色中皆流露出了不安和担忧。赵胖还小声说了句："这心理阴影，影响有点大吧？"

吴源想了想，说："或许他小时候被火烧得有点严重？"

许词话瞪了他们俩一眼："别乱猜了，点饭吧！"

"哦。"赵胖和吴源不说话了，安静如鸡地点餐。

许词话犹豫了一下，朝着客厅走过去，无声地坐到了顾别冬身边。

顾别冬也没看她，目不斜视地盯着电视。

许词话咬住了下唇，纠结着、迟疑着、紧张着，许久后，终于鼓起勇气开口："我亲爸也是警察……"

顾别冬微微蹙起了眉头，终于看了她一眼。

许词话的脸颊微微泛红，看起来很紧张，但，语气很坚定："我不知道你小时候经历了什么，"她是真的不知道，那个人没有告诉她，只说他是在小的时候因为爸妈的离世受了点刺激，让她来劝劝他，但其实她也不知道该怎么劝，只能从父母同是警察这点入手，"但他和我妈早就离婚了，因为他是警察。"

顾别冬都有点听不懂了：因为他是警察，所以离婚了？这两件事之间有什么关系吗？

许词话看出了他的疑惑，继续讲述："我爸原来也是干刑警的，和你妈妈一样，在我七岁的时候，过六一，我爸好不容易休了一天假，就和我妈一起带着我去了动物园玩，结果在园里遇到了报复社会的歹徒，拿着刀乱砍人。那天的动物园里面有好多小孩子，那个歹徒离我们特别近，我爸为了保护另外一对父女把我和我妈抛下了，结果那个歹徒转身就朝着我和我妈砍了一刀，幸好我妈反应快，抱着我往后退了一步，但刀还是落在了我的胳膊上。"说着，她伸出右臂，撩开了校服的袖子，白皙纤细的小臂上，有一道狰狞丑陋的旧疤痕，"后来我妈就和我爸离婚了，她接受不了自己的丈夫在危急关头抛弃她，但是，我能理解我爸，因为他是警察，他的职责就是在危急关头保护人民群众，他也没想到那个歹徒会来砍我和我妈，他去保护那对父女也是出于职责。我也是长大后才理解了他，小时候我真的很埋怨他，恨他恨了好几年，说什么都不见他，也不接受他给我买的东西，并且从那之后我就再也不去动物园了。”

顾别冬呆愣愣地看着眼前的少女，内心微微有些震撼，却并不明白她为什么要给自己讲这些事：“你……什么意思啊？”

许词话看着他的眼睛，很认真地说：“我就是想让你知道，身为警察的子女，在享受父母为我们带来的光环的同时，也要承担相应的后果，我们的父母身不由己，因为他们有使命感和责任感，他们可以为了公安事业牺牲一切，所以，身为儿女的我们就更不能拖他们的后腿了，无论发生了什么，我们都不应该一蹶不振，他们保护我们不是为了让我们变成懦夫，而是为了给我们树立榜样，让我们能够变得和他们一样强大。”

顾别冬呆若木鸡，久久不语，脑海中却一直回荡着许词话的声音：他们保护我们不是为了让我们变成懦夫，而是为了给我们树立榜样，让我们能够变得和他们一样强大。

那天晚上，爸爸妈妈和那三个劫匪殊死搏斗，也是为了保护他吧？他们不做懦夫，不屈不挠，死也要将三个歹徒制伏……他们都是英勇而无畏的人啊，他们的儿子不应该是个只会逃避现实的懦夫，不然就不配当他们的儿子。

还有他的舅舅，也是个硬骨头。

那天晚上，他的舅舅也经历了这一切，也失去了亲人，也遭遇了切肤之痛，但是他的舅舅像他现在一样一蹶不振、自暴自弃了吗？没有，他英勇不屈。

他突然明白他舅当初为什么一定要带着他回东辅了，因为他舅完美地继承了姥爷的英勇，从哪里跌倒了就要从哪里爬起来，哪怕摔得浑身是血也要咬着牙重新站起来，他想要逆风翻盘。

顾别冬忽然意识到，自己不能再这样矫情、叽叽歪歪下去了，不然他根本不配在这个家里待着，不配当爸爸妈妈的儿子，不配当他舅舅的外甥，不配当姥姥姥爷的外孙子。

他们家满门忠烈，满门英雄，不能生养出来他这么一个没骨头的废物啊……顾别冬咬紧牙关，从沙发上弹起来的那一刻，用力地把电视遥控器摔在了地上，同时大喝一声：“说得好！”

许词话吓了一跳，犹如一只受到了惊吓的小白兔似的，瞪大了眼睛盯着顾别冬。

赵胖和吴源也被吓了一跳，不明就里地望向他们的冬哥。

顾别冬深吸一口气，努力地克服着心头的负面情绪，努力地让自己变得坚毅、变得不屈：“我要出门！我要去晒太阳！我要活得像个人一样！”

我不要窝在家里当一个软骨头的懦夫，我不能给我爸妈丢人，我要像陈老师说的那样，平凡而灿烂地活下去！

许词话很是惊喜，立即从沙发上站了起来："我们陪你出门！"

赵胖："啊？出门？现在？我俩刚下单！"

许词话："可以取消订单吗？"

赵胖："也可以。"

顾别冬："那就取消，咱们去外面吃。"

赵胖："行。"取消订单后，他又问了句，"咱们去哪儿吃啊？"

顾别冬想了想，看向许词话："你说吧，我请客。"虽然他们俩并不是很熟，但他还是要感谢她刚才的那一番激励和安慰。

许词话还有些不好意思，看了看赵胖和吴源："你们俩想吃什么？还是火锅和烧烤？"

赵胖："都行。"

吴源："女士优先。"

顾别冬也对许词话说："你决定吧。"

许词话思考片刻："刚才来的路上我看到附近有一家新华书店，要不咱们去书店旁边吃饭吧？吃完了一起去买学习资料。"

一起？

去买学习资料？

物代表，您是真不清楚我们寝室的学习水平吗？

赵胖沉默片刻："那个……必须一起去买吗？"

吴源两手一摊："我们可以不用。"

顾别冬也说："没必要啊。"

许代表态度坚决："不行，都必须买，从这周开始的物理作业就要写这上面的题！"

309 全员三脸不屑："呵！"

许代表不得不严肃了几分："今天我要是不在的话，你们不买就不买了，但我在，你们就必须买，周一早上必须交作业，不然我就上报给陈老师！"

309 全员依旧是毫无畏惧："随便。"

三人全都是一副滚刀肉的做派。

许代表只好拿出撒手锏，伸手指着顾别冬："那我就让他舅妈跟他舅说！"

309 全员：女人，你好狠的心！

最终，在“他舅”这两个字的压制下，309 全员不情不愿地跟着课代表去了新华书店，又不情不愿地一人买了一本物理习题集。结完账后，顾别冬还用手机给习题集照了张照片，给他舅发过去，试图通过这种方式向他舅证明自己没那么不堪一击，还知道学习呢。

然而，他舅一直没有回复他。

市局，会议室内烟雾缭绕，气氛沉重而严肃。

公安局局长周城满头灰发，脸上皱纹道道，眼神如刀刻般深邃。听完经侦队队长的汇报后，他沉默着在烟灰缸中摁灭了烟蒂，然后看向坐在他斜对面的郑常：“汇报一下你们刑警队的最新进展。”

“好。”熬了个通宵的郑常双眼乌黑，精神虽然有些萎靡，但依旧干劲十足，立即拿着自己的电脑从座位上站了起来，走到了会议桌的最前方。

弄好设备后，他不经意间一抬头，看到了坐在最尾端的顾祈舟。

顾队长是在会议中途突然闯进来的，但其实吧，这个案子和特警队一点关系都没有，或者说，暂时没有，因为还没有到突击行动那一步。但谁知道黑豹突击队的队长竟然不请自来，还穿着一身便衣，他着实意外，还有点无奈，因为这个案子是他们刑警队审出来的，特警队横插一杠是什么意思？本想直接送客，但谁知道周局和许支竟然都允许他留下来，他也不好再开口赶客，只能让他参与其中。

弄好幻灯片后，郑常开始阐述基本案情：“昨天下午两点左右，市二中初中部的三名初三男生跟踪尾随一名吸毒人员，并成功将其抓获。据悉，该吸毒男子名叫杨剑涛，今年三十六岁。”他点击切换，屏幕上出现了杨剑涛的照片，一个胡子拉碴的干瘦猥琐男人，“根据常年和杨剑涛打交道的民警介绍，这个人是个十足十的流氓混混，从年轻混到现在，天天不务正业，没有固定的经济来源，经常因为吸毒和赌博进局子，拘留几天之后放出来，没过几天又被抓进去，早就成了拘留所里的常客，二皮脸一个。片区民警也拿他没什么办法，只要他不闹出什么大乱子就行。但这次涉事的未成年中有一个叫赵子凯的学生，据他交代，他们仨之所以跟踪杨剑涛，是因为他在学校旁的公厕上厕所的时候无意间偷听到杨剑涛和毒贩打电话，还听到杨剑涛数次用‘青哥’这个名号威胁毒贩。片警原本还当本辖区内又出现了什么新的大人物，就去提审杨剑涛了，结果竟然审出来了一桩八年前的大案，然后立即把杨剑涛移交到了市局。”

他再度切换幻灯片，屏幕上出现了一个穿着黑色 T 恤、虎背熊腰的高壮男人，眼神冷森阴鸷，宽阔的额头上带有一道骇人的长刀疤。

照片显露出来的那一刻，周局和许支全都担忧地看向会议桌的最尾端。

那里的光线不太好，顾祈舟独自一人坐在阴影中，面无表情地盯着正前方的投屏，逐渐攥紧了搭在腿上的双拳，手背上根根骨节泛白，青筋直蹦。

他就算是死，也不会忘了杀父仇人的长相。

郑常并未注意到顾祈舟的神色，继续阐述案情："杨剑涛口中的'青哥'名叫赵青虎，八年前'12·15'灭门惨案的重大嫌疑人，曾在缅甸当过雇佣兵，是当地毒枭郎九命的手下。"他又换了张幻灯片，投屏上出现了一个身穿西装、斯文儒雅的男人的照片，但不难看出，这是一张许多年前拍的老照片，"他就是郎九命，代号狼爷，是我国警方重点通缉对象，'12·15'灭门惨案的背后主谋。"

顾祈舟的脸色越发阴沉了几分，呼吸也渐渐急促了起来，眼神如刀剑一般锋利，直勾勾地钉在了郎九命的脸上，漆黑的瞳孔中闪烁着不加掩饰的仇恨与怒意。

"那场灭门案的受害人，是一位名叫林恒的缉毒警以及他的家人。"郑常只在档案中找到了林恒和他女儿以及女婿的照片，却没有找到另外三个受害人的照片，"郎九命曾在云南边境建立过一个跨国贩毒集团，该集团最终被林恒警官一网打尽，但警方没有抓到郎九命。根据我方在缅甸卧底的线人证实，郎九命逃到了缅甸，投奔了当地的大毒枭'国王'，并一直龟缩在缅甸，再也没有入过境。但他一直对林恒警官怀恨在心，策划并安排人手实施了报复行动，赵青虎就是他的爪牙之一。赵青虎听从他的命令，以残忍的手段杀害了林恒，并绑架了林恒的儿子和他的女同学，但是赵青虎在杀害林恒儿子的过程中，被林恒儿子和他的女同学联手反杀了，自那之后郎九命便销声匿迹了。

"郎九命这个人做事很谨慎，当初负责调查此案的调查组没有从赵青虎及其同谋身上查询到任何有效线索，还是通过系统内保留的信息确认了赵青虎和另外几名嫌疑人的真实身份——这几人全是潜逃在外的通缉犯。那个时候的天眼系统没有现在健全，通信市场监管也没有现在严格，他们所使用的都是一次性电话卡，里面没有保存任何有价值的联系方式，用的车也全是偷来的套牌车，无法提取到任何有价值的信息，也无法断定他们是通过何种方式来到了东辅、藏匿在何处，从而导致调查中断，直到昨天提审了杨剑涛。

"杨剑涛不算是赵青虎的手下，但曾为赵青虎做过事。据杨剑涛交代，赵青虎在东辅活动期间一直藏匿在一个名为'金歌子'的夜总会里，伪装成夜总会打手的身份行动，所以可以确认，当初是'金歌子'为他们提供了掩护和庇佑。'金歌子'已经在七年前注销了营业执照，但我们还是能通过工商信息查到它的最高负责人。”他再次切换幻灯片，屏幕上出现了一个身穿灰色西装的英俊的年轻男人，“孟昭远，今年三十四岁，本市耀辉集团老总孟铮的大儿子。孟铮还有一个小儿子叫孟牧丞，我们也查了，当年他才十七岁，和本案没什么主要关系，但是孟铮和孟昭远这对父子就没那么简单了。”

孟牧丞？顾祈舟神情一僵，呆若木鸡地盯着前方的投屏……他还注意到，郑常的用词很微妙，并没有直接说明孟牧丞和这件案子没有关系，而是没有什么“主要”关系。

“经侦队早就盯上了耀辉集团，怀疑它有洗钱嫌疑，细节方面刚才经侦队的刘队长已经讲过了，我就不再讲了。”郑常再次切换了幻灯片，屏幕上再度出现了一个戴眼镜穿西装的中年男人，“这个人就是孟铮。但是这之前我们谁都没有怀疑他会和缅甸的贩毒集团有染，直到半年前，我方在缅甸卧底的线人曾传来一条信息，信息中称耀辉集团是‘国王’和狼爷洗钱的途径之一，但这条信息比较简短，可能是线人在匆忙间发出的，也没有任何实质性证据，我方不好轻举妄动。而且，那个线人已经在缅甸卧底了近十年，性格大有变化，自主性很强，有时候甚至会擅自行动，现在也深得‘国王’信任……”

这句话意味深长：他不太信任那位卧底，不确定这条信息是真是假。

在场所有人也都明白他的意思，但并没有人反驳他。

虽然他们能够理解卧底的艰辛，也不应该去怀疑自己人，但事关重大，他们不能随随便便地就去全心全意地信任一个人，一旦判断失误，便会前功尽弃。

郑常继续讲：“直到昨天杨剑涛交代，我方才能够确认耀辉集团确实和狼爷有联系，确认卧底发来的消息是真的，而且我还审出了另外一条线索：赵青虎曾安排杨剑涛去跟踪林恒的儿子。”他补充说明细节，“林恒的儿子林宇唐，当年曾和孟铮的小儿子孟牧丞同上一所高中，虽然孟牧丞在国际部就读，但国际部就在本部隔壁，所以，我现在合理怀疑是孟铮或者孟昭远在接送孟牧丞的过程中，无意间看到了去接送孩子的林恒警官，从而导致他的身份暴露，于是安排了人手去跟踪他的儿子，从而掌控了他和他家人的基本信息。”轻叹口气，他又说，“林警官是一位经验丰富的老刑警，如果直接派人去跟踪他，一定会被发现，但是跟踪他的儿子就不一样了，那个时候林宇唐还不到十八岁，想跟踪他很容易……只能说，明枪易躲，暗箭难防。”

甚至可以说是防不胜防。孟铮藏得太深了，深到不露痕迹，而且，谁会想到当地大集团的董事长会和缅甸毒枭有染？更不会想到他们俩的孩子竟然会在同一所高中上学……

是天意？还是巧合？

许建城笑得无力，周城笑得苦涩，当年，他们俩甚至还怀疑过是内部人泄露了消息，甚至还联手筛查了整个公安系统，却没有查出任何一个可疑分子……戏谑！可笑！老林死得冤枉，上天不公！

顾祈舟也在苦笑，眼中却闪现出了泪花……竟然是他把他爸害死了，是他暴露了他们的家庭地址，他还去过他姐家，是他害死了他姐和姐夫，都是他的错，他才是最该死的那一个，他不该让他爸去学校接他。

都是他的错，他害死了所有人。

他就是个祸害。

顾祈舟逐渐泪眼模糊，笑得越发绝望，却又暗自庆幸——

幸好啊幸好，他没把戒指送出去。

他不想再把自己最爱的人害死了。

陈染音本以为她妈口中的"孟牧丞他家"是他们家人平日里居住的那栋别墅，谁知，到了地方之后她才发现这里根本没人，问了管家后才得知，宴会其实是在孟家东四环外置办的宅邸里举办。

远得很，从市区开过去至少四十分钟，耽误事啊……有那么几个瞬间，陈染音真是不想去了，但人情世故这东西，还不能随随便便敷衍过去，所以她只好按捺下了心头的烦躁，不情不愿地驱车前往东四环。

在此之前，她还从没去过孟家的这处宅邸，本以为只是一栋平平无奇的独院别墅，充其量就是面积大一点而已，然而，到了地方之后她才发现，自己还是低估了孟家的经济水平——人家那不是别墅，是豪宅，是标标准准的临湖大庄园！

正门前的车道宽阔笔直，可同时容纳两排车并肩而行。车道两侧是修剪平整的草坪，左右望去，视野开阔，赏心悦目。

陈染音来得比较晚，宴会已经开始，她也没有邀请函，被安保人员拦在了门外，只好给她妈打了电话，没过多久，孟昭远出现在她的视野中。

孟昭远五官英俊，身形修长，今天套了身深灰色的西服，气质成熟又稳重，看起来比他那个只知道在女人堆里摸爬滚打的弟弟靠谱了至少一百倍。

陈染音不禁在心里感慨了句：这才是真正的矜贵啊……同是一个爹妈生的，孟牧丞怎么就成了纨绔子弟呢？

孟昭远步行前来，让安保人员打开了大门，陈染音缓缓启动车辆，驶入大门后，又停了车，降下车窗，喊了声："孟哥。"又说，"上车吧，我开过去。"

庄园的主楼和大门之间还有一段距离，中间隔着一片花园，花园中央还有一座英式喷泉。

孟昭远坐上了副驾驶，同时问了句："刚下班？"

陈染音一边开车一边回："嗯。初三年级周六上午补半天课。"

孟昭远："当老师确实比较辛苦，但只要你喜欢就行。"他又苦笑了一下，叹息着说，"至少比孟牧丞强。"

"他也……还行吧？"据陈染音了解，孟牧丞这人虽然爱拈花惹草，但也不是无所事事，他有自己的公司。

孟昭远轻叹了口气，语气中带着万般无奈："任性妄为地开了个娱乐经纪公司，今天砸钱捧网红，明天砸钱哄明星，女朋友每天都不重样，这也叫还行？"

真不愧是大情种啊，一如既往地牛！

但她一点也不震惊，因为孟牧丞就是这种人，不过她也能理解孟昭远的无奈，毕竟他们家的人都还挺正派的，全是有涵养有学识的上层人士，结果竟然养出了孟牧丞这么一个堕落之徒，确实挺出乎预料。

谈话间，陈染音将车停到了别墅的正门前，立即有身穿黑色制服的专业侍应生迎上前来，为她提供停车服务。

下了车后，她和孟昭远一同走进了别墅的正厅。

一楼正厅面积宽阔，装修气派，有种欧式豪华城堡的既视感——这里是供宾客寒暄娱乐的主宴会厅，不过此时此刻宴会厅内的宾客寥寥无几，大部分都在餐厅就餐。

餐厅在正厅右侧。

餐厅的面积也不小，采用了自助餐的形式，气氛比较轻松随意，但陈染音还是注意到了，来参加孟叔叔寿宴的宾客们无一例外全部穿了正装，只有她，穿着休闲呢子大衣和牛仔裤，像是个蹭饭吃的闲杂人等。

孟昭远一走进餐厅，就有宾客举着酒杯来找他寒暄，陈染音也不想继续麻烦他，就独自一人在餐厅内溜达了起来，寻找自己的爸妈。好不容易在人群中看到了她妈的身影，正准备走过去的时候，人群中突然传来了一阵骚动，她下意识地停下脚步，顺着身边人的视线看了过去，看向餐厅门口——身穿浅灰色西装的孟牧丞，以及，他怀中搂着的女人。

瞬间，陈染音就明白了大家骚动的原因，孟牧丞搂在怀中的那个漂亮女人，是一位女明星，一位正处于舆论风口浪尖上的女明星——前天刚被狗仔爆出插足某位影帝的婚姻，后续又被网友扒出她经常干这种事儿，是个惯三，而且圈里的人都知道，她刚出道的时候还曾给某位富豪当过情妇。

孟牧丞搂着女人进门的那一刻，在场所有宾客都惊呆了，包括陈染音，她知道孟大情种牛，却没想到他竟然这么牛，天底下好女人千千万万，他偏偏选了这么一个风评不佳的女人来参加他爸寿宴，是要气死他爸吗？

即便是真爱——虽然不大可能——即便他一点也不在乎这个女人的过往，但就不能等舆论消停一些再带回家吗？故意让所有宾客见证你俩的真爱呢？还是故意让你爸丢人现眼？

家业越大，越在意门风，孟牧丞这回算是把他爸妈的脸给丢尽了……

他干吗要这么做？陈染音百思不得其解，然后，又看向孟牧丞他爸，果不其然，孟铮的脸色瞬间变得铁青，要不是在场宾客多，涵养压着，估计他早就破口大骂了。

然而孟牧丞丝毫没有意识到自己的行为有多么不妥，还当着众宾客的面亲了那个女人一口，然后，毫无顾忌地搂着那个女人的腰，步伐款款地来到他爸妈面前，吊儿郎当地说了句："爸，介绍给您认识一下，这是盈盈，我的未婚妻。"

未婚妻？要结婚了？

众宾哗然。

这一刻，陈染音真是觉得，孟牧丞疯了！大疯子一个！

孟铮被气到浑身颤抖，面色赤红地瞪着自己儿子，忍无可忍、怒不可遏地咆哮："混账东西！滚！给我滚！"吼完，他又开始剧烈地咳嗽起来，身体晃动着，面皮一阵红一阵白，显然是被气得不轻。

孟牧丞他妈赶紧扶住了他爸的胳膊，气急败坏地对自己小儿子说："今天你爸过寿，你胡闹什么呀！"

"哦，对了，差点忘了。"孟牧丞像是恍然大悟，立即对他爸说了句，"祝您长命百岁，幸福安康！"

话是好话，但不知为何，从他嘴里说出来，就像是在阴阳怪气。

孟铮咳得更剧烈了，伸手指着孟牧丞的鼻尖，再度咆哮："滚！给我滚！从今天开始我没你这个儿子！"

孟牧丞他妈都快急哭了："丞丞呀，你爸现在身体不好，你少说两句吧！"

孟铮抬起了手，作势要去打孟牧丞，孟昭远在这时冲到了自己弟弟身边，不由分说地把他拉走了。

他把孟牧丞拉到了书房，反锁上房门后，转身怒斥："你疯了吧？今天是什么日子你不知道吗？"

孟牧丞懒洋洋地往真皮沙发里一窝，跷起了二郎腿，语调悠然地说："什么日子？当然是好日子啊，不然我干吗要带着未婚妻上门？"

孟昭远双手掐腰，闭上眼睛深深地吸了一口气，竭力压制着怒火："那个女人是什么德行你心里不清楚？"

"那都是外人瞎传的。"孟牧丞伸出右手，用力地拍了拍自己的心口，一本正经地说，"她好不好，只有我知道！"

孟昭远怒极："胡闹！音音还在呢！陈叔和秦姨也在呢！"

孟牧丞轻笑一下："那又怎么了？和我有什么关系？"

孟昭远伸手指着他的鼻尖，再度怒斥："就你这副德行，我要是音音，我也看不上你！"

"无所谓了。"孟牧丞依旧在笑，笑意中却浮现出了万般无奈，"我不是这副德行她也看不上我，她爱的是英雄，我是狗熊。"

或者说，连狗熊都算不上。

是过街老鼠。

但他也曾短暂地拥有过，在十四岁那年，她喜欢过他，他能感觉到，但是，那年的他实在是太调皮了，调皮到不怕死，敢往他爸的酒窖里安装针孔摄像头——他们家曾经居住的那栋老别墅里，有一座装修华丽的地下酒窖，收藏在里面的每一瓶酒都是稀世珍品，弥足珍贵，是上层人士梦寐以求的高雅殿堂。

但是他从未进去过，因为他爸不允许他进去，只允许他哥进去，家中偶尔还会来几位客人，和他们一起去酒窖谈生意，却始终锁着门，感觉神秘极了。

酒窖的隔音效果也很好，即便把耳朵贴在门上也偷听不到任何声音。

酒窖的门上还安装了指纹锁。

少年时代的他好奇心很强烈，胜负欲也很强烈，叛逆地想：凭什么我哥能进我不能进？我比我哥差哪儿了？你不让我进去，我就偏要进去。

于是，他悄悄地搜集了他爸和他哥的指纹，弄了套指纹膜，然后，又买了套针孔摄像头。

万事俱备，只欠东风。

某天家中无人，他终于等到了东风，成功潜入了那个神秘的酒窖，把针孔摄像头安装在了一个隐秘的角落。

等了有三个月之久，他终于等到了答案，所有的秘密尽数水落石出：他爸和他哥，在利用自家集团帮助境外的犯罪团伙洗钱，这些赃钱的来源不仅仅是贩毒，还有赌博、组织卖淫、贩卖军火。

看完录像的那一刻，他终于明白了，他那对看起来严肃正派的兄父，竟然是道貌岸然的伪君子，他们满口的仁义道德全是假的，是伪装的，是虚伪的；他们看似高高在上，看似高雅肃穆，实则肮脏不堪，做尽了下三烂的事儿。

他的内心世界瞬间崩塌，灵魂被烙上了“屈辱”的烙印。

自那之后，他就开始觉得自己是肮脏的，是卑鄙的，是人人喊打的过街鼠，迟早会被人逮到，会被钉在耻辱柱上，会接受世人的指点和审判，会被所有人瞧不起。

他开始战战兢兢，每天都如履薄冰。

他觉得自己这辈子都别想抬起头，别想堂堂正正地做人。

但他也不是没想过摆脱命运，可他生来是他爸的儿子，是他哥的弟弟，是他们的血缘至亲，是用赃钱喂养长大的孩子，他该怎么摆脱？他注定了要深陷泥潭中。

不对，他是生来就在肮脏的泥潭里，根本无法摆脱。

既然如此，不如放任自如。

从那时起，他就开始堕落，开始放荡，开始纵情声色，开始自我麻痹，开始处处和他爸还有他哥对着干，他们越是表现得高尚，他就越是要低俗。

他想通过放浪形骸的方式暂时忘却自我的肮脏，但收效甚微，短暂的沉迷过后，还是会清醒，会回归现实。不过，在声色犬马的温柔乡中，他多少还是能感受到几分慰藉，绝望又欣慰地想：我生来就是个烂人，就该烂得彻底。

他们父子三人，谁也不比谁清高。

但即便他再烂，再不堪，也不敢去染指陈染音。

因为她不是烂人，她干干净净清清白白，他不能拉她下泥潭，他满手满身都是肮脏的泥，会弄脏她，所以他只能远离。

他这辈子，是注定得不到她了，因为他不是一个英雄。

她爱上了林宇唐，爱的是英雄，即便林宇唐死了好几年了，她却依然爱着。

他也想成为林宇唐，但他没有一个英雄父亲。

他生而是蝼蚁，是过街老鼠。

他也没有勇气反叛命运，没有勇气指认兄父。

他什么都知道，包括哥哥和父亲协商派人去跟踪林宇唐的事情，因为他从未撤销过那个针孔摄像头，但他看到那段录像的时候已经是一个月后了，事情已经发生了，或者说，是事情发生后，他才察觉出了一丝端倪，立即去翻看了过往的录像，然后才知道是哥哥在去接他放学的途中偶然见到了林宇唐他爸，并认出来他是一位被缅甸贩毒集团设定为追杀目标的缉毒警。他们家就是在帮那个贩毒集团洗钱。是他哥和他爸，向那个毒枭曝光了林宇唐他爸的身份。

他们家欠林家六条命。

他知道一切，却无力改变，只能醉生梦死地活着。

他对不起林宇唐，更对不起陈染音。

他才是连累他们俩被绑架的罪魁祸首，当初，他要是没那么殷勤地去隔壁学校找她，他哥也不会撞见林宇唐和他爸。

孟牧丞疲惫地闭上了眼睛，后脑靠在了沙发背上，无力地对他哥说："以后别提她了，她不是我的，我也配不上她。"

孟昭远恨铁不成钢地看向自己弟弟："你就不能争点气吗？努力配得上！"

孟牧丞睁开了眼睛，冷笑着回："咱们家是干什么的你自己心里不清楚吗？干吗要拉她下水？她欠我的？"

孟昭远瞠目结舌，惊愕不已地看着自己弟弟。虽然他早就猜到弟弟可能已经知道了家里的事情，但他们一直心照不宣，谁都没有主动提及此事。

这是第一次。

窗户纸彻底被捅破。

孟牧丞倒是神色自如，长叹一口气："我这辈子也就这样了，你和咱爸别对我要求这么高，我对你俩的要求也不高，别连累我就行，我真的不想死。"

他就是个贪生怕死之徒。

是一个空有正义感和羞耻心的懦夫。

十个他都比不上一个林宇唐。

但是，他也有着自己的底线："别连累我，更别连累咱妈，她才是什么都不知道，你们俩要是敢算计到她头上，我第一个揭发你俩。"

事发突然，所有宾客都被弄了个措手不及。

孟昭远带着孟牧丞走后，孟铮把那个女人轰了出去，宴会才得以继续。

为了给孟铮面子，所有人都在假装刚才什么都没有发生，一派云淡风轻，但发生了就是发生了，过去的事情是无法改变的。

其乐融融的表象下暗潮汹涌，看笑话的还是大多数。

陈染音找到了自己爸妈，和他们坐在一起，随便吃了两口东西之后就准备走人了。她爸妈也没强留她，先带着她一起去给孟铮贺了个寿，然后以她下午要回学校加班为借口提出告辞。

开着车前往顾祈舟家里的路上，陈染音还收到了她妈的微信："真没想到小孟是这种人，幸好你没和他在一起！以后离他远点，不是好东西！"

由于秦薇女士还在参加宴会，所以不方便发语音，只能发文字消息。

陈染音在等红灯的时候看到了这条消息，忍俊不禁，觉得秦薇女士的翻脸速度简直比翻书还快，态度说变就变。

不过，话又说回来，她都能对孟牧丞有这么大的"改观"，还不能对林宇唐有改观吗？应该可以吧？

紧接着，她又想：我妈要是能接受林宇唐当她女婿的话，我这个当女儿的后半辈子一定会好好孝敬她，唯她马首是瞻，说一不二，再也不犟嘴了！

时间刚过下午两点半，陈染音将车停在了公安家属院内的某栋单元楼楼下。上楼之后她才发现顾祈舟不在家，还是许词话来给她开的门，而 309 的那三位大怨种少年，正兴致勃勃地窝在客厅的沙发上打游戏呢，在她来之前，只有许词话一个人乖乖地趴在餐桌上写作业。

虽然这三位少年的堕落行为令陈老师感到恼火，但顾别冬小同学的状态看起来比昨天好了许多，至少没有那么萎靡了，她的内心还是有一丝欣慰的，看来同龄人的安慰和陪伴确实比成年人有效。

但这一丝丝的欣慰，并不能熄灭她的恼火，她面无表情地走进了客厅，在三位大怨种少年的惊愕目光中，雷厉风行、毫不留情地没收了他们仨的手机，并以强权的姿态组织这三人去餐厅上自习。

三人无力反抗，想逃又逃不掉，如同被发配边疆的犯人一样，身负以"书包"为名的沉重枷锁，垂头丧气地前往餐厅，不情不愿地和物代表一起写作业。

陈染音这一下午什么也没干，抱着胳膊坐在餐桌旁，盯着他们四个写作业——主要还是盯 309，人家许词话是好学生，不用盯也知道学。

家庭自习课就这么开始了。

纪律要求比在学校还残酷。

陈老师近在咫尺，压迫感直逼天灵盖。

309 不敢随意造次，只好乖乖写作业。

一直到下午六点，许词话提出自己要回家了，不然妈妈该担心她了。赵胖和吴源见状立即顺着杆子往上爬，也表示天晚了，该回家了，不然妈妈该担心他们了。陈染音心里清楚这俩人就是不想继续学习了，虽然无奈，但也不能强留，只能把手机还给这俩人，放他们走人。

这下可苦了顾别冬，小伙伴们一走，他就变成了陈老师的唯一目标，可谓是精准狙击，任何一个小动作都被陈老师看得清清楚楚，想偷懒都不行，只能老老实实地趴在桌子上写作业。

又闷头写了半个小时左右，他实在是不堪重负，权衡片刻，扭脸看向铁面无私的陈老师，先谄媚地喊了一声："舅妈……"然后又弱弱地说了句，"我可以休息一会儿吗？"

这句话，翻译过来就是：我都喊你舅妈了，让我玩一会儿吧。

陈染音在心里冷笑：喊舅妈也没用，该学你还是得学！

但她也明白"张弛有度，恩威并施"的道理，而且她能感觉到，这孩子现在有点儿强颜欢笑的感觉，逼太紧了也不行，就松了口："行，允许你休息十分钟。"她又抬起手腕，看了眼腕表，"去玩吧，六点四十五继续。"

顾别冬长舒一口气，一边起身逃离"自习室"一边感恩戴德："谢谢舅妈！舅妈万岁！"

陈染音被逗笑了："你少拍马屁！"

顾别冬都已经走进厨房了，听到这话后，又立即将身体后仰，探了颗脑袋出来："我没拍马屁，我真心实意的！"

陈染音懒得陪他插科打诨，问了句："你舅什么时候回来？"

顾别冬的声音从厨房里传了出来："我也不知道，他走之前没说。"

"哦……"陈染音还以为他是去执行什么突发性任务了，心情突然有些低落，既担心他的安全，又失落于接下来又该有很长一段时间都见不到他了，不过，这就是他的工作呀，她既然想和他在一起，就必须习惯这种生活。

他去守护大家，那她就替他守护好小家吧，当他最牢靠的后盾。

她从桌子上拿起了手机，问了顾别冬一句："你晚上想吃什么？我订个外卖。"她也想亲自下厨，从而表达自己想成为他的好舅妈的诚意，但她是真的不会做饭。

"我都行。"顾别冬端着两杯橙汁从厨房里走出来，回到小餐厅，把其中一杯放到了陈染音面前，毕恭毕敬地说，"您这一下午辛苦了。"

陈染音：你们309的人说话都这么官方吗？

她哭笑不得地说了句："这位同学，你不用这么客气。"

顾别冬坐回了凳子上："我替我舅客气，替我舅招待您。"

陈染音哼了一声："你舅要是对我这么客气，我还不高兴呢。"她就想让顾祈舟对她不客气一些。

顾别冬想了想，觉得自己有必要在陈老师面前为舅舅美言几句："您不要多想，我舅肯定是喜欢您的，心里有您，但他就是嘴硬，您大人不计小人过，多多包涵一下。”他又说，“您对我这么好，我舅肯定能感觉到，放心吧，他绝对不是那种忘恩负义的人，我也不是，您对我的好我都记着呢！”

陈染音怔了一下，感觉这孩子今天有点奇怪，好像格外地，讨好她。

她随意一笑，用一种开玩笑的语气说：“今天怎么了？小嘴像是抹了蜜一样甜。”

顾别冬信誓旦旦地保证：“都是真心话！真心觉得您好！觉得您和我舅般配！”

三句话不离拉郎配。

事出反常必有妖啊……陈染音斟酌了一番措辞，开始套话：“瞎说，你小小年纪哪懂什么般配不般配？”

“我怎么不懂？我最懂了！”顾别冬斩钉截铁地说，“咱们是自己人，你们俩就是配！其他人都不能当我舅妈！”

陈染音笑了：“为什么呀？我就这么好？”

少年忽然沉默了，微微垂着眼皮，过了好大一会儿，才开口，嗓音低低地说：“别人不会懂我和我舅，只有你懂……你不会嫌弃我们，不会嫌弃我。”

陈染音的眼眶猛然一酸，终于明白了眼前这位少年今天为何为如此反常了。恢复记忆后，他丧失了安全感。他没有父母，舅舅是唯一的至亲，所以，他害怕舅舅会离开他，害怕舅舅有了新家庭后会抛弃他，于是，他把她当成了最后一根救命稻草，因为她是他现今唯一可以确认的、不会嫌弃他的舅妈人选。所以，他开始卑微地去讨好她、拉拢她，试图通过这种方式来巩固自己的家庭，维护自己的安全感。

这世界上哪有什么天生早熟、天生圆滑的孩子？只有天生不幸的孩子罢了……谁都不想变得早熟、变得圆滑、变得敏感，但是，生活不允许，命运不允许。

天不怕地不怕的校霸顾别冬，竟然在一夜之间变成了一个谨小慎微的孩子。她心疼得要命，眼眶渐湿。

陈染音长叹一口气，抬起了手臂，轻轻地揉了揉少年的脑袋，认真而又温柔地对他说：“不要多想，你舅舅绝对不会嫌弃你，也绝对不会抛弃你。”

顾别冬忽然红了眼眶：“可我觉得我不是一个好孩子，我总给他添麻烦……”他的嗓音渐渐呜咽，“现在改不知道来不来得及。”

“你不用改，继续做自己就好。”陈染音语气笃定地回答，“他是你的舅舅，他不会觉得你是麻烦，你眼中的麻烦，对他来说都是心甘情愿。”

顾别冬有些被安慰到了，却又有些不相信：“真的吗？”

陈染音点头：“当然是真的，你们是彼此唯一的亲人，你担心会失去他，他也担心会失去你，你们是相依为命的血缘至亲，谁都不能没有对方。”想了想，她又说，“你迟早会长大，会成家立业，会离家远去，到时候，他一定会比你更难过。还有，你是他姐姐唯一的孩子，他为你付出的不仅有舅舅对外甥的喜爱，还有弟弟对姐姐和姐夫的思念，所以，无论如何他都不可能抛弃你。”

其实这些道理是很浅显的，但有时候，人一旦陷入了负面情绪中，很难把思绪捋清楚，所以大部分人遇到事情的时候都需要他人来开导，不然自己一个人真的会想不开。

顾别冬倒也是个听劝的孩子，反复琢磨着陈染音的话，感觉她说得好像有点道理，忐忑不安的情绪终于缓解了一些，但，还是很关心一个问题：“那你愿意当我舅妈吗？”

反正，在他看来，迄今为止，这个世界上除了“猎鹰”，没有更好的人选了。

陈染音无奈叹息：“那得看你舅愿不愿意了。”

顾别冬立即替自己舅舅保证：“他肯定是愿意的！”

陈染音没好气：“你说了又不算。”

顾别冬：这倒也是。

陈染音看他情绪没那么低落了，正准备再问问他晚上想吃什么的时候，家门忽然被打开了。

陈染音立即循声看了过去，竟然是顾祈舟回家了！

她惊喜得不行，直接从凳子上弹了起来：“你怎么回来了？”

顾祈舟也没想到她会在家，不由得一怔：“我……”话还没说完，陈染音就冲到了他面前，关切地询问，“你吃饭了吗？我们准备订饭。”

顾祈舟抿着双唇，神色复杂地望着陈染音。

虽然已经下定决心要把她推出自己的世界，但他不得不承认，自己很享受这种一进家门就有爱人来关心问候的感觉。

这才是家。

但是，他不能再继续优柔寡断了，他的犹豫只会害了她。

最终，他言简意赅地回了个：“没。”说完，便回避了她的目光，低头换拖鞋。

他虽然穿着一身休闲便装，但身姿依旧笔直挺拔，陈染音仰着下巴，眼睛闪亮亮地看着他：“你想吃什么？我订！”

顾别冬在这时强势插嘴：“我舅会做饭啊！冰箱里还有他早上去买的菜呢！”

陈染音更惊喜了："真的吗？我可不可以尝尝顾队长的手艺？"

不等顾祈舟开口，他外甥就替他做出了回答："当然可以！您是贵客！"

顾祈舟满含无奈地看了自己外甥一眼。

陈染音顺势回答："那我就不客气了！"

顾祈舟看着她，犹豫片刻，还是去了厨房……虽然他想速战速决，想立即和她划清界限，但是面对她满含期待的目光，他还是心软了。

陈染音跟在他身后，屁颠屁颠地去了厨房。

老房子的厨房挺小，站两个人略显拥挤，转身都困难，顾祈舟让陈染音出去等，陈染音坚决不走，并很积极主动地表示："我不能白吃饭啊，我给你打下手。"

顾祈舟叹了口气，一边从冰箱里拿菜一边说："随你便吧。"

陈染音目不转睛地望着他，话里有话地说："我肯定是个贤内助！"

顾祈舟没有理她，甚至就连面部表情都没什么变化，像是什么都没听到一样，沉默着转身洗菜去了。

没有得到预期中的回应，陈染音有点失落，但没有放弃，又凑到了水池边："要不你让我洗菜吧，我会洗。"

顾祈舟的语气笃定而坚决："不用。"他不是在拒绝她的好意，而是真的舍不得让她沾手。

她的那双手，修长、白皙、细腻，一看就是公主的手，常年十指不沾阳春水，他哪里舍得让她下厨洗菜？

再次被拒，陈染音很是落寞："那我总得干点什么吧？"

顾祈舟一边低头洗菜一边说："出去等吧，油烟大。"

"我不。"陈染音态度坚决，"我就要在这儿等。"她又说，"朕要亲眼见证朕的爱妃有多贤惠。"

顾祈舟笑了一下，问："正宫是谁啊？"

陈染音眉头一挑，双臂环抱，高傲地说："后位暂缺，不过你努努力的话，朕可以考虑一下重新封你为后。"

"那还是算了吧。"顾祈舟一直低着头，语气低沉，却认真，"陈老师这么优秀，还是找一个自己喜欢的人当'正宫娘娘'吧，我不合适。"

啧？这是又开始阴阳怪气地使小性子了？

真是磨人啊！

陈染音在心里叹了口气，然后反驳："怎么不合适？你惩奸除恶，我教书育人，怎么不配？简直是绝配！"

顾祈舟低着头，双手不停地忙碌着：“我是认真的。”水龙头一直没有关，不锈钢盆里面的水已经溢了出来，但他丝毫没有察觉到，机械地拨弄着水中的青菜，“别在我身上浪费时间了，去找一个真正值得你去喜欢的人。”

他的语气坚决而深沉，陈染音终于察觉到了他不是在开玩笑，神色一僵，呆愣愣地看着他，脑子有些反应不过来。

顾祈舟终于关上了水龙头，闭上眼睛，深深地吸了一口气，然后，看向站在身边的陈染音：“我明白你的心意，也知道你对我好，但我不能接受。”

这就是，他给她的答复？

不接受她，不想重新和她在一起？

他还是不能原谅她吗？

刺痛感直穿心头，陈染音难过又委屈，眼眶猛然一红，却努力强装镇定：“你为什么不能接受？总要给我一个理由吧？”

其实她的眼泪已经开始在眼眶里打转了。

顾祈舟最看不得的就是她哭，她眼圈一红他就心软心疼，但是这次，他不能再任由自己的感情操纵理智了，他必须把她推开，让她离自己越远越好，不然迟早会害死她。

他双拳紧攥，逼着自己开口：“我们两个不合适，不是一个世界的人，我不想再重蹈覆辙了。”他逼迫着自己直视她的目光，一字一句地说，“你既然下了车，就继续往前走吧，不要再回头了。”

一直往前走，朝着安稳无忧的世俗走，不要回头了，我不值得你回头。

然而“重蹈覆辙”这四个字，成了压垮陈染音的最后一根稻草，忍了许久的眼泪瞬间涌出了眼眶。

他还是把她当纨绔子弟，不相信她会有所改变。

在他心里，她就是一个不堪一击的废物软蛋，没资格和他并肩而战……她是真的很委屈，委屈得要命。

她用了八年的时间改变自己，努力让自己变得坚强勇敢，努力让自己活得平凡又灿烂，努力配得上他，终于鼓足勇气朝着他的世界迈出了一步，跨越了那道鸿沟，结果他却后退了一步，让她的所有努力都变成了无用功。

她就……就这么没用吗？这么不值得他去信任和交付？

可是，他明明很喜欢她啊，她能感觉到的，刚巧她也喜欢他，互相喜欢的人，为什么不能在一起？就因为八年前她下车了？可是她现在已经不害怕了呀，什么都不怕了……

陈染音泪眼模糊，眼神却倔强，呜咽着质问顾祈舟："你为什么不让我回头？凭什么不让我回头？我偏要回头，偏要和你在一起！"

顾祈舟无力地笑了一下，点头："行……你勇敢。"他忽然咬紧了牙关，再次深吸了一口气，竭力控制着情绪，无比艰难地启唇，"那天晚上，我回家，一冲进卧室，就看到了我爸的脑袋，放在我妈的梳妆台上，屋子里满地都是我爸的尸体……你不害怕，你勇敢，但是我害怕，陈染音，我害怕！"

最后几个字，他几乎是嘶吼出来的，双目赤红，嗓音哽咽、沙哑。

他是真的害怕，怕到束手无策，怕自己会连累她，怕自己下一个看到的人会是她，怕自己再次失去最爱的人。

他是真的再也经受不起任何一场意外了。

第十四章

真情流露

陈染音呆若木鸡地望着顾祈舟，惊愕、震撼、悲恸、愧疚……她终于知道他那晚经历了什么。

顾祈舟再度开口时，嗓音依旧沙哑，语气却极为坚决："走吧，以后也别再来了，我也不想再见到你。"

陈染音知道他是想保护她，想让她规避风险，但她不接受这种以分开为代价的保护，眼眶通红地望着他，十分倔强："我不走！"

她就是要和他在一起，她什么都不怕！

顾祈舟咬了咬牙，又说："你对我也不是喜欢，是愧疚，我不需要你用爱情弥补我。"

愧疚？

哈哈，真荒唐啊……陈染音先是一怔，然后笑了，笑得伤心又戏谑，泪流满面地看着顾祈舟："我马上二十七了，还能分不清什么是爱什么是愧疚？我等了你八年，你见哪个女人会因为愧疚等一个男人八年！"

顾祈舟看似无动于衷，眼梢却泛红，狠着心驱赶她："现在就滚蛋，有多远滚多远！"

他头一回对她这么凶……陈染音的眼眶又是一热，咬着牙关，深深地吸了一口气，强忍下了眼泪，点了点头："行啊，我可以滚蛋，但我告诉你，顾祈舟，我不会再追你第三次了，我这次走了之后就再也不回头了！"

她不死心地威胁他，试图用这种方式吓唬他。

然而顾祈舟只回了三个字："挺好的。"

没有挽留，很是决绝。

真的、挺好的。

别再回头了，不值得。

陈染音泪流不止，冷笑着点头："是啊，挺好的，真好。"

顾别冬早就听到他们俩在争吵，但是不敢靠近，只好支着耳朵站在客厅里偷听，突然间，陈染音哭着从厨房里出来，头也不回地朝着门口走。他一愣，赶紧去追人："陈老师！"

陈染音低着头站在鞋柜前，一边用手背抹眼泪一边穿鞋，竭力使自己的语气保持平静，但声音还是止不住哽咽："我……我先走……了，我……我们周一见。"

顾别冬都感觉到了她的委屈，又急又无奈，朝着厨房看了一眼，希望他舅出来挽留一下陈老师，但他舅无动于衷，他只好自己上阵挽留："那……那你要不还是吃个晚饭再走吧？都累一天了！"

陈染音换好了鞋，摇了摇头，努力挤出来一个笑容："不吃了，我要回家。"说完，转身打开防盗门，迅速走出了门，步伐开阔又急遽，像是在赌气，又像是在逃离。

"陈老师、陈老师……"顾别冬还穿着拖鞋出门追了几步，但是挽留无望，陈染音还是走了。他又气又无奈地回到家，直接冲进了厨房。

顾祈舟依旧站在原地，向来笔挺的身姿却微微有了些颓废之态，好像很疲惫……浓密的剑眉微蹙，眼眸暗淡，棱角分明的五官上笼罩着一股沉沉的死气，整个人沉静得犹如一尊落寞的雕塑。

他终于推开了她，终于如愿以偿。

但是他一点也高兴不起来，甚至，有些无所适从，不知所措……

顾别冬气急败坏："你干什么呀？你把陈老师气走了！"

顾祈舟抿了抿唇，转身对着水池，一言不发地继续洗菜。

顾别冬不理解地问："你干吗不接受陈老师？你不喜欢她吗？"

顾祈舟面不改色，语气冷硬："不喜欢。"

顾别冬气得不行，都有点恨铁不成钢了："行！顾祈舟你等着吧，你一定会后悔！迟早会后悔！"

陈染音哭着跑出了单元楼，上车后，连安全带都忘了系，疯狂打转方向盘，将轿车开出了狭窄拥挤的停车位，一脚踩下油门，风驰电掣地离开了。

正值下班高峰期，东辅市的大街小巷霓虹闪烁，车水马龙。

斑斓的灯光断断续续地闪进车内，将陈染音的面颊照映得忽明忽暗，明时泪光闪烁，暗时只能听到她低低的呜咽声。

她满心都是委屈和难过，不明白顾祈舟为什么要推开她。

她都已经说了，自己什么都不怕，还曾不止一次地向他表达过自己的决心，他为什么还是不敢接受她？她在他心里就这么脆弱不堪吗？

她一而再再而三地对他表白，他就没有一丝一毫的心动吗？视若无睹？无动于衷？那他当初为什么要亲她呢？她没有自尊心吗？不会难过吗？

他就是看不起她！

他还让她滚，有多远就滚多远……

行啊，滚就滚！老娘再也不当你的舔狗了！

老娘一定要让你后悔！

然而，正当她在心里发着狠的时候，前方突然出现了交警。

交警把她拦了下来，查她没系安全带，当场开了罚单：扣两分，罚五十。

福无双至，祸不单行。

陈染音含着眼泪签了字，交了钱。

但是，成年人的崩溃就在一瞬间，在交完罚款的那一刻，她的心理防线彻底崩塌了，突然放声大哭了起来。

给她开罚单的那位交警也是个成年人了，当然能明白她崩溃大哭并不是因为被罚了。看她情绪不稳定，担心她继续开车会出危险，他就没放行，还站在路边劝她凡事想开点，直到陈染音的情绪稳定一些了，才挥了挥手放她走。

但是陈染音并没有立即回家，而是开着车漫无目的地在东辅街头四处溜达，最终将车停到了高中门口。

东辅大学第一附属中学。

八年前，这里还算是地处偏僻呢，周围全是正在施工中的建筑工地，鸡不生蛋狗不拉屎，晚上黑得连路灯都不开。再看看现在，周围全是设施成熟的居民区，是宝贵的学区房呀，街头商铺、饭店、超市数不胜数，旁边还有医院和公安分局。为了确保学生的安全，特巡警还会定时巡逻。

时间要是放在现在，他们俩是不是就不会被绑架了？接下来的一切都会变得不一样了吧？

她又想：如果，他们俩没有分开八年的话，现在会不会已经结婚了？

他还不要她了，再也不要她了……一想到这儿，陈染音的眼眶又酸了，潮热的眼泪止不住地往外冒。

她又开始坐在车里哭，心里委屈极了，哭得浑身都在发颤。

两个小时后，她顶着一双通红的肿眼泡回家了，一看就是大哭过一场，她爸妈慌慌张张地问她怎么了。她回答说是刚才去看了一部催泪大片，剧情过于感人，导致她从头到尾都在哭，所以把眼睛哭肿了。

然后，在爸妈半信半疑的目光中，她一言不发地回了房间，反锁上了房门。

哭也是一件挺耗神的事情，她感觉自己身心俱疲，洗完澡躺到床上之后，几乎是脑袋一挨着枕头就睡着了，却噩梦连连。

先是梦到了那栋废弃的红砖筒子楼，然后梦到了那辆废旧的银色面包车，梦到了瘦子和胖子，他们俩把她和林宇唐塞进了面包车。

紧接着，凌乱的梦境开始跳跃，那个猥琐的瘦子要侵犯她，在她的哭号声中，瘦子扒光了她的裤子，让她的下体暴露，让她绝望又耻辱。

瘦子开始用木棍毒打她……

但这一次的梦境和以往无数次的都不一样，这次没有林宇唐来救她。她独自一人置身废弃工厂，赤身裸体，不停地被那个性无能的瘦子虐打，即便撕心裂肺地哭喊林宇唐的名字，他也没有出现。

他不会来救她了……陈染音骤然从噩梦中惊醒，呼吸急促，满身大汗，泪流满面，再度失声痛哭了起来。

她的英雄推开了她。

她的世界再也没有了精神支柱，开始崩塌。

某一个瞬间，她甚至绝望地想：要不就这么算了吧，不要孤勇、不要平凡、不要灿烂，后天就辞职，抛弃责任心，谁都不管了，继续当一个没心没肺的纨绔子弟，像孟牧丞一样，醉生梦死地活着。

去找孟牧丞吧，和他一起沉溺烟花场，当一个流连秦淮河畔的大情种，管别人怎么想呢，自己先放纵了再说。

纵情声色，总是会带来一些乐子的，虽然只是一些暂时性的欢快，但有总比没有强。

让孟情种手把手地教她该怎么玩，把各式各样的男人都玩一个遍，总有能讨得自己欢心的。

对了，她还有舔狗呢，有好多好多舔狗，随便拉出来一个都比林宇唐对她殷勤得多。

这么想着，她鬼使神差地拿起了手机。

半夜两点半，孟情种绝对没有睡。

然而，就在她准备给他发消息的那一刻，突然想到了自己的文身。

她把林宇唐文在了身上。

怔愣片刻，她放下了手机，将右手伸进被子里，搭在自己的小腹处，轻轻地摩挲着那三个字母——

LYT。

下方的丛林中，还有一条“I love you”。

她的内心终于感受到了一丝慰藉。

最起码，他还在她的身体上。

纵情声色的想法忽然被打消了，也清醒了：她是个性无能——自从林宇唐回来之后，她就忘记了这一点。

她只想要林宇唐。

但是，林宇唐都已经不要她了，她再留着这个文身还有什么意义？自欺欺人吗？

她才不要自我感动式的付出。

她再也不要追他第三次了！

他还说再也不要见到她了……陈染音又红了眼圈，委屈又愤然地想：等哪天有时间了，我要去把文身洗了，没了你我也能活！

其实天亮后就有时间，因为今天是周日，她闲着没什么事儿干，时间充裕得很，但也没有去洗文身，萎靡不振地在家里躺了一天，抱着平板看了一天的失恋文摘，每一篇都能痴情代入，越看越伤心，从而导致她的眼泪就没有断过，抽纸用完了一大包，哭得她妈直骂她是个神经病。

一直到下午四点多的时候，陈染音才依依不舍地放下平板，简单收拾了一下自己，开着车从家出发去学校，五点半准时进班，盯住校生的晚自习。

虽然在家的时候她还自暴自弃地想着要辞职、要放飞自我、要重新当个纨绔子弟，但是一到学校，她就恢复了理智：无论怎么样，都不能辜负自己的学生。

厚德博学，为人师表。

既然选择了教师这份职业，还是要有些责任心，不能自甘堕落。

这辈子她算是与秦淮河畔无缘了，林宇唐爱不爱她、要不要她也无所谓了，教书育人桃李满天下才是她的使命！

她要努力，争取在四十岁之前评上特级教师，四十五岁之前评上正高级教师——

老娘不要爱情了，也不要男人了，老娘要搞事业、走仕途！

整整一晚上，她都在规划自己的事业发展，面无表情地坐在讲桌后，手拿钢笔，在黑皮笔记本上写写画画，斗志昂扬。

然而，晚上一回到寝室，她就又开始了新一轮的颓废与悲伤。

更悲伤的是，李思绵今晚不回寝室住，漫漫长夜，空旷的宿舍里只有她自己，孤单寂寞冷的气氛更助长了悲伤情绪。

她又开始想顾祈舟了……克制不住地想。

熄灯后，寝室里面漆黑清冷，陈染音心情郁郁地钻进了被窝，勒令自己闭上眼睛，强迫自己不去想他，然而，她越是想把顾祈舟驱逐出自己的脑海，他的身影就越发地根深蒂固——

他穿着黑色的战训装，把她抵在了山墙上，发了狠地吻她。

她不信他不爱她。

可是他不愿意和她在一起……他觉得她是个没用的累赘。

想着想着，陈染音的眼眶又湿了，一睁开眼睛，两行眼泪就顺着眼尾滑了下来。

盯着黑黢黢的天花板看了一会儿，她不受控制地拿起手机，点开了微信。

泪眼模糊地盯着他的微信头像看了好久，她还是没出息地给他发了条消息："我想你了，你别不理我行不行？"发完，又开始哭。

然而，顾祈舟一直没有回复她的消息。

她不信他没有看到，只是不想回她罢了。

他铁了心地要和她划清界限，即便她在哀求他。

陈染音心里难受得要命，特别委屈，还有种自尊心受到打击的挫败感——你凭什么这么高傲啊？凭什么对我爱搭不理？我对你来说就这么无足轻重？说不要就不要了？我的感受对你来说一点也不重要是吧？行，我以后再也不要给你发消息了！

但是又不能删了他，因为他是学生家长……

只能凭自觉了。

她要——努力地忘记他！

陈染音这次是真的下定了决心，说到做到，从第二天开始，除了一些工作上的例行通知之外，她没再给顾祈舟发过任何一条消息。顾祈舟也是一样，甚至为了减少与她的交集，他连顾别冬的生活费也不给她打了。

他们俩终于走到了形同陌路的地步。

她不知道顾祈舟心里是怎么想的，但是对她来说，刚开始的时候确实挺煎熬，每天晚上只要一关灯就想哭，心里难受，咬牙强忍着才能克制住心头那股想给他打电话、发消息的冲动。

但是随着时间的推移，她也逐渐习惯了这种互不打扰的状态，反正，在过去的八年里，她的生活中也一直没有他，现在只不过是回到了过去的日子而已。

不在乎她就不在乎吧，无所谓了。

不过，令她感到欣慰的一点是，顾别冬这小子近期在校内的表现倒是不错，上课认真听讲，各科作业都认真完成，也不再惹是生非了，脱胎换骨了一样，从学渣变成了三好学生。虽然成绩方面的进步还不大，但谁能一蹴而就啊？她相信顾别冬的学习成绩一定会越变越好！

并且，不光是她，其他科的任课老师也都发现了顾别冬的改变，还不止一次地在办公室里夸奖过他，包括周丽红。

虽然陈染音并不确定，顾别冬的改变到底是因为在记忆恢复后大彻大悟了，还是为了要讨好她或者他舅，但，有改变总比没有强，积极进取总比不思进取好，把思维沉浸在学习里还能有效地转移负面情绪——曾经的她就是这么干的——知识就是力量。

而且，祸不及学生，无论她和他舅之间发生了什么，都不能牵连到孩子身上，所以，她对顾别冬的态度还是一切照旧，绝对不会迁怒他。

秋去冬来，穿在身上的衣衫越来越厚，陈染音逐渐接受了现状，当她妈再一次提出准备给她安排相亲时，她没有拒绝，反正她现在是个没人疼没人爱的单身狗，相个亲也无可厚非，万一真的能遇到真爱呢？不就走出爱情旋涡了吗？

再说了，父母之命媒妁之言，不比自由恋爱强？自由恋爱只会伤人心，尝试一下包办婚姻也不是不行。

还有，听说她的相亲对象是某局局长的儿子，性格温和，一表人才，重点大学硕士毕业，然后考上了公务员，虽然现在正在基层历练，但未来的仕途肯定是顺风顺水。

这么优秀的青年才俊，她为什么不去试试？

见面的时间原本定在十二月十五日，但是陈染音不喜欢这个日子，就以工作为由推托掉了。介绍人只好再次和双方协商，最终把见面的日子定在了一月一日。

十二月十五日这天上午，顾别冬请了假，理由不明。但陈染音并没有多问，直接批了假，因为她知道他为什么要请假——这天是他父母和姥爷的忌日，也是，林宇唐的生日……

他今年，二十七岁了。

真快啊。

这天中午，她并没有去学校食堂吃饭，因为食堂重新装修了，最快要到一月中旬才能投入使用，所以现阶段的二中师生们只能去校外吃饭，学校对面的华明饭店是首选——赵胖就是在华明饭店旁边小胡同的公厕上厕所的时候，偷听到了那个吸毒人员打电话——于是乎，华明饭店的生意越发兴隆了起来。

中午放学时分，学校门口挺拥挤的，来接孩子回家吃饭的家长也不在少数。马路边停着许多辆车，有自行车、有电动车、有轿车。天色有些阴沉，陈染音穿了一件棕色的厚呢子大衣，为了御寒，她将双手插进了衣兜里。走出校门后，她穿过拥挤的马路，朝着对面的华明饭店走过去。

在路边停着的许多辆轿车中，黑色的别克 SUV 并不怎么起眼，更何况它也没停到学校的正门口。

顾别冬坐在别克车的副驾驶位置，目光在他舅和不远处正在过马路的陈染音之间来回移动着，内心十分无奈，还有点着急。

顾祈舟坐在驾驶位，双手搭在黑色的方向盘上，目不转睛地看着前方的马路。

虽然人海与车流茫茫，但他视线一直定格在陈染音的身上，直到她的身影消失，他也没收回自己的目光，还在盯着华明饭店的大门看。

他是真的，挺想她的……

顾别冬叹了口气，忍无可忍："要是想见我们陈老师，你就去找她，每次来都偷偷摸摸地看，算什么呀？一点都不爷们儿！"

顾祈舟终于收回了自己的目光，没心情和他废话，直接撵人："下车。"

顾别冬并没有照做，持续吐槽："你这人真是奇怪，明明喜欢我们陈老师，还硬要说不喜欢，明明想她，但就是不去找她，真拧巴！"

顾祈舟都被他说烦了，真是不知道这小子年纪轻轻的怎么能这么啰唆？

"再多说一个字，我就削你。"他面无表情地警告。

顾别冬：你这人真的很凶残！

顾祈舟再次撵人，语气短促，不容置喙："下车，我还要回队里。"

顾别冬不服气地"嘁"了一声，撇着嘴解开了安全带，开门下车的时候，还没好气地甩了句："你就作吧，等我们陈老师找到真爱了，嫁给别人了，你就高兴了！”说完，下车，用力地甩上了车门，发出“砰”的一声巨响，也不知道是想换新舅舅还是想让舅舅换新车……

顾祈舟气得不行：真拽啊，还学会给你舅甩脸子了？

削死这小子的心都有了，但自己还不能真的下车逮着他削一顿，这小子，玻璃心得很，尤其是记忆恢复了之后，越来越矫情，自己要真敢动他一根手指头，绝对又要哭天作地地说他不爱他了、嫌他是个拖油瓶了……也不知道怎么搞的，一天到晚哭哭啼啼，真是比小公主还难伺候！

长叹一口气，顾祈舟心累不已地启动了车辆，在马路中央掉了个头，朝着南边的路口开。

在十字路口过绿灯的时候，一辆黑色的本田SUV与他的别克SUV对向而过。

为了节省时间，顾祈舟并没有走市区内，而是上了绕城高速，用了不到三十分钟就开回了特警队。

然而，他才刚把车开进特警训练基地的大门，基地的广播突然响起了一级警报。

二十分钟前，黑色的本田SUV悄无声息地停在了华明饭店的大门前。

车上坐着三个男人，皆身穿黑衣。

坐在副驾驶的那个男人身材高大，体型偏胖，待车停稳后，他先朝着华明饭店看了一眼，透过临街的大扇玻璃窗，他能看到饭店里人山人海，站着等位置的人和坐着吃饭的人几乎一样多，大部分食客都是身穿校服的二中学生。

然后，他又看向驾驶室，询问：“现在就进去？”

坐在方向盘后的那个男人身材并不高大，中等体型，相貌也是平平无奇，眼神却极为锋利，气场也相当沉稳，一看就是三人中的主导人物。开口时，他的语速和语气皆不疾不徐：“先等等，现在店里人太多，不好控制。”

坐在副驾驶的男人：“嗯。”

后排还坐着一个染了黄毛的年轻男人，背靠座椅，手枕脑后，百无聊赖地踢了一下脚边的黑袋，轻蔑又不屑地说：“一帮屁大点的学生，也至于带上炸弹？”

陈染音着实没想到华明饭店的生意竟然能好到一座难求，抱着胳膊站在门口等了许久，也没等到一个座位，倒是等来了顾别冬小同学。

其实顾别冬已经吃完饭了——给爸妈还有姥姥姥爷烧完纸之后，他舅就带着他去吃午饭了，喝的牛肉汤，他舅还担心他吃不饱，特意给他加了二十块钱的肉，吃得他撑死了。但，他还是来了华明饭店，目的很简单，替他舅维系人情关系。虽然，他觉得他舅这人又作又拧巴还不知好歹，但，毕竟是他亲舅，他还是要为他舅的终身大事操点心。

店里人山人海，尤其是门口这一块，挤满了等候座位的食客。顾别冬走进饭店后，努力地在人群中搜索陈染音的身影，锁定目标后，如一条灵活的鱼似的从人缝里钻过去，凑到她身边，笑嘻嘻地喊了声："陈老师！"

陈染音很是意外："你怎么来了？什么时候回来的？"

"刚刚。"顾别冬打量着陈染音的脸色，试探着说，"我舅把我送到了学校门口，我们刚才还在车里看到你了。"

看到我又怎么样？

看到我也没下车找我啊。

他还是不理我……

陈染音又开始委屈，却没表露出来，像是什么都没听到似的问了他一句："吃午饭了吗？"

顾别冬在心里叹了口气，然后回答："没呢。"想了想，又说，"其实我舅那人就是拧巴，特别拧巴，他还是挺在乎你的，每次来学校接我或者送我的时候都会躲在车里偷偷看你。"

陈染音的眼眶又酸了，更委屈了，心想：光偷看我有什么用？怎么不光明正大地来见我呢？怎么不给我发消息呢？明明喜欢我为什么不和我在一起？故意让我伤心难受？

玩弄我的感情！

不在乎我的感受！

只会伤我的心！

她咬紧了牙关，强忍着想哭的冲动，面无表情、不容置疑地回了句："以后除了学校的事情，别再和我提你舅了，我们俩没可能了。"说完，又没好气地补充了一句，"你舅说的。"

他听出来陈老师是在赌气，但是，这事儿，他哄不好啊！

除非他舅亲自出马哄，解铃还须系铃人。

但他舅那人……唉，真不让人省心！

说话间，前面有俩学生吃完饭走了，空出来一张两人台，陈染音带着顾别冬走了过去。

桌子上印着二维码，可以扫码下单，但服务员还是拿着记菜本走了过来，因为来这里吃饭的大部分都是学生，没手机，没法扫码。

陈染音也懒得扫码了，先问了问顾别冬想吃什么。顾别冬一点也不饿，但又要装作没吃过饭的样子，不然显得自己实在是太刻意了，只好点了一小份米线。

陈染音看了他一眼："你吃得饱吗？"

顾别冬："我早上吃多了，不太饿。"

"那行吧。"陈染音想着等会儿走的时候再给他买个馅饼回去，免得他下午上课的时候饿，同时对服务员说，"我要一份麻辣烫，加方便面。"

先结账服务员才能去后厨下单，陈染音直接替顾别冬把米线的钱结了，弄得顾别冬怪不好意思的："我让我舅把钱还给你。"其实他兜里有钱，当场就能还，但他必须要给他们俩创造聊天的机会！

他甚至还在心里想：实在不行的话，再去找九班的赵煦鹏打一架，反正他早就受不了赵煦鹏一天到晚故意挑衅了，打一架也无所谓，还能被请家长，或者被家访——遥想本学期开始后的第一次家访……唉，舅舅舅妈本无缘，全靠我违规乱纪。

陈染音却说："不用，这顿我请你了，最近表现不错，奖励你的。"

顾别冬坚持要还钱："不不不，不行，那多不好意思啊！我让我舅还你！"

陈染音一眼就能看穿他心里的小九九，挺无奈的，但内心深处，还是难以克制地泛起了一点点希望：也不是彻底老死不相往来了，还是有继续接触的机会的。

说句没出息的话，她还是放不下他……

饭店里虽然人多，但菜上得倒是快，陈染音早就饿了，麻辣烫一上桌她就拿起筷子吃了起来。顾别冬是一点也不饿，甚至撑得有点想吐，一口都吃不下去，索然无味地拿着筷子挑着碗里的米线。

陈染音看了他一眼："你怎么不吃啊？"她正对着饭店的大门而坐，抬头说话的时候，刚好看到三个身穿黑色外套的男人走进了饭店，一个身材高壮，一个身材中等，还有一个染着黄毛的瘦高个儿，看起来比另外俩人年轻许多。

每个人的手里都拎着一个沉甸甸的黑袋子。

此时已经接近十二点半了，第一批来店里的学生已经吃完了午饭，正断断续续地离开，店里的人流量比她刚来的时候少了不少，虽然依旧座无虚席，但已经没有人站在门口排队了。

那三个男人走进店里后，最年轻的黄毛站在了店门口；身材高壮的那个无视服务员的询问，径直朝着店里走，走到中部停了下来；身材中等的那个则直接朝着后厨走了过去。

几乎在同一时刻，三人同时将手伸进了黑色手提袋子里。

陈染音看到那个站在门口的黄毛，从袋子里拿出了一把黑色手枪，她先是一愣，第一反应：他拿的是玩具吧？

黄毛的脸上却浮现出了一抹疯癫的笑容，举起手枪，枪口朝上，扣动了扳机。

“砰砰”两声巨响，天花板被打穿了两个洞，紧接着，惊恐的尖叫声四起。华明饭店内瞬间乱成了一团。

陈染音惊恐万状，脑中一片空白，求生欲驱使着肌肉行为，她立即抱着脑袋蹲在了地上，又忽然想到了什么，立即去扯坐在她对面的顾别冬。

顾别冬也吓蒙了，不敢乱动，还是陈染音把他从座位上拉了下来。

枪声响后，店里的所有人几乎都在同一时刻抱着脑袋蹲在了地上，包括正在上菜的服务员。

黄毛守在门口，用枪指着距离自己最近的那个服务员，威胁她去锁门。枪口黑洞洞的，服务员面色煞白，惊恐万分，浑身颤抖着从收银台下的柜子中拿出了挂锁，按照黄毛的要求，手忙脚乱地把门从内部反锁了。

接到报案后，特警突击队火速前往案发地点。顾祈舟和林毅、昆鸣同乘一辆指挥车，驾驶室有另外一名队员在开车，顾祈舟他们三人则在查看手持终端，迅速又认真地浏览指挥中心发来的案情通报。

“三个成年男性。据目击者称，其中两个年龄较大，四十岁左右，另外一个染了黄色头发，看起来比较年轻，二十出头的样子。”林毅看完通报之后，对另外两人说，“并且三人全部持枪，情况很严重。”

不然也不会触发一级警报——昆鸣轻叹口气：“黄毛还开枪了，但是现在饭店大门已经被从里面锁上了，具体伤亡情况未知。”他又看了一眼顾祈舟，眼神中流露出了几分担忧，“案发地点是东辅市第二初级中学对面的华明饭店，当时正在店内吃饭的食客以及店内工作人员尽数被三名歹徒控制，其中大部分食客是二中的学生和老师。”

言外之意是，无法确定陈老师和冬子在不在其中。

顾祈舟也无法确定，当时冬子一下车他就掉头了，所以他不知道冬子下车后去没去华明饭店，但他可以确定的是，在他走的时候，陈染音还在饭店里。

林毅看着顾祈舟，想了想，询问：“你行不行？不行的话这场我指挥。”他不是在夺权，也不是在藐视顾祈舟，而是按照规定办事：在涉及家属的案件中，有关队员尽量避免参与行动，不然会影响判断，尤其是指挥官。

顾祈舟语气坚决："可以。"如果他们俩真的在里面，他必须亲自把他们平安无事地解救出来才行，不然他做这份工作还有什么意义？连自己的外甥和爱人都保护不好，他还当什么特警？还能去解救谁？

担忧是不可避免的，但他的头脑一如既往地清醒，沉着冷静地分析案情："交警队已经调了监控，通过牌照查出了本田车的车主，"现在大街小巷都是天眼，尤其是学校门口，极大地提高了公安部门的办案效率，"就是那个中等身形的劫匪，今年四十三岁，名叫王伟山，明面上是个工程老板，其实私下开了许多家黑赌场，刑警队那边一直盯着呢。半年前他投资了一家名叫瑞事宝的金融公司，根据经侦队那边的反映，王伟山是瑞事宝的大股东，前前后后投了将近八百万进去。"

林毅想到了什么，微微蹙起眉头，打断了顾祈舟的话，进一步询问："就是半个月前刚被经侦队立案侦查的那个瑞事宝？"

顾祈舟点头："对，涉嫌 P2P 金融诈骗，打着低投入高回报的噱头，骗了不少人的钱。"

"典型的庞氏骗局，上当最多的就是那些没有什么防范意识的老头儿老太太。"昆鸣补充道，"经侦那边不是把瑞事宝的资金链冻结了吗，从冻结的第二天开始，他们大队就没消停过，天天有人组团去闹事，叫嚣政府故意侵占人民群众私有财产，媒体还一直穷追不舍地报道，刘队的脑袋现在一个顶俩大。"

林毅叹了口气："绝对是有预谋的，有人在背后组织，把无辜群众当枪使，想给经侦施压，让他们解冻资金链。"

昆鸣："瑞事宝的老板确实不简单，正查着他呢。"又庆幸万分，"幸好没让他跑路，不然事儿大了。"

顾祈舟继续分析案情："资金链解冻不可能那么快，王伟山投了八百万，几乎把自己的全部身家砸了进去，资金链冻结后除了瑞事宝的老板，他是最着急的，所以我怀疑他是想通过劫持人质的方式向政府施压，胁迫经侦那边解冻资金链。"

昆鸣分析道："我估计他和那些去经侦闹事的人一样，也是受到了瑞事宝老总的挑拨，把所有的仇恨都施加到了社会和政府头上。"他叹了口气，"人为财死，鸟为食亡，更何况是这种敢开黑赌场的亡命徒，钱是他的命，谁敢动他的钱，他跟谁玩命。"

顾祈舟沉声道："所以他们很有可能会开枪。"

林毅和昆鸣皆意识到了这一点，车内的气氛在瞬间变得更为严肃了。

昆鸣忽然又想到了什么："刑警队这两天在追查一宗网络贩枪案，他们的枪支来源会不会和这件案子有关？”

顾祈舟：“不确定。”他又说，“查枪是刑警队的事儿，我们的任务是解救人质。”他的神色坚毅，不容置疑，“无论如何，今天都必须把所有人质平安解救出来，不容许有任何差池！”

华明饭店。

为了方便控制人质，以王伟山为首的三名歹徒用枪胁迫着店内的所有食客和饭店工作人员，像是驱赶一群羊羔一般，把他们聚集在饭店的东北角，要求他们抱头蹲下。

所有人都战战兢兢、诚惶诚恐地抱着脑袋蹲在地上，连一口大气都不敢喘，有些胆小的学生已经被吓哭了，却又不敢哭得太大声，生怕激怒劫匪，只好强力克制内心的巨大恐惧，埋着头小声啜泣。

陈染音位于人群中部，蹲在她四周的全是身穿深蓝色冬季校服的学生。她也看到了熟悉的同事，但隔着好几个人，他们也不敢有什么眼神接触。

在所有人质中，她算是为数不多的成年人了，但她的内心也是惶恐不安，害怕极了，浑身肌肉紧绷，头昏脑涨，甚至都有点呼吸困难了，尤其是在那个看起来最疯癫的黄毛把临街两扇大玻璃窗窗前的竹质卷帘拉上之后——饭店的大门虽然也是透明钢化玻璃制造，但此时正处于寒冷冬季，为了保暖，门前挂上了两片厚重的军绿色布帘，所以临街的那两扇大窗户就变成了唯一的视觉穿透面。

竹帘一落，彻底隔绝了室内与室外的视线，警察就算来了也无法从外面打探内部情况。

光线也在瞬间暗淡了下来。

气氛更为压抑了几分。

窒息感渐渐剧烈，陈染音的面颊已经逐渐涨红，低低地埋着脑袋，紧紧地闭上了眼睛……这次不再是演习，而是真正的劫持，劫匪手中拿着的，是真枪，开枪就会死人。

她又想到了八年前的旧事，像是又回到了那个废弃的车间，绝望、无助、诚惶诚恐。

忽然间，她听到了女孩子的啜泣声。

她睁开眼睛，动作微小地朝着身边看了一眼，竟然看到了许多自己班的学生——韩娇、任月、许词话、赵子凯、吴源、顾别冬……

韩娇在哭，任月也在哭，却不敢放声大哭，哭得绝望而压抑。

这俩姑娘，平时看起来天不怕地不怕，任性又骄纵，但本质上就是在父母的娇生惯养中长大的女孩，和年轻时的她一样，所以她理解她们的恐惧，哭是正常的，怕也是正常的。

许词话的反应倒是出乎她的预料，这个平时看起来软软糯糯的小姑娘，竟然超乎常人地镇定、冷静，不仅没有哭，反而还在用眼神安慰身边人。

309的三位少年巧合地聚集在一起，吴源看起来特别紧张害怕，脸色煞白，赵胖和顾别冬有意无意地把他挡在身后。赵胖看起来也是害怕的，但这孩子好像真印证了“心宽体胖”这句话，比吴源镇定多了，眼珠子还在滴溜溜地转，四处观察其他人的情况。

顾别冬则是异常安静，低垂着脑袋，不知道在思考什么。

望着自己的学生，陈染音忽然镇定了下来，或者说，她在努力地迫使自己保持镇定和冷静。

她是老师，她必须保持冷静，必须想办法保护自己的学生。

她是个二十七岁的成年人了，不能再像十七岁时一样软弱无能！

她开始做深呼吸，就在这时，那个黄毛忽然朝着这边走了过来，饶有兴致地将枪口对准人群，玩味地说：“让我听听是谁在哭啊？”又恶狠狠地说，“谁再敢哭一声，老子直接崩了他！”

原本正在哭泣的人们越发惊恐了，明明想要努力地压抑哽咽，却适得其反，抽泣声反而更剧烈了。

韩娇彻底破防了，一下子瘫跪在了地上，哭得浑身发抖，其实她已经在很努力地压抑哭泣了，但她实在是太害怕了，根本无法控制情绪。

黄毛冷笑一声，将枪口对准了韩娇：“呜呼，有的玩了。”

人群开始恐慌，绵羊们开始瑟瑟发抖，越发惊恐万状。

陈染音浑身一僵，瞳孔紧缩——不行，不行，不能让他开枪，不能让他杀学生。

她才十四岁。

陈染音忽然鼓起莫大的勇气，扑挡到了韩娇面前，紧张又无畏地盯着黄毛，颤声开口：“我……我爸是厅长，我妈是大集团的老总，无论你有什么诉求，留我一个人就够了，我爸妈为了救我，一定会调动所有的人脉关系去满足你们的诉求！”多年前，她说出父母的身份，是为了自保，但此时此刻，她再次说出这句话时，是为了保护自己的学生，“把其他人都放了，我留下来当人质。”

所有人都被她突如其来的举动和话语震惊到了，包括那三个劫匪。

韩娇更是泣不成声，下意识地抱紧了陈染音，陈染音将她搂进了怀中，一边用手轻轻地拍着她颤抖的后背以示安抚，一边目不转睛地盯着黄毛，不甘示弱地与他对峙着。

黄毛先是一愣，然后“扑哧”一笑，看向另外两位同伴：“哈哈，听听，多巧，竟然还能逮到一条大鱼，官二代加富二代啊！”

王伟山一言不发地盯着陈染音，内心犹豫了起来——

是的，他被她的话打动了。

一个官二代能够起到的作用，比其他人加在一起还要大。

另外一名高壮男人名叫王长河，是王伟山的表弟。他没什么意见，只听王伟山的，所以也就没什么表态，以询问的目光看了王伟山几眼。

陈染音已经看出来了，黄毛虽然疯，但不是主导人物，那个中等个头的男人才是，于是，她将目光转向他，再次开口：“现在人质太多，你们三个人也控制不了，难免会出什么意外，不如留我自己，还好控制。”

黄毛又笑了，用枪口指着她的脑袋，兴致勃勃地对另外两个同伴说：“看不出来啊，这漂亮娘儿们还挺勇的。”说完，他又叹了口气，“不过漂亮娘儿们都是红颜祸水，趁早解决了吧。”说完，他便准备扣动扳机。

陈染音惊恐又绝望地闭上了眼睛，然而王伟山却呵斥住了黄毛：“留着她！”

黄毛不甘心，却又无奈，狠戾地看了陈染音一眼，放下了手中的枪，但还是冷冷地对王伟山说了句：“赵总可说了，你的钱能不能要回来，就看这一次了。”赵总就是瑞事宝的老总，黄毛是他的手下，是被安排来帮助王伟山行事的，所以他和王长河不同，并不怎么服气王伟山，“狠不下心，就别想要回你的钱。”

王伟山也能感受到他对自己的不服，但他更知道这个黄毛是个疯子，根本不把人命当回事，但他不同，他虽然拼了命地想把钱要回来，但也想保住命，不然要回来钱有什么用？给谁花？

为了让黄毛闭嘴，他反问了一句：“警察还没来，你就把人杀了，一点诚意都没有，你觉得他们会满足我们的要求吗？”

黄毛无法反驳，讪讪地闭上了嘴。

王伟山又看向陈染音，再度思考起她说的话。

陈染音看出了他的动摇，为了让他放走其他人，她又往自己身上加大了筹码：“等会儿来对付你们的一定是特警突击队，我，是他们队长的未婚妻，单独挟持我，更能让他有所忌惮。”

顾别冬浑身一僵，猛然抬起了脑袋，呆滞地看着陈染音。

他刚才一直在纠结，要不要挺身而出，告诉劫匪自己是特警队长的外甥，让他们把自己留下，放别人走，因为他爸妈都是烈士，他们家满门忠烈，他不能给他们丢人，不能当一个懦夫，他必须要像他们一样勇敢无畏。

只是没想到，自己老师会比他更早地站出来，保护他们所有人。

他也应该站出来，他不能再害怕了。

他要像姥爷一样，像爸爸妈妈一样。

然而，就在他准备挺身而出之际，突然有人伸手指向他："还有他，顾别冬，他是特警队队长的亲外甥，你把他留下来就够了，放我们走！"

空气在瞬间凝固了，所有人都震惊又错愕地看向指认顾别冬的人——赵煦鹏。

顾别冬呆若木鸡。

自己挺身而出，和被人出卖的感觉是不同的。

前者是无畏，后者是猝不及防，是震惊——他本以为自己和赵煦鹏之间只是单纯的互相看不顺眼，但谁知道，赵煦鹏是想让他死！

陈染音惊愕而又怒不可遏地盯着赵煦鹏，面色铁青双目赤红，因为愤怒，她的身体止不不住地颤抖着。

赵煦鹏并没有流露出愧疚或者自责的神色，他面不改色地望着劫匪，努力使自己的语气保持平稳："你劫持人质无非是为了要挟警察，留下几个有用的人质就行，没必要牵连更多的人，留下陈染音和顾别冬就够了，放我们其他人走。"

人心开始动摇。

气氛诡异起来。

陈染音能感受到，大部分人都是赞同赵煦鹏的，只不过他们没有赵煦鹏的果断和勇气，不敢光明正大地背叛同伴。

或许，他们还会认为，只把他们两个留下来是最佳的解决方案——牺牲少数人，拯救多数人，划算——为了保全多数人的命，总要有人被扔下诺亚方舟。

那三名劫匪都没有说话，尤其是黄毛，举着枪，饶有兴致地看笑话：啧，都是一群上过学的斯文人啊，"斯文"得彻底，杀人不见血。

慢慢地，已经开始有人在小声地附和赵煦鹏的话。

谁都不想死，他们想要求生的选择无可厚非。

但是，又有谁愿意平白无故地去送死？谁愿意被同伴出卖、背叛？

陈染音的眼眶猛然一酸，深吸一口气，她再度看向王伟山，斩钉截铁地说："留我一个人就够了，多留一个人，你们的罪名就会加大一分，而且，他们都是未成年人，稍有闪失你们都别想活，但我是成年人，不一样。"

不等王伟山开口，黄毛再度将枪口对准了陈染音："你没那么大面子，哪怕是再加上那个臭小子也不够，我们三个人，你们也必须留下来三个人才行。不然，谁都别想走。"

王伟山倒是没有反驳黄毛的话，说明他认同黄毛的想法，人质太多确实不好控制，可以放一部分没什么用处的人走，但至少要一命抵一命。

陈染音的心口一沉，无计可施，却又不甘心，想要继续说服他们三个，但就在这时，人群中再次响起了一个女孩子的声音，沉稳、冷静、毫无畏惧："我留下来。我亲爸是特警支队的支队长，最有话语权，我对你们来说比谁都有用。"

空气又是一凝，所有人的目光又瞬间集中到了这个女孩的身上。

竟然是许词话。

陈染音和顾别冬同时一僵，和其他人一样，他们都震惊到了极点。

黄毛又笑了："呵呵，真是厉害啊，不愧是传说中的东辅二中，随便一炸就能炸出来三条肥鱼，三个大官二代。"他叹息着摇头，"啧啧啧，真有意思。"

高壮的王长河看向他的哥哥，用目光询问他的意见。

王伟山沉思片刻，做出了决定："留他们三个就够了，其他人放走。"

黄毛也没什么意见，甚至有些兴奋，劫持官二代，用官二代的命挟持警察，刺激，真刺激，有意思极了！

他用枪指着陈染音，让她出列。

陈染音小声安抚了还在痛哭的韩娇一句："没事了，快走吧。"然后松开韩娇，起身从地上站了起来，穿过蹲在地上的人群，走到了黄毛身边。

黄毛一手勒住了她的脖子，将枪抵在她的后背上，对赵煦鹏说："你小子，最后一个走，出去后把门锁上，不然我就打掉你们老师的一条胳膊。"

王长河和王伟山同时控制了顾别冬和许词话。

钥匙放在门口的收银台上。

劫匪一声令下，最外侧的人质们半信半疑地从地上站了起来，看劫匪并没有戏弄他们，立即迈开双腿，朝着门口狂奔。赵胖和吴源回头看了顾别冬一眼，紧张又担忧，却无计可施。

门锁被打开，人质们争先恐后地冲了出去，窥见天光的同时，也看到了在同一时刻赶来的特警队，最先冲出来的学生中已经有人开始喜极而泣，也有劫后余生的失声痛哭。

赵煦鹏按照劫匪的要求，是最后一个冲出去的，但是在锁门的时候，他犹豫了，内心挣扎了几秒钟，他直接扔掉了手中的锁，和其他人一样朝着警车狂奔而去。

韩娇目瞪口呆，大哭着质问他：“你为什么不锁门？为什么不锁门？”

其他人也在用鄙夷中夹杂着震惊的目光质问他。

赵煦鹏红着眼眶，崩溃着咆哮：“我锁了门警察怎么进去？怎么救他们？”

饭店内，黄毛冷笑着将枪口抵在了陈染音的右肩：“看来你这学生是铁了心地要你死了。”

陈染音惊恐万分，面部肌肉不受控制地抽搐着，却依旧在竭力地保持镇定：“你也听到警笛了吧，特警来了，我男人来了，你要是敢动我一下，他就算追杀到天涯海角，也会把你弄死。”

黄毛先是一愣，然后，放声大笑：“你这娘儿们还真有点意思。”他忽然放下了枪，用力攥住了陈染音的手腕，左手同时掏出了一件手镯状的东西，咔嚓一下扣锁到了她的右手手腕上，阴森森地冲着她笑了笑，“炸弹，你男人最好不要惹我生气，不然我拉着你一起陪葬。”

华明饭店与东辅二中之间的那条马路已经被交警队封死了。

华明饭店门外，停着许多辆特警突击队的指挥车。

饭店的前后门都已经被特警队员包围了，但由于饭店内的门帘和窗帘全部被放了下来，根本无法从外部查看内部情况，所以即便是饭店的大门没锁，顾祈舟也不敢贸然突击，不然很有可能会激怒劫匪，威胁到三位人质的生命安全。

视线有遮挡，狙击手也无法出击。

三名劫匪龟缩在室内不出，喊话也不配合，只有一个要求：见市长，市长不来决不妥协。

市长不可能来，特警队也绝不可能被劫匪牵着鼻子走。

态度强硬的劫匪顾祈舟见多了，所以他基本能判断出这三人被劝降的可能性不大，只能考虑强攻救援。但是，强攻必须要有计划性，不然就是在拿人质的生命开玩笑——他是黑豹突击队的队长，是本场行动的最高指挥官，绝对不能被自己的私人感情影响判断，所以他只能按捺着内心的担心和焦虑，把陈染音和顾别冬当成是与他没有任何关系的普通人质。

为了确保救援行动万无一失，他先安排了技术人员去破解饭店内的监控系统，又喊来了十分钟前刚从饭店里逃出来的饭店负责人，想让他口述一下饭店内部的空间平面结构。巧的是，楼上书店的老板也在现场，及时为特警队提供了一份书店内部的平面构造图。

这是一栋三层小楼，华明饭店在一楼，楼上两层全是书店，虽然内部装修和结构不同，但每层楼的楼体框架是一样的。有了书店的框架图对照，饭店负责人的口头阐述也变得具体了许多。顾祈舟直接在书店框架图的旁边画了份饭店内部结构图——

大厅呈长方形，长方形的上边线靠右三分之一处开了一道缺口，是通往后厨的走廊入口，走廊右侧开了一道门，门里是一个小仓库。

走廊的尽头就是饭店的后门。

如果那三名劫匪都在前方大厅的话，后门无疑是一个绝佳的突破点。

后门是不锈钢防盗门，现在是锁着的状态，但突击队有专业的破门锤和液压破门器，即便是锁着的防盗门也能破开。

谨慎起见，顾祈舟还是先询问了负责人一句："后门堆东西了吗？"后门前的走廊紧连着大厅，门前要是堆了太多东西，不仅会对破门行动造成影响，还会打草惊蛇。

饭店负责人不好意思地挠了挠头，眼神闪烁着回答："今天上午刚从货车上卸下来几大箱饮料啤酒和食材，还没来得及往仓库里搬呢。"

顾祈舟也不是傻子，当然能看出来负责人在糊弄他：狗屁今天上午才刚卸下来的，八成每天都在那儿堆着。

都什么时候了，还想着自保呢？

他又气又无奈："消防查你查得还是轻！"

他的气质本就冷峻，眼神沉稳而锋利，厉声说话的时候，神色更是凌厉威严，饭店负责人本来就心虚，现在更是越发地心惊胆战，压根不敢抬头看他。

这时，后方指挥车上的昆鸣忽然喊了他一声："顾队，监控破了！"

顾祈舟立即上了车。

一位身穿黑色战训装的女队员坐在电脑屏幕前，干脆利落地向顾祈舟汇报："大厅里面有两个监控点，后厨一个，走廊前方一个，但是没有拾音器，只有画面没声音。"

三台屏幕同时播放着监控——

大厅里只有三个人，王伟山、黄毛和陈染音。

黄毛持枪挟持着陈染音站在柜台后；王伟山站在柜台与过道入口之间，手里握枪，警惕地盯着未上锁的前门；王长河抱着枪站在过道上的仓库门前。

顾别冬和许词话不在监控镜头中。

仓库的大门是一扇涂了红漆的木门，此时木门紧闭，门上横着一把插销。

昆鸣盯着监控说：“冬子和小许八成是被关进仓库里了。”他和所有人一样，之前都不知道“老许”还有个姑娘，竟然还和冬子是同班同学。他又伸手指着站在过道上的王长河：“他的站位还挺刁钻的，既守了仓库还能盯着后门，过道还是闪光弹死角，贸然从前门冲进去他俩就危险了。”

顾祈舟点头，却没说话，眼睛一直盯着电脑屏幕，同时不断在脑中回想楼上书店的平面结构图，突然开口：“把负责人给我叫进来！”然而他的话音刚落，大厅里面的画面突然出现了变化——

王伟山朝着柜台走了几步，举着枪对陈染音说了什么。陈染音挺配合的，再次从柜台上拿起了手机，与此同时，顾祈舟也立即拿出了自己的手机，很快，屏幕上就闪出了来电显示：陈皇。

但是为了避免让劫匪起疑，从而注意到监控，所以顾祈舟并没有立即接听电话，做了组深呼吸后，他才摁下了接听键。

饭店内，王伟山命令陈染音把扩音器打开，不容置疑地对着手机说：“我已经多给了你十分钟的考虑时间，今天我必须见到市长！”

这已经是他们打给警方的第二通电话了，第一通电话在十分钟前，只说了五个字：我要见市长。然后就把电话挂断了，再打回去也不接，态度坚决地拒绝谈判。

顾祈舟举着手机，目不转睛地盯着监控，神色坚毅，语气也是不容置疑：“不可能，市长那么忙，哪有时间来见你？”但他也明白不能把劫匪逼到绝境，不然人质就危险了，于是又把扎紧了的捕鱼口袋微微松了一个缝，“我只是一个突击队长，没有那个权限联系市长，但我们支队长可以，他马上就到了，最多二十分钟。”其实许建城已经到了，他故意这么说是为了给救援行动争取时间，“为了你的八百万，二十分钟绝对值得一等。”

王伟山没有立即反驳或者拒绝顾祈舟的提议，因为他的话精准地戳中了他的内心：他之所以搞出这么大的动静，就是为了把自己的钱要回来，时间不是问题，只要钱能回来，什么都好说！

但黄毛没这么多顾忌，反正钱又不是他的，他只想和警察对着干，冷笑着对着手机说：“二十分钟时间太长了，不行，我只给你十分钟时间，晚一分钟，我就朝你马子身上开一枪。”

顾祈舟神色阴冷地盯着屏幕上的人，一字一顿地警告：“你要是敢动她一下，就算是扒了这身警服，我也要亲手宰了你。”

他语气极为狠戾，仿若一头被惹毛了的狼，黄毛听出来了，他没有开玩笑，感觉到愉悦的刺激感的同时，内心也略有些忌惮，呵呵笑了两声，语气收敛了一些：“那要看你听不听话了，我们的目的就是求财，只要把欠我们的钱还给我们，什么都好说。”

陈染音的目光在王伟山和手机屏幕上显示着的“顾祈舟”三个字之间来回移动着。

通过之前的所有对话，她大致已经推断出来这三人的目的：要钱。

但黄毛和那俩人像是一伙的，又不像是一伙的——那俩人口口声声都是八百万，黄毛则是口口声声喊赵总。

或许，可以试探他们一下？

在黄毛的话音落后，她突然鼓起了莫大的勇气：“不就是八百万吗？不用喊市长来，只要你们把那两个孩子放了，我就能给你们。”

王伟山一愣，脱口而出：“真的？”

黄毛却怒不可遏地暴喝：“你给我闭嘴！”他显然是怒极，直接用手中的枪砸烂了正在通话中的手机，然后开始用坚硬的枪托砸陈染音的脑袋，“臭娘儿们想死你就直说！”

屏幕前的顾祈舟面色铁青，额角青筋暴起，怒不可遏，同时又特别生陈染音的气，气她的擅作主张，不把自己的命当回事儿，也不把他当回事儿！

昆鸣看出来他的情绪不对，喊了他一声：“顾队？”

顾祈舟立即闭上眼睛，深深地吸了一口气，竭力压制着内心不断翻涌的情绪——

他一定要把这个不听话的家伙救出来，好好地教训她一顿！

再次睁开眼睛时，他的神色再度恢复了清明与沉稳：“把饭店负责人给我喊上来！”

饭店内，陈染音强忍头部的剧痛，死死地盯着王伟山：“当然是真的，只要我不死，就能给你钱，我家有的是钱。”她看出来了，王伟山视财如命，只要有钱，什么都好说，“只要你把那俩孩子放了，我就让我妈给你打钱，你也不用坐牢。”就算是不能把那两个孩子送出去，她也要让这俩人起内讧，讧得越厉害越好，这样才能为特警队争取更多的救援时间。

王伟山的内心越发动摇了起来——他只是想要钱，没想送命，要是不用坐牢，就更好了。

黄毛则是越发怒不可遏——他的目标可不只是八百万，王伟山的八百万算个屁，赵总的目标是让公司资金解冻，哪怕只解冻几个小时也够了，王伟山只是赵总选出来替他卖命的一枚破棋子而已！

这个死娘儿们却一直在破坏赵总的计划。

王伟山要是临阵倒戈了，他们费尽千辛万苦设定的计划就要失败了。

黄毛再度举起了枪，正准备对陈染音下手，王伟山却突然朝着黄毛举起了枪，呵斥："杀了她我们也得死！"他比黄毛理智得多，心里清楚，无论如何，在市长没来之前，或者说在目的没达成之前，都绝对不能动人质，不然外面的特警一定会立即冲进来把他们崩了！

他这一喝，把正站在仓库门口的王长河也惊动了，立即拿着枪从过道里冲了出来，看到黄毛正举着枪和自己哥哥对峙着，他也立即举起了枪，将枪口对准了黄毛。王伟山却呵斥了他一声，让他退回过道，继续盯仓库和后门。王长河只好退了回去，临走前却用满含威胁的目光看了黄毛一眼，即便是退回到了过道，他的注意力依旧锁定在大厅里，丝毫没有察觉到仓库里面的动静。

仓库内，顾别冬踩在一个高约半米的木箱子上面，竭力保持着身体的平衡，小心翼翼地托举着骑在他脖子上的许词话。许词话伸长了手臂，一点点地把位于天花板中央通风口的挡板给推开了。

大功告成之际，她先舒了一口气，然后用脚踢了踢顾别冬的肋骨，小声说："打开了，快把我托上去！"

顾别冬舔了舔唇，用双手托住了许词话的运动鞋鞋底，咬紧牙关的同时用力往上一举，许词话借力站起，双肘挂在了通风管道的边沿。顾别冬一点点地把她的身体往上举。许词话顺势踩着他的双手站了起来，将双手搭在了通风管道的下壁上，用力一撑，将脑袋伸了进去，然后，大失所望。

各种电影大片看多了，他们俩就想当然地认为，这里的通风管道和电影中的一样宽阔结实，可轻轻松松地容纳一个人爬行通过，于是就开始搭人梯，试图自救，然而现实情况不容乐观。

摆在许词话眼前的通风管道内部空间不仅狭窄，而且也不是畅通无阻的，还有她不认识的，电影上没介绍过的风阀和排烟阀。

更何况，在现实中，通风管道的尽头还有一架不停转动的涡轮风机，并且风机外还设有防盗网。

想通过通风管道爬出去，怕是没戏了……许词话怅然又挫败地叹了口气，低下了脑袋，小声对正在努力托着她的顾别冬说：“里面特别窄，还有东西挡着，根本爬不了。”

顾别冬也挺失望，但不强求，使出了吃奶的劲儿托着她的身体，高举着双臂，咬着牙说：“那你下来吧！我……我……我快不行了！”

“哦……”许词话重新把挡板移回原位，然后再次抱住顾别冬的脑袋，重新坐回了他的肩膀上。

顾别冬双手抓着她的脚腕，小心翼翼地走下了木箱，然后缓缓下蹲。许词话立即从他的肩膀上跳了下来。顾别冬长舒一口气，一边起身一边甩手一边吐槽：“我差点就把你举过头顶了！”仓库的天花板比他想象中的要高得多，许词话的身高却比他想象中的要矮得多，“你有一米六吗？”

被戳中了短板，许词话脸颊一红，羞耻又尴尬，却又不想承认自己没有一米六，于是硬着头皮回答：“有！”

“真的假的？”顾别冬站直了身体，抬起手掌压到她的脑袋上，然后朝着自己的身体平移，很是直白地询问，“你才到我胸口，你能有一米六？我一米八二。”

她红着脸，气呼呼地瞪了顾别冬一眼，然后不再搭理他了，转身朝着仓库内部走了过去，准备找找看有没有什么物品好拿来防身。

顾别冬也意识到自己的话好像有点伤人自尊了，不好意思地挠了挠头发，跟在许词话身后走了过去：“那个，浓缩的就是精华，矮有矮的优势，你不必自卑。”

许词话彻底生气了，扭脸瞪着他：“不会说话你就别说！”

顾别冬：我阿谀奉承你，你还不开心？

许词话又不理他了，绕过堆在地面上的一堆蓝色塑料餐具箱，走到了仓库的最后方。

这个仓库面积窄小，感觉还没学校寝室的面积大，左右两侧的墙壁前皆靠着一座铁架子，架子上摆满了东西，最后方的墙壁前并排放了两台白色的卧式冷冻柜，其中靠右侧的那台冷冻柜后方，墙壁颜色明显和其他面墙壁的颜色不同，不是漆刷的，更像是后期直接用壁纸贴上去的，壁面也是凹凸不平，像是在用壁纸遮挡什么东西。

顾别冬也发现了这一点，小声说：“这后面不会是个门吧？”通过壁纸上凸起的框架看，被遮挡在后方的物体像是一个长方形。

许词话：“把冰柜挪开！”

俩人一左一右地扶住了冰柜的四角，小心谨慎地挪动着，不敢发出太大的响动，害怕被外面的歹徒听到。

冰柜被挪开后，后方的墙壁彻底展现在他们俩面前：贴在这面墙壁上的壁纸十分廉价，再加上仓库内的空气比较潮湿，壁纸的边沿已经卷了起来。

顾别冬和许词话同时伸出了手，开始疯狂地撕壁纸。

一扇刷了浅灰色油漆的双开式安全通道门出现在两人眼前。

门上的油漆锈迹斑斑，一看就是被废弃很久了。锁眼也被堵死了。

但顾别冬和许词话还是很激动，感觉找到了新的逃生通道——只要能把门打开，他们就能逃出去！

于是，他们俩开始不死心地去抠门缝、找东西撬门缝、抠锁眼，但毫无用处，被封死的大门根本打不开。

希望变绝望，失败了一次又一次之后，俩人渐渐死了心。

这就是一间被封死的密室，根本逃不出去，门外还守着持枪歹徒，随时会冲进来要了他们的命。

顾别冬长叹一口气，一屁股坐在后方的冰柜上。许词话面无表情地盯着面前的大门，不甘心又无可奈何。

顾别冬苦笑一下："许个愿吧，这门要是能自动弹开，从今往后我必定好好学习天天向上，争当年级第一。"

话音刚落，"咔嚓"一声，门弹开了……

顾别冬瞬间傻了。

许词话也傻了，呆若木鸡地盯着眼前的大门。

几分钟前，顾祈舟盯监控的时候突然捕捉到了一个细节：饭店仓库的位置恰好和楼上书店安全通道的位置重叠。于是他立即把饭店负责人和书店老板一起喊上了车，询问他们俩到底是怎么一回事儿。

原来这栋小楼在十几年前同属于一个物业老板，起初开的是一家出版公司，但由于经营不善倒闭了，于是就拆分卖出了，但是防烟楼梯间还是连在一起的——通往二楼书店的楼梯间就是曾经的防烟楼梯间。

后来华明饭店开业，把通往楼梯间的安全通道改成了仓库，但是门没拆，从内部堵死后贴上了壁纸，外部则是直接用石膏板挡上了，刷完漆后看起来和旁边的实墙无二，站在楼梯间里根本看不出来这儿原来有扇门，而且这事儿已经过去好多年了，若非顾祈舟问起，饭店和书店的老板都快忘了这事儿了。

得知情况后，顾祈舟立即安排人手去破门。

昆鸣带着一队特警队员过去了，拆了石膏板后，一位负责破门的队员用静态液压破门器破开了沉重的、锈迹斑斑的安全通道大门，昆鸣立即带着人冲了进去。

顾别冬和许词话两脸蒙地盯着突然冲进来的特警队员们，感觉好像在做梦——门竟然真的弹开了，比爬通风管道还离谱的想法，竟然成真了？天……天无绝人之路！

昆鸣也挺惊讶的，没想到他们俩竟然这么机灵，还能发现这儿有扇门，连壁纸都给撕了，但他也没时间夸奖他俩了，因为还有一个人质尚未被解救出来，立即让其他队员带着他们俩安全撤离，然后带着其余的人冲进了仓库内。在通往饭店过道的门前站定后，他一手持枪，一手扶住了通讯对讲耳麦，小声汇报："B组就绪。"

顾祈舟将队伍分成了A、B、C三组，C组守后门，以防歹徒逃脱，B组破仓库门，A组守前门。

当B组的营救行动成功后，A组就从前门强攻。

顾祈舟加入了A组，亲自带队守在饭店门前，等待着强攻时机。

林毅在指挥车中看监控，昆鸣汇报完毕，林毅的嗓音在通讯耳麦中响起："大厅中的两位劫匪还在争执，人质在柜台后，可以进攻。"

王伟山不放心人质在黄毛手中，担心他这个疯子会杀了人质害死大家，黄毛则担心王伟山会临阵倒戈，两人争执了一会儿，最终达成了共识，把陈染音绑了起来，扔在柜台下面，黄毛站在她身边看守——不看守他也不害怕，因为他已经给她上了炸弹，谁也救不了她。这娘儿们，今天必须死！

但是王伟山还是有"想要全身而退"的念头，毕竟，他和那个姓赵的不一样，他只是想把自己的本钱拿回来，没想真的玩命，谁能还他钱他就听谁的话。黄毛看出了他的动摇，既愤恨又恼怒，感觉王伟山就是个废物，很想一枪把王伟山崩了，但是他现在又需要王伟山的帮助，更何况旁边还有个虎视眈眈的王长河，一对二他没有胜算。

所以两人争执不休。

顾祈舟看向站在他对面的吴锵，对着耳麦，一声令下："进攻！"

吴锵迅速拉开了大门，撩开帘布的同时，猛然甩动手臂，将闪光弹丢了进去。

大厅内瞬间爆起了强烈的闪光，同时爆发出了巨大分贝的噪音。

王伟山和黄毛同时受到了巨大的冲击，无论是视觉还是听觉，都出现了暂时性障碍。

顾祈舟立即带人冲了进去。

王长河站在过道内，闪光弹对他的视觉冲击不大，却对听觉造成了障碍，但他的反应还是很快，准备去挟持仓库内的人质，迅速去拉仓库门，然而门忽然用力地撞向了他。

在A组行动的同时，B组也开始了行动：直接用破门锤撞门——特警队破门的工具有很多种，具体使用哪一种要看具体情况——仓库门恰巧是外开式，破门锤更合适。

王长河直接被撞了出去，手中的枪都被撞掉了，昆鸣带着人从仓库冲了出来，立即捕捉了王长河，并收缴了他的武器。

大厅内，王伟山在闪光爆起的那一刻就知道败局已定，立即扔掉了手中的枪，抱着头蹲在了地上。黄毛却疯得很，自知必死无疑，但就算是死了也要拉几个警察陪葬，所以即便是视听受到了障碍，他还是举起了枪，疯狂扣动扳机，闭着眼睛冲着大厅无差别扫射，打死一个警察是一个。

顾祈舟带队冲在最前方，果断举枪射击，正中眉心。

黄毛的身体一僵，无力地倒在了地上，脸上却挂着一抹疯狂又诡异的笑容。

吴锵带人逮捕王伟山的同时，顾祈舟冲到了柜台后，把陈染音从地上扶了起来。

陈染音的手脚被缠上了黄色的胶带，嘴上也被缠了胶带。

顾祈舟立即把贴在她嘴上的胶带撕掉了，又冷静迅速地拿出随身匕首，割断了缠在她手腕和脚腕上的胶布。

陈染音坐在地上，双目通红，泪眼模糊地望着他，虽然不舍得、不甘心，有千言万语想对他说，最终说出口的却是："你快走吧！你快走！我身上有炸弹！快爆炸了！"

她的嗓音呜咽又绝望。

顾祈舟浑身一僵。

陈染音哭着伸出右手，撕掉了缠在手腕上的黄色胶布，手镯式的定时炸弹已经启动，剩余时间九分二十四秒。

顾祈舟突然抬起了头，颈部青筋暴起，厉声大喝："周海！排爆！排爆！"

周海，特警队的专业排爆手。

时间在一分一秒地流逝着，陈染音根本不确定自己的生命还能不能延续十分钟，她舍不得顾祈舟，却又不想让他陪着她一起死。

他的人生已经够苦了，她想让他好好活下去，平安又灿烂地活下去。

"你快走吧……"她哭着去推他，用力地推搡着他的肩膀，"别管我了！别管我了！"

顾祈舟置若罔闻，单膝跪地，紧攥着她的手，目不转睛地看着她，神色极为坚毅：“我陪你，不管发生什么，我都会一直陪着你。”

其实有他这句话就够了，死也满足了。

但是她现在，真的不需要他陪了……她只想让他好好活着。

“我……我不需要你陪！我不需要！”陈染音竭力压抑着哽咽，不容置疑地对他说，“现在就滚蛋！滚蛋！我不想再看见你了！”

顾祈舟的喉头一哽，嗓音开始嘶哑，态度却无比坚决：“我不走！”

陈染音哭着摇头：“不行！不行！你还有冬子！你必须走！”

“顾队！”周海穿着防爆服赶来了，他把工具箱放在地上，然后对顾祈舟说，“您现在必须立即撤退。”

顾祈舟知道这是规定，但他做不到，无论如何也做不到。

许支带着林毅走了过来，厉声呵斥：“顾祈舟！撤离！”又低声提醒，“督察也在，你刚才开枪了，在这儿停留时间越长对你越不利！”

顾祈舟却无动于衷，甚至可以说是执拗，他所有的理智和克制都尽数丧失了……他已经失去了所有，不能再失去她了。

林毅盯着他，很冷静地对他说：“你留下没有任何用处，只会影响周海的分析和判断。”

仿若一头被逼入了绝境的困兽，顾祈舟红了眼眶，万般无奈地闭上了眼睛，深吸一口气，又长长地吐了出来，睁开眼睛后，对陈染音说了一句：“我在门外等你。”他努力地让自己的语气变得轻松、镇定，嗓音却无比嘶哑。

他明白自己必须撤离。

不然只会害死她。

陈染音长舒了一口气，含着眼泪，笑着点头：“好呀！”

顾祈舟咬着牙从地上站了起来，红着眼，深深地看了她一眼，转身离开了。

但是他后悔了，特别后悔，后悔自己推开了她。

他想和她在一起，这辈子再也不分开。

第十五章

追回她

手镯式的定时炸弹看似做工精巧，但运行原理无外乎两个字：电路。

周海谨慎又迅速地打开了定时炸弹的外壳，然后，在心里舒了口气：幸好，不是复合性型弹。同时他也没忘记安慰人质一句：“普通炸弹，好拆。”而且这枚炸弹的体积很小，威力不会太大，只是外观设计看起来比较精致罢了，全是糊弄人的花活，也就外行人觉得厉害。

陈染音一直在努力地调整自己的情绪，不断地做着深呼吸，但呼吸一直很艰难，因为她还是害怕的，怕到几乎窒息。

听闻周海的话后，她的呼吸终于舒畅了一些，感觉自己好像有救了。

但周海没敢告诉她的是，即便这枚炸弹的威力不大，也足以炸崩半个人。

定时炸弹的核心就是电路，用一张简单的电路图做解释就是：电池上并联着两根电路 A 和 B，A 上面什么都没有；B 上面串联着炸弹和引爆器；电源开关打开，把 B 上面的炸弹装置想象成电路图中的灯泡，那么 A 的存在就会导致电器短路，电流不会再从 B 通过，灯泡就不亮了；但如果把 A 线剪断了，电流就会在瞬间尽数通往 B 线，那么，灯泡亮起，炸弹就会爆炸。所以，拆弹的时候必须要精准地找出 B 线，并将其剪断。

当然，现实中的排爆情况要比一张简单的电路图复杂得多，炸弹制造者还会设置许多阻碍干扰排爆手的判断，但万变不离其宗。

电视和电影中常见的拆弹画面就是：排爆手拆解炸弹到最后一步，分析出了两根线，一根红线和一根蓝线，谨慎思考着到底哪根线是连接着炸弹的“B”线。

专业的排爆手都有着精准的分析力和判断能力，周海冷静又迅速地从一堆干扰电路中剥离出了一根细细的黄线，并用专业工具将其剪断了。

倒计时停止。

扣在陈染音手腕上的金属手环“咔嚓”一下打开了。

腕部一松，陈染音先是一怔，有些不可思议，紧接着便有了种卸掉了千斤重担的轻松感，眼泪再次涌出了眼眶，但这次是喜极而泣，庆幸自己逃出生天了！

周海也舒了口气，对着耳麦汇报：“排爆成功。”然后迅速把拆下来的炸弹放进了专业的封存箱中。

一批特警队员冲了进来，开始封锁现场，处理黄毛的尸体。陈染音却没有看到顾祈舟，林毅朝她走了过来，但她根本没注意到林毅，或者说，她谁都注意不到，满心想的都是顾祈舟。

他说了，会在门外等她。

陈染音直接绕过林毅，朝着饭店门外冲了出去。

天色不再阴沉，她一冲出大门，明媚的阳光就洒在她的脸上，她顿时有了种如获新生的喜悦感。

更令她感到幸福的人是顾祈舟。

他身穿黑色战训装，身姿笔挺地站在一辆警车前，目不转睛地望着她。

陈染音又湿了眼眶，却笑了，正要朝他跑过去，想要直接扑进他的怀中，谁知他却转身上了车。

车门迅速闭合。

陈染音的脚步一顿，不明就里，刚要继续朝着警车跑，林毅忽然从身后冲到了她的身前，低声提醒：“不要过去，对他不利！”

陈染音一怔，诧异又茫然地看着林毅：“为什么？”

林毅：“他开枪击毙了劫匪，需要接受检察院的审查，断定他开枪的合法性。”

陈染音全然不可思议，都笑了，笑得戏谑又讽刺：“他救了我，却要被怀疑是故意开枪杀人？那个黄毛疯了你们知道吗？他要是不开枪会死更多人！”

林毅明白她的感受，耐心解释：“警方不是怀疑他故意开枪杀人，也不是针对他，而是流程，无论被绑人质是不是你、是否和他有亲密关系，只要他开了枪，就必须要接受审查，这是法律为了确保人民群众的生命安全、防止警察持枪滥杀无辜而设下的规定。”他认真而严肃地说，“法律赋予了我们持枪的权利，并没有赋予我们滥杀无辜的权利，即便是罪犯，警方也不能随便开枪剥夺他的生命，所以只要警察开枪就必须接受调查，确认其开枪的合法性，这是对生命的尊重，也是对法律的尊重。”

陈染音知道林毅是对的，也完全能够理解、认同这项规定，但她还是委屈，替顾祈舟委屈，明明开枪是为了救人，却还要被质疑……

她再度红了眼圈，心疼得要命。

林毅轻叹口气，安抚道：“放心，检察院的同志一定会给他一个公平公正的调查结果。”他当时坐在监控前，清清楚楚地看到了整个救援过程，是那个黄毛先开枪袭警，并且还劫持了人质，所以顾祈舟的开枪行为完全符合规定，但法律就是法律，不容藐视，人人平等，无论是谁开枪，都必须接受审查。

后来，陈染音也上了警车，和那些一同遭遇绑架的师生员工一起被带去了公安局，做笔录。

未成年人要通知家属，陈染音没办法立即去做笔录，而是挨个给本班的学生家长打电话，言简意赅地告知他们事情经过，通知他们来公安局一趟。

吴源和赵胖绝对算是“二进宫”了，两人的父母来了之后，无一不唉声叹气，提心吊胆、心有余悸的同时，又庆幸自己家孩子真是命大，运气好遇到了一个好老师，不然早死一百次了！

也不知道是谁传出去的，所有的家长都知道陈染音为了保护学生挺身而出的事情了，每一对来公安局接孩子的父母无不对她千恩万谢，弄得她特别不好意思……虽然，她也觉得自己可能、或许，是有那么一点点的了不起吧，但也不至于被当成大恩人。

保护学生，不过是她的本职工作而已。

韩娇的父母更是对她感恩戴德，尤其是韩娇她妈，一直抱着她哭，好像她救下来的不是韩娇的命，而是韩娇她妈的命。不过，据她了解，韩娇她妈确实是把自己的女儿当成了命根子，韩娇要是真出了什么事，她妈估计也撑不下去了。

韩娇也在哭，拉着陈染音的手不放。韩娇她爸也红了眼眶，不停地向陈染音许诺一定会好好地感激她、报答她，但是，陈染音并不需要任何人的感激和报答，连声拒绝：“不用！真的不用！”

过了好半天，韩娇她妈才松开她，韩娇却一直没松开她的手，低着头，小声啜泣着。陈染音大概能理解她的心情——应该是有点复杂的——温声安慰道：“没事了，都过去了。”

韩娇没说话，又低着脑袋哽咽了一会儿，小声说了句：“谢谢你，陈老师。”

陈染音笑着回：“不客气，应该的。”

顾别冬那边也做完了笔录，一从办公室里走出来，就看到了赵煦鹏。

赵煦鹏特意在等他，然后，快步朝他走了过来，在他面前站定，郑重其事地对他说了句：“对不起。”

顾别冬不置可否，用舌尖顶了顶腮帮，心情有些复杂。他是挺痛恨赵煦鹏为了自保而把他推出去的行为，但他也能理解赵煦鹏这种行为——就好比那个广为流传的经典问题：火车来了，两道铁轨，一边绑了一个人，一边绑了一群人，怎么选？让火车撞死一个人还是撞死一群人？

大部分人都会选一个人，除非那个落单的人是选择者的手足至亲。

但他和赵煦鹏之间，不仅不是至亲，还是死对头，赵煦鹏在关键时刻把他推出去当挡箭牌的行为也完全合理。

赵煦鹏又说：“我没想害死你，我是想救更多的人。”他又很坦诚地说了句，“我也不想死。”

顾别冬叹了口气，没多说什么，毕竟，他们俩之间真没什么好说的，他也不可能释怀，不揍赵煦鹏一顿就不错了，所以，他只是简单地回了个：“嗯。”

赵煦鹏也没多说什么，转身就走。

顾别冬也走了，朝着走廊的另外一个方向走，走过几间办公室，听到了一个女人的剧烈争吵声，下意识地朝门缝里瞟了一眼，愣住了。

正在怒不可遏地大呼大叫的，是一位身穿黄色大衣的中年女人，而被她谴责、被她质问、被她痛骂的对象则是许支，许建城。

“你连你自己亲闺女都保护不好，你还当个屁的警察！”女人站在办公室里，泪流满面、痛哭流涕地质问许建城，“你就是个窝囊废！世界上最没用的男人就是你！王八蛋！许建城你说你还活着干什么？你怎么不去死呢？”

许建城低着头坐在沙发上，一声不吭地忍受着女人的埋怨、痛骂和责备。

女人旁边还站着一个中年男人，竭力拉扯着女人的胳膊，同时还在不停地劝她，不然女人早冲上去打许建城了。

许词话则站在女人的另外一边，扯着她的另外一条胳膊，哭着让她别再骂了。

顾别冬想起来，许词话曾经给他讲过她小时候的事，心里忽然挺不是滋味，一时间竟不知道是该去心疼许支还是该去心疼许词话还是心疼许词话她妈……反正，好像都挺委屈。

但许词话这个人吧，确实比他想象中坚强多了，看起来瘦瘦小小的姑娘，平时在学校也是软绵绵的，跟一只温顺的绵羊似的，谁知道竟然这么刚，敢在那种要命的场合站出来说自己是支队长的女儿，被关进仓库之后也是临危不乱，好像比他还冷静呢。

有点魅力，和别的女孩不太一样，真独特啊。

送走所有的家长之后，陈染音才去做笔录，等她做完笔录后天都黑透了。

一走出办公室，她就看到了顾别冬。

顾别冬一直站在走廊里等她，看她出来了，立即迎了上去："陈老师！"

陈染音想现在天也晚了，就对他说了句："走吧，我带你去吃饭。"

顾别冬却说："我想去找我舅。"

陈染音一愣，急切追问："你舅被放出来了？"

顾别冬："瞧您这话说的，我舅是被例行审查，又不是被关进去了……"

哦，也是。

陈染音又问："那他现在在哪里？"

顾别冬："我刚问周局了，他说在检察院，督察组已经审核完了，现场也勘查过了，他没什么事。"

陈染音："本来就没什么事！"她急慌慌地说，"走走走，咱俩现在就去检察院！"

两人离开公安局后，打车去了检察院，车在路边停下的那一刻，顾祈舟走出了检察院的大门。

陈染音跳下车，立即冲了过去，焦急地问："什么结果？"

顾别冬本来也想跟着冲过去，但转念一想，又改了主意，知趣地站在路边，坚决不当电灯泡。

顾祈舟垂眸看着陈染音："三天后出结果。"又安抚了她一句，"应该没什么事，交份报告就行了。"

陈染音抬眸望着他："那你这三天……"

顾祈舟："休假。"要等结果出来后才能归队。

"哦。"陈染音又垂下了眼眸，抿着唇思考片刻，往后退了一步，疏离又清冷地回了句，"那我也没什么好问的了，就这样吧，我要回家了。"

顾祈舟却说："挺晚了，我请您吃个饭吧。"

陈染音摇头，客气一笑："不了，让学生家长请客吃饭不合适，违反规定。"

顾祈舟知道她是在赌气，并且预感到了，陈皇这次在心里憋的这口气应该不小，不好好地折腾他一番，她绝对不会消气。

有种搬起石头砸自己脚的感觉。

顾祈舟在心里叹了口气，开始主动讨好他的圣上：“我想明白了一件事，皇上愿意听我说几句吗？”

陈染音抱着胳膊瞥了他一眼：“长话短说，我挺忙的。”

这回答，很陈皇。

他哭笑不得地点了点头：“好，我长话短说……”

陈染音忽然打断了他，然后，伸出了右手，拇指和食指一捏，给他比了“三”，冷冷道：“听好，我只给你三句话的时间，超过三句话，我就走人！”

这让他怎么说？

陈染音撩起眼皮，面无表情地盯着他：“有意见？有意见就不要说了。”说完，转身就走。

顾祈舟赶紧去追她，扯住了她的手腕，忙不迭地说：“没意见！”

陈染音却甩开了他的手腕，没好气地瞪着他：“有话你就好好说，别动手动脚的，男女授受不亲！”又骂了句，“臭流氓！”

你对我耍流氓的时候怎么不想“男女授受不亲”呢？

但是他，只敢在心里这么想，不敢说，无奈地叹了口气：“行，我不碰你。”

陈染音：“你还有一句话的机会啊。”

顾祈舟都蒙了：“怎么就剩一句话了？”老子还没开始说呢！

陈染音：“这就是你的最后一句话？”

顾祈舟明白了，陈皇这不是在赌气，是铁了心地要给他点颜色瞧瞧……一句就一句吧，一句就够了。

他看着她的眼睛，认真又郑重地对她说：“我离不开你，我想和你在一起。”

经历了刚才的那一场变故，他突然明白了一个道理：珍惜眼前人。

他不想再让自己遗憾半生了。

未来或许会出现变故，出现各种各样的危机，但是，他可以保护她，他的使命就是保护，他一定会拼尽全力为她守护一方安稳，让她百岁无忧。

陈染音心头狂喜，喜上眉梢了都，嘴角还止不住地上扬，眼角眉梢全是激动和窃喜：哈！我就说吧！你肯定离不开朕！没有朕的日子是不是度日如年？是不是！

但，她很快就控制住了面部表情，板着脸说：“算了吧，咱们俩不合适。”

顾祈舟反问：“怎么不合适？我惩奸除恶，你教书育人，绝配！”

陈染音不为所动，轻叹口气，遗憾地说：“唉，其实吧，这几天我也想了挺多，我觉得你那天说得挺对，我对你不是爱，是愧疚，我不该用爱情去弥补你。”她又叹了口气，“不过我以后还会把你当成我生命中最重要的人的，只不过不是爱人罢了，嗯——当哥哥吧，从今往后你就是我的好哥哥。”

谁要当你的好哥哥？老子要当你男人！

顾祈舟深吸了一口气，让自己保持冷静，极力劝谏他的圣上：“你对我就是爱，哪个女人会因为愧疚等一个男人八年。”

哈，你用我的台词对付我？

一点都不用心！

该死！

打入冷宫，永不升职！

陈皇怒极，冷笑：“朕就是这种女人！”说完，转身走人。

顾祈舟无奈，只好继续追人，却不敢再碰她了，免得又被陈皇骂臭流氓。但他也看出来了，打直球是行不通了，只好采用迂回战术：“我请你吃顿晚饭行吗？”

陈染音头也不回地说：“不需要。”

顾祈舟：“那……那我请你看电影。”

陈染音：“不看。”

顾祈舟：“我给你买了钻戒。”

陈染音：“不要！”

等等？

什么东西？钻戒？

愤怒中的陈皇停下脚步，终于给了“冷宫弃妃”一个眼神：“钻戒在哪儿？什么时候买的？”

顾祈舟不好意思地揉了揉鼻尖：“在家呢。”早就到货了，一直没敢送给她，“上个月就买了。”

陈染音却更气了：嘁！口是心非的狗男人！明明钻戒都买了，还要让我伤心难过！

“我不要！”她面无表情地瞪着顾祈舟，一字一顿地说，“还有，就你这种‘冷宫弃妃’，没资格给朕送钻戒！”

冷宫？弃妃？

陈染音早已决定，绝不再追顾祈舟第三次，也不打算随随便便地就跟他和好，谁让他之前总是一而再再而三地推开她呢？还让她有多远滚多远……呵，她必须给他点颜色瞧瞧！

这一次，她要让顾祈舟来追她！

所以，这天晚上，陈染音既没有接受顾祈舟请客吃饭的邀请，也没有答应去看电影，而是直接打车回了家。

其实明天还要上课，她应该直接回学校，住寝室方便，但是吧，大难不死之后，心里还是惦记着父母，所以，她回了家。为了避免让父母担忧，她并没打算告诉她爸妈自己遭遇了持枪劫持案，但，架不住现代社会的媒体网络过于发达……

当天晚上，各大媒体就开始铺天盖地地抢发新闻稿了，弄得全国上下尽人皆知，而且，在学校门口持枪劫持学生的案件，绝对算是一桩震惊全国的大案特案，迅速引起了社会各界人士的广泛讨论，微博热搜都爆了好几个，秦薇和陈鸿博自然而然也就知晓了这件事。

再加上韩娇她爸为了报答陈染音对自己姑娘的救命之恩，接连发了好几篇新闻稿，弘扬、歌颂陈老师舍己为人的奉献精神，一夜之间就把陈染音塑造成了“中国好老师”。

但说实话，陈染音并不喜欢被当成英雄歌功颂德，因为她心里清楚，自己压根儿就不是英雄，只是一个普通人而已。再说了，现代社会，造神容易，毁神也容易，全靠舆论吹捧，普通人一夜之间登上神坛并不是什么好事儿，反而是一件倒霉事儿，保不齐哪天就崩了人设，然后风向逆转，被千夫所指。

网上的舆论把她吹得越高，陈染音就越紧张、越害怕，但她也不能因为担心自己会崩人设而一直谨小慎微地活着。所以，经过了一夜的惴惴不安和辗转反侧后，她决定无视舆论，该怎么活就怎么活，绝不能被舆论左右！

但她不能无视她爸妈……她比谁都清楚她妈的心理防线有多么岌岌可危。

这次的事件，再度刺激到了秦薇本就脆弱的心理。

她一夜无眠。

虽然女儿已经平安归来，但她依旧心有余悸，内心极度惊恐——她差点又失去了自己的女儿——她已经没了一个孩子，不能再失去第二个了，但生活中好像四处都是危机，充满了意外，她随时都有可能失去她的女儿。

秦薇甚至想把女儿关在家里，时时刻刻地守在她身边，分分秒秒地盯着她，寸步不离地跟着她，就像是她小时候一样……但她心里也清楚，这是不可能的，女儿已经长大了，有着自己的人生，她不能再如影随形了。

但是她，绝对不能离她的女儿太远。

只要她活着，就要尽自己最大的能力去替女儿规避风险。

第二天早起后，陈染音本来还挺担心她妈会“旧疾复发”，勒令她老老实实地在家里待着哪儿都不要去，但谁知道，她妈竟然什么都没说，安宁又平静地陪她吃完了早餐，只是在最后说了一句：“让你爸去送你上班，中午我给你送饭。”

陈染音担忧地看了她妈一眼，清楚地感觉到了妈妈的状态不太对劲儿——她不该这么平静的，她越是平静，就越是反常，也越令陈染音感到不安。

陈染音宁可让自己妈对自己歇斯底里，宁可让她指着自己的鼻尖指责自己为什么要逞英雄挺身而出，也不想让她这么平静。

她总觉得她妈是把所有的情绪都积压在了心里，所以很担心她妈的心理疾病会加重。

但她也不知道自己该怎么做才能开导她妈，斟酌许久，她很认真地对自己母亲说了句：“放心吧，我一定会长命百岁。”

秦薇望着自己的女儿，笑了一下，点头：“嗯，我知道，你一定会。”

时间还不到六点半，陈染音就跟着她爸出门了，像是上小学的时候她爸开车送她去上学一样，只不过小学到校时间晚，现在早了，早到天都没亮。

上车后，陈鸿博叹了口气，对自己女儿说：“你妈状态不好，你最近别住寝室了，晚上回家吧，我去接你。”其实，他可以安排司机去，但是他也不放心。

陈染音点头：“行。”

昨天发生了一场大变故，不少当时被困在饭店内的学生都请了假，但今天早上初三（2）班的学生竟然没有一个请假的，时间还不到七点，五十二名学生全部到齐，陈染音一走进教室，班里就爆发出了一阵热烈的掌声。

陈染音又是意外又是感动，不禁在内心感慨：现在的学生，真会啊！

掌声经久不息，她扬了一下唇角，抬起双手，弯着眼睛往下压了压手掌，带着笑意说：“好了好了，我已经感受到了你们炽热的爱。”

学生们这才意犹未尽地停息了鼓动的手掌，陈染音走上讲台，温柔又不失严厉地说：“各位，大难不死，必有后福，所以，现在是我们享福的时候了，请立即拿出你们的书本，开始早读，努力奋斗，我相信大家一定会考上一个好高中！”

二班学生：这么现实吗？

陈染音不为所动：“各位，开始早读吧。”是的，就是这么现实。

其实，她也不想这么现实，但是，中考真没剩几天了，再不抓紧点就来不及了——昨天的事情虽然严峻，但终究只是人生轨道上的一个小插曲，绝不能把它无限放大，更不能被它影响人生的步伐。

她是可以让大家先轻松一两天，但轻松一两天后又要重新调整心态、严肃纪律，相当于前功尽弃，重新开始。时间不等人，中考也不等人啊。她不是英雄，不需要掌声，她只是个普普通通的老师，唯一需要做的，就是竭尽全力把所有人都推上岸。

她想让自己的学生都有一个明媚的未来，都能看到星辰大海。

不过，学校也没有忽略学生的心理健康问题。

上午第一节下课后，学校组织三个年级的全体班主任开了场紧急会议，会议内容很简单：让班主任统计班内的被劫持者人数，并上报名单，学校会统一安排这些学生去上心理疏导课。

散会后，陈染音不禁在心里感慨了一句：社会真是进步了，学校也越来越人性化了，都知道注重学生的心理健康了。

她趁着课间去班里统计了一下名单，然后挨个通知他们下午五点去实验楼的阶梯教室上心理疏导课。谁知道，通知到顾别冬的时候，顾别冬小同学反过来通知了她一句："陈老师，中午放学的时候你等等我，我有事儿跟你说。"

陈染音一愣："什么事儿啊？"

顾别冬还卖了个关子："保密，我现在不能说。"

陈染音面无表情地审视着他："和你舅有关吗？"

顾别冬摇头，语气坚决："没有没有！真的没有！"

陈染音没好气："最好和他没关系！"其实她就是嘴硬而已，心里却有点失落：哦，都休假了，也不来见朕，还口口声声说爱朕。爱个屁呀！糊弄朕的感情罢了！

统计完名单后，她先去找了年级长，把名单交给了他，然后回到自己办公室，拿起手机看了一眼：某顾姓"弃妃"并没有给她发消息。

行，好，你不理我，我也不理你！

她愤愤不平地把手机扣到了办公桌上，然后开始埋头苦写领导布置的任务——写演讲稿——下周一升旗时她需要站在国旗下演讲。

其实，她真的不想演讲，不想歌颂自己，但，领导说了，这种为了学生奉献自己的园丁精神值得弘扬……行，弘扬就弘扬吧，但是为什么要让她自己写演讲稿啊？还五千字！这不是"无妄之灾"吗？

陈老师心里苦涩，很想让顾队长安慰自己一下，但，她必须要在"弃妃"面前保持高冷，让他追悔不已，让他望尘莫及！

上午第三节课的下课铃打响后，她扣上了电脑，抱着教案去了三班。下课后，才刚一走出三班的教室，她就看到了顾别冬小同学。

显然，这家伙是最后一节课一下课就出来堵她了。

事出反常必有妖！

陈染音看了他一眼，没说话，顾别冬立即凑了过来，相当殷勤地问了句：“陈老师，您今天中午准备去哪儿吃饭啊？”

还真问住她了……学校食堂还在装修，对面的华明饭店正在闭业整顿中，她还不想跑太远，去哪儿吃饭还真成了个问题。

陈染音无奈地叹了口气：“我订个外卖吧。”

顾别冬立即说：“不用订，我帮您订好了！”

陈染音一愣，连忙说：“那哪行啊？我哪能让你一个学生给我订饭啊？”

顾别冬：“您不用客气，真没几个钱！”

陈染音态度坚决：“不行，退了，要是不能退的话我就把钱给你。”

顾别冬挠了挠头：“那行吧，但是人家已经把饭送到学校门口了，要不咱俩一起去拿吧。”

陈染音只得同意：“行吧，我先把东西放回办公室。”

一分钟后，陈染音和顾别冬一起下了楼，朝着校门口走。

一路上顾别冬都挺老实的，没说一句废话，只是快走出学校的时候，对陈染音说了句：“其实我舅做饭真挺好吃的。”

陈染音的反应相当平淡：“哦。”却在心里冷哼了一声：好吃有个屁用，也没做给我吃！

然而，一走出校门，她就愣住了。

因为发生了昨天的持枪劫持案，今天中午的校门外比以往任何时候都要拥堵，来给孩子送午饭或者接孩子回家吃饭的家长数量激增，本就不怎么宽阔的马路上挤满了各种代步工具。

在一堆眼花缭乱的轿车中，一辆黑色别克 SUV 停靠在临近校门的路边，顾祈舟穿着一件黑色棒球夹克外套，墨绿色工装裤，裤脚收进了黑色长靴中，双腿笔直又修长。

陈染音不得不承认，这位“冷宫弃妃”，确实很有姿色，即便是随意一站，他的身形也是极为端正挺拔的，五官也很是英挺，帅气又硬朗，处处透露着男人味儿。

又想去闻闻他了。

想感受荷尔蒙的气息。

看到陈染音后，顾祈舟立即拉开后车门，从里面拎出来两个黑色的保温袋，然后迈开了大长腿，阔步朝着他们俩走了过去。

送外卖的来了……顾别冬小心翼翼地打量了陈老师一眼。

陈染音站着没动，还微微仰起了下巴，高傲地抱住胳膊，眼角眉梢透露着四个明晃晃的大字：朕很高冷。

顾祈舟走到他们俩面前，把其中一个保温袋递给了顾别冬："去吃饭吧。"

顾别冬打开保温袋的盖子，悄悄地往里看了一眼，看到了一张红色的"毛爷爷"，然后，心满意足地功成身退——虽然，他明白，自己只是一个工具人，但，是一个有价值的工具人！

顾别冬走后，陈染音撩起眼皮，面无表情地瞟着顾祈舟，阴阳怪气了一句："顾队长改行了？开始送外卖了？"

顾祈舟把另外一个保温袋举到了身前，一本正经地说："来给陈皇送御膳。"

嘁，现在知道讨好朕了？晚了！

陈染音毫不留情："不需要！"

顾祈舟早就料到她会这么说，迅速换了个方向进攻："行，不算御膳，算是对陈老师的感谢，谢谢您平时照顾冬子。"

陈染音不为所动，义正词严："不用，照顾学生是我们当老师的本职工作，不需要感谢。"还故意气他，"顾队长，你真的不用谢我，我们俩之间虽然没有爱情，但我一直把你当哥哥呀，你是个好人。"

直接发了好人卡。

这家伙要是想气他，真是能把他气死。

看着顾祈舟略有些发青的脸色，陈染音内心暗爽，一脸猖狂地看着他，就差把"我就是在挑衅你"这几个字写脸上了。

看着她的表情，顾祈舟只有一个感觉：真是欠收拾。

"把我打入冷宫是吧？"他叹了口气，点头，"行，既然陈皇不仁，就别怪我不义了。"

陈染音都被气笑了："你还敢威胁我呢？"

顾祈舟反问："我都失宠了，还有什么不敢的？"

陈染音：呵，你还破罐破摔了？

她相当不满地质问："你这是追人的态度吗？"

顾祈舟眉头一挑："谁说我在追你了？"

陈染音：行，你赢了，我要被你气死了！

气死了！

眉毛都要被气飞了……顾祈舟没忍住笑了："一前一后才叫追，我不算。"

诡辩！陈染音瞪着他，没好气："我倒是要听听了，你现在算什么？"

顾祈舟看着她的眼睛，很认真地说："我是在向你奔赴。"

他们一直是双向的。

所以，"追"这个词，不适合他们。

陈染音的脸颊猛然一红，不得不承认，她心动了，都有点心软了，想立即把他从冷宫里放出来了。

但是，不行！她还没消气呢！

想了想，她又开始重理旧账："那要是这样的话，我也没追过你。"

不过，现在她是要把自己洗白了，坚决不承认自己要流氓。

顾祈舟并没有戳穿陈皇的小把戏，还给了她一个台阶下："是，是我先勾引你的。"

陈染音终于满意了，心想：看来你这趟"冷宫"没白进，思想觉悟都提高了。

看她终于扬起了唇角，顾祈舟趁热打铁，再次举起了保温袋："陈老师可以收下我的这份感谢吗？"

陈染音瞟了他一眼，傲娇道："行吧，看在你这么执着的分上，朕就勉为其难地收了吧。"

顾祈舟无奈一笑，把保温袋递给了她。

陈染音接过来之后才发现沉甸甸的，问了句："做了什么好吃的？"

"排骨汤和油焖大虾。"顾祈舟又说，"剥好的虾。"

陈染音心头一喜，及时咬住了下唇才没让自己笑出来，但眼角眉梢尽显小得意和小雀跃，紧接着，她又想：不是说给我买了钻戒吗？怎么还不送给我？会不会是想给我一个惊喜？是不是藏在饭盒里了？

她下意识地将目光落在了怀中的保温袋上，若有所思地盯着看。

顾祈舟好像是猜出来了她的内心所想，哭笑不得地说了句："放心吃，没异物。"

陈染音：所以呢？你为什么还不把属于我的钻戒送给我？

故意吊我胃口？

她气急败坏，狠狠地瞪了顾祈舟一眼："你就在'冷宫'里待着吧，这辈子都别想出来！"

顾祈舟：得，前功尽弃。

他叹了口气，不禁感慨了一句："真是伴君如伴虎。"

嘿？什么意思？嫌我是母老虎？

陈染音怒，刚要开口，却忽然听到她妈在喊她的名字。

没有喊她“音音”，而是冷冷的，连名带姓的：“陈染音。”

一般情况下，被妈妈连名带姓地喊，绝对不是什么好事。

陈染音瞬间紧张起来，忐忑不安地看向马路对面。

秦薇穿着一件黑色的羊绒大衣，一手伸进了兜里，一手拎着不锈钢保温饭盒，面无表情地盯着他们俩。

这一刻，陈染音终于想起来了，她妈今天早上说了，中午会来给她送饭。

顾祈舟也回头看了一眼，与秦薇四目相对的那一刻，不由得一怔——他没想到会在这里见到陈染音的母亲。

陈染音能感觉到她妈不高兴了，头皮一阵发麻，立即对顾祈舟说了句：“我妈来了，你先走吧。”

“我怕她认出你来。”陈染音又解释了一句。

顾祈舟大概明白了什么，轻叹口气：“行。”又不确定地询问她，“那我下午还来吗？”

陈染音不高兴地瞪着他：“来呀！为什么不来？朕不吃晚饭了吗？”

顾祈舟忍笑，点头：“好，晚上见。”

“嗯。”做好约定后，陈染音拎着饭盒朝马路对面走了过去。

顾祈舟又转身看了她一眼，直到她安安稳稳地过了马路，他才准备走人，然而就在他即将收回目光的那一刻，才注意到秦薇一直在盯着自己看。他清楚地感受到了她目光中的戒备与提防。

另一边，陈染音屁颠屁颠地跑到她妈面前，特别谄媚又讨好地喊了声：“我亲爱的妈妈！”

秦薇不为所动，面不改色，言简意赅地说了句：“上车吧。”说完，便朝着停在路边的白色奥迪走了过去，拉开驾驶室的车门，沉着脸上了车。

陈染音不安地抿了抿唇，灰溜溜地跟在她妈的身后，安静如鸡地上了车。

秦薇又朝着窗外看了一眼，看到那个男孩上了一辆黑色的别克 SUV，冷冷质问自己的女儿：“他为什么来给你送饭？”

陈染音支起了车用小桌板，故作镇定地回答：“学生家长，感谢我昨天救了他家孩子。”

秦薇回头，面色冷峻地盯着她：“你当你妈是傻子吗？还是当你妈是瞎子吗？你觉得我认不出来他是谁吗？”

陈染音咬住了下唇，预感自己可能糊弄不过去了，索性破罐破摔：“是，没错，他就是那个特警队的顾队长！”即便是坦白了，她也不敢对她妈承认顾祈舟就是林宇唐，不然她妈一定会崩溃。

“我不同意。”秦薇斩钉截铁，不容置疑，“陈染音你给我听好，除非我死了，不然我绝对不可能答应你跟他在一起！”

虽然早就预料到她妈会是这个态度，但真听她妈亲自说出口，感觉还是不一样的，毕竟，来自亲妈的全面否认打击才是最大。

陈染音的眼眶猛然一酸，难过又委屈，还特别不服气：“凭什么呀？他到底哪儿不好？他昨天救了我，救了你女儿的命！还救过我姥爷！”

秦薇深吸了一口气，态度极为坚决：“他这个职业太危险了，不可以！”

陈染音最不能接受的就是这个理由，她不理解地反问：“照你这么说的话，人家当警察的就活该孤独终老？就不配被人爱？”

秦薇：“所有人都可以去爱他，只有你不可以！因为你妈不同意！”

她很想问问她妈：要是我哥还活着的话，你是不是就能同意了？

但她知道，自己不能这么问，不然一定会刺痛她妈。

无力感倍增，陈染音的眼泪已经开始在眼眶里打转，索性不理她妈了，默不作声地打开了保温袋，谁知，她妈却不依不饶：“不许吃他送的饭！”

至于吗？

她是真的委屈，眼泪一下子就涌出了眼眶，气鼓鼓地质问她妈：“我凭什么不能吃他送的饭？我就要吃！”

我还就要当着你的面吃！

说完，陈染音直接把汤盒从保温袋里拎了出来，又动作迅速地把饭盒拎了出来，拧开盖子，拿起筷子，赌气地吃了起来。

秦薇也红了眼圈，气得不行，也委屈得不行，感觉自己好像养了头白眼狼：不吃她这个当妈的来给她送的饭，只吃心上人给她送的饭，一点都不体谅她的感受！

车内的气氛忽然怪异了起来。

秦薇坐在驾驶室，盯着自己闺女哭，陈染音坐在副驾驶，边吃饭边哭，母女俩一个比一个委屈。

更让陈染音委屈的是，因为哭泣，她的嘴里都是苦的，压根尝不出来饭菜的味道，这可是顾祈舟第一次给她做饭吃呀，她竟然食不知味——你为什么不同意啊？凭什么不同意啊？你根本不知道我们俩都经历过什么……

她心里难过极了，并且是越想越难过，感觉她妈根本不理解她。

秦薇也难过极了，感觉这闺女根本不明白自己的一片苦心，自己还不是为了她好吗？

于是乎，从这天中午开始，母女俩就冷战起来，即便是在家里，即便是面对面，也是谁也不搭理谁，跟对方说个话还要让陈染音她爸传话。陈鸿博夹在中间，日子一点也不好过，里外不是人。

时间转眼就到了十二月底。

越到年底，公安各部门越忙，尤其是临近节假日的时候——人流活动量越大，就越是需要提高警惕，预防出意外。

自从顾祈舟归队后，陈染音又是接连许多天都没能再见上他一面。过去那三天就像是做梦一样，他竟然每天都来给她送饭吃。唉，这种美梦，可遇而不可求，下次再见面也不知道会等到什么时候……

元旦三天假，初三年级照常缩短一半假期，十二月三十一日下午开始放假，一月二日正常上课。

不过，为了喜迎新年，学校允许各班级在十二月三十一日的下午开一场元旦联欢会。

对各位“小崽子”来说，只要有集体活动，心情就是躁动不安的。

旧年的最后一天，从早晨开始，班里的氛围就浮躁得不行，陈染音看着他们一个个，人全都在位置上坐着，其实心早飞到教室外面去了。不过这回陈染音没再耳提面命地要求他们静下心来学习，毕竟，下午就要开联欢会了，她再要求都没用，该浮躁还是浮躁。更何况，大家都已经辛苦一个学期了，可以适度放松一下，毕竟是过新年，她也不想扫大家的兴。

更让“小崽子”们开心的是，这天上午天空还飘雪花了，飘得还不小呢，景色优美不说，还不用跑操了，大课间可以自由玩耍，学校里热闹极了，老师们也忙中偷闲地抱着保温杯坐在办公室里聊起了天。

放假一天半，陈染音和李思绵坐在一起商量着元旦假期该怎么安排。李思绵说自己想在家里躺着，躺一天，好好地休息一下。陈染音也想在家躺着，但是：“我妈给我安排了相亲。”她无奈地叹了口气，“我不想去了……”前一段同意相亲，是因为陷入感情旋涡了，所以破罐破摔地答应了，现在，她的“爱妃”，虽然依旧在“冷宫”中，但都回头是岸了，她再去相亲就不合适了。

李思绵一愣：“相亲？你不是和顾别冬他舅谈着呢吗？”

谈什么呀？人家还没送我钻戒呢……但是，陈染音并没有否认，又叹了口气："我妈给我安排的。"虽然她还在和她妈搞冷战，但也不敢随随便便地拒绝她妈给她安排的相亲局，不然一定会彻底激怒她妈。

李思绵："你妈不知道你有男朋友吗？"

知道，但是不同意啊——陈染音心里苦，却又碍于面子不想这么说，只好自己给自己找补："那不是想让我多挑挑吗，我也没谈过几段恋爱……"

"哦。"李思绵表示理解，"其实你妈说得也没错，她应该就是想让你多见识见识不同类型的人。"

陈染音："嗯……"

李思绵又问："你那个相亲对象什么条件？"

陈染音："还行吧，公务员。"

李思绵："长得怎么样？比得上顾别冬他舅吗？"

那还是比不上的，她的"爱妃"仪容万千、冠压群芳……不过陈染音也不能公然拉踩别人的长相，就回答："也还行，斯斯文文的，有一点小帅。"

这时，一个男老师的声音骤然在办公室内响起，打断了她们这帮女老师的谈话："确认收齐了？一本都不少？"

陈染音下意识地看过去，开口说话的是他们班的物理老师郭维。

站在他办公桌旁的，是二班的物理课代表许词话："齐了，五十二本。"

郭老师显然已经不太信任她的话了："309的也齐了？"

许词话点头："真齐了。"

郭维开始自己动手翻卷子，把309那三人的卷子全部翻出来后，才相信了许词话的话，然后放她走了。之后，郭维又仔细看了看这三人的卷子，抬头对陈染音说了句："顾别冬这小子最近表现不错啊，次次作业都交了，还是认真写的，进步挺大的。"

陈染音倍感欣慰，笑着回了句："其他科目进步也挺明显的，知道学了。"

二班教室，后排，309的三位巨头聚在一起，热情似火地讨论着今天下午的联欢会。

教室的后门突然被推开，许词话急忙走进教室，径直走到了顾别冬面前，小声对他说了句："你跟我出来一下。"

顾别冬着跟着物代表出了门，与她并肩站在走廊上，眺望着面前飘飞的大雪。

许词话却很着急："我跟你说个事儿！"

顾别冬洗耳恭听，态度诚恳：“你说，我听着呢。”

许词话：“陈老师明天要去相亲！”

顾别冬一愣，蒙了：“什么玩意儿？”

许词话：“我刚才在办公室听到的，她妈明天给她安排了相亲。”

这……天空上飘的哪是雪啊，是他舅头顶的绿云……

即便下了雪，特警队也不能暂停训练。而且，在顾祈舟看来，下雪这种难得的严寒天气，才最适合室外训练，不仅能提高队员们的身体素质，还能磨炼意志。更何况，犯罪分子也不可能挑着天气犯罪，所以，对反恐突击队员们来说，各种环境都要适应才行。

顾阎王的决定就是命令，不容反抗，他让在哪儿训练就必须在哪儿训练，别说下雪了，下刀子也得训练。

中午十二点训练结束，大家伙一个个被冻得面红耳赤，走进食堂的时候，眼睫毛上都挂着白霜。

顾祈舟身为队长，肯定要以身作则和队员们一起参加训练，所以他也被冻成了红脸人。去窗口打完饭，他端着盘子在某张空桌子上坐了下来，迅速扒了几口热饭，然后才抽空看了一眼手机，有几条未读微信，他先看了陈皇给他发来的消息：“弃妃，下雪了，注意保暖。”

他笑了一下，回复：“好的，吾皇。”

随后，又点开了和自己外甥的对话框——

冬子：“舅！十万火急！舅妈明天要去相亲！你马上绿了！”

顾祈舟都有点蒙了：“你听谁说的？”

顾别冬时刻等待着他舅的回复，所以，几乎是秒回：“我们物理课代表，她去办公室送作业的时候听到舅妈和我们英语老师说的！”

顾祈舟的脸色瞬间就青了：前脚让老子注意保暖，后脚就去相亲？行啊，真行！

顾别冬又发：“听说她的相亲对象长得特别帅！舅，你还是努努力吧，不然，舅妈真的跟人跑了！”

顾祈舟咬牙切齿地盯着手机屏幕，几秒钟后，忽然从凳子上站了起来，连餐盘都忘记送了，阔步走出食堂，直奔支队长办公室。

许建城还有些工作没忙完，所以还没来得及去吃午饭。

办公室的大门忽然被敲响，他头也不抬地说了句：“请进。”等人走进了办公室，他才从文件上抬起了目光，一愣，“你怎么来了？”

顾祈舟语速极快地说：“我来请假，只请半天，明早八点之前一定归队。”他知道元旦的警力比较紧张，所以不敢多请，只敢请半天的假。

许建城却越发奇怪了：这家伙从参加工作开始，几乎就没找他请过假，今天是怎么了？发生什么棘手的事情了？

“你为什么要请假？”他询问了句，“冬子又出事了？”

“不是……”顾祈舟紧张地舔了舔唇，不安又着急地说，“我那天跟我媳妇儿说了几句难听话，她现在不想跟我好了，要去相亲，我得去把她追回来。”

许建城脸色一沉，呵斥：“你跟人家说什么难听话了？”

顾祈舟不好意思说：“就是……不太好听的话……”

许建城气急败坏地瞪着他：“那不废话吗？你到底跟人家说什么了？”他要看看还有没有挽回的余地。

顾祈舟无奈，只好交代：“我让她滚蛋，滚得越远越好……”

真是出息了啊，都敢让媳妇儿滚蛋了！

许建城怒不可遏，直接抄起文件夹朝他砸过去：“你真是长本事了！”

文件夹直接砸在顾祈舟的脑门上，但他根本没有躲避，直挺挺地站着，神色中流露着难掩的焦急：“我现在必须要去把她追回来！”

许建城面色铁青地盯着他看了一会儿，长叹一口气，不容置疑：“我只给你批半天的假，到了明天早上八点，要是还没能等到人家的原谅，你也不用回来了，直接收拾东西滚蛋！”

顾祈舟：“是！”

第十六章

爱意渐浓

联欢会一结束就放假了，陈染音安排完值日生后就回了办公室，正收拾着东西呢，门口忽然有人喊了声："报告。"

小姑娘的声音软软糯糯的，陈染音抬头看向许词话，笑着回："请进。"

办公室里没有其他老师，许词话走到了陈染音的办公桌旁，询问："陈老师，您今天下午有时间吗？"

陈染音一愣："有事情？"

许词话："有人组织大家看电影，让我来邀请您一下。"

陈染音又笑了："谁组织的？"

许词话抿了抿唇："顾别冬。"又赶忙说了句，"大家都想让您去。"

陈染音没有立即答应下来，犹豫了一下，先问了句："几点呀？"其实她并不是很想去，一是因为她觉得自己去了之后那帮孩子肯定放不开；二是因为，她实在是太累了，累到什么都不想干，只想回家瘫着。

许词话："六点左右。"

陈染音抬头看了眼挂在墙上的表盘，现在都已经快四点了……这时间段，多适合回家当废物啊！

她不想让孩子们失望，但，也是真的不想去，于是婉拒道："时间不合适啊，要不改天吧，我今晚有事情。"

许词话无可奈何，只好回答："那……那好吧……"

陈染音安慰了一句："今天你们好好玩，下次我请你们看电影。"她又叮嘱了句，“不过不要玩得太晚，看完电影就回家，注意安全。”

“嗯。”许词话在心里长长地叹了一口气，一回到教室，顾别冬就拎着扫把冲到了她面前，急慌慌地询问：“怎么样？”他是想把陈染音骗到电影院，让他舅陪他舅妈看电影，给他们俩制造独处的机会，本想自己去邀请的，但转念一想，自己亲自上阵的话，显得太刻意了，“猎鹰”那么聪明又难搞的女人，一定会看出破绽，所以才拜托许词话去了。

许词话遗憾地摇头：“陈老师不去。”

唉，真是“人生无常，大肠包小肠”……顾别冬惆怅不已，叹了口气，一边挠头发一边说：“我电影票都买好了。”

许词话想了想，说：“要不你再去问一次？”

顾别冬：“那她肯定能猜出来是我舅要请她看电影。”

许词话：“那怎么办呀？”

顾别冬也不知道，索性开始摆烂：“算了，我不管了，让我舅自己解决吧。”

说放弃就放弃？

许词话都有点无语了：“你不是都买好票了吗？”

顾别冬想了想，说了句：“要不咱俩去看吧？”

许词话先是一愣，然后扭脸就走：“我不去，我要回家。”

顾别冬跟在人家身后：“就一个半小时，你要是嫌晚的话，可以改签，可以提前。”

许词话头也不回地走到自己的位置上，一边收拾书包一边说：“不去，我要回家。”

顾别冬只好退而求其次：“我送你回家？”

许词话：“不用，我妈来接我了。”

“那行吧……你明天有时间吗？咱们一起去图书馆学习吧？”

许词话还是那个态度：“不去，我要上家教课。”

“哦……”顾别冬内心相当挫败，越发惆怅起来，还有些百思不得其解：哎，怎么回事？她怎么现在这么冷漠？是我哪里做得不对吗？惹她生气了？没有吧？难道是因为我之前总不交物理作业？

“那什么，我以后肯定交物理作业。”他赶忙表了个态。

许词话背上了书包，回了句：“嗯，加油。”说完，直接走人，多一个眼神都不给他。

顾别冬：没了？就给我加个油？

紧接着，他又开始矫情且玻璃心地想：难道你忘了我们曾共同被劫匪关在仓库里那生死一线的时刻吗？咱俩可是过命的交情啊……你真的好无情！

天色虽然还有些阴沉，但雪已经停了，陈染音离开教学区后，直接去了停车场，满脑子想的都是明天相亲的事，心里挺烦躁的，想主动终止这段相亲，却又不知道该怎么开口——弄不好就要得罪人啊，万一再传到她妈耳朵里，肯定又是一桩事儿。

然而，上车后，才刚系好安全带，她的手机突然响了一下，屏幕一亮，弹出了一条微信消息。陈染音拿起来一看，差点喜极而泣——

章未铭："陈小姐，思量再三，我还是决定向您坦诚一件事情，其实我早已心有所属，奈何家中不同意，我又无力反抗，才懦弱地答应了相亲，但事到如今，我的内心越发自责不安，愧对于爱人也愧对于您，才终于下定决心与您坦白。我不想再欺骗您，也不想背叛爱人，所以，明天的见面还是取消吧，我真的很抱歉！家里和介绍人那边我也会亲自去解释，绝对不会给您添麻烦，再说一遍，真的很抱歉，对不起！"

真是，始料未及啊……陈染音笑得合不拢嘴，生怕他后悔，赶紧回复："没关系的，我完全可以理解您，您不必自责！"

章未铭："我长舒一口气，万分感激您的理解和谅解。您真的是一位很优秀的女性，真诚祝福您能够早日寻得自己的如意郎君。"

出于礼貌，陈染音也回了句场面话："也祝福您和您的爱人能够早日喜结良缘。"

对话到此结束。

相亲也结束了。

陈染音长舒一口气，心情愉悦地放下了手机，一边哼着小曲儿一边开车。

放学高峰期，校门外的马路上一如既往地拥堵，各色行人和车辆仿若低洼处的水流似的，全部堆积在了一起，陈染音走走停停，一点点地往前开，磨蹭了好久，才艰难地把车蹭出人群。

前方的道路豁然开朗，正当她准备一脚踩下油门的时候，前方忽然杀出来一个人……

顾祈舟身穿蓝色牛仔外套，黑色工装裤，裹着黑色长靴的双腿修长笔直，突然从旁边的拥挤人群中冲了出来，迈着阔步走到陈染音的车前，一把摁住了她的车头。

陈染音都蒙了，赶忙踩下了刹车。

顾祈舟毫不迟疑地拉开副驾驶的门，冷着脸上了车。

陈染音还是蒙，赶忙靠边停车，呆愣愣地看着身边的人：“你……你怎么来了？”不是不放假吗？

顾祈舟脸色铁青地盯着她：“陪陈老师去相亲，帮你参谋参谋。”

陈染音：你听谁说的啊？这不是炸了醋厂吗！

她头皮一紧，心虚又慌张，赶忙安抚自己的小心眼“爱妃”：“什么？相亲？谁说我要去相亲了？”她摆出一副无辜无语又无奈的样子，“假消息啊，不实！”又说，“不造谣、不信谣、不传谣！”

然而，她的话音刚落，车载屏幕突然弹出了连接着手机蓝牙的来电提示——章未铭来电。

陈染音惊慌失措，赶紧给挂了，心想：是不是有毛病啊！什么事儿不能微信说？非要打电话！

顾祈舟沉着脸问：“怎么不接啊？”

陈染音面不改色地扯淡：“同事电话，不想接。”谁知，手机又突然响了一下，是章未铭给她发的微信消息：“陈小姐，我已经如实告知了父母和介绍人。给您添麻烦了，全是我的错，再度跟您说声抱歉。”

这点小事儿也值得打电话？陈染音看完微信后，在心里长长地叹一口气，一个头顶俩大。

“行，我承认，我确实是要去相亲。”她想着，既然已经被顾妃抓了个正着，那就索性坦白了吧，争取宽大处理，“但现在相亲已经被取消了，人家心有所属了呀，你别总胡思乱想。”

顾祈舟都被气笑了，皮笑肉不笑的那种笑：“他要是没喜欢的人，你是不是就去了？”

那还真不好说……但，陈染音绝不能说实话，绝不把错误全部归结到自己身上，于是就开始算旧账，开始质问：“我为什么要去相亲你心里不清楚吗？是不是你让我滚？还让我滚得越远越好？还说再也不想见到我了！”

顾祈舟哑口无言，这件事确实是他理亏。

叹了口气，他不得不低头认错：“那件事确实是我不对，我给你道歉，对不起。”

陈染音越发来劲了：“道歉就行了？道歉有用的话要警察干什么？”

顾祈舟面不改色地回了句：“我就是警察，你有委屈可以跟我说，我给你评理。”

陈染音：台下何人状告本官？

虽然知道跟陈皇讲道理没什么用，但顾祈舟还是试图去跟她讲道理：“我是有错，我承认，但是，你不应该在没有告知我的前提下去相亲。”

嘿？你是在谴责我？

你还敢谴责我？

陈染音冷笑一声：“怪我喽？你要是温柔一点、体贴一点、懂事一点、乖巧一点，我能去找别的男人？”

真渣。

但他就是欠，还就喜欢她身上这股欠收拾的渣劲儿。

为了不把自己气死，顾祈舟深吸一口气，努力保持冷静，舔着唇点头：“行，不怪你，怪我，都是我的错。”

陈染音也点头：“对！没错！就是你的错！你还拿枪指我！”

顾祈舟一愣，一脸无奈：“我什么时候拿枪指过你？”我敢吗？

陈染音清清楚楚明明白白地翻旧账：“今年八月二十五日上午十点半左右，你在演习的时候拿着一把黑色手枪，指我的脑袋、脖子和后腰！”

陈染音瞪着他：“你还要狡辩吗？”

顾祈舟无话可说，甘拜下风。

从高中时开始，他就说不过她，现在更是一败涂地。

这辈子算是彻底栽给她了。

他长叹一口气，一边摇头一边无奈地笑：“没有，认输。”

陈染音这才收手，冷哼一声，又撩起眼皮瞟了他一眼，问：“你今天怎么来了？”

顾祈舟：“请假了。”

专门为了阻止我去相亲而请假？

看来你还很有危机意识嘛。

陈染音心头窃喜，却依旧板着脸，问：“我要是提前告诉你了，你就能同意我去相亲？”

顾祈舟：“你想得美。”

陈染音眉梢一挑，开始激他：“咱们俩什么关系都没有，我去相个亲怎么了？你一个外人有什么不乐意的？”

顾祈舟气得牙痒痒，面无表情地盯着她。陈染音不甘示弱地看着他，还微仰着下巴，眼神中写满了“挑衅”两个字。

最终，顾祈舟败下阵来，轻叹口气，把右手伸进牛仔外套的右兜里，拿出了深蓝色的戒指盒。打开后，把钻戒从黑色绒面的内衬中取了出来，不容置疑：“伸手。”他要把这个浑蛋套牢，一辈子也不放开。

陈染音却怒了，还有点委屈：“你就这种态度？”

顾祈舟怔了一下，也意识到自己的态度不对。

这种场合，他应该温柔点、态度好点、谦卑点。

他垂下了眼眸，斟酌了一下措辞，然后，看向陈染音，认真又笃定地对她说：“我很喜欢你，想和你一直在一起，这辈子再也不分开了。”

他直视着她的目光，眸色漆黑，神色极为专注，眼中全是她。

陈染音咬住了下唇，眼珠子一转，又说：“不够，还差点意思，继续说！”他的“爱妃”是个大直男，没那么多花花肠子，向来是说得少做得多。

顾祈舟知道她是故意的，在心里笑了一下，没抗旨，对他的“圣上”唯命是从。但他也确实不擅长说情话，即便是搜肠刮肚，也说不出那种缠绵悱恻的感觉，说得直白又简洁：“让你跟别的男人我也不放心，我怕你受委屈，还担心别人伺候不好你，不如让我亲自伺候你，伺候你一辈子，倾尽全力对你好。”

陈染音依旧不满足：“没过关，继续说！”

再厉害的反恐队长也难过情关，说情话这种考验，还真把顾祈舟给难住了，嘴忽然就变得笨拙无比，甚至都开始回想之前陈皇是怎么给他画饼的了，准备借鉴一下。

但是，回想了一遍之后他才发现，并不是所有人都能像陈皇一样张口就来，什么我爱你爱得要死、没了你我就不活了、你是我的心肝大宝贝、只要你能把心给我我死也甘心了……这些话，他是真的说不出口。

不得不承认，这家伙也是厉害。

顾祈舟微微蹙着眉，一声不吭，陈染音急了：“你快说呀！”又狠狠地威胁了一句，“朕没什么耐性！你要是再不说，朕就把你封死在冷宫里！”

顾祈舟无奈，干脆直接表态：“我把我的工资卡给你，所有平台的支付密码也给你，绑你的手机号，行吗？”

陈染音：让你说两句情话，真是难为死你了！

她长长地叹了口气，一脸恨铁不成钢地盯着他：“不就是说几句骚话吗？有这么难？”她无奈地解开了自己的安全带，撸了撸袖子，“朕教你。”

说完，抬起右手，点了点自己的心口，望着顾祈舟的眼睛，压根不用打草稿就能直接画饼："我的心脏不大，余生也不长，有你足矣。"又略朝他探过上半身，用手点着他的心口，"我希望你这里也只有我，只要你心里有我，哪怕只是有过我，我这辈子也就满足了。"

句句不提爱，句句不离爱，饼画得又大又香。

真不愧是陈皇。

顾祈舟突然发现，自己栽得一点也不亏，因为他压根就是不她的对手，她随随便便一句话就能撩动他，让他心猿意马，他还反抗个屁？直接投降吧……

他突然抬起左手，攥紧她下颌的同时，低头封住了她的唇，吻进了她的唇中。

陈染音都蒙了。

这一吻不长，短促，却蛮横有力，她的舌根都酸了。

顾祈舟松开了她的唇，却没放下自己的手，握着她的下巴说："到底答不答应？"

陈染音没有理由不答应，但是："未经朕的允许你就亲朕，这算不算以下犯上？"

顾祈舟不慌不忙地反问："这才哪到哪？"

还能有更犯上的。

陈染音心头一喜，眼角眉梢流露出了难掩的小激动和小猖狂，嘴上却一本正经："我听不懂你在说什么。"说完，伸出了自己的右手，"给朕戴上吧。"

顾祈舟心里长舒了口气，松开她的下巴，握住她的手，把钻戒套在了她的无名指上。

戒指的尺寸刚刚好，不大不小。

给她戴好戒指之后，顾祈舟还抬起了她的手，低头在她的手指上亲了一下。

陈染音心里满意极了，收回自己的右手后，满心欢喜地盯着戒指看，还是那种远近交替着看，一会儿把手伸到眼前细细地看，一会儿把胳膊伸直，张开手指，远远地看。

越看越好看。

直男的审美，也不是一点也不行。

顾祈舟看着她美滋滋的模样，不禁勾起了唇角："我还给你买了支口红。"说着，又将手伸进外套兜里，把口红拿了出来。

竟然还是香奈儿？陈染音惊喜极了，感觉她的"爱妃"真是开了窍了！

接过口红后，她立即把包装拆开了，打开盖子一看色号，瞬间陷入了长久的沉默中……

顾祈舟："好看吗？"他的语气中还带着点期待。

陈染音咬了咬牙，面无表情地看着他："你自己觉得好看吗？"

顾祈舟对自己的审美还挺自信："好看，适合你。"

陈染音：你哪只眼睛判断出来的死亡芭比粉色号适合我？

虽然很无语，但是，她也不想打击"爱妃"的积极性，毕竟，这可是他第一次送她口红呀！

叹了口气，她扣上了口红盖子，违心地回了句："嗯，我挺喜欢的。"

顾祈舟："你怎么不试试？"

陈染音："天都要黑了，我……我明天试。"然后迅速转移话题，"你请了多久的假？"

顾祈舟："明早八点归队。"

"哦。"陈染音咬着下唇，飞速在心里打着小算盘，然后，开口，"那什么，你现在用的身份证上，名字是林宇唐还是顾祈舟？"

"顾祈舟。"

"哦。"陈染音又说，"我想看看。"

顾祈舟挺奇怪的，也不知道她为什么忽然想看他的身份证，但还是从兜里拿出了钱包，把身份证抽出来递给了她。

陈染音低头看了一眼，自豪又骄傲地在心里感慨了一下：不愧是朕的爱妃，证件照都这么帅！

然后，她又说："我也带身份证了，你要不要看看我的？"

顾祈舟有些不明就里，但还是回了句："行啊。"

陈染音立即转身，迅速把胳膊伸向后座，把自己的包够了过来，从里面翻出身份证，塞进了顾祈舟手里，又信誓旦旦地保证："你放心，你是警察，我跟了你，就绝对不会拖你后腿，这辈子，我绝不沾赌和毒！"

还有一样呢？

顾祈舟无奈一笑："'扫黄打非'把你给漏了？"

陈染音怒，心想：我都暗示到这种地步了，你还不懂？

为达目的，她只好把话说得更直白一些："现在的酒店不都要查身份证吗？"

顾祈舟一愣，忽然懂了她的暗示，喉咙猛然一干，喉结上下滑动了一下。

陈染音又说："我不能在外面过夜，但晚点回去还是可以的。"又叹了口气，望着她的"爱妃"，慢悠悠地说，"现在才四点，良辰美景啊。"

她的那双桃花眼，美得诱人，又生而带媚，眉宇间透露出的情意像是蛛丝一样缠缠绵绵地缠绕着顾祈舟，令他根本无法抗拒。

那双眼睛实在是太危险了，他立即低下了头，垂着眼眸，做着深呼吸，竭力克制着自己的冲动。

他不是不想，而是觉得，进度太快了，他们才刚刚复合，应该循序渐进着来。

陈染音还是看到了，顾祈舟红了耳尖，脖颈和耳后也微微有些发红。

她忽然想起了自己曾在网上看到过的一句话：我想体验你的颈上青筋在我耳畔暴起时的感觉。

之前，她不懂这句话的真实含义，也没有兴趣去探究，因为她对男女之间的那种事情不关心。

现在，忽然明白了。

她也想体验这种感觉，想看他这种理智又克制的正经人疯起来的样子。

向来冷酷又无情的顾队长，疯起来能有多疯呢？

“你想去哪里？”让顾祈舟这种连骚话都不会说的正经人主动问这种问题是不可能了，所以，陈染音干脆主动出击。

顾祈舟呼吸一滞，浑身紧绷，理智也差点崩了，还有些气急败坏：真是个妖精！

他咬紧了后槽牙，再度深吸了一口气，拼命保持着镇定和理智：“我哪儿也不想去。”

他的剑眉微蹙，星眸漆黑，棱角分明的五官中尽显“认真”与“严肃”这两个词，像是在警告手下新兵不要乱来，但微微发红的耳尖与颤动的喉结已然出卖了他内心的躁动与慌乱。

陈染音在心里哼了一声，嘴上却叹了口气：“那好吧，既然你没这方面的想法，就算了吧，我也不想勉强你。”

顾祈舟没说话，抿着薄唇，看向她的神色中依旧带着谨慎和提防，不敢松懈半分，总觉得这家伙还有后手。

果不其然，陈染音紧接着又接了一句：“男人嘛，总担心自己不行，”她一边说话，一边低着头系安全带，语气听似漫不经心，却充满了挑衅的意味，“你的担心也正常，我理解。”

顾祈舟听出来她是在用激将法：“不用激我，不去就是不去。”他的语气相当不容置疑。

陈染音看向他，一脸真诚地发问：“顾队长，你不会是真的不行吧？”

顾祈舟：真是，欠收拾。

“啧啧啧——”陈染音先是摇头，后是叹息，“怪不得呢，原来我找了一个外强中干的男人啊。”

顾祈舟咬了咬牙，面无表情地盯着她看了一会儿，感觉自己今天确实有必要好好地收拾她一顿，不然这家伙只会越来越得寸进尺。

无奈地叹了口气，他沉声开口：“说吧，去哪儿？”

陈染音心头一喜，得意至极，却表现得很淡定，像情场老手一样：“还能去哪儿？当然是去酒店啊。”

顾祈舟拿出了手机：“去哪家？我订。”

这一下子可算是把陈染音问住了：去哪家呢？除了去外地旅行之外，她还从没在东辅本地住过酒店呢……但，为了维持自己“情场老手”的人设，她再次摆出了一副很懂的样子：“随便吧，我都行。”

顾祈舟没拆穿她，打开了手机上的某个软件，开始浏览酒店信息：“东明？”

陈染音一愣：“那个五星酒店？”还是东辅的顶级酒店。

顾祈舟：“嗯。”

陈染音：“这么隆重吗？”

顾祈舟：“去个好的。”毕竟是第一次，他不想让她以后回忆起来的时候，想到的是陈旧简陋、床单发潮的小旅馆。

他想给她留下一份干净愉悦的回忆。

更何况，她从小就是被家人捧在手心里的小公主，他怎么能让她在一家破旅馆里跟了自己？

陈染音抿起唇角，能明白他的用心，却眨了眨眼睛，明知故问：“为什么呀？”

顾祈舟很认真地回答：“因为吾皇值得。”

陈染音心里暖洋洋的，感觉到了他对自己的珍视，但是，她也不想让他花那么多冤枉钱：“会不会太贵了？要不咱俩一人一半吧？”毕竟，他还有个大外甥要养呢。

顾祈舟哭笑不得：“你见哪个爷们儿去外面开房还让女人掏钱的？”

“情场老手”陈染音瞬间来了劲儿：“那可多了去了。”她虽然只谈过一段恋爱，也没有开过房，但没吃过猪肉还没看过猪跑吗？所以，她说起感情问题来头头是道，“世界上最不缺的就是斤斤计较的渣男。我上大学的时候，我们隔壁寝一个妹子，长得可好看了，但她男朋友超级渣，异地恋出轨就算了，每次来我们学校找我那个同学的时候还都不主动掏钱，让我那个同学拿钱开房。”

顾祈舟一边用手机订房间一边点评："真渣。"

陈染音瞟了他一眼，问："咱俩要是异地恋了，你会不会爱上别人？"

顾祈舟下好了单，抬头看着她，反问："你觉得呢？"又说，"八年，还不够，还想异地？"

陈染音瞬间闭了嘴，安静如鸡。

顾祈舟笑了一下："开车。"

陈染音撇了撇嘴，一边启动车子一边唉声叹气地说："唉，看我什么命，去临幸一个'弃妃'还要自己亲自开车。"

一时间他竟然不知道该往下接什么话。

沉默片刻，他终于问出了那个困扰了自己许久的问题："我到底是什么时候被贬成妃了？"

陈染音冷哼一声："拿枪指朕，还想继续当'正宫'？不杀你头就不错了。"

真是记仇啊。

他叹了口气："吾皇，我还有机会重登后位吗？"

陈染音瞥了他一眼，直接明示："那要看你侍寝的时候表现怎么样了。"

顾祈舟笑着点头："行，我知道了。"

顾祈舟眉头一挑："怕了？"

嘿？挑衅我是不是？陈染音没好气地哼了一声，一边面无表情地开车一边淡淡地回答："谁怕谁还不一定呢。"

顾祈舟无奈地在心里笑了一下。

陈皇这个人吧，哪儿都好，就是有时候看不清楚自己的真实能力，还总爱挑衅他，像是一只总把自己当成老虎的小狐狸，动不动就朝着他亮爪子，试图吓唬他，但她的那只毛茸茸的小爪子，给他搔痒都不够。

但是他也没拆穿他的陈皇，一本正经地回了句："牛，不愧是东辅第一猛女。"

陈染音总觉他好像在揶揄自己，却没反驳，因为，光说不练假把式，她等会儿一定会用实力向他证明自己是真的很牛，"东辅第一猛女"的名头绝无吹嘘！

二十分钟后，陈染音将车停在了东明酒店附近的某条马路边。

天色略有些阴沉，二十四小时便利店的招牌已经亮起了灯。

顾祈舟解开安全带，下了车，朝着便利店走了过去。陈染音坐在车上等他，内心紧张、期待、激动，还感觉有点小刺激。然而顾祈舟很快又从便利店里出来了，等他重新回到车上后，陈染音急吼吼地问了句："买好了？"

顾祈舟："没。"

陈染音一愣："你怎么不买呢？店里没卖的？"一般便利店里不都有那种东西吗？

顾祈舟抿了抿唇："没有合适的型号。"

陈染音心头一喜，迅速开车："这家不行，咱们换一家！"

接连换了两家，顾祈舟才在一家比较大型的超市里买到了合适的型号，然后两人迅速去了酒店。

房间在十二楼，在一楼等电梯的时候，顾祈舟问了句："你饿不饿？"

陈染音认真感受了一下，回答："还行，不饿。怎么？你饿了？需要先补充补充体力？"

"不用。"顾祈舟回，"房间含餐，你要是饿了咱们先去吃点东西。"就怕她饿，他还特意订了含餐的房间。

陈染音哼了一声，下巴微仰，牛气哄哄地说："做完再说吧，朕暂时不需要进膳。"

顾祈舟忍笑："行，好，我多嘴了。"

陈染音满意地勾起了唇角，心想：态度还行，挺谦卑的，朕一会儿一定会对你温柔点。

电梯内空间宽阔，装饰奢华。

仅有他们两人的轿厢缓缓上升，陈染音又往顾祈舟身边蹭了一步，手臂紧贴着他的手臂，手指开始不老实地挠他的掌心。

顾祈舟无奈地捉住了她的手："老实点。"

他的手掌十分宽大，手指修长，骨节分明，虽不似小说中常常描写的那种白皙优雅的男主手，却有着别样的魅力，指节微微有些粗粝，指肚和指根的位置上带着一层茧，摸起来硬硬的，是长年累月训练留下的痕迹，很能给人安全感。

陈染音不得不暂停下小动作，抬头瞟了他一眼，目光盯在他凸起的喉结上，突然踮起脚尖，亲了上去。

顾祈舟浑身一麻，马上就要炸了，咬紧了牙关，强忍着冲动才没去吻她，深深地吸了一口气，他再度警告："老实点。"嗓音却无比沙哑、粗糙。

陈染音感受到了他的躁动，得意地扬起了唇角，老老实实地站直了。

顾祈舟沉着脸，气急败坏地瞪了她一眼。

电梯门一开，陈染音就冲出去了，蹦蹦跳跳地去寻找房间，刷卡开门。

房间内的陈设与装修大气奢华，内部面积也大，入门先是门厅，然后是客厅，顺着客厅东侧的木门进去，就来到了卧室。

陈染音先冲进了房间，顾祈舟跟在她身后，关上了房门。

房间内温度挺高的，陈染音脱了外套，扔在客厅的沙发上，然后开心地朝着落地窗走了过去。

窗外就是繁华的东辅，天色渐暗，霓虹逐渐亮起，居高临下地俯览，别有一番风味。

“真好看啊！”陈染音站在窗边，拿出了手机，扭脸对顾祈舟说，“咱俩合照一张吧？”重逢之后还没合照呢。

顾祈舟不置可否，迈着优越的长腿阔步走了过去，直接把陈染音从地上横抱了起来，二话不说直接朝着卧室走。

陈染音吓了一跳，赶忙抱住了他的脖子，愤然谴责：“你急什么呀？”朕还没急呢！

顾祈舟：“急着收拾你。”

陈染音都没来得及还嘴呢，就被扔上了床。

大床宽阔柔软，她的身体砸上去之后，还微微弹了几下，于是她顺势从床上爬了起来，跪在床边，抱住了顾祈舟的脖子。

他们拥吻了起来。

炽热，难分难舍。

房间内的灯色昏黄。

一吻终了，陈染音气喘吁吁地陷进了白色的柔软被单中，脸颊泛红。

头顶的灯光好像有点刺目，她用一只胳膊挡住了眼睛，感觉自己现在特别像是一滴滴入了清水的红色墨水，随水而动，飘摇着，移动着，延伸着，融合着。

被剥去了遮挡的玻璃杯是透明的，他什么都看得见。

顾祈舟终于看到了她的文身，以及下方的那条——I love you。

这一刻，他彻底炸了，浑身都是沸腾的。

他扯住了她的手腕，不允许她挡眼睛，把她的双手高高举过头顶，单手禁锢着她的两只手腕，俯看向她，问：“什么时候文的？”

陈染音连呼吸都是颤抖的：“大……大学。”

顾祈舟没再说话，目不转睛地看着她，漆黑瞳孔中的倒影全是她。

她的脸颊，她的身体，她的每一个微表情，他都看得清清楚楚。

陈染音咬住了下唇，越咬越用力，都尝到血腥味了，忍无可忍："轻点！"

顾祈舟深吸一口气，终于松开了她的手腕，然后，将宽大的手掌压在了她的文身上。

陈染音的眼泪一下子就涌了出来，觉得自己快死了。

顾祈舟也觉得自己快死了，简简单单的几个字母，就足以让他疯。

夜色渐深，陈染音平躺在床上，闭着眼睛，白皙的脸颊上覆着一层细薄的汗水，红润的下唇破了小一块，伤口变成了深红色，自己咬的；眼眶红彤彤的，刚哭的；呼吸有气无力，看起来可怜又好欺负。

顾祈舟再一次试图去抱她，却又被推开了。

"离我远点！"陈染音睁开了眼睛，没好气地瞪着他，"不许碰我！"还在他胸口打了一巴掌，却没什么力度，手腕都是软的。

顾祈舟明白，这是龙颜尽失后恼羞成怒了，无奈一笑，直接把她揽入了自己怀中，柔声说："我的错，我给你道歉。"

陈染音态度坚决："不接受道歉！"

顾祈舟就知道她没这么好哄，干脆直接说了句："下次让你在上面，我不反抗。"

也不是，不行。

她抿唇犹豫片刻，抬眸，盯着他："骗人是狗啊。"

顾祈舟："行，骗人是狗。"

陈染音这才暂时原谅了他，老老实实地缩在他怀中，像是一只终于学会了乖巧的小狐狸。

顾祈舟一手搂着她，另外一只手再次覆上了她的文身，用拇指温柔地摩挲着。

他的指肚上有一层薄茧，触感粗粝。

陈染音有点痒，缩了一下身体。她察觉到了，他好像很喜欢这个文身，曾数次抚摸亲吻。

"喜欢吗？"她看着他，询问。

顾祈舟："喜欢。"

陈染音扬起了唇角，亲昵地搂住了他的脖子："我也喜欢你。"

喜欢他的一切，喜欢他颈上青筋在她耳畔暴起时的感觉，喜欢他的低吼。

她又说："林宇唐，我真的好喜欢你啊，超级喜欢。"她目光灼灼地看着他，桃花眼含情，妖妖娆娆的语调中带着五分魅惑，又带着五分崇拜，"还有，顾队长，你真的好厉害呀。”她就是想看他疯。正经人疯起来，真的好野。

顾祈舟的呼吸一顿，喉结滑动了一下。

明知她是在故意诱引他，但他是真的抵抗不了，她这样，他一秒钟都抵抗不了。

他盯着她，不容置疑：“再来。”

陈染音倒也没有反对：“你说让我在上面的。”

顾祈舟嗓音粗哑：“可以。”

陈染音心头一喜，立即从床上爬了起来。

又一次结束后，陈染音彻底累瘫了，如一摊融化了的水倒在了床上，浑身绵软无力。

浴室里传来了“哗啦啦”的流水声。

顾祈舟去洗澡了。

陈染音一动不动地趴在床上，两只胳膊和半截后背从被子里露了出来，乌黑的长发散到了一边，颈部线条流畅修长，白皙的肌肤上散布着点点红痕。

她闭着眼，安静地聆听着流水声，轻轻地叹了口气，不禁感慨，她的“爱妃”，体力是真好啊。

还有，那个文身师说得没错，会起来。

啧，真带感啊。

流水声停了，陈染音缓缓睁开了眼睛，没过多久，浴室的门打开了，顾祈舟从里面走了出来，只在腰间围了一条白色浴巾。

好身材一览无余。

陈染音趴在床边，用双手垫着下巴，目不转睛地盯着他看。

“感觉好点了吗？”顾祈舟走到了她的面前。

没有，还是好累，虚脱的感觉。陈染音摇了摇头，然后伸出手，拍了拍旁边的床铺，命令：“坐下来，让朕枕着你的腿。”

顾祈舟笑了一下，按要求在床边坐下。陈染音翻了个身，仰着脸躺在了他的腿上，面无表情地盯着他，问：“说，朕是不是东辅第一猛女？”

顾祈舟忍笑，点头，一本正经地回答：“是，绝对是。”

虽被恭维，陈染音却叹了口气，内心并没有很自傲，因为她知道，自己不是……又有了种深切的挫败感，必须要找他的麻烦！

“你不爱我了。”陈皇开始找麻烦。

顾祈舟低头看着她，单手捉住了她的下巴，轻轻捏了捏她的脸颊："刚睡完就诬陷我不爱你了？讲不讲理？"

陈染音哼了一声："我就是不讲理，你能把我怎么样？"

顾祈舟轻叹口气："确实不能把你怎么样。"

陈染音勾起了唇角，一脸得意，还有些猖狂。

又开始挑衅他了。

记吃不记打。

顾祈舟"好心"提醒："陈皇，忘了你刚才是怎么求饶的了？"

陈染音脸色一变，怒目而视，威胁又警告："好了！可以了！不许提了！不然还把你打入冷宫！"

顾祈舟笑了，挺给陈皇面子："好，不提了。"又温声催促，"快起床，我送你回家。"

陈染音一愣，愤然谴责："刚睡完就要送我回家？你是人吗？"

顾祈舟无奈："不能太晚，不然你爸妈该担心了。"

陈染音撇了撇嘴，虽然不想和他分开，但是，他说的是对的，不然她爸妈肯定又要着急了。

"要不咱俩先去吃个饭吧。"她还是想和他多待一会儿，但又怕他不同意，于是说了个冠冕堂皇的理由，"反正都买了餐券，不吃白不吃。"

顾祈舟明白她的意思，他也不想太快和她分开："好。"

"我先去洗个澡。"陈染音从床上坐起来，突然想到了什么，表情严肃地盯着他，威胁，"娶我，不然就去你们支队举报你对我耍流氓。"

顾祈舟没好气："废话，不娶你娶谁？"

陈染音一想：也是。于是开开心心洗澡去了。

等她裹着白色的浴袍从卫生间里出来后，顾祈舟已经穿戴整齐，甚至连床都给人家铺好了，还把她的衣服也给叠好了，整整齐齐地摆在了床尾。

房间内一点点暧昧的气氛都没了，一点点都看不出来刚才发生了什么。

陈染音简直不知道该摆出什么表情——真不愧是天天住在特警队的男人啊，这生活习惯，自律到可怕。

真是干干净净、严于律己。

但她就是喜欢挑衅他，看着他失智破戒。

顾祈舟正坐在床对面的沙发上看手机，陈染音朝他走了过去，站到他面前。顾祈舟抬头，看着她，询问："怎么了？"

陈染音没说话，直接把浴袍脱了。

浴袍瞬间堆叠在了地上，在她纤细的脚踝周围隆起一圈雪山。

顾祈舟的喉头一紧，瞳色忽然深了几分。

陈染音眨了眨眼睛："喜欢吗？"

顾祈舟知道她又开始挑衅了，闭上眼睛，深深地吸了一口气，哑着嗓子命令："去穿衣服。"

陈染音："你先说喜欢不喜欢。"

顾祈舟不可否认："喜欢。"

陈染音扬起了唇角："喜欢就行，属于你的。"说完，转身，晃着细腰朝着床尾走过去，一步一摇，步步生姿。

顾祈舟根本移不开眼，狠狠地咬了咬后槽牙，从沙发上站了起来，阔步走到她的身后，一手揽住了她的腰，一手摁在她的后背上，把她的上半身往下压。

陈染音双手撑着床边，长发下垂，挡住了两侧脸颊，明知故问："不吃饭了？"

顾祈舟咬牙切齿："你就是欠收拾！"

最终，两人离开房间的时候已经将近夜里十点了。

顺着走廊朝着电梯间走的时候，陈染音的两条腿全是软的，走路姿势别别扭扭。

一走进电梯，她就靠在了旁边的扶手上，感觉站都要站不稳了。

顾祈舟看着她，又心疼又觉得这家伙活该，无奈地叹了口气，朝她抬起了一只手臂："过来，我抱着你。"

陈染音还挺要强的："不用！"东辅第一猛女绝不接受施舍！

顾祈舟没说废话，直接把她捉了过来，一把抱进怀中。

陈染音心头窃喜，悄悄扬起唇角，半推半就地倚靠在他的身上。

酒店的餐厅是二十四小时自助模式，到了餐厅后，陈染音立即找了个位置坐下来。

她现在是又累又饿，都饿得前胸贴后背了，什么都想吃，却没力气去餐台选餐，于是就把这个光荣的任务交给了她的"爱妃"。

不一会儿，顾祈舟陆续端了几个餐盘回来，陈染音看了看他选的菜，顿时有种重新回到了特警训练基地的感觉：炒青菜、炒西蓝花、炒豆芽、熟鸡蛋、水煮虾和烤面包以及一盘水果。

碳水、蛋白质、果蔬纤维都有，完美的一顿营养餐，清淡又低卡。

还给她端了杯热牛奶。

但是，她想吃脂肪。

“你能不能去给我拿一份炒面？”她说。

顾祈舟：“不行，太油了，不好消化。”他担心她睡前吃太多热量太高的东西会难受，所以才会选择清淡的食物。

“我一定可以消化！”陈染音斩钉截铁，“我连我们学校门口的麻辣烫都能吃！”

顾祈舟抬眸，面无表情地盯着她：“你还敢吃麻辣烫呢？”

陈染音心头一虚，连忙解释：“不辣！真的不辣！一点都不辣！而且我也不是天天吃，偶尔吃一顿。”

顾祈舟不容商榷：“那也不行。”

陈染音叹了口气，手肘抵着桌面，双手托腮，眼巴巴地望着坐在她对面的顾祈舟，语调悠悠：“再辣的东西，也不比不上哥哥你辣呀。”

顾祈舟：又开始了。

陈染音又眨了眨眼睛：“哥哥眼里明明没有酒，我却越看越醉，是我的问题吗？不，是哥哥的眼神撞击了我的心。”

陈皇的嘴，哄人的鬼，甜言蜜语张口就来，压根不需要打草稿。

说真的，他都不知道该往下接什么话了。

叹了口气，他把刚剥好的鸡蛋给她递了过去，言简意赅：“吃饭。”

陈染音哼了一声，不情不愿地接过了白嫩嫩的鸡蛋：“你真是没意思，好歹回我两句啊？”

这种骚话，顾祈舟是真的说不出口，直接把水煮虾的盘子拉到了自己面前：“我给你剥虾。”

陈染音一边吃鸡蛋一边问：“剥一辈子？”

顾祈舟：“嗯。”

吃完饭后，顾祈舟本打算直接走，陈染音却拉着他回了房间，问服务员要了个袋子，把浴室里的洗头膏、护发素、沐浴露、洗面奶以及客厅小冰柜里放着的酒水饮料全部装走了。

毕竟，三千多块钱一晚上呢，这些瓶瓶罐罐的东西全都包含在房费里，必须带走！

该省省，该花花！

顾祈舟都没想到这么多，诧异之余，还感觉他媳妇儿真是贤惠死了，特别会过日子。

收拾完东西后，两人去一楼大厅退了房，然后手挽着手去了电梯间，准备乘坐电梯下负二楼，去停车场开车。

电梯是从负二楼上来的，到一楼停了。电梯门缓缓打开，陈染音毫无防备地和站在电梯内的那个男人对视上了，不由得一愣。顾祈舟也愣了一下，神色中划过难掩的惊愕，但很快就调整好了面部表情，不闪烁也不回避，用一种看陌生人的目光看着他。

那个男人身材挺拔，穿着深灰色的西装，黑色皮鞋，气质斯文儒雅。看到陈染音后，他也是一愣："音音？"随后，他下意识地将目光移到了站在她身旁的顾祈舟身上，又是一怔，微微蹙眉，"这位是？"

陈染音如实相告："我男朋友！"

"哦。"男人笑了一下，缓缓地从顾祈舟身上收回了视线，款步走出电梯后，温声对陈染音说了句，"快回家吧，已经很晚了。"

"嗯，现在就回去了。"说完，陈染音就挽着顾祈舟的手上了电梯，"孟哥再见。"

孟昭远回身看着他们两个，温和一笑："再见。"

电梯门闭合后，顾祈舟才询问了一句："他是谁？"

陈染音还卖了个关子："是不是看着眼熟？但你肯定没见过他。"

确实没见过真人。

但见过照片。

血海深仇，那张脸已经刻进了他的骨子里，死也不会忘。

但是，顾祈舟不想让她担惊受怕，配合着问了句："你怎么知道我觉得他眼熟？"

陈染音笑了一下："因为他是孟牧丞他哥，他们兄弟俩长得挺像。"

仇恨与怒火在胸腔内交织着，顾祈舟下意识地攥紧了双拳，竭力使自己保持平静，再度向她确认："他叫什么名字？"

陈染音："孟昭远。"

陈染音的腰和腿依旧是又酸又软，所以，是顾祈舟开车把她送回家的。

夜里的天空再度飘起了雪花，纷纷扬扬地挥舞在霓虹灯的斑斓照映之下。

车里很安静，陈染音绵软无力地窝在副驾驶上，略有些索然无趣，她想让顾祈舟和她说说话，但是顾祈舟一直很沉默。

她扭着脸看了他好长时间，他却一直没有回应她，或者说，压根就没注意到她的目光。

他手握方向盘，目不转睛地看着前方道路，浓黑的眉宇微微蹙着，清晰消瘦的下颌线微微有些紧绷，神色晦暗不明。

陈染音感觉到了一些异样，抿了抿唇，问了句："你怎么了？"

顾祈舟回了神，立即舒展开了眉头："没什么。"

陈染音不相信："你肯定在想事情，还不愿意告诉我。"她又叹了口气，幽幽怨怨地说，"刚睡完就对我这么冷淡，哥哥你真是好狠的心。"

顾祈舟无奈一笑，只能告诉她："队里的事儿。"

陈染音："保密的那种？"

顾祈舟："嗯。"孟家的案子确实是保密案件，在狼爷没有落网之前，谁都不能对外透露，这是规定。

"哦。"陈染音也知道他们这种公职人员经常会遇到保密案件，所以就没再继续往下追问，但还是忍不住关心了一句，"非常大的案子吗？危险不危险呀？"

顾祈舟不想让她担心，就回了句："还好。"

"哦。"陈染音瞟了他一眼，忽然把手放到了自己的小腹处，轻叹口气，"顾队长，我要求你每次出任务都必须平安归来，不然我这文身……唉，不好找下家呀。"

刚好遇到了红灯，顾祈舟踩下了刹车，扭头，冷着脸盯着她："你要是敢让第二个男人看见你的文身，就给我等着吧。"

陈染音："啧啧啧，爱妃你真凶啊。"但她就是爱看他这种被逼急了的样子，"一点都不温柔，不像别的哥哥，都温柔极了。"

顾祈舟对她束手无策到了极点，长叹一口气："把你男人气死对你有什么好处？"

陈染音："没好处，把你气死了我就没男人了。"她说，"我就是想让你知道，这个世界上还有好多好多哥哥呢，你要是不能如约来娶我，我就要去找别的哥哥了。"

顾祈舟明白她的意思，很认真地承诺："好，我向你保证，等这件案子结束后就来娶你。"他还是有些心有余悸，狼爷一天不落网，他就不敢轻易成家。

陈染音总觉得这话怪怪的，沉默片刻："算了，你还是别这么保证了，一般电影电视剧里面，做出这种保证的人都没有什么好下场。"

他明白她的担心，虽然他的工作充满了危险和不确定性，但是……他哭笑不得地回了句：“陈皇，我真没那么容易死。”

陈染音哼了一声，没好气地瞪着他，谴责：“是谁说的怕我后悔？是谁之前天天吓唬我，说自己很有可能下一次就不回来了，让我离他远点？是谁说不能给我安稳的生活？是狗！是王八蛋！”

陈染音还是气：“把我吓得天天晚上做噩梦，现在又觉得我胡思乱想，你好意思吗？”

“我的错，我跟你道歉。”顾祈舟无法反驳她说的话，直接承认错误，“是我前一段时间钻牛角尖了，让你受委屈了，对不起。”他那段时间整个人都是拧巴的，明明很爱她，却只想尽快把她推开，推得越远越好，却从没想过要珍惜她，也没考虑过她的感受，直到发生华明饭店的劫持案，他才意识到，自己根本离不开她。

他们两个人的命运早在九年前就被连接在一起了，谁都离不开谁，不然这辈子就不完整。

但是，顾祈舟不道歉还好，他一道歉，陈染音更委屈了，眼眶一下子就红了，眼泪直在眼眶里打转。

顾祈舟最怕她哭，瞬间慌了：“你……你别哭，都是我的错，我……我不对，你想怎么惩罚我都行。”

陈染音终于给了他一个眼神：“真的？”

顾祈舟信誓旦旦：“真的！”

陈染音想了想，说：“那我就罚你这辈子都不许离开我，只爱我一个！”

顾祈舟心头一软，温柔又笃定地回答：“好，认罚。”

夜间的东辅依旧车水马龙，顾祈舟把车开进小区下方的地下停车场时，时间已经过了晚上十一点。

离家越近，陈染音的心情越低落，因为她不想和他分开，一分开又是好长时间都见不到。

在停车位上把车停稳后，顾祈舟解开了安全带，虽然不舍，但不得不分离：“回家吧。”

陈染音低着头不说话，安全带都不解，一动不动地坐着，像是个听不懂话的无赖似的，故意拖时间，能拖多久拖多久。

顾祈舟知道她心里难受，其实他自己的心里也不怎么好受，却不得不去安慰她："年底比较忙，过了这段时间我就去找你。"

陈染音看了他一眼，又问了一遍："你爱不爱我？"

顾祈舟很认真地回答："爱，特别爱。"

陈染音咬住了下唇，摆出一副泫然欲泣的表情："那好吧，哥哥再见，你一定要想我。"

又开始演了……顾祈舟哭笑不得，很配合地回了句："好，哥哥一定会想你。"

顾祈舟："满意了？"

陈染音勉强满意了："还行吧。"

顾祈舟没再废话："那就下车吧。"

"哦。"陈染音不情不愿地解开安全带，开门下了车。为避免她妈发现她去酒店了，她没敢把从酒店房间拿回来的东西带回家，而是放在了后备厢里。

顾祈舟也下了车，准备等会儿打车回队里——今天限号，他没开车。

地下停车场空空荡荡，顾祈舟走到陈染音身边："我把你送到电梯口。"又不放心地叮嘱，"到家给我发个消息，五分钟之内没接到消息我就上楼。"

陈染音诧异又奇怪地瞟了他一眼，感觉他好像有点小题大做了，其实她家小区的安保工作做得还是很好的，不然她妈早带着她搬家了。

她忍不住问了句："最近的工作压力大吗？你是不是有点太紧张了？"

是的，他很紧张，从见到孟昭远的那一刻起，他的神经就是紧绷着的。

顾祈舟不确定孟昭远有没有把自己认出来，却还是很担心她。

但他不能对她透露任何案件细节，只能说："每到年底犯罪率就会提升。"他又不放心地说，"最近一段时间多注意安全，没事就在学校里待着吧，晚上别乱跑。"他知道她现在住寝室。

陈染音知道他是为了自己好，但是……她叹了口气："你现在真的很像我妈，她也总是担心我的安全，不停地碎碎念。"

顾祈舟："那就老老实实地听你妈的话。"

陈染音哼了一声，心想：我妈还不同意我和你在一起呢，我也听她的吗？

站在楼梯间等电梯的时候，顾祈舟又忍不住叮嘱了陈染音一句："你尽量离姓孟的远点。"他实在是担忧，又不能说太多，只能这样提醒。

陈染音还当他又开始小心眼了，无奈地回了句："放心吧，朕只爱你。"

顾祈舟不置可否，不容置疑："不论什么时候见到姓孟的，都必须告诉我。"

陈染音叹了口气："知道了。"

电梯来了，门开后，陈染音不舍地看着顾祈舟："我走了啊。"

“嗯。”顾祈舟又张了张嘴，有一肚子的话想交代她，却又不知道该怎么说，无力地叹了口气，千言万语化成了一句话，“一定要注意安全。”

“知道啦。”陈染音给他挥了挥手，然后上了电梯。

电梯门即将闭合的那一刻，顾祈舟又喊了句：“到家给我发消息！”

“知道——”

闭合的电梯门截断了她的声音。

顾祈舟一直没走，攥着手机站在空无一人的电梯间，直到收到了她的微信消息：“到家啦！”后面还附带着一张鞋柜的照片，他才舒了口气，转身离开了。

刚坐上出租车，他就收到了许建城的信息：“经侦那边有进展了，准备收网。”

顾祈舟呼吸一滞，迅速回复：“什么时候行动？”

许建城：“不急，网要慢慢收，不然会打草惊蛇。”

秦薇和陈鸿博一直没睡，一边坐在客厅的沙发上看电视，一边等陈染音回家。

开门声一传进客厅，秦薇就从沙发上弹了起来，但是转念又想到自己正在和闺女冷战，又一屁股坐回了沙发上，抱着胳膊对自己老公说：“去问问她怎么才回家。”她冷声冷气的，还故意把音量提高了，陈染音站在门厅都能听到。

陈鸿博：“她不是说了和一帮朋友出去玩吗？”

秦薇没好气：“她说你就信？她去见谁了你知道吗？你亲眼看见了？”

陈染音换好拖鞋后，走进了客厅，无奈地对她爸说：“你跟我妈说，我今天晚上是被陆云檀她男朋友拉去彩排了，人家梁云笺明天要求婚，我们好多人都去帮忙彩排了。”这话，半真半假，梁云笺明天确实要求婚，也确实找了好多朋友去帮忙彩排，她也收到了邀请，但是，她不厚道地爽约了……

陈鸿博早已习惯了夹在中间传话的生活，叹了口气，看向自己老婆，言简意赅地总结：“她说她去参加人家的求婚彩排了。”

秦薇还是半信半疑，总觉得这个死丫头肯定是去见那个姓顾的了，但又没证据，所以就没办法再追究这件事，只能暂且放过她，然后又对自己老公说：“你问问她明天下午有没有时间，去见设计师。”

她早就打算在二中初中部附近买套房子，为了方便女儿上下班，但一直没落实，直到华明饭店的事件发生后，她突然意识到这件事已经刻不容缓，立即跑去学校附近的几个小区看房子了，最终在学校南边的一个小区买了套三室两厅的房子。

学校附近全都是二手房，所以入住之前必须重新装修。

但是，陈染音已经心累了，不想再和她妈冷战，所以，不等她爸开口，她主动破了冰，态度谦卑地对她妈说：“妈，我明天没时间，要去参加人家的求婚仪式啊。”

陈鸿博愣了一下，继而长舒一口气，终于不用再夹在中间受窝囊气了。

秦薇却只是冷笑，抱着胳膊盯着她：“哟，真不容易啊，终于舍得喊我妈了？还知道你有个妈呢？”

陈染音：我都主动跟你示好了，你还阴阳怪气？

嘁！行！好！既然你不想跟我和好，那我也不跟你和好了！

她又气又委屈地看向她爸：“你听到了吧？这可不怪我啊，是她不跟我好好说话！”说完，转身就走，回到了自己的卧室，赌气锁上了房门。

陈鸿博长叹一口气，一脸无奈地看着自己老婆：“你看看你，她都主动跟你服软了，你干吗要说风凉话？”

其实秦薇也有点后悔了，但是，她绝不低头：“她跟我服软我就必须接受？她是妈我是妈？”

陈鸿博：唉，他这里外不是人的日子算是没完没了了。

回到卧室后，陈染音把包扔在椅子上，然后脱掉衣服换了内裤，又换上了睡裙，洗漱完就钻被窝里去了。

浑身疲乏，本想睡觉，但是，只要一闭上眼睛，满脑子都是今晚的美好回忆，越想越刺激，越想越兴奋，嘴角止不住地上扬，在被窝里翻来覆去地睡不着。

她一直兴奋到后半夜才睡着，元旦当天睡了整整一上午，中午才起床，在她妈没好气的唠叨声中吃了个饭，下午一点左右，出门，去给梁博士当群演。

梁云笺的求婚特别用心，租了一个几千平方米的场地，里面所有布景都是他亲自设计的，只为了给有着女侠梦的陆云檀打造一个独属于她的江湖世界。

陈染音不能太早露面，因为陆云檀认识她，太早露面的话就露馅儿了。

换好了服装，在后台等待上场的时候，她终于见到了陆云檀的哥哥，陆云枫。

陆云枫身材挺拔、颀长，本就男生女相，五官极为冷艳，还偏偏留着一头长发，越发像是个清冷大美人，古装杀手的扮相一穿上，简直比陆云檀还有侠气，双臂环抱靠墙一站，像极了杀伐果断的黑衣侠客。

陈染音又想到了陆云檀的吐槽，她说她哥爱上了一个烦人的缅甸华裔女人，爱得不可自拔。

梁云笺的求婚很成功，在他和陆云檀拥吻的那一刻，陈染音被感动得热泪盈眶，羡慕别人爱情圆满的同时，又止不住地想：顾祈舟什么时候才能来给我求婚啊？

然而等那股激动的劲儿过去后，她终于冷静下来，认清了现实：能见上一次就不错了，哪敢奢望求婚啊？

突然就难受了起来。

从一月初的元旦开始，一直难受到了二月份的农历新年，她也没能再见到顾祈舟，他实在是太忙了，再加上她的教师工作也很忙，毕竟带的是毕业班，所以他们俩连微信联系的次数都不多，每次回消息还都是有时差的——她白天给他发消息，他到晚上才能回。

不过，她也能理解他的忙碌。

她会默默地守在他的后方，当他最稳固最温柔的后盾。

她要让他一回头就能看到她。

一直到大年二十九，学校才放假，陈染音不放心也不舍得让顾别冬这小子自己一个人过年，本想把他接到自己家里过年，谁知道，人家顾别冬有地方去——

“我去许叔家。”这是放假前一天，顾别冬站在教室外的走廊上对陈染音说的原话。

陈染音知道他小时候曾在许支家住过很久，但还是疑惑：“许支放假吗？”顾祈舟都不放假，许支能放？

顾别冬：“不放，我去陪陪爷爷奶奶，”许支他爸妈年纪也大了，而且这老两口以前对他也挺好的，“再说了，万一他闺女要去给他拜年，我刚好可以问她几个学习上的问题。”

陈染音：呵，你这算盘打得真响，南半球都能听到。

她叹了口气，不得不叮嘱：“马上中考了，要以学习为主，别天天想有的没的，人家许词话的眼里只有学习。”

顾别冬立即保证：“舅妈你放心，我的心里也只有学习，我要努力，争取和咱们班的优秀课代表考上一个高中！”

大年三十早上，陈鸿博开着车，带着秦薇和陈染音回了老家。

高速路上又堵了起来，独自坐在后排的陈染音闲着没事干，刷起了手机，突然听到她妈说了声：“哟喂，这么突然，说走就走？”

陈染音抬头，看向副驾驶：“怎么了？”

陈鸿博也看向自己老婆。

秦薇："我刚才微信问你云姨什么时候回老家，她说她现在在机场呢，全家准备飞美国。"

云姨，就是孟牧丞他妈。

秦薇又说："昨天晚上还说要回老家呢，今天早上就要去美国了。"

陈染音："去美国度假过年吗？"

秦薇："应该是吧，不过也太突然了。"

陈染音微微蹙眉："孟叔叔不是从不在国外过年吗？每年都回老家陪父母。"

东辅国际机场，T2 航站楼。

农历年底最后一天，二楼值机大厅内人满为患，安检口前更是排起了一眼看不到尽头的大长队。

机场监控中心，顾祈舟身穿便衣，身姿笔挺地站在大屏幕前，神情严肃，目不转睛地盯着上方的实时画面，绝不让嫌疑人离开自己的视线。

他是整场抓捕行动的总负责人，但为了避免被嫌疑人认出而打草惊蛇，所以不能亲自抓人，只能隐身在后方指挥。

监控中心的这扇屏幕是超大拼接屏，上面能够同时显示九幅监控画面，位于最中央的那幅是某个候机厅内的实时监控，周围八幅则是散布在这个候机厅周围的机位监控画面。

今天凌晨三点多左右，他们连夜逮捕了耀辉集团的副总陈海东，然而在去抓捕孟铮的途中出了意外——

孟铮已然对公安机关的行动有所察觉，竟然订了今天最早的一趟前往美国的航班，试图携家带口出逃国外，躲避抓捕。

他也确实是个很狡诈的人，并没有订头等舱的机票，因为贵宾候机厅内人少空旷，警察来了不方便逃脱，也不方便隐匿行踪，所以他特意订了普通舱机票。

时间才刚过早上七点，候机大厅内就人满为患，23 号值机口前的几排长椅上坐满了等待值机的游客，孟铮和他的家人夹在其中，旁边还有几个带着孩子的家长。

周围散布着不少便衣特警，但由于无辜群众太多，警方也不敢轻举妄动，以免伤及群众。

通过监控画面，顾祈舟能察觉到，孟铮和孟昭远的神情很警惕，如同两只察觉到了危险的鹰隼，反观坐在他们俩对面的孟牧丞和他妈荀丽云，倒是表现得很轻松，一个低头玩手机，一个抱着小孙女玩，丝毫没有察觉到异样。

孟昭远的妻子看起来很不安，一直埋头坐在婆婆的身边，双手不停地绞动着。

坐在孟昭远后面的是个抱着孩子的妈妈，小孩嘴里叼着奶嘴，一不小心把奶嘴儿吐到了孟昭远身后。小孩妈妈扭头招呼了孟昭远一声，孟昭远不得不起身，从靠背椅上把奶嘴捡起来，还给了孩子妈。

在他起身的那一刻，顾祈舟注意到他身上穿着的黑色夹克外套下方鼓起了一块，立即举起了对讲机："各行动组注意，嫌疑人身上可能携带着枪支。"

便衣警察是两两一组行动，和吴锵分配到一组的是一位叫倪一梦的女队员，两人扮演情侣，站在不远处的饮水机前一边假装对话一边盯梢。

孟牧丞玩手机玩累了，长叹一口气，抬起脑袋，扭了扭脖子，然后，朝着饮水机那边看了一眼，又朝着其他几个方向看了看，再次叹了口气，从凳子上站了起来，步伐款款地朝着饮水机走过去。

顾祈舟在监控中看到，孟牧丞走到了吴锵身边，一边接水一边笑呵呵地对他说了什么，随后他便回到了候机区，从他妈怀中把小侄女抱了起来，看样子是想抱着她玩，结果，小孩忽然哭了，怎么哄都哄不好。孩子妈从孟牧丞怀中把孩子接了过来，然后在婆婆的陪同下去了母婴室。

孟牧丞坐回了原位。吴锵和倪一梦对视一眼，两人一起走远了。

孟昭远微微蹙眉，盯着自己老婆孩子的背影看了一会儿，还是起身从凳子上站起来，跟了过去，守在母婴室门口。

几位便衣立即不露痕迹地把母婴室四周包围了起来。

顾祈舟刚要询问吴锵怎么回事，耳麦里忽然传来了吴锵的汇报声："顾队，孟牧丞给了我一个 U 盘，说是证据，让我们抓人的时候避开他妈和他嫂子。"

顾祈舟蹙起了眉头，目不转睛地盯着监控画面上的孟牧丞，有些挫败，又有些庆幸——

他知道孟牧丞这个人智商超群，却没想到，他的观察力竟然这么敏锐，竟然连便衣都认得出来，所以他感觉到了挫败——自己亲手训练出的兵竟然没赢过孟牧丞。

又庆幸，幸好孟牧丞是主动伏法了，不然还真难拿下。

监控上，孟牧丞像没事人一样继续低头玩手机，懒洋洋地靠着座椅，跷着二郎腿，一晃一晃的，丝毫没有即将被抓捕的紧张和恐惧感，反而十分轻松。

孟铮抱着胳膊坐在他对面，孟昭远走后，他身侧的椅子就空了，很快就有一位穿着低调黑衣服的年轻男游客填补了空位。

分布在孟昭远周围的便衣特警们也全部就位。

顾祈舟盯着屏幕，一声令下："行动！"

坐在孟铮身侧的两人立即出手，果断扣住了孟铮的双臂，同时将他的双手向后扭动，让他跪在地上，迅速给他戴上了手铐。与此同时，母婴室门口的几位特警也雷霆出击，将孟昭远摁在地上，亮出了手铐。

事发突然，周围群众无不震惊哗然，某几个行动快速的人已经拿出了手机，准备拍视频，警方快速用衣服盖住了孟铮和孟昭远的脸，遮挡了他们的面容。

两位便衣走到孟牧丞面前，孟牧丞舒了口气，姿态优雅地放下了手机，从容地伸出双手，唯一让他感觉愧疚的人是小侄女，屁股估计都被他掐紫了。

母婴室内，荀丽云很奇怪孙女为什么一直哭，尿布没有湿，她妈给她喂奶也不喝，莫名其妙就哭了。哄了好久，小孩才止住哭声，婆媳俩正准备离开母婴室时，两名便衣女队员挡在她们俩面前，亮出了证件。

大年三十，晚上十一点半。

距离农历新春的到来还有半个小时，然而市局的气氛依旧紧张肃穆，丝毫没有跨年夜的轻松欢喜气氛，大家甚至都忘了，今天还有春晚呢，是阖家欢乐的日子。

公安各部门的负责人全部汇报完案件进展后，局长周城起身上前，进行案件总结，并安排下一步的行动计划："今天的逮捕行动很成功，案件进展得也很顺利，各位辛苦了，但是我们绝对不能放松警惕，孟铮和孟昭远只是两条小鱼，在大鱼没上钩之前，谁都不能掉以轻心！"

"大鱼"指的便是东辅市局的老敌人郎九命。

无论是周城、许建城还是顾祈舟，他们的最终目标都不是孟家父子，而是彻底铲除郎九命这颗毒瘤。

周城的神色极为严肃："据我方安插在缅甸的线人汇报，'国王'的贩毒集团近期成功研发了一种新型毒品，为了拓宽市场，这帮毒贩将会在三个月后有一次大型的聚集行动，届时'国王'和郎九命很有可能会抵达边境或者入境，这将会成为我们对其一网打尽的最好时机。"

毋庸置疑，这是一场不能提前对外透露的秘密行动，所以，今天前来参加会议的人员也屈指可数，除了周城和许建城之外，只有三个人参加了本次会议：刑警队的队长郑常，经侦队的队长刘远，以及特警突击队的队长顾祈舟。

周城继续安排工作："我们需要用小鱼引出大鱼，所以针对孟家父子的调查行动一定要保密，绝不能对外透露半点风声，耀辉集团内部也不能乱，必须找个线人尽快接手，务必保证各方面运营一切正常，不然郎九命一定会有所察觉。"

郑常叹了口气，道："孟铮和孟昭远这对父子的嘴特别硬，审了一天都不认罪，还拉律师当挡箭牌。"

顾祈舟问："孟牧丞不是给了个U盘吗？有证据不怕他抵赖。"

郑常解释说："U盘内存特别大，技术那边说里面保存了近十年的视频证据，一条条整理至少需要两天的时间。"他又遗憾地叹了口气，"据孟牧丞交代，这还只是他们搬家前的证据，搬家后他就没再录了，少了两年多的犯罪证据。"

郑常又说："孟家父子嘴那么硬，显然是配合度很低的那种人，又持续犯罪多年，即便铁证如山也很难保证会选择跟咱们合作，即便合作了也不敢保证他们俩会不会有二心。说白了，就是我不敢用他们俩钓大鱼，我怕他们和狼爷那边里应外合。"

顾祈舟明白他的担忧，但他有着自己的想法："不用他们俩呢？"

郑常："那用谁？"

顾祈舟："孟牧丞。"

"那个出了名的花花公子？"郑常有点无奈，"我之前就把他查了个底朝天，他确实是没犯过什么事，他们家的事他也一点没参与，撑死就是个知情不报。但今天他又主动提交了证据，积极协助警方逮捕，也够不上包庇罪，最多再关两天就能放出去。不过，他这个人，真不怎么靠谱。"

"装的。"顾祈舟斩钉截铁，"他最擅长揣着明白装糊涂。"

孟牧丞这人，总是摆出一副混不吝的纨绔嘴脸，其实他比谁都聪明。

顾祈舟又说："可以考虑让他跟我们合作。"

郑常有点不可思议："让他去当线人，主持那么大一个集团，代替他爸和他哥去跟狼爷打交道？"

顾祈舟："嗯，他有这个能力，不然不可能在机场认出便衣。"

在缉毒工作中，用污点证人和线人的情况很常见，但郑常并不放心："你能保证他不会反水吗？"

"能。"顾祈舟说，"他还有点良知，不然不可能为了保护他妈和他嫂子供出他爸。"他又想到了什么，"也能用亲情牌对付孟昭远，他被逮捕前离开座位是因为老婆孩子去了母婴室，他不放心才跟了去。"

郑常不置可否，陷入了沉思中。

以周城为首的另外几人也在认真聆听他们俩的对话。

讨论结束后，周城看向顾祈舟，严肃询问："你要用孟牧丞，你能承担一切后果吗？"

"能，我觉得他可以。"顾祈舟绝对不是凭借着自己的直觉担保，而是认真分析判断后做出的决定，"我反复看了好多次机场监控，确认被抓的那一刻他的表现是如释重负，他觉得自己有罪，所以主动伸出了手，让警方给他戴上手铐。刑警队审他的时候他也极度配合，知无不言言无不尽，并且在此期间不断重申他妈和他嫂子是无辜的，还不停地要求警方照顾好他侄女。他有良知，他在愧疚，让他和警方合作，他还会觉得自己在赎罪。"

他知道，孟牧丞是个聪明人，甚至可以说极具智慧，但他不是一个完美的聪明人，他有着超群的头脑，却没有魄力；他比他哥孟昭远活得幸福，他爸没让他沾家里的那些破事，所以有些天真烂漫，像个吟游诗人。

他的陈皇还曾这么形容过孟牧丞："这家伙的脑回路有问题。"

那还是上高中的时候，他就喜欢听她骂孟牧丞，因为他感觉这家伙对他的陈皇有非分之想，于是兴致盎然地接了句："怎么了？"

陈染音："他莫名其妙地跑来找我讨论人性，问我这个世界为什么不是非黑即白的，为什么有坏人和灰色地带。他一个成天坐劳斯莱斯的大纨绔子弟，思考人性？纯粹是闲出屁了，穷他两天他就知道什么是人性了！"

他当时被陈皇逗笑了，同时又觉得，孟牧丞这人真的活得很简单，竟然会渴望这个世界是非黑即白的。

直到现在，他完全可以确定，孟牧丞是一个内心简单的聪明人，却又是一个十足的普通人，他分得清是非善恶，向往善，却不敢去对抗恶。

可以这么说，他这人满心神圣，却又不敢朝着神圣迈进，必须要有人在后面推他一把才行。

最后，顾祈舟又说："他爸和他哥肯定要进去，他要是真在乎他妈和他侄女，绝对会尽全力配合警方。"

会议室陷入了沉默中，众人皆在认真思考顾祈舟的话。

少顷后，许建城询问顾祈舟："你有没有想过，郎九命是一个十分谨慎的毒枭，常年和他打交道的人是孟铮和孟昭远，忽然换成了孟牧丞，他不会起疑吗？"

"他会。"顾祈舟很笃定地说，"他一定会。"

许建城："那你怎么还敢用他？"

"因为郎九命更看重利益。"顾祈舟冷静分析,"根据线人传回的消息,他们这次研发新毒品投入了很大成本,志向也相当高远,不仅将目标对准了欧美市场,还有整个亚洲市场。耀辉集团是他在国内埋下的最大最隐蔽的一条线,他绝对不会轻易放弃,更何况……"他突然停顿了话语,深吸一口气后,才继续开口,"东辅对他而言是一个特殊的地方,他就是在这里击败了自己的老对手林恒,只要稍加引诱,他就一定会来。"

东辅二中的初三年级大年初五就开学了,上六天课休一天,元宵节当天也不放假。

晚自习九点下课,为防止这帮小崽心浮气躁,陈染音一直坐在讲桌后面盯自习,其间还杀鸡儆猴了一番。

对,没错,击杀对象是她的准外甥顾别冬——

距离倒数第二节晚自习下课还有五分钟的时候,写完了所有作业的小顾没事干了,就给小许传了张纸条,中途被陈染音截了。

陈老师打开纸条一看,差点没被气死:"物代表,你能不能借我一根 0.5 的铅?"

隔着五六排,传张小纸条,就为了借根铅?怎么?坐在你周围的人都不愿意借给你是吧?还是坐在你旁边的人都不用自动铅笔?非找人家物理课代表借?你也不怕铅断?

生气的同时,陈染音又觉得这小子的情商不太够,一点手段都没有。

想当年她上学的时候,直接趁着林宇唐不在座位上的时候,偷偷把自己的东西往他桌洞里塞,等他回来后再故意去找他要,还能顺带着倒打一耙,质问他为什么拿走她的东西,是不是为了吸引她的注意力故意拿走的?林宇唐经常被她弄得气急败坏,却又百口莫辩。

再反观顾别冬这小子的手段……唉,现在的年轻人,一点都不机智。

下课铃才刚打响,陈染音就把顾别冬喊出了教室,站在走廊上训了他一顿,一直训到上课才放过他。

最后四十五分钟,继续盯自习。

现在学校管理严格了,老师盯晚自习的时候也不能看手机,所以一直到最后一节晚自习下课,陈染音才看到她的"爱妃"给她发来的消息:"校门口等你。"

已经两个多月没见了,这一刻,陈染音差点就激动哭了!

她恨不得立即冲到校门口,扑进顾祈舟的怀抱,但是,不能,她还要去查寝。

一直到夜里九点四十查完了所有男女生寝室，她才匆匆忙忙地收拾了一下东西，火速离开了学校。

一冲出校门，她就看到了顾祈舟。

顾祈舟身穿黑色羽绒服，牛仔裤，双臂环抱，背靠车门而站。

他等的时间不短了，一看到陈染音，他就直起了身体，迅速朝她走了过去。陈染音直接朝他冲过去，他笑了一下，定在原地，张开双臂。

陈染音激动地扑挂在他的身上，紧紧地搂住他的脖子，眼眶红彤彤的："我好想你啊。"

顾祈舟的内心在瞬间软得一塌糊涂，稳稳地拖着她的双腿，在她的眉心亲吻了一下："我也想你了。"

此时夜色已深，校门口已经没什么人了，陈染音再无顾忌，贴着他的脸蹭啊蹭，像是个黏人的小猫咪似的。顾祈舟被她蹭得痒痒，却也没躲，任由她胡来。

蹭够了之后，陈染音把脑袋歪在他的肩头，略带愧疚地说："咱们俩在这里卿卿我我，冬子却还在学校里水深火热，要不，把他接出来？"

"让他老实在学校待着吧。"顾祈舟毫不留情，"明天还要上课呢。"

陈染音略带谴责："他也好长时间没见你了。"

顾祈舟："明天中午我来给他送饭。"

陈染音眼睛一亮："你这次休息几天？"

顾祈舟："两天。"孟家的案子暂时告一段落，现在只等大鱼上钩了。

虽然两天时间不长，但足以让陈染音高兴起来，还有点兴奋。

"明天早上送我上班。"她相当明显地暗示，"后天也要送！"

顾祈舟眉头一挑："不怕起不来？"

陈染音哼了一声："朕可是东辅第一猛女！"

顾祈舟忍笑："嗯，陈皇最牛了。"

陈染音傲娇一笑，从他身上跳了下来，上车后，顾祈舟带着她回了家。

夜间的小区里安安静静的，狭窄的楼道里灯光昏黄，气氛幽静。

陈染音紧跟在顾祈舟的身后，攥着他的手。他们一前一后地跑上了楼。

顾祈舟打开了房门，把陈染音拉了进去。

房门关上的那一刻，两人就拥吻在了一起。

黑暗在助燃。

他把她抵在了墙上。

陈染音双臂环着他的脖子，两条腿圈着他的腰，双脚勾在了一起。

一吻结束，陈染音气喘吁吁，却没有停止对他的探索，鼻尖凑在他的颈间，在他的锁骨、耳后、喉结处贪婪又沉醉地嗅闻着。

“没有别人的味道。”她哑着嗓子，心满意足地说。

顾祈舟也嗅闻到了她的气味，丝丝缕缕都是引诱。

他托着她的双腿，抱着她朝卧室走：“妹妹还想我吗？”

陈染音语调悠然地在他耳畔说：“想啊，一直等着哥哥呢。”

顾祈舟把她压进了夜色中。

陈染音越发抱紧了顾祈舟，挑衅着说：“好呀，我等着。”

第十七章

周夜柳

台灯的亮度刚刚好，漆黑的灯罩下，一方暖白色的光线笼罩着木质的床头柜，溢出的光晕恰到好处地点亮了炽热的卧室。

两个多月没见，他们俩今天都疯了。

一直到了凌晨，一切才归于平息。

夜色靡靡，陈染音平躺在床上，左手搭在小腹上，右手手背抵在额头上，双唇微张，如同一条缺氧的鱼，急促地呼吸着。

顾祈舟躺在她的身侧，也在缓着呼吸。

陈染音就是想黏着他，竭力调动着绵软的身子骨，翻了个身，朝着他凑了过去，顾祈舟顺势把她搂进了怀里。

她的鬓角还有汗水，双颊红晕未退，像是一只老实巴交的小狐狸缩在他的怀里，乖到不能再乖。

“陈皇。”他喊了她一声，嗓音还有些粗哑。

陈染音：“嗯？”

顾祈舟笑了一下：“没事，就想喊你一声。”听起来是在逗她玩，但其实是因为他想听她回应他，确认她在自己身边。

陈染音哼了一声，没好气：“对朕有依赖感就直说，不要用这种无聊的手段吸引朕的注意力，朕看得出来。”

他竟然有点不好意思了。

“是不是被朕戳中了内心？”陈染音撩起眼皮，看到了他微微泛红的耳尖，越发得意猖狂，“朕厉害吧？”

顾祈舟不得不承认：“厉害，特别厉害。”又叹了口气，“就是有点欠收拾。”

陈染音眉头一拧，龙颜大怒：“嘿？你什么意思？被我戳穿内心后恼羞成怒意图报复？小心朕休了你！让你当弃夫！”

小狐狸又开始猖狂，又开始觉得自己是老虎了，张牙舞爪地挑衅他。

顾祈舟有些无奈，但他还就喜欢她这副猖狂样儿。

“你可以休一个试试。”他垂眸，面无表情地盯着她，“第二天就让你死在龙床上。”

她抿了抿唇，可怜巴巴地说：“哥哥你真的好凶，都不像是别的哥哥，对我一点都不温柔。”

顾祈舟冷着脸问：“你还有几个哥哥？”

陈染音眨了眨眼睛：“可多啦，你要是惹我不高兴了，我随时能让其他哥哥上位。”

虽然知道这家伙又在扯淡，但这话就是能让他心里不舒服。

还是那句话，这家伙要是想气他，准能把他气死。

“行，我知道了。”顾祈舟没好气，“明天早上我就走人，给其他哥哥腾地方。”

啧，这醋味儿，酸得呛鼻。

绝世无敌小心眼又开始发作了。

她不得不哄：“别的哥哥哪有你厉害呀？”

陈染音眨了眨眼睛，一脸天真无邪：“别的哥哥肯定不能让文身鼓起来，还是你这个哥哥最厉害，妹妹最喜欢你了！”

顾祈舟又被她撩起火了，特别想再收拾她一顿，但是不行，她明天还要上班。

他深吸了一口气，把那股火往下压了压，不容置疑地盯着她：“睡觉！”

陈染音不想睡，不服气地拧起了眉头：“你明明都想要了，”他们的身体紧贴在一起，她能够清清楚楚地感知到他的变化，“干吗让我睡觉？”

顾祈舟对她是又气又无奈：“明天不上班了？”

陈染音无话可说，却还在嘴硬：“朕是东辅第一猛女，没所谓的。”

顾祈舟都被气笑了：“嗯，求饶的时候最猛。”

顾祈舟再度重申：“闭眼，睡觉。”

陈染音还是不想睡，觉得睡觉浪费时间，好不容易才见一次面。她很狡猾地朝他伸出了手，顾祈舟浑身一僵，头皮都开始麻了。

“咱俩说说话呗？”她眼巴巴地望着他。

顾祈舟额角青筋都暴了起来，觉得自己应该推开她，应该命令她早点睡觉，却又做不到，根本推不开她。

他的喉结上下滑动了一下，嗓音极其粗哑：“说……说什么？”

这是妥协了。陈染音心头窃喜，抬眸瞧着他：“说你爱不爱我？”她的眼神中还带着威胁，反正她现在掌控着他的生死呢。

顾祈舟咬牙切齿：“你说呢？”

陈染音不高兴了：“我就要听你说！”

顾祈舟倒吸了一口冷气，差点就死了：“爱！”

陈染音勾起了唇角，非常享受这种掌控一切的感觉，眼角眉梢再次浮现出了小得意和小猖狂。

她就知道他推不开她。

第二天早晨，六点钟的闹铃准时响起的那一刻，陈染音痛不欲生，甚至有些欲哭无泪。

闹铃声像是催魂曲，催醒了她的脑子，却没催醒她的身体和眼皮。

身上每一块肌肉，包括眼部肌肉，都是沉酸无力的。

她开始后悔了，后悔昨晚没节制，应该听“爱妃”的话，早点睡觉的。

挣扎了几秒钟，她实在是起不来，甚至连闹钟都不想关，就当什么都没听见似的，继续睡觉。本打算再睡十分钟就起床，结果，还不到半分钟的时间，她就听到了顾祈舟的声音：“起床。”

他的语气短促，不容置疑，甚至还带着点无奈，像是在面对一个冥顽不灵、朽木难雕的新兵。

陈染音蹙起眉头，却没有睁开眼睛，一把将被子蒙过了头顶，哀求着说：“我再睡十分钟。”

顾祈舟也想让她睡，但是不行：“再睡就迟到了。”

陈染音无动于衷，心里想着：我不吃早饭了，睡到六点二十再起，也来得及。

顾祈舟只好继续劝谏圣上：“乖，快点起床，饭已经做好了，吃完我送你去学校，你可以在路上睡。”

陈染音的内心开始挣扎：她的“爱妃”都已经把早饭做好了，说明他起得更早，辛辛苦苦地给她做了顿早饭，她要为了多睡几分钟懒觉而辜负爱妃的心意吗？不！不行！朕要当一个“仁君”！

她狠狠地咬了咬牙，壮士断腕般掀开被子，痛苦地睁开了眼睛，然后，一脸幽怨地看向顾祈舟，咬牙切齿地说出了四个字："'妖妃'误我！"

顾祈舟：妖妃？

陈染音长叹一口气，一边起身一边警告顾"妖妃"："今天晚上不许再勾引我！"

顾祈舟哭笑不得："到底是谁勾引谁？"

陈染音停下穿衣服的动作，微微噘着嘴，委屈又生气地盯着他。顾祈舟败下阵来，直接认罪："好，我的错，我是妖妃，我勾引你。"

这还差不多——陈皇的心情又变好了，唇角瞬间上扬，一脸得意。

顾祈舟又气又笑，真是翻脸比翻书还快。

洗漱完，陈染音精神抖擞地跑去了厨房外的小餐厅。顾祈舟已经把粥盛好了，两只白净的小圆碗面对面地摆放在黑色的餐桌两侧，中间隔着一笼屉白胖胖的包子、一盘凉拌黄瓜、一盘煮鸡蛋和一碟榨菜。

没有那么多花里胡哨的东西，却很有生活气息，平凡又幸福的感觉扑面而来。

陈染音一边开开心心地落座，一边在心里感慨：啧啧啧啧，真贤惠啊！

她拿起筷子后，迫不及待地夹起一个包子，迅速送到嘴边咬了一口，然后，嘴被烫了一下，不禁倒吸了一口气："咝——"

怎么跟小孩一样？顾祈舟无奈一笑："慢点吃，没人跟你抢。"

"我不是着急品尝你的手艺吗？"陈染音鼓起了腮帮子，呼呼地对着包子吹气，吹了几口之后，才敢继续下嘴，却没再像刚才一样大口咬了，而是小小地啃了一口。

包子皮薄馅多，她这一口下去连皮带馅都吃到了，夹着鸭蛋的肉馅的鲜香味在味蕾上绽放的那一刻，就一个感觉：好吃！真好吃！

"味道怎么样？"顾祈舟问了句，"咸不咸？"他到现在还在纠结，刚才盘馅的时候该不该多加那一勺盐。

陈染音摇头："不咸！刚刚好！"

顾祈舟舒了口气："那就行。"

陈染音又咬了一口包子，然后说："这一笼咱俩也吃不完，等会儿用保温饭盒给冬子带去几个，省得他跑操后再去买零食吃。"青春期的男孩消耗大，饿得快，她观察过，几乎每天跑操后班里的男生都会去学校超市买点吃的。

"嗯。"顾祈舟一边剥鸡蛋一边询问，"他最近在学校表现怎么样？"

陈染音："挺好的，上课听讲很认真，作业积极完成，成绩一直在进步，就是思想上开了些小差。"

顾祈舟微微蹙眉："思想怎么了？又开始矫情了？"

陈染音差点笑喷了："哈哈哈，他是有点矫情，但你这个当舅的也不能直接说出来吧？"

顾祈舟叹了口气，把剥好的鸡蛋放到陈染音面前的小碟子里，问："他最近又矫情什么呢？"

陈染音："那天改他的作业，在作业本里发现了一张他不小心夹进去的摘抄纸，你猜上面写了什么？"

顾祈舟猜不到："写了什么？"

"《虞美人》的改编版。"陈染音清了清嗓子，情绪饱满地朗诵，"人间词话不许我，问君能有几多愁？恰似一江春水向——东——流。"那天在办公室，她差点笑吐了。

顾祈舟的两道剑眉都快拧到一起去了……真矫情啊。

他开始发愁："你说他一大小伙子，一天到晚这么矫情，可怎么办？"

陈染音知道他到底在担心什么，温声劝说："没事，青春期的小孩都中二，尤其男生，既觉得自己是世界第一无敌超级帅大超人，又觉得自己可怜弱小无助没人爱，正确引导就行了，问题不大。"她又说，"他小时候的经历会导致他比别的小孩更敏感一些，但好在并不严重，那些年的失忆对他来说算是个缓冲，所以他的性格并没有很大缺陷，想矫情就让他矫情吧，说明他是个感情正常的小孩，而且他的矫情也没有伤害到任何人，他要是表现得一点事儿都没有，你才该担心呢，说不定哪天就在沉默中爆发或者死亡了。"

顾祈舟认真想了想她说的话，感觉不无道理："你说得对。"又轻叹口气，"矫情也正常，他从小就比别人矫情。"

陈染音笑了："哪有这么说自己外甥的？"

顾祈舟也笑了："真的，我记得有一次在学校门口，他用奥特曼攻击我，我就把他的奥特曼抢过来了，说奥特曼死了，然后他就哭了，非说这个世界上一定有光。"

陈染音不理解："那你干吗要抢他的玩具？"

顾祈舟理直气壮："他用光攻击我。"

我看出来了，你们家这中二病，可能是遗传的。

但是紧接着，她又开始心疼，如果没有经历曾经的那一切，现在的林宇唐应该也是一个阳光开朗的大男孩吧？他会和其他少年一样，怀揣着一个中二的梦，朝着他想要的理想生活迈进，而不是像现在一样，背负着血海深仇和家族的荣耀与使命，义无反顾地投身警队，从一个中二少年蜕变成了一个顶天立地的男人，能给无数人带来安全感，但是，谁去保护他呢？

我可以吗？陈染音扪心自问了一下，答案是：不可以，她真没那个本事。

但是，她可以守护他、陪伴他，替他解除所有的后顾之忧，让他不再孤独不再寂寞，让他感觉到安稳。

“你……想过要和我结婚吗？”她目不转睛地看着他，很认真地询问。

顾祈舟也很认真地回答：“想过。”不止一次地想过，是经常想，日思夜想。

陈染音笑了一下：“那我们就结婚吧。”

顾祈舟眉头一挑：“这算是求婚？”

陈染音傲娇地回答：“算是吧，你可以好好考虑一下，朕等待你的答复。”又说，“能不能重新入主中宫就看你的选择了。”

明白了，除非结婚，不然别想重登后位。顾祈舟笑着点头：“好，我知道了。”

陈染音又威胁了一句：“我劝你不要不知好歹，不然让你生不如死！”

顾祈舟：这是求婚？逼婚还差不多。

吃完早饭，顾祈舟开着车把陈染音送去了学校，刚在校门口把车停稳，俩人就看到了从学校走出来的顾别冬同学。

现在正是上学高峰期，校门口挤满了来送孩子的家长和身穿同款校服的学生，能在人群中一眼认出自家孩子的，绝对是真爱。

但是顾祈舟和陈染音都没有下车，也没有喊顾别冬，俩人默契地坐在车里，准备暗中观察他一下，看看他大早上到底要去干什么。

只见顾别冬小同学径直走进了学校门口的小超市，三分钟后，拎着一兜零食出来了。

“顾别冬。”

听到他舅的喊声后，顾别冬先是一愣，紧接着迅速在人群中搜索着目标人物，对上他舅视线的那一刻，他喜出望外，立即朝着他舅跑了过去，激动不已：“你怎么来了？”

“来给你送个早饭。”顾祈舟拎起了手中装包子的饭盒。

顾别冬去接饭盒的同时才注意到站在旁边的班主任，突然明白了什么：“你俩一起来的？”

陈染音点头：“嗯，你舅送我来的。”

顾别冬瞪着顾祈舟：“所以你昨晚就回来了？”

顾祈舟："是啊。"

所以，你没有来看望我，直接去和舅妈约会了？

你们俩真是，好狠的心，让我当留守儿童！

顾别冬愤怒又委屈，转身就走，还甩了句："卸磨杀驴是吧？行，好，我多余了，我走！我走还不行吗！"同时，又矫情又玻璃心地想：过完河就想拆桥！哼！桥不用你们俩拆！桥自己走！让你们回头无路可走！

顾祈舟一脸嫌弃地盯着自己外甥的背影，无奈地叹了口气："这么大个子，心眼比针眼还小，也不知道随谁？"

陈染音：啊？你还能不知道？

顾祈舟笑了一下，温声催促："陈老师，赶紧进校门吧。"

陈染音哼了一声："中午来给我送饭！"

顾祈舟："那肯定。"

陈染音勾起了唇角，心满意足地走进了校门。

为了哄自己的准外甥，她还特意在课间操的时候给了他一块巧克力，说是他最近表现好，奖励他的。顾别冬虽然矫情，但也好哄，一块巧克力就把他收买了，中午放学后，还开开心心地和舅妈一起去了校门口找他舅。

两天过后，顾祈舟归队，陈染音虽然不舍，但也满足——两天时光虽然短暂，却是美好而幸福的两天，她知足了。

更幸福的是，顾祈舟三月份并不怎么忙，可以定期休息，他们俩几乎每隔一个星期就能见上一面。

小别胜新婚，每次见面都很疯狂。

时间转眼到了四月份，陈染音的例假拖了一个星期都没有来，她差点就被吓死了，甚至都已经想好了该怎么跪在地上痛哭流涕地跟她爸妈求饶了，万幸的是，最后还是来了。

"姨妈"来临的当天晚上，她还心有余悸地在心里发誓，以后一定要收敛一点，不能再那么干下去了，不然迟早闹出"人命"。

然而，事实证明，她根本不需要发这种誓，因为顾祈舟说忙就忙了起来，整个四月份她都没有再见上他一面。

而且她也没什么精力去想那事儿了——中考将至，她的精神压力越发大了起来，生怕班里的这帮"小崽子"考不好或者出意外。

最令人烦躁的是，二中今年的体育考试竟然被安排在了五月份——五月四号——往年他们学校都是四月中旬就考完了，现在又要多焦虑半个月。

屋漏偏遭连夜雨，今年的考场还分得远了，分到了距离他们学校最远的一个考场，都快到东郊火葬场了，真是又远又偏又邪门，没有一个老师不吐槽的。

二中今年诸事不顺……

学校为了确保学生的安全，干脆直接租了几辆大巴车，准备统一安排学生去参加考试。

他们学校的考试被安排在下午，要求是两点半之前进考场。学校要求初三年级的学生中午十二点四十的时候在操场集合，班主任带队，以班级为单位上车。

谨慎起见，陈染音站在车前门外，手持名单，按照顺序点名，点到谁谁上车。

名单没有更新过，最后一个还是顾别冬。

全员到齐，等顾别冬上车后，陈染音舒了口气，把名单叠起来揣进了运动裤的兜里，然后才上了车。

司机是一位穿着黑色V领短袖和蓝色牛仔短裤的女人，肤色白皙透亮，小巧的耳垂上挂着圆润的珍珠耳钉，饱满的双唇上涂了艳丽的口红，纤挺的鼻梁上挂着一只深紫色的大墨镜，足以遮挡她的半张脸。陈染音压根就看不出来她到底长什么样，只觉得这位司机姐姐穿得可真性感酷炫，不过也可以理解，马上就到夏天了，东辅的气温越来越高，车外艳阳高照，不戴墨镜的话确实刺眼。

又给学生说了一遍考场内的注意事项后，陈染音坐在了副驾驶，系上了安全带。

没过多久，大巴车缓缓开动。

午后的气氛慵懒，没过多久，同学们的上下眼皮就开始打架了。

为了确保体力，陈染音让大家都睡一会儿，她自己也歪在副驾驶的靠背椅上眯了一会儿，但也只有一小会儿而已，一睁开眼睛，她便发现了异样：路怎么越来越偏僻了？考场虽然离火葬场近，但也没有紧挨着火葬场啊……再说了，火葬场就算是偏也没偏成这样吧？路上连个人影都没有？还有，一班的车不是一直走在他们前面吗？现在怎么也不见了？三班的车还跟在他们后面吗？

陈染音忽然惊恐万分，迅速看了一眼右侧倒车镜。

后方也没有车，寂静幽长的马路上空空荡荡……紧接着，她又发现，前方的操作台上，没有放置司机的信息牌。

刹那间，她的头皮开始发麻，背后发凉，后颈的皮肤上已经冒出了鸡皮疙瘩。

她深深地吸了一口气，咬着下唇，硬着脖子，紧张又惶恐地朝着驾驶室看了一眼。那位女司机的脸上忽然浮现出一抹诡异的笑容，红唇开合，轻飘飘地说：“要是不想让你的学生死，就给我老实点。”

下午一点，丽湾酒店，9楼，走廊。

孟牧丞穿着一套深灰色西装，黑色皮鞋亮得反光，步伐款款地踩踏在柔软的地毯上，气定神闲地朝着某个房间迈进。

最终，他站在了909房间前。

抬手敲门前，他先看了一眼带领着便衣特警埋伏在房门左侧的顾祈舟。

三天之前，他的“顶头上司”一直是刑警队的郑常，直到五月份的第一天，他才见到了顾祈舟。

他没想到他还活着。

震惊，错愕，不可思议，甚至还有些，庆幸。

庆幸林宇唐还活着，庆幸自己并没有害死他全家，庆幸那个姓陈的这辈子不会遗憾终生。

但是林宇唐并没有和他多说废话，他也就心照不宣地摆出了一副和林宇唐不熟的样子，听从林宇唐的指挥和分配，引诱郎九命上钩。

没错，他们今天就是来抓人的。

顾祈舟无声地给了孟牧丞一个眼神，示意他敲门。

将近三个月的秘密部署，他们终于把郎九命引到了东辅，准备瓮中捉鳖。

这三个月期间，主要是孟牧丞在和郎九命对线。

孟铮和孟昭远被关押后，对外宣称是在旅行途中出了意外，生命垂危，一直处于重症监护治疗阶段，于是孟铮的小儿子孟牧丞顺理成章地接手了集团事务——不仅仅是明面上的生意，还有见不得光的肮脏业务。

在此期间，孟牧丞一直在全力配合公安机关的行动，他的任务不仅是维持集团的正常运营，还要和缅甸那边的贩毒集团进行交涉，取得狼爷的信任，把狼爷引来东辅。

但是，维持集团的正常运营容易，取得狼爷的信任就没那么简单了，他的智商再超群，也没有和毒贩打交道的经验，更何况，郎九命这个人生性多疑，孟铮和孟昭远的突然消失不可能不会引起他的警惕，所以，前期几乎是警方手把手地教孟牧丞该怎么去和郎九命交涉。

但即便如此，郎九命也没有彻底放松对孟牧丞的怀疑，几次三番地试探他，要求他表忠心。在警方允许的情况下，孟牧丞对他几乎是有求必应，但孟牧丞还是能感觉到，自己并没有完全取得郎九命的信任。

可是郎九命也有一个最为致命的弱点——利益至上。

他舍不得放弃自己在国内布置了多年的暗网，抵挡不了利益的诱惑。

人为财死，鸟为食亡，为了在国内推销新型毒品，拓宽市场，他还是接受了孟牧丞的邀请，来到了东辅。但是在抵达东辅之前，他并没有提前告知孟牧丞自己要来，而是到了之后才通知孟牧丞，并且一直没有通知孟牧丞具体的见面时间和地点。甚至就连卧底也是在郎九命抵达东辅之后，才给他们发送了一条简单短促的消息："两男一女，分散行动，行踪不定。"随之卧底也彻底失去了联络。

警方只能耐心等待。

五一当天，孟牧丞接到了郎九命发来的消息，说让他晚上去某个露天仓库见面，他立即将此事告知了警方，并在警方的安排下前往约定地点，特警队员们悄然跟随。

然而到了地方之后他们才发现，郎九命并不是诚心见面，而是在继续试探孟牧丞，暗中观察他是不是独自前往，好在警方也比较谨慎，隐身夜色中，没有冲动行事，才没有打草惊蛇。

五一过后，郎九命却龟缩了起来，行事相当谨慎。直至五月四日上午十一点，孟牧丞才再度收到了郎九命的消息，让他下午一点去丽湾酒店的 909 房间见面。

为了确认目标，警方立即联系了酒店方核实 909 入住人的身份信息。

证件照上显示的这个人，和郎九命留在国内的案底照片有七八分相似，但名字不叫郎九命，而叫：刘小华。

仅凭照片警方也无法确认这人是否就是郎九命，于是又立即调取了酒店的监控，进行对比排查。

监控录像显示，目标人物全程佩戴墨镜口罩，走到监控区就低头，看起来十分警惕。从上午十点进入 909 后，他就没再出过门，一直龟缩在房间中不出。

看起来是一场胜券在握的行动。

但顾祈舟总觉得没有这么简单——郎九命那么谨慎多疑的人，还能不给自己留后路吗？哪怕只是一条逃生的后路。

所以，他怀疑房间内的人根本不是郎九命，而是其又一次的障眼法，他不敢掉以轻心。

把九楼所在的无辜群众尽数转移后，警方才能展开抓捕行动。

此时此刻，整层楼，除了 909 和对面 908 房间，其余房间内的住客已经被秘密转移了。908 是特警队的临时指挥室。

孟牧丞深吸一口气，镇定自若地敲响了房门。

没过多久，房间内就传来了渐行渐近的脚步声。

孟牧丞面不改色地站在门前，竭力使自己保持镇定。

房门才刚被打开一条小缝，顾祈舟就用力撞开了房门：“警察！”

门后那人毫无防备，直接被撞翻在地。

他的脸上还戴着面具，听到“警察”两个字后，下意识地想跑，然而还不等他从地上爬起来，顾祈舟就把他摁在地上，戴上了手铐。

那人开始挣扎，大喊冤枉。顾祈舟的心里越发没谱，抓错人的预感越发强烈。

昆鸣蹲在地上摘下了这人的面具，不由得一愣。

这人和郎九命长得确实挺像，身材也有点像，但是单看眼神就能判断出这人不是郎九命。

郎九命的眼神不会这么猥琐和怯懦——郎九命是老毒枭，这个人明显就是一个老混混。

顾祈舟蹙眉盯着这个人的脸，不由得长叹一口气，又被耍了。

这人还在大喊冤枉，昆鸣厉声呵斥：“那你刚才跑什么？”

刘小华双手负后趴在地上，理直气壮：“谁看到警察不害怕？”

昆鸣：“没干亏心事你怕个屁！”

刘小华不吭声了。

顾祈舟盯着他，冷声发问：“谁让你来的？”

刘小华梗着脖子说：“没人，我自己想要来的。”

顾祈舟冷笑：“不说实话是吧？行，现在就把你带回局子里审，信不信连你祖宗十八代都能给查得底朝天？”

刘小华默不作声，垂着脑袋犹豫了一会儿，最终还是老实交代：“我昨晚在黑赌场欠人钱了，那人说只要我能戴着面具在这里待一天，就不用再还他钱了，但是不能跟第三个人说。”

顾祈舟继续审：“什么人？你认识吗？”

刘小华：“不认识，但跟我长得还有点像呢，人家都说我俩长得像弟兄俩。”他又说，“不过人家有钱，出手大方，牌技还好，昨晚一直赢。”

老毒枭了，哪怕不出老千也不可能输给你。

顾祈舟叹了口气，从地上站了起来，示意后方的队员把刘小华押走，带回局子里审——既然郎九命去过地下黑赌场，那么只要顺着这条线索查，就一定能查到他的行踪。

每个城市都有黑暗的死角，郎九命可能就藏于其中，虽然一时半会儿难以追查，但只要他人在东辅，就别想逃出去，迟早会逮到他。

然而就在刘小华被两名特警队员押出房间的那一刻，顾祈舟忽然意识到了什么，神色一变，立即冲了出去："等等！"

特警队员的脚步一顿，顾祈舟冲到刘小华面前，开始搜他的身，最终，在他的牛仔裤左侧裤兜里，搜出来一枚纽扣窃听器。

这位假冒司机的女人手握方向盘，马路旁边是一片湖泊，她还故意沿着湖边开，道路颠簸，车身好像随时都能侧翻进湖水中。陈染音不敢轻举妄动，生怕这个女人猛打方向盘和她们同归于尽。

或许不会同归于尽，因为驾驶室那一边的窗户是全开的，大巴车就算是掉进湖里了她也能逃生，但是后面的学生们可就不一定了。

而且，她还看到，这个女人的后腰上好像还别了一把枪——刚才上车时，女人一直贴着靠背坐，陈染音才没有看到。

陈染音越发心乱如麻，惶恐难安，她不清楚这个女人为什么要冒充校车司机，但总有预感，事情不会这么简单。

果然，没过多久，女司机突然踩下了刹车，车门忽然打开，一个身穿黑色短袖的健壮男人在学生们诧异的目光中上了车。

男人肤色黝黑，留着一把络腮胡，露在袖子外面的双臂肌肉凸起。

他的手中捧着一把95式自动步枪，刚一上车就突然扣动扳机，打碎了一扇车窗，枪声与爆裂声震耳欲聋，学生们开始惊恐尖叫，身体肌肉条件反射般缩起，统统抱头蹲在了座位下方。

陈染音惊恐万分，也想放声尖叫，但是她已经被吓到失声了，面色苍白无比，浑身止不住地颤抖。

持枪的男人似乎并不讨厌尖叫声，反而十分享受这种充斥着惊恐和无助的叫声，所以，他不仅没有恐吓学生们停止惨叫，反而又朝着某扇窗户开了一枪。

尖叫声又起，但很快又止息，取而代之的是无助的呜咽和啜泣声……他们明明是去考试的，为什么会遇到这种事情？为什么要遇到坏人？该怎么办啊？谁能来救他们？

与此同时，那位女司机一边摘墨镜一边起身，然后反手抽出了别在后腰上的短手枪，顶住了陈染音的脑袋，冷笑着对车中的学生们说："小乖乖们，都老实点，按顺序下车，谁不听话，我就开枪崩了你们老师，然后，再崩了你。"她也很享受吓唬小孩的感觉，于是，又补充了句，"'砰'的一声，你们的小脑袋就开瓢啦，天灵盖都被打碎啦，脑浆乱飞，爸爸妈妈都会嫌弃你们恶心啦，哈哈哈。”

她的语气听起来轻松愉快，实则狠毒阴冷，令人不寒而栗到了极点，甚至令人反胃。

陈染音又想到了九年前的那座废旧车间，噩梦卷土重来，胃部开始皱缩，恶心、干呕、想吐。

学生们更是被吓坏了，车内的哭泣声此起彼伏。

性命攸关，无人敢反抗，在枪口的威胁下，他们只能听从女人的命令，乖乖地下车。

男人最先下车，持枪站在路边，威胁着下车后的学生们不要轻举妄动，并要求他们两两一排地站着。

陈染音最后一个下车，是被那个女人持枪抵着脑袋押下去的。

后来，那个女人领着她走到了队伍最前端，手持95式的男人则换到了队伍末端，他们俩一前一后地押送着二班的全体师生，像是驱赶绵羊似的，把他们赶进了不远处的一片矮山中。

矮山上有一处未竣工的荒废别墅区，山后方有一片广袤的湖泊，湖中央还有一座圆形小岛。

在夏日阳光的照耀下，青蓝色的湖面上泛着粼粼波光，小岛枝繁叶茂，是水蓝色中的一点独翠。

放眼望去，这里的景色十分优美，空气质量也好，天蓝得像水洗的一样，绝对算是一片得天独厚的别墅区选址地段，却因为开发商的资金链断裂烂尾了。

几座仅有着水泥框架的楼体零零落落地散布在矮山上，四周荒草丛生，有些生命力旺盛的野草丛甚至已经疯长到和人的膝盖一样高了。

山上还四处堆积着长年累月无人清理的建筑废物和垃圾，变形的钢筋、混合后又凝固的水泥和断裂的石砖随处可见。

山顶有一个刚挖好就废弃了的地基坑，深约五米，坑底铺满了各式各样的废物垃圾，东南角的位置支着一座木头搭建的简易脚手架。

到了山顶后，那对男女用枪指着陈染音和学生们，要求他们下去，谁不听话就开枪打死谁。

陈染音不傻，当然能够猜到这俩人的目的：想把他们困起来，囚禁他们，方便控制——土坑这么深，四周的坑壁还是垂直的，想徒手爬上来很难，而且站在上面能将下方的情况看得清清楚楚，谁不老实就能抬手给谁一枪。

但是正常人都明白“留得青山在，不怕没柴烧”的道理，反抗等于找死，所以现在这种情况下大家只能服从。

那女人看样子是想把陈染音留在最后，于是用坚硬的枪口顶着她的脑袋，用她的命威胁二班的学生们，让他们顺着脚手架往下爬。

第一个登上脚手架的是一位个子不高的男生，木质的脚手架本就不结实，又经历风吹日晒，更是脆弱不堪，他刚一踩上去木架子就开始剧烈摇晃起来，像是要在半空中解体一样，男孩被吓得脸色苍白，惊恐万分地匍匐在木板上不敢动弹。

手持95式的男人不耐烦地把枪口对准了男孩，狠戾地吼了一声：“再不下去就崩了你！”

陈染音的心口猛然一提，其余同学也在瞬间提心吊胆。

男孩更是惊急焦虑，想要赶快下去，但脚手架却越来越晃，他根本不敢动。

男人不悦地蹙起眉头，把手指扣在了扳机上，陈染音惊慌失措，大喝一声：“他死了你麻烦就大了！他是学生！是未成年人！”

男人的手指一顿，眼神阴毒地看向陈染音，不容置疑地对那个女人说：“先杀了她。”

陈染音浑身一僵，头皮再度开始发麻，有种死期将至的感觉。

女人却没有按照男人的要求做，笑了一下：“不行，我留着她还有用呢，再说了，直接杀了她没意思，我要用刀把她的脸皮剥掉，活剥更鲜嫩。”

她总是能用最温柔的话语说出最让人恶心的话。

陈染音再度有了种想吐的感觉。

男人倒是了解这个女人，脸色阴沉地盯着她：“想怎么剥皮是你的事，但是咱们得快点，不然又要惹得一身骚。”

“明白。”女人又是一笑，忽然抬起手朝着脚手架开了一枪。

“砰”的一声巨响，在所有人的惊恐尖叫中，子弹擦着男孩的头皮飞了过去，甚至还在他的头皮上擦出了一道血痕。

男孩的脸色已经被吓青了，浑身僵硬，小便失禁，如同一尊被放置在脚手架上穿着校服的人形雕塑。

女人笑吟吟地说：“我给你们所有人两分钟的时间，两分钟后，谁还在上面，我就杀了谁。计时开始。”

学生们已经被她刚才那一枪吓坏了，陈染音也吓蒙了，确认这女人是真的敢杀人，嘶吼着催促大家：“下去！都快下去！”

站在女生队伍最前方的是许词话，她不再犹豫，立即迈上了脚手架。

脚手架摇晃得更厉害了，她还在试图把那个男生扶起来。

“我……我去扶架子。”队伍末端传来了一个男生的声音。

陈染音听出来了，是顾别冬的声音。

女人呵呵一笑：“行，去吧，互帮互助是美德。”

顾别冬没有理会女人的阴阳怪气，立即冲到了地基坑边，跪在地上伸出双手扶住了脚手架。

摇摇欲坠的木架子终于稳定了一些。

趴在平台上的许词话看了顾别冬一眼，然后扶着那个男生一起顺着架子爬下了地基坑。

倒计时还在持续，女人冷冷地提醒：“还有一分半。”

大家争先恐后地往下爬，在倒计时结束的前十秒钟，顾别冬跳上了脚手架，三两下就蹦到了坑底。

女人推了推陈染音，笑着说：“老师，该你了。”

陈染音只好朝着脚手架走过去，然而就在她即将登上脚手架的那一刻，女人突然蹬出了腿，一脚踹在脚手架上。

本就不怎么稳固的脚手架瞬间朝着另外一侧倾斜过去，重重地跌在坑底，摔了个粉身碎骨。

脚手架周围聚集着不少学生，甚至有几个反应慢的孩子还被木头砸到了，更有甚者被压在了木架下。

这一变故全然出乎所有人的预料，学生们尖叫着，惊慌失措，手忙脚乱地去救被压倒的同学们，陈染音惊怒交加地看向那个疯女人。

女人再度用枪抵住了她的太阳穴，笑吟吟地对她说：“你是不是林宇唐的女朋友呀？”她的语气带笑，眼神却丝毫没有笑意，冷森森地盯着陈染音，仿若一只带有剧毒的蛇蝎。

陈染音浑身一僵，惊恐万状，甚至在一瞬间停止了呼吸，像有什么东西堵在她的喉咙里，导致了她的窒息。

九年前的旧事历历在目，她终于明白今天的这一切是如何造成的，不是巧合，不是随机犯罪，而是蓄谋已久。

他们又来了，那帮毒贩子卷土重来了。

巨大的恐惧感在顷刻间包围了她，因为她感受到了死亡的威胁。

女人的笑意更深，却是皮笑肉不笑：“是不是呀？被我说中了？”

陈染音知道自己不该撇清她和林宇唐之间的关系，但如果承认了，事情只会更加糟糕——这个女人或许不会一枪打死她，但是绝对会用她来要挟林宇唐，更何况，顾别冬也在这里。

她一旦承认了自己和林宇唐之间的关系，就相当于变相承认了林宇唐还活着，那么冬子也会陷入危险之中。

再说，这个女人很有可能也不确定林宇唐是否还活着，只是在故意套她的话，不然她不可能放过冬子，既然没认出冬子来，就说明她也不知道林宇唐的外甥在这个班，或者说，她不知道林恒的小外孙也活着。

她绝对不能上当。

陈染音缩着脖子，微微颔首，一脸惊恐地看着那个女人："我……我不是，我……我不认识你说的那个人。"她边说还边慌张摇头，一副胆小如鼠的窝囊样子——她确实是害怕，但也没有真的害怕到畏首畏尾的地步，她是演的，故意演给这个女人看呢，好让这个女人放松警惕。

女人笑了一下，微微挑了下眉梢，冷幽幽地说："不认识？那次上新闻的不是他吗？"她又特意提醒了一句，"华明饭店，你被绑架那次，我在新闻上看到了。"她又阴阳怪气了一句，"英勇无畏的中国好老师。"

她虽然身在缅甸，但偶尔也会关注一下国内新闻，那次的劫持案事关未成年人的安全问题，在国内闹得沸沸扬扬，媒体大肆报道，甚至就连周边国家的媒体都注意到了。

虽然给特警的画面不多，仅仅几个镜头而已，但她还是注意到了那个特警队长，和林恒儿子长得很像，年龄也差不多。

但可惜的是，整个集团里面，只有她发现了这件事，其他人都没有发现。

她还特意去找了他的干爹——郎九命——好心提醒他，他的仇家可能还没死绝呢，但是，他不信。

或者说，他太自负了。

这么多年，他一直很享受虐杀林恒全家的成就感，并引以为荣，所以他不接受自己的复仇计划带有一丝纰漏。

所以，他不信那个人是林恒儿子，只觉得长得像罢了。

但她清楚，干爹只是嘴上这么说罢了，不然也不会冒着这么大的风险来东辅，如果说"国王"的要求是他来东辅的第一重原因，那么"林宇唐"就是第二重。

他向来是一个酷爱斩草除根的人。

不亲眼见证林宇唐的死，他不会善罢甘休。

但是，林恒的身份好确认，林恒儿子就没那么容易确认了，因为他们从没跟林恒的儿子交过手——在他们的最后记忆中，林宇唐还只是一个十七八岁的小孩呢。

为了确认那个特警队长是否就是林宇唐，他们还曾向孟家父子求证过，但或许是因为调查也需要时间，孟家父子一直没有回复他们……不对，孟昭远曾在一月份的时候回过一条消息，但也只是说和林宇唐长得很像，不确定是不是同一个人，因为档案资料不好收集——九年的时间，有关林家的档案资料也出现了断层，因为他们都以为林家早已被灭门了。

他们也不能再用老手段去跟踪林宇唐，毕竟，他是特警，找人跟踪他等于打草惊蛇。

后来，他们就收到了孟家父子出车祸的消息，然后耀辉集团的接手人变成了孟铮的小儿子孟牧丞。

狼爷根本不信任孟牧丞，她也不信任，但是他们不得不和他虚与委蛇，因为耀辉集团这枚棋子实在是太重要了，他们无法放弃，"国王"也不允许他们放弃。

"国王"目标高远，想要通过新型产品掌控全球毒品经济，试图通过耀辉集团打开中国的市场。

狼爷也是心有不甘。十几年前，林恒不仅一枪打掉了他中国毒王的桂冠，还一枪打散了他的胆量和江山，从那时起，他就不敢再入境，龟缩缅甸，屈居人下多年。所以，他也想通过这次的行动打个漂亮的翻身仗，想要扬眉吐气一把。

听完这个女人的话后，陈染音却长舒了一口气，原来她是在新闻上看到的，未成年人的面部都打了码，所以她没认出来顾别冬。同时也说明，这个女人确实是在套她的话，她根本不知道林宇唐是否还活着，只是怀疑而已。

陈染音继续惊恐地瑟缩着，低垂着眼眸，看样子害怕极了，其实是在思考该怎么对付这个女人："我……我我我真的不认识你说的那个人。"

女人冷笑："那我怎么听说，他是你男朋友呢？"这是孟昭远提供的最有价值的一条线索了。

陈染音一副快哭出来的样子："我……我我男朋友真的不姓林……"

女人怒极反笑，一脚踹向她的腿弯，陈染音直接跪在了地基坑边，还差点栽下去。

女人一把扯住她的头发，用力地把她的脑袋往后扯，枪口抵在了她的脸颊上，咬牙切齿地说："再不跟我说实话，老娘就开枪打穿你的脸。"她又盈盈一笑，"这么标致的脸蛋儿，打开花后又会变成什么样子呢？"

枪口抵脸的感觉并不好，这女人恨不得直接用枪口把她的脸皮戳穿，陈染音又疼又怕。

站在一旁的男人无奈地看了女人一眼，催促："你尽量搞快点，要杀就直接杀，别找麻烦，白玫快回来了！"

女人不屑："她不会那么快。"

男人叹了口气，提醒自己的队友："狼爷一定会想办法甩掉她，她落单之后一定会回来盯咱们俩。"

白玫和他们是一伙人，但又不是一伙人，他们俩是狼爷的人，白玫是"国王"的人。

换句话说，白玫是"国王"派到狼爷身边的眼线。

女人哼了一声："她回来我也不怕，她又不敢对我动手。"又冷笑一下，鄙夷地说，"还白玫，长那么黑，丑八怪一个，我看叫她黑土还差不多，把她的脸皮剥下来栽花。"

陈染音一动不动地跪在地上，缩着脖子垂着头，一边听这女人的话，一边在心里分析出了几条信息：一、他们内斗，白玫是他们的内部敌人——真是小人长戚戚；二、这个女人心理畸形，是个疯子，喜欢剥人家的脸皮。

男人有些着急："咱们俩现在的行动白玫不知道，让她知道了又是一桩麻烦。"

女人依旧不屑："怕什么？咱们两个人，她才一个，借机除掉就行了。"

男人没那么自负，无奈提醒："她是'国王'的人！"

女人不敢无视"国王"，恨恨地咬了咬牙，瞪着陈染音，下定决心速战速决："我数三声，你要是还不说实话，我就开枪，一、二……"

女人故意拖长了语调，试图用这种方式恐吓她、折磨她，攻破她的心理防线。

面临着死亡的威胁，陈染音是真的开始害怕了，满心恐惧，身体不由自主地发颤，甚至连上下牙关都开始打战了。

但是她，不能说实话，绝不能说实话。

她没有能力保护林宇唐，那就用自己的命守护他一次吧。

唯一遗憾的是，这辈子没办法陪他走到最后了……

伴随着倒计时的结束，陈染音绝望地闭上了眼睛。

"你们两个在干什么？"

第三个人的声音突然从后方传来。

是一个女人的声音，声色冷厉，带着怒火与威严。

"知道这里是哪儿吗？是东辅！是中国！"

男人惊慌失措："白……白姐。"

女人准备扣动扳机的手指一顿，不甘心地看了陈染音一眼，恨恨地放下了手枪，起身从地上站起来，一脸无畏地盯着白玫：“你帮你干爹做事，我帮我干爹做事，咱们俩各有各的任务，谁也别碍着谁。”

白玫冷笑：“你不想活了，我还想活。”她又厉声警告，“李雪，我来之前就警告过，谁要是敢在中国境内杀一个人，我就先杀了谁。”

李雪：“我可没你那么㞞。”

白玫气急败坏：“你当这里是缅甸吗？中国警察可不是吃素的！”

李雪无力还击，不甘心地咬住了下唇。

陈染音死里逃生，心有余悸，浑身上下的肌肉还在止不住地颤抖，身体里的力气也像被抽空了一样，她无力地瘫倒在地上，面色苍白如纸。

魂都要被吓飞的感觉。

一直惊魂不定。

眼泪直在眼眶里打转。

不过那句“中国警察可不是吃素的”给了她一点力量，或者说，给了她安全感——对，没错，中国警察就是最棒的，一定会来救他们的！

顾祈舟一定会来的！

虽然白玫也是个坏蛋，但她说出了这句话，就说明她是一个有自知之明的坏蛋。

陈染音忍不住扭过脸，悄悄地看了白玫一眼。

在对上白玫视线的那一刻，她如遭雷击——

小柳，是小柳……是周夜柳！

陈染音震惊又错愕，有那么几个瞬间，她的大脑一片空白，整个人都是呆滞的。

这种感觉很难形容，像是被人当头打了一棒，又像是醍醐灌顶——

她已经有十几年没有见过周夜柳了。

自从哥哥死后，小柳就消失了，杳无音信，像是人间蒸发了一样。

她还以为自己这辈子再也见不到小柳了。

谁会想到，再见面时，小柳竟然成了毒贩的人？

毒贩杀了她哥哥，她哥哥是小柳的爱人，小柳无父无母，从小在孤儿院长大，警校学生，和毒贩不共戴天……她真的很适合去当卧底。

陈染音的眼眶猛然一酸，眼泪瞬间模糊了视线，为了避免被那对男女察觉出异样，她立即收回了自己的目光，低低地埋着脑袋，死死地咬着牙，拼命不让自己哭出声。

但即便是紧闭着眼睛，眼泪还是抑制不住地从睫毛根部冒了出来。

她泣不成声，浑身都在颤抖。

她心疼小柳。

陈染音不知道她这么多年到底是怎么熬过来的，也无法想象她所经历的那些磨难与煎熬，陈染音只知道，小柳曾经也是一个热情洋溢的女孩，吃了蛋糕会开心，买了新裙子会开心，出门喜欢照相，偶尔还会苦恼于自己的肤色黑，影响了美貌……她曾经也只是一个普普通通的小姑娘啊！是被她哥捧在手心里的人啊！

她怎么变成了白玫啊？怎么在缅甸活下去的呀？

为什么要让她承受这一切啊？为什么日子这么苦啊？

陈染音如鲠在喉，心如刀绞，眼眶阵阵发热，浑身颤抖着跪在地上，脊背无力地弓起，额头几乎已经贴在了地基坑的边沿。

那个叫李雪的女人还当她是吓成这样的，冷笑一声，一脚踹在她的肩膀上，直接将她踹翻了，鄙夷地斥骂：“怕成这样？没骨气的玩意儿！”

陈染音半截身子都已经悬空，差点就栽进了地基坑里，幸好她反应快，迅速用手撑住了边沿。李雪却再次抬起脚，还要再踹她——李雪刚才在白玫那里受了气，就把陈染音当成了出气筒，铁了心地要把她踹下去，摔死她。

白玫却厉声呵斥住了她：“够了！”

李雪心有不甘，眼神中划过狠戾之色，恨不得直接抬起手给白玫一枪，先把她给杀了，但最终还是被理智束缚，悻悻地收回了自己的脚，没再踹陈染音，但依旧是满腔怒火，恨极了白玫，心想迟早要除掉她。

白玫五官冷艳，穿着黑短袖和蓝色长款牛仔裤，脚踩黑色皮靴，面无表情地朝着地基坑走了过去。走到陈染音身边时，她才发现地基坑下方还有一群身穿校服的学生，登时就头大了起来，面色铁青地盯着李雪，冷声质问：“谁的主意？”

李雪依旧是笑吟吟的，眼梢吊起，轻启红唇，志得意满：“我的，和王涛无关。”字里行间尽是挑衅。

名叫王涛的男人满面焦急地盯着李雪，很想让她赶紧闭嘴。

白玫也在笑，却笑得阴森、狠戾，眼眸黑得深不见底。李雪却依旧毫无畏惧，还轻轻抬起了下巴，一脸得意地盯着白玫。白玫的笑意更深，突然抬起手臂，直接朝着李雪的脸上抽了一巴掌。

她的手臂看似纤细，却无一丝赘肉，全是肌肉，用力时手臂线条骤然绷紧，力道强劲狠毒，李雪直接被打翻在地，白皙的面颊瞬间变得红肿，唇角都被打裂了。

她手里的枪也掉在了地上。

白玫弯腰，将沾了黄土的手枪从地上捡了起来，垂眸，轻松地吹了一下，漫不经心地把尘土吹掉了，像是在吹风车。

陈染音呼吸一滞，呆若木鸡地盯着她，震惊而陌生。

在白玫身上，她一点都找不到小柳的感觉了。

小柳是一个单纯又带着点叛逆的活泼少女，笑起来眼睛弯弯的，眼眸中闪着星光；白玫是一个心狠手辣、喜怒不形于色的冷厉女人，即便是笑着，也能令人不寒而栗。

十年的时光，足以将一个人变成另外一个人。

不对，是先将一个人摧毁，再把她塑造成另外一个人。

她到底经历了什么？

陈染音的心头再次传来一阵难以抵挡的钝痛，眼眶再度泛红。

白玫一直没有看陈染音，抬起眼眸后，将目光定在了李雪身上。

李雪一直瘫坐在地，低着头，蹙着眉，痛苦地闭着双眼。她的耳膜像是被打裂了一般，不断耳鸣，眼前还一阵阵发黑。

白玫一手托着枪口，一手握着枪把，拇指轻轻地摩挲着枪身，直勾勾地盯着李雪，像是在思考什么。

“白姐。”

男人的声音忽然从后方传来。

陈染音和白玫同时回头，看向王涛。

王涛举起了手中的 95 式，将枪口对准了白玫。

陈染音没想到他们的内斗已经严重到这种地步，竟然还会对“自己人”动手，瞬间瞪大了眼睛，整个人惊慌失措，生怕他朝着白玫开枪。

白玫却无动于衷，面无表情地盯着王涛看了几秒钟，勾起了唇角，冷笑：“怎么？终于忍不住了？”

王涛一动不动地持枪对准白玫，深吸一口气，道：“白姐，这件事确实是小雪做得不对，但她罪不至死，您要是对她动手，就别怪我不客气了。”

陈染音明白了，原来他一直提防白玫，或许从白玫弯腰捡枪的那一刻起，王涛就已经举起了手中的枪。

白玫：“呵？罪不至死？你们绑架了一群中国学生，还差点虐杀老师，这叫罪不至死？我看你们就是嫌自己活的时间太长了！”她又沉声说，“要是耽误了干爹的计划，咱们都得死。”

王涛不安地抿了抿唇：“我知道，但公是公，私是私，‘国王’交给我们的事情，我们一定会办好，可狼爷的私事我们也要解决。”

白玫笑着反问：“‘国王’准许你们去办私事了吗？”又慢悠悠地说了句，“我看，你们几个是想造反吧？老婆孩子不要了？”

王涛脸色一僵，额角冷汗直流。

“造反”这两个字如同一根钉子似的，戳进了他的心脏里。

他们都是狼爷的手下，多年前跟随着狼爷一同前往缅甸投奔了“国王”，“国王”看似热情好客，还大方地给了狼爷集团二把手的地位，但实则一直在提防着他，从未给过他什么实权。之所以让他当二把手，是因为看中了他的人脉关系和往昔的贩毒版图，毕竟饿死的骆驼比马大，“国王”只想通过狼爷的关系扩张自己的贩毒版图而已。

多年来，狼爷的旧势力在一点点地被“国王”蚕食，“国王”还一直忌惮他们会造反，所以他们此番来东辅也是万不得已，耀辉集团是狼爷的最后一张底牌了，如果他们不能在东辅东山再起的话，那么迟早会被“国王”吞噬殆尽。

富贵险中求，他们不得不铤而走险。

但“国王”为了预防他们脱离自己的掌控，就以“安顿家属”的名义软禁了他们的家人，要是真被白玫扣上“造反”的帽子，他的家人也会身陷险境。

王涛开始纠结，是应该乖乖地听白玫的话，还是立即杀了白玫？

白玫是“国王”的眼线，没了她，他们在东辅的行动会顺利很多，但要是白玫的死讯传到了“国王”的耳朵里，他们的家人也将必死无疑——白玫是“国王”的干女儿，要是白玫死在了东辅，他一定杀了他们的家人给白玫陪葬，还能以“铲除内奸”的理由名正言顺地彻底铲除狼爷的旧势力。

他持枪的手开始颤抖，开始犹豫，枪口时而垂下，时而抬起，左右为难。

白玫看穿了他的想法，嗤笑着说：“行动还没开始就打算对自己人动手了？”她叹息着摇头，“古往今来有多少人死于内斗？你们这帮人啊，可真是不成气候，怪不得一事无成呢。”

王涛越发纠结了起来，下意识地咬紧了牙关，鼻翼翕动，呼吸急促。

最终，他还是没敢动手，缓缓垂下了枪口。

然而就在这时，白玫忽然抬起手臂，将枪口对准了王涛，谁知就在扣动扳机的那一刻，身后的李雪突然朝她扑了过来，导致她的子弹打偏了，没打中王涛的要害部位，只打中了他的右臂。王涛吃痛，手里的枪直接掉在了地上。

李雪咬牙切齿，满面狰狞，一手死死地勒着白玫的脖子，一手抓着她持枪的手臂，用尽了浑身的力气去禁锢白玫，五官近乎扭曲，眼珠都暴突了起来，歇斯底里地朝着王涛大喊："把枪捡起来！杀了她！快杀了她！她不死的话死的就是我们！"

王涛迅速弯下了腰，同时伸出了左手，然而就在他的手即将触碰到枪身的前一秒钟，一只白皙的手臂比他行动更快地扫了过来，用力把枪扫走了。

黑色枪身迅速朝着地基坑滑了过去，然后，掉了下去。

这个变故着实令王涛始料未及。

陈染音把枪扫走后顺势从地上站了起来，同时从地上抄起一截废弃许久的锈迹斑斑的钢筋，直接朝着王涛的脑袋抡了过去。

爆头，她最熟悉的绝境求生技能。

时隔多年，她再度爆发出了一股蛮力，王涛的头盖骨瞬间凹陷进去了一块，高大结实的身躯轰然倒地，彻底不省人事。

陈染音转身，眼神凌厉地看向站在白玫身后的李雪。

李雪没想到她会对王涛动手，更没想到她敢对王涛动手，在此之前，这个女老师一直表现得唯唯诺诺，除了哭哭啼啼什么都不会，胆小又懦弱，看起来没用极了，甚至让李雪产生了怀疑：林恒的儿子，真的能看上这种废物货色？

所以，李雪压根就没想过要提防她。

谁知道，她竟然会让他们腹背受敌。

这个该死的贱人！

李雪被打了个措手不及，但她反应很快，很会权衡利弊——王涛死了，白玫是她唯一的战友，她们要是再内斗下去，一定会被那个狡猾的女老师反杀，所以她必须和白玫和解——李雪立即松开了白玫，冲着白玫大喊："开枪！快！杀了她！"

白玫的颈部一松，空气再度入肺，因为窒息，她的面颊已经成了深红色，但没有丝毫犹豫，立即举起了枪，却转身将枪口对准了李雪的眉心，毫不犹豫地扣动了扳机。

"砰"的一声响，李雪死了，死前双目圆睁，惊恐又愕然地盯着白玫。

至死，她都不知道，白玫到底为什么要朝她开枪。

李雪的尸体倒地的那一刻，陈染音松开了手中握着的钢筋。

钢筋落地，她朝着白玫跑了过去，一把抱住白玫，呜咽着喊了声："小柳……"

白玫怔了一瞬，缓缓垂下了持枪的手臂，神色有些恍惚。

已经有好多年没有人喊她小柳了，感觉像做梦一样不切实际。

头顶的天空碧蓝，艳阳高照，微风习习，不远处的湖泊波光粼粼，一切都美好得不切实际，也不合时宜。

五月初旬，春不似春，夏不将夏，一切都无法定义。

陈染音紧紧地拥抱着白玫，将脸埋在她的肩头，哭得不可遏制，浑身发颤。

陈染音想问她这些年是怎么熬过来的，想让她跟自己回家，想让她过上安稳的生活，想替哥哥照顾好她。

陈染音有千言万语想对她说。

却什么都说不出口。

白玫轻叹口气，也抬起手臂，抱住了陈染音。她也有很多话想对陈染音说，但不合时宜，现在不是叙旧的时机，所以，她最终说出口的只是一句："快走，郎九命马上就回来了。"

陈染音咬紧了牙关，抬起脑袋，泪眼模糊地看着白玫："你会和我一起走吗？"

白玫回答："不行，我有我的任务。"

她的目标不只是郎九命，还有"国王"。

她用了整整十年的时间，才真正获得了"国王"的信任。

这一次，她是按照"国王"的要求，和郎九命一起来到东辅，但"国王"这个人戒备心很强，直至出发前一个小时他才将这项任务告知她。

并且为了提防他们有异心，"国王"不允许他们携带自己的电子设备，哪怕只是一只电子表都不行。在出发前先搜身搜行李，检查通关后，"国王"给他们一人发了一部手机，手机内部安装了监控窃听系统，任何从这部手机中发出的消息他都能监测到。

更令她感到棘手的是，她和郎九命并不属于一个阵营，而且"国王"还要求他们分开入境。从缅甸前往东辅的途中，她和李雪同行。

李雪是个极其难缠的女人，这一路上，她们俩一直在互相监视、提防，所以她根本找不到机会通知国内警方。

直到抵达东辅，她才找到机会向陌生人借了部手机，趁机联系组织，但时间紧迫，她也只能给他们发一条简短的讯息，并且发完后就将消息删除了。

她唯恐郎九命会在东辅乱来，所以自从抵达东辅后，就一直寸步不离地紧盯着他，郎九命却狡猾地消失在她的眼皮子底下，无奈之下，她只好提前回到他们事先约定好的集合地点，谁知道一回来就发现了"惊喜"。

李雪这个女人可真是比她预想中的还要厉害得多。

不过也幸亏她回来得及时，不然陈染音就没命了……未梵已经没了，染音要是再出事，叔叔阿姨一定会崩溃吧？

“你快走！”白玫再度催促陈染音，“带着你的学生走！”

学生是陈染音的底线，无论如何她都必须要把他们所有人都带走，平安无事地带走。

她不得不松开白玫，含着眼泪对她说了句：“我等你回家。”

白玫点头之后，她才朝着地基坑跑了过去。

本以为下方会是一片霜打的茄子，谁知道，伸着脖子朝下面一看，她差点都被气哭了，却又想笑——

都要死了，这群人还兴致勃勃地围着95式自动步枪看呢，有两个男生的腿都被木架子砸断了，还趴在地上盯着看，偶尔还伸出手小心翼翼地摸一摸，像是在摸稀世珍宝。

不得不承认，年轻真好，乐观、无惧、想得开，只要没有走入绝境，就不会轻易地想到悲观和死亡，还能苦中作乐。

更幸福的是，没有人陷入生命危险中，他们都还活着。

头顶蓝天，暖风拂面，陈染音忽然感受到了新生的力量，想到了陀思妥耶夫斯基的《少年》：

> 他们看春风不喜，看夏蝉不烦，看秋风不悲，看冬雪不叹，看满身富贵懒察觉，看不公不允敢面对。只因他们是少年。

陈染音把双手举在唇畔，做喇叭状，吼了一声：“咱们得救了！现在马上搭人梯，上来！”怕他们忘了人梯怎么搭，她又喊了一嗓子，“去特警训练基地的时候何教官教过，下层四个人，往上三个，然后两个……上层人的脚踩下层的肩！这个墙高，你们最下面站五个人吧！”

其实在95式掉下来的那一刻，大家就预感到有救了，不然也不敢这么清闲地去观察自动步枪，但是在亲耳听到班主任告知他们“得救了”的那一刻，大家还是难以自持地欢呼雀跃了起来。以顾别冬和赵胖为首的几个身材比较高大的男生迅速跑到墙根，双手抵墙，后脚蹬地，组成了第一层人梯，后来的男生踩到他们的肩膀上，组成了第二层人梯，往后是第三层、第四层……

二班的男生还都挺绅士的，都没有抢着上去，让女生先上，女生上完了男生才上，陈染音和白玫一起挨个把他们拉了上来。

站在最下层的几个男生和手脚受伤的学生不好往上爬，于是已经上来的学生全都把校服外套给脱了，袖子系袖子，连成了一条长绳子，齐心协力地把下面的同学给拉了上来。

顾别冬是最后一个上来的，上去之前还依依不舍地回头看了那把95式好几眼。

等他上来之后，白玫再度催促："快走！郎九命随时可能回来！"

陈染音点头："嗯！"

这时，学生们才后知后觉地发现，周围有两具毒贩子的尸体，不禁有些恐惧。陈染音也来不及安抚他们了，迅速安排男生两两一组地扶伤员、排列队伍，然后按照白玫的指引下山。

他们本是顺着来时的路下山，那里有一段废弃了的登山楼梯，然而才刚走到楼梯边沿，白玫忽然顿住了脚步——

山脚下的空旷马路上，飞驰过来一辆黑色轿车。

她认识那辆车，是郎九命今早在黑赌场附近偷的车，一辆堆积着厚厚的尘土、经年累月无人驾驶的旧车。

一介毒枭，如今却活得像一只见不得光的、只敢在肮脏的下水道中流窜的臭老鼠，即便是偷车也只敢偷旧车。

但他的危险性还是不容忽视的，狗急了还能跳墙呢，把老毒枭逼急了，他说不定会拉着这帮学生同归于尽。

白玫抓住了陈染音的手腕，另外一只手指向另外一个方向："郎九命回来了！走这边！"

陈染音现在已经知道了，郎九命就是狼爷，就是林宇唐的仇人。

她更知道郎九命有多么心狠手辣，于是立即带着队伍掉头，迅速朝着反方向跑。

这边的山路是野路，想要下山，只能穿过茂密的树林。

陈染音催促学生们先下，自己留在了队伍最后，准备断后。

赵胖和顾别冬两人一起架着倒霉的被脚手架砸断了左腿的吴源，亦步亦趋地跟在队伍最后，认真履行寝室誓言：309室不能放弃任何一位兄弟！荣辱与共！

等这三人钻进树林后，白玫再度催促陈染音："你也快走！"

陈染音担忧而不舍地看了白玫一眼："要不你跟我一起走吧？"

白玫不容置疑："不行！快走！"她又说，"我有我的任务，你有你的职责，你想保护好你的学生，我也要执行我的任务！"

陈染音眼眶一酸，强忍着哽咽，目不转睛地望着她，一字一顿地对她说：“你一定要平安归来。”

白玫笑了一下，回答：“我尽力。”

陈染音的眼泪还是落了下来，但她也清楚，现在不是哭哭啼啼的时候，她不能再浪费时间了，又深深地看了白玫一眼，转身没入了树林中。

然而，望着前方的学生们，她的心头又忽然犯起了难：她的手机被李雪砸烂了，学生们都没带手机，因为他们今天要去参加中招体育考试，带手机进场直接视为作弊。

所以，她该怎么联系警察？怎么把他们送到安全地带？怎么尽快让警方来支援白玫？

环山公路，警车奔袭，顾祈舟坐在为首的那辆指挥车上，开车的是昆鸣，他坐在副驾驶，低着头查看手持终端上指挥中心发来的信息。

他们审了刘小华，根据刘小华交代的信息找到了那个黑赌场，并通过赌场附近的天眼系统确定了郎九命的行踪。

今天早上六点十分左右，郎九命在一个胡同里偷走了一辆车牌号为东A·5GHB7的黑色大众。

根据交警队那边的监控录像显示，东A·5GHB7轿车最后一次出现在监控中的时间是今天下午两点四十五分，地点是西四环外的雪风路。

再往后就监控不到了，因为他拐上了一条没有监控的隐蔽小路。

不过根据行进方向分析，他很有可能去了清风湖附近。

“清风湖东岸有一片烂尾别墅区。”顾祈舟对昆鸣说，“他很有可能藏在那里。”

昆鸣正要开口表示赞同，然而车头拐过了一个弯，他忽然瞪大了眼睛：“顾队！看前面！”

顾祈舟抬起了头，不由得一愣：“老林怎么也来了？”

特警队向来是分组行动，在一组人出任务的时候，必须有另外一组人留在基地备勤，以免发生突发性事件。

林毅这次并没有跟着他们执行任务，因为他是备勤组。

现在备勤组也倾巢出动了，说明在他们缉拿郎九命的同时，又有一件棘手的突发性案件，并且事发地点也是在清风湖附近。

是巧合吗？

顾祈舟不由得蹙紧了眉头：“停车问问发生什么事了。”

昆鸣也觉得这事有蹊跷，将车停到林毅面前，和顾祈舟一起下了车。

头顶艳阳高照，林毅也没想到顾祈舟他们会来，不由得一愣："你们怎么来了？"

顾祈舟："来抓人，郎九命在附近。你呢？"

林毅顿时哑口无言，担忧地看了顾祈舟一眼，无奈地叹了口气："接到二中领导报案，在送学生去参加中招体育考试的路上失踪了一辆大巴车，原司机也失踪了，监控显示一个戴墨镜的女人开走了大巴车，之后老师和学生们就失联了。大巴车的定位系统显示，车现在在清风湖附近。"

顾祈舟呼吸一滞，心头产生了极大的不安感，稳了稳心神后，他才得以继续开口询问："哪个班？"

林毅抿了抿唇，犹豫片刻："初三（2）班。"

他的外甥和他的爱人都在这个班。

顾祈舟的面色渐渐阴沉下来，他不由得攥紧了双拳，恨不得直接将郎九命碎尸万段。

"林队！"一个队员的声音从远处传来。

是一中队的队长杨敬。

杨敬没想到会在这里遇到大队长，不由得一愣，但还是迅速地汇报进展："在山的北边找到了大巴车，但是车里没人，两扇窗户被子弹打烂了。在大巴车下方的行李箱里发现了一具男性尸体，从他身上穿着的制服判断应该是原大巴车司机。还在不远处的山脚下发现了一辆牌照为东 A·5GHB7 的黑色大众轿车。"

他们现在位于山的南侧，想过去的话只有两条路：从环山公路绕过去，或者直接翻山。

眼前的这座山不高，但也只是相对来说。

而且这座山的占地面积很广阔，与浩瀚的清风湖遥相呼应，山间植被茂密，路途崎岖。

大巴车和轿车同时出现在这里绝非意外，顾祈舟迅速做出指挥："把两队人分成四组，从不同的方向进山。"

然而，他的话音刚落，不远处忽然传来了一声满含感动与激动的高呼："警察叔叔！"

以顾祈舟为首的特警队员们同时扭头。

在他们震惊又不可思议的目光中，二班的学生们一个接一个地从一直延绵到山脚的茂密树林中冒了出来，如同刚刚跳出陷阱的小兔子，跳上了马路，朝着身穿黑色战训装的特警队员们冲了过去，朝着新生和安全感冲了过去。

赵胖和顾别冬满头是汗地架着仅有一条腿能自由行动的吴源同学，气喘吁吁地跑到了马路上。

陈染音是最后一个从山林里面钻出来的。

看到顾祈舟的那一刻，她的眼眶就红了，直接朝他冲过去，激动地扑进了他的怀中。

第十八章

恩怨了结

顾祈舟做梦一般不可思议地盯着怀中人："你们……是怎么逃出来的？"

陈染音的眼眶酸胀，眼泪一下就涌了出来，呜咽着说："小柳……是小柳，小柳把我们救出来了。"

顾祈舟眉头微蹙，追问："小柳是谁？"

陈染音强忍着哽咽，语速极快地说："周夜柳，我哥的未婚妻，现在叫白玫，是你们的卧底！还有……还有郎九命也在山上！"她意识到了小柳现在可能正身处险境，立即松开了顾祈舟，急切又焦虑地哭着哀求他，"你们快去救她！快去救她！一定要让她活着，我求求你了，一定要让她活着回来！"

万里晴空之下，清风湖波光粼粼。

白玫站在山顶的地基坑边，时不时地被湖面反射过来的金色流光晃到双眼。

宽大的地基坑四周无遮无拦，两具血肉模糊的尸体横躺在黄土地面上，一动不动地被烈日暴晒着。

距离这里最近的一栋水泥框架楼也在百米开外。

郎九命马上就会上山，时间紧迫，白玫来不及将李雪和王涛的尸体拖到隐蔽处藏起来，只好用被遗弃在工地附近的墨绿色防水布把他们的尸体裹了起来，费力地拖拽到地基坑边沿，直接推了下去。

死人的尸体并非一般沉重，从高处自由落体下坠，摔入地基坑的那一刻，发出了一声沉闷的撞击声。

又用土掩盖了地上的血迹后，白玫从地上捡起了李雪的手枪，直起腰，喘息的同时，将视线投向山后方的大湖。

泛着流光的碧波中央，有一座圆形的小岛，岛的外环是一圈黄棕色的泥土沙石，地面呈一种上升型的坡度朝内延伸，最终消失在繁茂的枝叶下——岛上有一片圆形的密林，在金色阳光的照耀下，一丛丛枝叶重叠着、交挤着，呈现出一种深浅交替的绿色。

像是被安放在蓝色水波中的一块圆形翡翠，还是镶了金边的那种。

白玫心里这么想着，小学比喻句，看来我还没有变成文盲。

一阵风吹过，小岛上的树叶如浪花般拍打摇晃，湖面上波纹潋滟，蓝天上的朵朵白云随风而动。

白玫撩了一下耳畔碎发，又想：一切都快结束了吧？

整整十年，没有人知道她到底经历过什么，甚至就连她自己都已经要忘却一些细枝末节了。

在缅甸的日子难熬吗？

难熬。

非常难熬。

每一天都无比漫长，无比紧张。

她的神经时时刻刻都是紧绷着的，不敢有丝毫松懈，因为她心里明白，一旦自己暴露，就没办法替未梵报仇了。

在她心中，自己的命是小事，报仇才是她的信念所在。

她不能让自己的爱人就那么不明不白地死了——是他把她从泥潭中拉了出来，为了替他复仇，她心甘情愿再度纵身泥潭，死也无妨。

这十年间，她曾经历过数次死里逃生的陷阱，也曾无数次想要放弃、想要自杀、想要一了百了，但每一次都是凭借着那股要给他报仇的信念，咬牙坚持了下去。

除了复仇，她的人生好像没有什么其他的目标了……那个头发比她还长、长得比她还好看的男人，确实给了她一些温暖和慰藉，但不足以让她放弃一切。

活人是没办法和死人比的。

她最爱的，还是未梵。他在她人生最无助和迷茫的阶段，给了她指引和温暖。

因为爱他，所以她爱上了警察这个职业，为了他报考警校，想和他一样成为警察，和他并肩而战，他却死在了她人生中最美好的那一年，花开盛夏的那一年。那年过后，她的人生就此暗淡，再无花开，所以她总是频频回首那一年，无法忘却那一年。

他还在的时候，总是喊她“小柳”，希望她能像杨柳一样温柔坚韧，砥砺寒冬，春风吹又生。

她不想辜负他的期待，一直在咬牙坚持着。

如果这次的行动能够成功，她能够活下来，一定会像他希望的那样，春风吹又生。

如果没有，那就算了，死就死吧，她尽力了，去下面见到他之后，她也问心无愧了。

身后传来了细微的脚步声，白玫瞬间收敛思绪，在她转身的那一刻，郎九命从树林中钻了出来。

郎九命为人谨慎，自从踏入中国国境后，便打扮得十分低调，夹杂着几缕白发的黑色短发没有打理，唇边冒出了一层浅青色的胡楂，上身浅灰色的T恤衫，下身深灰色的西服裤，黑色运动鞋，腰间还系了一根棕色的皮带，乍一看像极了路边常见的中年大叔。

但那双如鹰隼一样阴冷又满含警戒的眼神，可是不常见的。

白玫面无表情地盯着他，质问：“刚才去哪儿了？”

郎九命却没有回答她的问题，也没有再朝前走一步，满含戒备与提防地盯着她手中的那把枪。

他认得这把枪，是李雪的枪。

但是，李雪和王涛现在都不在这里。

一定有蹊跷。

白玫不对劲儿。

他眼神犀利地盯着白玫，反问：“李雪和王涛呢？”

白玫面不改色地回答：“我不知道，我一回来他们就不见了。”

但是郎九命并不相信白玫的话。

他刚才回来的时候，还看到了停在山脚下的大巴车，不消多想，一定是李雪和王涛的杰作。

车还在，人却没了，这不正常。

除非白玫把他们俩解决了。

还有，李雪和王涛到底为什么要劫一辆大巴车回来？车里的人呢？都去哪儿了？总不可能全被白玫解决了吧？她有那么大本事？

还是说，白玫解决了李雪和王涛后，放走了大巴车里的人？

郎九命越想越蹊跷，内心也越发警觉起来，同时开始懊恼自己的失算，不该贸然回到这里。

自从踏入东辅后，他几乎一直在失算，首先是孟牧丞。

他虽然不信任孟牧丞，但也没有完全打消和孟牧丞合作的念头，毕竟，对现在的他来说，耀辉集团是最后一张底牌，不能轻易放弃。“国王”忌惮他多年，这次要是不能通过耀辉集团翻身，他就再无出头之日，只能一直做寄人篱下的窝囊废龟缩缅甸，任由“国王”摆布。而且，他早已看出，等自己没有了利用价值的那天，“国王”一定会毫不犹豫地铲除他。

当初的狼爷有多么风光，现在的郎九命就有多么落魄，看似是东南亚最大贩毒集团的二把手，实则只是一个被架空了的傀儡而已。

这一切，全拜林恒所赐，如果不是林恒，他也不会落得今天的下场。

他对林恒恨之入骨。

但好在，他已经大仇得报，早在九年前他就已经报了仇，杀了林恒全家，让林恒死不瞑目，断子绝孙。

他也根本不相信李雪说的那些话，林恒儿子还活着？不可能！他早就死了，和他爸一起被碎尸了，怎么可能还活着？

他不相信林家还有人活着，也不接受。

他的复仇必须是完美的，是毫无瑕疵的，林恒必须死，林恒的儿子女儿也必须死，一个都别想留！

林恒的惨死对如今已落魄的他来说也是一份慰藉，而东辅，正是林恒的葬身之地。自从踏入东辅境内，他就感到一股难以名状的愉悦和自豪，他踩踏在林恒的尸骨之上，凌驾于他的尊严之上，他相信东辅一定是他的福地，更何况，他有九条命，没那么容易死，所以才会铤而走险地来到东辅。

富贵险中求。

杀人放火金腰带。

他必须豁出命去最后一搏，不然这辈子别想东山再起。

但谁知道，他的最后一张底牌也被警察捣毁了——

为了确认孟牧丞的忠心，他昨晚去了黑赌场碰运气，准备找个和自己身形相似的人，再去试探孟牧丞一次。

所以，他悄悄地在那个名叫刘小华的目标身上塞了一枚纽扣窃听器，窃听到的结果却令他大失所望，耀辉集团已经暴露，孟铮和孟昭远已经被警方控制了，孟牧丞是警方推出来的线人。

失去耀辉集团后，他手中再无对抗“国王”的武器，也没了东山再起的资本，他彻底走入了绝境，越发痛恨林恒，痛恨中国警察，甚至想鱼死网破，多杀点警察给他陪葬。

但是后来，他逐渐冷静下来，死简单，枪抵太阳穴，扳机一扣一了百了，但就这么一事无成地死了，岂不是如了林恒的意？到了阴曹地府林恒也会嘲笑他是个窝囊废，就算是他死了他也没能东山再起。

所以，他不能死，必须活着，不能输给林恒。

只要这条命在，他就有机会东山再起，迟早能风光再现。

但是东辅已经失守，他必须尽快撤离，不然迟早会被警察抓获，可是警方已经知道了他在东辅，就一定会全线封锁离开东辅的渠道，贸然往外冲就是一个死，所以他不得不暂时撤回藏身之处，静待时机。

然而，藏身之处也并没有他想象中的安全，白玫是最大的隐患。

在此之前，他从未怀疑过白玫，但此时他忽然意识到了一件事：耀辉集团到底是怎么被警方发现的？孟铮和孟昭远做事向来谨慎，十几年来一直安然无恙，怎么会忽然被警方盯上？警方又是怎么知道他们父子俩在替他做事的？

不是孟家的那个小儿子主动自首就是他们有内奸。

但他不相信有哪个儿子敢主动举报老子，他老子干的可是犯法的勾当，被发现就是个死。

那就只剩下了一种可能——有内奸。

内奸的范围也很好确定，因为整个集团里知道这重关系的人不多，白玫是其中之一。

白玫是卧底？

郎九命警觉心骤起，下意识地将手伸向腰后，然而白玫的动作比他更快，他的手指才刚摸到枪柄，白玫已经举起了枪，枪口对准了他的脑袋，厉声警告：“别动！”

郎九命并没有放下摸枪的那只手，只是顿住了动作，面色沉冷地盯着白玫：“你是条子？”

白玫笑：“怎么可能？”

郎九命又问了一遍：“李雪和王涛呢？”

白玫还是那个回答：“我不知道。”

郎九命并不信任她，反而越发地忌惮她。

她手里有枪。

而且，如果她真的是警察，那么很快就会有大批警察赶来，所以他必须尽快摆脱白玫的威胁，不然就真的要折在东辅了。

折在哪里，都不能折在东辅，他不能让林恒的鬼魂看他的笑话。

况且他要是真的折在了林恒的葬身之地，那才是奇耻大辱，林恒死也能笑活了。

“既然你不是卧底，我们何必要搞内斗？”郎九命终于放下了去摸枪的那只手，还微微抬起了双手，试图通过这种方式让白玫放松警惕，同时好言好语地劝说她，“自己人打自己人，伤元气，我想‘国王’也不想看到咱们这么敌对，合作才能共赢。”

然而，白玫并没有轻信他的话，因为她太清楚郎九命有多么狡猾了，像是一只满身油腻的大灰老鼠，无孔不入，稍有松懈就会让他逮到可乘之机。

所以她不仅没有放松警惕，反而果断地扣动了扳机，但没有朝着他的要害射击，因为他们的目标是活捉郎九命这条大鱼——郎九命罪恶滔天，死了才是便宜他。

然而扳机扣下之后，并没有震耳欲聋的枪响声，仅仅是发出了轻微的“咔嚓”声。

枪里没子弹了。

事发突然，白玫神色一僵，怒不可遏地在心里骂了句：他大爷的！

郎九命毫不迟疑地将手伸到腰后，动作极快地抽出了手枪，同时越发笃定东辅一定是自己的福地，一定能够让他死里逃生！

在郎九命扣动扳机的那一刻，白玫转身跳下了地基坑。

坑深五米多，将近两层楼的高度，正常人毫无防护地纵身跳下必定要受伤，但白玫是经受过严格训练的卧底，下方还有两具尸体。

她落到了王涛和李雪的尸体上，就地一滚，滚到了那把 95 式旁边。

刚才那个叫顾别冬的学生准备上去之前，还曾犹豫着要不要把 95 式也带上去，却被陈染音喝止了，因为她担心枪会走火。

幸好她喝止了他，不然她现在就等着被郎九命当成活靶子猎杀吧。

郎九命跑到地基坑旁边时，白玫已经从地上捡起了那把 95 式，枪口高举，朝着郎九命扣动了扳机。

这把 95 式和他们所使用的其他枪支一样，都是从境外偷渡过来的。开枪的那一刻，白玫还在想，老娘这次要是能活下来，偷渡的也给你一窝端了，有几条线端几条线！

郎九命也同时朝着白玫开了枪，但他们都没击中对方。

郎九命气急败坏，没想到下方还有一把枪，还是自动步枪。

他也认得这把枪，是王涛的。

他站在坑边，看不到坑壁下端的情况，看不到尸体，但也能猜出来王涛和李雪都死了，绝对是白玫杀的。

而且远距离射击，手枪的精准度远不如步枪，他和白玫火并，胜率不高。

几乎是顷刻间他便做出了决定——逃跑。

白玫现在被困在坑中，一时半会儿出不来，是甩了她的最佳时机。

又朝着坑底开了一枪后，他转身朝着来路跑了过去，本想顺着来路下山，去开那辆偷来的车，毕竟车跑得一定比人快，然而他才刚跑到南边的山顶边沿，就看到了一队身穿黑色警服正往山顶冲的特警。

为首的那位是顾祈舟。

即便隔着一段距离，顾祈舟还是能清楚认出来，那个人是郎九命，是他的仇人。

父亲死在他手中，姐姐和姐夫死在他手中，母亲因他郁郁而亡。

这是刻入骨血里的血海深仇。

顾祈舟浑身上下的血液瞬间沸腾了起来，面色铁青、双目赤红地盯着郎九命，越发加快了登山的速度，如一头被激怒了的野兽，朝他冲了过去，拔枪的同时厉声大喝："站住！警察！"

对上顾祈舟视线的那一刻，郎九命如遭雷击……

那双眼睛，和林恒的眼睛，一模一样。

还有两道浓密锋利的剑眉，也和林恒的一模一样。

十几年前，林恒也是用这种漆黑又凌厉的眼神盯着他，一边拔枪一边冲着他怒喝："站住！警察！"

林恒！林恒回来了，林恒没有死，林恒又来抓他了。

郎九命肝胆俱裂，心生恐惧……等等，不对，林恒死了，林恒早就死了！

真的死了吗？

还是林恒来找他索命了？

不行，不行！

他不能再被林恒抓到！

他能逃第一次，就能逃第二次。

几乎是电光石火之间，他转身朝着山顶对面跑了过去，在顾祈舟登上南侧山顶的那一刻，郎九命没入了北侧的山林中。

顾祈舟风驰电掣地追了过去。

山北侧紧挨着清风湖。

连滚带爬地往下冲了一段路后，郎九命的眼前出现了断崖。

高高的悬崖之下，碧蓝色的湖水深不见底。

阳光在湖面洒下了一层金光，广袤的湖面波光粼粼，恍若仙境。

断崖又何妨?

他郎九命不认命，他有九条命，一定可以死里逃生!

他迅速把枪别到腰后，纵身跳下了悬崖。

顾祈舟追到崖边，不假思索地跳了下去，坠入了幽深冰凉的湖水中。

从高处坠落，水面对人体的冲击力并不小，但他很快就浮出了水面，看到郎九命的身影在前方不远处，正一沉一浮地朝着湖心小岛迅速游动，他立即追了过去。

拼命往前游的同时，他的脑海中不断浮现着父亲那双死不瞑目的眼，内心只剩下一个念头：今天就算是死，也必须亲手逮捕郎九命。

他总觉得父亲还没离开，像个孤魂野鬼一样在这个世间游荡着，因为他心有不甘，没有亲眼看到郎九命伏法，所以他没办法闭上双眼。

他一定要让父亲安安心心地闭上眼睛，走得了无牵挂。

郎九命的水性很好，犹如一只灰色的水獭，身形敏捷地游在湖水中，顷刻间便游出了十几米远。

顾祈舟穷追不舍，死死地盯着郎九命的背影，即便水面波光刺眼，即便水花打入眼中，也绝不让目标消失在自己的视线中。

两人之间的距离越来越短，在距离小岛还有十几米的时候，顾祈舟从后方勒住了郎九命的脖子，死命地将他的脑袋往湖水里面压。

郎九命毫无防备，呛了水，却还在负隅顽抗，拼命地在水中拨动着四肢，竭力挣扎着。散发着水藻腥气的湖水没过了他的脑袋，淹没了他的双眼，但由于窒息，他无法闭上眼睛，布满了血丝的眼珠朝外暴突着，不断有连成了串的水泡从他的嘴巴和鼻孔里冒出。

死亡在逼近，失败在逼近。

他不想就这么死了，也不想轻易就认输。

他是郎九命，是叱咤风云的枭雄；他赢了林恒，绝不会输给他！

他心有不甘，不认命，一直在挣扎，挣扎的力度却越来越小，眼前一阵阵发黑，濒死感越发强烈……

真的要折在东辅吗？

真的一败涂地了？

蓝绿色的半透明视线中，他隐隐约约地看到一截漆黑色的柱状物体速度急剧地朝这边飘过来。

天不亡我！

郎九命顿时清醒过来，四肢百骸中突然爆发出一股蛮力，猛然屈起胳膊肘，朝着身后的顾祈舟捅过去，打在了他的肋骨上。

顾祈舟吃痛，却死不松手，紧咬着牙关，再度收紧了勒在郎九命脖子上的手臂。

郎九命忽然不挣扎了，一动不动地浮在水中，像是昏死了过去。

顾祈舟并没有放松警惕，然而下一秒钟，一截顺水而流的浮木突然朝着他们俩冲了过来，像是庙里敲钟的沉木似的，重重地撞在了顾祈舟的肩膀上。

顾祈舟手臂一松，郎九命趁机从他的禁锢中逃脱，张开双臂奋力朝前游的同时用力朝后踹了一脚，踹在了顾祈舟的胸口，在反作用力的协助下，郎九命如同一条鱼似的朝着不远处的小岛窜了过去。

顾祈舟怒不可遏，咬牙切齿地盯着郎九命，强忍疼痛竭力直追。

郎九命气喘吁吁、浑身是水地爬上了岸，还没从地上站起来，就抽出了别在后腰的枪，回身朝着水里的顾祈舟开了一枪。

震耳欲聋的枪响声在湖心孤岛上爆起，震惊了一片林中飞鸟。

顾祈舟的身影瞬间隐没在水中，没再浮上来。

郎九命不确定自己是否打中了他，但也不敢掉以轻心，立即从地上爬了起来，跌跌撞撞地朝着不远处的茂密树林跑了过去。

子弹击中了顾祈舟的右侧肋骨，但是他身上穿着防弹衣，再加上水流的阻力，子弹没有贯穿他的身体，而是卡在他了的防弹衣上，可即便如此，弹头带来的冲击力也不小。被击中的那一刻，难以名状的剧痛感顷刻间从肋骨处袭来，顺着神经流窜全身。

他都能想象到，肋骨就算没被打断，八成也紫了一片……今天无论如何，他都不会轻易放过郎九命！

顾祈舟深吸一口气，立即深深地潜入了湖水中，迅速朝着小岛游了过去。

太阳开始西沉，金色的光华逐渐过渡成玫红色。

一阵风吹过，繁密的枝冠如波浪般随风摆动着。

翠绿的湖心岛成了落日与晚风中的油画。

顾祈舟用右手摁压着不断作痛的肋骨，踏着夕阳上了岸，水珠不断地从他的身上滴下。

地面上残留着一道湿漉漉的脚印，一直从岸边蔓延到了树林间。

显而易见是郎九命留下的痕迹，他逃进了树林里。

但顾祈舟并没有贸然去追，而是迅速蹲伏在一块巨石后方，同时拔出了自己的配枪，暗中观察着树林里的动静。

他不信郎九命会这么堂而皇之地给他留下一条线索让他去追捕自己。

这道湿脚印只能证明他跑进了树林，却不能证明他跑进了树林深处。

凭借着他对郎九命的了解，郎九命现在一定会埋伏在树林中某个隐蔽的角落，准备伏击他，因为郎九命向来是一个酷爱斩草除根的人，他对郎九命这么穷追不舍，为了铲除后患，郎九命一定会想尽办法杀了他，这样郎九命才能安心逃亡。

落日西斜，风吹云动，一切都安然得像是假象。

郎九命龟缩不出，顾祈舟只能引蛇出洞。

他埋伏在巨石后，冲着树林的方向大喊："你以为你赢了林恒？其实你早就输了，早就被林恒打怕了，就算他死了，你也不敢回家，不敢离开缅甸，你就是林恒的手下败将，输得一败涂地！

"林恒死了这么多年你都没有东山再起，是因为你早就被林恒打废了，这辈子都别想再站起来，只能苟延残喘地活着，林恒一直在看你的笑话呢。"

顾祈舟知道自己的父亲是郎九命心头的一根刺，让他恨之入骨，如鲠在喉，所以才会不断地用"林恒"去刺激他。

"你不把林恒放在眼里，你以为自己杀了林恒，其实林恒根本就没有死，他一直盯着你呢，你这些年躲在哪里、干了什么，他都知道。他看你像条狗一样，摇头晃脑地趴在'国王'脚边，死也能笑活了。"

顾祈舟明白，对郎九命这条狡猾的毒蛇来说，"林恒"就相当于烈性雄黄，只要往隐蔽的蛇洞附近撒一把，蛇必定会主动从洞内冒出。

然而，郎九命的心理承受能力和忍耐力比他想象中要强得多，无论他如何用语言刺激，郎九命依旧龟缩不出。他甚至有点怀疑郎九命是不是真的往树林深处逃了。

但是，郎九命会有这么蠢吗？

大部队马上就要到了，往树林深处逃相当于自投罗网，就算他想穿过树林逃到岛的另外一面去，也是死路一条，因为岛对岸的距离更远，并且上了岸之后就是环湖公路，特警和交警队早就联合把环湖公路封死了，上岸之后他将直接被逮捕。

郎九命现在只有两个选择：投案自首或者垂死挣扎。

但对郎九命这种自负的毒枭，绝不会选择前者，不然刚才也不会跳崖了。

他就是典型的不到黄河心不死，不见棺材不落泪。

为了把郎九命从暗处逼出来，顾祈舟只好亮出了最后的底牌：“郎九命，你看到我就不眼熟吗？不想知道我是谁吗？你不会真的以为自己可以赢过林恒吧？”他极为挑衅地大笑两声，然后冲着树林大喊，“你给我听好了，我就是林恒的儿子。老子不仅没死，老子还一直活得好好的，只要你还在这个世界上活一天，老子就不可能死，老子就是要时时刻刻地提醒你：你永远斗不过林恒，你输惨了！”

“砰！砰！砰！”

爆裂的枪响声骤起，高速旋转的子弹接连不断地打在巨石上。

显然，郎九命这次是彻底被激怒了，疯了一样，不断朝着顾祈舟所在的位置疯狂地开枪。

顾祈舟立即闪身躲回了巨石后方，却没有停止对郎九命的刺激，持续挑衅大喊：

“你沾沾自喜挺多年了吧？其实你就是个笑话，是个自以为是的跳梁小丑，别说我爸了，我都要笑掉大牙。

“我爸虽然死了，但我还活得好好的呢，只要我多活一天，你就要多当一天的笑话。

“郎九命，你真是个可怜鬼，我都有点同情你了，被蒙在鼓里这么多年，还沾沾自喜地觉得自己复仇成功了，其实都是老子们在逗你玩呢，你还玩得挺开心。

“有种你就出来啊，出来杀了老子！不然你这辈子别想翻身，永永远远是林恒的手下败将！”

伴随着一声又一声的爆裂枪响，巨石前方忽然传来了由远及近的脚步声。

毒蛇终于按捺不住雄黄的刺激，从隐蔽的蛇洞里窜了出来。

郎九命双目赤红地从树林中冲了出来，怒恨交加地盯着那块巨石，一边歇斯底里地朝着巨石疯狂射击，一边步伐急遽地逼近。

他知道自己在劫难逃，但是在死之前，他一定要拉着林恒的儿子下地狱！

他不承认自己的失败，他绝不可能输给林恒！

他才是真正的赢家！

顾祈舟肩抵巨石，一边判断着郎九命与自己的距离，一边默默地在心里数着郎九命开枪的次数。

常见的手枪弹夹中最多能装 17 发子弹，最少 6 发。

大概在郎九命距离巨石十米远的时候，枪响声忽然停了，扳机的空捶声清脆地鼓动在晚风中。

他的弹夹空了。

顾祈舟当机立断从巨石后方冒了出来，抬手给了郎九命一枪。

子弹打中了郎九命的右手，拇指被打掉的同时，空了的枪也掉在了地上。

十指连心，钻心的剧痛袭来，郎九命却没有发出一声哀号，反而被剧痛激醒了：他终于意识到自己上当了。

他无视掉在地上的指头，迅速将血流不止的右手抵在了衣服上，同时朝后转身，企图重新龟缩进树林中。

顾祈舟哪里会给他这个机会，再次扣动了扳机，这次打的是他的左腿。

子弹从郎九命的后方腿弯处钻了进去，又在顷刻间从他的膝盖骨前侧冒了出来。

剧痛袭来的同时，他正疯狂朝前奔跑的身体瞬间失去了平衡，一下子倒在了地上，但即便如此，他还在不死心地朝着前方的树林爬行。

他还是不死心，不认命！

他绝不能折在东辅，更不能折在林恒儿子手里！

绝不让林恒那个死人看他的笑话。

但他只有一条腿和一只手能动，爬得很慢，又狼狈不堪，还在黄棕色的地面上留下了一道蜿蜒的殷红色血迹。

即将爬进树林时，他忽然趴在地上不动了，像是失血过多导致了昏厥。

郎九命向来诡计多端，顾祈舟并没有放松警惕，手持配枪，一步步地朝着郎九命走了过去，枪口一直对着他。

郎九命自始至终一动不动地躺在地上，脸色极其苍白，看起来像是真的体力不支昏死了过去。

顾祈舟盯着他看了一会儿，面无表情地放下手中的配枪，另外一只手摸到身后，像是要去拿手铐。

玫瑰金色的金属手铐发出了两声清脆的碰撞。

郎九命等的就是这一刻，忽然从地上弹了起来，左手中握着一把不知在何时藏起来的匕首，直直地捅向顾祈舟的颈部。

他今天就算是死，也要拉着林恒儿子陪葬!

锋利的匕首在夕阳的映照下反射着刺目的冷光。

顾祈舟也在等这一刻，上半身猛然朝后一退，同时出拳，一拳挥到了郎九命的脸上。铁一般坚硬的拳头上还套着手铐。

郎九命直接被打翻在地，却始终没有松开匕首，即便是倒地不起，即便是头破血流，还在试图朝着顾祈舟挥舞匕首，同时挑衅地放声大笑："哈哈哈，不愧是林恒的儿子，真是有勇有谋，但就算你今天把老子杀了，你爸还是死在了老子手里，被老子碎尸万段了！哈哈哈哈哈哈！林恒嚣张了一辈子，没想到能死在我手里吧？哈哈哈哈哈！哈哈哈哈哈！能杀了林恒，老子死也值了！老子从没输过，老子一直是赢家！还有你姐，你姐夫，你妈，你外甥，全死在老子手里了！你家五条命，老子才一条命，死了值了！"

他是在故意激怒顾祈舟，想让顾祈舟立即杀了他，因为他就算是死，也不想被警方活捉，更不能被林恒的儿子活捉，不然真就彻彻底底地输给林恒了，败得彻底。

就算是死，他也绝不向林恒低头。

但顾祈舟不仅没有发怒，反而轻笑了一下，反问："谁说我要杀你了？"顾祈舟从来就没想过要杀了郎九命，因为死太便宜他了，"我可是警察，不能动私刑。"

郎九命冷笑："怎么？怕了？不敢动手？不想给你爸报仇了？我把你爸碎尸万段了，你都不敢杀我？林恒竟然生出来这么一个窝囊废儿子？"郎九命就是要逼着他对自己动手，让他对自己动私刑，毁了他的前途，让林恒的儿子再也当不了警察，让林恒在阴曹地府也别想好过。

顾祈舟居高临下地看着他，轻叹口气："嗯，不敢。"不能手刃仇人，确实遗憾，但，规定就是规定，即便这里无人无监控，哪怕他把郎九命杀了也没人能指控他动私刑，但是他不能这么做。

他必须按照规定来，因为他是警察，必须遵守底线。

郎九命还在挑衅，不断地激怒他："哈哈哈，为了自己的前途，连老爹的仇都不敢报，你真是个窝囊废！我看你是你妈给你爸戴了绿帽才生出来的臭杂种吧？"

顾祈舟没有理会他的挑衅，面不改色地收起枪和手铐，抽出了随身携带的匕首，看着郎九命手中的那把匕首，说："但是，我可以正当防卫。"

父亲和姐姐、姐夫死后，他和母亲还有外甥被公安部秘密转送去了西辅。

后来，他们定居西辅，居住在一个毫不起眼的职工家属院中。

他们所住的那套三居室带有一间地下室，但母亲从不让他和冬子去地下室，地下室的大门也是常年紧锁紧闭。

直到母亲去世后，他才找开锁匠打开了那间地下室。

昏黄色的照明灯打开后，房间里的画面差点把那个开锁匠吓死，连钱都没收就抱着东西跑了——

堆积如山的男性硅胶假人，白森森的假皮肤，仿真的头发、眼睛和嘴巴。

每一个假人的胸前，都用红色颜料涂着郎九命的名字。

每一个假人的身上，都带有无数道刀痕。

后来，他仔细地观察过，所有假人身上的刀口数量都是固定的，不多不少刚好三十刀。

每一个刀口的位置也是固定的。

他隐约猜到了什么，却不确定，随即去买了张人体解剖图，然后才终于明白了母亲的用意。

顾祈舟手持匕首，冷冷开口："我不会杀你，也不会轻易放过你，"他面色阴沉地盯着郎九命，一字一顿地说，"咱们之间，必须血债血偿。"

那些假人重新浮现在顾祈舟的眼前。

每一个假人身上都有位置相同的三十个刀口。

他妈是法医，捅人三十刀，刀刀不致命。

林毅和昆鸣乘坐游艇带着支援部队赶来的时候，顾祈舟正坐在小岛的岸边看夕阳，身上的黑色战衣依旧湿漉漉的，头脸倒是已经被晚风吹干了，毕竟他的发型并不复杂，简简单单的寸头，随便用手抹两下就能把水甩干。

他的坐姿也挺惬意的，上半身慵懒前倾，两条大长腿叉开屈着，手肘搭在膝盖上，夕阳的余晖打在他的侧脸上，将他本就立体的五官映衬得越发棱角分明。

昆鸣最先从游艇上跳下来，确认顾祈舟安然无恙后，先舒了一口气，紧接着便气急败坏了起来："你丫是不是疯了？那么高的断崖说跳就跳，不要命了？"

当时他紧跟在顾祈舟身后，顾祈舟从他眼前跳崖的那一刻他都蒙了，第一反应是：山不高吗？不高的话我也跟着跳，抓人要紧，绝不能让郎九命从眼皮子底下逃跑！

然而，到了崖边他才发现，高得要命，即便下面是水，身体所承受的冲击力也不会小，搞不好就要被摔个粉身碎骨。

除非是疯子，不然谁都不能贸然往下跳。

郎九命是个疯子，顾祈舟也是个疯子。

顾祈舟从地上站了起来，笑着说："这不是没死吗？"

昆鸣没好气："你要是真死了，冬子和陈老师怎么办？"

顾祈舟被打到了七寸，不说话了。

昆鸣叹了口气，又问："郎九命呢？"他感觉顾祈舟挺气定神闲的，心里却有点没谱了：郎九命到底是逃走了还是没逃走？应该是没逃走吧？不然顾队能这么气定神闲？但没逃走的话，人呢？

顾祈舟转身回头，朝着后方的树林努了努下巴："那儿呢。"

昆鸣立即看了过去，这才发现了躺在树林边沿处，一动不动沐浴在血泊中的郎九命。

他难以置信地问顾祈舟："死了？"他们原定的目标是活捉郎九命，因为他身上背负着不止一桩案子，必须一条条地审清楚才行，但如果郎九命负隅顽抗，对警察或者人民群众的生命安全造成了威胁，也不排除将他当场击杀的可能。可如果郎九命真的死了，也相当于任务没完成，顾队不该这么气定神闲。

顾祈舟回："没死，还有一口气呢。"他对另外几名特警队员说，"抬他的时候小心点，别给他晃死了。"

昆鸣感觉有点奇怪，看了顾祈舟一眼，带着队员们朝着郎九命走过去，走近了他才看清郎九命的现状：面色苍白，奄奄一息，左腿膝盖被枪打碎了，右手拇指被打掉了。

顾祈舟问了句："冬子和陈老师怎么样了？"

昆鸣："林毅带着陈老师和那帮学生回市局了。"他叹了口气，同情地说了句，"参加中招考试的路上遇到这种事，真是倒霉。"

顾祈舟蹙眉："应该可以补考吧？"冬子也在这个班呢。

昆鸣："肯定可以吧？大不了咱们这边给他们开份证明，我不信教育局能这么死板。"

整个下午，陈染音就没闲下来过，一边担心着白玫，一边担心着顾祈舟，还要和数不清的学生家长打交道，一遍又一遍地安抚他们的情绪、聆听他们抱怨、承受他们的怒火，并无数次地向他们保证一定会给大家申请补考。

有两个学生的腿被木架子砸断了，不能参加补考，但可以申请免考，不过按照东辅教育局的政策规定，免考的分数只能按照当届学生体育考试成绩的平均分计算。

一直到了晚上十一点多，她才将倒数第二名学生家长送走，然后去做了笔录，从笔录室出来之后，她终于等来了最后一名学生的家长，顾别冬的舅舅，顾祈舟。

太阳落山后，顾祈舟先带着人把郎九命送去了公安医院，安排人手轮流看管他，然后赶回市局开会，一直开到现在才结束。

顾祈舟和顾别冬一起站在笔录室外的走廊上，耐心等待着陈染音。

陈染音一看到顾祈舟就朝他扑了过去，紧紧地抱住了他。

顾别冬知趣地走远了。

顾祈舟已经把湿衣服脱掉了，换上了便装，普通的黑色短袖可没有防弹衣那么厚实，陈染音扑进他怀中的那一刻，不小心撞到了他的右侧肋骨，剧痛袭来，他没忍住发出了一声闷哼。

陈染音一愣，抬眸盯着他，紧张又担忧："你怎么了？是不是受伤了？"

顾祈舟忍着疼，轻轻一笑："没有。"他将右手覆在她的后脑上，把她摁进了自己怀中，"别乱想。"

陈染音不信，直接去掀他的衣服，顾祈舟来不及阻挡，还是被她看到了。

他的右侧肋骨处一片青紫，从某个点开始，朝外蔓延出了一片刺目的青紫色蜘蛛纹。

陈染音鼻根一酸，眼眶一下子就红了，心酸又心疼，眼泪瞬间涌了出来，呜咽着问："怎么弄的呀？"

"不小心撞的。"顾祈舟握住她的手腕，把衣服放下来，重新把她揽进了怀中，斩钉截铁地保证，"真没事，过两天就好了。"

陈染音根本不相信他说的话，不信是不小心撞的，但又束手无策，心疼又难受地把脸埋进他的心口，难以自持地低声哭了起来。随即，她又想到，他的心口位置还有个枪疤呢，差一点就打到心脏了。心里更难受了，心疼、害怕、惶恐，却又无能为力，只得泣不成声。

顾祈舟轻轻拍抚着她微微颤抖的后背，语气温和地安抚："真的没事，别多想，也不用害怕，我肯定会陪你到老。"

陈染音哭着回了句："你必须陪我到老！不然我第二天就敲锣打鼓地去给你戴绿帽！"

顾祈舟：就你这样的，老子死都不敢死。

他心累地叹了口气，回了句：“放心吧吾皇，为了霸占你的那张龙床，臣妾也得好好活着，毕竟宫里的哥哥弟弟们那么多呢，我稍不留神就被踩下去了。”

陈染音破涕为笑：“你心里清楚就行。”

顾祈舟也笑了，又轻拍着她的后背哄了一会儿，等她情绪缓和得差不多了，才提出送她回家，毕竟现在已经很晚了。

陈染音忽然想到了什么，急忙询问：“今天发生的事会上新闻吗？”她可不敢再刺激她妈第三次了，不然她妈的心理防线一定会崩塌。

顾祈舟摇头：“不会，还没结案，暂不公开。”郎九命虽然已经被缉拿归案，但“国王”还没伏法。他们这次是和云南警方联手行动，在云南警方没有成功缉拿“国王”之前，东辅这边的任何消息都会被严密封锁起来，不然一定会打草惊蛇。

陈染音舒了口气，然后抿了抿唇，鼓足勇气问出了那个在心里忍耐了许久的问题：“白玫她……怎么样了？她还好吗？她有没有受伤？”

卧底的行动涉密，卧底的身份也涉密，更何况，白玫的任务还没结束，所以，顾祈舟只能回答：“我不知道，我没有见过她。”他看着陈染音的眼睛，认真而严肃地嘱咐她，“如果你真想为她好，就不要再提起她，也不要再说自己认识她。”

陈染音不傻，当然明白他的意思，立即换了话题：“我们回家吧，挺晚了。”

顾祈舟揉了揉她的脑袋：“嗯。”

顾祈舟本打算送她回家，但陈染音不想回家，他们俩都好久没见了，她想和他在一起，而且反正这段时间她也一直住学校寝室，今天晚上不回家也无所谓，她爸妈发现不了什么。

唯一需要考虑的一点是，冬子也在。

不过也无所谓，大不了今天晚上什么都不干，能够简简单单地抱在一起睡觉也是好的。

顾祈舟也挺舍不得陈染音，最终还是带着她回了家。

三人走进家门后，顾别冬先换好了拖鞋，然后，回头看了自己舅舅和准舅妈一眼，一脸复杂地思索片刻，张开了嘴巴，却欲言又止，最终，还是什么都没说，叹了口气，安静如鸡地回到了自己的房间，还把门给反锁上了。

陈染音的内心略有些不安，抿了抿唇，抬头看向顾祈舟，声音小小地问：“他那个眼神是什么意思？”

顾祈舟：“不习惯。”

“那怎么办？”搞得陈染音也突然有点不习惯了，毕竟之前的每一次都是趁着小顾同学住校的时候来，这还是第一次他们三个一起回来呢，“要不……要不我还是走吧？”

“不用。”顾祈舟斩钉截铁，“提前适应一下，迟早要习惯。”

陈染音先是一愣，然后心尖一颤，喜不自胜：迟早要习惯？哈哈哈哈哈，我就说吧，你肯定是早就想把朕一直留在你身边了！

她唇角一下子就扬了起来，瞟了他一眼，羞答答地回了句：“讨厌！”

陈皇猛然一下子娇羞起来，他还有点不适应。

洗漱完，上床睡觉。

今晚的月色也很好，蓝色的窗帘被月光照映出了水一般通透的感觉。

由于小顾同学就在隔壁，所以他们俩今天晚上干什么都不方便，也什么都干不成。

但能够平平安安地相依而眠也是幸福的。

陈染音像是只柔软细腻的小白狐，老老实实地缩在顾祈舟的怀中，内心平静而满足。

风浪过后，他们都还活着，还能够在一起，还有一生的时间去厮守。

她又没忍住，仰起了下巴，在他的脸颊上亲了一下，又开始用鼻尖亲昵地在他的耳后和颈间蹭啊蹭。

顾祈舟被她蹭得痒痒，不仅是身上痒，心也痒，无奈地说：“别闹了，快睡觉。”

陈染音哼了一声：“朕喜欢你才跟你闹呢，等我哪天不喜欢你了，你求着我跟你闹我都不闹。”

顾祈舟叹了口气，后悔又懊恼地说：“我就不该带你回家。”

陈染音眉头一拧，龙颜大怒：“你什么意思？嫌弃朕？”

顾祈舟又把手放到了她的文身上，嗓音有些喑哑：“我应该带着你去酒店。”

啊，原来爱妃是想侍寝了。陈皇的心情瞬间多云转晴：“看来你是馋朕的身子了。”

顾祈舟：“想听陈皇喊好哥哥了。”

陈染音眨了眨眼睛：“那你想不想听人家喊你爸爸呀？”

顾祈舟笑了一下：“还有这好事呢？”

陈染音点头：“想的话我给你生一个。”

陈染音：“我是认真的。”她真的是认真的，没开玩笑，经历了几番生死之后，她越发想和他在一起，和他组建一个完整的家庭，和他共同孕育一个属于他们的孩子。

黑暗过后，他们都需要新生。

“他喊你爸爸，喊我妈妈。”她又说，“他是我们的孩子，带有我们共同的基因和血脉。”

顾祈舟有点蒙了，措手不及，甚至是有些不知所措，因为他从来没想过孩子的事，或者说，他从来没敢深想过自己的未来会是什么样。

在今天之前，他是想过和她结婚，但也只敢想到这里，再往后就不敢想了，因为郎九命还没被缉拿归案，他的身上一直背负着沉重的过往，让他不敢随心所欲地畅想未来。

现在郎九命已经被他亲手逮捕了，但他还是不敢想，因为不习惯，感觉像是在做梦，生怕一切都是假的，怕一觉醒来又回到原点，回到九年前。

“我，”他还是有点蒙，有点不确定，“我不知道。”他也不知道自己能不能当个好爸爸，毕竟过往的这么多年里，他连自己的大外甥都照顾不好。

陈染音能够理解他现在的心情，所以也没勉强他：“那行，不着急，咱们慢慢来，先结婚。”

结婚并不突然，因为他早就考虑过和她结婚，并且是深思熟虑——往后余生，生命里有她才算是完整。

“好，先结婚。”顾祈舟很确定地说。

陈染音问：“什么时候？”

顾祈舟语气笃定：“今年之内。”

陈染音笑了，眼睛闪亮亮地看着他：“顾队长，说话要算话，我从现在就开始等你来娶我啦。”

顾祈舟也笑了，在她的额头上亲了一下，语气温柔而笃定：“好，选个黄道吉日，娶我的陈皇回家。”

第十九章

一辈子在一起

春去夏来，随着时间的推移，一切慢慢恢复了正常。

初三（2）班的学生在五月下旬进行了中招体育考试的补考，考得都还不错，没有被月初的那件事情影响，全员稳定发挥。

体育考试尘埃落定，接下来就要迎战最为紧张、刺激的中招考试了。

学生们的压力不小，陈染音这个当班主任的压力更大，毕竟，这可是她教学生涯中第一次当班主任，付出了不少的心血，而且这个班的学生又跟着她一起经历了那么多事情，所以她对他们的感情是不可估量的。

她希望他们每一个人都能够有美好、盛大、辉煌的未来。

不过，令她感到欣慰的是，二班的学生们在最后的冲刺阶段都挺努力，包括最不着调的 309 都开始悬梁刺股了——就算是临阵磨枪，不快也能光。

时间转眼到了六月二十五日，上午八点二十开考语文。

陈染音去了二中考场，因为班里报考二中高中部的学生最多，顾别冬也是其中之一。

郎九命被逮捕后，顾祈舟又被调去云南边境执行任务了，一时半会儿回不来，没办法像其他家长一样陪同外甥去参加中招考试。陈染音知道自己能力有限，没那个本事与他并肩而战，但她可以替他守好后方，让他心无旁骛地去执行任务。

他守护大家，她就替他守护好小家，当他最坚固的后盾。

十二点整，上午最后一门考试结束。

考场大门打开后，背着书包的学生们陆陆续续地从考场中拥了出来，陈染音和其他家长一样，挤在人群中，踮着脚尖朝着考场大门的方向张望，手里还拎着一个大号的托特包，里面不仅装了零食和保温壶，还有好几套备用考试文具，以备不时之需——总有学生丢三落四。

大部分学生从考场出来后都直接朝着家长走了过去，陈染音等了一会儿，顾别冬走了出来。

陈染音没多说什么，毕竟今天是中招考试，保持考生的心态良好是第一位，不该问的话她一句都不能多问，所以只是询问："饿不饿？喝水吗？"

顾别冬实话实说："不渴，但有点饿了。"

"走，我带你去吃饭。"陈染音不会做饭，只能带着他下馆子，上了车之后，她才又问了句，"上午感觉怎么样？"

上午第一门考语文，第二门考历史，不过历史是开卷考试。

顾别冬的眼神中绽放着自信的光芒："都挺好的！"他觉得自己肯定能和物代表考上同一所高中！

陈染音舒了口气，笑着回："那就行。"

下午三点才考试，中午吃完饭后，陈染音开着车带着顾别冬回家休息了一会儿，下午两点十五从家出发，送他去考场。

两天时间虽然紧张，但也过得挺快，三年磨一剑的中招考试转眼间就结束了。

在出成绩之前，老师和学生们都能暂时舒口气，好好地休息一下。

七月十日出成绩，六月底的时候，顾别冬和赵胖，还有腿终于好利索的吴源同学，一起组团去旅游了。

陈染音原本是有点不放心的，但转念一想，三个十五岁的大小伙子结伴出行能有什么让人不放心的？都十五了，也该有点自我照顾和独自出行的能力了。他们仨加一起都四十五岁了，是不会买车票门票还是不会订酒店？要是连出门旅游的计划性和独立性都没有，以后还能干什么？而且顾别冬的独立性并不差，绝对能照顾好自己，差的是安全意识太低，太中二，需要好好地提高一下防范意识。

所以，陈染音没有反对顾别冬的出游计划，但也没直接同意，而是让他和另外俩人一起去列了一张旅游计划清单，并写清楚旅行途中的各种注意事项，然后交给她审核，审核通过了才能拿到旅游经费——现在她掌管着经济大权。

309全员把所有的智慧都集中在一起，耗费了整整三天时间，经历了七八次被"猎鹰"打回重写的挫折后，终于成功地写出了一版完美的旅游计划报告。

这版报告令陈老师挑不出瑕疵，所有在旅行途中会遇到的危险以及规避、解决办法全部列了出来，看样子是真正注意到了安全问题，于是她满意地批准了，大手一挥拨给了顾别冬四千块钱，以及三份特意复印出来的旅游计划表，让他们一人一份带在身上，没事了多看看。

六月三十日早上八点，陈染音开着车把顾别冬送到了火车站。309全员在火车站门口集合后，肩并肩地背着小书包，拎着小行李箱，开心激动地朝着安检大厅迈进。

陈染音却一直没走，到了列车的发车时间，她给顾别冬发了条消息："车开了吗？"

顾别冬："开了。"

陈染音："注意安全，钱不够了跟我说。"

顾别冬："好的！感恩、感激、感谢舅妈！"

陈染音笑了一下，放下手机后，把车开出了停车场，回了家。

陈鸿博不在家，去上班了；秦薇正在阳台练瑜伽。

陈染音一走进客厅，秦薇就把脸扭了过来，问："大早上去哪儿了？"

陈染音本来想习惯性地回答"学校有点事儿"，从而掩盖自己和顾祈舟之间的关系，但开口的那一刻，她犹豫了——既然她都已经决定要跟顾祈舟结婚了，还有隐瞒下去的必要吗？

她不想再隐瞒了，她想坦坦荡荡地和顾祈舟在一起，索性跟她妈摊牌："送我男朋友的外甥去火车站了。"

秦薇虽然早有预感，自己闺女肯定在跟那个姓顾的特警队长谈恋爱，但如此明明白白地听到她承认，还是火冒三丈，"噌"的一下从瑜伽垫上站了起来，整个人气急败坏："你管得还挺宽的！他去火车站关你什么事？用得着你去送？你怎么这么会献殷勤啊？"

陈染音早就料到她妈会发火，平静地解释："我男朋友现在不在东辅，去外地执行任务了，这孩子没人管，而且他还是我的学生，我送他是应该的。"

秦薇冷笑着点头："是，是！他去执行任务了，他了不起，他是英雄！但我告诉你，陈染音，你要是跟了他，以后这些家长里短的破事就是你的常态，现在送外甥，以后送孩子，没有人帮你，没有人管你，干什么都是你自己，哭都不知道找谁哭！"

"我知道。"陈染音很冷静地看着她妈，极为认真地说，"你说的这些事情我全都考虑过，但我不怕，我也不会觉得委屈，更不会哭。"

这个世界上，总有人负重前行，豁出命去为更多的人开辟更光明的未来。

她没有那个能力为了普通百姓负重前行，只能竭尽全力坚守后方，为那个负重前行的人打造一个安稳的小家，让他有根、有底、有归属感。

还是那句话，他守大家，她就替他守小家。

她会坚定不移地站在他的身后，默默支持他，让他一回头就能看到她。

秦薇只觉得她太年轻，为了爱情冲动，根本不考虑未来。

她看着自己的女儿，一字一顿地说："十年后，你一定会后悔。"

"我不会。和他在一起是我深思熟虑之后做出的决定，无论如何我都不会后悔。"陈染音极为笃定。未来会是什么情况她不清楚，但是，无论发生什么，她都不会再害怕，她再也不会离开顾祈舟——八年的时间够长了，她再也不想和他分开。

秦薇却笑了，笑得苦涩，无奈，又带着些不屑："你现在说得好听，是因为你没有经历过独自支撑一个家庭的辛酸，等你成了家、有了孩子之后，你就明白日子多苦了。"她又给陈染音举了个列子，"孩子生病了，发烧了，大哭大闹，必须要去医院，家里却只有你一个人，他根本不在你身边，去执行任务了，不能为你提供一点帮助和支持，你该怎么办？你和你的孩子被人报复了，他却不在你身边，你能怎么办？你有没有考虑过这些？"

"考虑过。"陈染音回答，"你能想到的所有情况我都考虑过，但我觉得我可以坚持，我不比任何人差。"她又说，"我自己选的路，我跪着也会走完。"

秦薇却红了眼眶，强忍着哽咽："他要是突然受伤了呢？突然死了呢？你怎么办？不活了？"

这种情况，不是不会发生，她也不是没有考虑过，但她不能因为惧怕未来而放弃未来。

过马路还有被车撞的可能性呢，她还能不过马路？

她要活在当下，再也不和他分开。

陈染音咬了咬牙，再次重申："我不怕，无论以后发生什么我都不害怕。"

秦薇的态度却越发坚决："不行，我不同意，我死都不会同意你和他在一起。"

陈染音的眼眶也红了，愤怒又委屈："为什么？只因为他是警察？总有人要去付出，不能因为他是警察，他就活该没人疼没人爱吧？他们家满门忠烈，还抵不过我的贱命一条？我哥要是还活着，你能这么反对吗？不能因为我哥死了你就反对我去喜欢别人吧？对我公平吗？我还活着呢！我没死！"

她知道哥哥的死是母亲心中一块难以愈合的疤，所以平时会尽量避免这个话题，但人在气头上，就会口不择言。

她真的很委屈，不明白为什么自己的终身大事要受到哥哥死亡的牵连？顾祈舟做错了什么？只因为他是警察？

她的哥哥也是警察呀，一名勇敢无畏的警察，为了公安事业付出了自己的生命，她妈不应该是爱屋及乌吗？为什么要因噎废食呢？

秦薇最不能想到的人就是儿子，直到现在她都不能接受自己儿子死在自己骄傲中的那份事实。

当初她很支持他去当警察，但儿子因为她的这份支持死了。

她无法释怀，也无法宽恕自己。

她绝不能在女儿的身上犯同样的错误。

她真的很爱自己的女儿，但陈染音的话严重刺激到了她那敏感的神经。怒极之下，秦薇猛然抬起了手臂，却在巴掌落在陈染音脸颊上的那一刻猛然收了劲儿，最终也只是轻轻地在她的脸上拍了一巴掌，连一道红印都没留下。

但在陈染音看来，她妈就是打她了。

她从小到大都没挨过打，这是第一次，本就委屈的她越发委屈起来，忍无可忍地号啕大哭，一边哭还一边放狠话："你打我是吧？行！你打吧！打死我吧！"

秦薇也哭了，双目通红、泪流满面地盯着自己闺女，不甘示弱地哭着吵架："别以为我不敢！我早该打你了！看见你我就来气，打死你我还能多活两年！"

"行！行！我走！"陈染音继续哭着放狠话，"我现在就走！再也不回来了！省得你看见我来气！"说完，真的扭头走了，气冲冲地换好鞋，泪流满面地抓着车钥匙离开了家。

秦薇也没去追她，自己坐在家里哭，越哭越气，越气越想哭。

陈染音则是一边开车一边哭，哭着去了顾祈舟家，家里还没人，只能自己一边生闷气一边哭，又一边自怨自艾地想：我妈竟然打我，她竟然打我，她肯定不爱我了，竟然打我，扇我脸……

越想越委屈，越委屈越哭。

趴在沙发上哭了好久，她才渐渐停止了哭泣，心里的那份委屈稍微消散了一些，但还是委屈，不过这点残余的小委屈并不影响她刷手机，某条新闻热搜吸引了她的注意力——东辅云南两地警方合力破获重大跨境贩毒案。

陈染音呼吸一滞，立即点开了这条官方推送的新闻，认真又快速地浏览着。

代号"国王"，东南亚地区最大毒枭，已于两周前落网。

继郎九命被抓捕归案后，"国王"也被绳之以法了。陈染音心头大喜，激动兴奋又开心，甚至都忘了她妈刚才扇她脸的事儿了，而且这都已经是两周前的事情了，官方肯定是等所有的事情全部尘埃落定后才放出消息。

是不是说明，顾祈舟也快从云南回来了？

他是不是已经回来了？

他应该没受伤吧？

会不会因为受伤了才没能立即回来呀？

伤得严重不严重啊？

想着想着，陈染音就开始胡思乱想了，越想越害怕，越想越担心，越想越紧张，甚至都害怕得又想哭了，她立即拨通了顾祈舟的电话。

紧接着，她竟然听到了手机铃声……出幻觉了吗？

不对，不是幻觉，铃声是从门外传来的！

陈染音立即从沙发上爬了起来，连拖鞋都没穿，像只小兔子一样灵敏又迅速地冲到门口，打开了房门。

顾祈舟站在门外，穿着黑色短袖和运动裤，脚边还放着一个行李箱，一手拿着手机，一手拿着钥匙，刚摁下接听键，门就开了，陈染音从里面冲了出来，扑跳到了他的身上。

她双手缠着他的脖子，双腿圈在他的腰上，疯狂地亲吻着他的脸颊，边亲还边说："我好想你啊！"

顾祈舟挺惊喜的，托着她的腿，问："你怎么来了？"

陈染音不想说实话，实话扫兴，就回了句："朕算准了你会回家，特意堵你呢！"

顾祈舟笑了："陈皇真是神机妙算。"

陈染音哼了一声，没好气："回来之前怎么不和我说一声？是不是不想我？"

顾祈舟无奈："怎么可能？"他解释道，"刚到东辅，什么都没收拾呢。"最近一直风尘仆仆的，今天早上连胡子都没来得及刮，他不好意思胡子拉碴地去见她。

陈皇明白了，"爱妃"这是担心自己的容貌不够美艳，所以才没第一时间去见她。

"别担心，朕不嫌弃你。"她还用脸颊在他的脸上蹭了蹭。他的唇畔和下巴上刚刚冒出的一层胡楂有点扎，但她还是不停地蹭来蹭去，语调悠悠地在他耳畔叹息着说，"妹妹的文身又想鼓起来了，不知道哥哥能不能满足啊？"

真是个妖精啊。

他叹了口气，问："吾皇，会背我的手机号吗？"

陈染音自豪地说："那肯定呀！朕这么爱你，当然会背。"

顾祈舟点头："行，哪天被治安大队抓走了，记得给我打电话，我去捞你。"

陈染音：行，好，既然如此，那朕就再给你来个更刺激的！

她咬住了下唇，眼珠子一转，又将唇贴近了他的耳畔，咬字轻缓："夏日成熟蜜桃，鲜嫩多汁，哥哥想不想尝尝啊？"

顾祈舟赶紧抱着她进了门，生怕她再说出什么虎狼之词，万一被邻居误会了什么再一打举报电话，治安大队真就来了。

陈染音从他的身上跳了下来，等顾祈舟把行李箱拎进家门，关上房门后，她又迅速朝他凑了过去，再度抱住他的脖子，挂在了他的身上，用鼻尖轻轻地蹭着他的耳根，一边嗅着一边说："哥哥的身上都快没妹妹的味道了，需要再补点。"

旱了挺久，顾祈舟根本不经撩，直接把她抵在了墙上，迫不及待地封住了她的唇。

陈染音热情地回应着。

这一吻如同夏季阳光般灼灼炽热。

阳光可以融化一切。

"想不想我？"顾祈舟的嗓音低沉粗哑。

"想，啊。"陈染音的后背蹭着墙，"你想……想我吗？"

顾祈舟反问："你说呢？"

一定是想的。

想得发狠。

陈染音咬住了下唇，想让他别这么野，又舍不得他离开自己。

顾祈舟托着她的腿去了卧室。

夏日炎炎，窗外的阳光明媚，蝉鸣声不断，如同爱意一般缠绵而无休止。

陈染音觉得自己已经快融化在了这一场夏日中。

午后的蝉鸣声时起时落，热风吹着窗外的梧桐树，映在蓝色窗帘上的婆娑树影开始徐徐摇曳。

陈染音双颊绯红，白皙的皮肤上起了一层薄汗，她乖巧而慵懒地缩在顾祈舟的怀中，时不时地仰起下巴在他的脸上轻啄一下，或者用鼻尖蹭一蹭。

她真的好喜欢他。

顾祈舟的眼眸中再度浮现出了温柔笑意，在她的额头上亲了一下："放假了吗？"

"算是放了。"陈染音问他，"你呢？任务结束了吗？"他去云南之前，并没有告诉她到底是去执行什么任务了，她也没细问，因为她知道他们的规定，但也大概猜出来了应该和“国王”有关。今天出了新闻之后，她才彻底确认了自己的猜想。

“结束了。”顾祈舟回，“可以休几天。”

“哦。”陈染音抿了抿唇，蹙眉犹豫着，忽然张开了双唇，像是想问他什么事情，却又在发声前的那一刻放弃了。

最终，她还是什么都没有问，只回了句：“挺好的，终于可以好好陪陪我了。”

顾祈舟看着怀中人，在心里叹了口气，其实他知道她想问什么：白玫。

但是他不能告诉她。

不论白玫是生是死，他都不能向任何人透露她的情况。

他只能和她一起心照不宣地略过这个话题：“嗯，哪儿都不去，一直陪着你。”

陈染音抬眸，可怜巴巴地看着他：“爱妃，朕被赶出宫了，这几天可能要靠你收留了。”

顾祈舟又是诧异又是想笑：“怎么还被赶出宫了？”

陈染音叹了口气：“得罪皇太后了呗。”

顾祈舟询问：“和阿姨吵架了？”

陈染音闷闷不乐地回了个：“嗯。”

顾祈舟：“为什么吵架？”

陈染音下意识地垂下了眼眸：“就是一点小事儿。”

顾祈舟不傻，一眼就看出来她在撒谎，也大概猜出了原因：“因为我吗？”

陈染音本来想回答“不是”，因为她不想让顾祈舟知道她妈不同意他们俩在一起的事，担心顾祈舟会难过，但转念一想，这不只是她一个人的难题，而是他们两个人的共同难题，她一个人独木难支，根本无法解决，只能两个人一起去面对才行。而且，凭借她对顾祈舟的了解，他一定不想让她在“父母的态度”这个问题上对他有所隐瞒。

思来想去，她最终还是决定和他坦白：“我妈不想让我找警察，她会害怕。”

顾祈舟很快就明白了什么：“因为你哥哥？”

陈染音略带诧异地看了他一眼，感慨：“爱妃，你好聪明啊，朕都被你的智慧深深折服了。”

顾祈舟无奈一笑：“陈皇，这种时候就不用画饼了。”

陈染音不服气地哼了一声：“朕是因为爱你才给你画饼呢，你不要不知好歹！”

顾祈舟败下阵来：“好，我的错，我让吾皇扫兴了。”

陈染音盯着他："光用嘴道歉？不用行动表态？"

顾祈舟也想，但是："不行，没套了。"

他们俩几乎都是从四月初就开始连轴转，一直到现在才闲下来，压根就没时间考虑这方面的事，所以就没补货。

陈染音毫不在意："不用了，直接生，朕明天就回宫偷户口本去和你领证。"

顾祈舟态度坚决："不行。"

陈染音委委屈屈地问："为什么不行？你是不是不爱我了？不想娶我？"

顾祈舟："怎么可能？"

陈染音："那你为什么不同意？"

顾祈舟不容置疑："必须要经过你爸妈同意才行。"结婚是终身大事，他不能让她名不正言不顺地嫁给他。

陈染音并没有那么乐观："他们要是不同意呢？咱们俩就一辈子不结婚？"

顾祈舟："不会。"他语气坚决地向她保证，"我一定会让他们同意。"

他的眼神也无比坚定，坦坦荡荡地向她表明，他一定会不遗余力地去解决一切问题。

陈染音突然十分安心，并且无比地坚信他一定会说到做到，同时又庆幸自己刚才的决定：幸好跟他坦白了，甚至都有点后悔没有早点告诉他了——要是早点把她妈的态度告诉他，他是不是早就能说服她妈了？

唉，她的爱妃真是才貌兼备、秀外慧中！

"怎么办？朕真的好喜欢你呀。"陈皇轻叹口气，一脸宠溺地看自己的"爱妃"，"好想再临幸你一次。"却不能，因为没有"小雨衣"了，陈皇遗憾至极，又恨恨地说，"朕要去买一大箱囤在家里，想什么时候临幸你就什么时候临幸你！"

又开始了。

他一脸无奈地看着怀中人："臣妾建议您少放狠话多锻炼身体。"

陈染音：什么意思？嫌朕体虚？

顾祈舟看出了陈皇的不服气，只好讲事实摆证据："还没用两个呢你就不行了，还来一箱？我都担心你死龙床上。"

龙颜尽失！

龙颜尽失啊！

陈皇恼羞成怒："朕刚才是因为饿了才虚呢！"

顾祈舟并没有拆穿这个拙劣的谎言，反而顺着陈皇的话问："想吃什么？我去做饭。”

陈染音瞟了他一眼：“不要以为给朕做顿饭，朕就能宽恕你刚才以下犯上的罪行。”又没好气地说，“你还拿枪指过朕呢！乱臣贼子！”

逆鳞果然不能碰，一碰就记仇。

顾祈舟无奈一笑，问：“做一顿饭不行，做一辈子饭行吗？能得到原谅吗？”

陈染音心头窃喜，嘴上却傲娇：“可以酌情考虑宽恕你的罪行。”

顾祈舟忍笑，一本正经地回了句：“谢主隆恩。”

“哈哈哈哈。”陈染音被逗笑了，乐得不行。

顾祈舟也笑了，抬手揉了揉她的脑袋：“先在家等我一会儿，我去买菜。”快俩月没回家了，冬子又不会做饭，不消多想，冰箱一定是空的。

陈染音不想和他分开，立即说道：“我也去！我和你一起去！”

顾祈舟：“外面热。”

陈染音：“我不管，我就要和你一起，不然我就不吃了，饿死我，让你伤心难过。”

跟三岁小孩一样爱耍无赖……顾祈舟拿她没办法，只好带着她去超市。

买完东西从超市回来后，顾祈舟系上了围裙，去厨房做饭，陈染音窝进了沙发里，一边捧着平板看剧一边吃零食。

顾祈舟习惯把所有菜都炒好后再一起端上桌。等他将最后一盘白灼虾端上桌后，冲着客厅喊了声：“过来吃饭。”

陈染音听到了，却故意当作没听见，继续捧着平板看剧。

顾祈舟还当她是没听见，又喊了声：“吃饭了。”

陈染音举着平板不动，眼皮都没抬一下，冷幽幽说了句：“喊得一点都不温柔，人家电视剧里面的男主喊女主吃饭的时候都喊乖、宝贝儿、亲爱的，温柔又深情……你喊得一点都没有感情。”

看的什么剧啊？平白无故地把他连累进去了。

但他明白，陈皇现在就是闲着没事干了，于是便开始没事找事。

为避免再度被打入冷宫，顾妃只好按照陈皇要求行事，温柔又深情地喊了声：“宝宝，过来吃饭了。”

能让冷酷无情的顾队长喊声“宝宝”，可真不容易啊！

陈染音立即放下平板，同时从沙发上弹了起来，穿上拖鞋后，“嗒嗒嗒”地朝着厨房跑了过来，兴奋激动又开心地喊：“来了来了！你的宝宝来了！”

顾祈舟忍俊不禁，抬手扣住了陈染音的后脑勺，同时俯身低头，在她的脸上狠狠地亲了一口。

脸皮都给亲红了一片。

陈染音没好气地瞟了他一眼："谁让你亲朕了？"

顾祈舟笑着回："太喜欢我的宝宝了，情不自禁。"

陈染音扬起了唇角："那好吧，饶恕你了。"

陈染音爱吃虾，吃饭的时候，顾祈舟一直在给她剥虾，剥好之后，在生抽蘸料里蘸一下，然后直接往陈染音嘴里塞。

他剥虾的速度比陈染音吃的还快。

陈染音的嘴实在是不够用，顾祈舟就把剥好的虾肉放进她的碗里，堆成了一座红色的小尖山。

饭后，顾祈舟去刷碗，陈染音继续窝在沙发上看剧。

洗完最后一个盘子，顾祈舟关上了水龙头，紧接着，陈染音的声音断断续续地传进了厨房："我不回去！我就是不回去！你来接我也不回去！"

听起来像是在和谁打电话，语气挺冲，但他了解她的陈皇，她现在的状态并不是在和对方吵架，而是固执地表明自己的态度。

不知道对方又说了句什么，陈染音再度开了口，理直气壮地说："我凭什么不能在外面住？我就要在外面住！再也不回去了！省得她又说我天天在家气她！"

显然，现在是开始赌气了。

紧接着，陈染音又说：

"我可没跟她吵架，是她先动手打我的！她还说要打死我呢！"

"我都说了不用你来接我！我不回家！我就不回家！"

说完，陈染音直接把她爸的电话给挂了，然后盘着腿抱着胳膊坐在沙发上生闷气，气她妈不讲理，不讲武德，竟然率先抢占道德制高点，跑去找她爸告状，让她爸谴责她为了顾祈舟和自己亲妈吵架还离家出走了。同时还特别委屈，矫矫情情、幽幽怨怨地在心里想：明明是你先扇了我一巴掌我才会在气急之下夺门而出的，怎么到最后又变成你有理了？你肯定不爱我了，还打我，扇我脸！

没过多久，顾祈舟走进客厅，也坐到了沙发上，伸手把她搂进了怀中，温声劝导："回去吧，别让爸妈担心。"他已经猜到了她刚才在和谁打电话。

陈染音还在气头上："不回！就是不回！"

顾祈舟耐心劝说："陈皇，这样赌气解决不了问题。"

陈染音："谁让她打我呢？"

顾祈舟微微蹙眉："打哪儿了？"

陈染音："扇我脸！"

顾祈舟："疼吗？"虽然动手的是皇太后，但他还是会心疼。

陈染音抿住了下唇。

疼倒是不疼，就是委屈，竟然打我，扇我脸！

她不置可否："反正就是打我了！"

一个模棱两可的回答，但凭借顾祈舟对陈皇的了解，八成是不疼——皇太后可能就是气不过才动了手，轻轻拍了皇上一巴掌，结果从来没挨过父母打的皇上就把这一巴掌当成如来神掌，觉得自己被暴击了。

这么说吧，陈皇疼的不是肉，是心灵。

他无奈一笑，继续开导："能有我揍冬子的时候下手重吗？"

陈染音：那还是没有的。

顾祈舟又给她举了个例子："我小时候，我妈揍我，都是直接拿扫把往我身上抽，抽得我身上全是一道道红印，第二天等她气消了我举着胳膊给她看，她还说我皮痒，活该。"

虽然不厚道，但陈染音还是忍不住笑了："哈哈哈，你干了什么事啊？能让你妈这么揍你。"

顾祈舟实话实说："忘了，但我小时候确实调皮，和冬子特别像。"

他说得轻松，还带着笑意，但陈染音却听得心疼，如果不是被毒贩子追杀，他也会是一个无忧无虑的中二少年，有一个肆意不羁的童年和青春。

但这个世界上没有如果。

她轻叹口气，把脑袋依在他的心口，抱紧了他。

顾祈舟却又想到了一件旧事，忍不住笑了一下："但是我爸妈打我的次数还没我姐一个人打我打得多，她才是暴力狂，我还不敢反抗。"

陈染音莫名有点幸灾乐祸："为什么啊？"

"因为我姐是家里的老大，我爸妈最疼她了。"顾祈舟陷入了回忆中，眼眸中闪烁着淡淡笑意和对旧时光的怀念，"全家我最怕的就是我姐。我爸妈说打我，有时候只是吓唬我，只有她，是真打，下手一点都不留情，还天天使唤着我给她端茶倒水捏腰捶腿，吃个橘子都要让我坐在一边给她剥皮，橘子吃腻了还要我下楼去给她买辣条，一次跑腿费五毛，但她还总赖账，让我白跑，天天压榨我。"

"哈哈哈哈，原来有姐姐的弟弟这么惨？"陈染音不禁感慨了句，"幸好我是有哥哥的妹妹，天天都是我找他的事，我爸妈还总让他让着我。”

顾祈舟顺着她的话说道：“所以呀陈皇，皇太后肯定还是爱你的，不是成心想打你，不然你的脸早肿了，她肯定收着劲儿呢，舍不得对你下重手。”

听他这么一分析，陈染音的心里倒是好受了点，但还是委屈：“明明是她先动的手，她还去跟我爸告状，说是我的错！她恶人先告状！”

顾祈舟感觉到了，皇太后可能也是一个傲娇倔强不愿意主动低头的人，或者说，皇上的倔脾气可能就是遗传了皇太后。

母女俩一个比一个傲娇，绝不主动承认自己有错。

但是皇太后那边他暂时没办法劝，只好继续开导他的陈皇：“阿姨也是关心你，她有她自己的立场，她只是担心你会跟着我受苦。”

陈染音的眼眶猛然一酸：“那都是她自己胡思乱想的，生活是我自己的，苦不苦我心里清楚，她凭什么要把自己的想法强加在我的身上？我哥要是还活着，她能这么反对吗？她不能！她就是因为自己想不开，所以才不同意！”

顾祈舟轻轻地拍着她的后背，温声安抚她的情绪：“因为你是她的女儿，是她唯一的孩子，所以她才会过度关心你，不能责怪她，只能说你哥哥的牺牲对她打击太大了，她走不出这个阴影。”

陈染音没再说话，却哭了。

她也心疼自己的妈妈，也能够理解妈妈内心的伤痛，却无法理解妈妈对警察这份职业的偏见，无法理解妈妈对顾祈舟没来由的排斥和敌意。她也委屈啊。

顾祈舟从茶几上抽了张卫生纸，给她擦了擦眼泪，继续劝说：“别让爸妈担心，回家吧，他们年纪也大了，好好对他们……他们对我们，都很好。”

他也想对自己的父母好。

但是他，没有机会。

陈染音的心头猛然一疼，把脸埋进了他的胸口，呜咽着说：“我想和你在一起。”

顾祈舟拍着她的后背，笑着说：“放心，以后有的是机会。”

陈染音咬住下唇，把额头抵在他的心口，竭力平复着自己的心情。

等情绪稳定得差不多了，她终于拿起手机，给她爸发了个定位。

没过多久她就收到了她爸的回复：“好好好，我们现在就去接你，等快到了给你发消息，到时候你再下楼，我和你妈就不上楼打扰别人了。”

陈染音心想：老陈真不愧是当领导的人，话说得圆滑且滴水不漏，明明是因为不想上楼见顾祈舟，却说“不打扰别人了”，谦逊且给人留面子，真有水平啊。

盛暑已至，烈日当空，柏油马路都要被烤化了的感觉。

黑色奥迪车疾驰在东辅街头的宽阔马路上。

陈鸿博开车，秦薇坐在副驾驶，车内的空调呼呼吹着，两人却一个比一个着急上火，尤其是秦薇，眼眶一直是红的，又想哭又生气，咬牙切齿地说："陈染音现在就是无法无天！直接跑人家家里去，也不嫌害臊！"

陈鸿博也是满面着急，但他比秦薇要冷静一些，心平气和地劝说自己老婆："你先不要生气，生气解决不了任何问题。"

秦薇却更气了："她都跑人家家里去了，我还能不生气？知人知面不知心，谁知道那个男孩是不是好人？"

陈鸿博犹豫了片刻，道："我前几天找公安部的朋友打听了一下那个小子，人还不错，踏踏实实勤勤恳恳的，也有上进心，倒是个好孩子，又长得高高帅帅，音音喜欢他也正常。就是这孩子的家里条件一般，爸妈没得早，全靠他自己。"

秦薇想到了今天上午女儿对自己说的一句话：他们家满门忠烈，抵不过我贱命一条？

她没忍住问了句："他爸妈怎么没的？"

陈鸿博："也是当警察的，办案过程中牺牲了。"他也只打听到了这么多，再往深处就打听不到了。

秦薇没再说话，眼眶却酸了……牺牲，一个壮烈的词汇，对普通人来说是崇敬与致哀，对家属来说却是一生的痛。

她又想到了自己儿子。

陈鸿博叹了口气，说："这个职业的特殊性注定了他们不会和普通人一样安稳，尤其是奋斗在一线的警察们，别说生命安全了，家属可能都会受到威胁，但你说我们应该因为这种危险排斥、远离他们吗？没他们的保护，咱们能这么轻轻松松地过日子吗？未梵当初不也是……"

"你别提未梵！"秦薇哭吼着打断了丈夫的话。

她最不能听到的就是儿子的名字。

提起来，心理防线就会崩塌。

陈鸿博明白妻子的心结所在，但有些话，他不得不说："我们应该尊重这个职业，尊重未梵。"

秦薇难以自持，掩面大哭。

陈鸿博再度长长地叹了口气："我也没想到音音会喜欢上一个特警，我也会害怕，但你说，这是不是一种缘分呢？咱们没了一个警察儿子，老天又给咱们送回来一个当警察的儿子。可能有些东西它就是注定的，谁都改变不了。”

十几分钟后，陈鸿博将车停到了公安家属院的大门口。

早在五分钟前，顾祈舟就陪着陈染音下楼了。

陈染音也是开车来的，来的时候车位前后还空荡荡的，走的时候却又变成了高难度侧方出库，又是顾祈舟帮她把车开出来的，然后他开着车把她送到了小区门口，和她一起坐在车里等“太上皇”和“皇太后”。

奥迪车靠边停车，顾祈舟立即从车上下来了，然而陈鸿博和秦薇并没有下车，车窗都没开，只是打了双闪示意陈染音跟上。

陈染音不得不跟“爱妃”分了手，跟随着“太上皇”和“皇太后”一起回了家。

到家后，母女俩依旧是谁也不理谁，秦薇换好鞋后，直接回了卧室，还关上了房门；陈染音也是直接回了卧室，并关上了房门；陈鸿博孤苦伶仃、惆怅不已地站在门厅，无奈地叹了口气。

到了晚上该吃饭的时候，他挨个敲响了母女俩的房门，态度谦卑又诚恳地邀请两位出来吃饭——只要这母女俩一冷战，最受伤的绝对是他。

但是到了饭桌上，陈染音还是在跟她妈冷战，两人又开启了谁也不理谁的状态，各吃各的饭。

陈鸿博又在心里叹了口气，开口打破了沉默，对自己老婆说：“刚好音音这几天放假了，等到了周末咱们一家三口可以回老家看看她姥姥姥爷。”他一个人是解决不了这个难题了，只能求援。

秦薇倒是没反对：“行，确实挺长时间没回去了。”

陈染音也有点想姥姥姥爷了：“嗯，好。”但紧接着，她又说了句，“我要自己开车回去，不和你们坐一辆车！”

秦薇本来就压着火呢，脾气瞬间就上来了：“你什么意思啊？准备自立门户了？你妈是你的眼中钉肉中刺？”

陈染音不甘示弱，跟她妈犟嘴：“谁让你打我呢！”

秦薇有些理亏，却坚决不承认错误：“我……我那能算是打你吗？我就轻轻拍了你一下也算是打你？”

陈染音：“就是打我了！扇我脸！”

秦薇柳眉倒竖：“谁家孩子跟你一样？拍一下就变成打你了？我看你就是欠打，多打几次你就老实了！”

陈染音才不管那么多呢，就一句话："反正你就是打我了！"

扇我脸！

我还要去找姥姥姥爷告你状呢！

第二天不是周末，陈鸿博还要去单位上班，早上出门之前还挺不放心的，生怕这母女俩又在家吵起来，所以特意去叮嘱了她们俩一定要心平气和，不要冲动行事。

陈染音也不想和她妈吵架了，心里却憋着一股气，准备等周末的时候回老家告状。

吃完早饭后，她给顾祈舟发了一条微信，想顶风作案约他出来看电影，然而顾祈舟回了一条："去局里了。"

陈染音："加班了？"

顾祈舟："临时去办点事。"

工作性质原因，陈染音就没细问，也没法顶风作案了，只好窝在家里抱着平板看剧，并且还只在自己的卧室里面窝着，坚决不出门和"皇太后"见面。

秦薇也懒得搭理她，看见她心里就窝火，索性无视她，就当家里没她这个人，自己在客厅看电视练瑜伽。

临近午饭时间，家里的阿姨做好了饭，陈染音正准备去吃饭的时候，忽然收到了顾祈舟的微信："吾皇，在家吗？"

陈染音心头一喜："在的在的！"

顾祈舟："下楼吧，小区东门等你。"

陈染音："要去哪里？"她还以为顾祈舟要带着她出去玩。

顾祈舟："哪儿也不去，给你点东西。"

陈染音奇了怪了："什么东西？"

顾祈舟："先下来，见面说。"

陈染音无奈地叹了口气，终于从床上爬了起来，随便梳了一下头发就出门了，连睡衣都没换，还在心里碎碎念地想：都不带朕出去玩，朕也不给你穿漂亮衣服看！

秦薇已经在餐桌边坐好了，亲眼看着陈染音从卧室里出来后直接朝着家门口走了过去，脾气"噌"的一下子又上来了："该吃饭了你又去哪儿呢？"

陈染音不想再惹麻烦，就没说实话："取快递！顺丰的！面签！"

因为她身上穿着睡衣，秦薇就没怀疑，也没再搭理她，直接动筷子吃饭。

陈染音迅速换好了鞋，一路小跑去了小区东门。

室外烈日炎炎，温度高得像是要烤化这个世界。

黑色别克 SUV 停在路边，看到陈染音走出来后，顾祈舟立即下了车。

他身上穿着深灰色的短袖和黑色运动裤，一套休闲便装，显然上午去局里并不是因为有紧急任务要出。

陈染音走到他的面前，询问："要给我什么？"

"等等。"顾祈舟朝着后备厢走了过去。

陈染音呼吸一滞，大喜过望地想：不会是给我准备了后备厢惊喜吧？

后备厢里铺满了红色玫瑰花，旁边还装饰着闪闪烁烁的星星灯，触目所及尽是浪漫——陈皇如此激动地畅想着——这个大直男，也不是不懂浪漫啊！

她立即跟着顾祈舟跑到了车后。

顾祈舟打开后备厢的那一刻，陈皇的梦碎了。

后备厢里除了一些杂物和一个牛皮纸箱，什么都没有……

呵，果然，直男不懂浪漫，就像白天不懂夜的黑，美酒不能配咖啡。

朕心里的苦楚，有谁能懂？

谁能懂？

但是紧接着，陈染音忽然注意到，那个牛皮纸箱的盖子上面，竟然用黑色记号笔写着她哥的名字，下方还写着一排编号。

是她哥的警号，早已被封存的警号。

她震惊又诧异地看向顾祈舟。

顾祈舟解释道："当初案子没结，你哥的部分个人物品和物证一起被封存了，现在结案了，个人物品可以取回，交还家属。"他今天上午就是去找郑常了，让他帮忙把陈未梵的个人物品从档案室里取了出来。

陈染音的眼眶猛然一酸，视线瞬间就被眼泪模糊了。

她心酸又感动。

为了哥哥心酸，为了眼前这个男人感动。

他是真的在努力地对她好，努力地去解决一切困难。

他虽然不懂浪漫，不会编织花里胡哨的语言，但他脚踏实地，会用实际行动证明自己的爱。

陈染音吸了吸鼻子，抱住了顾祈舟，呜咽着说了句："爱妃，朕一定要封你为后！"

顾祈舟一本正经地纠正："是重登后位。"

陈染音破涕为笑："小心眼，真能计较！"

顾祈舟也笑了："必须计较，不然怎么让陈皇重视我？"

陈染音踮起脚尖，在他的脸颊上亲了一口："朕最重视你了！"

顾祈舟揉了揉她的脑袋，问："找了什么借口出来的？"

陈染音实话实说："取快递。"

顾祈舟轻叹口气："取完了就回家吧，别让阿姨着急。"

陈染音不想这么快和他分开，但又确实不能忽略她妈的感受，只好依依不舍地和顾祈舟道别。

回去的路上，她还在想：顾祈舟送来的不仅是她哥的遗物啊，还是打开她妈心门的钥匙。

等她抱着牛皮纸箱走进家门的时候，她妈还在吃饭，即便是听到了她回家的动静，也没回头看她一眼。

陈染音也挺能沉得住气，一直没说话，换好拖鞋后，她抱着箱子朝着客厅走过去，把箱子放到茶几上，然后，又不慌不忙地走到餐厅，说："我哥的遗物，你要不要看？"

秦薇浑身一僵，难以置信地看着自己女儿："什么东西？"

"我哥的遗物。"陈染音说，"我哥当时还有部分个人物品在单位呢，后来和物证一起封存了，现在案子结了，可以把个人物品取回，交还家属。"

秦薇眼眶一酸，喉头一哽，深深地吸了一口气之后，才板着脸问："谁送回来的？"

陈染音："还能有谁？肯定是顾祈舟啊，不然咱们还不知道呢。"

秦薇哼了一声，红着眼眶说："你以为他是好心吗？他是故意讨好我！"

陈染音都生气了："你对人家那么不满意，人家肯定要讨好你呀。要是不讨好你，你肯定又要说人家对你不上心。怎么都是你有理！人家干什么都是错的！"

秦薇不甘示弱，瞪着自己闺女："我说他这件事干错了吗？我说了吗？"

陈染音："你没说，但你也不领人家的情！"

秦薇："领不领情是我的事！他自愿跑来给我送人情，我又没求着他！"

陈染音说不过她妈，愤愤不平地回了句："你这人真是不讲理！"

秦薇没再说话，重重地放下筷子，起身从凳子上站起来，快速朝着客厅走了过去。陈染音叹了口气，也跟着走了过去。

秦薇坐到沙发上，迅速把纸箱拉到自己的面前，看到自己儿子的名字的那一刻，她的眼眶更红了几分，眼泪顷刻间便涌了出来。

她缓缓抬起手臂，轻轻地将手放在了箱盖上，小心翼翼地用指尖摩挲着儿子的名字，像是在抚摸儿子的面庞。

陈染音坐在她妈身边，微微地叹了口气。

秦薇打开了箱盖。

放在最上层的是一部手机，一沓照片，一本黑封皮的厚笔记本和其他杂物。

所有东西全部分门别类地放置在透明的物证袋中。

最下层的是几件叠整齐的衣服。

放置手机的那个透明袋子中，还放着一个配套的黑色大头充电器以及一个黑色的老古董万能充。

手机还是诺基亚的滑盖机，电池能从后面抠掉那种，时代感扑面而来。

秦薇先把装着手机的袋子从箱子里拿了出来，一边心酸落泪一边感慨地笑："这手机还是他参加工作后自己攒钱买的，当时可贵了，也不知道还能不能用。"

"试试呗。"陈染音从她妈手中接过袋子，把手机和充电器拿了出来，插好数据线，把插头摁进了电源里。

机身突然振动了一下，手机盖上某个指示灯亮了。

"真不愧是诺基亚。"陈染音不禁感慨了一句，"手机中的战斗机。"

那个年代的手机还没有设置锁屏密码的功能，前盖一推就开了，屏幕亮起，屏保是她哥和小柳的合照。

她哥穿着警服，小柳穿着警校生的校服。

手机没有美颜和 PS 功能，真实地记录下了他们两人当年的青涩容颜和眉宇间的生动表情。

他们都在笑，笑得很开心，眼神中充斥着喜悦和对未来的憧憬和向往。

但最终的结局是阴阳两隔。

一个黄泉销骨，一个雪寄白头。

情深不寿。

陈染音的视线再度被泪水模糊了，相比起她哥和小柳的结局，她和顾祈舟已经很幸运了，虽然分开过，但最终还能重逢，还有机会携手余生。

秦薇也哭了，盯着屏保照片哭得泣不成声："也不知道小柳现在怎么样了？我都不知道怎么跟你哥交代……"

陈染音不敢告诉她妈自己曾经见过小柳，更不敢告诉她妈小柳当年突然消失的原因。

她也不知道，小柳现在如何了？是否还活着？但她不能向顾祈舟询问这个问题。

她必须要替小柳保守这个秘密。

小柳早就消失了，她也从未见过一个叫白玫的女人。

“小柳她一定会幸福的。”她语气坚决地对自己的母亲说，也是对自己说。

秦薇含泪盯着那张照片：“我怕她走不出来，怕她做傻事。”

她确实是没走出来。

但也没去做傻事。

而是去做了一件英勇无畏的事情。

“小柳很坚强。”陈染音说，“她一定不会做傻事。”

秦薇用手擦了一下眼泪：“希望她过得好，未梵已经走了，她要放下才行。未梵没那个命陪她到底，她不能把自己的一辈子全搭进去。”

陈染音并不觉得小柳会放下。

这种感情，是放不下的。

无论如何，小柳的心中一定会有她哥的一席之地。

但放不下和向前走是两个概念。

她也希望小柳能走出她哥离世带来的阴影，不停地朝前走，找一个心疼她、爱她的男人，和她共度余生。

查看完手机后，秦薇又从箱子里拿出了装着照片的物证袋。

最上面的一张是陈未梵的人民警察证照片。

警员牺牲后，警察证必须收回，想留纪念的话只能拍照或者复印。

秦薇触物生情，眼泪再度决堤而下。

当年，儿子第一次把警察证拿给她看时，她真的是高兴极了，内心自豪又骄傲，觉得自己的儿子是顶天立地的大英雄。

其实，迄今为止，她的内心深处还是残留着几分骄傲的。

她一直为自己的孩子感到骄傲——有个身穿警装的孩子，为什么不骄傲?

她只是，太害怕了……

陈染音从茶几上抽了一张卫生纸，递给她妈，想了想，说：“我哥和小柳都是警察，所以我热爱这份职业，也敬佩他们的勇气。”犹豫了一下，她又说，“顾祈舟也是警察，我爱的不仅仅是他这个人，还有他身上那股不服输的冲劲儿，他是个顶天立地的男人，和他在一起我不会感到不安，更不会害怕危险，反而很安心，很有安全感。”

这一次，秦薇没再反驳陈染音的话，手握照片，目不转睛地盯着儿子的警察证看。

陈染音又说：“我可以接受你因为一个人的人品、长相、个人条件为由反对我和他相处，但我不接受因为他是警察所以你反对。我哥也是警察，警察这个职业没有错，总有人要去付出，去惩奸除恶，他们的信念感是我们这种普通人无法理解的，我也爱他心中的那份信念感，他是我的英雄。”

从九年前起就是了。

除了林宇唐，她这辈子也不会再爱上任何人。

“他真的很爱我，对我也很好。”陈染音又说，“和他在一起我很幸福，没有你想的那么糟糕。”

秦薇看着手中照片，沉默许久，沉声开口：“路是自己选的，最后要是发现走错了，你能承担后果吗？”

陈染音语气笃定：“我可以。”

秦薇不置可否，沉默着将那沓照片从透明物证袋中取了出来，一张一张地翻看着。

陪着她妈一同查看完她哥的所有遗物后，陈染音才去吃午饭，吃完饭后，睡了一觉，结果一觉睡到了下午四点半。

窗外的烈日依旧高悬，但已经有了西斜的前兆。

午觉睡的时间越长，越容易睡醒矫情。

陈染音顿时陷入了一种惆怅又伤感的情绪之中：我被世界抛弃了……

立即拿起了手机，给她的“爱妃”发消息：“朕难过了。”

顾祈舟：“怎么了？”

陈皇：“空虚、寂寞、冷，想让哥哥来陪我。”

顾祈舟：“……”

陈皇：“省略号是什么意思？对朕很无奈？”

顾祈舟：“不是，我是在分析这话的深层含义。”

陈皇突然就不难过了，咧着嘴打字：“其实朕原本没有那个意思的，但如果爱妃想的话，朕也不是不能去临幸你。”

顾祈舟：“陈皇，保重龙体吧。”

陈皇恼羞成怒，开始找顾妃的麻烦：“喊，你明明就是厌弃朕了！”

顾祈舟：“我哪里敢？”

陈皇：“那你带我出去玩！”

顾祈舟："想去哪儿玩？"

陈染音想了想："咱们俩去吃夜市吧？我想去吃小吃了。"

顾祈舟："行，我去接你，半小时后见。"

陈皇开心极了，立即从床上蹦跶起来，跑去卫生间，快速把自己收拾了一番，然后换上一条白底碎花的连衣裙，拎着小包出了门。

秦薇还在客厅里坐着，不厌其烦地翻看着儿子旧手机里的相册。

陈染音忐忐忑忑地走进了客厅："我要出门吃饭了。"

秦薇抬起了头，明知故问："跟谁？"

陈染音倒是坦荡了："顾祈舟。"

秦薇抿了抿唇，叹了口气，垂下了眼眸，重新将视线落在了手机屏幕上："早点回来。"

陈染音心头一喜："哦！"都有点被快乐冲昏了头脑了，"要不你跟我们一起去吧？"

秦薇没好气地瞪着她，开喷："你想得美！蹬鼻子上脸！给你点阳光你就灿烂！我凭什么去见他？凭什么跟他一起吃饭？要见也是他上门来见我！"

一生要强的"皇太后"。

陈皇不敢再多言，安静如鸡地点了点头，然后转身就跑，生怕自己慢了一步，被"皇太后"禁足"紫禁城"。

因为要去邻市吃夜市，所以陈染音穿了一双运动鞋。

顾祈舟早已在小区门口等她了。

陈染音直接扑进他的怀里，眼睛闪亮亮地看着他，兴冲冲地报喜："我妈同意了！"又开始邀功，"多亏了朕的三寸不烂之舌！"其实是多亏了顾祈舟送来的她哥的那箱遗物。

那张警察证的照片打动了她妈。

但陈皇觉得，这绝对离不开她的劝说。

顾祈舟长舒一口气，在她的额头上亲了一下，笑着说："吾皇最牛。"

陈染音傲娇地勾起了唇角："那是！"

从东辅到邻市大概有一个半小时的车程。

顾祈舟开车，陈染音坐在副驾驶。

抵达邻市的时候，太阳已经开始西斜了。

他们要去的那家大排档夜市并不在市区，而是市郊的某座青山脚下。

落日的余晖灿烂辉煌，给身披繁茂绿装的青山笼上了一层红纱。

山脚下还有一片澄清的湖泊。

山乡景色很美，陈染音也不太饿，就拉着顾祈舟在湖边栈道上散起了步。

夕阳落入水中，染红了青山，也染红了青色的湖面。

有晚风拂面而来，水波荡开，陈染音挽着顾祈舟的手臂，忽然说了句："爱妃，朕要送你一个礼物。"

顾祈舟："什么东西？"

陈染音停下脚步，松开了顾祈舟的手腕，从包里翻出来一个沉甸甸的黑色片状物体。

又是刹车片。

她送给他的十八岁生日礼物就是刹车片。

但那个生日，并不完美，甚至可以说是非常糟糕。

所以，她想再送一次，认真地，正式地，送一次。

"朕，一定要让你当我的刹车片！"她把摩托车刹车片递给了顾祈舟，很认真地说，"我需要你，离不开你，爱死你了。"

又开始画饼了。

顾祈舟哭笑不得地收下了陈皇的厚礼："不用再送一次，上一片我还留着呢。"

陈染音眼睛一亮："真的？"

"嗯。"顾祈舟说，"和那张结婚证一起留着呢。"

陈染音一愣："什么结婚证？"

她真是忘了个干干净净。

顾祈舟叹了口气，提醒："一模考试，你给我画的那张。"

陈染音微微蹙眉："我怎么一点印象都没了？"

顾祈舟：算了，这家伙也不是第一次糊弄他了。

"忘了就忘了吧，反正是假的。"他说，"过两天去领张真的。"

陈染音喜上眉梢，强压唇角，傲娇又挑衅地说："朕要是不答应呢？"

顾祈舟盯着她，剑眉英挺，眸色漆黑："绑也给你绑去民政局！"

陈染音：啊，真是好大的胆子！

但是，朕好爱！

"爱妃，你知道吗？"她看着顾祈舟的眼睛，说，"朕从见到你第一眼就特别喜欢你。"

在充斥着阳光的教室门前，在他走进教室的那一刻，对上他的视线那一刻，她就喜欢上了。

顾祈舟笑了一下："我知道啊。"

陈染音一怔："你怎么知道的？"

顾祈舟忍着笑说："不告诉你。"

陈染音咬住下唇，盯着他看了一会儿，忽然发问："你是不是也对朕一见钟情？"

是的。

她那双桃花眼，真的很有吸引力。

那天他一走进教室，就对上了这双好看又诱人的眼睛。

清纯中带着妩媚，不加掩饰地流露出了对他的兴趣，却又带着点狡黠，像是一只自以为很聪明、盯紧了猎物的小狐狸。

但那个时候的他并不敢轻易接近她。

他觉得自己身处黑暗，不想把她也拉进来，所以才会在往后的很长一段时间刻意与她保持距离。

顾祈舟却没有承认："不是。"说完，快步朝前走了过去，耳尖微微有些发红。

啧啧啧，还害羞了。

陈染音立即去追他，跳到了他的后背上。

顾祈舟牢牢地抱住了她的双腿。

陈染音抱着他的脖子，歪着脑袋看他，天真无邪地眨了眨眼睛："顾队长，承认吧，你就是对我一见钟情。"

顾祈舟背着她，目光直视前方，面不改色，耳尖却越来越红。

陈染音就是喜欢看他破防，他越破防她越心动，步步紧逼："是不是一眼万年？"

顾祈舟轻叹口气，拿她没办法，只好承认："是。"

语气短促，却笃定。

他对她就是一见钟情，一眼万年。

陈染音心头微甜，勾起了唇角，在他的耳朵上亲了一下，说："有你真好。"

顾祈舟的心突然软到不行，恨不得把天上的星星月亮全部摘下来送给她。

"我一定会对你好。"他极为认真、坚定不移地说，"对你好一辈子。"

陈染音知道，对他这种嘴比钢铁还硬的男人来说，这已经算是最上等的情话了。

她的男人嘴笨，但是，可爱又深情。

“我信你。”她回，“我们一定要努力，一辈子在一起。”

顾祈舟：“再也不分开了。”

陈染音：“嗯，再也不分开了。”

第二十章

见家长

周六早晨不到七点，陈鸿博就开着车带着老婆孩子回老家看望老丈人和丈母娘。

夏季日长，太阳出得早，他们才刚驶上高速，东边的天际就已经绚烂得仿若绣着金缕的恢宏蜀锦了。

由于陈染音已经和她妈和好了，所以就没继续赌气自己开一辆车，而是自己一个人坐在车后排，戴着耳机听着音乐，扭脸欣赏着车窗外的大好河山，同时还在脑中详细地谋划着，等会儿该怎么跟她姥姥姥爷告状。

是的，没错，虽然她已经和“皇太后”和好了，但该告的状一件都不能少！

谁让她打我呢？扇我脸！

陈皇的小心灵受到了极大的伤害，所以，此条御状，她必须告！

御状要告得有水平才行，首先，斟酌措辞；然后，确定表演形式；最后，等待着“皇太后”被批评，并由衷地对自己动手打她的行为而感到追悔莫及……想着想着，陈染音就情不自禁地扬起了唇角，眼梢都翘起来了——只是在颅内脑补了一番，她就已经开始幸灾乐祸了。

“你又想什么呢？”

“皇太后”的声音冷冷地在车内响起。

陈染音赶紧收敛了猖狂中夹杂着得意的笑容，道貌岸然地回了句：“没什么。”

秦薇坐在副驾驶，扭脸看着自己的闺女，毫不留情地拆穿了她心里的小九九：“我还不知道你？想着等会儿怎么跟你姥姥姥爷告状呢吧？”

陈染音坐在驾驶座后面的位置，死不承认："没有，绝对没有！你别'欲加之罪'啊！"

秦薇压根不信她："那你刚才想什么呢？还边想边笑，看着跟傻子一样。"

陈染音：怎么还人身攻击呢？

但她依旧是死不承认，还把顾祈舟拉出来挡枪："想我男朋友了，一想到他我就想笑。"

"你给我收敛点吧陈染音！"秦薇没好气地瞪着她，警告，"再给我嘚瑟，我还不答应你跟他！"

陈染音：这种事情还能有反悔的吗？

紧接着，陈鸿博也说了她一句："音音呀，你要矜持一些，站得高一点，不要总是抬头去仰望他，让他来仰望你，给他一种若即若离的感觉，让他对你保持追求感和仰慕感。"

秦薇："就是，别让他觉得自己已经把你吃死了，你得把主动权掌握在自己手里！"

陈染音思索片刻，微微蹙眉，谦卑询问："什么是若即若离的感觉？"

陈鸿博叹了口气："哎哟，就是那种……那种若即若离的感觉嘛！"

听君一席话，如听一席话。

陈染音沉默片刻，实话实说："爸，我还是不懂。"

秦薇无奈："唉，笨死了，就是给他危机感！"

陈鸿博赶紧点头附和："对对对，就是危机感。"又顺带着拍了句马屁，"还是你妈厉害！"

秦薇笑了一下："说明姜还是老的辣。"

陈染音：所以，到底什么是危机感？什么是若即若离？

皇女还是不懂啊！

但她不好意思继续问了，免得又被说笨。

随后，她蹙着眉，垂着眸，咬着唇，暗自思忖了一会儿，隐隐约约地悟透了什么，然后，拿起手机，给顾祈舟发了条微信："从今天起，我不再是你一个人的妹妹了。"

多编几个好哥哥，就能给他危机感了！

她又发："我还有好多好多的好哥哥，以及好弟弟。"

顾祈舟虽然在休假，但生物钟早就固定了，作息时间和在基地的时候一样，早就起了床，所以很快就回了消息，言简意赅："想让我血洗后宫你就直说。"

妈呀，这种乱臣贼子恐怕很难有危机意识吧？

但是她不甘心，继续没事找事：“你说这种话不怕朕多想吗？卧榻之侧岂能容他人鼾睡？”其实她的意思是，你这种大逆不道的言论已经让朕对你产生了忌惮！

顾祈舟却回了句：“你明白就行。龙床上要是敢多出来第三个人，你就给我等着吧。”

真是企业级理解。

长长地叹了口气，她放弃了对“营造危机感”的尝试，直接询问：“你对朕，有没有那种若即若离的感觉？”

这一下子就把顾队长给问不会了，盯着手机屏幕思索许久，百思不得其解地反问了句：“吾皇，什么是若即若离的感觉？”

陈染音心想：我要是知道，我还问你？

她答不上来这个问题，只好借用陈领导的话术：“哎呀，就是那种若即若离的感觉嘛！”

顾祈舟：“宝宝，你解释得真好。”

陈皇：“你就说有没有吧！”

他都不知道什么是若即若离的感觉，怎么回答有没有？

但凭借着自己对陈皇的了解，他大概能判断出来，陈皇想听的答案一定是：“有。”

陈染音心满意足地勾起了唇角，心想：看来朕还是很厉害的，就算不知道什么是若即若离，也能在无形之中营造出若即若离的感觉。

为了安抚爱妃的心，她回了句：“朕对你也是。”

顾祈舟越来越看不懂当下的对话了，于是，打开了手机自带浏览器，搜索：若即若离的感觉。

——看似在身边，却又很遥远，无法真切地感觉到对方的存在。

顾队长的浓密剑眉瞬间就蹙了起来：感觉不到老子的存在？昨天还口口声声地说要一辈子在一起呢，现在又感觉不到老子的存在了？

顾祈舟：“我对你没有若即若离的感觉，你也不许有。”

顾祈舟：“分手你想都不要想，老子死也要跟着你！”

朕……朕说什么了？怎么突然扯到分手了？谁要和你分手了？

难道，这就是传说中的若即若离？这就是传说中的危机感？这就是传说中的站得高一点让他仰望我？

陈皇的心头一阵窃喜，美滋滋地回复：“爱妃，不要多想，朕没想过分手，朕只是想让你有些危机意识。”

顾祈舟：“嗯，你成功了。”

陈染音：“所以，你有没有什么感悟或者表态呀？”

顾祈舟：“有。”

陈染音：“说来听听？”

顾祈舟：“上次收拾你收拾得轻了，下次继续。”

陈染音：好一个大逆不道的乱臣贼子！

高速一路畅通，他们一家三口不到九点就到了老家。

天碧如洗，青山巍峨，艳阳高悬。

乡下的自然风光比之繁华都市迷人得多，生活节奏也慢得多，一切都是慵懒且惬意的。

秦老太太正在门口浇花，陈染音隔着老远就看到了自己的姥姥，立即把车窗打开，抻着脖子喊了声：“姥姥！姥姥！”

秦老太太立即直起了腰，看到女婿的车后，瞬间笑弯了眼，高高举起手臂开心地挥舞着。

陈染音也在奋力地挥着手。

到了家门口，陈鸿博缓缓停车，陈染音立即打开了车门，从车上跳了下来，张开双臂扑向自己姥姥的怀中：“姥姥！我好想你呀！”

秦老太太笑得合不拢嘴，一边轻拍着自己外孙女的后背，一边说：“好好好，真好，姥姥也想你了。”

陈染音松开姥姥之后，又问：“我姥爷呢？”

秦老太太：“他能去哪儿？又上山看他的果园了。”

陈染音：“什么时候回来呀？”

不等秦老太太开口，秦薇先没好气地问了句：“你问这么清楚干吗？”

姥姥在前，陈染音特有底气，瞬间来了劲儿：“我等着告你状呢！”

秦老太太又笑了：“你要告什么状啊？”

陈染音像煞有介事：“她打我！扇我脸！”

秦薇的眼睛瞬间瞪大了，极力为自己辩解：“我哪打你了？你这孩子怎么说话这么没良心呢？我轻轻拍了你一下就成了打你了？”

陈染音只看自己姥姥：“她就是打我了，扇我脸！”

重点抓着“扇我脸”这三个字不放。

秦老太太立即板下了脸，训斥自己闺女：“你动手打人就算了，怎么还扇孩子脸呢？”

陈染音小人得志，附和着说：“就是！”

秦薇气得不轻：“你就听她胡说八道吧，她都憋了好几天了，就等着回来跟你告状呢！”

秦老太太护着外孙女：“你动手就是不对！还不允许音音告状了？”

陈染音：“就是！”

秦薇无奈，狠狠地瞪了自己闺女一眼：“你少给我小人得志，咱们回家再说！”

陈染音毫无畏惧，还没忍住翘了唇角，一脸猖狂和得意，弄得秦薇又气又笑：“二十来岁的人了天天气你妈，你也好意思？”

陈染音理直气壮：“我可没气你啊，我是在阐述事实。”

随后，陈鸿博把车开进了院子，从后备厢里往下卸给老两口带的东西。陈染音和秦薇一左一右地陪同在秦老太太的身边，一边看她浇花一边说话聊天。

“什么风把你们娘俩吹来了？”

秦老爷子的声音忽然从身后响起，三人同时回头看去。

秦老爷子的手里还拎着一个竹篮，里面装满了刚从枝头上摘下的桃子。

“姥爷！”陈染音立即朝着秦老爷子跑过去，伸手接过了沉甸甸的果篮。

秦薇哼了一声，冲着自己爸喊了声：“您老可算是回来了，她就等着你回来跟你告状呢！”

秦老太太笑得不行，陈染音略有些尴尬。

秦老爷子也被逗笑了，瞧着自己外孙女，说：“我听说了，你妈打了一你巴掌，是不是啊？”

陈染音一愣，很是诧异，没想到她妈竟然早就“自首”了？

秦老爷子四处瞧了瞧，又问：“人呢？”

陈染音又是一愣：“什么人？”

秦老爷子：“气得你妈动手的人呢？没跟着你回来？都休假了，也不来瞧瞧我和你姥姥？”

陈染音都有点不敢相信自己的耳朵了：“您想见他呀？”

“那我肯定要见见啊。”秦老爷子又说，“上次的事还没跟人家表示感谢呢，这次来了一起吧。我这回倒是要好好瞧瞧他，看看这小子到底哪儿好，能让我外孙女这么喜欢。”

吃完午饭，陈染音以睡午觉为名上了楼，实则是为了悄悄地给顾祈舟发微信。

房间内的空调呼呼吹，她穿着那件红配绿的小碎花睡裙趴在床上，拇指如飞地打字：“顾队长，今天下午有时间吗？我姥姥姥爷想见见你。”

备注栏中的“爱妃”两个字很快就变成了“对方正在输入……”，然而没过多久，却又变回了“爱妃”，紧接着，又变回了“对方正在输入……”，来来回回地变了好几次，陈染音也没收到一个字。

打完字又删，删完又打……陈染音都已经能想象到，顾队长此时此刻是多么蒙，他的脑子估计已经乱成了一锅粥，紧张忐忑又手足无措，都不知道该回复什么好了。

但陈染音就是不说话，手托腮，饶有兴致地盯着手机屏幕，气定神闲地等待着他的回复。

在“爱妃”和“对方正在输入……”交替变换了好几次之后，陈染音终于收到了顾祈舟的回复，言简意赅一个字：“有。”

陈染音瞬间来了劲儿，开心又激动地打字：“那你什么时候来？”

顾祈舟：“准备好就去，天黑之前一定到。”

陈染音：“好的，哥哥快来，妹妹等你……”突然计上心头，又紧跟着发了条，“夏日成熟，清纯少女渴望野性之爱。”

顾祈舟：“你……收敛点。”紧接着，他又发了一个专门为陈皇准备的表情包——“网络并非法外之地 .jpg”。

陈染音眉头一拧，愤然打字：“那你把我抓走吧！关到小黑屋！”

顾祈舟：“有一个办法可以让你不被抓。”

陈染音将信将疑：“什么办法？”

顾祈舟：“结婚吧，结婚就合法了。”

陈染音喜上心头，笑得合不拢嘴，雀跃心想：哈！我就说吧！你肯定早就想和朕成为合法夫妻了！

但是她，并没有将心头的猖狂和激动表现出来，继续采取“若即若离”的行动方针，很矜持地回复：“结婚是终身大事，我自己说了不算，要听父母之命。”

顾祈舟：“明白，下午就去见家长。”

陈染音很是满意这个回答，然后，很谨慎地叮嘱了一句：“别忘了带东西。”

顾祈舟：“我知道。”

陈染音：“我的意思是记得带‘小雨衣’。”

陈染音：“哥哥就不想试一试夜间爬山吗？看看日出，这里的日出很好看的！”

顾祈舟："吾皇，臣妾担心您的龙体。"龙床上还不行呢，还要进山里？真是又菜又爱玩。

陈染音不服气："朕的龙体很强，用不着你来担心！"

顾祈舟叹了口气："行，到时候再说。"

陈染音："为什么要到时候再说？你是不是不爱朕了？不想和朕一起爬山？"

顾祈舟："我的意思是，到时候就知道你的龙体强不强了。"

下午五点多，陈染音接到了顾祈舟的消息，说他快到了。看到微信后，她立即换了衣服，准备去村口接顾祈舟。

谁知她爸和她姥爷听说之后，也要跟着她一起去，看样子是要好好地尽一番地主之谊，以最高规格的礼仪"迎接"顾祈舟。

陈染音暗自在内心替自己男人捏了一把冷汗，但又不敢拒绝她爸和她姥爷，只好和他们俩一起去了村口，紧张又激动地等待着顾祈舟。

等了不到五分钟的时间，熟悉的黑色别克 SUV 就出现在陈染音的视线中。

秦老爷子双手背后，微微眯眼，遥望着别克的车头："是那辆车吗？"

陈染音立即点头："是的！"

秦老爷子："黑色别克。"

陈鸿博回了句："我找朋友打听过，这孩子家里条件一般，没有父母帮衬，但自己踏实能干，也没那么多花花肠子。"

秦老爷子点点头："自己踏实能干就行，父母也不可能帮衬一辈子，最终还是要靠自己。"

陈染音点头，附和她姥爷的话："姥爷说得对，我也这么觉得。"

秦老爷子笑着问："我要是说他不好，你这丫头是不是又该和我生气了？"

陈染音斩钉截铁、信誓旦旦："肯定不会，我不是那种人。"

秦老爷子故意逗她："那我就直说了，我担心你跟着他受苦。"

陈染音当即反驳："我都还没开始跟他过日子呢，您就担心我会跟着他受苦了？这不是杞人忧天吗？苦不苦要尝试之后才知道，提前下定论对他不公平。"

秦老爷子叹息着摇头，同时伸手点着陈染音的鼻尖，无奈地对自己女婿说："这丫头啊，还没嫁人呢，胳膊肘就开始往外拐了。"

陈鸿博也叹了口气："我和她妈早就跟她说了，要矜持一点，要保持若即若离感，不要让对方觉得自己已经被吃死了，但她就是不明白！"

陈染音心想：我就是按照你和我妈教的那样做的啊，但是效果好像不太明显，对方不仅没有危机意识，还要血洗后宫、谋朝篡位……

黑色别克缓缓停在他们三人的面前，顾祈舟开门下车，陈染音想朝着他跑过去，扑进他的怀里，但碍于老爹和姥爷都在，她只好收敛一些，老老实实地在一边站着。

顾祈舟穿着一件黑色短袖T恤，蓝色牛仔裤，白色运动鞋，行头简简单单，却干净利落。陈染音还注意到了，他来之前肯定去理了发，板寸利落又整齐。

人都说寸头最能考验一个男人的颜值，因为没有了发型的修饰后，头型和脸型便彻底暴露了出来，骨相上的缺点也会随之暴露得一览无遗。

但是，顾祈舟的骨相绝佳，完全能扛住寸头的考验，无论从什么角度看去都很帅气，并且是那种硬朗的帅气，男人味十足。

顾祈舟走到三人面前，向秦老爷子和陈鸿博问好。陈鸿博只是淡淡地点了点头，秦老爷子点完头之后，回了句："上回的事情还没感谢你呢，这回一定要好好地招待招待顾队长，对你表示感谢。"

陈染音屏住了呼吸，瞟了她姥爷一眼，总感觉这话，怪怪的……像是在表达感谢，又像是在施压。

顾祈舟立即回道："不用谢，应该的。"

秦老爷子："公是公，私是私，该感谢还是要感谢。"

啧啧啧，好一句"公是公，私是私"，一点都不给人留情分。

顾祈舟回："救人是我的本职工作，真的不用谢。"

没提私事，但也把自己的态度摆明了：绝对不会让您用私事报答。

陈染音不禁在心里感慨了一句：不愧是特警队长，反应还挺快。

秦老爷子不置可否，回了句："外面热，快去家里坐吧。"

顾祈舟立即说："您二位上车吧，我带你们回去。"

陈鸿博却突然说了句："我自己走回去就行。"言外之意：我不坐你的车。

陈染音：啊？先来迎接人家，却不坐人家的车，这就是"若即若离"的行为表现吗？

秦老爷子则无奈地在心里笑了一下，还有点幸灾乐祸地想：你当初开着车把我的宝贝闺女带走的时候不是挺开心的吗？还笑得龇牙咧嘴的，怎么换成自己闺女就开始难受了？

但他还是顺着自己女婿的话说了句："我也走走，没多远。"

这就有点尴尬了。

可既然老爹和姥爷都这么说了，她也只能说：“那我也走走吧。”但为了避免让顾祈舟难堪，她又对他说了句，“我们锻炼身体，你跟着我们就行，我们给你带路。”

顾祈舟倒也没有想太多，轻轻点头：“嗯。”

几分钟后，顾祈舟跟着他们三人进了院门，把车停到了陈鸿博的黑色奥迪旁边。下车后，他打开了后备厢，动作麻利地往下搬东西。

满满一后备厢的礼物，有酒有烟有吃的喝的，反正上门时应该准备的东西都准备了，陈染音都惊呆了，没想到他竟然能在短短几个小时之内准备这么多东西……真不愧是特警队长，执行力不是一般的高！

最后，顾祈舟又从后备厢里搬出来几个紫砂花盆，显然是特意给秦老太太准备的礼物，但花盆并不是空的，里面栽种着绣球花。

搬出花盆后，他对秦老太太说：“我刚好有一个队友家里是搞花卉种植的，特意给您淘了几个紫砂盆，但是人家说送空花盆不好，我就在里面栽了点花。”

送礼物这事，投其所好最重要。秦老太太平时没什么爱好，就爱种花、养花。简简单单几个花盆足以讨得她的欢心，她笑呵呵地冲着顾祈舟点了点头：“好，谢谢你记得我这个老太婆爱养花。”

“应该的。”

把所有的东西全搬下车后，顾祈舟又对秦老爷子说了句：“没带水果。我想着外面卖的水果肯定没您自己种的好吃，就没买。”

秦老爷子笑着点了点头，心想：不错不错，比音音强得多，会察言观色会办事，是个靠谱的孩子。

陈染音也有点开心，感觉姥姥姥爷对顾祈舟好像挺满意的，立即凑到顾祈舟身边，和他一起把东西往院子里的小仓库搬。

秦老爷子和秦老太太站在一旁不动声色地观察着顾祈舟。秦薇也在悄悄观察，然后，小声问了自己老公一句：“他怎么知道我妈爱养花？”

陈鸿博轻叹口气：“去年十一，爸出事的时候，他不是来过一次吗？”

秦薇：“还挺有眼力的。”

陈鸿博哼了一声：“投机倒把！”

秦薇看着自己老公：“你当年不也这样吗？知道我妈爱养花，一车车往家里拉。”

陈鸿博没说话，却又叹了口气……就因为在这个臭小子的身上看到了当年的自己，他才觉得闺女可能真的保不住了，迟早要被拐走。

吃午饭的时候，一大家子人其乐融融的，陈染音更是开心得不得了，并趁此机会向“太上皇”以及“皇太后”提出：“我们俩晚上想去爬山，爬一夜，到东山顶看日出。”再趁机追求一下夏日成熟之爱。

顾祈舟呼吸一滞，看了他的陈皇一眼，又是无奈又是想笑——人菜，却又色胆包天。不过他不得不承认，他就喜欢她这样，喜欢得要死。

谁知，陈鸿博却回了句：“行，我陪你们一起去，我也好久没看日出了。”

夜里十一点，一行人趁着无边月色，整装待发地出了门。鉴于“太上皇”紧伴左右，陈皇即便是对自己的“爱妃”图谋不轨，也无法实施，只能老老实实地爬山，但仍贼心不死，总是会在她爸不注意的时候悄悄地挑衅一下顾祈舟，比如掐他的腰、挠他的手心、蹭他的脸颊，猖狂得不行，像是一只在太岁眼皮子底下动土的狡黠小白狐，一条毛茸茸的尾巴妖娆又得意地来回摇摆着。

顾祈舟特别想收拾她，但碍于未来的老丈人就在前方不远处，他不得不咬牙按捺下那份躁动，姑且放任她对自己为所欲为。

上半夜的时候，陈染音的精力还挺旺盛，千方百计地在她爹眼皮子底下找刺激玩，然而到了后半夜，她就玩不动了，累了，也不是气喘吁吁的那种累，而是浑身沉重、双腿酸痛的那种累。每往上爬一个台阶，她都觉得自己像是又矮了一分，身上明明没有负重，却有种要被压垮的沉重感。

不行了，我爬不动了——退堂鼓就这么在陈皇的心里打响了，但她并不想承认自己的体力不好，尤其是当着“爱妃”的面，所以，她为自己的突然驻足找了个光明正大的理由：“我腿疼。”

其实根本就不疼，但所有人都知道她的腿有旧伤。

陈鸿博和顾祈舟同时停下脚步，同时开口——

陈鸿博转身朝后走：“爸爸背你。”

顾祈舟离得近，比陈鸿博快一步，弯腰半蹲在陈染音面前，言简意赅：“上来。”

秉持着就近原则，陈染音立即趴在了顾祈舟的背上，同时对她爸说：“让他背我就行，他体力好。”

顾祈舟抱着陈染音的双腿，稳稳地站起了身。

陈鸿博没说什么，继续爬山，却有些郁闷，不停地在心里叹气：嫌我老了，不中用了，背不动你了。你小的时候去游乐场玩，哪次不是玩累了之后爸爸抱着你回家？真是女大不中留……

伤心了。

整个后半夜，陈鸿博都没说话，闷头爬山，伤感了整整一路，内心还有点憋屈，感觉自己遭劫了，最宝贝的东西被抢走了，劫匪就在眼前，他却无能为力。

陈染音的心情却很好，美滋滋地趴在顾祈舟的背上，时不时地用鼻尖蹭蹭他的耳根和脖颈，不老实极了。顾祈舟被她撩拨得心猿意马，却又无可奈何，只能忍。

日出东方之际，一行三人爬到了东山顶。

流金溢彩的朝阳势不可挡地冲破云海，燃着烈焰缓缓高升，原本暗淡无光的天际忽然间就变得绚烂起来。

望着眼前连绵起伏的山脉与云海，陈染音连眼睛都舍不得眨一下，如痴如醉地欣赏着眼前美景。

大自然的壮阔与奇绝总是能给人带来感官上的冲击力。顾祈舟也被眼前的这幅画卷震撼到了，目不转睛地望着朝阳与云海，同时与陈染音十指相扣。

他们两个人的手指扣得很紧，密不可分。

他们也都很庆幸自己还活着，还能与最爱的人一同欣赏这壮阔的山河。

历经几番生死后，最贪恋的不是金钱与名利，而是平凡喜乐的生活，是不起眼的世俗，是人间烟火。

金色阳光打在顾祈舟的脸上，照亮了他棱角分明的面庞，两道剑眉整齐而浓密，双眸如同星子一般漆黑明亮。

他看向陈染音，情不自禁地开口："你嫁给我吧。"

陈染音扬起了唇角："顾队长，这算是求婚吗？"

顾祈舟不假思索："不是。"因为太草率了，没有仪式感。她是从小就被家里人捧在手心里的公主，他必须给她一场认真隆重的求婚才行。

陈染音哼了一声，不高兴地说："不求婚你干吗要这么问？"

顾祈舟也不能说自己马上就要求婚了，不然就没法给她惊喜了，只能回答："我……我想先听听你的意见。"

求婚这种事情还需要提前征求我的意见吗？

她一脸无语地看着他："我要是提出反对意见呢？"

顾祈舟不容置疑："意见驳回，不予采纳。"

陈染音没好气地瞪着他："那你还问什么问？"

顾祈舟笑着说："除了这件事不采纳你的意见，以后什么事都听你的。"

陈染音窃笑着抿住了唇，眼角眉梢尽是得意，暗自开心了一番后，撩起眼皮瞧了他一眼："以后我当家？"

顾祈舟点头，斩钉截铁："嗯，全听你指挥，我就是你的兵。"

陈染音越发地喜上眉梢，眉毛都要飞起来了。

"喀！喀！喀！"

陈鸿博突然咳了三声，一声比一声洪亮，竭力突出自己的存在感。

陈染音和顾祈舟这才意识到，"太上皇"还在旁边站着呢，立即变老实了，但还是拉着手。

陈鸿博又在心里叹了口气：你爹还在呢，就开始当着我的面谈婚论嫁了？女大不中留啊……

随后，他看向顾祈舟，说："我们音音从小就是蜜罐里泡大的孩子，就没吃过一天苦，你要是敢让她跟着你吃一点苦头，我第一个不答应！"

顾祈舟神色坚毅地看向陈鸿博，语气笃定地保证："您放心，我一定会好好对她，绝不让她受一点委屈。"

陈鸿博不置可否："我相信你此时此刻的保证，但结婚过日子和谈恋爱不一样，我不能提前否定你，但也不可能全心信任你。我和她妈愿意把音音托付给你，是因为音音信任你，你要是在以后的柴米油盐酱醋茶里消磨她对你的信任，我一定二话不说立即把她带回家。"

这番话都快把陈染音说哭了，眼眶阵阵发酸，突然明白了世界上对自己最好的男人还是爸爸。

陈鸿博又说："我和她妈也能理解你工作繁忙和不易，可以理解你不能时时刻刻地照顾家里，我们也可以帮你照顾家人，但不上心和不能顾家是两个概念，希望你能一直把音音放在心里最重要的位置。当警嫂也不容易，独自支撑一个家会是她以后的常态，她理解你的付出和不易，你也要心疼她为你做出的牺牲。"

顾祈舟重重点头："我明白。"即便陈鸿博不说，他也能明白陈染音对他的那份爱意和付出。

对她来说，和他结婚并不是最好的选择，甚至可以说是一个很糟糕的选择，但她还是选了他。

为了和他在一起，她选了一条最难走的路，所以，他无论如何都不能辜负她。

身披警服时，他的命是国家和人民的；脱下警服，他的命就是她的。

陈鸿博缓缓点头，没再多言。未来的日子是他们两个人过的，过得好了他高兴，过不好了他就把女儿带回来。一切都很简单，不消再多说什么。

陈染音松开了顾祈舟的手，眼泪汪汪地走到她爸面前，呜咽着说："爸，还是你最疼我。"

陈鸿博笑着回："这是一定的呀，我是你爸，我不疼你疼谁？"

在山顶拍了几张照片留念，一行三人返程下山。

到家的时候已经将近九点了。今天是周日，假日最后一天，下午还要返程回东辅，所以他们吃完饭后就上楼补觉，养精蓄锐。

陈染音在睡觉前看了眼时间，上午十点；再度睁开眼后，时间已经变成了下午四点。

卧室的窗帘是墨绿色的，遮光度不是一般地好，房间内一片昏暗。

悬挂在墙壁上的白色空调呼呼吹着，气温清凉。

房间内安静极了，陈皇突然又陷入了伤感之中：我被世界抛弃了……

不行，朕要去找爱妃！

她立即掀开被子从床上坐了起来，蹬上人字拖后，迫不及待地朝着房门走了过去，红配绿的小碎花裙子一摇一摆。

顾祈舟睡在对面的房间。

陈染音也不知道他睡醒没，所以就没有敲门，怕吵到他睡觉，先悄悄地转动门把手，不动声色地把房门推开了一条小缝。

透过门缝看去，屋子里的光线极为明亮，顾祈舟正弯着腰站在床边叠被子。

陈染音屏住呼吸，偷偷地将门缝推大了一些，然后，身形灵活得如同一条鱼似的从门缝里溜了进去，放轻脚步，无声无息地接近顾祈舟，准备从背后偷袭他。

是的！没错！她就是要偷袭特警！

谁知她才刚走到他的身后，顾祈舟忽然回身，一把揽住了她的腰，直接将她摁在了床上。

陈染音毫无防备，吓了一跳，差点就尖叫出来了。

顾祈舟双手抵在她的身体两侧，眼眸中带着笑意，眉头微微挑起："袭警？"她一开门他就察觉到了，故意按兵不动，引她上钩。

陈染音恼羞成怒："你欺君！"

顾祈舟还挺好奇的，笑着问："吾皇刚才准备怎么偷袭我？"

陈染音不情愿地哼了一声："准备从背后下手，把你推倒在床。"

顾祈舟："然后呢？"

陈染音自信地谋划着："然后朕会骑身而上，对你为所欲为，让你求饶！"

陈皇哪儿都好，就是看不清自己的实力。

顾祈舟轻叹口气，点评：“真是万全之策。”

陈染音：别以为我听不出来你是在揶揄我！

“要不是因为朕爱你，你早就被砍头了！”她伸出双臂，亲昵地搂住了他的脖子，却突然叹了口气，“你明天是不是就要回队里了？”

顾祈舟感觉到了她的失落和不舍，但也只能回答：“嗯。”

陈染音：“七月份会很忙吗？”

“比较忙。”顾祈舟实话实说，“学生放暑假，出行量增大，还有场比较重要的活动在东辅举办，都需要加强防范。”

又要好久见不到了……陈染音心里虽然有些难过，但并没有表现出来，而是笑着对他说：“那行，你先忙着，朕刚好可以歇暑假，带着‘皇太后’去旅游。”

但她越是表现得云淡风轻，顾祈舟的心里就越难受，没忍住问了她一句：“后悔吗？”

陈染音眨了眨眼睛：“后悔什么？”

顾祈舟：“后悔跟了我。”他自责地说，“我不能天天陪着你。”

陈染音：“我为什么要后悔？我能安心去旅游，还不是因为有你这个当警察的在维护社会稳定吗？我高兴还来不及呢。”她用手捏了捏他的脸颊，“别总胡思乱想，也别总替我胡思乱想，我过得好不好我自己心里清楚，用不着任何人来替我委屈难过，包括你！”

顾祈舟目不转睛地盯着她看了一会儿，忽然笑了一下，感慨道：“我上辈子到底干了多少好事，这辈子才能遇到这么好的女人？”

陈染音唇角一扬：“你明白就行！”说完，仰起脑袋在他的脸颊上亲了一下，然后又躺回了床上，一边畅想一边说，“咱们先结婚，然后生个孩子，最好生个漂漂亮亮白白胖胖的女儿，天天把她打扮得像洋娃娃一样。”

白白胖胖的女儿追在他的屁股后面喊“爸爸”……顾祈舟完全无法抵抗：“就这么干！”

陈染音：“万一是个儿子呢？”

顾祈舟不接受，脸色都变了：“再来个顾别冬？”

显然是受伤不轻……陈染音瞬间笑喷了：“哈哈哈哈哈哈！”又幸灾乐祸地谴责了一句，“你怎么能这么说我们冬冬！我们冬冬不好吗？”

顾祈舟叹了口气：“除了矫情哪儿都好。”

陈染音：“哈哈哈哈哈。”

顾祈舟也笑了，说：“以后让他给妹妹辅导作业。”

陈染音深表怀疑：“他能行吗？”

顾祈舟：“养兵千日用兵一时，他必须行。”

陈染音笑得不行：“你可真是亲舅。”

与此同时，正在旅行途中的顾别冬莫名其妙地接连打了三个喷嚏。

赵胖：“哎哟我的冬哥，您这是怎么了？”

顾别冬揉了揉鼻子：“不知道啊。”

吴源：“莫非是有人思念您？”

顾别冬认真思考片刻，轻叹口气：“可能是我舅和我舅妈想我了，唉，他们俩总是这么离不开我，你们说我上高中之后住校了，他们俩单独在家可怎么办？”

这个家，离了我，根本转不了！

第二十一章

求婚啦

东辅市七月十日出中招成绩，七月九日下午，各高中的录取分数线就已经出来了，二中今年的分还挺高，竟然划到了667，排名全市第三。

由于顾祈舟这个月比较忙，顾不上外甥升高中的事情，陈染音就和她爸妈商量了一下，把顾别冬接到自己家里来了。七月九日凌晨，他们一家三口和顾别冬一起守在电脑前，陪他查成绩。

比之平时的成绩来说，顾别冬的中招成绩算是黑马型的进步了，竟然考了663，完全可以上一所比较不错的高中了，但距离二中分数线还有四分的差距。

在中招战场上，一分就可能差几百个人。

他想上二中的话，就只能寄希望于分配生名额，不然就只能去上第二志愿。

二中高中部给了本部初中4个分配生名额，但据陈染音所知，报考二中的学生可远远不止4个，可以这么说，每个班里至少有一半的学生都报考了本部高中，排除那些能够凭借着自己的实力过线的学生之外，拼分配生名额的人也不在少数。

为了确定自己的大外甥能不能稳上二中，第二天早上不到八点，陈染音就骑着电动车去学校了——她妈在二中附近买的那套房子才刚装修好，正在晾房，暂时不能住人，所以他们现在还是住在原来的房子里——到校之后，她立即跑去了教务处，查询本届生的录取情况。

万幸的是，顾别冬小同学的运气很棒，刚好卡在了分配生线上。陈染音不禁长舒一口气，心中的一块大石头落地了。更令她感到欣慰的是，她们班的整体成绩也挺不错，录取率很高。

成绩出来后，报喜是必不可少的工作，但是在给亲朋好友报完喜后，陈染音也没回家，继续留在教务处打印本班学生的分数条。

学校要求学生们下午一点来学校找班主任领取中招分数条，对个人分数有异议的学生可以向本班班主任提出，然后登记下自己的姓名和准考证考，申请重审试卷。

陈染音一直在教务处忙到下午四点多才回家，这期间顾别冬小同学来到学校，在教务处等舅妈，顺便帮她和其他老师干点杂活，默默无闻，任劳任怨。

骑着电动车回家的路上，陈染音才察觉到自己这个大外甥的情绪不太对劲儿，整个人闷闷不乐的，精神状态还有点游离，有气无力地踩着山地车的脚蹬，有一搭没一搭地蹬着车，像是霜打的茄子似的，这是怎么了？

都已经金榜题名了，怎么还不开心？

"冬子？"她试探性地喊了他一声。

顾别冬回神，闷闷地回了个："嗯？"

"怎么啦？"陈染音关切询问，"不开心吗？"

顾别冬摇头："没有。"

人都蔫了，还说没有呢？陈染音无奈，继续开导："你不想跟我说也可以，但千万不要把负面情绪憋在心里，你要找到排解的途径，只有心情畅快了才能更好地解决问题。"

顾别冬心想：关键是我不知道该怎么解决啊！

长长地叹了口气，他很是忧伤地回了句："问世间情为何物？怎落笔都不对……"

好的，我明白了，你这家伙是又开始矫情了，还伤感地把歌词和诗词组在了一起。

忧伤得仿若当代李煜。

她也叹了口气，直白地问："说吧，你怎么了？"

抿唇犹豫片刻，他先打了个比方："假如，我说假如啊，假如，我舅在不知道你在场的情况下救了他的前女友，还和前女友拉了手，你亲眼看到了这一切，会不会生气？"

很好，现在不开心的人变成了陈染音。

陈染音当即就炸了："你舅竟然还有前女友？"

顾别冬：舅妈，你的关注点真的很刁钻！

陈染音直接靠边刹车，整个人愤怒得仿若玉面修罗："他什么时候交的前女友？"

顾别冬连忙停车解释："不是啊！我就是打个比方！假如！是假如！我舅没有前女友！"

陈染音不信："你为什么要用前女友假如？为什么会忽然想到前女友？"

她的重点不是"假如"，是"前女友"！

顾别冬："因为……因为……"

"反正我舅真的没有前女友！"他掌抵太阳穴，信誓旦旦地保证，"我用我的项上人头为我舅担保！"

陈染音还是半信半疑。

一脸狐疑地盯着他看了一会儿，她忽然发问："你舅不会真的有十个前女友吧？"

我承认，祸是我闯的，但我有错可以让上天惩罚我，而不是围绕着前女友的话题不放。

"真的没有！"他再度替他舅保证，"我舅绝对没有前女友！"

陈染音咬住了下唇，拧眉思索片刻，决定暂且停止"前女友"这个话题，等见了顾祈舟之后再好好地盘问他！

但是顾祈舟这个月很忙，见面也要等下个月月初了。

新一届的初三年级八月一日开学，值得庆幸的是她终于不用再担任班主任工作了，仅担任三个班化学课的任课老师，工作任务比前一学年轻松了不少。

八月份的第一个周末，顾祈舟休假。因为周六上午学校还要补课，所以他们俩只能下午约会。

中午十二点放学，陈染音一走出校门就看到了熟悉的黑色别克SUV，突然就兴奋了起来，立即朝着别克跑过去，但还没跑出两步路呢，忽然想到了"前女友"，一盆冷水泼下，原本欢欣雀跃的内心瞬间变得冷却无比。

她哼了一声，微微仰着下巴，像是一只白天鹅似的迈着傲娇的步伐，一脸冷漠地打开了副驾驶的车门，也不理他，一言不发地上了车。

顾祈舟很了解他的陈皇，一看她的表情就知道八成是要找他的事儿了。

关键是他还不知道自己到底哪里惹她了。

抿了抿唇，他不安地喊了句："吾皇？"

陈染音瞟了他一眼："别理我，找你的前女友去！"

顾祈舟都蒙了："我哪来的前女友？"

陈染音斜眼瞧着他："你不是有十个前女友吗？"

不消多想，一定是顾别冬那个臭小子出卖了他。

顾队长万分尴尬，都不好意思直视陈老师的目光："我、我逗你玩呢。"

其实当初就是单纯地为了气她，为了掩盖自己内心的兵荒马乱和失控，他不想再输给她。

但实际上，从重逢后见到她的第一眼起，他就输了，不然也不会落荒而逃，龟缩在卧室里不敢出来。

陈染音注意到，他的耳尖又红了，内心不禁有些窃喜。

其实她相信顾别冬的解释，相信那只是一个简单的假如，但即便是假如，她心里也不高兴。

分开了八年呢，她对他的这八年一无所知。

这份空缺是永远无法弥补的遗憾，想起来她就难受，但他偏偏还要用"十个前女友"来气她！

那好，我也来气气你！

"你要带我去哪里？回家吗？"她又暗示，"冬子现在在我家呢，你家没人。"

顾祈舟："先去吃饭。"

陈染音："哦。"

吃完午饭后，他们又去看了场电影，然后才回家。

下午四点多，烈日炎炎，小区内有不少空车位，顾祈舟将车停稳后，陈染音先下了车，站在车头前方等待着顾祈舟。

顾祈舟一下车，她就朝他伸出了右手，示意他拉手。

顾祈舟握住了她的手，带着她往阴凉的楼门洞里面走。

气温炎热，两人的掌心紧贴处很快就起了一层薄汗。

他们一前一后地顺着楼梯往上爬。

顾祈舟紧攥着陈染音的手，与她十指相扣。

"你走那么快干吗？"陈染音埋怨了一句。

顾祈舟回头看了她一眼，棱角分明的五官上没有什么明显的情绪，漫不经心地说："想尽快知道陈皇的初恋和初吻到底是谁的。"

醋味冲天。

我就知道你这个小心眼没那么大度！

酸劲儿憋了几个小时难受死了吧？

不过，想想还有点刺激呢！

到了门前，顾祈舟拿出钥匙打开了防盗门。

家里空无一人，安静得刚刚好。

门一关上，两人就缠在了一起。

拉上卧室的窗帘，阳光被遮挡在了窗外。

“是不是我的？”他的嗓音嘶哑，极尽占有欲。

陈染音无法抵抗，颤声回答：“是，都……都是你的。”

夏日的蝉鸣声不断，时而嘹亮时而沉寂，起起伏伏，声浪不断。

这个夏季，真是炽热。

她欲哭无泪地想：以后朕再也不找刺激了，小心眼的爱妃根本得罪不起。

落日西斜，一切渐渐休止。

他一躺回她的身边，就将她搂进了怀中。

陈染音浑身绵软，白皙的皮肤上浮起的那一层绯红尚未消退。

顾祈舟看了她一眼，没好气：“以后还敢吗？”

不敢了。

再也不敢了。

但是陈皇绝不承认，不然龙颜何在？

“你真是个小心眼。”陈染音持续嘴硬，“朕就算真的有个初恋又怎么样？”她忽然灵光乍现，“顾祈舟，你想知道在你之前的上一任皇后是谁吗？”

顾祈舟盯着她看了一会儿，认真发问：“你是不是想气死我？”

陈染音眨了眨眼睛，一本正经地说：“他叫林宇唐，你和他长得一模一样，所以朕才会对你一见倾心。”又说，“他是朕的白月光，不思量，自难忘！”

行，明白了，我给自己当替身。

“林宇唐没我好。”他一本正经地说。

陈染音都被逗笑了：“啊？那你跟朕说说，你比他强在哪里了？”

顾祈舟：“他不敢让你死龙床上。”

顾祈舟：“我敢。”

顾祈舟又说：“他把你当太阳，不敢靠近，怕自己一身黑暗，会遮挡你的光芒，但是顾祈舟不害怕了。”

陈染音的眼眶猛然一酸，红着眼圈望着他：“为什么顾祈舟不害怕了？”

顾祈舟看着她的眼睛，字句笃定地回答：“八年的时间足够他去成长，现在的他可以保护你了。”

陈染音的眼泪一下子就涌了出来。她伸出双臂圈住了他的脖子，仰起下巴在他的脸颊上亲了一下：“好吧，你说服了我，我现在更爱顾祈舟了。”

顾祈舟忍俊不禁：“又不爱林宇唐了？”

“爱，都爱。”陈染音说，“但是林宇唐和顾祈舟不一样。”

顾祈舟笑着问：“哪里不一样？”

陈染音眼睛闪亮亮地看着他：“林宇唐只是男朋友，顾祈舟是我老公。”

顾祈舟呼吸一滞，喉结滑动了一下，沉默片刻，舔了舔唇：“你，再喊一遍。”

陈染音看到他耳尖又红了，心头窃喜，又喊了一遍：“老公。”

她还故意娇滴滴地喊。

顾祈舟的整个耳朵都红了，人几乎要炸。

他垂下了眼眸，深深地吸了一口气，又抬眸看着她，说：“月末我们队里组织了一个家属参观日，你来吧。”

陈染音：“家属参观日？”话题转得这么快吗？

顾祈舟：“嗯，邀请家属来审查、指导工作。”

陈染音：“我是家属吗？”

顾祈舟：“废话，你不是谁是？”

陈染音扬起了唇角：“那好吧。”又故意说了句，“我听我老公的。”

顾祈舟彻底炸了，再度将她压在了床上。

陈染音圈住他的脖子，窃喜又有些得意。

她就是喜欢看他疯，看他这种正经人独独为了自己破防。

特警基地的家属开放日定在了八月份的最后一个周末，陈染音原本还担心自己会因为学校的补课而缺席，但万幸的是，学校还是有点人性的，在正式开学前给初三的全体师生放了三天的调整假。

家属开放日的具体时间定在了周日，上午九点正式开始。陈染音原本打算在周六的时候去逛逛街，买一身新衣服，再去理发店做一个一次性发型，为第二天的开放日做足准备，毕竟，这可是她第一次以家属的身份出席呀，必须要体面、要隆重、要有仪式感！

然而计划赶不上变化。

她本打算约陆云檀一起出来逛街，但是陆云檀周六上午已经有了安排，要去产检。陈染音当即就震惊了，盯着微信界面看了三秒钟，拇指如飞地打字：“你什么时候怀孕了？”

陆云檀：“嘻嘻，三个月前，但是我妈说头三个月不能往外说。”又像煞有介事地补充，“有禁忌！”

陈染音也听说过这个“禁忌”，回复：“好像确实是没满三个月不能说。”

陆云檀：“是的！”又嘚瑟地说了句，“我们还是双胞胎呢！”

陈染音又惊又喜：“哇！恭喜恭喜！”

成功炫耀了一番，檀女侠心满意足，然后问陈染音：“我明天下午有时间，要不我们下午约吧？”

陈染音：“OK！”想了想，她又问了句，“要不我开车去接你？就在你家附近的商场逛就行。”她想着如果路途太遥远的话，对孕妇来说不方便。

陆云檀：“我现在搬回老街住啦。”她解释说，“我老公最近有新项目了，忙得没时间管我，就把我送回娘家了，其实我很不愿意回来。”其实老街人民也不是很想让她回去，没有梁书生镇压的檀女侠，简直是无法无天……

陈染音知道梁云笺是东辅物理研究所的高级科研人员，一旦参与到科研项目中，那必定是忙得没日没夜：“要不我开车去老街接你吧，你想去哪里都行，反正咱们有车。”

陆云檀也挺热情好客：“要不你明天中午直接来我家吃饭吧？我婆婆给我空运了一头羊，我们家明天中午要吃烤全羊。”

陈染音心动了：“行啊！”

约好见面时间后，陈染音就放下了手机，开始躺在床上盘算事情——

陆云檀都要有孩子了，她还连个正式的求婚都没有呢，真是人比人气死人！

顾祈舟这个王八蛋到底什么时候跟她求婚？再不求婚她就不嫁给他了！

随即，她又拿起手机，给顾祈舟发了条消息：“朕的江湖好友怀孕了，还是双胞胎，而朕连一个合法的正宫娘娘都没有。”又矫情地感慨了句，“天下之大，朕很孤寂。”

顾祈舟直到晚上回到寝室才有时间看手机。

他当然明白陈皇的意思，却故意逗她：“有非法的？”

行，揣着明白装糊涂是吧？那就休怪朕不客气了！

她气鼓鼓地回复：“是的，好多个呢！你只是妹妹鱼塘中一条微不足道的鱼罢了！”

鱼就算了，还微不足道？

顾祈舟轻叹口气：“行，我明白了。”

陈染音立即追问：“你明白什么了？说来听听？”

顾祈舟："该清理鱼塘了。"

陈染音：真是超高的思想觉悟呢。

第二天上午十一点，陈染音开着车从家出发，用了不到半个小时就抵达了东安老街。

这条街是东辅市出了名的土著街，住在这条街上的居民，百分之八十是东辅当地人，街两侧的房子全是青砖黛瓦的老式四合院，不少住户将临街那一侧的倒座房改成了门面铺子，卖些杂七杂八的东西。整条街看起来相当有人间烟火气。

街里不让停车，陈染音就将车停到街口外，从后备厢里拎出了给陆云檀带的礼物，然后朝着街口走过去。

陆云檀她家就住在街头左边第一套院子里，朱红色的大门上方挂着一块黑色门匾，上书：陆家武馆。

陆云檀她爸是形意拳的正统传人，所以她和她哥陆云枫都会点功夫……不，不止一点，是很会！

江湖上有句流传许久的话，"太极十年不出门，形意一年打死人"，说的就是形意拳的狠辣之处。

虽然檀女侠很笃定地坚称自己才是陆师傅最优秀的弟子，但大家都知道，她哥陆云枫才是真正的江湖高手——光是看他那一头飘逸的乌黑长发，就知道这男人不一般。

陈染音一边拎着礼物朝着陆家武馆走一边心想，梁云笺也是有点东西，明明只是一介手无缚鸡之力的读书人，却征服了武术少女，也不知道他当初是怎么过了老丈人和大舅子那一关的？尤其是他的那个大舅子，一看就不好惹……

到了门口，陈染音将手里拎着的礼物放到脚边，抬手敲响了朱红色的大门。

门内很快便传来了脚步声。

门开后，陈染音蒙了——

来给她开门的人是陆云檀她哥，陆云枫。

在她的记忆中，陆云枫留着一头乌黑的长发，身形修长，男生女相，五官冷艳，面若桃花，看起来比女人还要美。

据檀女侠说，她哥的这头长发，已经留了好多年了。

但是，此时此刻，来给她开门的陆云枫却没头发了，成板寸了……他竟然把头剃了！

啧啧啧啧啧，这一看就是，有故事呀。

陈染音虽然心生八卦，但出于礼节，她并没有表露出来，客气寒暄："陆哥。"

陆云枫颔首点头，侧身给她让路。

陈染音拎着东西走进门，紧接着便听到了从厨房里传来的声音——

"你能不能别总围着我转？一天到晚就知道喊妈！烦死了！"

"你怎么能这么说人家呢？人家都不高兴了！会动胎气的！"

"你一天恨不得动八百次胎气！小梁到底什么时候回来？烦死你了！"

"哼！不理你啦！"

陆云檀从厨房里走了出来，看到陈染音后，惊喜不已："你来啦！"然后立即朝着门口跑。

是的，是跑，健步如飞，毫无"动胎气"的迹象与可能性。

陈染音忍俊不禁。

陆云枫摇头叹气，关上了朱漆大门。

"来都来了，你怎么还带东西呢？"檀女侠很客气地说场面话。

陈染音也按照场面话的应有流程回复："哎呀，那也不能空手来呀！"说着，把送给她的孕妇礼物递了过去。

"那就谢谢啦！"陆云檀接过礼物，顺手给了她哥，毫不客气，"帮我拿一下，我要招待客人。"

陆云枫一脸无语地接过礼物，忍无可忍地问了句："梁云笺什么时候回家？"

陆云檀摇头："我不知道，我也很想他！"

陆云枫：你想个屁，你恨不得一天到晚没人管，把身边所有人全折腾死。

陆云檀不再搭理她哥，挽着陈染音的手臂，带着她去了二进院的西厢房。

房门一关上，陈染音就忍不住问了句："你哥怎么把头发剃了？"

陆云檀叹了口气："这可就说来话长了。"

陈染音："没关系，可以长话短说。"

陆云檀双手负后，沉思片刻："总结来说呢，就是……"

陈染音："就是什么？"

陆云檀又叹了口气："他被骗心骗身了，唉，好心疼我哥。"

陈染音：我是一点也没听出来你对你哥的心疼，却听出了幸灾乐祸。

她继续吃瓜："被谁骗身骗心了？"

陆云檀："那个缅甸华裔女人！"

陈染音："哇哦！"

陆云檀："缅甸女人把他踹了，他伤心了，然后剃了头，斩情丝了！"

陈染音：“啧啧啧，好厉害的女人！”

陆云檀点头：“是的啊，我还问过我老公，我要是把他踹了，他会不会看破红尘去剃头。”

陈染音：“你老公怎么说的？”

陆云檀想了想，毫不在意地回了句：“不提也罢，不足挂齿，他不重要！”

陈染音知道檀女侠向来爱面子，说出这种回答，显而易见是被书生训斥加威胁过了，所以她才难以启齿，不然她会没面子的。

原本陈染音也想问问顾队长会不会为了她看透红尘去剃头，但转念一想，他那一头板寸，似乎也没什么好剃的……但她，还是拿出手机问了句：“顾队长，你愿不愿意为了我剃光头？”

顾祈舟正在食堂吃午饭，回得很快：“媳妇儿，不是我不愿意，是人民警察不允许剃光头。”

陈染音一惊：“还有这规定呢？”怪不得警察都是板寸呢。

顾祈舟：“《公安机关人民警察内务条令》第三十八条。”

陈染音：“好的，我知道了。”

顾祈舟：“等我退休吧。”

陈染音又是一惊：“我才不要光头老大爷！晚上跳广场舞脑袋都反光！”

陈染音：“你要是剃光头，我就去和别的老大爷跳舞！”

顾祈舟：“你敢！”

陈染音：“哇，那个时候我都是老太太了，你还这么紧张吗？”

顾祈舟：“废话，你就算变成了老太太也是我的。”

啧啧啧，真霸道呀！

但是，朕喜欢！

陈染音扬起了唇角：“那好吧，等你退休，咱们俩一起去跳广场舞！”

你一定要平平安安地退休，和我白头到老，厮守一生。

顾祈舟回复：“好，等我退休，带着你跳广场舞，带着你游山玩水。”把前半辈子没能陪你的时光，在后半辈子全补回来。

陈染音：“嗯嗯！”

吃完午饭，陈染音开车带着陆云檀去逛街。

她们俩去的那片商业区附近开有不少密室逃脱游戏室，陈染音还没玩过密室逃脱呢，陆云檀倒是玩过不少次。

“好玩吗？”路过某家名为《鬼校》的恐怖密室主题馆的时候，陈染音问道。

陆云檀认真又严肃地回答：“千万不要玩恐怖主题，特别恐怖！”

她的话音刚落，密室内就传来了几声鬼哭狼嚎般的尖叫声。

陈染音的五官瞬间拧在了一起——妈耶，这得被吓成什么样？

陆云檀越发像煞有介事：“听到了吧，真的很恐怖，一点都不唯物主义！”每次进密室，她都能想起来臭书生给她讲的鬼故事，简直是双重恐怖……也不知道他一个搞科研的人哪来的这么多鬼故事？一点都不科学！

陈染音缩了缩脖子：“那我就不尝试了。”身为公安特警的家属，她必须坚信科学，抵制鬼神论！

然而，当她们俩从密室门口走过的时候，陈染音的眼角余光忽然瞥到了密室馆里面——

二中高中部的新生军训刚结束，在正式开学前，学校给高一新生放了两天假。

顾别冬昨天才刚从学校回来，整个人都晒黑了一层，但也不嫌累，今天一早又跑出去玩了，说是和初中同学约好了一起聚会。

合着是来密室逃脱聚会了。

陈染音放眼望去，在大厅里面排队等待进场的人群里有几个熟面孔：顾别冬、赵胖、吴源、许词话，还有许词话的好朋友李菲林。

就凭你们309这三个人的小胆，还来玩恐怖密室？

她无奈地叹了口气，询问陆云檀：“你说，一个男孩子，带着女孩子来玩密室，真的会提升自己在女孩子心里的形象吗？”

陆云檀：“那要看他们俩谁的胆子大了。”

陈染音不假思索：“女孩胆大。”

陆云檀：“可以考虑美救英雄。”

陈染音：“嗯……”

晚上回家后，她也没敢向小顾具体询问今日在密室中的细节，但是从小顾萎靡不振的表现上来看，今天八成是被小许狠狠地保护了，导致他的内心无比挫败，甚至还站在阳台上，对着月亮发出了如下感慨：“抽刀断水水更流，举杯消愁愁更愁……”

陈染音看了眼他手里握着的红酒杯，长长地叹一口气：红酒杯里倒可乐，真是——深沉啊！

第二天清晨，时间还不到八点，陈染音就开着车带着顾别冬去特警训练基地参加家属开放日了。

门口站岗的队员们一如既往地管理严格，即便是家属，也需要核对身份再登记姓名和身份证号之后，才能进入基地内部。

今天邀请了大概有一百多名队员的家属来参观，大部分都是今年刚入队的新兵家属，顾祈舟这种老兵的家属被邀请来的少之又少。

按理说，顾祈舟这种入队多年的老兵家属是不应该被列入邀请名单的，因为在他们刚入队的时候就已经被邀请过一遍了。

但是，当年顾祈舟刚入队的时候，能邀请谁来呢？那年的他没有父母、没有长辈、没有爱人，只有自己，在队友们其乐融融地向自己的家人们展示在特警队学习的技能时，他只能孤身一人站在一旁看着人家阖家欢乐。

那时的他一定也很想从自己的父母眼中看到他们对他的骄傲与自豪吧？但是他这辈子再也见不到自己的父母和姐姐了……陈染音越想越心疼。

往后余生，她一定会坚守在他的身侧，再也不和他分开！

她就是他的家属！

在停车场停好车后，陈染音解开了安全带，同时询问顾别冬："附近有卫生间吗？我要去补个妆。"

顾别冬："北操场旁边就有一个。"他多看了自己舅妈几眼，然后，由衷而发，"陈大美女，你要自信，您不用化妆也是最美的！"他也没看出来他舅妈化妆了，但他舅妈就算是不化妆也是最美的。

陈染音傲娇回复："我当然知道。"她顺手把遮光板拉了下来，对着镜子孤芳自赏起来。

她当然知道自己长得美，从小就知道。

从小就有小男生天天围着她转，长大后更是各色各样的追求者层出不穷。

但她并不愿意为了无关紧要的人展示自己的美貌。

或者说，其他人怎么评价她的长相她是无所谓的，别人夸她那是理所应当，她被奉承得心安理得；别人骂她那就当作是那人审美不行，她毫不在乎。

她只愿意在顾祈舟面前把自己的美展现到极致。

无论是男是女，都只为悦己者容。

她知道顾祈舟是个直男硬汉，还是那种规规矩矩的正经人，从上高中起就知道——那时他还叫林宇唐，就已经初露了一丝不苟老干部的刚正不阿风范，像个清高严肃的神仙。

但他越正派，她就越喜欢挑衅他。

她最喜欢看到的就是他被自己成功迷惑的样子，他每一次的失智，每一次的破防，都会令她无比愉悦开心，还会有种奸计得逞的得意和猖狂。

但她不能每天都见到他。每次见面都有种来之不易的感觉，时间弥足珍贵，她也来不及把自己的美发挥到极致，因为她的职业特殊——学校不允许老师烫头染头，所以她的发型一直是黑长直；学校还不允许老师披头散发，所以她天天扎马尾；学校也不允许老师浓妆艳抹，所以她每天涂一层防晒加隔离已经是极限了。

她几乎很少有机会在他面前打扮自己，所以，今天这一次，无论如何她要都把自己的美貌发挥到淋漓尽致，给他留下惊鸿一瞥的深刻印象。

昨晚回家前，她特意去理发店弄了个一次性鬈发，黑长直变成了柔顺的波浪披肩发；身上穿着的这条白色连衣裙和鞋也是她精心挑选的；脸上的心机素颜妆是她六点起床化的，化了一个多小时呢！

夏日的阳光耀眼而绚烂。步行至北操场，陈染音去旁边的卫生间补妆，顾别冬先进了操场，在密密麻麻的人群中寻找他舅。

今天的家属开放日有三大项活动：第一项是特警队员向家属展示平时的训练内容，接受家属的审查审阅；第二项是邀请家属去礼堂听报告，由队长向各位家属汇报工作；第三项是去食堂吃午饭，向家属展示队员们平时的伙食情况。

时间还不到九点，距离训练展示还早，北操场上聚满了家属和特警队员。

顾别冬在高空训练的框架楼下找到了他舅，旁边还站着昆鸣、林毅、何必、吴锵等几个老队员。

无论新老队员，全部身穿黑色战训服。

警犬白牙的身上也套着黑色“警装”，坐在顾祈舟身边，正在经受来自大队长的批评。

“三根火腿肠还不够？你还想要几根？”顾祈舟气急败坏地盯着白牙，“纪委那是不查狗，查狗你第一个被送进去！”

白牙低着头，摇着尾巴，耳朵紧紧地贴在脑袋上，就当没听见。

吴锵没好气地接了句：“上回我让它帮我回寝室取个东西，半根火腿肠都不够，非要一根才行。”

白牙它“爹”何必无奈望天，长叹一口气：这狗儿子，他是管不了了。

顾祈舟伸手指着白牙的鼻尖，严肃威胁：“警犬白牙，你给我听好了，今天这件事你要是办不好，未来一个月的加餐全部取消！”

白牙不敢反抗，委委屈屈地趴在地上，“呜呜”了一声算是答应了。

“舅。”顾别冬朝着他舅走了过去。

顾祈舟回头，剑眉微蹙：“你舅妈呢？”

顾别冬实话实说：“去卫生间补妆了。”

顾祈舟不太懂了：“补什么妆？”

顾别冬耸了耸肩：“我不知道啊，我都没看出来她化妆了，但她就是要补。”

一个“心机素颜妆”，同时触及了舅甥两人的知识盲区。

“行吧。”顾祈舟本想去找陈染音，但又一想现在操场上人多，两人容易走岔，就拿出手机，给陈染音发了个位置，然后继续给白牙以及其他几个队员交代任务。

顾别冬也知道今天会有大事发生，所以迅速加入了讨论的团队中。

“顾祈舟。”

没过多久，陈染音的声音忽然从身后传来，顾祈舟应声回头，然后，愣住了，或者说，被迷住了……

陈染音穿着一条白色的连衣裙，裙摆长至小腿肚，还是纱袖，浑身上下没有暴露出一寸不该暴露的肌肤，但就是带着股说不出的性感——

裙子的款式是方领收腰鱼尾裙，修身的设计将她凹凸有致的身材彰显得淋漓尽致。她的肌肤很白，白到发光，五官极其明艳，尤其是那一双生而带媚的桃花眼，即便是什么表情都没有，只是简简单单地望着你，都像是包含无限深情，让人心旌摇曳。

她的脚上穿着一双白色的方跟凉鞋，脚踝修长而纤细，每走一步，裙摆就会摇曳一下，乌黑浓密的波浪长发也会随着她的步伐轻轻抖动。

温婉、大气、清纯，又性感。

我媳妇儿真美——这是顾祈舟脑子里冒出来的第一想法，眼睛都舍不得眨一下。

不光是他觉得美，周围所有人都被惊艳到了。

顾祈舟看呆了，陈染音知道自己的“奸计”又得逞了，心中得意又窃喜，不动声色地走到他面前，明知故问：“我新买的裙子，好看吗？”

顾祈舟点头：“好看！”

陈染音眨了眨眼睛：“喜欢吗？”

顾祈舟：“喜欢。”

何止是喜欢，喜欢死了。

陈染音心满意足地扬起了唇角。

顾祈舟揉了揉鼻尖，低着头，小声对她说了句："那个，下次再这样穿之前跟我商量一下。"

陈染音："为什么？"

顾祈舟抿了抿唇："太好看了……"

陈染音明白了，眉头一挑："怕别人跟你抢？"

顾祈舟："那倒是不怕，我就是不想让他们看。"

啧啧啧！

陈染音撇了撇嘴："你承不承认自己是个小心眼？"

顾祈舟叹气，点头："承认。"

陈染音暗示："那你还不抓点紧？"

顾祈舟："马上了。"

陈染音心头一喜：什么意思？马上就求婚？现在吗？在操场？

她激动万分！

然而，下一秒，顾祈舟突然吹响了集合哨。

原本散在四处的特警队员迅速在场内集合，开始向场外的家属展示训练成果。

陈染音无奈地退到了操场外，却无心看训练，抱着胳膊站在栏杆后，气呼呼地盯着顾祈舟的身影，暗暗地想：行！好！你就拖吧！再不跟朕求婚，朕就不嫁给你了！

训练结束后，去礼堂听报告，然后去食堂吃午饭。

家属众多，食堂里热热闹闹的，气氛很是祥和。

顾祈舟临时有事不能陪他们俩，陈染音有点失落，没想到在特警队里也不能时刻相见，但她也理解他的工作性质，独自带着顾别冬去了食堂，打完饭后，找了张空桌子坐了下来。

特警队的伙食向来不错，荤素搭配分量充足，陈染音最爱吃他们炒的鸡腿肉，但是自从拓展训练结束后，她就没能再吃上过。今日终于可以重新过把瘾了！

然而，她才刚拿起筷子吃了两口，食堂内部就骚动了起来，她顺着众人的目光看去，看到了白牙。白牙嘴里还叼着一束红色的玫瑰花，正屁颠屁颠地顺着餐桌之间的过道朝着她奔来。

食堂内好像已经提前安插好了气氛组，昆鸣他们几人立即鼓掌吆喝了起来。

陈染音呼吸一滞，忽然意识到了什么。

顾别冬也开启了即兴表演："哎哟，这是怎么回事啊？白牙嘴里怎么还叼着玫瑰花呢？送给谁的呀？"

他的话音刚落，白牙就跑到了陈染音面前，仰着头望着她，狗尾巴不停地摇啊摇，仿若是在示意她接花。

陈染音毫无心理准备，一脸蒙地从白牙嘴里接过了玫瑰花，下一秒，食堂内的气氛组再次出动，一边鼓掌一边起哄。

顾祈舟推着一辆餐车从后厨走了出来，车上摆着一个白色的三层蛋糕，蛋糕最上层还立着一个身穿公主裙的娃娃，娃娃的头顶戴着璀璨闪耀的皇冠。

等顾祈舟走到她面前，陈染音才发现蛋糕上面写着"嫁给我"三个字，娃娃头顶戴着的皇冠其实是求婚钻戒。

震惊、喜悦又激动……陈染音的眼眶瞬间就红了，眼泪汪汪地望着顾祈舟。

顾祈舟的耳尖微微有些红，不好意思地笑了一下，把钻戒从娃娃的脑袋上取了下来，单膝跪地，认真而专注地看着陈染音："嫁给我吧。"顿了下语气，他又说，"我知道我这人不浪漫，嘴笨，不会说好听的话，但我绝对可以向你保证，这辈子一定全心全意对你好，只对你一个人好。"

陈染音哭着点头，立即把自己的右手伸到了他的面前。

其实，她知道他不浪漫，但他会努力地为了她去营造浪漫。

她有很多很多的臭脾气和坏习惯，但他从不觉得她有缺点，他觉得她是公主，一切坏脾气都是理所应当。

他会包容她的一切。

他不浪漫，他嘴笨，他不会说好听的话，但是他知道什么是爱。

他比那些浪漫却虚伪的人强太多了。

顾祈舟立即把戒指套在了她的无名指上。

不知是谁起哄，开始带头喊"亲一个"。

顾祈舟在她的手指上亲吻了一下，笑着从地上站起来，俯身吻住了她的唇。陈染音勾住他的脖子，幸福又满足地回吻着他。

众目睽睽下的这一吻虽然短促，却足以定终身。

第二天早晨八点，顾祈舟带着陈染音去了民政局。

在经历了足足九年的时光考验之后，他们终于结了婚，成为一家人。

往后余生，他们都不会再分开了。

第二十二章

婚后日常

顾祈舟他妈在离世前给了他一张银行卡，卡里有三十万，是她这辈子的全部积蓄，让他留着以后娶媳妇儿用，但是只能用一半，另外一半是留着给冬子娶媳妇儿用的。

顾祈舟在结婚前取出来十五万，在订婚宴上交给了陈染音的父母当彩礼。其实在订婚宴之前，他就把自己工作多年攒下来的小金库尽数交给了陈染音。结婚后他们俩又一起用公积金贷款买了套房子，只写了陈染音的名字，就连那辆黑色别克都改成了陈染音的名字。

他把自己的全部身家交给了她，一是因为爱她，想把自己所有的东西都给她；二是因为自己的职业性质——说句不好听的，万一哪天他不幸因公牺牲了，她也有份保障，还不用跑来跑去地办手续，省了麻烦——但是他不敢这么跟她说实话，不然她肯定要跟他生气。

秦薇和陈鸿博也算是满意这个女婿，虽然他并不是他们心中的理想女婿，家庭条件也不太好，但他们能感觉到，这孩子已经是尽全力地对他们的女儿好了，有十分就愿意给她十分，总比那些有一百分只愿意给十分的强。

对陈染音来说，婚后的日子是平淡且幸福的，虽然他们还是聚少离多，但合法了，是正式夫妻呢！

他们是八月底领的证，十月中旬办的婚礼，之后过了不到一个月，顾祈舟就去外地执行任务了。具体什么任务陈染音不知道，只知道他是去抓人了，但她能隐隐约约地感觉到，应该不是什么轻松的任务，不然也不会调动特警队去抓人。

所以，自从顾祈舟走后，她每一天都过得心惊胆战，生怕他出什么事。

临近十一月末，顾祈舟某天晚上大半夜地给陈染音打了通电话，说自己的任务结束了，马上就能回家。

他打这通电话时已经过了晚上十二点，陈染音是在睡梦中被手机铃声吵醒的——幸好她今天晚上没住寝室而是住在了家里，不然必定会“伤及”李思绵——一听说他马上就能回家，她当即就不困了：“什么时候？”

顾祈舟在电话中说：“明天，最晚后天。”

陈染音忙问了句：“你现在在哪儿呢？”

顾祈舟：“回公安局的路上。”

他的声音很轻，像是怕打扰到谁。陈染音猜测，大概是他们在夜间执行完了任务，回去的路上特警队员们全在车里睡觉，所以他不敢大声说话。

她缩在被窝里，小声地问了句：“干吗不明天早上打电话？”

乡间的野路有些颠簸，顾祈舟把手机紧贴耳畔，也不怕被车厢内其他没睡着的队员听到，很坦诚地回答：“想你了。”

执行任务的时候倒是不想，满心都是任务，但是任务一结束就开始想媳妇儿，想得什么都干不成，觉都睡不着，才会在大半夜忍无可忍地给她打了通电话。

再说了，爷们儿想媳妇儿再正常不过，不算没出息，不丢人。

陈染音窃喜不已，唇角止不住地上扬：“我也想你啦。”紧接着又说了句，“快回来吧，回来生宝宝。”因为带着毕业班，她不敢一结婚就怀孕，不然没办法把这届学生顺利完整地带到毕业，所以才等了几个月，“现在怀上也不耽误中考。”

顾祈舟笑着回：“好。”又说，“生个大胖闺女，名字我都想好了。”

陈染音眼睛一亮，激动地问：“叫什么？”

顾祈舟：“陈有林。”

其实，当年他姐和他姐夫给孩子取名“赵和林”的时候，他还感觉这名字太随便了，跟糊弄的一样，但现在轮到自己了，他又觉得这样取名特别有爱。

陈染音惊喜又惊讶：“随我姓呀？”

顾祈舟轻声又温柔地说：“嗯，你的姓好听。”

他喜欢他的陈皇，喜欢她的全部，包括她的姓氏。

他也不想让孩子跟他姓林。“林”这个姓，对他来说，意味着沉重的回忆，而孩子是新生，他不想让自己的孩子从一出生就背负过去的黑暗和记忆。

至于顾这个姓，更没必要了，改头换面后新起的名字，没根没源的，何必要传承下去？

所以，最佳选择就是随妈妈的姓。

但他还是用了“林”这个字，因为林宇唐永远是陈染音的，无论如何都不会改变。

陈染音也挺喜欢这名——陈有林，陈有林，陈染音永远拥有林宇唐！

她笑得合不拢嘴：“好！让我们一起期待陈有林小朋友的到来！”

顾祈舟满含期许地笑：“嗯。”

挂了电话后，陈染音就激动得睡不着觉了，一直在床上翻来覆去，满脑子想的都是“陈有林”，直到凌晨三点多，她才迷迷糊糊地睡着了，但是还没睡够四个小时呢，闹铃就响了，提醒她该上班了。

虽然痛苦，但好在现在住得离学校近——秦薇和陈鸿博已经搬家了，搬到了二中初中部附近；顾别冬上高中后就住校了，所以只要顾祈舟不在家，陈染音就会跑回娘家住。

洗脸刷牙的时候，她还在心里盘算：今天周五，顾祈舟明天或者后天就能回家，刚好她也放假；二中高中部现在开始实行单双周轮替补课制度，也就是说除了高三年级每个周六都必须要补课之外，高一高二年级是每隔一周的周六补一天课。

细算一下，这周六顾别冬小同学补课，下午家里没人，是生宝宝的好时机，可以干柴烈火，为所欲为——陈皇的如意算盘就这么敲定了。

然而，中午顾祈舟给她发来的一条微信短信息，彻底打碎了她的如意算盘：“周日早上回家。”

周日白天冬子在家，不能干柴烈火了。

陈皇无比失落，于是又把如意算盘打到了周日晚上——周日晚上小顾返校。

周六，东辅二中高中部下午五点半放学，在学校憋了一周的学生们终于可以光明正大地迈出校门了。

最后一节大自习的下课铃一打响，原本安静沉寂的教学区瞬间热闹喧哗了起来，处处迸发着青春的气息。

放学后，顾别冬先背着书包回了趟寝室，去拿行李箱，刚把东西收拾好，就看到了他舅给他发的微信：“今晚回家吗？”

顾别冬心想：这是一份热情的关心，肯定是舅舅舅妈想我了！

他本打算不回消息，这样就能规避被发现偷偷带手机来学校的风险，但又不想辜负他舅的这份热情关心，就回了句："放心，一定回！"

顾祈舟："能再住一晚吗？"

顾别冬：你自己听听，你说的这是人话吗？

顾祈舟："给你五百，明早回来。"

顾别冬：钱能买断我的亲情吗？

顾祈舟："明早我去学校接你，带你吃好的。"

顾别冬：好！好！好！我明白了！你这是嫌弃我了！嫌我多余了！嫌我是个电灯泡了！

就在他摁住了语音键，正欲开口严肃谴责他舅这种卸磨杀驴的无情做法时，某个室友忽然说了句："九班的那个许词话你们知道吗？真不愧是年级第一，半个月才回一次家，周末也留在学校上自习。"

九班是重点班之一。

身在重点班隔壁八班的顾别冬同学缓缓松开了语音键，思量片刻，打字："钱不钱的是小事，主要是我爱学习，这周我就不回家了，留校上自习。"

刚听完上一段语音的顾祈舟无语。

你可真是爱学习。

叹了口气，他无奈地回了句："专注学习，别总想有的没的。"

顾别冬："好的。那我今晚就不回家了，别忘了转钱。"

顾祈舟："刚不还说钱不钱的是小事吗？"

顾别冬："我那不是跟你客气吗？"

顾祈舟想了想，回："我下周给你。"

顾别冬直言不讳："你是不是拿不出来？"

顾祈舟一本正经地解释："那倒不是，这属于额外支出，我需要向领导申请。"

我的舅，你现在这么可怜吗？

顾别冬于心不忍地叹了口气："算了，我不要了，你还没我有钱呢，我都不好意思讹诈你了。"

顾祈舟跟陈染音说的是周日上午回家，其实他周六下午就到东辅了，之所以这么说，是为了给她一份惊喜。

他是五点多到的家，家里空空荡荡的，一个人都没有，他就用微信分别给外甥和媳妇儿发了条信息，让外甥今晚别回家，询问媳妇儿现在在哪儿。

外甥回得倒是快，媳妇儿却迟迟没有回他的消息。

收拾完行李箱后，顾祈舟又给陈染音发了条语音微信："宝宝，我到家了，你现在在哪儿呢？"等了几分钟后，陈染音还是没回复，于是他就给她打了通电话，却一直处于无人接听的状态。

他心里就有点着急了，又给丈母娘打了通电话，问问老婆在不在娘家，丈母娘的回答是："今天中午就没回家，说是出去玩了。"

顾祈舟："她自己？"

秦薇："好像是。怎么了，她现在还没回家呢？"

顾祈舟知道自己丈母娘的心理阴影，怕她着急，就回了句："我也是刚到家，不知道她去哪儿了，才打电话问问您。"

秦薇："哦，可能是去逛街了，我听她说她的一个好朋友快生了，她要准备礼物。"又说，"你给她打电话，别发消息，发消息她可能看不到。"

"嗯，好。"挂了电话后，顾祈舟又给陈染音打了通电话，还是无人接听，他的心里越发焦急。

其实现在的时间不算晚，还不到六点，即便是冬天外面的天色也还没黑透，但他就是难以安心——多年前发生的那桩惨案依旧横亘在他的心间，成了他内心深处挥之不去的阴影。

他害怕昨日重现，害怕自己又会在朝夕之间失去所有。

先给外甥发了条消息叮嘱他老实在学校里待着别乱跑，然后顾祈舟就穿上外套出了门，开着车穿梭在东辅的大街小巷，一个商场接一个商场地找人，不断地给陈染音打电话发消息，但她一条消息都没回。

七点半，电影散场，一直等看完结尾的彩蛋后，陈染音才恋恋不舍地起身离席，脑子里面想着的全是：太好看了，我要把这部电影安利给全世界！

她还是自己一个人来看的电影。其实她本来是打算给陆云檀那对即将出生的龙凤胎买完礼物就回家的，谁知道竟然中了商场的奖，奖品是一张电影票。她也不想浪费电影票，于是就去看电影了。

电影五点十五开场，七点半结束，身为一个有素质的人，她一落座就把手机调成了静音模式，坚决不打扰其他人的观影体验！

走出观影厅后，她立即跑去了卫生间，一身轻松地从卫生间里走出来后，才不慌不忙地从包包里拿出了手机，然后才看到无数条来自老公的未接电话和微信消息。

她也来不及看微信内容，立即给老公回了通电话，很快就被接通了——

“去哪儿了？”将近两个小时没联系到人，顾祈舟已经急疯了，马上就要报警了。

他的语气还挺凶的，陈染音一下子就委屈了起来：都快半个月没见面了，打电话就凶我……她也生气了，“你凶什么呀？我看电影呢，手机开静音了！”

顾祈舟紧攥着方向盘，深深地吸了一口气，又长长地吐了出来，竭力地克制着急躁又不安的情绪，不容置疑地对着电话说：“给我发个定位。”

他的语气依旧十分冷硬，陈染音委屈又生气，但还是忍不住问了句：“你回来了？”

顾祈舟：“嗯。”

陈染音却更委屈了：一回来就凶我！冲我发脾气！不跟你好了！朕要把你这个凶后打入冷宫！

她直接把电话挂了，但还是老老实实地给他发了个定位。

顾祈舟用微信给她回了条消息，让她去商场的一号门门口等他。

陈染音却没有立即去一号门，又赌气地在商场里转悠了三圈，试了几件衣服，才慢慢悠悠地朝着一号门走。

一走出商场大门，她就看到了停在路边的黑色别克 SUV。

她抿了抿唇，纠结地朝着别克走了过去，想快点见到顾祈舟，又生他的气。

为了向他表明自己生气了，她都没有拉开副驾驶的门，而是拉开了副驾驶后面的车门。上车后也不搭理他，甚至都不往驾驶室的方向看，面无表情地看向车窗外的繁华夜色。

顾祈舟也还没消气呢，一句话都没说，等她坐稳之后直接开车。

回家的这一路上，两人谁都不理谁，甚至连个眼神交流都没有，跟小学生吵架似的。

到家后，陈染音直接回了卧室，还用力地把房门给甩上了，发出了“砰”的一声巨响，用以彰显自己的愤怒，并反锁了房门，把自己锁在屋子里的同时还把顾祈舟锁在了门外。

顾祈舟也没去哄她，直接去了厨房，打开冰箱门看了一眼。如他所料，冰箱里什么都没有。于是他又出去了一趟，去超市买了点食材回家，然后开始做饭，做的全是陈染音爱吃的菜。

做好晚饭，他才去了卧室，站在门外敲了敲房门：“出来吃饭。”

陈皇还在赌气呢：“不吃！”

不哄我我就不吃饭！

顾祈舟无奈，担心她饿肚子会胃疼，态度就强硬了一些：“快出来吃饭。”

又凶我！陈染音更气了：“不吃你做的饭！”她还故意气他，“我订了外卖！”

陈染音还真的订了外卖，不到二十分钟，外卖小哥就给她打了电话，让她下楼取餐。她立即披上外套出了门，在顾祈舟气急败坏的目光中，得意扬扬地把肯德基取回了家，还故意坐在餐桌上，故意坐在他对面吃汉堡炸鸡，一口家里的饭都不吃。

顾祈舟都要被她气到没脾气了——这家伙，要是想气他，准能气死他。

吃完饭，陈染音去洗了个澡，然后又回了卧室，这次却没锁房门——她刚看了一眼手机，顾别冬也给她发了条微信，说这周不回家了，要留在学校上自习。

也就是说，今晚家里只有她和她的“正宫娘娘”。

赌气归赌气，办事归办事，互不影响。

回到卧室后，她打开衣柜，从里面拿出了一条前几天新买的睡裙。绸缎质地的墨绿色修身款吊带裙，不仅性感显身材，还能衬得人肤色细腻白皙。

换上睡裙后，她又从梳妆台上精挑细选地拿起了一瓶香水，在颈间和耳根后点了一些。

房门外传来了脚步声，她立即上了床，缩进被窝里，假装睡觉——她就是要等他自己掀开被子发现，不然就相当于她主动去诱引他了，不行，她现在还在跟他赌气呢，坚决不主动和好！

房门被推开，顾祈舟走进了卧室，却没朝着床走，而是止步于衣柜前，打开柜子从里面拿了两件衣服出来，然后，又离开了卧室，一句话都没说。

很快，陈染音便听到卫生间里传来了“哗啦啦”的流水声。

顾祈舟去洗澡了。

行，那朕就再等等，等你沐浴更衣，香喷喷地来侍寝。紧接着，陈染音又想：朕可真是大度，你都惹朕生气了，朕还允许你来侍寝。

嘁，要不是看在“陈有林”的面子上，朕才不让你侍寝呢！

流水声一停止，陈染音就激动了起来，心痒难耐地缩在被窝里，暗暗地期待着“正宫娘娘”的主动示好。

然而，“正宫娘娘”却迟迟没来卧室。

这是怎么回事？又等了十几分钟，陈染音按捺不住心头的奇怪，从床上爬了起来，走出卧室看了一眼，然后，差点就被气炸了——

顾祈舟这个王八蛋竟然躺在客厅的沙发上睡了！

行！行！行！好！

你了不起！你清高！你有骨气！

陈皇龙颜大怒，双手掐腰，气呼呼地冲着沙发上的某人说："爱睡沙发是吧？那你就睡沙发吧！睡一辈子！"说完，转身就走。

其实顾祈舟没睡，故意气她呢。

陈染音回到卧室后，还是不甘心，越想越不甘心，于是又拿起手机给客厅里的某人发了条语音，斩钉截铁，不容拒绝："来卧室睡！"

"正宫娘娘"到底是不敢忤逆陈皇的圣旨，没过多久，卧室的房门就重新被推开了。

陈染音还在气头上，背对着房门而躺，就是不回头看他。

顾祈舟掀开被子上了床，却没说话，也没碰她，默不作声地和她背对背躺着。

陈染音实在气不过，扭脸看了一眼，发现这人竟然连衣服都没脱。

家里有暖气，温度高，顾祈舟身上穿着黑色短袖和深灰色家居裤。

陈染音越来越气，直接把身体转了过来，抬手在他的后背上用力地捶了好几拳："讨厌鬼！欺负我！不和你生孩子了！我要去找别人生！"

"你敢！"顾祈舟突然翻了个身，一把将她搂进了怀里，没好气地问她，"不是不理我吗？"

陈染音瞪着他，和他辩论："是你不理我！你去睡沙发！"

顾祈舟严肃又认真地跟她摆明事实："你从上车就不理我，还不和我坐一起。"

顾祈舟："你还不吃我做的饭。"

行，好，是我的错，我就不应该和你这种小心眼吵这种小学生级别的架，我可是初中教师！

但她还是委屈："谁让你在电话里凶我呢？"

顾祈舟无奈："两个小时不接电话，我都要吓死了，差点报警了！"

这事儿确实是她理亏，但陈染音还在狡辩："我看电影呢，再说了，我又不知道你今晚就回来，谁让你不跟我说呢？"

顾祈舟轻叹口气，实话实说："本来是想给你惊喜呢。"

陈染音没好气："我一点也不惊喜！"

顾祈舟回了句："我也是，只剩惊吓了。"并且被吓得不轻。

陈染音没忍住笑了。

顾祈舟故意板着脸说："你还好意思笑？"

陈染音："朕笑一下怎么了？朕还不能笑了？"

顾祈舟目光炽热地盯着她："想让你哭。"

陈染音："你……你不能以下犯上！"

"有什么不能的？"顾祈舟翻身将她压在身下，忽然嗅到了一股幽香，将脸埋进了她的颈间，贪婪又急切地嗅闻着、亲吻着，缕缕香气撩拨着他的心弦，令他深深地沉沦，嗓音沙哑地说，"媳妇儿，你真好闻。"

第二十三章

最好的结局

又到了一年的十二月十五日。

今年，已经是第十年了。

这天并不是周末，陈染音上午还有两节课，但好在这两节课的时间比较靠后，所以她就向学校请了小半天的假，陪着顾祈舟一起去扫墓。

顾祈舟也是请假去的。除非特殊情况，每年的今天他都一定会请假。头天晚上他还把顾别冬从学校里接了出来，顺便跟班主任请了个假，但也只请了小半天，第二天上午十点之前就要把顾别冬送回学校上课。时间虽然紧张，但也没办法，高中的课程节奏快，内容难度大，请假时间还是越短越好。

为了赶时间，他们一家三口早上六点就出了门，不到七点就到了烈士陵园。

陈染音并不是第一次来烈士陵园，她几乎年年来，来给哥哥扫墓。

她之前也不是没有去过普通陵园，但烈士陵园和普通陵园带给她的感觉真的很不一样——虽然她不怎么迷信，但也不知道是不是心理作用，每次去普通陵园扫墓的时候，她总是会感觉到一股阴凉之气，不敢乱走不敢乱看不敢乱动，心里总是毛毛的，而烈士陵园并没有给她这种感觉。

一踏入烈士陵园的大门，她就感受到了一股浩然的庄重与正义感。

而且烈士陵园园区内的管理也明显比普通陵园好得多，反正她从没有在墓碑前看到过有焚烧过的香烛纸钱堆放情况或者烧纸留下的熏黑痕迹。

在这里，每一寸土地都是干净圣洁的，即便是在灰蒙蒙的冬季。

下车后，她牵着顾祈舟的手，跟着他来到了公婆的墓碑前。姐姐和姐夫的墓碑就在旁边。

这一片区域内的墓碑上都没有刻姓名和照片，仅仅刻了四个字“烈士之墓”。

和她哥哥的墓一样。

生前不能露脸，死后不能留名，不然家人会有被毒贩报复的危险——毒贩的狠毒程度难以想象，为了报复缉毒警，他们甚至会守在烈士的墓前，盯梢他们的家人——这就是缉毒警的一生，从生到死，默默无闻，隐秘而伟大。

顾祈舟蹲在了地上，把带来的供品整齐地放在父母的墓前，对着无名碑说了句：“爸、妈，儿子来看你们了。”

顾别冬也蹲在了旁边的那块无名碑前，一边摆供品一边说：“爸、妈，我也来看你们了。”

陈染音站在中间挺尴尬的，不说点什么好像有些格格不入，毕竟现在都是一家人了啊！

她看了看左边的碑，又看了看右边的碑，想了想，气沉丹田，字句铿锵地说了句：“儿媳和弟妹，也来看你们了！”

顾祈舟和顾别冬同时停下了手中的动作，扭脸，抬头，看向了她，努力忍了一会儿，还是没忍住，全笑了。

人家第一次来呀！你们俩有什么好笑的？笑得我都不好意思了！

她都有点恼羞成怒了：“笑什么呀？我说得不对吗？”

顾祈舟连忙点头：“对，就是儿媳和弟妹，一点也没错。”

陈染音：“那你们俩笑什么？”

顾别冬还是想笑：“舅妈，您发言的内容是没问题的，就是语气。”

陈染音不理解：“语气怎么了？”

顾别冬：“太孔武有力了。”

顾祈舟：“像是来拜把子的。”

顾别冬点头：“嗯。”

顾祈舟笑着从地上站起来，牵住了陈染音的手，对着面前的两座墓碑说：“爸、妈、姐、姐夫，给你们介绍一下，这是我媳妇儿，漂亮吧？”

虽然面对的是两座无字碑，但陈染音还是不好意思起来，有种他的爸爸妈妈和姐姐姐夫都在观察、打量她的感觉，真是第一次上门见公婆了。

顾祈舟又说：“我们俩努努力，争取明年抱着孙女来看你们。”

冬子还在旁边呢……陈染音没好气地瞋了他一眼，与此同时，下意识地将右手搭在了小腹上。

她刚才不敢下蹲也是因为这个，反正现在干什么都有点紧张兮兮的……他们俩是上个月二十几号决定要孩子，她这个月的“姨妈”期应该是十一号，过去好几天了，一直没来。

扫完墓后，一家三口开车往回返，顾祈舟先开着车把顾别冬送回了学校，然后又去送陈染音上班。

到了二中初中部门口，顾祈舟缓缓踩下了刹车，陈染音解开安全带，然后从包里拿出来一个用粉色礼物纸包裹好的礼盒，伸到顾祈舟面前：“我亲爱的好老公，生日快乐。”

她也没忘了今天是顾祈舟的二十八岁生日。

礼盒不沉，细细长长，顾祈舟接过来之后，笑着问了句：“什么东西？钢笔吗？”说着，他就要去拆礼物。

陈染音抓住了他的手腕，赶忙制止了他：“等晚上再看。”

顾祈舟：“为什么？”

陈染音：“我怕你太喜欢了，兴奋到过不好这一天。”

顾祈舟越来越好奇了：“什么好东西能让我兴奋一天？”

陈染音：“当然是朕炽热的爱。”又补充说明，“就像是那冬季里的一把火，熊熊烈焰能够点燃你的身心，令你欲罢不能。”

沉默片刻，他很谨慎地问了句：“我可以在寝室打开吗？”

陈染音想了想：“应该是可以的。”

顾祈舟：“应该？”

陈染音精准了一下措辞：“可以的，没问题。”

顾祈舟还是不放心：“你确定没有？”

陈染音不高兴了，瞪着他：“朕在你心里就这么荒淫无度？朕是那种人吗？”又威胁他，“你要是敢回答是，朕就扣你的零花钱！”

铁骨铮铮的顾队长不假思索地回答：“不是，一点都不是。”

“这还差不多。”陈染音傲娇地勾起了唇角，打开车门的同时又叮嘱了一句，“记得晚上再看，提前看就是不爱朕。”

顾祈舟无奈一笑：“好，绝对不提前打开。”

“我走啦。”陈染音安心地下了车。

看着她走进校门后，顾祈舟才开着车离开。回到基地，照常带兵训练，一直到晚上九点半才回到寝室，洗漱完，他从柜子里拿出了媳妇儿送的生日礼物，坐到了桌边，三两下就给拆开了。

是一根白色的细长棒棒，上面有一个方形的小凹槽，凹槽表面带有两道红色杠杠。

陈皇还怕他看不懂，贴心地附带上了一张说明书。

顾祈舟一下子就蒙了……

寝室里还有林毅和昆鸣。昆鸣一从卫生间里走出来，就被顾祈舟的表情逗乐了："你看什么呢？笑得跟傻子一样。"

林毅坐在桌子对面，正写东西呢，听闻昆鸣的话后，抬头看了一眼，身为过来人的他一眼就明白了什么："哟，怀上了？"

顾祈舟笑得合不拢嘴："嗯！怀上了！"

周六中午，陈染音一走出校门就看到了顾祈舟。

虽然只有短短几天没见，但她还是想他了，立即撒丫子朝他跑了过去。

顾祈舟吓了一跳，赶忙去迎她。陈染音直接扑进了他的怀里，他无奈地说了句："跑什么？不用跑，等我去找你。"

陈染音笑了笑，仰着头看他，眼睛闪亮亮地问："喜不喜欢我送你的礼物？"

顾祈舟也笑了，实话实说："喜欢！特别喜欢！"

陈染音："喜欢就行。"

顾祈舟牵住了她的手："走，回家吃饭。"

陈染音："做了什么好吃的？"

顾祈舟："你爱吃的都有。"

陈染音扬起了唇角，开开心心地跟着老公回了家。

从午餐的八菜两汤可以看出，顾祈舟确实是高兴过头了，整个人还一直在傻乐，看得陈染音忍俊不禁。

吃完午饭，陈染音就去睡午觉了——近期特别容易犯困——刚在床上躺了一会儿，还没睡着呢，顾祈舟就来了卧室，站在床边，用一种商量的语气问陈染音："能让我听听吗？"

陈染音：虽然……但是，你现在的样子真的很像傻蛋。

她犹豫了一会儿，很是真诚地回了句："我觉得他现在可能还不具备和你沟通的能力。"

顾祈舟："没事，我听我的就行。"

陈染音：我还能说什么？

她躺平了："那你听吧。"

顾祈舟立即脱鞋上床，趴在陈染音身边，迫不及待地把耳朵贴在了她的小腹上。

陈染音轻轻地把手覆在他的脑袋上，笑着说了句：“傻蛋。”

顾祈舟也笑了：“我听见他喊我‘爸爸’了。”

陈染音：“你怎么那么厉害呢？”

顾祈舟：“没吾皇厉害。”他躺到了她的身边，把她搂进了怀中，“吾皇最牛。”

陈染音得意地勾起了唇角：“虽然朕听出来你在拍马屁，但朕接受了。”

顾祈舟又在她的额头上亲了一下，很认真地说了句：“媳妇儿，谢谢你。”

谢谢你给了我一个家，给了我一份安稳。

陈染音：“不客气，谁让朕爱你呢？”她握住了他的手，让他的掌心贴着自己的小腹，满含期许地说，“我们一起告别过去，迎接新生。”

顾祈舟的语气温柔而坚定：“好，一起迎接新生。”

十年前，他们共同经历了绝望与生离死别。

十年后，他们重新走到了一起，怀揣着光明与希望，共迎新生。

周六上午，散操之后，顾别冬去了学校超市，准备买袋薯片吃。

然而此时正值小超市的人流量高峰期，放眼望去人山人海，再加上现在临近年底，大家身上全都穿着厚重的冬季校服，本就不怎么宽敞的空间越发显得拥挤。

他站在超市门口排了好半天的队才成功跻身超市内，然后步履维艰地朝着摆放薯片的货架迈进，转过一个弯，一道倩影出现在他的视线当中。

许词话正踮着脚尖站在摆放生活用品的货架前，伸长了手臂去够摆在最上层的心相印抽纸……她不明白，抽纸这种热销产品为什么要摆得这么高?!

就在这时，一只修长的手臂越过她的头顶，轻轻松松地从最高层的货架上拿起了一包抽纸，然后降落，送到她的面前：“给。”

明明是被解了围，却莫名有种身高羞耻感，许词话的脸颊一热，不好意思地从顾别冬手中接过了抽纸，垂着眸小声说了句：“谢谢。”

顾别冬：“不客气，应该的。”

许词话没再说话，转身走了，但由于超市里面人多，她走不了太快，只能跟着身前的人群慢慢往收银台挪动。顾别冬也一样是被四周的人群卡得死死的，哪儿都去不了，只能紧跟在她身后，路过摆放零食的货架时，他伸手从架子上拿起了两包薯片。即将挪动到超市门口的收银台时，他对走在自己前面的许词话说了句：“结完账在门口等等我。”

许词话不明就里，回头看着他，问：“干吗呀？”

顾别冬：“有点事儿跟你说。”

许词话抿唇犹豫了一下：“那行吧。”结完账，她就先走出了超市，然后站在门口等顾别冬。

超市门口依旧是人来人往，几个女孩路过她面前时，她无意间听到了她们的聊天内容——

“就那个，高一（8）班的顾别冬。”

“还行吧，是有点帅。”

“我们寝室还有一个呢，追得超级狂热，天天发短信嘘寒问暖，还给他买礼物送零食……”

几个讨论八卦的女孩渐行渐远，刚刚落下的话语却不断地在许词话的脑海中回旋……看来，他还挺受欢迎的呢。

失神之际，她的肩膀忽然被撞了一下，手里的东西没拿稳，直接掉在了地上。

她愤然抬头，看向那个撞她的男生。

她认识这个男的，叫钱一豪，是他们这届的体育生，个子高高的，染着一头不服管的黄毛，可能是因为家里有点钱，再加上长得有些小帅，脾气又有些拽，所以特别受小女生们的欢迎，从而导致他的自我感觉特别良好，是年级里那一帮风云人物的领头羊，普通的同学根本不敢惹他。

其实钱一豪也不是故意撞她的，就是因为人多，不小心撞了一下，但许词话那副愤怒的眼神令他不高兴了——不就是撞了你一下吗？多大点事儿？至于吗？

所以他就没搭理她，只是漠然又不屑地看了她一眼，然后直接转身走了，没走两步呢，后衣领猛然被人抓住了，紧接着一股力量猝然发作，直接把他给扯了回去。

“把东西捡起来。”顾别冬面无表情地盯着钱一豪，语气不容置疑。

超市门口人多，钱一豪的面子上挂不住，脾气一下子就上来了，抬手就朝着顾别冬的肩膀推了一下：“丫……”

他的手还没挨着顾别冬的肩膀呢，就被顾别冬抓住了手腕，紧接着他的整条胳膊突然被扭了一圈，半边身体也跟着转了过去。

钱一豪痛得一声大喝，顾别冬面不改色地攥着他的手：“动手之前也不先掂量掂量自己几斤几两？也不打听打听哥是谁？”

这话，虽然有点装，但他还是装得起的——哥现在是不混了，但哥不是不行了！

钱一豪还真不知道他是谁，学校里面几个混得厉害的人他都认识，唯独不知道顾别冬。

围观的人越来越多，许词话担心越闹越大，就对顾别冬说了句："松开他吧。"紧接着，又补充了句，"不松开怎么让他捡东西？"

她只是担心影响不好，但掉地上的东西必须让钱一豪捡，这是原则问题！

面对某些总喜欢恃强凌弱的人时，退一步没有海阔天空，只有变本加厉。

还有，既然都已经惹毛了钱一豪，哪有中途认㞞的道理？万一他记恨在心伺机报复，校园霸凌他们两个呢？《阴木鬼校》的密室主题还历历在目……必须一劳永逸！

顾别冬感觉她的话有道理，就松开了钱一豪，但也没忘了威胁一句："敢不捡直接卸了你的手。"

"顾别冬！"许词话一脸无奈地瞪着他。

顾别冬赶忙解释了一句："我吓唬吓唬他。"

"你也不可能真的卸他的胳膊，这种吓唬没用。"许词话伸手指着地下的抽纸，对钱一豪说，"你撞掉的，就必须给我捡起来，不然我告诉你，往后三年你一定会过得无比凄惨，我会盯上你，让人在你的被窝里放死麻雀，找机会在你的水杯里放东西，或者在你的跑鞋里放尖锐的石子或者钉子，明枪易躲，暗箭难防，大家都是未成年，看谁怕谁。"

教科书级的吓唬。

钱一豪虽然已经羞恼到了极点，但也明白大事化小、小事化了的道理，尤其面对不好惹的人时——对方要只是一对普普通通的同学，他肯定不会轻易放过他们俩，但面前这俩人显然不是普通同学，男的不好惹，女的更不好惹……他不甘心地咬了咬牙，弯下了腰，红着脸从地上把抽纸捡了起来，递给了许词话，然后转身走人。

许词话用手拍了拍抽纸包上面沾上的灰尘。顾别冬伸手，把一包薯片递到了她眼前："请你吃。"

许词话却没接，心想：有那么多女孩给你送零食，我算什么？我才不要你的零食呢。

"我不喜欢吃薯片。"然后又问了句："你刚才要跟我说什么？"

被拒绝后，顾别冬有些挫败，但很快又找到了新的话题，激动地说："我舅妈怀孕了，到明年九月份我就会有一个小妹妹或者小弟弟了！"

许词话也挺开心的："真的吗？陈老师怀孕了？"

顾别冬点头："嗯！名字都起好了，叫陈有林！"

他的本名叫"赵和林"，妹妹或者弟弟叫"陈有林"，都有一个"林"字呢！

下午五点多，陈染音开着车来到了东辅二中高中部的门口，等着接外甥放学。

五点四十左右，顾别冬背着书包从学校里走了出来，手里还拎着一把吉他。

陈染音都蒙了，心想：从哪儿变出来的吉他啊？

等顾别冬上车后，她好奇地问了句："什么时候买的吉他啊？"

"网购的。"顾别冬说，"我们元旦有联欢会，我准备上台演出，一展我优越的歌喉。"

陈染音：虽然……但是，我亲爱的外甥，你唱歌好像跑调啊。

顾祈舟今天加班备勤，晚上快九点才到家，一进家门，就听到了一段夹杂着"哗啦啦"流水声的不健全男高音，眉头一下子就拧了起来。

他走进了客厅，问自己媳妇儿："冬子回来了？"

"洗澡呢。"陈染音叹了口气，"浴室歌姬。"

顾祈舟言简意赅地点评："扰民。"

"哈哈哈。"陈染音没忍住笑了，"他还买了把吉他呢，学校的元旦联欢会要上台表演。"

调都跑到西天去了，还要上台表演？顾祈舟都蒙了："这是因为什么啊？"

陈染音："听说是他们班要和小许的班一起举办元旦联欢会。"

陈染音："咱外甥坠入爱河了。"

顾祈舟："那也不能在河里乱扑腾吧？"

"哈哈哈哈哈。"陈染音的腰都要笑弯了。

没过多久，卫生间的门被打开了。

一分钟后，顾别冬穿着一身酷炫的黑色睡衣精彩登场，只见他气宇轩昂地走进客厅，发型是特意用吹风机吹出来的摇滚爆炸头，手里还拿着一把黑色的吉他——

"下面，请欣赏著名摇滚乐歌手顾别冬为大家带来的精彩表演！"

"著名摇滚乐歌手"表现得如此自信，给陈染音和顾祈舟吓得都不敢说话了。

在接下来的三分钟时间内，夫妻俩外加肚子里的那个小人欣赏到了一段五音不全、琴弦乱飞、人间难得几回闻的独家表演。

听到一半的时候，陈染音就已经受不了了，但出于"尊重歌手"的原则，她并没有叫停表演，只是默默地把靠枕抱在了怀里，试图用这种方式为肚子里的那个小人隔音，生怕他受到哥哥的影响，未来也成为一名“著名摇滚乐歌手”。

顾祈舟也没阻止歌手的表演，但他并不是出于什么尊重，他只是单纯地想知道，这家伙唱得到底有多难听。

表演结束后，顾别冬还特别懂舞台礼仪地给台下的两位观众鞠躬谢幕，并由衷地期待这两位为数不多的观众能给他点点评。

身为百分之五十的观众，陈染音根本不知道该说点什么好。另外的那百分之五十则是在沉默了许久后，问了句：“你——真的要上台唱歌吗？”

顾别冬看着他舅，回答：“真的啊！我都报名了！”

顾祈舟再度陷入了沉默中，这次是永恒的沉默。

沉默已经成了今晚的康桥。

陈染音抿了抿唇，委婉地劝说：“冬子，其实吧，联欢会主要是为了联欢，不表演节目也是可以的，但如果，你真的很参加，我们也是支持的，就是建议你，换一首比较好唱的歌，你刚选择的这首歌技巧性太强了，不适合你这种新人演唱家。”又特意说了句，“很有可能会让你的同学低估你的实力。”

“你的同学”主要是代指小许。

顾别冬想了想，感觉舅妈言之有理，然后，真诚发问：“那我该唱什么？”

陈染音：“你还会唱什么？”

顾别冬挠头：“好像也没什么了。”

顾祈舟见状给外甥提了个建议：“《团结就是力量》？”

陈染音：开什么玩笑？人家这是联欢会，不是军训啊！

谁知道，顾别冬竟然还觉得这建议很不错：“这个我会！这个我最会了！”说完，还真的扯着嗓子唱了起来，“团结就是力量！团结就是力量！这力量是铁！这力量是钢！”

这歌词和曲调，字句铿锵，顾祈舟那股在基地里训练的劲儿也被勾起来了，也高声跟着唱了起来：“比铁还硬，比钢还强！”

舅甥俩的歌喉一个比一个粗犷豪迈，陈染音听得目瞪口呆，仿若自己不是在家里，而是在烈日炎炎的操场上，站军姿唱军歌……救命啊！

她默默地把手捂在了自己的小腹上，在内心暗暗祈祷：宝宝呀，你一定要是个女孩子呀，不然妈妈后半辈子只能住男生宿舍了！

越是临近年关，警力越紧张，顾祈舟也就越忙。

一月份过后，顾祈舟的回家时间和频率明显少了；农历新年期间，他必须留队备勤，更不能回家，陈染音干脆直接带着顾别冬回了娘家，在娘家过了年，看似和没嫁人的时候没什么区别，但实际上的区别可大了去了：今年，她没有压岁钱了！

秦薇和陈鸿博特意给顾别冬准备了红包，至于陈染音，没准备，要等到明年给小外孙或者小外孙女红包。

陈染音的内心十分悲伤，感觉自己是一颗没人疼没人爱的小白菜，好在跨年当天，老公用微信给她转了“520”，让她感受到了人间自有真情，人间自有真爱。

到了大年初四这天，他们一家人从老家返回东辅，第二天，就有人上门拜年了。

来的是孟牧丞。

陈染音已经很久没见到孟牧丞了，上次见面还是在她结婚前，而且，自从孟家出事之后，孟牧丞这个游手好闲的纨绔子弟比之前正经了不少，也不再花天酒地、流连花丛了，现在偌大一个集团全靠他自己一个人支撑。

至于他爸和他哥，最开始的传闻是去年年初出了车祸，进了 ICU，并且孟家人还谢绝一切探望。

后来过了有大半年，大家才知道这对父子是犯了经济罪，被公安机关依法逮捕了，但也不知道是不是因为孟家人的认错态度好，还是因为他们的配合度高，公安机关并没有对外曝光孟家父子的罪行，给孟家留了一个体面。

陈染音迄今也不知道孟牧丞他爸和他哥到底犯了什么事，就连她姥爷都不知道，但她姥爷向来是一个只会雪中送炭绝不落井下石的人，所以在孟家出事后，老爷子曾在暗中接济过孟牧丞，不然那么大一个集团早就树倒猢狲散了，孟牧丞能力再强也是独木难支。

但这件事给孟家集团带来的影响还是巨大且不可逆转的，犹如被腰斩了的巨人似的，再没有了往日的盛大和辉煌，不少投资人趁机撤资退出，高层集体辞职，人心动荡，那么大一个集团几乎变成了一片烂摊子，全靠孟牧丞一个人苦苦维系着。

他可能会成功地力挽狂澜，也可能只是在白白浪费时间，但这就需要靠时间来证明了。短短一两年之内是看不到结果的，他人也无从评价。

他来拜年，陈染音也不意外，因为他这人向来会办事，年年都会来给她爸妈拜年。

但是他今年并不是一个人来的，还带上了他的小侄女。

听说他哥被判了重刑，他嫂子就和他哥提了离婚，他哥倒是果断，直接离了。嫂子没要孩子的抚养权，现在孩子是孟牧丞和和他妈在带。

他的小侄女叫孟汀雅，今年两岁了，正是蹦蹦跳跳活泼可爱的年纪。可能是因为要当妈妈了，所以陈染音特别喜欢她，一直在逗她玩。

听说小孩子说男女特别准，陈染音还心血来潮地问她：“雅雅，你告诉姨姨，姨姨肚子里的是小弟弟还是小妹妹呀？”

孟汀雅笑着说：“是小妹妹！”

陈染音惊喜得不行：“哇！是小妹妹呀！”

孟汀雅点了点头，还很认真地说：“我可以把我的洋娃娃分享给妹妹玩，叔叔说了，要学会分享。”

陈染音又笑了，同时感觉，孟牧丞这人带孩子竟然还挺靠谱的，随后她又问小女孩：“你想不想吃水果呀？姨姨去给你切点水果吧？”

孟汀雅很礼貌地说：“好的，谢谢姨姨。”

“不客气的。”陈染音从沙发上站起来，朝着厨房走了过去，从冰箱里拿出来几样水果，放在了案板上。

正低着头切水果呢，身后传来了孟牧丞的声音，语调依旧是那么玩世不恭、漫不经心：“预产期几月份啊？”

陈染音吓了一跳——刚不是还在客厅陪我爸妈说话呢吗，怎么忽然来厨房了？

她回头瞪着他，没好气：“你走路都没声音吗？”

孟牧丞：“哥向来是身轻如燕。”

陈染音：无话可说。

无话可说！

但她不得不承认，这家伙的心态是真好啊，家里出了那么大的事还这么云淡风轻的，要是换了她，她估计会觉得天塌了，重担全压在自己肩头，真的不用活了。

她叹了口气，回道：“今年九月份。”

孟牧丞也叹了口气：“真快啊，你都要当妈了，想当年咱俩同桌的时候你还天天抄着文具盒打我呢。”

初中时代的记忆遥远却青涩美好，陈染音没忍住笑了，一边切西瓜一边回：“那是因为你实在是欠揍。”

孟牧丞：“我只是单纯地欣赏你给我带来的暴力美学。”

陈染音：“那你这欣赏品位还真是不一般。”

“也没有。”孟牧丞轻笑一下，双手插兜，漫不经心地说，“喜欢你罢了。”

陈染音怔了一下，诧异地看向他，眼神惊恐得像是见了鬼。

孟牧丞又叹了口气，满含遗憾地开口：“那个时候确实喜欢你，把你当女神。咱们俩，就是有缘无分，下辈子吧，下辈子做鬼也要去找找你。”

能这么轻描淡写地提起，说明已经释怀了，放下了，虽说遗憾还是有，但最起码终于可以亲口向她承认自己喜欢过——错过的人再也不可能找回，过去的事情只能让它过去，但如果真的一辈子憋在心里，他还是不甘心。

陈染音笑了一下。她上初中的时候，确实暗恋过孟牧丞，虽然仅有两个月而已，不过成年人再提起学生时代的朦胧情愫时，已经不会再有羞耻感了，因为那些情愫早已成为过去式，无论如何都不会再有任何改变，已经放下的东西也不会再重新提起来，只是会有些感慨而已。

此时此刻，她的感慨是：“你可真是把恐怖主义美学发挥到了极致。”

孟牧丞无语：“哥是浪漫，前世今生的那种浪漫……唉，算了，只能说你不懂浪漫。”

陈染音：你这种浪漫情怀，真的还不如我那个钢铁直男老公。

咦？等等！我不会是被顾祈舟那个大直男影响了吧？也开始变得不懂浪漫了！

等孟牧丞带着他的小侄女离开后，陈染音赶忙给自己老公发了条微信：“老公，你觉得我现在还浪漫吗？”

顾祈舟一直到晚上十一点多才回复：“什么意思？”

陈染音还没睡呢：“就是，我现在，还会不会调情？”

顾祈舟实话实说：“会。”陈皇的嘴，骗人的鬼，天天把他哄得一愣一愣的，当之无愧的调情女王，“特别会。”

陈染音：“喊，我就说我怎么会不懂浪漫呢？就是孟牧丞胡说八道！”

顾祈舟：“他今天去家里了？”

陈染音：“来给我爸妈拜年了。”她犹豫了一瞬，还是决定跟自己的老公坦白一下下，“顺便跟我说了说他上初中的时候暗恋过我，说我们俩今生有缘无分，下辈子做鬼再见。”

陈染音：“怎么了？”

顾祈舟紧咬牙关，深吸一口气：“下辈子他也别想！”

陈染音：“你怎么保证自己在他前面遇到我呢？”

言外之意：快！快给朕说点好听的话！浪漫一下！

顾祈舟：“我有闺女，以后让她给咱们俩埋一起，绝对比他快。”

陈染音：顾祈舟！林宇唐！我后半辈子要是再要求你给我玩浪漫，我就不是人！

一直到正月十五过后，顾祈舟才回家。

这天晚上，陈染音正躺在床上看育儿书呢，顾祈舟走进了卧室，手里还拿着一个红丝绒的小盒子：“给你买了个新年礼物。”

陈染音心头一喜，立即把书放下了：“哇，不止有压岁钱呢！”

“那是，我媳妇儿必须是最高待遇。”顾祈舟坐到床边，把首饰盒打开了，从里面拿出来一条银项链，下方坠着一块小巧银锁，覆刻在锁身上的雕花简洁却不简单，看起来精致又大气。

陈染音一愣：“长命锁？”她很不解地问，“我这年龄，还需要长命锁吗？”

顾祈舟无奈：“同心锁。”

“哦……”陈染音瞟了他一眼，明知故问，“怎么想起来送朕同心锁了呢？”

“锁牢你。”顾祈舟解开了项链的搭扣，陈染音默契地坐直了身体，顾祈舟顺势给她戴上项链，又说，“下辈子也是我的。”

陈染音没忍住笑了：“小心眼！”她伸手抱住了他，把脑袋歪在了他的肩头，又说了句，“超级小心眼。”

不过，她喜欢他为了她而变成小心眼的样子。

她能感觉到，他是真的很在乎她。他也确实不浪漫，不会说情话，但会去买同心锁，会用行动证明自己的爱。

顾祈舟也抱住了她，轻叹口气：“大过年的也不省心。”

这话怎么听着可怜兮兮的？陈染音不厚道地笑了，然后撩起了眼皮，更不厚道地质问：“哪来的钱给朕买同心锁？还给朕发了压岁钱。”

顾祈舟无奈一笑：“平时攒的零花钱。”

哟，还有小金库呢？陈染音又问：“还有吗？”

顾祈舟不假思索：“没了，一分都没了。”

真的吗？

朕不信！

但看在你对朕这么好的分上，朕就不追究了。

随后，陈皇又想了想，感觉“正宫娘娘”这一年确实劳苦功高，决定赏赐一番："过年了，朕决定明天给你发一个大红包，毕竟'皇太女'的到来你功不可没。"

顾祈舟被逗笑了："谢主隆恩。"

农历新年过完，日子突然变快了起来，陈染音的肚子就像吹气球一样鼓了起来，肚面浑圆浑圆的，感觉都能在上面画个地球仪。

预产期是九月二日。

越接近预产期，陈染音的心里就越紧张，预产期的头一天，她还给陆云檀发了一条微信，询问陆云檀当初是怎么克服紧张情绪的。

陆云檀过了好久才回复她："妈呀，我都忘了你要生了！最近我家里实在是太忙了，等我解决完这件事一定去看你！"

陈染音："孩子太闹腾吗？"她想：龙凤胎应该会比普通单胎更难带一些。

陆云檀："说出来你可能都不信，我现在要喂三个孩子！"

陈染音："嗯？"

陆云檀："我哥不检点，干了丢人事，人家直接把孩子放我们家门口了！"

陈染音：这么大的"瓜"，为什么一定要等我生孩子的时候放？我哪来的时间去吃啊？

但是，瓜可以缓一缓再吃，孩子不能缓一缓再生。

为了能够陪老婆生孩子，顾祈舟早早就向队里申请了陪产假，假期是从八月三十一日开始，谁知道八月二十四日的时候，突然接到了一项紧急任务，需要他带队去支援。

等他执行完任务回到东辅的时候，陈染音和孩子都已经在月子中心住了好几天了。

他还是大半夜回来的，到了东辅后，马不停蹄地往月子中心赶，还在门口被月子中心的保安拦了下来，最后是丈母娘下来给他接上去的。

顾祈舟对自己的缺席感到抱歉和愧疚，但是秦薇并没有指责他，她似乎早就料到了会有今天，也能感同身受：如果自己的儿子还活着，说不定也会有今天。所以她无法指责女婿的缺席，因为他的职业决定了他不能和普通人一样随心所欲。

到了房间后，秦薇也没打扰他们小夫妻的相处，打开卧室的房门，等顾祈舟进去后，她就体贴地把门关上了。

陈染音还没睡呢，正抱着孩子喂奶。

小家伙白白胖胖的，很能吃。

“你回来啦。”或许是因为当了妈妈，陈染音的笑容中闪烁着一股母性的温柔，“快来看看你宝贝闺女。”

顾祈舟坐到床边，满含歉意地看着自己妻子，欲言又止了好几次，最终，只能对她说一句：“对不起。”

他的嗓音低沉沙哑，是真的愧疚到了极点。

生孩子一定疼死了，他却没能陪着她，没能和她一起见证新生命的到来。

“没事呀！”陈染音无奈又认真地说，“你能平平安安地回来就行了！”

“我……”顾祈舟的喉头猛然一哽，深深地吸了一口气之后，才得以继续开口，“我觉得你跟着我是在受罪。”

他连最基本的陪伴都给不了她。

陈染音的眼眶猛然一酸，急忙说：“你现在别说这种话啊，我喂着奶呢！而且我刚生完孩子，情绪不稳定，你别惹我不高兴，我会哭的！”

顾祈舟赶忙打住了：“好，不说了！”

陈染音舒了口气，但还是有点不高兴：“你都不看看我们陈有林小朋友吗？”

顾祈舟想伸手抱闺女，但是孩子在喝奶：“等她吃完吧。”

“不用，她肯定早吃饱了。”陈染音直接把孩子递给了顾祈舟，强行终止陈有林小朋友的加餐时间，“她就是没吃够，和没吃饱是两个概念。”

陈有林小朋友不高兴地张开了没有牙的小嘴，“哇”的一声哭了，嗓门洪亮，中气十足的感觉，一点都不像没吃饱的样子。

顾祈舟伸出双臂，小心翼翼地把孩子接到了自己怀中，然后他才惊讶地发现，怀中的这个小人比他想象中要软得多，好像是软乎乎的白面团做的，弄得他心惊胆战紧张兮兮，生怕自己一不小心把孩子抱坏抱疼了，两条手臂不由自主地紧绷着，肌肉线条都凸起来了。

又小又软的人儿，是他的女儿啊。

她好像是一朵娇嫩的小白花，柔美可爱。

他一定要保护好她。

一定会保护好她。

他的心瞬间软得一塌糊涂，情不自禁地低下了头，在女儿的额头上轻轻亲吻了一下。

陈有林小朋友渐渐地不哭了，安安静静地躺在爸爸的怀中，胖乎乎的小手在空中一抛一抛的，特有活力。

“几斤啊。”顾祈舟问了句，“怪轻的。”

“她还轻？她生下来快八斤了！”陈染音简直不知道该摆出什么表情，“人家小孩生下来都皱巴巴的，就她，生下来就珠圆玉润的，一看就是个胖胖仔。”

顾祈舟笑了：“说明我们有福气，生下来就有福。”又自豪地说，“看看这耳垂，多好看！”

陈染音也笑了：“我爸妈也这么说，说这丫头有福气。”

“有福气”这三个字，是父母对子女最简单最诚挚的爱和期许。

到了周末，顾别冬也来了月子中心探望自己的舅妈和小妹妹，还带来了几个初中同学——密室五人组再次聚齐。

看望完陈老师之后，在得到允许的前提下，他们又去看了看小宝宝。

五人组围着陈有林小朋友的婴儿床，好奇又满含爱意地打量着她。

赵胖忍不住伸出了手，想摸一摸小宝宝的手指头，然而未遂，顾别冬以迅雷不及掩耳之势在他的手臂上打了一下：“别碰我妹！”

赵胖：“我洗手了！刚洗的！”

顾别冬：“那也不行，有细菌，小孩受不了大人身上的细菌。”说着，自己却摸了摸妹妹的小手手。

赵胖不服气：“凭什么你能摸？你身上没细菌？”

顾别冬理直气壮：“我们是一家人，菌种是一样的。”

吴源忽然接了句：“不过话说回来，你比你妹大了不少啊。”

许词话：“十六岁？”

李菲林：“比一轮还多四岁呢。”

赵胖细细算了一下：“等她结婚了，你都快五十了，我的天！”

吴源：“你想想啊，结婚当天，司仪让她介绍你，她拿过了话筒，指着你说，‘大家好，这是我年近半百的老哥哥’。”

其余三人瞬间笑疯了：“哈哈哈哈哈哈哈哈哈。”

顾别冬：说得很好，以后不许说了！

不许说了！

时间转眼就到了又一年的五月份。

某个周日清晨，陈染音还在沉沉的睡梦中，脸上突然挨了一巴掌，紧接着，就听到了一声中气十足的：“啊！啊！”

起来！陪我玩！

她痛苦地蹙起了眉头，绝望地将眼睛眯开了一条缝，发现这丫头还挺雨露均沾的，给了她一巴掌爱的呼唤后，紧接着就去呼唤她爸了——

白嫩嫩胖乎乎的小手手“啪”的一声拍在了她爸的脸上，听起来特别清脆……这么一对比下来，“皇太女”对她还算是手下留情了。

那一刻，陈皇真想对自己心爱的“皇女”说一句：“轻点扇，可别把你爸这张帅脸给我扇坏了！”

顾祈舟也被扇醒了。

陈有林小朋友开心极了，一边坐在床上挥胳膊蹬腿一边声色洪亮地喊：“啊！啊！”

虽然这位刚满八个月的小家伙还不会说话，但顾祈舟完全可以听懂他闺女的婴语：都起来！陪我玩！

窗外的天才刚蒙蒙亮，预计现在可能还不到六点半。

顾祈舟长叹一口气，又是无奈又是好笑地看着他闺女：“晚上不睡，早上还起这么早，精力旺盛？带你去特警队训练吧？单独给你加训。”

陈有林：“啊！啊！”

顾祈舟：“顶嘴？你小小年纪不睡觉，就知道折腾父母，这是新时代年轻人该有的行为吗？明天交两千字检查上来！不然罚你站军姿。”

陈有林：“&★……¥%…&★……%”

顾祈舟神色复杂地看向自己媳妇儿：“她好像在骂我。”又叹了口气，“当了这么多年队长，第一次有人跟我顶嘴，还是个刚满八个月的新兵。”

“哈哈哈哈哈。”陈染音笑得不行，安慰她老公，“我略懂婴语，我证明，她没骂你，她只是太爱你了，看到你回家兴奋过头了。”

节假日公安各部门最忙，五一过后顾祈舟才回家，昨晚他一回家，陈有林小朋友就兴奋了起来，半夜两点都没睡着，一直缠着爸爸，今天又早早地起了床，还想让爸爸妈妈陪她玩，精力相当充沛旺盛。

顾祈舟板着脸说：“再兴奋也不能折腾父母。”又一脸严肃地看向他闺女，“你说你一天晚到喝几瓶奶？吃几顿辅食？折腾父母就算了，你为社会做贡献了吗？”

陈染音：她只有八个月大啊！她能为社会做什么贡献？

陈有林小朋友却只是“咯咯咯”地笑，刚刚冒出头的两颗小门牙特别萌。

顾祈舟也笑了，一边坐起一边说：“行，好，你为社会贡献了可爱。”说着，把闺女从床上抱了起来，“换尿布，换完尿布爸爸给你冲奶喝。”

陈有林现在完全能够听得懂话，乖乖地点了点头。

陈染音无语至极，心想：合着你俩演双簧呢？只有我当真了？

行，朕明白了，朕是外人！

朕酸了！

在顾祈舟给孩子换尿布的时候，陈皇酸溜溜地起了床，去卫生间洗漱了。

他们现在已经搬到了新房子里。新家的面积比之前那个公安家属院的房子大了不少，三室两厅一厨两卫，还有两个阳台。其中一个卫生间在主卧里，一家四口方便了不少。

房贷是他们俩的公积金直接扣的，所以也没什么还贷压力。

洗漱完，陈染音从卫生间走了出来，问自己老公：“我们今天去哪里玩？”

顾祈舟正坐在床边看他闺女抱着奶瓶喝奶，听闻媳妇儿的话后，抬头看向她：“你想去哪儿玩？”

陈染音看了眼自己的小胖宝：“去哪儿玩都一样，都要带着她。”二人世界是不复存在了。

顾祈舟：“可以不带她。”又说，“她有哥。”

虽然她哥只要周末回家就必定是一觉睡到大中午才醒。

陈染音一愣，陈有林小朋友也是一愣，奶都不吸了，乌溜溜的大眼睛直勾勾地盯着爸爸，似乎是在质问他：什么？不带我？

陈染音赶忙叮嘱自己老公：“皇女如今已经开智，听得懂人话了，此等要事私下再议。”

顾祈舟忍笑，点头：“是，吾皇。”

洗漱完，他就去厨房做饭了。陈染音看着闺女喝完了奶，然后把她放在了客厅的婴儿围栏里，让她自己爬着玩，再然后，走到了厨房门口，一边用余光盯着婴儿围栏里的小家伙，一边悄声和厨房里的老公商议要事：“我想去逛街，看电影。”普普通通的约会日常，现在却变得弥足珍贵了起来，“还想吃火锅，唉，终于断奶了！”

顾祈舟完全听取老婆的意见：“好，就去看电影吃火锅。”

陈染音开心又激动，却还是有一点点担忧：“把小陈留给小顾？”

顾祈舟：“不然呢？”

陈染音想了想：“也是，他比咱俩牛多了。”又说，“他现在和小区里面那些每天下午带着孙子孙女去小公园里玩的老头老太太特别熟，还交换了微信呢，寒假的时候天天约着下午几点带着孩子见面，晚上去哪儿跳广场舞，他的社交范围已经扩大到了中老年朋友的圈子里，其中有个老大爷是退休的大学英语教授，闲着没事了就给他打电话，让他去家里给他补补英语。”

顾祈舟被逗笑了，点评：“以后参加工作了，他适合走基层。”

陈染音也笑了：“确实，人民的好朋友。”

吃完早饭后，在不打扰外甥睡觉的情况下，夫妻俩偷偷摸摸换上了出门约会的衣服，又静悄悄地收拾了东西，然后，陈染音为先锋军，无声无息地拧开顾别冬的房间门把手，静悄悄地推开房门，再然后顾祈舟抱着孩子走进卧室，把白白胖胖的陈有林小朋友放在了她哥的脑袋边。

自始至终，顾别冬都睡得像死猪一样沉，根本没有感受到这场“阴谋”。

顾祈舟小声对自己闺女说了句：“喊你哥起床。”

“啊！”陈有林小朋友接到命令后，立即抬起胖乎乎的小手，热情地招呼在她哥的脸上。

顾别冬瞬间就被扇醒了。

陈染音和顾祈舟转身就跑，等顾别冬反应过来的时候，这对狡猾的夫妻已经跑出家门了。

顾别冬：这也是人干的事！

陈有林小朋友坐在床上，白色的短袖包裹着的小奶肚圆滚滚的，小眉毛微微拧着，一脸无辜地看着自己哥哥，似乎是在对他说：和宝宝无关，这场针对你的“阴谋”宝宝没参与，宝宝也是被遗弃的受害者。

顾祈舟和陈染音对自己外甥带孩子的能力给予高度信任，手拉手去了商场，逛街看电影吃火锅。

吃火锅的中途，陈染音拿起手机刷了下朋友圈，刚巧刷到自己外甥在五分钟前发的一条带视频的朋友圈：“今早一睁开眼，猝不及防地发现家里只剩下了我和小我十六岁的妹妹。”

下面的视频内容是陈有林小朋友坐在床上，身前摆着纸尿裤和一瓶冲好的奶，小家伙的眼神就没离开过奶瓶，还试图去拿奶瓶，却被站在镜头后录像的哥哥制止了：“咱俩不是说好了吗？照完相再喝。”

陈有林小朋友还算是有契约精神，小小地叹了口气，慢慢地把小胖手收回去了，视线却一直盯在奶瓶上，馋得哈喇子都流出来了。

顾别冬：“好了，可以喝了。”

陈有林小朋友立即拿起了奶瓶，却没立即喝，而是先爬到自己的小枕头边，躺在枕头上，并自立自强地给自己盖好小被子，然后才举起奶瓶，开始喝奶，仪式感和氛围感满满的。

陈染音忍俊不禁。

这条朋友圈下方还显示出了几条顾别冬的初中同学的评论，其中赵胖评的一条，差点让陈染音笑喷了——

“奶哥上线。”

顾祈舟坐在餐桌对面，好奇地问自己媳妇儿：“笑什么呢？”

陈染音：“顾别冬发了一条朋友圈，初中同学给他评价，喊他‘奶哥’。”

顾祈舟也笑了：“挺精准的评价。”

陈染音继续往下刷朋友圈，又刷到了陆云檀在半个小时前发的内容，是一张照片，照片里有三个蹲在桂花树下玩沙土的小孩，其中两个白白胖胖的，另外一个有些瘦，还有点黑。

那两个白白胖胖的小孩是陆云檀和梁云笺的双胞胎，男孩子叫昊昊，女孩子叫景景。另外一个有点黑的小孩陈染音没见过，但大概能猜出来，应该是她的小侄子。

去年生小陈的时候，陆云檀发微信说她哥在外面干了丢人事，女方都把孩子放到家门口了；生完小陈之后，她们俩也都没再提起过这件事，她是因为不好意思主动打探人家家里的事，陆云檀大概是因为不好意思继续宣扬家丑了，所以迄今为止，她都不知道那个孩子的妈妈是谁，但看孩子的肤色，她隐隐有些怀疑，是不是那个缅甸女人？

如果是的话，那就真的有点意思了……她一边思考着八卦，一边退出了朋友圈，巧的是，陆云檀刚好在这时给她发了条微信：“我把景景的衣服整理了一下，大部分都是新的，有些只穿了几次，你需要吗？”

陈染音不假思索：“要！”

小孩子衣服这种东西，最花钱——买不好的怕孩子穿着不舒服，买好的又穿不了几次，因为孩子在不断长身体——所以，她现在，谁送给她旧衣服，她都要，她相信陈有林小朋友没那么娇贵，不需要一直穿新的，也不需要穿名牌，重要场合有两件新衣服就行了。

而且老人家都说了，小孩糙着养更好养活。

陆云檀：“你有时间来拿吗？没的话我就找个同城快递给你送过去。”

陈染音：“有，今天下午？”

陆云檀："可以，下午我妈还准备包包子呢，你们刚好可以来吃。"

檀女侠这人向来热情好客，陈染音笑着回："好。"

结束聊天后，陈染音和顾祈舟说了一下，然后夫妻俩决定把下午去海洋馆玩的计划改一下。

吃完午饭，他们俩又在商场逛了起来，给陆云檀的那对双胞胎和她的小侄子各买了一份礼物，然后驱车前往东安老街。

即将抵达陆家武馆时，陈染音给陆云檀打了个电话。

陆云檀提前去了街口接他们俩。

陈染音和顾祈舟跟在陆云檀身后进了陆氏武馆的大门，下一秒，几个小豆丁的身影就从通往二进院的垂花门里冒了出来，为首的是一个白白净净的小男孩，紧随其后的是一个高高瘦瘦的小男孩，最后跑出来的是一个白白嫩嫩的小女孩。

陆云檀喊住了他们仨："你们几个去哪儿啊？"

为首的是昊昊，超开心地说："吃包子！"

后面那个高高瘦瘦的小男孩看起来比较沉稳："奶奶喊了。"

最后是景景："谁先到谁可以吃大的。"

陆云檀替自己闺女着急："那你还不跑快点？"

景景："我才不要和昊昊抢呢，我吃小的可以吃两个。"

陆云檀：还挺聪明呢！

陈染音忍俊不禁，也看出来了，这对龙凤胎一个像妈妈一样风风火火，一个像爸爸一样冷静多谋，至于那个高高瘦瘦的小男孩，像极了陆云檀的哥哥，干什么事都处变不惊，五官也很像，冷美人的感觉，就是肤色有点黑，应该是遗传了妈妈。

三个小孩跑进了厨房，三个大人朝着二进院走。

走到垂花门前时，迎面走来了一个五官冷艳、麦色皮肤的女人。

在此之前，陈染音从来没在陆家见到过这个女人，但是，她并不是第一次见到这个女人。

和这个女人四目相对的瞬间，她的神色猛然一僵，呼吸也不由自主地停滞了一瞬，震惊、错愕，又激动地望着眼前人，难以置信到了极点，甚至觉得自己是在做梦。

小柳，她竟然是小柳！

郎九命和"国王"已于前年在东辅和云南相继被逮捕，那时，顾祈舟执行完任务从云南回来后，她根本不敢向他询问小柳的情况，也不能询问——有些东西，不能摆在阳光下，不然只会害了那个人。

她只能当作自己从没见过小柳，从不认识白玫，只能默默地在心底为她祈祷，祝福她一切安好。

只要小柳能够一切安好，她哥在九泉之下也能够安息了。

她也从没想过会在这里见到小柳，完全没有心理准备，激动又惊慌无措，生怕自己表现得太过异常而引人怀疑，怕自己的到来会打扰小柳现在的生活。

她立即从小柳身上收回了目光，不知所措地看向自己老公。

顾祈舟只是淡淡地看了小柳一眼，像是看陌生人一样，然后就收回了视线，神色如常地走进了二进院，同时握住了自己妻子的手，用拇指轻轻地摩挲着她的手背，以示安抚。

陈染音紧紧地攥着顾祈舟的手，垂下目光，不动声色地做了几组深呼吸，竭力压制着心头的激荡情绪，努力地把眼泪憋了回去。

小柳也是神色如常，像不认识他们两个一样，用一种对待客人的寒暄式笑容朝他们点了点头，然后与他们擦肩而过，走出了二进院。

来到无人的一进院，她缓缓顿下了脚步，回头，无声地朝着身后的垂花门望了一眼，眼圈泛着红。

有故人来，却不能相认。

陈染音和顾祈舟跟随着陆云檀坐到了院子里桂花树下的小桌子边，陆云檀给他们泡了壶茶。

陈染音抿了抿唇，不安又紧张地捏着茶杯，却竭力地表现得很镇定："那个……就是你嫂子？"

陆云檀点头："嗯。"

陈染音："她叫什么名字？"

陆云檀："赵宁。"

陈染音："哦。"

挺好的。

从周夜柳到白玫，从白玫到赵宁，每一次都是命运的蜕变和改头换面。

她希望小柳往后余生，都能够像这个名字一样，安稳宁静。

他们夫妻俩也没有多打扰，喝了几杯茶之后就拿着东西离开了。

即将走出陆家武馆的大门时，陈染音还是没忍住回头看了一眼，看到了小柳。

其实，她真的很想问问小柳，过得好不好，幸福不幸福。

但是，她不能问，死都不能，因为只要她一开口，就相当于把小柳拉回了过去。

小柳站在二进院的垂花门前，默默地望着陈染音，在她回头的那一刻，小柳微微地朝她点了点头。

陈染音的眼眶一热，用力咬住了下唇，迅速回头，匆忙地走出了大门，一直到顾祈舟将车开出老街，她才彻底卸下了心头的压力和紧张，失声痛哭了起来。

顾祈舟能够理解妻子的内心，他轻叹口气，缓缓将车停在了路边，温声安慰她："她既然选择了回来，就说明她在这里找到了自己的归宿，那个人值得她回来。"

其实，他也不知道白玫是什么时候回来的，他只知道任务结束后卧底一定会被秘密调离，改头换面继续生活。

但既然白玫选择了回来，就说明这里有她放不下的人和事。

陈染音哭着点头："我知道，我都知道，她现在过得好我也很开心，我是真的替她开心，她终于走出来了……我就是，我就是心疼她，心疼我哥……"

当年，那么美好的一对爱人，最终却只落得一个生死殊途。

那个意气风发的少年早就不在了，早就和黄土归于一体了。

庆幸的是，十年后，他的爱人终于走出了阴霾，找到了归宿。

陈染音高兴，却又难过，泪流满面，呜咽着说："我哥……我哥终于可以安心地走了……"

顾祈舟望着自己的妻子，抬起手臂，为她擦掉了眼泪："我明白，我都明白。"

又到了一年的高考季。

六月七日上午八点，陈染音开着车去送自己大外甥上考场，陈有林小朋友也跟着去了。

这位小家伙如今已经一岁九个月了，长得白白嫩嫩粉雕玉琢，像是个白面团捏出来的精致可爱的小娃娃。

考虑到今天是个大日子，陈染音特意给小家伙选了一身红色的唐装，连给她梳头发的时候也特意用上了红头绳，让她一身红红火火地送她哥上考场，预祝她哥旗开得胜。

可能是因为今天早上吃了好吃的馅饼，陈有林小朋友的心情很不错，从出门开始，一直到从通往车库的电梯里出来，她一直在开嗓唱歌："团结就是力量，团结就是力量，这力量是铁，这力量是钢！比铁还硬比钢还强！"

小小年纪，嗓门洪亮，中气十足，断句还断得特别精准豪迈，车库里回荡着她奶声奶气却充满了铁汉豪情的歌声。

唱完，还满含期待地问哥哥和妈妈："宝宝唱得好听吗？"

顾别冬特别给他妹面子，立即竖起了大拇指："好听！特别好听！以后你就是警中歌王！"

陈有林小朋友开心地扬起了唇角，眼角眉梢流露出了难掩的小得意和小雀跃。

陈染音在心里叹了口气，又是《团结就是力量》，天天唱……她有些无奈还有些悲凉，明明生了闺女，却还是有了种住在男生宿舍的感觉……都怪顾祈舟！人家的爸爸都给孩子放儿歌，他只要在家就给自己闺女放军歌，一点都不温柔！还有，哪有孩子刚会走就带她站军姿的？准备让她不满两岁就入队训练吗？关键是她现在连个幼儿园文凭都没有，哪个警队会要她？学历还是第一竞争力！

不过话又说回来，这闺女确实像爸爸，不只是五官像，性格也像，尤其是在她学走路的那段时间，简直是把这种性格体现到了极致——人家别的孩子学习独自走路，摔倒了可能会怕，可能会哭，可能会畏惧于再尝试第二次，但是陈有林不是，她就算是摔倒了、摔疼了，也不哭，哪怕是眼泪都已经在眼眶里打转了也会咬牙忍着，一脸狠劲儿地爬起来继续走，直到成功地完成独立行走为止——也是一个死不服输的硬骨头。

人家都说三岁看老，她这还没到三岁呢，就已经能看出来是个不好惹的硬茬了。

不过也挺好的，小女孩就应该硬气一些！

打开车门，陈染音弯腰把小家伙从地上抱了起来，放进了儿童座椅里，这时，陈有林忽然问了句："妈妈，爸爸今天去干什么啦？"

爸爸虽然经常不在家，但她还是很牵挂爸爸的。

陈染音一边给小朋友系安全带，一边用她听懂的简单语句回答："爸爸去执行任务了，因为今天有一场特别重要的考试，是全国的考生一起参加的考试，哥哥今天就是要去参加这场考试。考试的人很多，也会影响很多人的命运，所以这场考试不可以出任何意外。爸爸今天的任务就是确保这场考试不会出意外，也要给有困难的考生和家长提供帮助。"

顾祈舟不能陪外甥参加高考是因为要守护高考，陈染音能来陪外甥高考是因为东辅二中初中部也被列为考场之一，学校挺人性化地考虑到了他们这种家里有考生的老师，所以并没有给她安排监考任务。

听完妈妈的话后，陈有林小朋友点了点小脑袋，又满含期待地问："等哥哥考完试，爸爸就回家了吗？”

陈染音：“应该是的。”

陈有林小朋友超级开心：“耶！耶！耶！”

陈染音也笑了，温柔地摸了摸女儿的小脑袋，然后关上后排的车门，去了驾驶室。

前往考场的路上，车内的气氛轻松又紧张，轻松的那位是陈有林小朋友，一边悠然自得地扭着脸看窗外不断后退的街景，一边开心地摇晃着两只垂在半空的小脚；紧张的那位是她妈，一边开车，一边通过后视镜观察大外甥的情绪，却看不出来他到底紧张不紧张。

你说他紧张吧，他的表情还挺自然的，没流露出紧张情绪，但你要是说他不紧张吧，他从今早起床后就沉默寡言的，看起来不太正常。

想了想，她说了句：“陈有林小朋友，哥哥马上就要上考场啦，你就没有什么话对哥哥说吗？”

陈有林小朋友从车窗上收回欣赏景色的目光，看向自己哥哥，拧着小眉毛思考片刻，开口，小奶音十分脆亮：“哥哥你开心吗？你马上就要见到小许姐姐啦。”

陈染音：看不出来你小小年纪还挺八卦的啊！

顾别冬抿了抿唇，特深沉地回了句：“还行。”

陈有林：“还行是什么意思？”

顾别冬：“就是月亮照在了我身上，我却抓不住的感觉。”

陈有林小朋友拧起了小眉毛，一脸苦恼：“哥哥你在说什么？宝宝不懂。”

陈染音心想：别说你这种连幼儿园文凭都没有的小朋友了，我这种研究生毕业的人都没听懂。

顾别冬又叹了口气：“你长大就懂了。”

陈染音：我都长这么大了我也没懂啊？

唉，你这家伙还真是一如既往地矫情。

顾别冬被分到了七中考点考试。

进场时间没到，考场还没开放，学校门前围着不少家长和考生，整条马路都是拥堵的，看起来杂乱无章，而且所有人的心情都是紧张且不安的，不小心踩别人一脚可能都会引发一场冲突。

在这种大环境下，要是没有公安警察执勤，难保不会出现什么意外。

东辅市的人流密度大，今年的考生尤其多，为确保高考顺利进行，公安部门调集了所有能调动的警力，在每个考点外都安排了执勤小组。

陈染音将车停在了距离七中还有一个路口的超市外面的停车场里，然后一家三口下了车，步行前往考场。

陈有林小朋友的眼神特别好用，才刚走到路口，她就伸直了手臂，激动地喊了起来："爸爸！是爸爸！"

陈染音和顾别冬立即朝着她手指的方向看去。

马路中央站着身穿明黄色制服的交警。

在马路对面，停着一辆黑色的特警指挥车，两位身穿黑色战训装、荷枪实弹的特警队员并肩站在车前，如同定海神针似的镇守着一方安稳。

其中一位就是顾祈舟。

其实顾祈舟今天的任务并不是在考场门口执勤，而是留队备勤，以防有突发事件发生，但是今天外甥高考，人生中的重要战役，他总觉得自己应该做些什么，不然实在是对不起他姐。于是就向上级申请调岗，调到了东辅七中考场门口执勤。

酷暑炎炎，他坚毅硬朗的脸庞上已经流下了汗水，却依旧一丝不苟地执勤站岗。

陈有林小朋友超级开心，一直在喊"爸爸"，虽然爸爸正在工作，并不能回应她。

顾别冬也挺开心的，没想到他舅竟然也能陪他参加高考！

陈染音的心头也浮现出了一股难掩的幸福和安心感，炽热的阳光下，她目不转睛地望着不远处的男人，眼神中带着爱恋，又带着骄傲。

结婚三年，她常与孤独相伴，但一点也不后悔嫁给了他。

他有他的使命和信念感，她也有她的坚持和自豪感。

他们是在双向奔赴，彼此成全。

时间到，考场开放，顾别冬站直了身体，朝着他舅敬了一个标准的举手礼，然后拿着考试袋进了考场，踌躇满志地想着：再等四年，我就能和你一起执勤了！

走进校门后，前方的人群中出现了一道熟悉的娇小倩影，顾别冬立即加快了脚步，大长腿迈得极阔，没走几步就到了许词话身边，故作惊讶："哟，你也在这个考场啊！真巧！"

许词话知道他是在演，但并没有拆穿，而是询问："你在哪栋楼？"

顾别冬伸手，指了指右边那栋白色的楼："这栋。"

许词话：“哦，我在左边。”又说，“也没那么巧。”

顾别冬：唉，月亮照在了我的身上，我却抓不到！

他在心里叹了口气，把手伸进裤兜，握拳状拿了出来，然后把手伸到了许词话面前，把掌心摊开：“加油！”

他的手心里有一颗奶糖，包装是特别为高考考生设计的，大红色的底图，上面印着“金榜题名”这四个金色的大字。

顾别冬又说：“我昨天在超市里挑了好久才挑到。”

许词话接过奶糖，说了声“谢谢”，然后又说了句：“我先走了，拜拜。”说完，就朝着左边那栋教学楼走了过去。

顾别冬望着她的背影，长叹了口气，无奈地朝着右边那栋楼走了过去，还没走几步呢，忽然听到许词话在喊他：“顾别冬。”

他立即顿下了脚步，转身看向她。

许词话站在教学楼前，隔着来来往往的考生，目不转睛地看着他：“你也要加油，好好考试，我们公安大学见。”

顾别冬喜出望外，用力点头：“嗯！”

考场外，人多纷乱，陈染音把女儿从地上抱了起来。

小家伙一直在看爸爸，还学着哥哥的样子举起小胖手给爸爸敬了个举手礼，虽然不怎么标准，小表情却很认真严肃。

陈染音抱着孩子，目光柔和地望向马路对面，满心满眼全是他。

顾祈舟把这一切都看在了眼里，坚毅的眼神中浮现出了温柔笑意，尽显铁汉柔情。

隔着人群，他们四目相对，目光中皆带着对彼此的爱意、敬佩与依赖。

这一刻，陈染音觉得自己很幸福，真的很幸福，心中不断地想着：顾队长啊，一定要平安退休，一定要和我一起白头到老，到时候，我们这对老伴儿还要一起游山玩水，一起去跳广场舞。

只要有爱人在，她就不怕生活平凡无趣。

日子虽然如同夏日蝉鸣一般周而复始，日复一日，枯燥却无休止。

但，这对他们两个而言，已经是最大的幸福了。

他们年少相识，经历过生离死别，排除万难才走到了一起。

苦难半生，他们已经不会奢求大富大贵，也不会奢望天高地阔，能够无灾无难地携手走完这一生，已是他们最好的结局。

番外章

一家人

（1）

婚后某天，陈染音晚上洗完澡之后，坐在梳妆台前护肤，正对着镜子用面霜抹脸的时候，顾祈舟拎着一杆拖把走进了卧室：“我拖个地。”因为工作性质，他基本一周左右才能回一次家，心里对媳妇儿多少是有点亏欠，所以只要一回家，就会主动包揽所有家务活。

陈染音的护肤工作不能停，专心地对着镜子点头：“好的。”

顾祈舟从窗户和床之间的过道开始拖，陈染音的梳妆台就在过道尽头的墙角，拖到她身后的时候，顾祈舟直起了腰，好奇地瞧了一眼她的台面，上面错落有致地摆满了五花八门的瓶瓶罐罐，看得人眼花缭乱，视觉上的冲击感简直堪比化学实验室。

“媳妇儿，”他的求知欲突然就上来了，拄着拖把杆问，“你在抹什么？”

此时陈染音已经做完了最基础的补水保湿和抗氧精华的护理，正在涂保湿晚霜，赫莲娜的黑绷带。但是吧，她觉得按照自己老公的钢铁直男秉性，给他讲了他也听不懂，干脆直接回了句：“抹香香。”

“哦。”顾祈舟看了看她面前的矮胖黑罐罐，又好奇地问了句，“什么香香？怎么瓶子黑不溜秋的？和我的大宝一样吗？”

陈染音：开什么玩笑？拿我的黑绷带和你的大宝比？能一样吗？

但她不能说实话，因为他的大宝也是她给他买的——双十一凑单，她为了凑够满减，顺手给这个糙老爷们儿买了三瓶大宝，谁知道无心插柳，竟然把这家伙开心坏了，还特意带去了单位一瓶，给队友炫耀，还很有信心地觉得自己一定会比那帮没媳妇儿的单身狗老得慢，因为他有媳妇儿给他买护肤品。

“嗯……差不多吧。”为了不打击顾队长的小虚荣心，陈老师只能编造善意的谎言，“我用的这个比较小众，不像大宝老少皆宜，更全民化和国际化。”

“哦。”顾祈舟若有所思地点了点头，然后又问自己媳妇儿，“你怎么不用个贵点的呢？用个好的。”

陈染音：够贵了，贵得我肉疼。

但是她不是不敢说实话，更不怕他觉得她败家，而是担心说出实话来之后会摧毁这家伙心中“媳妇儿送给我好东西了”的美梦，估计还会纠结得一晚上睡不着觉，苦思冥想这玩意儿为什么会这么贵？

为了能让老公睡一个安稳觉，陈染音面不改色心不跳地说：“还是比大宝贵一点的，保湿效果更好一些。”

顾祈舟却回了句：“下次买个更贵的，我媳妇儿就该用最好的！”

陈染音心里一甜，情不自禁地扬起了唇角：在顾队长的心中，她永远是最高贵的公主，配得上这个世界上所有最好的东西。

但她，还是忍不住说了句：“你用你的大宝就行，非必要情况，不要用我的东西，我怕你的皮肤不适应。”

老公，我是真的爱你，但我也是真的不舍得让你这种皮糙肉厚的钢铁直男浪费我的黑绷带。

“啊，行啊。”顾祈舟回，“我的大宝还有呢，用得挺适应。”

陈染音舒了口气：“嗯，适应就好。”

顾祈舟是真的喜欢他的大宝，虽然在单位的时候经常忘记大宝的存在，但只要在家，一看到自己媳妇儿护肤，紧接着就会想到自己的大宝，继而立即从床头柜里拿出自己的大宝，学着媳妇儿的样子涂涂抹抹。

一个月后的某天，他在家里洗完澡后忽然发现自己的大宝没了，本打算不抹了，但是，余光忽然扫到了媳妇儿的梳妆台，那个矮胖黑罐罐正好摆在梳妆台的正中央位置，十分显眼。

要不，还是涂一涂吧？毕竟一个多星期都没回家了，今晚肯定要侍寝，身上太糙了也不好，显得自己不重视她。

而且媳妇儿说了，非必要情况不要用她的东西，这不就是说在必要情况发生时可以用一用吗？现在就很有必要。再说了，他皮糙肉厚的，怎么可能会发生皮肤不适应的情况？

于是，他就朝着陈染音的梳妆台走了过去，拧开了矮胖黑罐罐的盖子，学着她平时洗完澡后的流程，大片大片地在身上抹了起来。抹完之后，盖上盖子，转身离开了卧室，去阳台洗衣服。

“你洗完了？”陈染音正坐在沙发上看电视。

“嗯。”顾祈舟还邀功似的说了句，“我还护肤了，身上香喷喷的。”

啧啧啧，顾后现在越来越知趣了！陈染音的心头一喜，直接扔下了手中的电视遥控器，“嗒嗒嗒”地跑去卫生间洗澡了。

差不多过了半个小时，顾祈舟正站在阳台上搭衣服，卧室的方向忽然传来了一声怒吼：“林！宇！唐！”

顾祈舟浑身一僵，提心吊胆……

据他了解，陈皇喊他“老公”或者“顾队长”的时候，说明她现在心情极好，什么事儿都好商量；喊“顾祈舟”的时候，心情微差，需要小心行事，不然很容易遭殃；喊“林宇唐”的时候，说明心情糟糕透了，属于龙颜震怒的状态……

到底怎么惹着她了？

他死也想不明白，不安地舔了舔唇，深吸一口气，故作镇定地朝着卧室走了过去：“媳妇儿，怎么了？”

卧室内，陈染音站在梳妆台前，手握眼瞧着就要见底的黑绷带瓶子，心疼得简直要掉眼泪，心里的火气则噌噌噌地往上蹿，恨不得一口把顾祈舟给吃了。

“你用的？”她的眼睛里几乎都要冒火。

顾祈舟紧张兮兮地站在卧室门口，都不敢再往前走一步，点了点头：“啊，我的大宝快没了，不够抹全身。”

陈染音：你还用我的黑绷带抹全身？我自己都舍不得抹全身！每次都只是从瓶子里抠出来一小点抹抹脸！你竟然敢抹全身！

陈染音简直要被气死了：“行！行！行！我让你用我的黑绷带！我也要用你的大宝！”说着，她怒气冲冲地朝着床头柜走了过去，愤怒地拉开抽屉，拿出了顾祈舟那瓶即将见底的大宝，继而把右腿往床上一踩，单腿站地，疯狂地甩动大宝的瓶子，把瓶内残存不多的乳液往自己的腿上倒，咬牙切齿，“让你用我的黑绷带！我也要用你的大宝！全给你用完！一滴都不给你剩！”

顾祈舟更蒙了：这什么情况？

到底是因为什么在生气啊？

他盯着自己那个行为迷惑的媳妇儿，苦思冥想了一会儿，恍然大悟，连忙表态："你要是喜欢我的大宝就直说，咱俩可以换，不用生气，我愿意跟你换，我单位里还剩两瓶呢，基本没怎么用过，全给你，我不用了。"

陈染音：谁稀罕你的大宝！

（2）

对顾别冬来说，舅舅和舅妈的孩子根本不是给自己生的，而是给他生的。

自从陈有林出生后，他基本就成了陈有林小朋友的专属保姆，只要放假在家，他绝对是带孩子的不二人选。

在陈有林小朋友一岁五个月的时候，某天下午，难得休假的顾祈舟正陪着陈染音窝在客厅的沙发上看电影。在这期间，穿着尿不湿的陈有林小朋友一趟又一趟地穿梭于客厅和顾别冬的卧室，脚步"嗒嗒嗒"的，看起来还挺忙碌。

但是据夫妻俩观察，小家伙每次出来都是来给她哥拿东西的，不是从茶几上抓一把瓜子，就是从水果盘里揪出来一串葡萄，要不然就是拿两颗砂糖橘。

当小家伙又一次从卧室里面跑出来，并直接端走了茶几上的一整盘葡萄后，顾祈舟有点坐不住了，跟在闺女屁股后面去了外甥的卧室。一走到卧室门口，就听到顾别冬在给他的宝贝闺女下达最新任务："把葡萄皮剥皮一下，剥干净点，不要偷工减料。"

"小童工"坐在床上，奶肚圆滚滚，听闻哥哥下达的命令后，轻叹口气，开始任劳任怨地用白胖胖的小手剥葡萄皮。而她哥，则像是个臭地主一样懒洋洋地躺在床上，一手枕在脑后，一手握着投影仪的遥控器，十分惬意地看综艺。

顾祈舟都有点看不下去了："她是小，她也有人权，你这不是压榨童工吗？"

陈染音也走到了卧室门口，感觉老公说得有点道理："拿葡萄就行了，怎么还让剥皮呢？"

顾别冬神色淡淡地看向门口的夫妻俩，冷冷开口："过去的一个月，那漫长的寒假，是谁天天带着她下楼玩？"

顾别冬："是谁天天给她冲奶粉哄她睡觉给她读绘本？"

顾别冬："是谁不嫌脏不嫌臭给她擦屁股换尿布？"

顾别冬："马上开学了，我享受一下我的劳动成果怎么了？"

夫妻俩再次陷入了理亏又心虚的沉默中。

片刻后，顾祈舟将严肃的目光转向他闺女，不容置疑："陈有林，好好给你哥剥葡萄皮，不许偷工减料！”

陈染音补充：“最好把葡萄籽都给你哥抠出来，别卡他嗓子了！”

被迫替父母还债的陈有林小朋友十分无语。